Das Buch

Britische Hightech wird im großen Umfang außer Landes geschmuggelt. Patrick Hyde, der beste Agent, den Sir Kenneth Aubrey zur Verfügung hat, glaubt zu wissen, wer dahintersteckt und wo der Verantwortliche zu suchen ist. Doch sein Verdacht ist so ungeheuerlich, daß niemand ihm glauben will. Ein Flugzeugabsturz in Namibia, bei dem ein KGB-Agent ums Leben kommt, zeigt wenig später, daß Patrick Hyde mit seinen Vermutungen recht hatte. Aber als endlich auch seine Vorgesetzten beim Geheimdienst einsehen, daß Hyde auf der richtigen Spur war, ist es schon fast zu spät. Denn ein undurchdringliches Netz von Doppelagenten reicht nun von Moskau bis London und von Venedig bis Johannisburg. Diese Sache ist brandgefährlich geworden – und das muß schließlich auch Sir Kenneth am eigenen Leibe erfahren …

Der Autor

Craig Thomas, 1942 in Cardiff geboren, lehrte nach dem Studium am University College Cardiff einige Jahre englische Sprache und Literatur. Mit seinem Roman *Firefox* schaffte er 1977 den internationalen Durchbruch als Thrillerautor.

Im Wilhelm Heyne Verlag liegen vor:
Auge um Auge (01/8335), *Der letzte Rabe* (01/8651), *Firefox/ Firefox down* (01/9678).

CRAIG THOMAS

DIE KRÄHE

Roman

Aus dem Englischen
von Alessandro Ricciarelli

WILHELM HEYNE VERLAG
MÜNCHEN

HEYNE ALLGEMEINE REIHE
Nr. 01/12368

Titel der Originalausgabe
A HOODED CROW

Umwelthinweis:
Dieses Buch wurde auf
chlor- und säurefreiem Papier gedruckt

Taschenbuchausgabe 3/2002
Redaktion: Werner Heilmann

Printed in Germany 2002
Umschlagillustration: IFA-Bilderteam/UPA
Umschlaggestaltung: Nele Schütz Design, München
Druck und Bindung: Ebner, Ulm

ISBN: 3-453-19772-0

http://www.heyne.de

Dieses Buch widme ich:

Babs und George,
Joy und John,
Chris und Tony,
Beryl und Nev

Schön war die Zeit mit euch.

»Der Garten Eden steht in Flammen, und du mußt verbrennen …
Es sei denn, du findest in deinem Herzen den Mut zu widerstehen, bis die Wachen wechseln.«

Bob Dylan: *Changing of the guards*

»… die Sonne lähmt die Neugier auf das, was im Schatten vor sich geht.«

Philip Larkin: *The Whitsun Weddings*

Prolog

Das Stimmengewirr des offiziellen Empfangs in der St. George Hall hörte sich an wie das Raunen eines unzufriedenen Theaterpublikums, als Andrew Babbington die Galerie entlang auf Kapustin zuging. Die Mittagssonne schien durch die hohen Fenster, die den Blick auf die Moskwa freigaben. Kapustin hatte seine Arme hinter dem Rücken verschränkt und blinzelte bösartig. Ihm schien der Trubel des Botschaftsempfangs für David Reid und sein Gefolge genauso zu mißfallen wie Babbington – diese unglaubliche Arroganz der Briten, die mit all ihrem Geld und ihrer Hochnäsigkeit antraten, um Rußlands Wirtschaft zu retten! Babbington wurde sich der Tatsache bewußt, daß sein Gesichtsausdruck seine Abneigung verriet. Wenn sich David Reid in diesem Moment umwandte, würde er Babbington sicherlich trotz seines Vollbarts wiedererkennen. Hatte ihn Kapustin, der stellvertretende Direktor des KGB, nur hierhergebeten, um ihn dieser Erniedrigung auszusetzen?

Der britische Wirtschaftsminister und der russische Präsident standen vor einer Batterie von lorbeerbekränzten Marmorköpfen auf Säulen, Denkmale der Helden, die für die Sowjetunion den Sieg errungen hatten. Ein zweifelhafter Sieg, dachte Babbington, wenn Repräsentanten der britischen Regierung mit solcher Unterwürfigkeit empfangen wurden, nur weil man auf ein paar unerhebliche Wirtschaftsabkommen und zeitbefristete Kredite hoffte. Auf Marmorplatten in den Nischen der Wände waren die Namen und Dienstgrade der Soldaten und Offiziere der russischen Armee eingraviert, die man für ihre Tapferkeit mit dem St. George-Orden ausgezeichnet hatte. Auch Babbington war er verliehen worden. Und wo waren sie jetzt, all die tapferen Russen? Möglicherweise hatte Kapustin seine Bloßstellung hier bezweckt, weil der Mann selbst tief in sich eine ohnmächtige Bitterkeit verspürte. Kapustin kannte die hier versammelten Menschen persönlich, hatte in einigen Fällen ihren beruflichen Aufstieg ermöglicht. Und jetzt? Die britische Botschaft befand sich auf der anderen Seite des Flusses, und Kapustin war nur mehr ein Pendler zwischen den beiden Welten – ein Bittsteller. In demselben Saal war 1945 der Sieg über Nazideutschland gefeiert worden.

Kapustins Kopf fuhr hoch, als hätte er das Näherkommen Babbingtons gespürt, und der las in seinem Blick all die Verachtung für das, was hier in Moskau aus ihm geworden war: Ein Verräter seines Heimatlandes – der nach Moskau geflohen war, nachdem Aubrey ihn enttarnt hatte. Hier in Moskau hatte er es bis zum KGB-General gebracht. Er war nützlich. Sie vertrauten ihm in erster Linie deshalb, weil sie wußten, daß ihm keine Wahl blieb. Erniedrigung und Haß, in kleinen Dosen regelmäßig verabreicht. Auf Kapustins derbem Bauerngesicht malten sich Abscheu und Berechnung. Sein aus der Mode gekommener Anzug war mit Medaillen übersät. Dann begegnete er Babbingtons Blick und grinste.

»Ein paar von denen habe ich mir tatsächlich verdient«, murmelte er und nickte. »Im Gegensatz zu einigen Ordensempfängern, deren Namen ich nicht nennen will.«

»Stellvertretender Direktor, aus welchem Grund zwingen Sie mich, an dieser erniedrigenden Farce teilzunehmen?« Aus den Augenwinkeln bemerkte Babbington, wie ihn in der Nähe der Türen jemand scharf ansah, dann den Kopf schüttelte und sich abwandte. Eine Verwechslung. Wie üblich nahm Kapustin ihm seinen respektlosen Tonfall nicht übel; die Nachsichtigkeit des Mächtigeren.

»Ich habe Sie hierherbestellt, weil ich etwas mit Ihnen besprechen will – sofort. Kommen Sie mit, ich kann den Lärm, den Ihre und meine Landsleute hier veranstalten, keine Sekunde länger ertragen.«

Sie gingen durch die von hohen Fenstern gesäumte Galerie. Babbington hielt seine Augen auf den Fluß gerichtet und vermied es, durch die offenen Türen in den Empfangssaal zu blicken. Selbst dieses kleine Anzeichen seiner Nervosität ärgerte ihn. Vergnügungsdampfer mit Glaskuppeln für die Touristen trieben wie schwimmende Treibhäuser den Fluß hinab. Das Gelächter und Geplapper des Botschaftsempfangs drang durch die geöffneten Türen. Leere, kalkulierte Herzlichkeit. Er verschränkte seine Arme hinter dem Rücken, als wolle er Kapustin nachahmen. Sie beide mußten von hinten aussehen wie zwei Stare, die auf einem kurzgeschnittenen Rasen umherstelzten, dachte er. Das zutiefst *Englische* an diesem Bild verstörte ihn. Kapustins grober Bauernschädel schwebte auf Schulterhöhe neben ihm und drehte sich wie der Kopf eines Geiers mit ruckartigen Bewegungen nach allen Seiten. Er schien sich nicht wohl in seiner Haut zu fühlen.

»Andrew, ich muß Ihnen hiermit einen Befehl erteilen, der Ihnen ganz und gar nicht gefallen wird – den Sie aber trotzdem durchzuführen haben.«

»Und der wäre?«

Kapustin packte mit seiner groben Hand Babbingtons Ärmel.

»Andrew, werden Sie ja nicht faul vor lauter Nichtstun. Im Vorzimmer des Empfangssaals da drüben habe ich soeben eine äußerst unangenehme Viertelstunde mit dem Vorstand des Politbüros zugebracht. Ich wurde vorgeladen, und ich habe meine Order erhalten. Man erwartet *sofortige* Resultate. Es ist eine Angelegenheit von äußerster Dringlichkeit.«

»Kapustin, wovon sprechen Sie?« Der Umgang mit diesen Leuten war manchmal schwieriger und aufreibender als das Doppelleben, das er in London geführt hatte, bevor Aubrey ihn ausgeschaltet hatte. »Worum geht es, zum Teufel?«

»Es geht um Gerätschaften – Spielsachen mit allen Arten von Knöpfen und Reglern und sonstigem Schnickschnack. Es geht darum, daß ein sichtbares Resultat einer *massiven Investition* erwartet wird, wie man sich mir gegenüber ausgedrückt hat.« Kapustin ruderte mit den Armen, als wolle er einen bösen Geist vertreiben.

»Was soll das heißen?« fragte Babbington.

Kapustin blinzelte, als er gegen das Sonnenlicht zu ihm aufsah. Seine Augen funkelten zornig.

»Es soll heißen, daß das Politbüro wissen will, wie wir all das Geld ausgegeben haben!« Wieder griff er nach Babbingtons Ärmel und fauchte: »Man befürchtet einen ungeheuren Verlust an Geldern und Technologie, seitdem Sie uns von der Tatsache in Kenntnis gesetzt haben, daß Mr. Shapiros Verhaftung bevorsteht – und daß er bereit zu sein scheint, mit dem FBI und dem CIA zu kooperieren, falls die ihm als Gegenleistung aus der Klemme helfen.«

»Ich habe meine Einschätzung der Lage bereits kundgetan. Shapiro ist nicht mehr von Nutzen. Das Material, das er uns aus der Reid-Firmengruppe beschafft hat, ist mittlerweile unbrauchbar. Er kann nur noch Schaden anrichten, falls er sich zum Beispiel dazu entschließt, zur anderen Seite überzuwechseln. Ich habe bereits den Vorschlag gemacht, mich um Shapiro zu kümmern, bevor das geschieht. Offensichtlich hat er sich in London verkrochen, weil er sich davor fürchtet, nach Amerika zurückzukehren. Ich schlage vor, ihn als ein Hindernis zu betrachten, das ich aus dem Weg räumen kann …«

»Shapiro ist nicht das einzige Hindernis! Ein großer Teil unserer Operation in Kalifornien ist bereits vom FBI aufgedeckt worden – die Firmen, an denen wir Anteile besitzen, die Bank in Fresno, die Banken und Holdinggesellschaften in der Karibik … Und dazu kommt noch, daß Aubreys Leute nach seiner Erkrankung nicht beiseite geschafft wurden – wie Sie es uns versprochen hatten.«

»Alles andere verläuft nach Plan!«

»Nichts verläuft nach Plan!« Kapustin sah Babbington wütend an, wie ein enttäuschter Lehrer einen ehemaligen Musterzögling. »Die Gruppe London, die sämtliche Aktivitäten der Engländer überwacht, hat uns mitgeteilt, daß Aubreys Leute ihre Untersuchung der Reid-Firmengruppe und ihrer Tochtergesellschaften *nicht* abgebrochen haben. Sie rennen keinesfalls herum wie kopflose Hühner. Godwin, Hyde und die anderen könnten jeden Augenblick über irgend etwas stolpern, was den Alarm auslöst, Andrew. Das *darf* nicht geschehen.«

Das Sonnenlicht tanzte über den Fluß und die gläsernen

Vergnügungsdampfer. Babbington fuhr sich mit dem Handrücken über seine vor Ärger schweißfeuchte Stirn. Wie angespannt er war ... Vielleicht lag es auch an dem unaufhörlichen Lärm, der aus dem Empfangssaal drang; die Hintergrundmusik für Babbingtons Niederlage.

»Es gibt keinen Anlaß für Sie, in Panik zu geraten«, sagte er.

»*Ich* gerate keinesfalls in Panik – der Vorstand des Politbüros gerät in Panik. Es geht ihnen um die Wafer Scale Integration-Geräte und die Transputer-Technologie, die die Reid-Firmengruppe uns liefern könnte – und zwar *jetzt*, nicht erst, wenn *Sie* es für richtig halten.«

»Wollen Sie all die jahrelange Arbeit mit einer einzigen überhasteten Aktion zunichte machen? Ich kann einfach nicht glauben, was ich da höre, Kapustin! Die von Ihnen geforderten Geräte können nur nach und nach, Stück für Stück, außer Landes geschafft werden – wenn überhaupt. Legen Sie es etwa gezielt darauf an, die Aufmerksamkeit von Aubreys Leuten zu erregen? Wenn das der Fall ist, wäre es sicher einfacher, das Telefon zu nehmen und sie einfach anzurufen, oder?«

»Man hat sich darauf versteift«, flüsterte Kapustin heiser. Das Politbüro will diese Wafer Scale Integration-Technologie der Reid-Gruppe unbedingt haben. Sie soll uns den Wechsel zur Marktwirtschaft erleichtern, den wir bereits seit vier Jahren vorbereiten – ohne das geringste Anzeichen dafür, daß dieser Plan irgendwann einmal funktionieren könnte.« Er trat näher an Babbington heran, so daß der größere Mann sich hinunterbeugen mußte, um sein Ohr an Kapustins Mund zu bringen. »Es ist durch die Tatsache, daß *unsere Freunde* jetzt an der Macht sind, keinesfalls leichter geworden. Habe ich mich klar genug ausgedrückt, Andrew?«

Im Empfangssaal der Botschaft eilten Kellner mit Tabletts voller Kanapees und Champagnerflaschen umher, um Gläser nachzufüllen, als befänden sie sich auf einer Hochzeitsgesellschaft. Überall zur Schau gestellter Luxus; die Männer trugen maßgeschneiderte Anzüge, die Frauen

Abendkleider. Der Rauch unzähliger Zigaretten und Zigarren hing in einer blauen Dunstwolke unter der Saaldecke.

»Ich verstehe Ihren Standpunkt – was nicht heißen soll, daß ich ihn gutheiße. Ich bin sogar entschieden dagegen, daß man ...«

Kapustin machte eine knappe, wegwerfende Handbewegung. »Ob Sie dagegen sind oder nicht, das ist mir herzlich egal. Man wird sich nicht mehr mit dem dauernden Risiko abfinden. Nur noch ein letztes Mal, und dann alles auf eine Karte gesetzt. Sie werden uns das Material aus Großbritannien beschaffen, vor allem die WSI und Transputergeräte. Sie werden es *jetzt* tun, so schnell und so skrupellos wie möglich. Dann müssen Sie die britische Operation auflösen, bis man es wieder für unbedenklich hält, mit der Unterwanderung hochentwickelter Technologiefirmen fortzufahren. Anschließend können Sie Ihre Aufmerksamkeit auf Deutschland und Frankreich richten, bis sich die Lage beruhigt hat. Wenn Aubrey erst im Ruhestand ist, oder tot ...« Er lächelte grimmig.

»Ihr Wort in Gottes Ohr«, knurrte Babbington.

Sie gingen die Galerie entlang zurück in die Richtung des Empfangssaals. Die Schiffe schlugen Schneisen in die glitzernde Wasseroberfläche, und der Verkehr drängte über die nahegelegene Brücke. Auf der Straße am entgegengesetzten Ufer krochen die Autos als entfernte Farbflecke aneinander vorbei.

»Kümmern Sie sich darum, Andrew. Sie haben ...«

»Wenn wir die britische Operation lahmlegen, schneiden wir uns ins eigene Fleisch«, unterbrach ihn Babbington mit heiserem Flüstern. Seine Hände, die er seitlich hängen ließ, ballten sich zu Fäusten. »Wir müßten mit der Unterwanderung von Technologie-Firmen praktisch wieder bei Null anfangen.«

»Tun Sie es, Andrew. Wir wollen unseren Einfluß im Politbüro aufrechterhalten, und dies ist – im Augenblick – der beste Weg dazu. Die Zeit drängt. Um das Risiko so gering wie möglich zu halten, ist mir ein Zeitplan vorgeschrieben worden ...«

Es war so offensichtlich, daß Kapustin selbst diesen Zeitplan festgelegt hatte!

»... der in der VIATE-Messe in Venedig, die Ihnen als Tarnung dienen kann ...«

»Das ist unmöglich!«

»... seinen Abschluß finden wird. Es ist *nicht* unmöglich. Es *muß* funktionieren. Beseitigen Sie Shapiro, und erledigen Sie dann den Rest Ihres Auftrags ...« Er schlug ihm auf die Schulter. »Tut mir leid, daß es so kommen mußte, Andrew. Die Infiltration der Reid-Gruppe, die Anteile, die wir unter so sorgfältiger Geheimhaltung erworben haben ... es tut weh, all das zu verlieren. Doch wir müssen andere Prioritäten setzen. Das Wichtigste ist im Augenblick, das Politbüro zu besänftigen, und die haben sich darauf versteift, etwas für ihre Investition sehen zu wollen. ›Wo sind die Spielsachen, die ihr uns versprochen habt?‹ schreien sie wie Kinder. ›Wir brauchen sie für unser Wirtschaftswunder!‹ Ich weiß, es ist lächerlich, doch wir haben keine Wahl.« Ein erneutes Schulterklopfen. »Sie verstehen das doch, Andrew?«

Babbington nickte nach einer längeren Pause, die von dem Stimmengewirr der Botschaftsgäste erfüllt war.

»Ja, ich verstehe«, sagte er mühsam. Dann, mit einem Räuspern, wiederholte er: »Ich verstehe meine Instruktionen.«

Kapustin lächelte schlau. »Das tun Sie ohne Zweifel. Sehr gut! Und jetzt los, leiten Sie alles in die Wege! Husch!« Er ruderte mit den Armen, als wolle er ein paar Hühner auseinanderscheuchen. Babbingtons Wangen röteten sich vor Zorn.

Und vor Scham, die ihm nun zu Kopf stieg, als er sich umwandte und den langen Gang zurückging – so würdevoll, wie es ihm möglich war, mit geraden Schultern und sehr aufrecht.

Meine Befehle, sie kommen von diesen pockennarbigen Generälen und Apparatschiks, die wir als unsere Freunde bezeichnen müssen! Diese Bauern in ordensgeschmückten Uniformen, denen das Wasser im Mund zusammengelaufen ist, als sie die ersten Fernsehbilder vom Golfkrieg zu Gesicht bekamen! All dieses chromblitzende Spielzeug! All diese großartige westliche obszöne Tötungsmaschinerie. Besorgen Sie uns das, wir müssen es haben!

Am Ende des Gangs bog er um die Ecke, außer Sichtweite von Kapustin, dessen Augen er in seinem Rücken spürte, der seinen – *Rückzug!* – beobachtete. Er hielt die Schultern militärisch steif.

Die Generäle und die Kriegstreiber im Politbüro – all diese erbärmlichen Nullen, die zugleich so einflußreich waren! –, sie hatten den Einsatz erhöht. Sie wollten um jeden Preis diese neue Technologie in ihre Hände bekommen. Was Ausrüstung und Taktik im Golfkrieg anbelangte, lagen sie mindestens zehn Jahre zurück, und sie wollten – *wieder einmal* – gleichziehen.

Der Einsatz war hoch, vielleicht zu hoch – sie würden den, der versagte, erbarmungslos bestrafen.

ERSTER TEIL

Der Ausverkauf Englands

Ich bin der Ansicht, daß man ein Land nicht aufgrund seiner Politik beurteilen darf.

Wir Engländer beispielsweise sind im Grunde ehrliche Menschen.

Zitat aus Alfred Hitchcocks »*A Lady Vanishes*«.

EINS

DER NEID DER WENIGER GLÜCKLICHEN LÄNDER

Der Raum war überfüllt und die Luft war knapp; zu viel unterschwellige Abneigung, zu viele Menschen, deren Umrisse sich schwarz gegen das Sonnenlicht abhoben, das durch die Ritzen der Jalousien fiel. Er war wütend, doch seine Wut glitt ohne Wirkung an der unvermeidlichen, glatten Geschäftigkeit der in dem Zimmer versammelten Menschen ab. Shapiro war die einzige Person, die fehlte. Ausgeschaltet.

Herrgott, wie konnte das passieren? Der Kerl stand doch kurz davor, verhaftet und ausgeliefert zu werden, und jetzt hatte er sich einfach umgebracht!

Daniel Garrison, Abteilungsleiter der CIA, winkte ihn zu sich, und Godwin humpelte auf seinen Krücken schwerfällig über den weichen blauen Teppichboden zu ihm hinüber, wobei er einen flüchtigen Blick aus dem Fenster warf. Der Berufsverkehr auf dem Wellington Arch kroch stockend um das Denkmal in der Mitte des Rondells herum.

Tony Godwins Anwesenheit in diesem Zimmer war eine Geste, fast als wolle man ihm eine Belohnung zuteil werden lassen …

Ein gottverdammter Trostpreis!

… weil er bisher gute Arbeit geleistet hatte; ein Sternchen in seinem Hausaufgabenheft. Shapiro hatte im Schlafzimmer seiner Suite des Intercontinental Hotel Selbstmord begangen. Der Hotelmanager im Smoking rang mit den Händen wie ein scheinheiliger Beerdigungsunternehmer. Sein Blick schien Godwin anzuklagen, als er sich, an Beamten des Grenzschutzes und einem Team von Polizeiärzten vorbei, schwerfällig einen Weg zu der kleinen Gruppe der Spezialagenten bahnte. Godwin schlug die Krücken aneinander, als wolle er Garrison salutieren, und sah durch die halb geöffnete Tür ins Schlafzimmer. Er maß die Männer, die Garrison dort postiert hatte, mit einem zornigen Blick.

Shapiro hatte durch seinen Selbstmord die Arbeit von sechs Monaten mit einem Schlag zunichte gemacht.

Wer hätte gedacht, daß Shapiro zu so etwas fähig wäre? Er hatte immer den Eindruck vermittelt, im Ernstfall lieber auszupacken.

»Und?« fuhr er Garrison an, welcher bekümmert den Kopf schüttelte. »Dan, wie zum Teufel konnte das passieren – ausgerechnet jetzt, wo er praktisch schon übergelaufen war? Er hatte doch schon seine Fühler ausgestreckt, um uns ein Geschäft vorzuschlagen, verdammt nochmal!« Godwin fuhr sich mit einer großen Hand durch sein schütteres blondes Haar und sah sekundenlang im Spiegel sein etwas verwahrlostes Äußeres – linkisch und voll hilfloser Wut wie ein behindertes Kind. Er ballte seine Fäuste. Auf dem blauen Teppichboden brannte das Sonnenlicht, und trotz der leise schnurrenden Klimaanlage schien die Luft im Zimmer zu heiß. »Warum zum Teufel hat er das nur getan?«

Sein Zorn war in der stickigen Enge des Taxis, das ihn von seiner Wohnung zum Intercontinental gebracht hatte, langsam gewachsen. Er hatte sich nicht einmal die Zeit genommen, Dubček zu füttern, bevor er aus dem Haus ging – die schwarze Katze, die ihm vor Jahren in Prag zugelaufen war.

»Beruhige dich, Tony, sonst kochst du noch über«, sagte Garrison humorlos. »Glaub mir, wir wissen auch nicht, warum. Es hat tatsächlich so ausgesehen, als sei er gesprächsbereit, als wolle er sich auf ein Geschäft einlassen und uns alles verraten, was er weiß. Und jetzt *das.*« Er deutete auf die beiden Spezialagenten. »Deine Leute haben ihn gestern nach Hause kommen sehen, mit einem Callgirl im Arm und einem freudigen Lächeln im Gesicht. Sie ist irgendwann gegangen, so gegen …«

»Es war noch jemand bei ihm im Zimmer? Dann ist es also unklar, ob er es selbst getan hat! Was ist der geschätzte Todeszeitpunkt?«

»Irgendwann zwischen ein und drei Uhr früh.«

»Todesursache?«

»Schlaftabletten, mit Champagner hinuntergespült. Er hat mit ihr geschlafen, und als sie gegangen war, überfiel ihn wohl eine Depression. Vielleicht hatte er Angst vor einer zehnjährigen Gefängnisstrafe, nachdem er ...«

»Je mehr Informationen er uns gab, desto kürzer würde sein Gefängnisaufenthalt sein – das wußte er doch ganz genau! Wer ist dieses Callgirl?«

»Wir haben keine Ahnung. Er hat sie nicht per Telefon von seinem Zimmer aus bestellt.«

»Dann hat sie ihn irgendwo aufgelesen. Wo hat er zu Abend gegessen?«

»Deine Leute haben ihn beschattet. Er war in irgendeinem Nachtclub und ist mit ihr wieder herausgekommen.«

»Sie könnte es getan haben!«

»Wir wissen es nicht, Tony!« Er fuhr sich über die Stirn. »Hör zu, ich bin genauso frustriert wie du. Aber es sieht wirklich nicht so aus, als hätte sie ihn dazu gezwungen, eine Überdosis Schlaftabletten zu schlucken! Vielleicht hat der Kerl einfach im letzten Moment panische Angst bekommen – weiß man's?«

»Und könnte es nicht sein, daß Langley und das Weiße Haus vielleicht ganz froh darüber sind, daß er sich verabschiedet hat?« Garrison runzelte die Augenbrauen, doch Godwin fuhr fort: »Niemand will sich schon wieder mit dem KGB anlegen, hab' ich recht? Ein Skandal – dafür wäre der Zeitpunkt nun wirklich *äußerst* ungelegen!«

Garrison ignorierte Godwins Sarkasmus und fragte:

»Möchtest du ihn dir vielleicht ansehen? Er sieht wirklich ...«

»Du klingst wie ein Verwandter, zum Teufel! *Sieht er nicht friedlich aus ...*! Die gewissenhafte Arbeit vieler Monate wurde zunichte gemacht, weil ein fetter Kerl namens Shapiro, Besitzer der Firma Shapiro Electrics in San José, Kalifornien, sich umgebracht hat – oder aber umgebracht worden ist! Das ist geschehen und nichts kann daran etwas ändern, was auch immer mit ihm passiert ist!« Die Gespräche im Raum waren verstummt, und die anderen Männer schienen nur reglose Schatten vor den Jalousien. Sie waren das Publikum, und er, der wutentbrannte Krüppel, war der Mittelpunkt des allgemeinen Interesses, dachte Godwin verbittert. Doch das Spiel war vorbei – keine Unterstützung mehr, keine Gelder.

»Verdammte Scheiße!« schrie er. Shapiro hätte ihnen so viel einbringen können, so viel! Die Einzelheiten der Verschwörung. Die Kredite, der Schmuggel, das Ausmaß der Infiltration der Reid-Gruppe durch den KGB – *alles*, zum Teufel! Vor allem die Details der Pipeline und inwieweit Malan darin verwickelt war … zur Hölle damit! Die Operation war hiermit gestorben.

»Gibt es einen Abschiedsbrief?« fragte er.

»Ja, ein paar Zeilen nur, auf dem Briefpapier des Hotels«, erwiderte Garrison. Godwin schnaubte ungläubig. »Der Brief ist echt. Shapiro gibt uns die Schuld. Er fühlte sich von uns verfolgt, hatte Angst um seine Firma, vor dem Gefängnis oder noch etwas Schlimmerem – die übliche Paranoia.«

»Er hatte keinen Grund dazu!«

»Vielleicht hatte er einfach zuviel Angst davor, mit uns zu reden?«

»Und vielleicht haben sie ihn umgebracht, weil er im Begriff war, genau das zu tun.«

Garrison zuckte mit den Schultern.

»Was auch immer es war, es ist vorbei. Uns bleibt nur, unsere Wunden zu lecken. Vielleicht haben wir es zumindest erreicht, daß die Russen für eine Weile zu ängstlich sind, noch irgend etwas zu unternehmen. Solange wir aufpassen …«

»Zum Teufel, ihnen wird halb London gehören, bevor wir es merken!«

»Es tut mir leid, Tony, das tut es wirklich.« Garrison räusperte sich. »Hör zu, ich muß für deinen Generaldirektor einen Bericht verfassen. Sir Clive …«

»Oh, das ist einfach großartig. Genau die Entschuldigung, die er braucht, um uns zu suspendieren, nachdem Aubrey sich krankgemeldet und uns seiner Obhut überlassen hat.«

»Tut mir leid. Ich versuche, es so zu formulieren, als sollte man dich weiterhin daran arbeiten lassen. Ich versuche mein Möglichstes, okay?«

»Es ist vorbei, Dan, es ist alles vorbei!« Er starrte wütend auf die Tür zum Schlafzimmer. »Tausend Dank auch, Mr. Shapiro, tausend Dank, du verdammter Idiot!«

Das Sonnenlicht filterte hinter ihm durch die trüben Fenster des Pubs und fiel auf den schäbigen Teppich, der vor der offenen Eingangstür lag. Er blickte von der Lektüre des *Evening Standard* auf. Die hereinkommenden Gäste waren sekundenlang lediglich schwarze Schemen, bevor sie im blendenden Gegenlicht langsam Gestalt annahmen. Godwin war wegen Shapiro völlig außer sich. Der Anruf von Kellett hatte alles noch verschlimmert. Patrick Hyde schien zerstreut und unkonzentriert zu sein, als sei er mehr an der tonlosen Übertragung eines Kricket-Spiels im Fernsehapparat über der Theke interessiert als an irgend etwas anderem. Er sah wieder auf seine Zeitung hinab.

David Reid, der britische Handelsminister, hatte einen Großteil der Titelseite für sich in Anspruch genommen. Ein großformatiger Schnappschuß von ihm schien wie absichtlich dort plaziert, um Hyde zu ärgern. Das Foto zeigte Reid, der Alexander Dubček im Hradany-Schloß in Prag die Hand schüttelte. Die zierliche Gestalt, das lächelnde Gesicht Dubčeks war viel mehr als ein bloßer Schatten der Vergangenheit; Dubček war mächtig, sein neuerliches Auftauchen eine Erinnerung daran, wie sehr sich die Zeiten geändert hatten. *Othello ist arbeitslos,* hatte Aubrey traurig erwidert, als Hyde ihm den Vorwurf machte, ihn, Godwin, und den Rest seines Stabs dem Wirtschaftsministerium überantwortet zu haben. Und wie nutzlos sie dort waren! Ob sie nun den Schmuggel von Mikrochips, vielleicht auch Transputern und Wafer Scale Integration-Systemen zuließen oder dem einstigen Ostblock Laptops, Mikrowellenherde und verdammte Kühlschränke andrehten, worin bestand eigentlich der Unterschied? Gab es irgend jemanden, der sich darüber wirklich aufregte? Es schien nicht einmal die paranoiden, durch und durch kapitalistischen Amis zu stören, daß Shapiro nun tot war. In einem Jahr würde man den Russen das verdammte Zeug, WSI und Transputer und alles was sie sonst noch wollten soundso *verkaufen*, zum Teufel, solange sie nur in harten Devisen aus ihren Goldreserven bezahlten.

David Reid ... auf einer Geschäftsreise durch die frischgebackenen Demokratien des ehemaligen Ostblocks. In der Menschentraube um Reid und Dubček entdeckte Hyde mindestens vier ihm bekannte Gesichter, Direktoren und Vorstandsmitglieder führender Unternehmen Großbritanniens. Mein Gott, was für eine Schande das alles war! Hyde rieb sich die unrasierte Wange, zog geräuschvoll die Nase hoch und faltete die Zeitung auseinander, suchte die Sportseite mit den Startlisten der Pferderennen. Er fischte in der Innentasche seiner Jacke nach einem Kugelschreiber und begann, die Namen einzelner Pferde des Nachmittagsrennens zu unterstreichen. Schnell sah er auf, als ein Schatten durch die Tür glitt – falscher Alarm – und widmete sich wieder seiner Zeitung.

Die Reid Electronics-Firmengruppe. Wenn sie ihre Sache gründlich machen wollten, müßten sie eigentlich deren Firmenbüros in London verwanzen. Aber Orell wollte das nicht zulassen. Hyde schüttelte den Kopf und grinste säuerlich.

Dieser verdammte Paragraphenreiter. Weigerte sich standhaft, eine Firma von dieser Größenordnung aufs Korn zu nehmen. Die Tatsache, daß diese Firma nach und nach ganz Großbritannien an den Osten verkaufte, genügte ihm offenbar nicht. Der ehemalige Hauptaktionär und Gründer ebendieser Firma, David Reid, hatte es mittlerweile bis zum britischen Handelsminister gebracht und durch den Verkauf seiner Firmenanteile nach der Harrell-Affäre ein Vermögen gemacht. O ja, natürlich, er hatte von nichts eine Ahnung gehabt, sein Aktienpaket war von seinen Börsenmaklern verwaltet worden, während er dem britischen Volk diente – alles völlig legal. Und er war sogar besonders rechtschaffen gewesen, hatte lediglich lächerliche zehn Millionen oder noch mehr verdient, als er seine Aktien verschacherte.

Verdammt – hör auf zu jammern.

Er sah auf den Fernseher über der Theke und nahm noch einen Schluck Bier. Auf dem Bildschirm ging ein Kricketspieler über das Spielfeld, geschlagen, mit hängendem Kopf, seinen Schläger hinter sich herschleifend. Die Anzeigetafel gab den Spielstand an: 57 – 4. Es mußte die englische Mannschaft sein, die zurücklag. Er grinste. Und noch dazu gegen seine Landsleute, die Australier. Vielleicht könnte er heute ein paar Stunden blaumachen und sich das Spiel ansehen. Er würde im Stadion sicher eine Menge Bekannte treffen. Fahnen schwenkend, Bierdosen in den Händen. Bestimmt lustiger, als hier drinnen auf Kellett zu warten. Wieder konzentrierte er sich auf seine Wettliste. Godwin war vollkommen besessen von der Reid-Gruppe, doch er schien auf der richtigen Spur zu sein. Sein Kontaktmann in der Firma, Kellett, war allerdings bereits – Hyde sah auf seine Armbanduhr – zwanzig Minuten zu spät dran. *Es ist dringend,* hatte Kellett gesagt. *Ich glaube, diesmal bin ich wirklich auf etwas gestoßen* ... das war das mindeste, was sie erwarten konnten, nach all dem Geld, das sie bereits in ihn gesteckt hatten!

Mann, ist mir langweilig.

Hyde erhob sich, um sich sein Glas nachfüllen zu lassen, als Kellett, sein Kontaktmann, durch die Tür kam. Er war jung, ein typischer Yuppie, der trotz eines reichlich bemessenen Gehalts weit über seine Verhältnisse lebte. Damals, im April, hatte Hyde Shelley dazu überreden können, Kelletts dringlichste Kreditkartenrechnungen zu bezahlen und ihm genug Taschengeld zu geben, damit er sich noch ein paar Wochen lang von Champagner und Kaviar ernähren konnte. Das hatte genügt – nun hatten sie einen Mann mitten im Hauptbüro der Reid-Gruppe, der sich vor Hilfsbereitschaft förmlich überschlug. Der ihnen um jeden Preis handfeste Beweise liefern wollte – wenn es auch bis jetzt nur Nieten gewesen waren. Vielleicht war es diesmal ein Treffer? Hoffentlich. Hyde versuchte, Kellett mit bloßer Willenskraft dazu zu bringen, daß er direkt zur Bar ging, ohne ihn zu beachten. Statt dessen zögerte er und nickte

Hyde kurz zu, bevor er an die Theke ging, um sich etwas zu bestellen.

Hatte er endlich Brauchbares vorzuweisen? Er machte einen nervösen Eindruck, doch das hatte er bei ihren vorherigen Treffen auch getan. Das gehörte dazu. Es war der Preis, den man in diesem Spiel zahlen mußte, der Preis, den auch Aubrey gezahlt hatte. Irgendein Quacksalber in London hatte nervöse Erschöpfung diagnostiziert, und auch einen Anflug – *nur ganz leicht, vergessen Sie das nicht, nichts Ernstes* – von Angina pectoris. *Nehmen Sie sich einen Monat frei.* Und nun saß Aubrey also daheim in seiner Wohnung oder ergötzte sich im Garten seines Hauses in Oxfordshire, während die Operation, die er ins Leben gerufen hatte, langsam vor sich hinsiechte.

Ein weiterer Schatten erschien auf der Türschwelle. Hyde beachtete den Neuankömmling kaum, denn er war in Begleitung einer jungen Frau, und beide lachten und unterhielten sich lautstark, während sie hereinkamen. Der Mann bestellte zwei Glas Weißwein, und sie stellten sich an die Theke; sein Akzent war makellos, gehobene Mittelschicht. Unverkennbar Oxbridge. Modischer Haarschnitt, lässig geschnittener Anzug, gelockerte Krawatte … in dem Pub befanden sich zu genau diesem Zeitpunkt noch mindestens ein halbes Dutzend von der Sorte. Das Mädchen lächelte – eine Spur zu strahlend. Und ihre Augen hielten keinen Augenblick lang still, sondern schossen in alle Richtungen, hielten nur inne, wenn sie in Hydes Richtung sahen. Sie schmiegte sich an ihren Begleiter, als sei sie verliebt. Kellett bezahlte sein Glas Rotwein und machte einen Schritt auf Hyde zu, der mit dem Kopf eine knappe Geste in Richtung des Ausgangs machte und dabei mit seiner Zeitung raschelte. *Hau ab*, sollte das heißen. Für alle Fälle. Vielleicht war das Mädchen ja nur unmäßig eingebildet und versnobt – zu reich, zu schön? Unmöglich, es auf die Schnelle zu entscheiden. Hydes Hände verkrampften sich um den Rand der Zeitung. Kellett ging zu einem anderen Tisch auf der gegenüberliegenden Seite des Lokals. Der Kopf des Mädchens fuhr fort, wie ein Radar ihre Umgebung abzusuchen. Die räumliche Distanz zwischen Kellett und Hyde hatte ihren Verdacht nicht zerstreut. Hyde wußte nun Bescheid. Ihr Begleiter war nichts als eine Tarnung. Sie war sicherlich eine von Priabins neuen Agentinnen, frisch aus der Trainingsakademie in Moskau. Priabin rekrutierte mit Vorliebe täuschend echte Imitationen von Yuppies und höheren Töchtern aus gutem Hause, weil das seinem Klischee von London entsprach. Und die Akademie bildete ihre Schüler hervorragend aus. Hyde hatte die beiden nicht erkannt. Die Fotografien, die der Geheimdienst am Londoner Flughafen Heathrow von verdächtigen Fluggästen machte, trafen mittlerweile erst Wochen später bei ihnen im Ministerium ein – niemand kümmerte sich mehr darum. Und im Hafen von Dover stapelten sich währenddessen die Container voller britischer Mikrowellenherde und Fernsehapparate auf dem Weg nach Warschau, Prag oder Bukarest.

Er nahm sein leeres Glas, erhob sich und ging auf die Theke zu. Das Mädchen fuhr fort, mit arrogant gehobenem Kinn die Anwesenden zu mustern, als sei sie eine Gesellschaftsreporterin auf der Suche nach Stoff für eine Klatschkolumne. Ihr Hochmut war eine Spur zu aufgesetzt, die Verachtung, mit der sie die Gäste strafte, zu einstudiert. Hyde wedelte mit der Zeitung hinter seinem Rücken, um Kellett zu warnen; er wollte ihn dazu bringen, schnellstmöglich zu verschwinden. Äußerlich gelassen stellte er sein leeres Glas auf den Tresen und bestellte sich noch ein Bier.

Das Mädchen war Anfang zwanzig. Sie trug einen weiten Rock mit Blümchenmuster und ein schwarzglänzendes Oberteil; ihre schmalen Schultern und der kleine Busen versanken in einem weitgeschnittenen Designer-Sakko. Die Krickettspieler auf dem Miniaturrasen auf dem Fernsehbildschirm verließen auf dem Weg zum Mittagessen langsam das Spielfeld. Der Raum wirkte auf einmal beengend, voller Rauch und Lärm. Hyde fühlte die Spannung, die sich durch die Anwesenheit der Frau aufgebaut hatte. Auf der heißen Herdplatte zischte eine Pfanne, es roch nach verkochendem billigem Rotwein. Der Begleiter des Mädchens lachte über etwas, was sie ihm ins Ohr flüsterte, doch seine Fröhlichkeit klang erstickt, gezwungen. Sie musterte Hyde mit betonter Gleichgültigkeit und steckte sich dann eine Zigarette an. Hyde hob das volle Glas an die Lippen, sammelte sein Wechselgeld ein ...

Das Bier lief über den Sakko des Mädchens und über ihr glänzendes Oberteil. Sie hatte ihn mit dem Ellbogen angerempelt. Hyde sah sich schnell um. Kellett saß immer noch angespannt auf seinem Platz.

»Sie besoffenes Schwein!« schrie das Mädchen jetzt. Ihr Akzent war perfekt, ebenso wie die gespielte Empörung. Sie rieb hektisch an ihrem Jackett, ihre Wangen zornesrot, ihre Augen tückisch, berechnend. Ihr Begleiter und Beschützer schob sich drohend näher an Hyde heran. »Sehen Sie nur, was Sie angerichtet haben!« Im Pub war es fast völlig still geworden.

»Es tut mir leid, ich ... es ist meine Schuld«, murmelte Hyde, der das Spiel mitspielen mußte, um Zeit zu gewinnen. Der Russe stand dicht vor ihm.

»Schon wieder Sie!« schrie er Hyde an. »Ich habe Sie schon einmal davor gewarnt, in Nickis Nähe zu kommen!« Auch sein Akzent war fehlerfrei, einstudiert und kontrolliert trotz des gespielten Zorns.

Das hier war ernst. Die Bedrohlichkeit der künstlich herbeigeführten Konfrontation nahm schnell zu. Sie hatten es eilig. Kellett beobachtete sie jetzt, verwirrt, doch nicht alarmiert – noch nicht.

»Ich kenne Sie nicht«, nuschelte Hyde, wobei er leicht hin und her schwankte, und hob zögernd seine Faust. Der Barkeeper beugte sich nach vorn und packte sein Handgelenk.

»Sowas gibt's hier nicht, Kumpel. Du hast genug gehabt. Du wirst dich entschuldigen ...« In seiner Stimme schwang Verblüffung mit, als hätte er sich zum ersten Mal in seiner bewährten Menschenkenntnis vertan. Hyde war auf einmal betrunken. »Kennen Sie diesen Kerl, meine Dame?«

»Ein Nachbar. Er ist Alkoholiker. Stellt Nicki die ganze Zeit nach«, erklärte der Strohmann. Er war größer als Hyde und wirkte sprungbereit, angespannt. Hyde wußte, mit wem er es zu tun hatte, er kannte diese Sorte.

Kellett war nichts weiter als ein Teil des Publikums, welches gespannt das sich vor ihm entwickelnde Drama beobachtete. Sexuelle Nötigung, Trunkenheit – eine kleine Seifenoper. Die Russen hatten ein exzellentes Skript. Es hatte die Tiefe und das erforderliche Tempo, benötigte lediglich ein gutes Publikum. Hyde, gegen seinen Willen involviert, begann nun, immer stärker hin und her zu schwanken, in der Hoffnung, daß Kellett das Zeichen verstehen und sich davonmachen würde.

»Verpiß dich!«

»Werd nicht ausfallend!« warnte der Barkeeper.

Die Frau hatte ihr Designer-Sakko ausgezogen und musterte es angeekelt.

»Vierhundert Pfund habe ich dafür bezahlt! Es ist vollkommen ruiniert! Jimmy, zwing ihn dazu, es zu bezahlen!«

Irgendwo lachte jemand.

»Sie haben mich angerempelt!« protestierte Hyde.

»Das habe ich nicht getan! Du hast dich an mich herangedrückt! Warum kannst du mich nicht einfach in Ruhe lassen? Warum verfolgst du mich?«

»Ist er derjenige ...?«

»Verpiß dich!« fauchte Hyde in Richtung des Barkeepers.

»Freundchen, wenn du Prügel willst ...« Eine massige Gestalt erhob sich von der Sitzbank im hinteren Teil des Pubs. Das Sonnenlicht fiel durch das farbige Mosaik des Fensters in goldenen und roten Streifen auf sein Gesicht und die Schultern, glitt wie Öl an ihm hinab, als er sich in Bewegung setzte. Ein zweiter Mann folgte ihm ... sie gehörten nicht zu den Russen, es waren nur die Rausschmeißer, die normalerweise dann eingriffen, wenn die betrunkenen Yuppies mit leeren Flaschen um sich warfen.

»Gibt es Ärger, George?«

Kellett saß da wie ein verängstigtes Kaninchen, das mitten auf der Straße geblendet ins Scheinwerferlicht eines heranrasenden Autos starrt.

Mach schon, hau ab! Nach Hause, oder egal wohin, bloß weg von hier – ich werde dich schon wiederfinden!

Es war noch viel ernster, als Hyde ursprünglich angenommen hatte. Alles war sorgfältig inszeniert; die Russen wollten Kellett isolieren – *ihn alleine erwischen.*

Ich glaube, ich bin auf etwas wirklich Interessantes gestoßen. Es ist sehr wichtig – sehr kostbare Information. Ja, bestimmt, hatte Hyde gelangweilt erwidert. Kellett hatte ihn im Centre Point angerufen; es war Godwin gewesen, der ihm den Hörer gereicht hatte. Kellett übertrieb grundsätzlich, das taten sie alle, wenn sie am Haken hingen und gierig wurden. Jetzt wußte er, daß der Mann wirklich eine brauchbare Information hatte. Und *sie* wußten es auch, der Himmel mochte wissen, wie sie es herausbekommen hatten. Die Information Kelletts mußte so gut sein, daß sie wie die Verrückten daran gearbeitet hatten, dieses Schmierentheater innerhalb weniger Stunden auf die Beine zu stellen. Sie beschatteten Kellett, natürlich, doch sie mußten auch schon vorher Kelletts Treffpunkt mit Hyde ausgekundschaftet haben, hatten sicherlich die möglicherweise nützlichen Rausschmeißer mit in Betracht gezogen ... die jetzt sprungbereit waren, unwissende, willige Schachfiguren in dieser unvermeidlichen Konfrontation. *Freundchen, wenn du Prügel willst ...*

Kellett mußte verschwinden. Und zwar sofort, solange die anderen noch alle Hände voll mit Hyde zu tun hatten. Kellett wirkte angespannt und verwirrt, doch er hockte immer noch auf seinem Stuhl. Die Frau fuhr fort, das Bier von ihrer Kleidung zu tupfen. Kellett war sicherlich davon überzeugt, daß es ein Zufall, irgendeine Verwechslung sein mußte. Hyde umklammerte mit einer Hand den Rand des Tresens, als müsse er sich festhalten.

»Ich kenne euch nicht!«

»Du besoffener Lügner! Du drückst dich dauernd vor unserem Haus herum und beobachtest Nicki! Seit Monaten tust du nichts anderes. Die Polizei hat dich bereits gewarnt ...« Die Augen des Mannes blitzten auf, ein kurzer Seitenblick auf die mächtigen Schatten der beiden Türsteher. Die Brüder Grimm. Sie sahen aus, als wären sie ohne weiteres dazu fähig, schnell und effizient Schmerzen zuzufügen. Wie mühelos die Russen ihn in diese ausweglose Lage hineinmanövriert hatten!

»Ich habe wirklich nicht den blassesten Schimmer ...!« protestierte er, zum Barmann gewendet; er wollte sie innerhalb ihrer selbstinszenierten Farce aufhalten, indem er sie mitspielte – um Kellett genügend Zeit zu geben, endlich zu *verschwinden*.

Hau ab!

Er wedelte mit den Armen und sagte, an niemand bestimmten gewandt: »Ich kenne die beiden nicht, zum Kukkuck!« Die Rausschmeißer starrten ihn angewidert an. Bis vor einigen Augenblicken hatten die Gäste des Pubs in Hyde noch eine Art Witzfigur gesehen, doch durch die Andeutung eines sexuellen Vergehens war er etwas zutiefst Ekelhaftes geworden – etwas, das kroch und zertreten werden mußte. Das Mädchen starrte ihn mit wütendem Kopfschütteln an.

»Und ob er uns kennt! Und die Polizei kennt ihn auch – ich mußte ihn anzeigen, weil er mich ständig beobachtet hat!«

O verdammte Scheiße, du bist ja so gut!

Ihre Stimme war perfekt, ihr Akzent makellos. Selbst eine Engländerin müßte wahrscheinlich erst üben, um es so perfekt hinzukriegen. Die Anwesenden, all diese modischen jungen Männer und Frauen, waren allesamt überzeugt. Die Falle, in die er hineingetappt war, sie war wunderschön ausgedacht und präzise und kaltblütig aufgebaut worden. Die Russen hatten den ganzen Raum auf ihrer Seite, kontrollierten alles.

»Ach, ich scheiß auf dich, Liebling – ich kenne dich überhaupt nicht! Dich will sowieso keiner, mit deinen flachen Titten!« Er lehnte sich zu ihrem Begleiter hinüber. »Und *dich* kenne ich auch nicht!« Die Situation mußte schnell in Gewalttätigkeit ausarten, die ohnehin unvermeidlich war. Die beiden Rausschmeißer, sie würden sich als Retter und Rächer aufspielen. Sie konnten sich schon jetzt kaum noch bezähmen. Zwei Kettenhunde.

»Ich haue jetzt ab, verdammt noch einmal, wenn meine Anwesenheit hier nicht ...«

Hyde wandte sich vom Tresen ab und taumelte ein wenig

dabei, was ihm einige Lacher von der anderen Seite des Raums einbrachte. Er ließ seine Schultern kläglich nach unten fallen, spielte genau die Rolle, die die Russen für ihn vorgesehen hatten, fuhr sich sogar mit dem Handrücken über den schlaffen, feuchten Mund. Aus den Augenwinkeln sah er, wie das Mädchen und ihr Begleiter einen mißtrauischen Seitenblick tauschten. Der Mann beobachtete Kellett. Das Sonnenlicht schien blendend durch die offene Tür. Kellett hatte sich erhoben, zögerte jedoch noch, begriff noch nicht …

»Und was ist mit meinem Sakko?«

Einer der beiden massigen Türsteher baute sich vor ihm auf und legte eine mächtige, gespreizte Hand auf Hydes Brust.

»Hast du gehört, Freundchen? Was ist mit ihrem Sakko?« Das kitschige, spätviktorianische Flair des Pubs blätterte ab wie alte Farbe. Die Augen des Rausschmeißers blickten mißtrauisch, doch selbstbewußt; über seinem Hosenbund wölbte sich ein Bauch, doch er hatte es ja nur mit einem Betrunkenen zu tun, der obendrein noch viel kleiner war als er selbst.

»Hau ab – jetzt gleich!« knurrte Hyde, wobei er über die Schulter des Rausschmeißers hinweg Kellett direkt in die Augen sah.

Kellett – *endlich!* – nickte, fuhr sich mit der Hand über die Lippen und eilte zur Tür. Sein Schatten schwarz im Gegenlicht.

Okay, jetzt an diesen Affen hier vorbei und ihm nach!

Hyde versetzte dem Rausschmeißer einen Kopfstoß. Das Geräusch der brechenden Nase wurde von seinem Schmerzensschrei übertönt. Der zweite Rausschmeißer versetzte ihm einen Schlag in die Nieren, bevor er sich umdrehen konnte. Er taumelte, wurde noch einmal getroffen, dann ein drittes Mal. Harte Schläge. Keiner nahm ihm nun noch ab, daß er betrunken war, aber es war sowieso egal. Der erste Rausschmeißer lag zusammengekrümmt neben einem umgefallenen Tisch. Das Blut in seinem Gesicht war viel häßlicher als das farbige Licht, das durch das Mosaikfenster auf ihn fiel. Bier lief aus einem umgestürzten Glas langsam auf den Teppich, und irgend jemand beschwerte sich, daß seine Hose etwas abbekommen habe.

Hyde wirbelte herum, und ihm wurden die Beine weggeschlagen. Das Mädchen zwängte sich bereits eilig in ihr Sakko. Der Mann war schon auf der Türschwelle. Jetzt jagten sie Kellett, und er saß hier fest!

Ein schwerer Stiefel bohrte sich in seine Rippen. Er rollte auf die Seite, außer Reichweite. Aus dem Publikum erregte Geräusche, sie erfreuten sich an der Gewalt, die einem Fremden zugefügt wurde. Stechender Schmerz in seinen Rippen und Nieren. Der erste Rausschmeißer kam wieder auf die Beine und stürzte sich auf Hyde. Trat mit seinem Stiefel nach ihm. Hyde wich aus, packte das Bein, und der andere verlor das Gleichgewicht. Der zweite Rausschmeißer gab Hyde, als er aufstand, einen Fußtritt, und er wurde gegen den Tresen geschleudert. Fegte mit dem Arm über die Theke und bekam ein leeres Bierglas zu fassen. Der Barkeeper sprach bereits aufgeregt in den Telefonhörer. Der Sachschaden überstieg das Maß des Erträglichen; das war ihm der Spaß nicht wert. Hyde schlug das Glas entzwei und hielt es drohend vor sich. Seine Gegner zögerten, dann wurden sie von irgend jemanden angefeuert. Das Mädchen und ihr Begleiter waren längst verschwunden.

Herrgott, was für eine Scheiße!

»Kommt schon, ihr Fettsäcke«, zischte er. »Ich mach Kleinholz aus euch!«

Beeil dich, du Idiot! schrie er den Barkeeper stumm an, der hektisch in den Hörer sprach und ihn dabei anstarrte. In der Gruppe der Zuschauer hinter den beiden Rausschmeißern zeigten nun einige Männer Gewaltbereitschaft, erhoben sich sprungbereit wie die jungen Männchen eines Wolfsrudels. Als trügen sie nicht maßgeschneiderte Anzüge und feine Lederhandschuhe, sondern Felle und Klauen. Sie waren wie elektrisiert; die gewalttätige Spannung der Prügelei, die die Russen angezettelt hatten, war auf sie übergegangen; sie wollten mitmischen. Nur das zerbrochene Bierglas in Hydes Hand hielt sie noch davon ab, ihn zu umzingeln wie ein ausgehungertes Wolfspack.

Beeil dich, hol die Polizei, du Trottel ... Godwins einziger Kontaktmann in der Reid-Gruppe ist weg, und der KGB jagt ihn! Beeil dich, zum Teufel!

»Verdammt, ich konnte nicht eher kommen!« brüllte Godwin und drehte sich auf seinen Krücken schwerfällig zu Hyde herum. »Terry Chambers beschattet Malan, der junge Darren war anderweitig beschäftigt, und ich hatte alle Hände voll damit zu tun, mir einen Report aus den Fingern zu saugen, der Orrell davon überzeugt, uns mit dieser beschissenen, völlig verfahrenen Untersuchung weitermachen zu lassen! Genügt das?«

Auf dem Bildschirm hinter dem Schreibtisch des wachhabenden Sergeanten flimmerte eine Wiederholung der Fernsehnachrichten vom Nachmittag. Wieder einmal Reid, der seinen tschechischen Gastgebern in irgendeinem festlich geschmückten Saal zuprostete. Ein selbstgefälliges Lächeln lag auf allen Gesichtern.

»Ich habe den gesamten Nachmittag in einer Zelle verbracht, weil mir unsere Freunde und Helfer nicht glauben wollten. Weil ich meinen gottverdammten Dienstausweis nicht dabei hatte.«

Hyde zog sich wütend seine Jacke enger um die Schultern. Der Schmerz in der Nierengegend und an seinen Rippen ließ ihn zusammenzucken.

»Bist du okay?«

»Gebrochen ist nichts«, murmelte der Beamte hinter seinem Schreibtisch, ohne von der Zeitung aufzusehen. »Der Arzt hat ihn gründlich untersucht.« Dann blickte er zornig auf. »Der Streifenwagen war zum Glück rechtzeitig da, bevor er noch mehr Schaden anrichten konnte – an sich selbst *und* den anderen.« Kopfschüttelnd wandte er sich wieder seiner Zeitung zu. An der Wand auf der gegenüberliegenden Seite des Zimmers lehnte ein Betrunkener. Sein unrasiertes Gesicht sah grau und verbraucht aus; er stank nach Alkohol und Erbrochenem.

»Ach ja?« erwiderte Hyde, und als er mit Godwin zur Tür ging, rief er über seine Schulter hinweg noch: »Ich habe die Pritsche in meiner Zelle vollgepinkelt, bevor ich rausging!«

»Himmel nochmal, Hyde, kein Wunder, daß die Leute dich nicht mögen!«

»Na und? Ich habe Stunden in dieser beschissenen Zelle verbracht, und keiner hat auch nur das geringste Interesse an mir gezeigt. Sie waren viel zu sehr damit beschäftigt, nach Augenzeugen zu suchen!«

»Verflixter Rechtsstaat, was? Macht alles so kompliziert.«

»Sie wollten mich doch tatsächlich wegen Körperverletzung einbuchten!«

»Ach, reg dich ab. Was ist mit den Russen?«

»Sie sind hinter Kellett her. Hast du etwas anderes erwartet? Was hast du in der Zwischenzeit unternommen?«

Godwin sah auf einmal äußerst unglücklich aus. »Bis jetzt nichts – außer, dich aus dem Gefängnis zu holen.«

»Verdammt, manchmal frage ich mich wirklich, was in deinem Schädel vorgeht!« fluchte Hyde. »Entweder Kellett hat etwas – was seinen Kopf retten könnte –, oder aber es war wieder einmal eine Niete. Was auch immer, wir müssen ihn finden! Komm mit.«

Der Wagen, der Godwin hergebracht hatte, stand auf der Old Jewry-Straße, etwa fünfzig Meter vom Polizeipräsidium entfernt. Der Fahrer war in seinem Sitz eingenickt und richtete sich auf, als Hyde die Wagentür öffnete. Godwin zwängte sich als erster auf den Rücksitz und Hyde rutschte neben ihn.

»Zu Kelletts Wohnung – den Docklands.« Hyde sagte dem Fahrer die Adresse. »Ich hatte es dir doch schon am Telefon erklärt – als ich endlich zu dir durchkam und du so gnädig warst, meinen Anruf entgegenzunehmen –, daß er eventuell Schutz braucht. Aber du warst zu sehr damit beschäftigt, deinen eigenen Hintern in Sicherheit zu bringen!« Er lümmelte sich in seinen Sitz, seine Füße an den Vordersitz gepreßt wie ein Teenager, und sah auf seine Armbanduhr. Elf Uhr.

»Ich war nur deshalb zu beschäftigt, weil ich versucht

habe, aus diesem ganzen Schlamassel noch irgend etwas zu retten!« erwiderte Godwin bissig.

»Schon in Ordnung, mach dir nicht ins Hemd. Kellett ist das *einzige*, was wir aus dem Schlamassel noch retten können, mein Bester. Darauf hättest du auch selbst kommen können.«

Das massive Gebäude der Bank of England tauchte im Rückspiegel auf.

»Meinst du, daß er tatsächlich in Gefahr ist?«

»Keine Ahnung. Als er endlich gespannt hat, was gespielt wurde, ist er abgehauen, als wäre der Teufel hinter ihm her. Aber sie waren ihm auf den Fersen. Hoffen wir, daß sie ihn nicht erwischt haben. Die Falle war auf jeden Fall verdammt gut ausgedacht.«

»Und du bist prompt hineingefallen.«

»Kellett hat uns erst gegen zehn Uhr dreißig angerufen. Um halb eins lief ihre Operation bereits wie am Schnürchen.«

Sie fuhren durch Eastcheap, vorbei am Tower, der unwirklich schien wie ein seltsames Traumgebilde inmitten der hellerleuchteten Asphaltwüste der Stadt.

»Auf was könnte er denn auf einmal gestoßen sein, das so aufregend wäre? Oder glaubst du, er hat einfach Angst bekommen?«

»Vor was denn?«

»Ich weiß nicht. Es ist nur, daß er bisher ja wirklich nicht gerade gute Arbeit für uns geleistet hat.«

»Wie sind *sie* ihm nur auf die Schliche gekommen?« fragte Hyde. »Die einzige Erklärung ist, daß sie die Reid-Büros angezapft haben – was *uns* verboten wurde! Was für ein verdammter Witz! Unser pedantischer Sir Clive wird sich schwarz ärgern.« Hyde sah Godwin an. »Wenn Kellett tot ist, ist alles vorbei, nicht wahr?« Godwin nickte grimmig. Der Royal Mint türmte sich vor ihnen auf. »Scheiße.«

Sie fuhren in bedrücktem Schweigen weiter und erreichten schließlich Limehouse. Entlang des von den Lichterketten der Straßen gesäumten Flusses waren Neubauten aus dem Boden geschossen. Die Gegend war wieder in Mode gekommen. Hyde setzte sich gespannt aufrecht hin, als der Wagen in Kelletts Straße einbog. Die hohen Wände, verzierten Gittertore und gepflasterten Einfahrten der Villen glitten langsam am Fenster vorbei. Nicht mehr so viele Porsches, dafür drängten sich die BMWs wie die Fliegen. Hyde öffnete das Fenster, und der Lärm aus den umliegenden Kneipen und Discos drang ins Wageninnere. Er konnte den nahen Fluß riechen. Ein langbeiniges Mädchen hüpfte aus einem Cabriolet. Sie lachte und schüttelte ihr langes Haar wie in einer Werbung für Shampoo.

»Wir sind da«, sagte Hyde und klopfte mit der Hand auf die Schulter des Fahrers. »Da ist es.«

Der Wagen hielt vor einem massiven, würfelförmigen Apartmenthaus, dessen Fassade mit ihren Zinnen und Erkern an ein mittelalterliches Schloß erinnerte; als wollten sich die Bewohner vor der umliegenden ländlichen Umgebung und den dort lebenden Menschen verbarrikadieren. Hyde stieg aus und holte tief Luft. Kelletts Wohnung lag im siebten Stock, mit Ausblick auf den Fluß. Er lebte wirklich über seine Verhältnisse, dachte Hyde; Kellett konnte sich diese Wohnung eigentlich nicht leisten, ebensowenig wie seinen Kokainverbrauch, den BMW und die teure Stereoanlage. Er ging auf die Eingangstür zu, Godwin auf seinen Krücken hinter ihm, und drückte auf den Klingelknopf unter Kelletts Namenschild – drückte ein zweites, ein drittes Mal. Dann warf er Godwin einen düsteren Blick zu.

»Hast du deinen Ausweis dabei?« Godwin nickte, und Hyde klingelte beim Portier. Nach einer kurzen Weile ertönte eine krächzende Stimme aus dem Lautsprecher: »Wer ist da?«

»Kriminalpolizei. Öffnen Sie die Tür. Wir wollen zu Mr. Kellett, und er macht nicht auf.« Godwin hielt pflichtbewußt seinen Dienstausweis vor die Linse der Überwachungskamera neben dem Klingelschild.

»In Ordnung.« Ein elektrisches Summen, und Hyde lehnte sich gegen die Tür.

»Dieser Portier ist ein ziemlich nachlässiger Kerl.« Die

Luft im Foyer war stickig und abgestanden; es roch nach verkochtem Essen. »Bin froh, daß er nicht mein Portier ist.«

»Du kannst schon froh sein, wenn Ros dich überhaupt reinläßt.«

Der Lift fuhr seufzend nach oben. »Ich hätte dich vorwarnen sollen«, sagte Hyde ruhig, »du hattest recht. Hätte ich tun sollen.«

»Jetzt sind wir ja da«, erwiderte Godwin, Hydes mürrische Entschuldigung akzeptierend. Die Lifttüren öffneten sich surrend. Das metallische Rucken des Aufzugs wurde von dem weichen Teppichboden des Korridors verschluckt. Auch hier abgestandene Luft. »Welche Tür?«

»Apartment Nummer 62 ...« Hyde ging den Gang hinab. »Hier ist es.«

Hyde drückte auf den Klingelknopf. Aus dem Inneren der Wohnung drang Musik – seichte Kaufhausmusik, die wohl für den Aufzug besser geeignet gewesen wäre. Der Bastard war also doch daheim. Godwin humpelte vorsichtig zwischen den Müllsäcken, die vor den anderen Wohnungstüren standen, zu Hyde hinüber.

Noch ein Geräusch war aus dem Inneren der Wohnung zu hören, ein Geräusch, das nur aus einem Fernseher mit Satellitenanschluß stammen konnte – die Stimme eines amerikanischen Football-Kommentators. Hyde klingelte ein zweitesmal, und das Summen übertönte die Musik aus der Stereoanlage. Zwanzigtausend Steine hat Kellett dafür hingelegt, dachte Hyde, um dann so schlechte Musik darauf zu spielen.

»Er hat also seinen Müll nicht rausgestellt.«

»Hat er nicht, nein.«

Hyde bückte sich und spähte durch den Briefkastenschlitz.

»Und? Kannst du was sehen?«

»Ein paar Stufen, glaube ich – ich kann fast nichts erkennen.«

»Und?«

»Könnte sein, daß es nach Gas riecht – riechst du es auch?«

»Möglich.«

Hyde trat mit dem Fuß gegen die Tür; nach dem Inneren des Briefeinwurfschlitzes zu urteilen, war sie aus Sperrholz. Keine Sicherheitsschlösser. Beim dritten Versuch gab sie nach, und Hyde stolperte ins Innere der Wohnung. Vier Stufen führten von der Diele in das nach allen Seiten offene Wohnzimmer. Der Geruch des neuen Teppichbodens, der frischen Wandfarbe stieg Hyde in die Nase, und es roch auch nach etwas anderem ... Sein Blick wanderte über die Wände, die mit Gemäldedrucken dekoriert waren.

»Ich möchte wissen, wer ihm dazu geraten hat, sein Geld in dieses Zeugs zu stecken«, sagte Godwin. »Kein Wunder, daß er pleite ist. Schau mal, all diese Drucke sind von Galerien aus der Bond Street und Mayfair Street. Und alle handsigniert.« Er deutete auf ein Bild, das Hyde bereits aufgefallen war, eine Landschaft im Mondlicht. »Du weißt ja, wieviel dieser Künstler für einen seiner Drucke verlangt, oder?« murmelte Godwin. »Wie hieß er doch gleich?« Hyde zuckte mit den Schultern.

Er ließ seine Blicke langsam über den Raum und die Einrichtung schweifen. Ledersessel, chinesische Teppiche, die sicherlich in Hongkong kaum weniger kosteten als in London. Die übergroßen Lautsprecher der Hi-Fi-Anlage, die offenbar nötig waren, um diese erbärmliche Musik hörbar zu machen. Die handsignierten Drucke an den Wänden ... und all die antiken, ledergebundenen Bücher – er nahm einen Dickens aus dem Bücherregal und sah nach dem Erscheinungsdatum. Erste Auflage – natürlich. Das Zimmer war Galerie, Antiquariat, Museum und Geldanlage in einem. Mit geliehenen Geldern finanziert, als Polster für schlechte Zeiten – und ebendiese schlechten Zeiten heraufbeschwörend. Hyde schüttelte den Kopf. Der Raum zeugte von der Unersättlichkeit seines Bewohners – demonstrierte die Sammelleidenschaft eines alten Mannes in einem Fünfundzwanzigjährigen, der nicht warten wollte.

»Wer glaubt er denn, wer er ist?« fragte Hyde. »Wen will er damit beeindrucken, zum Teufel?«

»Mädels – oder seine freigiebigen Eltern?«

»Vielleicht sind sie gar nicht so freigiebig, und vielleicht nicht einmal wohlhabend«, sagte Hyde, nach einem weiteren Blick durch das Zimmer. Dann sah er Kelletts nackte, bleiche Knöchel und seine Schuhe hinter dem breiten Ledersofa. »Was auch immer, seine Zeit scheint um zu sein.«

»O Scheiße!« rief Godwin und warf Hyde einen anklagenden Blick zu.

Hyde kniete bereits neben dem – Leichnam, kein Zweifel. Das junge Gesicht starrte blicklos nach oben. Kellett lag in einer Pfütze von Erbrochenem. Ein leeres Whiskyglas stand auf dem Boden neben seiner Wange; auf seinem Kinn trocknete ein Rinnsal von Speichel. Kein Herzschlag. Der Körper war noch warm. Das Aluminiumpapier, das Feuerzeug und der Inhalator auf dem Couchtisch ... sicherlich kein Zufall. Diese Gegenstände waren dort plaziert worden, als Beweismaterial – um sie in die Irre zu führen. Auch die Tatsache, daß es im Raum nach Crack roch, war ein Bestandteil dieses Täuschungsmanövers. Hyde fluchte. Diese verdammte russische Schmierenkomödiantin!

Godwin beugte sich schwer atmend über den Leichnam. »Die Autopsie wird ergeben, daß auch er einen Herzanfall hatte. Das wäre dann der dritte in Folge, und aller guten Dinge sind ja bekanntlich drei – es ist einfach zu verdammt einleuchtend, wer könnte daran zweifeln?«

»Auf jeden Fall nicht Orrell«, murmelte Hyde.

Godwin humpelte mühsam auf seinen Krücken in die Mitte des Zimmers. »Irgend jemand da draußen vernagelt einen Notausgang nach dem anderen, bevor er das ganze Haus in Brand setzt«, sagte er.

Hyde starrte einen Augenblick lang in das junge, bleiche Gesicht des toten Mannes und wandte sich dann ab. Godwin fand zwischen dem Silberpapier, dem Inhalator und den weißen Körnchen auf dem Couchtisch, die wie zerstoßene Mandeln aussahen, ein drahtloses Telefon und begann, eine Nummer einzutippen.

»Wie sah denn dieses Callgirl aus, das Shapiro mit auf sein Zimmer genommen hat?« fragte Hyde.

»Was? Ach, das Callgirl ... die detaillierteste Zeugenaussage besagt lediglich, daß sie eben das war – ein Callgirl. Ach ja, und eine Weiße.«

»In diesem Fall schlage ich vor, daß du diesem alten Furz Orrell nahelegst, uns endlich die Erlaubnis zu geben, die Reid-Büros anzuzapfen. Wenn nicht, dann soll er gefälligst irgendeine andere Beschäftigung für uns finden!«

Es war eine DC-3, eine alte, in Wüstentarnfarben lackierte Dakota, die leblos und zertrümmert auf der Erde lag. Der rechte Flügel war abgeknickt wie ein gebrochener Arm. Vom Heck des Flugzeugs zog sich eine tiefe Furche durch den roten Sand des Buschlands. Zu beiden Seiten standen enthauptete Bäume und niedergedrückte Sträucher wie Straßenpfosten einer Landstraße. Der Absturz konnte noch nicht lange her sein. Ein dünner, letzter Rauchfaden brennenden Öls kräuselte sich über dem Backbordmotor.

Richard Anderson brachte seinen Landrover in etwa fünfzig Metern Entfernung auf dem Kamm eines kleinen Hügels zum Stehen, legte beide Hände auf das Lenkrad und musterte die zerschmetterte Dakota. Nichts ließ darauf schließen, daß irgendeiner der Insassen den Absturz überlebt haben könnte. Sein Bart kratzte an seinem Hals, als er mehrmals den Kopf schüttelte. Er konnte sich das Innere der Flugzeugkabine lebhaft vorstellen: die Verschalungen entzweigerissen und die Innenverkleidung aus Plastik bis auf die Stahlverstrebungen bloßgelegt. In der beginnenden Hitze des frühen Morgens flatterten Vögel empor; das Sonnenlicht färbte seine Hände rot, und der Landrover warf einen langen Schatten, der fast bis hinunter zum Wrack reichte. Staub und Sand bedeckten den Rumpf des Flugzeugs und dämpften das Glitzern des Metalls in den ersten Sonnenstrahlen. Hoch über ihm kreisten Adler und ihre Beute, Singvögel und ihre Jäger. Er nahm das Flattern ihrer Flügel und ihre grellen Rufe bewußt wahr, als der Schock über seinen Fund allmählich von ihm wich. Warum war die Maschine abgestürzt? In Windhuk hatte es in dieser Nacht keinen Sturm gegeben. Das Flugzeug lag da, als hätte es eine Meereswelle auf den rötlichen Sand gespült. Ein leichter

Windhauch in der sonst unbewegten Morgenluft trug ihm den Geruch des langsam auslaufenden Treibstoffs zu.

Von seinem Aussichtspunkt konnte er meilenweit in alle Richtungen blicken. In diesem Teil des Buschlandes befand sich außer ihm niemand. Die Furche, die das Flugzeug hinterlassen hatte, deutete nach Westen, in Richtung der Küste und der Walfisch Bay. Schließlich siegte seine Neugier, und er startete den Landrover wieder, fuhr den holprigen Abhang hinab. Eine Eidechse huschte als bläulicher Blitz über den Sand und verschwand im Gestrüpp. Ein langer, gesprenkelter Hals tauchte auf der anderen Seite der DC-3 auf, und eine Giraffe erschien, galoppierte gemächlich und nicht allzusehr erschreckt davon. Die Bäume ringsum waren grau und verdorrt. Ein blasser Fleck, das ausdruckslose Gesicht eines Toten, preßte sich an das staubverschmierte Glas der Pilotenkanzel. Ein dunkler Streifen zog sich über die Wange des Leichnams, getrocknetes Blut aus seiner Ohrmuschel. Gab es noch andere?

Die Tarnfarbe der Dakota mochte militärischen Ursprungs sein, doch er konnte nirgendwo ein Militäremblem entdecken. In welche Richtung war das Flugzeug geflogen, bevor es abstürzte? Wenn es von der Walfisch Bay kam, war es Hunderte von Meilen vom Kurs abgekommen, welchen Ort in Südafrika es auch immer angesteuert haben mochte. Einzelne Strähnen schwarzen Haares klebten an der Stirn des toten Gesichts im Cockpit.

Anderson stieg mit steifen Gliedern aus. Seine rechte Hand fuhr über das Metall des Flugzeugrumpfs. Staub blieb auf seinen Fingerkuppen zurück. Er näherte sich dem Triebwerk unter dem rechten Flügel. Der ausgelaufene Treibstoff war noch feucht. Das Flugzeug mußte kurz vor der Morgendämmerung abgestürzt sein – vor nicht einmal einer Stunde. Unwillkürlich schnellte sein Kopf nach oben, und seine Augen suchten den Himmel ab. Nichts zu sehen. Langsam ging er um das Wrack herum zur Kabinentür, die durch die Wucht des Absturzes aufgesprungen war. Er streckte die Arme nach oben, packte mit beiden Händen die Schwelle der Kabinentür, zog sich hoch und kletterte ins Innere der Dakota. Als sich seine Augen allmählich an die Dunkelheit gewöhnten, nahm er die Umrisse von Kisten und Containern wahr. Auf den Seiten der wild durcheinandergewürfelten Frachtkisten sah er aufgesprühte Druckbuchstaben und zerrissene Aufkleber. Er verharrte in seiner geduckten Haltung im Inneren der Kabine, und hier drinnen schien ihm das Schweigen weitaus beunruhigender als die Stille des Buschlandes ringsum; die abgestandene Luft knisterte förmlich vor Elektrizität, deren Entladung unmittelbar bevorzustehen schien. Die Haare an seinen Armen und im Nacken stellten sich auf.

Eine große Eidechse ergriff die Flucht, huschte zwischen seinen Stiefeln davon, als er sich langsam dem Cockpit näherte. Vorsichtig legte er seine Hand auf die Türklinke und hielt inne. Auf der metallenen Tür zur Pilotenkanzel standen Warnungen und Instruktionen in Afrikaans und auf Englisch, die zum Teil weggekratzt worden waren. Militär ...? Er drückte die Klinke hinunter und zwängte sich mit gesenktem Kopf in die Enge des Cockpits.

Zwei Tote. Er zuckte zurück, als Hunderte von Fliegen aufflogen, um sich gleich darauf wieder auf den leblosen Körpern niederzulassen. Der Pilot lag mit dem Gesicht am Seitenfenster in seinem Sitz; der Körper des Kopiloten war über den Anschnallgurt gefaltet wie die liegengelassene Puppe eines Bauchredners. Seine Stirn ruhte auf den Armaturen, der Nacken war entblößt, als warte er auf das Niedersausen der Guillotine. Die Fliegen scharten sich um die Rinnsale getrockneten schwarzen Blutes an Mündern, Nasen und Ohren der beiden toten Männer. Anderson musterte die zerschmetterten Gesichter und bemerkte dann die nahezu identische Kleidung: Sandfarbene Buschjacken. Der Pilot jedoch trug helle Cordhosen, und der Kopilot Jeans aus rauhem Leinen. Also keine Soldaten. Er beugte sich nach vorn. Seine Hand näherte sich der Jacke des Kopiloten, hielt inne. Fliegen umschwärmten ihn, angezogen vom Schweiß auf seiner Stirn und unter seinen Armen. Seit vielen Jahren gehörte der Anblick von Toten nicht mehr zu seinem Berufsalltag. Anderson hatte in all der Zeit nur hin und wieder die Leiche eines von Wildhütern erschossenen Wilderers gesehen. Er schluckte, atmete tief durch und fuhr mit der Hand in die Taschen des Toten. Seine Finger ertasteten eine Wölbung in der Hintertasche der Jeans. Er knurrte böse, als könne er so die Fliegen verscheuchen, setzte den leblosen Körper aufrecht in den Sitz und zog einen abgewetzten, ledernen Geldbeutel aus der Jeans. Dann untersuchte er die Kleidung des anderen Piloten, während die Fliegen immer aufdringlicher und der Blutgeruch immer erstickender und übelerregender wurden. In den Taschen des Piloten fand er nichts. Seltsam: keine Papiere, kein Ausweis – überhaupt nichts. Er schlug mit beiden Händen nach den Fliegen, drehte sich dann um und floh aus dem Cockpit, wobei er die Tür hinter sich zuschlug. Falls die Uhr in der Pilotenkanzel tatsächlich beim Aufprall stehengeblieben sein sollte, so war der Absturz tatsächlich erst eine Stunde her. Die Fliegen, die ihn verfolgt hatten, ließen allmählich von ihm ab. Die Temparatur im Frachtraum war gestiegen. Die Instrumente im Cockpit hatten keinerlei Hinweis auf die Ursache des Absturzes gegeben. Ein trockener Windhauch wehte Staub durch die Kabinentür. Er kniete nieder, um die Aufschrift auf einer der Kisten zu entziffern. Ein Name und ein Firmenemblem waren mit schwarzer Farbe überpinselt worden, doch als er genauer hinsah, konnte er die Schrift lesen. Er richtete sich wieder auf und durchsuchte die lederne Brieftasche im Tageslicht, das durch die offene Tür ins Flugzeuginnere fiel. Namibisches Geld und südafrikanische Rand – ein paar Scheine mit hohen Beträgen. Eine Fotografie und ein Ausweis. Das Foto zeigte eine junge Frau mit einem Baby in den Armen, hinter ihr sah man eine trostlose Stadtlandschaft. Er drehte das Bild herum. Auf der Rückseite stand der Name der Frau, des Babys, der Ort und das Datum, alles in schnörkeliger Schönschrift. Auf dem Foto hatte er in der Entfernung Kuppeln und Dome bemerkt. *Novgorod, 1989.* Der Schnappschuß zitterte in seiner Hand. Der Ausweis war rot. Ein Paßfoto des Kopiloten, darunter sein Name, der gleiche Nachname wie die Frau. Anderson konnte Russisch und hatte so etwas schon einmal gesehen. Es war ein KGB-Dienstausweis.

Die Aufschrift auf der Kiste zu seinen Füßen lautete: *Reid Electronics GmbH, Großbritannien.* Seine Augen wanderten zwischen dem Foto, dem KGB-Ausweis und der Kiste hin und her ... Foto, Ausweis, Kiste ...

Offensichtlich hatte der andere Pilot absichtlich keine Papiere bei sich getragen, um nicht identifiziert werden zu können. War er Südafrikaner? Der russische Kopilot hingegen war leichtsinnig gewesen und hatte wohl auf Brieftasche, seinen Ausweis und das Familienfoto nicht verzichten wollen.

Einen Augenblick lang spürte er das übermächtige Verlangen wegzulaufen, aus dem Wrack zu fliehen und diesen Ort hinter sich zu lassen – und doch er tat es nicht. Langsam dämmerte es ihm, daß seine alten Instinkte und Reflexe geweckt worden waren; als habe ein früheres Selbst – der jüngere, besser ausgebildete Mann, der er einst gewesen war – sein gegenwärtiges Ich unsanft von seinem Platz verdrängt. Erneut brach ihm der Schweiß aus; in der Stille im Inneren des Wracks konnte er seinen Herzschlag hören.

Er holte ein paarmal tief Luft. Die Kiste war offensichtlich beim Absturz durch die Kabine geschleudert und dabei beschädigt worden. Der Aufschrift zufolge enthielt sie Farbfernseher. In den anderen Kisten, die in dem Frachtraum herumlagen, befanden sich Mikrowellenherde, in anderen Hi-Fi-Anlagen ... warum sollte hier etwas faul sein ...? Absurd. Oder etwa nicht? Er warf einen kurzen Blick in Richtung Cockpit. Eine KGB-Mann, zum Schutz von Mikrowellenherden? Er ging in die Knie, packte mit der rechten Hand das spitze Ende eines langen Holzsplitters, der aus der beschädigten Kiste hervorstach, und brach ihn heraus, dann noch einen – bis er sehen konnte, was sich in der Kiste befand.

Fernsehgeräte waren es nicht. Das stand fest. Doch was war es? Er richtete sich auf, sah sich um und entdeckte die Axt, die für Notfälle an der Kabinenwand angebracht war. Er nahm sie in beide Hände und bearbeitete mit energischen Hieben die Holzverschalung der Kiste. Das Holz zersplitterte krachend.

Dicke Styroporplatten schützten die darunterliegenden Pakete. Er zerriß die Klebebänder und die Pappe des zuoberst liegenden Pakets und war enttäuscht, daß sein Inhalt ihm nicht vertraut war. Kleine Transistoren, eine winzige Fernbedienung in Form eines Taschencomputers. Er öffnete noch ein Paket – ein Sende-Empfangsgerät. Auf einem darunterliegenden Päckchen las er die Aufschrift *Infrarot*. Seine alten Instinkte trieben ihn voran. Mit beiden Armen nahm er soviel Pakete, wie er tragen konnte.

Er wußte nicht, was sie enthielten – er wußte nur, daß sie Beweismaterial waren. Für später. Die Temperatur im Inneren der Dakota war auf ein unerträgliches Maß gestiegen. Eine Stimme in ihm protestierte. Es war doch nur ein ziviles Frachtflugzeug, das abgestürzt war …? Er tastete nach der Brieftasche des russischen Copiloten in seiner Hosentasche. *Lächerlich*, sagte er sich, während er die Pakete in beiden Armen zum Landrover trug, seine Fersen und Knie noch ein wenig taub von dem kurzen Sprung von der Kabine auf den sandigen Boden. *Was tue ich da eigentlich?* Er warf die Pakete auf den Rücksitz, und ein leichtes Schwindelgefühl überkam ihn. Es war heiß. Am Himmel war lediglich ein Adler zu sehen, doch die Suchaktion war sicherlich schon im Gange.

Er lief erneut den Abhang hinunter und kletterte mühselig zurück ins Innere der Kabine. Stolperte im Dunkeln zum Cockpit, zögerte eine Sekunde, öffnete die Tür und wurde unmittelbar darauf von einem Fliegenschwarm attackiert. Hastig durchsuchte er die Seitenfächer an der Tür, die Netzfächer hinter den Pilotensitzen, die Ablage unter den Armaturen – nichts. Kein Flugplan, keine Frachtbriefe – nichts. Auch das ein Beweis, daß sein Verdacht berechtigt war. Er warf einen zornigen Blick auf den russischen Kopiloten, als wolle er ihn für seinen Leichtsinn tadeln. Wütend schlug er nach den Fliegen, wedelte mit den Armen und floh aus der Pilotenkanzel, sprang erneut vom Flugzeugrumpf in den Sand und bemerkte zum erstenmal seine Fußabdrücke in der Erde, die Reifenspuren des Landrover, die den Abhang hinunter zum Wrack des Flugzeugs führten. Unschlüssig fuhr er sich mit der Hand mehrmals über die schweißbedeckte Stirn.

Bald würden sie hier sein. Dort … der schwarze Punkt dort oben im Himmel! Nein, das war ein Adler oder ein Geier – kein entferntes Suchflugzeug, kein sich nähernder Hubschrauber. Noch nicht. Ein KGB-Offizier als Begleiter eines zivilen Frachtfluges ohne Fahrtenschreiber? Er wußte nicht genau, was das bedeuten sollte, wußte nur, daß er auf irgend etwas gestoßen war, das ihm Angst einjagte, ihm die Kehle zuschnürte. Wie ein verwundeter Stier schüttelte er den Kopf.

Ein trockener Windstoß wirbelte Sand gegen die Flanke des Landrover. Das wilde Verlangen, einfach wegzulaufen, war stark, und doch war ihm klar, daß er es nicht konnte, auch wenn es das Vernünftigste wäre … er mußte herausfinden, was hier vor sich ging. Er mußte bleiben. Den Landrover im Gebüsch verstecken und für sich selber ein Versteck finden, von dem er alles beobachten konnte. Dann würde er warten. Es konnte nicht lange dauern … sie würden alles daransetzen, das Wrack schnellstmöglich zu finden. Und er mußte herausfinden, *wer* danach suchte. Die Fracht bestand aus hochspezialisierten elektronischen Geräten, die als Mikrowellenherde und Stereoanlagen getarnt waren. Im Flugzeugwrack lag ein toter KGB-Offizier. Was hatte er hier in Namibia zu suchen gehabt? Was wollte der KGB mit britischen Technologieprodukten?

Er holte tief Luft.

Der Dunstschleier am Himmel schien in der heißen Luft zu zittern wie eine Zeltplane im Wind.

Beweg dich, verdammt nochmal! Verwisch die Reifenspuren und deine Fußabdrücke, dann versteck dich … Nein, geh zuerst zum Flugzeug, häng die Axt wieder an ihren Platz und wisch die Holzsplitter von der Klinge. Es muß so aussehen, als wären die Kiste und die Pakete – mein Gott, warum hatte er denn so viele Pakete aufreißen müssen! – *beim Absturz beschädigt worden. Und dann versteck dich …*

»Setzen Sie sich, Godwin.« Vom geräumigen Büro des Generaldirektors des britischen Geheimdiensts, Sir Clive Orrell, konnte Godwin die Themse sehen. Orrell eröffnete die Unterhaltung in gewohnt unfreundlichem Ton, und es schien nicht mehr bloßer Zufall zu sein, daß die Büros des SIS vom Westminster Palace abgewandt waren. Ein Adlerhorst.

Herrgott, ich klinge schon wie ein regierungskritischer Journalist, ermahnte er sich. Doch seit der Ernennung von Orrell zum neuen Generaldirektor war alles anders. Hyde beispielsweise nannte den Sitz des SIS mittlerweile nur noch *Berchtesgaden an der Themse.*

Orrell deutete auf einen Stuhl vor seinem Schreibtisch aus Mahagoni und wanderte zum Fenster. Im heißen Morgenlicht auf dem Fensterbrett saß eine Taube und sah hungrig zu Orrell auf. Wahrscheinlich war sie an seinen Geiz gewöhnt. *Ich weiß, wie du dich fühlst, kleine Taube,* dachte Godwin. Aubrey hatte ihn, Hyde und den Rest seiner Truppe dem neuen Chef Orrell unterstellt, als er krank wurde; Aubrey, der keinerlei Interesse mehr an der Operation zeigte, als sie im Februar – nachdem die Reid-Gruppe monatelang mit größter Sorgfalt observiert worden war – noch immer nichts Brauchbares zutage gefördert hatten. Auch Orrell schien sich dazu entschlossen zu haben, daß ihn die ganze Sache nichts mehr anging. Falls etwas schiefgehen sollte, würde er seine Hände in Unschuld waschen können. Mit der Seife des Pontius Pilatus.

»Danke, *Sir*«, murmelte er. Orrell schätzte Unterwürfigkeit.

Auf dem Schreibtisch lag Godwins Akte, daneben ein Schreiben mit dem Briefkopf der CIA. Es sah nicht gut aus, o nein, ganz und gar nicht.

Godwin lehnte seine Krücken an die Stuhllehne und ließ sich mühsam nieder. Der Stuhl protestierte ächzend. Lederpolster, wie auf allen Sitzgelegenheiten im Büro. Wahrscheinlich hatte Orrell in einem *James-Bond*-Film gesehen, daß die Büros von Geheimdienstdirektoren so auszusehen hatten: Mahagonischreibtisch, Ledersessel und so weiter.

»Sie haben mich herbestellt, Sir?«

Orrell war offensichtlich verärgert über das Betteln der Taube auf dem Fensterbrett; er wandte sich ab und baute sich hinter seinem Schreibtisch auf.

»Ich habe Sie herbestellt, Godwin, um Ihnen mitzuteilen, daß ich« – er klopfte mit dem Zeigefinger auf die Akte, die vor ihm auf dem Schreibtisch lag – »einen vollständigen Bericht über den Selbstmord dieses Shapiro von der CIA erhalten habe und daß ich mich angesichts dieses Berichts dazu gezwungen sehe ... Ihre Einheit aufzulösen.« Ohne aufzublicken, hob er eine Hand, um eine eventuelle Erwiderung Godwins zu verhindern, und begann, hinter seinem Schreibtisch auf und ab zu gehen. An der Wand hing das obligatorische Ölportrait der Queen, die mißbilligend auf ein Gemälde zu schielen schien, das neben ihr hing, ein Stilleben mit toten Wachteln und Obst. Godwin fragte sich, ob in den James-Bond-Filmen auch so scheußliche Bilder im Büro des Geheimdienstdirektors hingen. »Es ist meine Entscheidung, Godwin, und ich verlange, daß sie respektiert wird.«

Respekt wofür? Dafür, daß man vor der CIA den Schwanz einzieht?

Orrell ging zum Fenster und sah hinaus. Die Taube pickte herausfordernd gegen das Fensterglas, und Orrell, in seinem dunklen Anzug ein massiger Schatten vor dem blauen Himmel, zuckte leicht zusammen.

»Ich bin der Ansicht, daß Sie sich lange genug mit dieser Geschichte beschäftigt haben.«

Godwin dachte an Shelley; ursprünglich hatte Aubrey seine Untergebenen Godwin, Hyde und die anderen an Shelley weitergereicht. Doch Shelley war unmittelbar darauf zum Chef des Sicherheitskomitees in Berlin beordert worden. In dem Wissen, daß Shelley der bevorzugte Schützling Aubreys war, hatte Orrell ihn nach Europa geschickt – um zu vermeiden, daß seine eigene Position in Gefahr geriet. Seitdem herrschte eine aufrührerische Stimmung im SIS – oder bildete sich Godwin das nur ein? Bei Licht besehen, schienen die meisten Kollegen eigentlich vor allem darauf erpicht zu sein, die Jahre bis zur Pensionierung möglichst geruhsam hinter sich zu bringen!

Orrell war eine Übergangsregierung – lediglich ein Verwalter und Buchhalter des Geheimdienstes, bis sich die Regierung darüber einig wurde, in welcher Form und mit welchen Aufgaben der SIS künftig operieren sollte. Und doch, die Yankees bei der CIA liebten ihn, diesen aufgeblasenen Schwachkopf – vielleicht, weil er noch dümmer zu sein schien als ihr eigener Chef!

»Ich verstehe, Sir. Sie haben, äh, meinen Bericht über Kelletts Tod gelesen, unseren Kontaktmann ...«

»Den Mann, den Sie in Ihre Dienste genommen haben und der, wie sich herausgestellt hat, nicht überaus nützlich gewesen ist.« Orrell schnaubte wütend. »Ein *Drogensüchtiger,* mit geradezu absurd hohen Lebenshaltungskosten! Sie haben Unmengen unseres Budgets zum Fenster hinausgeworfen, alles in diesen wertlosen Junkie gesteckt – und was tut *er*? Er stirbt an einer Überdosis!«

»Ja, Sir.« Es war genauso hoffnungslos, wie er erwartet hatte. Orrell war viel zu phantasielos, um das Neue oder Unerwartete zu sehen. Er würde einen Beweis nicht einmal erkennen, wenn er ihm an die Stirn knallte – wie der Holzschaft eines Rechens im Garten, wenn er versehentlich darauf trat. Godwin unterdrückte den Anflug eines Grinsens.

»Godwin, Sie müssen der Tatsache ins Auge sehen, daß Ihr kostspieliger Kreuzzug gegen die Reid-Electronics-Group und ihre Tochtergesellschaften nun zu Ende ist. Dieser Shapiro ist offensichtlich durch die ungeschickte Grobheit der Amerikaner – deren Methoden Sie ja so zu bewundern scheinen! – in den Selbstmord getrieben worden. Alles, was Ihre Operation bisher als Erfolge vorweisen kann, sind ein Selbstmord, ein Drogentoter und Ihre haltlosen Verdächtigungen, daß die Russen etwas Großes im Schilde führen und daher in London wahllos Menschen ermorden lassen!« Orrells Standpauke klang irgendwie einstudiert. Der Mann hörte sich gerne selber beim Reden zu, das war klar.

»Nein, Sir, ...«

»Die Leute von der CIA haben eingesehen, daß sie sich an einem toten Punkt befinden, Godwin – warum weigern *Sie* sich noch gegen diese Einsicht? Bitte, erzählen Sie's mir.«

Zu seiner eigenen und Orrells Überraschung mußte Godwin gähnen. »Verzeihung, Sir, ich habe schlecht geschlafen.« Orrell nickte, akzeptierte die Lüge und fuhr dann fort: »Ich habe sowohl mit dem Auswärtigen Amt als auch mit dem Innenministerium gesprochen, und bin zu dem Schluß gekommen, daß ich die Verschwendung unserer Gelder durch diese Operation nicht mehr zulassen kann. Betrachten Sie Ihre Einheit von diesem Zeitpunkt an als aufgelöst.«

»Sir ...«, bat Godwin.

Es schien genau der Tonfall zu sein, auf den Orrell gewartet hatte, um endlich einen Wutanfall bekommen zu können.

»Sie haben bereits Kenneth Aubreys Geduld, und wahrscheinlich auch seine Gesundheit, überstrapaziert, und jetzt scheinen Sie fest entschlossen zu sein, das Gleiche mit mir zu tun! Godwin, diese Geschichte ist für Sie zur fixen Idee geworden! Der Malan-Labuschagne-Konzern hat sich aus der Reid-Gruppe zurückgezogen, und zwar vollständig. Es gibt keinen, ich wiederhole, keinen einzigen Hinweis auf irgendeine wie auch immer geartete Verbindung zwischen dem russischen Geheimdienst und der Reid-Gruppe. Ihre Theorien lösen sich sofort in Luft auf, wenn man sie mit der Realität konfrontiert. Jetzt geschehen sogar angeblich am gleichen Tag zwei Morde – Sie wollen mich wohl auf Biegen und Brechen davon überzeugen, daß ich Sie mit dieser absurden Operation weitermachen lasse! Aber ich habe die Nase voll, Godwin! Bei mir beißen Sie auf Granit!« Dem letzten Satz verlieh er mit einer wütenden Handbewegung in Godwins Richtung Nachdruck.

»Mehr habe ich im Augenblick nicht zu sagen. Ich würde annehmen, daß Ihnen ein paar Tage Urlaub zustehen, und schlage vor, daß Sie davon Gebrauch machen und sich Anfang nächster Woche wieder bei Ihrem Vorgesetzten melden. Ich schätze Ihren Perfektionismus – und bedaure Ihren Mangel an gesundem Menschenverstand. Auf Wiedersehen, Godwin.«

»Auf Wiedersehen, Sir.«

Er nahm seine Krücken und machte sich humpelnd auf den langen Weg zur Tür. Die Taube war längst weg. Hinter sich hörte er Orrells leise quietschenden Ledersessel, das Rascheln der Aktenpapiere und eine Schublade, die auf- und wieder zuging. Schublade zu, Fall abgeschlossen. Seine Arbeit der letzten sechs Monate. Herrgott, dachte Orrell denn tatsächlich, aus dem KGB sei auf einmal ein Haufen von Klosterschülern geworden?

Er vermied jeglichen Augenkontakt mit Orrells Sekretärin und dem jungen Assistenten, der sich über ihren Schreibtisch beugte, mit seinem langen Haar und der Rugby-Club-Krawatte. Es gab beim SIS mittlerweile mehr junge Aufsteiger aus reicher Familie als beim *British-Lions*-Club. Und *Lady* Orrell hatte es offensichtlich versäumt, die junge Sekretärin in Augenschein zu nehmen, die viel zu gut aussah.

Erst auf dem Korridor, als er auf den Aufzug wartete, verzogen sich seine Gesichtszüge zu einer wütenden Grimasse. Er schwitzte. Seine Krawatte schien ihm die Kehle zuzuschnüren, sein Hemd war so unangenehm wie eine zu eng anliegende Rüstung.

Einfach aufgeben? O nein.

Scheiß auf dich, Sir.

ZWEI

Der Wald ist voller Stimmen

Die Sonne stand mittlerweile hoch am Himmel, und die flimmernde Luftmasse am Horizont erzeugte die optische Täuschung einer weit entfernten Hügelkette. Fata Morgana. Die Zebras und Gazellen in der Entfernung waren lediglich winzige schwarze Punkte in der heißen Luft, schienen viel unwirklicher als das abgestürzte Flugzeug und die Gestalten, die sich darum versammelt hatten.

Anderson saß in seinem Versteck im Wipfel einer Akazie und stellte sein Fernglas schärfer. Er war sich eigentlich schon darüber im klaren, wer der Anführer des Suchtrupps war, doch er konnte es nicht glauben.

Das Gesicht des Mannes, der im Halbschatten der Heckflosse stand, tauchte auf einmal mit beunruhigender Schärfe in der Optik des Fernglases auf. Ein starkes, kantiges, frischrasiertes Gesicht; ein Mann um die vierzig. Seine Augen waren hinter einer dunklen Sonnenbrille verborgen, doch Anderson kannte ihren kalten Blick von früheren Begegnungen. Ein dicker Hals, breite Schultern. Der Körper des Mannes strahlte selbst in ruhiger Haltung eine selbstsichere Spannkraft aus. Auch sein Mund und sein Kinn verrieten diese an keinen Widerspruch gewöhnte Härte. Eine Vergangenheit voller Gewalt hatte ihre Spuren hinterlassen.

Es war Blantyre. Oberst Robin Blantyre, Frontoffizier der Armee des ehemaligen Rhodesien, Ex-Agent des südafrikanischen Geheimdiensts – und was war er jetzt? Ein Angestellter des MLK? Oder war er etwa ein Wildhüter geworden? Vielleicht war er ja tatsächlich – wie viele Ex-Söldner – im unabhängigen Namibia geblieben, als Führer einer kleinen Patrouille von Wildhütern? Blantyre hatte in der Vergangenheit – tat er es immer noch? – beide Tätigkeiten ausgeübt. Andere Aktivitäten hatten in der Teilnahme an zwei Dutzend Feldzügen in Angola, Mozambique, Simbabwe und Sambia bestanden ... o ja, kein Zweifel:

dort stand der berühmte, mit Orden überhäufte, berüchtigte, tödliche Oberst Blantyre.

Der Schock des Wiedererkennens hatte Anderson in seinem Versteck zwischen den Ästen der Akazie aufgerüttelt wie ein plötzlicher Windstoß. Blantyres Auftauchen an der Unglücksstelle warf viele beunruhigende Fragen auf, konnte eigentlich nur Unheil bedeuten. Es war kein Zufall, daß er hier war. Anderson hatte seinen Landrover in einem ausgetrockneten Wasserloch zwischen mannshohen Gräsern und Sträuchern verborgen und war auf einen Baum geklettert, um alles überblicken zu können; kaum eine halbe Stunde später war das erste Suchflugzeug aufgetaucht. Nein, die Männer beim Wrack, das waren keine Wildhüter. Es war ein Suchtrupp. Und Blantyre war ihr Anführer …

Die Kiste, die er aufgebrochen hatte, lag mitsamt den zerrissenen Verpackungen auf der Erde neben dem Flugzeug; die Männer hatten sie hinausgeworfen – doch der Inhalt der Pakete lag jetzt unter dem Rücksitz seines Landrover. Beweismaterial. Wofür eigentlich? *Novgorod, 1989,* und ein KGB-Ausweis …

Anderson lief ein kalter Schauer über den Rücken. Blantyre kannte ihn, und womöglich wußte er auch, was Andersons früherer Beruf gewesen war. Wenn er oder seine Männer ihn dort oben im Baum entdeckten, würden sie ihm sein Märchen abnehmen? Er hatte sich schon eine Geschichte zurechtgelegt. Als Wildaufseher war er unterwegs gewesen, um die Tiere zu beobachten. Ein etwas kauziger, aber völlig harmloser Engländer … Hastig blickte er durch das Fernglas zu Blantyre hinüber, der ihm geradewegs in die Augen zu starren schien. Das unbestimmte Gefühl drohenden Unheils, das seit dem Morgen immer stärker geworden war, verwandelte sich nun in nackte Angst. Blantyre hatte zweifellos viel mehr Menschen getötet als Anderson in seiner aktivsten Zeit. Und bei ihm war es noch nicht so lange her. Blantyre war noch im Training, sozusagen.

Auf einmal hatte er das furchtbare Gefühl, in der Falle zu sitzen – als lauere am Fuß der Akazie unter ihm ein Leopard, bereit, ihn anzufallen, falls er zu fliehen versuchte.

Gleich neben dem Wrack standen die beiden Militärjeeps. Die hinten aufmontierten Maschinengewehre zeigten wie zum Salut in den Himmel. Blantyre hatte sich vor den vier Männern seiner Einheit aufgebaut und gab ihnen dem Anschein nach den Befehl, das umliegende Areal zu durchkämmen; seine Hände schnitten durch die Luft, unterteilten das Umland in zu durchsuchende Sektoren. Er war auf die aufgewühlte Erde vor der Einstiegsluke des Flugzeugs aufmerksam geworden und wußte also, daß schon jemand im Wrack gewesen war – und die Kisten und Pakete geöffnet hatte. Ob dieser Unbekannte rein zufällig vorbeigekommen war und der Gelegenheit zum Plündern nicht hatte widerstehen können, oder ob er gezielt nach etwas gesucht hatte – das allerdings konnte Blantyre noch nicht wissen. Auf alle Fälle hatte er einen höchst alarmierten Eindruck gemacht. Auf einmal schnellte Blantyres Kopf nach oben, und seine Augen blickten mißtrauisch in seine Richtung.

Er hat mich gesehen!

Anderson richtete sich auf dem breiten Ast auf und lehnte seinen Rücken gegen den Baumstamm, um nicht das Gleichgewicht zu verlieren. Dann beruhigte er sich wieder – auf diese Entfernung konnte Blantyre ihn unmöglich sehen, nur keine Panik ... er atmete einige Male tief durch. Ein Windstoß fuhr raschelnd durch die dunklen Blätter der Akazie. Die Männer beim Flugzeug – das waren zweifellos südafrikanische Agenten, die sich als Wildhüter getarnt hatten. Er trank noch einen Schluck Wasser aus seiner Plastikflasche. Das Teleobjektiv ruhte in seiner Armbeuge, und an seiner Hüfte hing die Kamera. Er hatte, noch bevor er seine Spuren verwischt hatte, das Flugzeuginnere fotografiert, hatte fieberhaft gearbeitet, während die Alarmsirenen in seinem Kopf immer lauter und lauter schrillten.

Seine Spuren rund um das Wrack hatte er nicht vollständig beseitigen können; die Erde war an den betreffenden Stellen etwas dunkler – kaum sichtbar, und dennoch für das geübte Auge ein untrügliches Zeichen, daß jemand dort gewesen sein mußte. Die elektronischen Apparate aus dem Flugzeug lagen unter dem Rücksitz des Landrover. Vom

Baum aus hatte er Blantyre und seine Männer fotografiert. Er hatte den Ausweis des russischen Copiloten. Eigentlich könnte er jetzt verschwinden … Er sah nach unten. Die heruntergefallenen Blätter auf dem sandigen Boden rings um den Stamm der Akazie bildeten ein Muster wie ein Leopardenfell. Er kniff die Augen zusammen und schüttelte den Kopf, um das Bild zu vertreiben. Jetzt runterklettern, zum Landrover rennen, den Motor anlassen und zurück nach Etosha. Nach Hause. Und telefonieren …

Plötzlich setzten sich die Männer in Bewegung, schwärmten aus wie wütende Hornissen. Die Jeeps entfernten sich mit durchdrehenden Reifen vom Wrack. Staubwolken stiegen in die Luft. In jedem Jeep befanden sich zwei Männer, einer am Steuer, der andere am Maschinengewehr. Jetzt konnte er nicht mehr unbemerkt verschwinden, er hatte zu lange gewartet – wenn er es jetzt versuchte, würden sie ihn entdecken. Kalter Schweiß auf seiner Stirn. Widerstrebend sah er durch sein Fernglas. Ein Zebra galoppierte in wilder Flucht vor einem der Jeeps her, der sich dem Wasserloch näherte. Der zweite Jeep suchte in der entgegengesetzten Richtung, und eine Gazellenherde setzte sich in Bewegung.

Erneut richtete er das Fernglas auf die DC-3. Blantyre saß im Schatten des Leitwerks, über sich eine kleine Wolke Zigarettenrauch und ruhte sich aus, während seine Männer die Umgebung nach dem Eindringling absuchten. Das ausgetrocknete Wasserloch war sicherlich eine der Stellen, an der sie als erstes nachschauen würden. Andersons überempfindliche Ohren nahmen das Brummen eines weit entfernten Flugzeugs wahr, das sich ihnen aus westlicher Richtung näherte.

In was für ein Schlamassel war er da hineingeraten! Er verfluchte sich für seinen Leichtsinn – dafür, daß er sich von einem jüngeren, furchtlosen Ich hatte verleiten lassen. Warum war er nur hiergeblieben? Was konnte er denn schon ausrichten? Der Jeep war mittlerweile beim Wasserloch angelangt. Im hohen Gras ein grauer Farbfleck, der Rücken eines flüchtenden Elefanten.

Anderson vergewisserte sich mit einem letzten Blick durch sein Fernglas, daß die Männer tatsächlich beim Wasserloch ausstiegen. Das Motorengeräusch des Flugzeugs wurde immer lauter ... Anderson setzte sich in Bewegung und kletterte hastig den Baum hinab. Die letzten paar Meter sprang er – vom untersten, von Leopardenkrallen zerfurchten Ast – auf den Boden. Der Aufprall nahm ihm vorübergehend den Atem, und wie ein Sprinter vor dem Start kniete er einen Moment lang nieder, die gespreizten Finger auf dem sandigen Boden abgestützt; Fernglas und Kamera baumelten an ihren Tragegurten über seiner Schulter wild hin und her. Langsam richtete er sich auf. Eine Düne versperrte die Sicht auf das Wrack. Das Wasserloch lag näher, und Anderson entschied, daß es harmloser aussah, wenn er direkt zu seinem Wagen zurückging.

Ich beobachte nur die Tiere in meinem Reservat, das ist ja mein gutes Recht, dachte er. *Völlig harmlos.* Das würde auch sein Fernglas und die Kamera erklären. Blantyre kannte ihn, hielt ihn ohnehin für einen komischen Kauz ... Für Blantyre war er nichts als ein englischer *Royneek.* Der noch dazu mit einer Namibierin, einer *Farbigen* verheiratet war. Mit etwas Glück ...

Als er beim Wasserloch ankam, sah er, daß die beiden Soldaten seinen Rover schon entdeckt hatten. Sie nahmen sich Zeit, durchsuchten sorgfältig das Handschuhfach und die Seitenfächer der Türen. Er blieb stehen, holte ein paarmal tief Luft, um ganz ruhig zu werden. Spürte den Angstschweiß auf seiner Stirn und unter den Achseln und versuchte, ihn durch Willensanstrengung zu kontrollieren.

Gleichmäßig atmen, tief ein, langsam aus, tief ein, langsam aus ...

Dann begann er, vorsichtig den kleinen Abhang zum Wasserloch hinunterzugehen. Unter seinen Schritten löste sich eine Miniaturlawine aus Sand, und eine Eidechse suchte blitzartig das Weite. Einer der beiden, der Uniform nach ein Korporal, wirbelte herum, als er ihn hörte.

Sie fixierten ihn mit zusammengekniffenen Augen, während er näherkam. Ihre Pistolen hatten sie nicht gezogen.

Dann nahm der Korporal seinen fleckigen, breitkrempigen Khaki-Hut vom Kopf. Zwischen der sonnenverbrannten Stirn und seinen schwarzen Haaren war nun ein weißer Streifen Haut sichtbar. Seine Gesichtszüge entspannten sich ein wenig, denn Anderson war ja nur ein Weißer mittleren Alters, es gab so viele davon hier im Buschland. Der Korporal rief ihm zu: »Haben Sie uns kommen sehen? Oder gehört?«

Dem Akzent nach war er Afrikaaner. Sicherlich hatte er in der südafrikanischen Armee gedient – tat er es immer noch? Und wenn das so war – was hatten südafrikanische Soldaten hier in Namibia zu suchen? Die einzige Erklärung war, daß der Malan-Labuschagne-Konzern dahintersteckte, der im Niemandsland von der Walfisch Bay bis Oranjemund operierte. Sie benutzten als Wachmänner ausschließlich ehemalige oder noch diensttuende Soldaten der südafrikanischen Streitkräfte.

»He, Sie? Was tun Sie hier? Haben Sie gesehen, wie das Flugzeug runtergekommen ist?«

Anderson schüttelte den Kopf. »Es muß noch vor Sonnenaufgang passiert sein. Ich habe mir aber das Wrack angesehen – von weitem.« Er hielt das Fernglas in die Höhe, das an einem Riemen vor seiner Brust baumelte. »Ich war gerade dabei …«

Sie ließen ihn nicht ausreden. Seine gespielte Harmlosigkeit schien sie nicht zu überzeugen. »Waren Sie beim Flugzeug, Mann? Und haben sich vielleicht ein bißchen umgesehen?« fragte der Korporal, wobei er sich den bärtigen Hals kratzte und ihn mit zusammengekniffenen Augen musterte. »Was machen Sie hier draußen? Warum sind Sie so weit weg von der Straße? He?«

»Sind Sie Wildhüter?« fragte Anderson unschuldig zurück. Sein linker Oberschenkelmuskel fing an zu zittern, und er versuchte, den Krampf zu unterdrücken.

»Kann schon sein – und was sind Sie?«

»Ich beobachte Tiere, wie Sie sehen können.« Er zeigte auf die Kamera, die neben dem Fernglas auf seiner Brust hing. »Schieße ein paar Fotos. Es sieht aber so aus, als hätten Sie alle Tiere ringsum verscheucht.« Er versuchte, mit möglichst viel englischem Akzent zu sprechen – Teil seiner Tarnung.

»Tatsächlich? Tut uns sehr leid, Mann«, sagte der zweite Soldat. Der Korporal grinste breit. Seine Augen blieben im Schatten der Hutkrempe verborgen.

Der andere drehte sich um, ging zum Jeep und setzte sich auf den Fahrersitz. Seine Finger schlugen einen ungläubigen, spöttischen Rhythmus aufs Lenkrad. Aber vielleicht war er nur ungeduldig ... Unter ein paar Bäumen in etwa hundert Metern Entfernung stand eine Herde Zebras. Die Tiere ästen, gelegentlich hörte man vereinzeltes Schnauben, das Klopfen eines Hufs im weichen Gras. Anderson tat so, als sei seine Aufmerksamkeit von den Tieren gefesselt worden, und hob das Fernglas. Das Flugzeug war mittlerweile in Sichtweite. Es beschrieb einen weiten Bogen um die Absturzstelle. Er setzte das Fernglas ab und fragte: »Suchen die nach euch?«

»Sie möchten das gerne wissen, hm? Was machen Sie hier draußen, Mann? Außer fotografieren, meine ich. Wo kommen Sie her – Sie sind doch Engländer?«

»Aus Okaukuejo – in Etosha. Die Game Lodge. Ich bin der Wildaufseher dort.«

»Wie heißen Sie?«

»Anderson – Richard Anderson.«

Der Korporal schwieg einen Augenblick, dann nickte er. »Schon mal von Ihnen gehört. Johannesburg, ja? Ist schon ein paar Jahre her, oder?«

Anderson fröstelte, als ein Windhauch unter sein verschwitztes Hemd fuhr.

»Genau. Und Sie – Ihrem Akzent nach sind Sie auch aus dem Transvaal, oder nicht?«

»Schon möglich. Der Oberst – er wartet beim Wrack – würde sich gerne mit Ihnen unterhalten. Er hat gesagt, er will mit jedem sprechen, den wir finden.«

»Sind Sie dazu befugt? Von wem?« Anderson spürte, wie sehr es ihm zuwider war, hier seine weiße Hautfarbe zu seinem Vorteil auszunutzen, als befänden sie sich immer noch im ehemaligen rassengetrennten Südafrika – als sei die

Apartheid nicht abgeschafft und Namibia nicht unabhängig geworden. Diese Männer vor ihm lebten noch in der Vergangenheit und besaßen nicht die Fähigkeit, sich den wandelnden Zeiten anzupassen. Doch es war sicherlich klüger, hilfsbereit zu erscheinen. »Aber warum nicht. Ich hab's nicht besonders eilig und unterhalte mich gerne mit Ihrem Oberst – obwohl ich nichts gesehen habe. Auch beim Flugzeug war ich noch nicht. Erst vor ein paar Minuten habe ich es überhaupt bemerkt ...«

»Ach, kommen Sie, der Oberst wird Sie schon nicht beißen!« brummte der Korporal. Sein Mißtrauen schien sich etwas gelegt zu haben; Andersons gespielte Unschuld hatte offenbar ihre Wirkung nicht verfehlt. Sicherlich hatte außerdem die Tatsache geholfen, daß er nicht mehr der Jüngste war – auch wenn er sich das selbst nicht leicht zugab. »Kommen Sie mit!«

Der Korporal warf einen Blick auf das Flugzeug, das jetzt auf der Suche nach einem geeigneten Landeplatz Schleifen zog. Es war ein kleines, zweimotoriges Passagierflugzeug. Anderson beobachtete, wie es nach einer letzten Schleife zur Landung ansetzte. Von der Absturzstelle stieg Rauch auf, wahrscheinlich ein Signalfeuer, um dem Piloten anzuzeigen, aus welcher Richtung der Wind kam. Die dünne Rauchsäule bog sich wie ein Fragezeichen. Der Korporal setzte sich auf den Beifahrersitz des Jeeps und gab Anderson mit der Hand ein Zeichen, ihm zu folgen. Das Flugzeug schwebte zwischen zwei Dünen außer Sicht. Es war gekommen, die Fracht und die beiden Toten einzusammeln. Anderson ließ den Motor des Landrover an, er spürte eine merkwürdige Mischung aus Erleichterung und Angst vor dem, was jetzt kam. Der Schweiß hinterließ große dunkle Flecken auf seinem Hemd. Seine Arme zitterten, als er das Lenkrad mit beiden Händen festhielt und langsam aus dem Wasserloch herausfuhr. Hinter dem Dünenkamm brachte er seinen Landrover an die Seite des Jeep, um nicht von der Staubwolke verschluckt zu werden; seine Augen blieben immer wieder auf dem Maschinengewehr haften.

Die Akazie thronte über dem Gestrüpp wie ein vorwurfsvolles Ausrufezeichen. Er hätte eben nicht bleiben dürfen. Sie hatten den Landrover nicht gründlich durchsucht, sonst wären sie sicherlich auf die Gegenstände aus dem Wrack gestoßen, die unter der Rückbank versteckt lagen. Und der belichtete Film in seiner Kamera!

Den können sie doch hier draußen nicht entwickeln, du Narr!

Der Korporal schien nicht gerade der Hellste zu sein. Außerdem kannte er nur die jüngere Vergangenheit Andersons und wußte nicht, was er früher einmal gewesen war. Blantyre jedoch ...

Der Landrover fuhr holpernd den Abhang hinunter auf die abgestürzte Dakota zu. Die beiden Leichen lagen unweit von Blantyre auf der Erde, sorgsam nebeneinandergelegt. Ein schlechtes Omen. Das kleine Flugzeug war zum Stehen gekommen; der aufgewirbelte Staub hing immer noch in der Luft. Es hatte zivile Kennzeichen, an der Seite standen die Buchstaben *MLK,* und Andersons Herz machte einen Sprung. Das Flugzeug kam von der Walfisch Bay. Er bemühte sich um einen erstaunten, etwas geschockten Gesichtsausdruck, als er auf die beiden Leichen blickte. Das kleine Flugzeug wartete unschuldig auf einem flachen Stück Buschland. Blantyre war aufgestanden. Die Hände in die Hüften gestemmt, beobachtete er aufmerksam den sich nähernden Landrover. Er stand direkt neben der geöffneten Frachtluke, als wolle er dadurch erneut auf das Vergehen des unbekannten Eindringlings hinweisen. Anderson brachte seinen Wagen neben ihm zum Stehen.

»Wer ist das, Korporal Uys? Wo haben Sie diesen Mann gefunden?« Seine Stimme klang kühl und präzise.

Hinter ihm stieg der Korporal aus seinem Jeep und deutete mit dem Kopf in die Richtung des Wasserlochs.

»In einem trockenen Wasserloch dort drüben, Oberst.« Er stellte sich neben Blantyre und sprudelte einen schnellen Wortschwall in Afrikaans hervor. Anderson bemühte sich, unter Blantyres mißtrauischem Blick seine verständnislose Miene beizubehalten. Wußte Blantyre, daß er Afrikaans sprach? Uys wußte es offensichtlich nicht. Auch gut. Ihm war heiß. Das Buschland fühlte sich an wie ein überfüllter

Raum, schwül und stickig in der Hitze des afrikanischen Winters. Als Uys geendet hatte, nickte Blantyre und ging auf ihn zu. Er streckte eine breite Hand zum Gruß aus; auf seinem Gesicht lag ein entwaffnendes Lächeln, und die Sonnenbrille hatte er abgesetzt. Die Augen jedoch waren zum Schutz vor der gleißenden Sonne zusammengekniffen und blickten wach und mißtrauisch.

»Guten Morgen, Oberst!« Anderson erwiderte den kräftigen Händedruck des anderen. Auf seinem Hosenbein, wo seine Hand gelegen hatte, blieb ein dunkler Schweißfleck zurück.

»Mr. Anderson, Sie sind ganz schön weit weg von Etosha, nicht wahr? Ziemlich südlich, oder?« Blantyre stemmte wieder die Hände in die Hüften und sah ihn aufmerksam an, wie ein Raubtier eine sichere Beute.

»Ich bin gerade auf der Rückfahrt von Windhuk und bin heute sehr früh losgefahren – ich nehme an, das hier ist vor dem Morgengrauen geschehen. Ich habe absolut nichts gehört oder gesehen. Tut mir leid, daß ich Ihnen nicht weiterhelfen kann.«

»Sie beobachteten die Tiere, erzählt mir Uys. Stimmt das?«

»Ja.«

»Ich habe gehört, daß Sie regelrecht darauf fixiert sind. In letzter Zeit, meine ich. Können Sie auf einmal Menschen nicht mehr ausstehen, oder irgend etwas in der Art?«

Aus Blantyres Stimme war jetzt ein Hauch von Verachtung herauszuhören. Verachtung, Arroganz und Unverwundbarkeit. Merkwürdigerweise half es Anderson, sich zu beruhigen.

»Ich ... nun ja, die meisten nicht. Vielleicht hatte ich einfach Pech mit denen, die mir bisher begegnet sind.«

Das Flugzeug war ein Riley-Nachbau einer Cessna. Diese Maschinen waren als Aufklärungsflugzeuge bei der südafrikanischen Armee sehr oft eingesetzt worden, um unerlaubten Grenzübertritten der *Frelimo* und *SWAPO* vorzubeugen. Sie verfügten über Avro-Lycoming-Zwillingsmotoren und eine verbesserte Aerodynamik ... Anderson wurde sich bewußt, daß er in seinem Kopf pausenlos seinen Bericht vervollständigte und sich alle Einzelheiten einprägte – trotz seiner Angst vor Blantyre.

»Warum ist sie abgestürzt? Wer waren die Piloten?«

»Keine Ahnung. Eines unserer regulären Frachtflugzeuge hat das Wrack zufällig entdeckt. Sie muß vor Tagesanbruch abgeschmiert sein – wie Sie bereits festgestellt haben. Kein Notruf, nichts.« Er machte eine Kopfbewegung in Richtung der beiden Leichen. »Beide Piloten sind beim Absturz umgekommen. Waren wohl auf dem Weg nach Windhuk. Mittlerweile weiß man sicher genauer Bescheid.« Er sah auf seine Armbanduhr. »Publicity, Anderson. Deswegen sind wir hier. Es sieht sicher gut aus, wenn MLK die Leichname birgt.«

»Sie arbeiten jetzt für Malan-Labuschagne in Walfisch Bay, Oberst? Ist das nicht ein bißchen langweilig für Sie? Ich meine, Sie sind doch sicherlich ...«

»Manchmal.« Blantyre war mißtrauisch, doch er genoß den respektvollen Tonfall. Er mochte es, wenn man ihn als Held ansah; wahrscheinlich bestätigte es die eigene Einschätzung seiner selbst. Anderson fühlte, daß sein Haß auf diesen Mann ihm Kraft gab. Blantyre fuhr fort: »Sie wissen doch, wie das ist, oder? Nach den Kriegen, die *Sie* geführt haben, meine ich?«

Anderson schüttelte lächelnd den Kopf. »Das ist zu lange her. Ich habe das alles längst hinter mir ...«

»Warum steigen Sie nicht endlich aus, Mr. Anderson? Ich kriege sonst noch einen steifen Hals vom Hochstarren.« Anderson hörte Uys' Gelächter, während er langsam vom Landrover herunterkletterte. »Schon besser.«

Sie waren beinahe gleich groß. Anderson kam es fast so vor, als sehe er eine alte Fotografie seiner selbst aus jüngeren Tagen. Blantyre sah ihn prüfend an, und Anderson fühlte sich durchschaut. Vielleicht bildete er sich das nur ein. Hoffentlich.

Blantyre legte ihm eine Hand auf den Arm – eine kühle, schwere Hand – und führte ihn vom Wrack weg den Hügel hinauf. Der Pilot und zwei weitere Männer aus der

Cessna hatten mittlerweile begonnen, die Fracht aus dem Flugzeugwrack zu laden. Niemand hatte ihnen den Befehl dazu gegeben. Blantyre lächelte, schien völlig gelassen zu sein. Uys ging hinter ihnen und begann, in Afrikaans auf Blantyre einzureden. Anderson gab sich alle Mühe, bei der Erwähnung seines Namens und der wenig vorteilhaften Beschreibung seiner Person nicht zusammenzuzucken ... *alter Royneek-Furz. ... lebt mit einer Bantu zusammen. Oben im Norden, wie so ein blöder Eremit oder so etwas ...* dann das obligatorische Ausspucken, Kommentar und Ausrufezeichen.

»Sie kennen mich, Anderson, und ich kenne Sie. Vor ein paar Jahren, in Johannesburg, waren Sie immer noch Anwalt. Sie sind schon oft hier in Namibia gewesen, beruflich – vor den, äh, Wahlen. Dann haben Sie sich entschlossen, dazubleiben. Verheiratet, sagt man mir?«

»Richtig. Sie ist halb Deutsche, halb Herero, und ihr Name ist Margarethe. Ich hatte großes Glück. Natürlich könnte ich inzwischen auch in der Republik mit ihr leben, doch ich verspüre nicht die geringste Lust, wieder dorthin zurückzugehen.«

»Warum nicht? Zigarette?« Anderson schüttelte den Kopf. Blantyre holte ein zerkratztes amerikanisches Benzinfeuerzeug hervor. Auf der blanken Seitenfläche befand sich eine kaum leserliche Werbung für *Budweiser.* Er hielt es Anderson hin und sagte lächelnd: »Das habe ich vor ein paar Jahren gefunden. Der vorherige Besitzer konnte nichts mehr damit anfangen. Also warum wollen Sie nicht zurückkommen?«

»Der Leute wegen. Mir gefällt es *hier* besser – wie Sie ganz richtig erkannt haben.«

»Und Ihre liberalen Freunde – vermissen die Sie nicht? Ganz zu schweigen von all den Bantus, die Sie vor Gericht vertreten haben. Na?«

»Ich bin gut bezahlt worden, Oberst.« Er wandte sich von Blantyres bohrendem Blick ab und beobachtete, wie der Jeep eine Ladung mit Kisten und Paketen zu der Cessna hinüberbrachte. Der Rauch von Blantyres Zigarette kitzelte in seiner Nase. In der Entfernung grasten Zebras. Die heiße Luft flimmerte über der Ebene, und am Horizont erhob sich eine sanfte Hügelkette; dahinter lag Namibia und die Küste – und Walfisch Bay und der MLK. Dort befand sich Südafrikas private Enklave, vom Rest Namibias abgeschottet; dort lagen der Marinestützpunkt und die Fabriken – und die Geheimnisse. »Alle meine Klienten haben mich bezahlt.«

»Und Ihre liberalen weißen Freunde – die haben sich gern mal eine schwarze Puppe vorgeknöpft, oder? Ein paar von denen haben Sie doch verteidigt?«

»Ja. Bevor man diese albernen Gesetze und den Immoralitätsparagraphen abgeschafft hat.«

»Sie haben auch ein paar weiße Frauen verteidigt, die sich's von den Kaffern haben besorgen lassen, stimmt's?«

»Ja, ein paar Fälle habe ich übernommen.«

Blantyre lachte laut und schlug ihm auf die Schultern. »Kein Wunder, daß Sie abgehauen sind! Wer braucht schon solche Freunde, hm?« Erneutes Gelächter, dann sagte er schnell: »Und Sie selbst haben auch eine Bantu geheiratet?«

Anderson nickte langsam. »Ja, und ich bin froh darüber.«

»Nichts für ungut, wissen Sie, aber es waren ja Leute wie *Sie*, die die Immoralitätsparagraphen abgeschafft haben – das war das Ende der zivilisierten Welt. Eine Menge Leute daheim konnten Sie nicht ausstehen.«

»Dessen bin ich mir bewußt.« Anderson wußte, daß der spießige, pedantische Engländer, den er hier spielte, eine gute Tarnung war. Blantyres Vorurteile, seine Engstirnigkeit, sie waren eine gute Ablenkung.

»Nichts für ungut, Mann!«

Sie standen nebeneinander auf dem Hügelkamm. Die Körper der beiden Piloten waren bereits in Leichensäcken aus Plastik untergebracht worden. Ihm war plötzlich kalt. Er hatte schon einige dieser Leichensäcke mit den praktischen Reißverschlüssen gesehen. In ihnen waren tote SWAPO-Kämpfer gelegen, oder erschossene Elfenbeinjäger, oder Minenarbeiter, die in den unzureichend gesicherten Stollen zu Tode gekommen waren. Anderson schüttelte den Kopf und sagte: »Ich mache mich lieber auf den Weg, sonst bin ich erst nach Mitternacht in Okaukuejo. Brauchen Sie mich noch, Oberst? Tut mir leid, daß ich nicht mehr helfen konnte.«

»Nein, nein, Mann, fahren Sie ruhig. Übrigens – Sie brauchen dieses Vorkommnis, äh, nicht zu melden. Das wird alles in Walfisch Bay erledigt. Der ganze Papierkram und so weiter. Okay?«

»In Ordnung, vielen Dank auch. Es ist immer furchtbar lästig, Zeugenaussagen machen zu müssen, ganz gleich, worum es sich handelt. Vor allem dann, wenn man ohnehin nichts mitbekommen hat.«

»Verstehe. Haben Sie zur Zeit ein paar Gäste in Ihrem Hotel?«

»Ein paar.«

»Vielleicht schaue ich demnächst auf ein Glas Bier bei Ihnen vorbei.«

»Tun Sie das. Ich werde schon welches kalt stellen.«

»Gut, halten Sie die Augen nach mir offen, ich komme ganz bestimmt.«

»Schon recht.«

Sie waren wieder beim Landrover angelangt, und Anderson stieg ein. Blantyre warf seinen Zigarettenstummel auf den Boden und drückte ihn mit dem Stiefel aus. Dann schüttelte er Andersons Hand. Eine Staubwolke kündigte die Rückkehr des zweiten Jeep an. Uys sah Anderson geringschätzig an. Für ihn war er nichts als ein komischer Kauz. Doch Blantyres Verdacht hatte er nicht zerstreuen können.

Er startete den Motor, winkte zum Abschied, legte den Gang ein und fuhr in einem weiten Bogen um das Wrack der Dakota herum, wobei er versuchte, so wenig Staub wie möglich aufzuwirbeln. Der Landrover holperte den Hügel hinauf und verschwand aus der Sichtweite Blantyres; Anderson fuhr langsamer und begann plötzlich, unkontrolliert zu zittern. Sein Mund füllte sich mit süßlichem Speichel, als bekäme er einen Malariaanfall. Der MLK hatte seine Hände im Spiel – Blantyre, und auch der KGB. Worum ging es? Geschmuggelte elektronische Geräte aus Großbritannien?

Kaum zu glauben, doch Blantyre schien in eine Verschwörung verwickelt zu sein.

Anderson wußte, daß Paulus Malan Kontakte nach Rußland hatte – Geschäfte mit Gold und Diamanten. In Südafrika wußte das jeder. Aber das hier? Was hatte *das* zu bedeuten?

Warum nur hatte er dieses Flugzeug entdecken müssen, verdammt nochmal! Was in aller Welt hatte ihn dazu bewogen, dieser Stimme zu gehorchen, die ihn drängte, beim Wrack auszuharren? Warum, zum Teufel? Nur, um Blantyre in die Arme zu laufen! Dieser Blantyre … er hatte gedroht, ihn in der Game Lodge aufzusuchen. Er *mußte* etwas unternehmen …

Aber was? Aubrey anrufen. Ja, es war die einzige Lösung. Er mußte auf seine alten, längst verschüttet geglaubten Instinkte vertrauen und den Mann kontaktieren, der ihm überhaupt erst – *damals* – zur Flucht nach Südafrika verholfen hatte. Warum waren diese Erinnerungen auf einmal so stark? Aubrey war mittlerweile ein alter Mann, doch er war immer noch einflußreich und mächtig. Aubrey hatte akzeptiert, daß Anderson einen anderen SIS-Mann liquidierte – er hatte ihm sogar dabei geholfen. Und jener Geheimdienstmann war Andersons Vorgesetzter. Das war nach seiner Rückkehr aus Ostdeutschland gewesen. Nachdem der KGB ihm seine Fingernägel herausgerissen hatte. Sein Körper war von Folter und Entbehrungen geschwächt, sein Verstand fiebrig und unverläßlich gewesen nach seiner Flucht aus der Gefangenschaft, die ihm der Verrat jenes Kollegen beim britischen Geheimdienst eingebracht hatte. Dessentwegen Andersons Organisation in Osteuropa aufgeflogen war.

1966. Damals war er noch ein junger Mann gewesen. Der andere – ein Doppelagent. Anderson war nie den Verdacht losgeworden, daß Aubrey ihn als Köder benutzt hatte, um diesen Doppelagenten zu entlarven. Anderson hatte den Mann aus dem Fenster seiner eigenen Wohnung im dritten Stock geworfen, in einer dunklen Novembernacht – und Aubrey hatte ihm zur Flucht verholfen.

Aubrey. Nur Aubrey. *Ihm* mußte er die Beweise aus dem Wrack der Dakota schicken.

Das Buschland erstreckte sich rings um ihn, schweigsam und tödlich. Er war allein, völlig auf sich gestellt – ein schwarzer Fleck in der Savanne, leicht zu erkennen für einen Adler, der in der flimmernden Luft seine Kreise zog. Er konnte nichts weiter tun, als Aubrey die Information durchzugeben – um dann die Vergangenheit ein für alle Mal hinter sich zu lassen und sich auf die Gegenwart zu konzentrieren.

»Hör mal zu, das mit der Abhöraktion ist gestorben, für jetzt und immer!« sagte Godwin ärgerlich. »Gib mal die Sojasoße rüber – danke.« Mit vollem Mund fuhr er fort: »Schau, Terry, ich hab' wirklich *alles* versucht. Denen ist das völlig egal, und noch dazu hat Patrick wegen der Schlägerei im Pub den Disziplinarausschuß am Hals. Wenn wir noch irgend etwas in dieser Angelegenheit unternehmen wollen, dann müssen wir das auf eigene Faust tun. Es wird auf jeden Fall *inoffiziell* sein, verstehst du? Ein absolutes Chaos!«

Hyde machte noch eine Dose Bier auf. Dubček, Godwins Katze, saß auf seinem Schoß, und alle paar Minuten fütterte er sie mit kleinen Stückchen Rindfleisch *szechuan*. Die Katze schien die chinesischen Gewürze zu mögen.

»Gehe ich richtig in der Annahme, daß du zu allem Überfluß auch noch unverschämt zu Orrell warst?« fragte Chambers.

»Wie hätte ich widerstehen sollen?« fragte Hyde zurück, während er sich noch eine Portion Reis auf seinen Teller schaufelte. »Chambers, hast du etwa die *ganze* Portion Ente allein aufgefressen?«

Auf Godwins Küchentisch stapelten sich die Pappkartons aus dem chinesischen Restaurant an der Ecke. Die enge, unaufgeräumte Küche war erfüllt von Essensgerüchen. Hyde sah Godwin an.

»Und?« fragte er. »Was machen wir jetzt …? Du hast ein paar Tage Urlaub, dann könnte ich ja auch ein bißchen blaumachen, und Chambers kann seine Oma besuchen …« Er grinste.

Godwins Augen wanderten über den Tisch. Ein halbes Dutzend leere Bierdosen lagen herum, ein weiteres Dutzend stand als Reserve daneben. Während des Essens waren die einzigen Geräusche das Klappern des Bestecks, ihr Schmatzen und das Schnurren der Katze auf Hydes Schoß gewesen. Ihre geteilte Enttäuschung war irgendwie tröstlich; es wirkte verbindend, sich als Opfer zu fühlen. Und es half auch gegen das schlechte Gewissen wegen Kelletts Tod. Godwin öffnete noch eine Bierdose und stellte sie Chambers hin, der den Kopf schüttelte, einen Schluck aus einer bereits angebrochenen Dose nahm und rülpste.

»Schwein«, murmelte Hyde beiläufig.

»Meinst du, der Disziplinarausschuß wird dir Schwierigkeiten machen?« fragte Godwin.

Hyde zuckte mit den Schultern. »Frag mich was leichteres. Kommt darauf an, wer mir zur Zeit eins auswischen will und ob die betreffenden Personen im Ausschuß sitzen. Könnte auch sein, daß Orrell Lust drauf hat, einen von Aubreys Ehemaligen in die Pfanne zu hauen – weiß man's? Ich werde mir auf jeden Fall darüber nicht den Kopf zerbrechen.«

»Es war alles so eine verdammte Zeitverschwendung«, murmelte Chambers.

»Das sagst du jetzt schon zum hundertsten Mal, Kumpel«, entgegnete Hyde. Dann blickte er Godwin an und fragte: »Warum hast du Darren nicht von der Beschattung abgezogen?«

Godwin wurde rot und fragte wütend: »Woher weißt *du* denn, was er gerade tut?«

»Sonst wäre er doch hier, oder? Wen beschattet er denn? Malan?« Godwin nickte widerwillig. »Dachte ich mir.«

»Wenn das jemand rauskriegt, dann sitzt du wirklich in der Tinte, Tony.«

»Das weiß ich schon, Terry. Mag sein, daß ich Orrell nicht energisch genug wiedersprochen habe, als ich bei ihm war …«

»Wie solltest du denn auch?« sagte Hyde. »Was hat Malan denn getrieben, während wir hier alles versaut haben?«

»Dasselbe wie jeden Tag. Gestern und vorgestern war es die gleiche Routine.« Godwin wischte sich die Hände an seinem Hemd ab und stand mühsam auf. Vom Geschirrständer neben der Spüle nahm er einen großen, gefütterten Briefumschlag. Das braune Packpapier war mit Katzenfutter beschmiert. Leere Katzenfutterdosen und dreckiges Geschirr stapelten sich im Spülbecken. »Schau mal da rein.«

Vergrößerte Fotos, die mit einem Spezial-Teleskopobjektiv geschossen worden waren. Schwarzweiß, und von greller Sonne überbelichtet. Malan hielt sich seit zwei Tagen in London auf, kümmerte sich um die Kontakte des Malan-Labuschagne-Konzerns und seiner europäischen Tochterfirmen. Er war nicht einmal in die Nähe der Reid-Firma gekommen, und doch ... er führte irgend etwas im Schilde, das war ganz klar. Godwin erwiderte Hydes Blick mit einem Grinsen, bevor dieser die Fotos an Chambers weiterreichte.

»Wo ist Darren jetzt?«

»Wartet vor irgendeinem Theater im West End. Malan sieht sich ein Schauspiel an. Kannst du dich an die Schnappschüsse erinnern, die wir im Bolschoi-Theater von ihm gemacht haben, mit dem Vorstandsvorsitzenden der Narodny-Bank, damals ...?« fragte er mit versonnener Stimme, als erinnere er sich eines Lausbubenstreichs aus goldenen Kindertagen.

»Warum trifft er sich mit Priabin? Und wo?« fragte Chambers.

»Darren hat es auf der Rückseite hingeschrieben – was steht da?«

»Kensington Palace Gardens«, sagte Hyde. Dann spießte er ein Stück Fleisch auf, sah Godwin über seine Gabel hinweg an und fragte »Was denkst du gerade, Godwin?«

»Ich habe vorhin den Limousinenservice angerufen, den Malan benutzt. Habe im Auftrag von Mr. Malan nachgefragt, um wieviel Uhr wir denn abgeholt würden und ob sie auch die richtige Adresse hätten. Morgen vormittag um elf Uhr wird er sich mit MacPherson treffen, dem Vorsitzenden der Reid-Firma.«

»Und?«

»Kapierst du das denn nicht? Wenn ihre Büros angezapft wären, oder wenn wir immer noch jemand bei Reid hätten …«

»Jemanden wie Kellett? Der wäre doch wohl kaum zum Treffen eingeladen worden, oder?«

»Du denkst doch nicht etwa an eine ungenehmigte Abhöraktion?« fragte Chambers mißtrauisch und ließ seine Augen über den vollbeladenen Küchentisch schweifen, als erwarte er, dort schon die entsprechende Ausrüstung vorzufinden.

»Schau mal, du hast unseren armen Terence schon nervös gemacht!« spottete Hyde. Dann fügte er ernst hinzu: »Und mich auch. Wir stecken schon tief genug in der Scheiße, Godwin. Malan und Priabin werden allmählich zur fixen Idee bei dir.«

»Irgend etwas ist da im Busch, Ich *weiß* es. Wir müssen es rauskriegen!«

»Wen meinst du mit *wir,* Kumpel?« schnaubte Hyde. »Sieh dich mal um. Dein beschissenes Wohnzimmer ist bis unters Dach mit diesem Zeug vollgestopft. Du verlierst langsam den Verstand.«

»Die Tatsache, daß das Mädchen ebenfalls bei Priabin war, interessiert dich nicht im geringsten, oder?«

»Was soll ich denn mit diesem Flittchen anfangen, Godwin? Schau her, wir wissen nicht mal mehr, wer oder was wir überhaupt sind! Sind wir Zollinspekteure oder Geheimagenten? Keiner hat auch nur den blassesten Schimmer, was wir letztendlich tun sollen!« Er kaute heftig auf einem Stück gebratener Ente herum und zermahlte knirschend die Erdnüsse, mit denen das Fleisch garniert war. Dabei fuchtelte er mit seiner Gabel, um seinen Worten Gewicht zu verleihen, während Chambers ernst mit dem Kopf nickte. »Unseren Vorgesetzten ist es eigentlich scheißegal – und mir, glaube ich, bald auch! Wir sind lang genug mit dem Kopf gegen dieselbe Mauer gerannt. Es ist nichts mehr als eine beschissene Zeitverschwendung. Warum entschuldigen wir uns nicht einfach bei Orrell und benehmen uns wieder anständig?«

»Nur noch eine einzige Aktion! Laßt uns die Reid-Büros im Stadtzentrum anzapfen. Auf der gegenüberliegenden Straßenseite ist ein leeres Büro. Wir könnten den Überwachungswagen und ein Laser-Lauschgerät benutzen!« Auf Godwins Wangen erschienen hektische rote Flecken. »Wenn nichts dabei rauskommt, vergessen wir die ganze Sache, okay? Ich werde kein Wort mehr darüber verlieren, einverstanden?«

Die Katze kletterte von Hydes Schoß auf den Tisch, roch an Godwins Fingern und dann an seinem Teller. Godwin streichelte sie geistesabwesend, während sie begann, die Shrimps von seinem Teller zu essen. Hyde brach in Gelächter aus.

»Du hast dich so sehr darauf versteift, daß du gar nicht merkst, was sich unter deiner Nase abspielt!«

»Was? Ach so ... !« Er zuckte mit den Schultern und ließ die Katze weiteressen. Dann sah er verzweifelt auf. »Also?« Er hob seine Gabel wie eine Waffe. »Ich habe die Nase voll von deinem beschissenen Zynismus, Patrick – und zwar gestrichen voll! Es geht ja nicht um irgendwelche Toaster! Diese Transputer- und WSI-Chips können *überall* eingesetzt werden, verstehst du? In Superbomben, die kaum größer sind als eine Aktentasche ... in Raketenlenksystemen, Zündungsmechanismen, Satelliten – es ist *wichtig*!« Das letzte sagte er wieder in einem fast entschuldigenden Tonfall.

Chambers knurrte: »Hör mal, wenn wir erwischt werden, dann sitzen wir wirklich in der ...«

Hyde unterbrach ihn, den Blick nachdenklich auf seinen Teller gerichtet. »Einverstanden. Aber nur das eine Mal, morgen.« Er blickte grinsend auf. »Wenn es dir so eine Freude macht. Ich glaube, Darren ist schlau genug, seinen Mund zu halten – was ist mit dir, Chambers?«

»Mein Gott, vielleicht kann ich im Gegensatz zu euch beiden Verrückten im SIS ja tatsächlich Karriere machen. Gebt mir einen *einzigen* guten Grund, warum ich sie aufs Spiel setzen sollte! Es scheint doch sowieso niemanden ernstlich zu interessieren!«

Hyde ballte langsam die Fäuste; Godwin sagte eindringlich: »Weil es unsere *Pflicht* ist, Terry! Es ist unser *Job*! Ganz gleich was wir sind, Zollinspektoren, Geheimagenten, meinetwegen Eisenbahnschaffner – es ist unsere Aufgabe, das Operieren feindlicher Geheimdienste auf britischem Boden zu verhindern. Und – falls du es noch nicht gemerkt haben solltest – es handelt sich hier um eine Operation eines feindlichen Geheimdienstes!« Hyde tat so, als applaudiere er.

»Verstehst du?« sagte er zu Chambers. »Es ist nur eine Alternative dazu, morgens im Bett zu bleiben und seine Fußnägel wachsen zu lassen!« Godwin grinste. Hyde hatte Feuer gefangen. Er war eben auch *ein Verrückter*, wie Chambers so klar erkannt hatte.

»Außerdem, Terry, fahnden wir auch nach den Verantwortlichen für zwei Morde. Wieviel patriotischer oder moralischer kann man denn noch sein?« Chambers schnaubte verächtlich.

»Tu das nicht, sonst steigt dir der Reis in die Nase«, mahnte Hyde. Dann wandte er sich an Godwin und sagte knapp: »Kannst du das Zeug morgen früh besorgen – ohne daß irgend jemand es merkt?« Godwin nickte. »Okay, dann machen wir's.« Und, nach einer Pause: »Ist noch was von dem gebratenen Gemüse übrig?«

Etwa hundert Meter vom Haupthaus entfernt bewegte sich etwas Großes durch den Busch und erschreckte ihn, obwohl es seiner Einschätzung nach eher ein Löwe war als ein Soldat. In der unvermittelt hereinbrechenden Nacht gingen die Sterne auf und leuchteten sanft am seidenen Himmel. Die Stimmen von der Bar unter ihm klangen weit entfernt; alle seine Sinne waren für die Dunkelheit und das, was dort draußen auf ihn lauern könnte, geschärft.

Nur in Afrika, der Frieden ... Auf einmal fiel ihm diese Zeile ein. Sie stammte aus einem recht mittelmäßigen Gedichtband, den er vor Jahren in einem Antiquariat in Johannesburg gekauft hatte. Gedichte, die im letzten Jahrhundert von einem evangelischen Missionar verfaßt worden waren, bevor das Leben im Buschland ihn schließlich in den Wahnsinn getrieben hatte. Diesen Frieden, Anderson hatte ihn lange gesucht – hier in Etosha, mit seiner Frau, hatte er ihn gefunden.

Auf einmal kam ihm Blantyre und das Wrack der DC-3 in den Sinn, und es war, als packe ihn eine grobe Hand und risse ihn unsanft aus süßen Träumen. Seine Muskeln spannten sich, als Adrenalin durch seine Adern strömte. Er mochte dieses Gefühl nicht, diese Erinnerung an seine frühere Abenteuerlust, wenn sich sein Magen verkrampfte und es ihn am ganzen Körper juckte. Es war, als hätte er sich im Wrack mit irgend etwas angesteckt. Er hatte seine Anwaltskanzlei aufgegeben, um an diesem Ort sein zu können. Um in diesem Frieden hier zu leben. Um hier alt zu werden – ohne Bitterkeit, ohne Bedauern. Ein privilegierter Aussteiger, so nannte ihn Margarethe. Oder vielleicht war er nur hemmungslos süchtig nach eben diesem Frieden.

Margarethe …

Anderson rollte sich zu ihr herum, als seine Frau sich an ihn schmiegte, und legte ihr seinen Arm um die Schultern. Sie umarmte ihn und bettete den Kopf auf seine Brust.

»Richard, was ist los?« fragte sie, als sie seine Anspannung spürte, und sah forschend zu ihm auf. In der Dunkelheit konnte er ihre blauen Augen nicht sehen, nur das Schattenspiel auf ihrem Gesicht, ihren hohen Wangenknochen – fremdartige Schönheit, die auf ihre gemischte Herkunft hinwies.

»Ich muß – für die Sachen, die ich gestern gefunden habe, ein Versteck finden.«

Er umarmte sie fester; es fiel ihm so leicht, zärtlich zu ihr zu sein. Er hatte sich so sehr daran gewöhnt.

»Aber du hast sie doch schon versteckt …«

»Ich muß ein besseres Versteck finden. Blantyre ist nicht dumm, und er ist sehr gefährlich.«

»Hättest du sie nicht dort lassen können? Wo du sie gefunden hast, meine ich?« Ihre Stimme war vorwurfsvoll, doch sie hielt ihn weiter fest. Ihre Hände auf seiner Haut fühlten sich kühl an.

Er schüttelte den Kopf. »Nein, das konnte ich nicht. Ich glaube, daß da irgend etwas im Gange ist … Ich bin mir dessen ganz sicher. Und dann dieser KGB-Mann – weißt du, es gibt da jemanden in London, den ich von früher kenne, dem diese Information sehr, sehr wichtig sein könnte.«

»*Dir* ist es auch wichtig.«

Er schüttelte den Kopf noch heftiger, mit schmerzverzerrtem Gesicht, und sie spürte den inneren Kampf, den Zwiespalt, in dem er sich befand. Sie legte ihre kühle Hand auf seine Lippen.

»Stimmt schon – ich habe nicht nachgedacht«, sagte er. »Ich wünschte, ich hätte es dortgelassen. Es tut mir leid.«

»Richard, du bist nicht mehr der Mann, der du einmal warst – das ist sehr lange her. Wenn dieser Blantyre hier auftaucht, mußt du sehr, sehr vorsichtig sein.«

»Er wird auf alle Fälle kommen. Zumindest ist der Brief nach London schon unterwegs.«

Seine Hand suchte ihr krauses Haar, das sie in langen, enggeflochtenen Zöpfen trug. Sie rückte noch enger an ihn heran.

»Es ist einfach passiert«, murmelte er, den Mund in ihrem Haar, »ich wollte es nicht, ich wollte nicht …«

»Es macht nichts«, sagte Margarethe und erschauerte. Sie rückte ein wenig von ihm ab und rieb sich die Oberarme. »Ich werde froh sein, wenn er da war und wieder gegangen ist.« In dem hellen, schnalzenden Tonfall ihrer Muttersprache Herero war ein leichter deutscher Akzent hörbar, das Erbe ihres Vaters. Wenn sie alleine waren, verschwand der kühle, englische Tonfall ihrer professionellen Stimme als Krankenschwester fast völlig. Nachdenklich sah sie zur Zimmerdecke hoch und sagte leise: »Du bist dir ganz sicher, daß er kommen wird, wie?«

»Ich glaube nicht, daß er mir meine Geschichte wirklich abgenommen hat. Ich bin zu sehr aus der Übung.« Er sah sie an und seufzte. Seine Verantwortung für sie ließ sie noch wehrloser, noch zerbrechlicher erscheinen. »Hör zu, es wird alles gutgehen, wenn wir nur so tun, als ob nichts wäre.« Mit beiden Händen umfaßte er ihre schlanken Arme, die sich kalt anfühlten; trotz der Wärme der Nacht hatte sie eine Gänsehaut. »Hilf mir, die Sachen zu verstecken. Jetzt.«

»Wo willst du sie verstecken?«

»Irgendwo unten am Fluß. Vielleicht sogar im Wasser?« schlug er vor. Seine Stimme verriet seine Nervosität, und sie starrte ihn an, als sei er ein Fremder.

»Sei bloß vorsichtig, Richard«, sagte sie und schüttelte langsam den Kopf.

»Ja.«

»Okay, also unten beim Damm. Ich sage Joseph, daß er sich um die Bar kümmern und dem Koch auf die Finger sehen soll.« Dann lächelte sie verschmitzt. »Ob Blantyre wohl erwartet, daß ich einen Lendenschurz trage? Soll ich? Um seine Erwartungen zu erfüllen?«

Anderson lachte leise. »Du hast doch keine Angst vor ihm, oder?«

Sie schüttelte den Kopf. »Ich habe nur um dich Angst.« Sie gab ihm einen Kuß auf den Mund. »Geh und hol die Sachen, die du verstecken willst. Ich werde mit Joseph sprechen – beeil dich!«

In diesem Augenblick erklang lautes Lachen von den Gästen an der Bar – es klang wie Hohngelächter. Er sah ihr in die Augen, nickte ihr zu und umfaßte kurz ihre Arme. Dann ließ er sie los, und sie standen auf und zogen sich rasch an. Anderson eilte die drei Stufen zur Veranda hinunter, die das Restaurant und die hellerleuchtete Bar umgab. Der Mond war aufgegangen. Die Strohdächer der Gästehütten unten am Fluß schimmerten matt. Auf den Holzterrassen vor den Hütten waren große Zelte aufgeschlagen. An den Stoffwänden einiger Zelte geisterten die Lichtkegel von Taschenlampen. In der Ferne hörte er das tiefe Grollen eines Löwen. Die Geräusche der Nacht erschreckten ihn auf einmal; es war, als rücke die Wildnis, und Blantyre, immer näher, drohender an ihn heran.

Er öffnete die Tür des Geräteschuppens und packte die schwere Tasche, in der er die Pakete aus der Dakota versteckt hatte, ohne das Licht anzumachen. Als er sich wieder aufrichtete, fühlte er sich steif und eingerostet. Blantyre war fünfzehn Jahre jünger – und ein Killer.

Er schulterte die Tasche, verriegelte den Schuppen und blieb einen Augenblick stehen, um auf die Geräusche rings um sich zu lauschen. Er hörte nichts als das Stimmengewirr und das Klappern des Bestecks vom Restaurant. Von der Küche wehte der Geruch nach Gebratenem zu ihm herüber; ein Springbock, den er am späten Nachmittag geschossen hatte. Langsam näherte er sich dem Haupthaus, als Margarethes Gestalt sich aus dem hellen Licht löste und ihm leichtfüßig entgegenlief. Mit leiser Stimme rief er ihren Namen. Als sie bei ihm war, nahm sie sofort seine Hand.

»Alles okay?« fragte er.

»Ja.«

Sie eilten hinunter zum Fluß, in Richtung des matt schimmernden Wassers und der gedämpften Lichter hinter den Zelten der Gäste.

»Was sind das überhaupt für Apparate?«

»Ich weiß es auch nicht genau. Sie sehen ziemlich hochwertig aus. Wurden in Großbritannien gefertigt. Aber weißt du, was mich an der ganzen Geschichte so stört, ist der KGB-Mann, der in dem Frachtflugzeug mitgeflogen ist. Was hatte er dort zu suchen?«

Jetzt standen sie am Flußufer. Es war eine samtene Nacht, die Sterne leuchteten warm in blauen und roten Farben. Auf der anderen Seite des Damms schlich irgendein großes Tier leise durch das hohe Schilfgras. Anderson stieß einen langen Seufzer aus, als sei der Augenblick gekommen, an dem ein langer Urlaub zu Ende geht und wo man sich von einem liebgewonnenen Ort verabschieden muß.

»Wo willst du es verstecken?« fragte Margarethe.

Sie gingen schweigend am Ufer entlang. Ihre Schritte knirschten auf dem Sand.

»Hier.« Er blieb stehen und ließ die Tasche von seiner Schulter gleiten.

»Was ist, wenn das Wasser die Sachen beschädigt?«

»Sie dürfen ruhig kaputtgehen. Sie müssen ja nicht funktionieren – es sind nur Beweise.« Er spürte ein überraschendes Glücksgefühl – wie leicht es war, die verräterischen Apparate zu verstecken. Jetzt konnte nichts mehr passieren.

Anderson trug einige schwere Steine zusammen und ließ die Tasche dann sanft ins flache Wasser gleiten. Luftblasen stiegen auf. Vorsichtig schichtete er die schweren Steine einen nach dem anderen auf der Tasche übereinander. Tarnung und Anker. Immer wieder tauchten seine Arme bis zu den Ellbogen ins Wasser, und Schilfhalme streiften über seine Stirn. So, das mußte reichen – er schaltete die Taschenlampe an und begutachtete sein Werk. Der langsam herabschwebende Flußsand war eine zusätzliche Tarnung. Die Steine sahen aus, als lägen sie schon seit Jahren dort. Das Schilfgras hing über dem Wasser und verdeckte teilweise die Sicht. Perfekt.

Sein Kopf schnellte nach oben wie der eines beim Saufen erschreckten Tieres, als er das Geräusch eines Jeeps hörte, der sich über die holprige Straße der Game Lodge näherte. Scheinwerfer erschienen wie zwei Finger am Abendhimmel, die mit den Unebenheiten der Straße auf und ab wippten. Der Jeep blieb vor dem Restaurant stehen, und der Motor wurde abgeschaltet.

»Ist er das?« fragte Margarethe, und ihre nassen Finger umklammerten seinen Arm. Sie hatte noch zwei große Steine auf die Tasche gelegt und ein paar Handvoll Sand hinterhergeworfen, um ihn auf die Tasche sinken zu lassen.

»Wahrscheinlich schon. Wir erwarten sonst keine Gäste. Er scheint allein zu sein – nur ein Auto.«

»Dann sollten wir sofort wieder zurückgehen …«

Er umfaßte ihren Arm, hielt sie fest.

»Ich möchte ihm nicht jetzt gleich begegnen«, sagte er. »Er darf nicht merken, daß wir beim Damm waren. Wir gehen außen herum, als kämen wir aus der entgegengesetzten Richtung.« Er spürte ihr Zittern und zog sie eng an sich, streichelte ihr festes Haar und küßte ihre Stirn. Sie zitterte am ganzen Körper. »Es wird alles gutgehen, Liebling«, flüsterte er. »Es wird alles, alles gut …« Er legte beide Arme um sie und küßte sie auf den Mund. »Komm, wir werden es schaffen, wir dürfen jetzt nur nicht die Nerven verlieren.«

Sie schluckte und nickte entschieden mit dem Kopf. »Ja.«

Er preßte sie eng an seine Seite, während sie langsam losgingen. Vor Blantyre hatte er keine Angst – nur um sie machte er sich Sorgen, und er fühlte jetzt schon seinen Ärger über die subtile Respektlosigkeit, mit der Blantyre sie behandeln würde. Und noch etwas anderes spürte er, das altvertraute Gefühl des Adrenalins: ein fast angenehmes, warmes Prickeln auf seinen Wangen und eine nervöse Trokkenheit in seiner Kehle.

»Ich liebe dich«, sagte er. Sie drückte sich an ihn.

»Dies ist für dich nur ein Spiel, ich weiß das.«

»Ich liebe dich so sehr.«

Sie gingen den Hügel hinauf, wobei sie einen weiten Bogen um das Restaurant machten. Er konnte Blantyres Stimme aus dem Stimmengewirr an der Bar nicht heraushören. Doch dann, als sie den Hügelkamm erreichten, sah er Blantyre an der Bar stehen, ein Glas Bier in einer Hand. Sein Kopf drehte sich langsam, während er seine Blicke prüfend über jeden einzelnen der Gäste schweifen ließ. Er schien nach ihnen beiden Ausschau zu halten. Anderson spürte, wie Margarethe neben ihm erschauerte.

»Das ist er«, sagte er überflüssigerweise, als sie sich dem Restaurant und seinem hellen Lichterschein näherten. »Überlaß das Reden mir – und vergiß nicht, daß du zur Hälfte eine Bantu bist.« Er drückte sie an sich, während sie auf die Eingangstür zugingen. »Er wird neugierig sein und wird mich darum beneiden, daß ich in deinem Bett schlafe, doch du bist in seinen Augen nicht wirklich vorhanden.« Sie lösten sich voneinander und gingen die Stufen zur Veranda hinauf. Blantyre sah sie sofort.

Anderson zog den Kopf ein, als sie unter dem niedrigen Türbalken hindurchgingen. Über ihm flatterte eine Motte wie eine geflüsterte Warnung. Blantyre kam ihm bereits entgegen, die Hand ausgestreckt, ein Lächeln auf seinem kantigen Gesicht. Er musterte Margarethe mit derselben professionellen Bewunderung, mit der er einen preisgekrönten Hund oder eine besonders stattliche Milchkuh gemustert hätte. Anderson unterdrückte seinen aufsteigenden Ärger. Doch Margarethe wirkte so schutzlos, so verwundbar und zerbrechlich, als sie hinter die Theke ging … wie hatte er sie nur in solche Gefahr bringen können!

»Mr. Anderson – ich habe Ihnen doch versprochen, daß ich komme … und das Bier *ist* kalt. Danke.« Er fühlte sich offenbar wohl in seiner Haut. »Schön haben Sie's hier, wirklich.« Er machte eine weitausholende Geste mit seinem Arm, die die ganze Umgebung miteinbezog, und ließ seine Hand einen Augenblick auf Andersons Schulter ruhen. Anderson mußte alle Willenskraft aufbringen, um die Hand nicht instinktiv abzuschütteln. Blantyre hob sein Glas zu einem spöttischen Toast.

Die übrigen Gäste wußten, wer er war, das war ganz offensichtlich. Eine Berühmtheit weilte unter ihnen.

»Ich bin froh, daß Sie gekommen sind … Margarethe, das ist Oberst Robin Blantyre – eine Ehre für uns, Liebling.« Blantyres Augenbrauen zogen sich kaum merklich zusammen – das bestätigte Anderson, daß sein Sarkasmus nicht unbeachtet geblieben war; gleichzeitig wurde ihm jedoch klar, wie sehr sich Blantyre in der Gewalt hatte. »Du hast sicher schon gehört, was für ein berühmter Mann der Oberst ist, mein Schatz.« Wieder verzog Blantyre keine Miene. Blantyres Ruf hatte seine Wirkung auf die Gäste nicht verfehlt; lediglich die beiden älteren Amerikanerinnen schienen indifferent zu sein. Die Reisegruppe aus Windhuk und der Naturfotograf aus Port Elizabeth betrachteten ihn hingegen mit einer Mischung aus Furcht und Bewunderung.

Blantyre streckte die Hand aus und nahm Margarethes Hand zwischen seine dicken Finger. »Hat Ihnen Ihr Mann erzählt, daß wir uns heute schon begegnet sind?«

Sie nickte. Ihre fremdartigen blauen Augen blickten hell und wachsam, und die Haut über ihren Wangenknochen spannte sich nervös. Blantyre wandte sich Anderson zu.

»Kleinen Spaziergang gemacht, was, Mr. Anderson – ohne Gewehr?«

»Wir haben uns nur kurz die Beine vertreten. Die Wahrscheinlichkeit, daß uns dort draußen etwas angreift, ist verschwindend gering, meinen Sie nicht, Oberst?«

Blantyre grinste und sah einen Augenblick lang hinaus in die dunkle Nacht. »Würde mich nicht drauf verlassen.«

An den umliegenden Tischen begannen die Gäste, ihre Gespräche wieder aufzunehmen und sich ihrem Essen zuzuwenden. Die beiden älteren Amerikanerinnen lauschten fasziniert, während der Naturfotograf seiner Tischrunde erzählte, was für ein Mann dieser Oberst Blantyre war. Ein wahrhaftiger Kriegsheld.

»Mmm, das riecht aber vorzüglich – also, Sie haben wirklich etwas ganz Besonderes hier. Kein Wunder, daß Sie dafür Ihre Anwaltspraxis aufgeben konnten. Ich habe sowieso nie verstanden, was einen Mann wie Sie überhaupt dazu gebracht hat, so einen jämmerlichen Beruf zu ergreifen, he?« Er schlug Anderson auf die Schulter, mit listiger Fröhlichkeit, als wäre es ihm soeben gelungen, Andersons sorgsam aufgebaute Tarnung zunichte zu machen. Dann wandte er sich mit lauter Stimme an Margarethe. »Sagen Sie mal, haben Sie vielleicht noch ein Zelt für heute nacht übrig, Frau Anderson?«

»Für eine Person?« kam die kühle Gegenfrage. Margarethe nahm das Gästebuch zur Hand.

»Ja, nur für einen.«

»Vielleicht eines der Zelte unten beim Damm, Oberst?« fragte Anderson mit einstudierter Beiläufigkeit. Es fiel ihm leicht, wieder in die alte Rolle zu schlüpfen; er hatte sie so oft gespielt … doch er mußte vorsichtig sein, sehr vorsichtig.

»Gern.« Margarethe reichte ihm das Gästebuch und einen Kugelschreiber, und Blantyre unterschrieb – wie erwartet mit schwungvollen Schnörkeln, doch die Buchstaben waren bemerkenswert leserlich.

»Sie sind in Walfisch Bay stationiert, Oberst, wie mir mein Mann erzählte?« Margarethes Frage klang beiläufig.

»Richtig, Frau Anderson, richtig. Und dann gibt es noch die Patrouillen wegen der Elfenbeinwilderer. Von Zeit zu

Zeit beschäftigen wir uns auch damit, da wir uns im Busch recht gut auskennen.« William, der Koch, kam aus der Küche und winkte, um sich bemerkbar zu machen.

»Wenn Sie mich entschuldigen wollen, Oberst …«

»Aber selbstverständlich«, erwiderte Blantyre mit übertriebener Höflichkeit.

»Während Margarethe sich entfernte, sagte Anderson mit lauter Stimme, damit sie es hören konnte: »Meine Frau galt offiziell als eine *Coloured*, bevor diese Kategorien abgeschafft wurden. Ich hätte diese Eintragung schon damals löschen lassen können, durch meine Beziehungen in Pretoria. Doch sie wollte das nicht. Wir haben uns kennengelernt, als ich hier Urlaub machte.«

»Und Sie sind dageblieben …«

»Nicht sofort. Zuerst ist sie mit mir nach Johannesburg gekommen, doch sie war« – er lächelte dünn – »vom Stadtleben nicht sonderlich angetan. Nicht einmal in dem verhältnismäßig liberalen Vorort, in dem wir wohnten. Also gingen wir hierher zurück – um uns dies hier aufzubauen. Ich bin nicht mehr der jüngste.«

»Sie sind doch nicht so alt, Mann.« Blantyre wußte offensichtlich nicht so recht, wie er auf Andersons plötzliche Vertraulichkeit reagieren sollte.

Der Geruch nach gebratenem Springbock stieg ihm in die Nase, und Anderson wandte sich um und blickte auf den Rostspieß, der sich langsam über dem Feuer drehte. Die Gesichter von William und Joseph glänzten im Widerschein der Glut wie die umzingelter Tiere. Dann tauchte Margarethe hinter ihnen auf; erneut wurde sich Anderson bewußt, wie sehr er sich in seinem Innersten gegen diese Gefährdung seines Friedens wehrte, wie sehr er es bereute, seine Frau mit hineingezogen zu haben.

Seine Vergangenheit hatte ihn eingeholt, in Gestalt dieses heimtückischen Blantyre und seiner kalten Verachtung für Margarethe. *Kafferin, schwarze Puppe* und so weiter. Wie damals in Johannesburg die bigotten Nachbarn, die in ihren Sonntagsanzügen in den Gärten zwischen ihren schwarzen Hausmädchen und Gärtnern herumstolzierten und sich dabei anstrengten, Margarethes schwarzes Kraushaar und ihre dunkle Hautfarbe zu übersehen. Sie hatten vor dem Spießertum der weißen Vororte Johannesburgs bis hierher ins Buschland flüchten müssen.

Anderson lud Blantyre mit einer Handbewegung dazu ein, Platz zu nehmen, und setzte sich dann ihm gegenüber an den Tisch. William und Joseph zersäbelten fröhlich schwatzend den gerösteten Springbock. Margarethe kümmerte sich an der Bar darum, die Gläser mit Bier oder Wein zu füllen; ihr Gesicht war angespannt, als erwarte sie jeden Augenblick ein Klopfen an der Tür, mit dem sich ein gefürchteter Besucher ankündigte. Anderson lächelte Blantyre an, der gerade den letzten Rest Bier aus seinem Glas hinunterschüttete.

Dieser Mann ist – böse. Durch und durch böse …

Er durfte das keinen Augenblick lang vergessen, mußte auf der Hut sein.

Sei vorsichtig …

»Ja, wen haben wir denn da?« rief Chambers atemlos. »Pünktlich wie die Maurer, und genau vor unserer Nase vorm Bürogebäude der Reid-Gruppe? Mr. Malan, in seinem gemieteten Luxusschlitten – und da ist ja auch James Bond!« Chambers lachte über seinen eigenen Scherz, und Godwin schüttelte ärgerlich den Kopf und nahm das Funkgerät:

»Er ist da, Patrick – bist du bereit?«

»Hört mal, werdet nicht ungeduldig, der Verkehr hier unten ist fürchterlich!« Hydes Stimme klang blechern.

Hydes Aufgeregtheit war ansteckend – wie bei einer Schnitzeljagd, dachte Godwin. Es war ein heißer Vormittag in der Londoner Innenstadt. Eine Fliege brummte von draußen immer wieder gegen die Scheibe, als wolle sie das Laser-Richtmikrofon angreifen. Das Gerät stand unschuldig auf dem Fensterbrett und zielte auf die Büros der Reid-Gruppe schräg gegenüber in dem Bürohochhaus auf der anderen Straßenseite. Niemand würde einen Lauschangriff aus solch einem Winkel erwarten.

Im Vorzimmer der Reid-Büros unterhielten sich zwei Sekretärinnen über die wirklich wichtigen Dinge des Lebens.

»Er hat mich in eine Bar geschleppt – und dann wollte er mich rumkriegen! Am selben Abend, stell dir vor …«

Außerdem wußten Godwin und Chambers jetzt, wo Sally und Fiona – so hießen die beiden – ihren diesjährigen Sommerurlaub verbringen wollten, und mit wem Sally heute abend verabredet war, und was Fiona von diesem mickrigen Vertreter hielt, den sie gestern abend kennengelernt hatte … und so weiter und so fort. Es war absolut einschläfernd. Godwin gähnte. Die Fliege surrte hartnäckig gegen die ungeputzte Scheibe. Das Büro stand seit einigen Monaten leer. Ein Glücksfall. Es war ihm absolut egal, wer die Monatsmiete dafür zahlen würde.

Die hochgezogenen Jalousien sahen reichlich windig aus, als könnten sie jeden Moment herunterrasseln und das Lauschgerät umwerfen. Das Richtmikrophon verstärkte selbst die feinsten Schwingungen – zum Beispiel von Stimmen – auf der Fensterscheibe.

»… dann hat er mir ein Abendessen spendiert, rate mal wo? In der Bar! Und dann hat er die Unverschämtheit besessen, mir seine Packung Kondome zu zeigen!«

Godwin schüttelte den Kopf, als Chambers, der einen besseren Blick ins Innere des Büros hatte, laut die Beine der Sprecherin bewunderte.

Und das war das Problem, das sowohl er als auch Hyde verdrängt hatten: Wie weit von MacPhersons Bürofenster entfernt würde Malan und seine Begleitung Platz nehmen? Die Gruppe mußte so nah wie möglich am Fenster sitzen, damit man Videoaufnahmen und Standfotos anfertigen konnte. Von ihrem Beobachtungsposten aus konnte man den größten Teil von MacPhersons massivem Mahagonischreibtisch sehen. Godwin stellte das Funkgerät erneut auf Empfang.

Verzerrtes Atmen erklang wie das weiße Rauschen eines Radios, dann hörte Godwin das Geräusch der Kupplung, als Hyde den Rückwärtsgang einlegte. Godwin brauchte nicht hinzusehen, er wußte, was auf der Straße vor sich ging: Hyde saß in seinem Van mit der Aufschrift POLICE und parkte das Fahrzeug auf dem durch leuchtende orangefarbige Plastikkegel markierten Parkplatz vor dem Bürohochhaus. Er rangierte den Wagen immer wieder vor und zurück – es kam auf wenige Zentimeter an, denn der Empfänger im Van mußte auf eine exakte Linie mit dem Richtmikrophon gebracht werden, um das übertragene Lasersignal registrieren zu können.

»... meinst du, Mr. Kellett aus der Exportabteilung hatte Aids?« quakte es aus dem Lautsprecher.

Ein geblümter Rock wehte vor dem Fenster vorbei, als eine Frau um MacPhersons Schreibtisch herumging.

»Das ist es, Patrick!« schrie er, nachdem er den Sendeschalter betätigt hatte. Hastig humpelte er durchs Zimmer und stieß dabei Chambers beiseite. Verdammt, es war heiß hier drinnen! Die Sonne brannte durch die staubigen Fenster.

»Wenn man Aids hat, fällt man nicht einfach tot um.«

»Bleib genau in dieser Position!«

»Bist du sicher?« fragte Hyde.

»Warte ...«

»Wie läuft es mit dem Verkauf deiner Wohnung? Hast du schon ein paar Angebote?«

»Erst eins. Ich glaube aber, es ist ein ernstgemeintes. Es sind Leute aus den Midlands, die unbedingt eine Basis in London wollen. Nichts Großartiges, sagen sie, das hier reicht ihnen. Sie müssen allerdings einen Kredit aufnehmen!«

Dumme Ziege.

»Patrick, du kannst jetzt hochkommen, Darren soll auf den Van aufpassen.«

»Will irgend jemand ein Sandwich oder so? Da gibt's einen Imbißstand an der Ecke.«

»Einmal Käse-Schinken für mich, und ein Bier!« rief Chambers von hinten.

»Für mich eine Portion Salat, mit Weißbrot«, sagte Godwin.

Irgendwie kam ihm diese zwanglose Atmosphäre unpassend vor.

»Einen Augenblick, meine Herren, ich notiere alles«, hörte er Hyde antworten, dann murmelte er etwas zu Darren auf der Rückbank des Vans.

»Danke, Sally!« krächzte es aus dem Lautsprecher auf dem Tisch, und die Videokamera fing an zu surren, der Fotoapparat zu klicken; beide Geräte reagierten auf Bewegung. Godwin äugte durch den auf einem Stativ angebrachten Fotoapparat. MacPherson kam ins Bild, und weiter hinten im Raum stand ein Mann, von dem Godwin nur die Schuhe sehen konnte. Vermutlich Malan. Aus dem Lautsprecher drang gemurmeltes Stimmengewirr, Grüße, Höflichkeitsfloskeln, kurz aufwallendes Gelächter. Und die Beine einer Frau – nicht die der Sekretärin. So genau hatte er schon hingesehen. Er beobachtete die schlanken Beine, sie gingen auf und ab ...

Dann sah er Malan – ja, er war's – und einen anderen Mann, und ... und dann die Frau mit den schlanken Beinen: Patricks gemeine, durchtriebene Bekannte aus dem Pub. Sie hatten mittlerweile herausgekriegt, wer sie war: eine gewisse Valentina Malenkova, Mitarbeiterin der russischen Botschaft in London. Was zum Teufel hatte sie in den Reid-Büros zu suchen? Ganz schön unverfroren ...

Godwin kontrollierte die glimmenden Leuchtanzeigen des Lauschgerätes, drehte hie und da an Knöpfen, um die Einstellungen minimal zu korrigieren, und schaltete dann den zweiten Kassettenrecorder ein. MacPhersons Stimme mit ihrem starken schottischen Akzent dröhnte aus dem Lautsprecher, dann die Malans. Der Mann neben Malan war van Vuuren, der Direktor des europäischen Zweigs des MLK; die Firma errichtete in Osteuropa Hotels, Fabriken, Sportanlagen und Mietshochhäuser. Und das sogar noch billiger als die Japaner, hieß es.

Das hier war der Beweis, dachte Godwin, um auch noch den allerletzten Schwachkopf – Orrell zum Beispiel – davon zu überzeugen, daß er recht hatte. MacPherson geleitete seine Gäste zu einer Couchgarnitur in der Nähe der Fenster. Valentina Malenkova setzte sich – was zur Hölle macht eine KGB-Agentin beim Direktor der Reid-Firma?

Oh, vermutlich kocht sie den Tee und richtet ein paar belegte Brote ...!

MacPherson verweilte noch ein wenig bei seinen Höflichkeitsformeln und allgemeinem Geplänkel, bevor er schließlich abrupt zur Sache kam:

»Paulus, ich weiß, wie intensiv du unsere Vorstandsmitglieder bearbeitet hast, und ich weiß, daß sie glauben, daß du recht hast – *ich* glaube es ja auch, zum Kuckuck! Ich muß dir allerdings sagen, daß wir verflixt aufpassen müssen, daß wir *unbedingt* eine weiße Weste behalten müssen ...« Gelächter von Malan, doch MacPherson fuhr fort: »Tut mir leid, du weißt, wie vorsichtig David beim Verkauf seines Aktienpakets gewesen ist, wie vorsichtig er sein *mußte*. Wir können es uns einfach nicht leisten, öffentlich Geschäfte mit dem MLK zu machen, und damit hat es sich. Wir werden genauestens beobachtet« – Godwin grinste –, »nur damit man uns in flagranti in eurem Bett erwischen kann. Unmöglich für mich, es zu tun.«

Hinter Godwin ging die Tür auf, und dann stand Hyde neben ihm.

»Was hat Priabins Schlampe dort zu suchen?« fragte er. »MacPherson steckt mit drin?«

»Ich bezweifle es. Sie ist als persönliche Sekretärin Malans mitgekommen, so hat er sie jedenfalls vorgestellt.«

Godwin hörte ein zischendes Geräusch, als Hyde eine Bierdose öffnete und dann in seine Hand schob. Zwei weitere wurden geöffnet. Hyde ließ den Aluminiumring gegen die Fensterscheibe segeln.

»Bring die Maschine nicht durcheinander!« schimpfte Godwin.

»Tut mir leid, Schatz.«

»Es ist keineswegs so, daß MacPherson keine Geschäfte mit Malan machen will – er tut es ja momentan zur Genüge –, er möchte nur nicht in irgend etwas verwickelt werden. Im Falle eines Skandals muß er damit rechnen, die Aufträge des Verteidigungsministeriums zu verlieren.«

Im Büro wurde jetzt gelacht, und das Mädchen schrieb eifrig etwas in den Notizblock auf ihren nackten Knien. Die

Rekruten dieser neuen KGB-Akademie außerhalb Moskaus gaben wirklich ausgezeichnete Sekretärinnen ab.

Malan sagte: »Ich will nur das Beste – für Reid *und* den MLK. Die Gewinne sind hoch, ihr seid ganz normale Kunden. Einfach eine Firma von vielen, die bei dem derzeitigen Goldrausch nicht leer ausgehen wollen.«

MacPherson hob eine Hand. Godwin, Hyde und Chambers drängten sich vor der getönten Scheibe.

»Ich weiß, daß es profitabel wäre, Paulus, davon brauchst du mich nicht zu überzeugen. Aber bei den anderen, die mit drin hängen, haben sie Durchsuchungen vorgenommen – und zwar penibler als das Gesundheitsamt, wenn es nach Küchenschaben sucht. Das kann ich nicht riskieren – es würde uns mehr schaden als der entgangene Profit, wenn ich deinen Vorschlag ablehne.«

»Verdammt schade, daß du deine Expansionspläne nicht durchführen kannst, Mac.«

»Wem sagst du das, Paulus? Doch du hast diese Hexenverfolgung nicht über dich ergehen lassen müssen wie wir, nur weil wir die paar Tochterfirmen, die wir noch gemeinsam haben, nicht aufgeben wollten. Andererseits sehe ich keinen Grund, warum wir nicht weiterhin in allen Bereichen kooperieren sollten – bis auf jene, bei denen Vorsicht angeraten ist.«

»Gut – deshalb ist Piet mitgekommen, um genau über dieses Thema mit dir zu sprechen.«

»Verdammt, das ist wirklich spannend«, bemerkte Hyde, wanderte gähnend in die hintere Ecke des Zimmers und hockte sich an die Wand. Chambers warf einen Blick auf Godwin und grinste.

Jetzt war Van Vuuren an der Reihe; er tippte in einen Laptop auf seinen Knien. Godwin hatte eine plötzliche Idee; er warf einen schnellen Blick auf die Videokamera und erschrak: das Band war zu Ende.

»Herrgott nochmal, ich habe dir doch gesagt, daß du die verdammte Kassette kontrollieren sollst!« brüllte er Chambers an. »Scheiße! Leg eine neue Kassette ein, zum Teufel, und zwar *jetzt gleich! O Scheiße!*« schrie er, als die automatische, bewegungsempfindliche Kamera ebenfalls ihr Klicken einstellte. Hastig schob er einen neuen Film ein, und sie begann wieder gehorsam zu arbeiten. Van Vuuren tippte immer noch in seinen tragbaren Computer.

»... in der bereits besprochenen Form, Gordon«, sagte van Vuuren nun, während er weitertippte. »Ich frage nur kurz die offenstehenden Aufträge ab.« Herrgott, er befand sich im Hauptcomputer des MLK in Johannesburg, und zwar via MacPhersons Telefonlinie!

O Gott, ist uns was entgangen?

Wenn sie die Bilder des Computerbildschirms auf van Vuurens Knien vergrößerten, konnten sie den Code des Hauptcomputers daraus ablesen – falls sie alles auf Band hatten. Hatten sie alles?

Er starrte Chambers wütend an, der entschuldigend mit den Schultern zuckte, während die Videokamera wieder zu surren begann. In Godwins Kopf nahm eine Idee Gestalt an ...

»Die Herstellungskosten in Namibia liegen um elf Prozent unter denen in Südafrika. In Osteuropa liegen sie, obwohl wir reichlich bemessene Löhne zahlen, um zwanzig Prozent darunter.« Godwin konnte sehen, wie van Vuuren lächelte.

»Verstehe, ihr habt euch ein paar neue Nigger besorgt, was?« kommentierte MacPherson trocken. Malan lachte.

»Genau«, erwiderte er. »Und du bist verrückt, wenn du nicht mitmachst.«

MacPherson schüttelte den Kopf. »Meine Einwände sind keinesfalls moralischer Natur.«

»Tatsächlich wollen wir dir den gesamten Auftrag übergeben«, bemerkte Malan. »Wir haben eine massive Bestellung für Haushaltsgeräte und Unterhaltungselektronik ...«

»Oh, ist das derjenige, den die Koreaner nicht bewältigen können, Paulus?«

»Ich – ich fürchte ja. Offen gesagt – wir brauchen dich.«

»Du willst das Zeug sehr bald haben, ein Eilauftrag also – du weißt schon, daß das verdammt teuer werden wird, oder?«

»Wir werden bezahlen, was du verlangst – in vernünftigen Grenzen.«

»Oh, keine Sorge, ich bin schon vernünftig. Wann brauchst du es?«

»Drei, höchstens vier Wochen für die gesamte Bestellung.«

»Mein Gott … Bist du dir sicher, daß es dir nicht lieber wäre, uns komplett aufzukaufen? Bei der Unzahl von Projekten, die du zur Zeit hast, den Hotels, Vergnügungszentren, Fabriken, Mietshäusern …«

Malan nickte, sein Gesicht sah angespannt und besorgt aus – war es pure Einbildung oder war tatsächlich eine Spur von schlauer Zufriedenheit darin zu lesen? An der ganzen Unterhaltung war etwas faul. Als sei alles ein geschicktes Täuschungsmanöver … nein, nicht ganz. Nur *Malan*, er allein, war unecht. Er tat so, als hätte er keinen Einfluß mehr in der Reid-Firmengruppe, als käme er lediglich als Kunde zu ihnen. Der Südafrikaner gurrte wie ein Wolf im Schafspelz. Hatte er immer noch die Kontrolle über die Reid-Gruppe, trotz seines öffentlichen – überall publik gemachten – Rückzugs aus dem Firmenvorstand? Irgend etwas lag in seinem Gesicht, die Lüge stand ihm auf die Stirn geschrieben …

»Herrgott«, murmelte Chambers, »ein Sechser im Lotto. Dieser Auftrag ist riesig, ach was – gigantisch! Wie konnte es nur passieren, daß die Koreaner Malan fallengelassen haben?«

»Woher soll ich das wissen?«

»Wir gingen davon aus, daß es in den koreanischen Fabriken, in denen die Teile hergestellt werden sollten, keine Probleme geben würde«, sagte in diesem Augenblick van Vuuren. »Doch es gab welche. Sogar Schwarze arbeiten besser.« Er kicherte. Das Mädchen schien zu lächeln.

»Also – ihr möchtet dann bestimmt Führungspersonal, EDV-Experten und all das, stimmt's?«

»Ich fürchte, ja«, sagte Malan. »Schau, Gordon, könntest du bis morgen soweit sein, mit Piet über alle Punkte zu verhandeln?« MacPherson nickte. »Gut. Dann lasse ich euch jetzt allein, damit ihr die Einzelheiten besprechen könnt, und ihr trefft euch morgen nochmal – in Ordnung?«

»Mir soll's recht sein, mein Bester.«

»Jesus Christus! Hast du das mitgekriegt?« murmelte Godwin kopfschüttelnd. »Man kauft ihnen soviel ab, daß sie ein ganzes Geschwader von Frachtflugzeugen brauchen werden, um die Ware außer Landes zu bringen – und alles geht nach Osteuropa.«

»Verdammt, glaubst du, wir haben etwas entdeckt ...?« fing Chambers an.

»Und ob ich das glaube!« Ihm war heiß, und seine Wangen brannten bei dem Gefühl eines noch nicht näher definierbaren Erfolgs.

Malan wollte auf einmal eine erweiterte Lieferung von Ersatzteilen aus der Reid-Gruppe zu seinen osteuropäischen Tochterfirmen. Und er wollte es *jetzt*. Und das, nachdem er den gestrigen Nachmittag mit Priabin in der russischen Botschaft verbracht hatte – und jetzt hatte er dieses Mädchen dabei. Es konnte sich nur – *es gab keine andere Erklärung!* – um eine KGB-Operation handeln, die Malan auch massive finanzielle Vorteile verschaffte. Godwin packte den Arm des grinsenden Chambers, der ihm zuzwinkerte.

»Los, mach schon«, rief Hyde, »sag Onkel Tony, daß er schlau ist. Das liebt er!«

»Und, bin ich es vielleicht nicht?« fragte Godwin und wandte sich um.

Hyde hob seine Bierdose und prostete ihm gutgelaunt zu. »Oh, das bist du, Kumpel, das bist du wahrhaftig! Habe ich jemals etwas anderes behauptet?«

Die Eingangstür des Büros öffnete sich. Ein junger Mann in der Uniform einer Gebäudereinigungsfirma streckte seinen Kopf durch die Tür und öffnete den Mund, wie um etwas zu sagen – dann sah er die Geräte, neben denen Godwin und Chambers standen. Und sah Hyde, der bösartig grinsend in der Ecke hockte.

»Ähem, ich ... dieses Büro ist vermietet, und ich ...«

Der Staubsauger stand aufrecht neben ihm wie ein verängstigtes Hündchen. Seine Augen schossen unruhig und mit immer schneller reifender Erkenntnis von den Überwachungsgeräten zu den drei Männern, dann wieder zu den Kameras, dem Lauschgerät, dem Empfänger, aus dem immer noch krächzende Stimmen drangen, und zu Hyde …

Der jetzt auf den Beinen war und auf einmal in seiner zerknitterten Polizeiuniform vor ihm stand. »Hör zu, Kleiner«, murmelte er, packte ihn und zog ihn wieder in den Gang hinaus. »Ja, bevor du fragen mußt, ja, wir sind Bullen, aber wir können dir keinen Durchsuchungsbefehl zeigen, weil wir eigentlich gar nicht hier sein sollten, verstehst du?« Hyde nahm ihn mit festem Griff am Oberarm und schleifte ihn durch den Korridor, wobei der Staubsauger quietschend hinter ihnen herzuckelte. »In einer halben Stunde oder so sind wir abgehauen, okay? Verschwinde einfach, leer' irgendwo anders die Papierkörbe aus und vergiß ganz schnell, was du hier gesehen hast.«

»Hören Sie, ich will keinen …«

»Keine Angst, das hier ist offiziell, doch ich werde dir bestimmt nichts Genaueres erzählen.« Sie waren beim Aufzug angekommen, und Hyde drückte auf den Knopf. »Dir ist plötzlich kotzübel geworden, Freundchen, hab' ich recht? Und du mußt ganz plötzlich sofort nach Hause gehen und dich hinlegen. Klar?«

Der andere nickte. Seufzend öffneten sich die Aufzugtüren. Hyde schob den Mann vor sich her in die Fahrstuhlkabine und drückte auf den Knopf. Der Aufzug glitt geräuschlos nach unten ins Erdgeschoß. Der Mann war nervös, immer noch verwirrt über das, was er gesehen hatte, Hyde sah es an seinen erweiterten Pupillen. Hyde sagte nichts, hielt nur den Ellbogen des Mannes fest, der unterdessen angefangen hatte, leicht zu zittern. Die Lifttüren glitten auseinander.

»Und was ist mit …«

»Geh nach Hause und vergiß alles. Das wirst du jetzt tun.«

Das Foyer war stickig, und niemand war zu sehen. Da

schau«, sagte Hyde, als sie bei den gläsernen Schwingtüren angelangt waren, hinter denen die sonnenüberflutete Straße bereits grell leuchtete. »Und jetzt ab nach Hause, Kumpel.« Er schob den Mann durch die Tür, ging hinter ihm her und stand einen Augenblick lang neben ihm auf den Stufen.

»Entschuldigung«, sagte der junge Mann jetzt, als ihn mit Verzögerung die Aufregung übermannte. »Ich ... okay, ich haue ab und gehe irgendwo was trinken. Äh, darf ich später zurückkommen? Es ist mein erster Tag heute, wissen Sie, da will ich nicht gleich ...«

»In Ordnung. In einer halben Stunde.« Hyde stand in der Sonne, die Augen zum Schutz gegen das gleißende Licht zusammengekniffen, und sah zu dem geparkten Van hinüber. Der Putzmann war nun völlig überzeugt, betrachtete den Van, registrierte Hydes unordentliche Polizeiuniform, und erkannte das Täuschungsmanöver.

»Viel Glück!« Er ging die Treppe hinunter auf den Bürgersteig. Hyde schirmte mit der Handfläche das Sonnenlicht ab und spähte hinauf zu MacPhersons Büro. Wahrscheinlich hatte Godwin tatsächlich recht ... irgend etwas war dort im Gange. Und es würde bald geschehen. Er fuhr sich mit der Hand durch sein dichtes, gelocktes Haar, gähnte und streckte sich.

Sollte wohl mal schauen, was Darren Superhirn so treibt, bevor ich ...

Auf der Eingangstreppe zum Bürohochhaus gegenüber standen Malan und das KGB-Mädchen. Sie starrten ihn beide an, das Mädchen sah auf den Van mit der Aufschrift *POLICE,* beugte sich zu Malan und schüttelte heftig den Kopf. Sie sprach sehr schnell und gestikulierte aufgeregt, als hielte sie einen Säbel in der Hand. Sie hatte ihn gesehen, und sie hatte ihn erkannt. Die Beschattung war geplatzt.

Scheiße!

Hyde wandte sich ab. Zu spät ...

DREI

Afrika und das Schlaraffenland

Blantyre schob die schweren Steine beiseite, packte die schwere Plastiktasche und zerrte sie ans Ufer. Das Wasser fühlte sich kühl auf seiner Haut an. Er wandte sich zu Uys um und grinste.

»Vorsicht«, sagte er und schüttelte die Tasche, deren verstreuter Inhalt durcheinanderpurzelte. »Moment, erst wollen wir sichergehen.« Er hockte sich auf die Fußballen, öffnete den Reißverschluß, nahm ein Paket heraus und riß die Klebebänder entzwei. Die anderen Männer seiner Einheit standen müßig daneben wie zufällige Zuschauer. Alle außer Uys, der heiser flüsterte: »Ich dachte, Sie hätten gesagt, daß dieser Typ früher mal Geheimagent gewesen ist, Sir.«

»Das ist lange her – damals hast du dir noch in die Windeln gemacht, Uys. Sieht so aus, als hätte er vergessen, was er gelernt hat.« Wie ein erfolgreicher Angler, der einen Fisch an Land gezogen hat, hielt er ein geöffnetes, durchweichtes Päckchen in die Höhe.

»Das sind Transputer«, sagte er. »Zerbrich dir ja nicht den Kopf darüber, für was sie gut sein sollen.« Das Päckchen tropfte über die Fundstücke, die er in den nassen Sand gelegt hatte. Er legte es dazu. »Es sieht so aus, als hätte er alles, was er jemals wußte, komplett vergessen, Mann.« Im Licht von Uys Taschenlampe besah er die Gegenstände und rieb sich das Kinn. Ein Löwe grunzte mißgelaunt am anderen Ufer. »Das war alles«, entschied Blantyre. »Das Zeug wartete nur darauf, daß wir es finden.«

»Ob er jemandem davon erzählt hat?« fragte Uys.

»Wer würde ihm hier draußen schon zuhören?« Er seufzte und schüttelte den Kopf. »So ein verdammter Stümper. Ich habe nicht die blasseste Ahnung, warum er das Zeug überhaupt mitgenommen hat.« Er richtete sich auf.

»Was machen wir jetzt?« fragte Uys. Nur er wandte sich direkt an Blantyre. Die anderen drei Männer hatten ihre

Waffen im Anschlag und gaben Feuerdeckung in die Nacht hinaus. Ihre Augen wanderten aufmerksam über das Haupthaus, den Fluß, die Zelte neben den Pfahlbauten, die schmalen Pfade, die vom Hotel zum Wasser führten. »Sir?«

Blantyre lächelte und sah, wie Uys in der Dunkelheit die Zähne bleckte. Die Sterne schienen näher zu rücken, als seien sie schlecht aufgehängt und drohten herunterzufallen, und irgendwo in der Nähe glitt ein großes Tier mit gespielter Unschuld durchs Wasser.

»Wie viele sind es, Sir?« fragte Uys.

»Acht Gäste, Anderson und seine Kaffernfrau, dazu vielleicht noch insgesamt sechs Kaffer. Sie schlafen alle hinter dem Haupthaus. Es ist ein Kinderspiel – wir zünden es einfach an, oder jagen ein paar Raketen hinein.«

»Genau die richtige Zahl, um ein Massaker daraus zu machen, Oberst«, bemerkte Uys.

»Ja, ja, es gibt noch so viele Kaffern hier in Namibia, die schwerbewaffnet herumlaufen – wer weiß, wozu sie in einer dunklen Nacht wie dieser imstande sein könnten?«

»Dann müssen wir also ...«

»Wir müssen es tun, Korporal. Wir dürfen Anderson nicht am Leben lassen, damit er jedem von seinem Fund berichten kann, oder? Zeugen können wir prinzipiell nicht gebrauchen.«

»Nein, Sir. Wann?«

»Vor dem Morgengrauen.«

»Dann kommen wir also bei Tagesanbruch hinzu, weil wir den Rauch gesehen haben?«

»Genau, Uys. Lieber Himmel, was wir da wohl finden werden – mir graut schon jetzt davor. Die Verstümmelungen, all das. Furchtbar.«

»Man hätte dem Südwesten niemals seine Unabhängigkeit zugestehen sollen, Oberst. Dieses Massaker bestätigt das wieder einmal.«

Blantyre sagte: »Vielleicht bleibt er eine Woche lang auf den Titelseiten, dieser arme Versager. Das Blutbad in der Okaukuejo-Game-Lodge ...« Er stieß einen Seufzer aus.

»Also gut: Nehmt die richtige Munition, nur russische Patronen! Schwärzt euch die Gesichter – und benutzt eure Messer, wann immer es möglich ist. Ich will, daß dieser verdammte Ort in Flammen aufgeht, und zwar *restlos*!«

Die anderen Männer seiner Einheit hatten sich näher um ihn geschart wie hungrige Katzen um eine Milchschale.

»Okay, Pelzer«, befahl Uys. »Beweismaterial einsammeln!«

Blantyre sah auf seine Armbanduhr.

»Es ist jetzt fünf nach eins. Ich will, daß der Überfall bis spätestens sechs Uhr dreißig beendet ist. Also – *bewegt euch*!«

Der lange Funkspruch von Priabin war – nun ja, zufriedenstellend. Babbington saß hinter seinem Schreibtisch und legte die Finger seiner gespreizten Hand auf das letzte Blatt der dekodierten Nachricht aus London, das nun im ersten Licht der kalten Morgensonne vor ihm lag. Er stand abrupt auf. Seine Finger trommelten rastlos auf das weiße Papier.

Langsam ging er zu dem hohen Fenster hinüber, das den Blick auf das Arsenal freigab. Es war ein schöner Morgen; kaum eine Wolke zeigte sich am Himmel. Unter ihm beobachtete er die beiden Falkner bei ihrer morgendlichen Runde. Auf ihren mit Ledermanschetten geschützten Vorderarmen saßen abgerichtete Falken, denen sie Kapuzen übergeworfen hatten. Die Männer sahen zum Dach des Ministerialgebäudes auf, in dem sich sein Büro befand. Babbington neigte den Kopf und lauschte auf die Rufe eines Schwarms junger Krähen, die auf dem Dach direkt über seinem Büro hockten, als wollten sie sich über die beiden jungen KGB-Wachmänner und ihre Raubvögel lustig machen. Er beobachtete, wie einer der Falkner die Kapuze von den Augen seines Vogels nahm und die Fesseln an seinen Fängen löste. Der Arm des Falkners beschrieb einen weiten Bogen, und der Vogel stieg in die Luft, zunächst schwarz, dann golden, als er die ersten Sonnenstrahlen erreichte. Er flog zielgerichtet auf sein Fenster zu, daran vorbei und mitten in das sich bereits entfernende spöttische Krächzen der jungen Krähen über ihm hinein. Die Falken rissen fast nie eine Krähe, wenn sie wie jeden Morgen rings um den Kreml von Dach zu Dach flogen. Es war reine Beschäftigungstherapie, ohne Ziel oder Resultat. Der junge Falkner stand neben einer der von Napoleon erbeuteten Kanonen und blies bereits in seine Trillerpfeife, um den erfolglosen Falken heimzuholen.

Ohne Ziel, und ohne Resultat. Diese ergebnislose Jagd war kein gutes Omen, und Babbington mußte an diese letzten paar Zeilen denken, die Priabin seinem Bericht über den Stand der Dinge in London noch hinzugefügt hatte. Babbingtons Frau war ein paar Kilometer von ihrem Haus entfernt vom Pferd gestürzt; sie hatte eine Hirnverletzung erlitten. Die Information stammte aus der *TIMES*. Zweifellos hatte dieses Murdoch-Schmierblatt, das früher einmal eine ernstzunehmende Zeitung gewesen war, die Gelegenheit beim Schopf gepackt, seinen *Verrat* erneut in allen Farben zu schildern. Elizabeth ... sie lag im Koma, und die Ärzte hatten kaum Hoffnung, daß sie je wieder zu sich kommen könnte. Sicherlich würde sein ungeliebter Sohn, Richard, bald die Beatmungsmaschinen abstellen lassen und das Erbe antreten.

Er verstand nicht, warum Priabin ihm diese Nachricht zusammen mit seinem Bericht hatte zukommen lassen. Noch weniger verstand er, warum sie ihm solch ein Unbehagen bereitete, wie ein Staubkorn im Auge, das er nicht wegzuzwinkern vermochte. Er haßte sie doch von ganzem Herzen, und ihr Haß auf ihn war von nicht minderer Intensität ... *Obwohl, jetzt ist sie vielleicht nicht mehr dazu fähig*, dachte er. Wäre es sein Wunsch gewesen, jetzt zu ihr zu gehen – und sei es, um die Maschinen an ihrem Krankenbett eigenhändig abzuschalten –, er hätte es nicht tun können. Doch er wollte es ohnehin nicht. An *sein* Geld konnte Richard nicht heran – ihm blieb nur das Haus, der Rest des Vermögens ihrer Familie – und das Geld, das *er* auf ihr Konto überwiesen hatte. Innerhalb eines Jahres würde er es versoffen und verspielt haben.

Babbington rieb sich seinen Bart und ging zum Schreibtisch zurück. Ein freudloses Lächeln umspielte seine Lippen, während der erfolglose Falke zu seinem Herrn zurückkehrte. Es war möglich, daß sein Sohn nicht einmal die Anstandsfrist einhielt, bevor er der unbewußten Existenz seiner Mutter ein Ende setzte – Babbingtons Tochter, die ihn mit der gleichen Inbrunst haßte wie ihre Mutter, würde ihren Bruder gewiß nicht zurückhalten. Doch *sie* würde es nicht aus Habgier tun, sondern um das Leiden ihrer Mutter zu beenden. Babbington schloß einen Augenblick lang die Augen. Nein, Priabin hätte ihm das nicht unter die Nase reiben dürfen – all das gehörte wie so vieles andere in ein früheres Leben, mit dem er längst abgeschlossen hatte.

Die anderen Mitteilungen Priabins waren – nun ja, zufriedenstellend. Aubrey war immer noch auf Krankheitsurlaub. Orrell blieb ein Stümper. Godwin war nichts als ein Paragraphenreiter, der irgendeine vage Ahnung davon hatte, daß irgend etwas irgendwo nicht ganz koscher war – harmlos. Malan hatte die Dinge geschickt vorangetrieben. Wenn man die Reid-Gruppe fallenlassen mußte, dann sollte es eben so sein. Man würde einfach alles mitnehmen, was nicht niet- und nagelfest war, bevor man die Operation Großbritannien auflöste.

Babbington biß die Zähne aufeinander. Er mußte sich eingestehen – so schwer es auch fiel –, daß Kapustin recht gehabt hatte. Kein Rauch ohne Feuer, und so weiter. Die Geheimhaltung der gesamten Reid-Operation war in Frage gestellt worden. Es war tatsächlich am klügsten, dem Königreich für den Augenblick den Rücken zu kehren – sobald die russischen Ingenieure in der Lage waren, die Wafer-Scale-Integration – und die Transputer-Technologie erfolgreich nachzubauen. Auf alle Fälle jedoch wollte er sofort eine verschlüsselte Anfrage an Priabin senden, um zu erfahren, was genau Godwin und dieser vermaledeite Hyde bei ihrem Lauschangriff herausgefunden hatten. Es hatte unter äußerster Geheimhaltung zu geschehen, und die Rolle des KGB in der Affäre durfte auf keinen Fall ans Licht kommen. Orrell war zwar ein Idiot, doch Godwin konnte mit seiner kleinen Schnüffelstory jederzeit zu Aubrey rennen, und dieser durchtriebene alte Mann mochte vielleicht gerade gesund genug sein, um die Sache in Angriff zu nehmen. Eine absolut erstaunliche Leistung Godwins – doch wenn man die Art und Weise, *wie* er an seine Informationen herangekommen war, mit der nötigen Delikatesse behandelte, würde die Suspendierung von Godwin nicht lange auf sich warten lassen.

Priabin war schlau genug, daß man ihn mit dieser kniffligen Angelegenheit betrauen konnte. Er war – zufriedenstellend. Aber es war einfach eine Schande, daß ihnen die Reid-Firma und vor allem jene kleine Computerfirma – *Inmost* – und ihr äußerst weit gediehenes Forschungsprogramm für Mikrochips und Transputer verlorengehen mußte. Wenn auch nur für eine gewisse Zeit. Man würde in großem Stil nach Amerika zurückkehren, sobald erst einmal Gras über die Sache mit Shapiro gewachsen war.

Auf einmal spürte er einen seltsamen Schmerz, und das Gefühl überraschte ihn vollkommen. Aus irgendeinem obskuren Grund mußte er ausgerechnet jetzt an die Nacht vor seiner Hochzeit denken, als er, der zukünftige Bräutigam, um vier Uhr nachts schweißgebadet erwacht war. Zu seinem Entsetzen hatte er sich daran erinnert, daß er vergessen hatte, den Text für die verdammte Dankesrede zu schreiben, die er beim Hochzeitsempfang nach der Trauung halten sollte. Während der Morgen heraufdämmerte, hatte er fieberhaft eine halbwegs passable Rede geschrieben, und alles war glattgegangen. Elisabeth hatte wunderhübsch ausgesehen an diesem Tag – und doch hatte er bereits vorwurfsvolle, bittere Schatten in ihrem Gesicht entdeckt; sie hatte sich keine Illusionen gemacht, hatte gewußt, daß sie nichts als ein Tauschobjekt gewesen war: das Geld seiner Familie für den Adel der ihren. Ein regelrechter Kuhhandel ... Jetzt erinnerte er sich besser: Sie hatte alle Anwesenden bezaubert, doch auf ihn hatte sie selbst an jenem Tag schon mürrisch und verhärmt gewirkt.

Er holte tief Luft. Vielleicht würden ihre Gemälde nach ihrem Tod im Wert steigen und es Richard ermöglichen, seinen kostspieligen Lebensstil aufrechtzuerhalten.

Wieder blieb er vor dem Fenster stehen. Die Falkner

waren verschwunden, die Krähen zurückgekehrt; sie krächzten böse und wetzten ihre Schnäbel an den Dachziegeln. Der Himmel war blau und strahlend; es schien ein wunderschöner Tag zu werden.

Er blätterte die letzte Seite von Priabins Bericht um und griff nach dem Telefon.

»Hallo, ich möchte eine verschlüsselte Nachricht nach London senden. Schicken Sie bitte unverzüglich jemanden in mein Büro.«

Als er aus dem Bett schlüpfte, krümmte sich sein Körper plötzlich zusammen, als trüge er eine zentnerschwere Last. Margarethe. Er hatte sie in Gefahr gebracht. Er blickte auf seine schlafende Frau hinab. Ein weißes Laken bedeckte ihren nackten Körper; ihr dunkler Arm ruhte neben ihrem schwarzen Haar auf dem Kissen.

Seine Nacht war unruhig und schlaflos gewesen. Blantyre bedeutete Gefahr für ihn und seine Frau, diese Tatsache war nicht zu leugnen. Seine Kehle zog sich zusammen, als er die schlafende Margarethe ansah; er schluckte mühsam. Barfuß ging er über die rauhen Teppiche auf dem Holzfußboden, suchte im Dunkeln nach seinen Shorts und seinem leichten Sweatshirt und zog sich leise seine Schuhe an. Eine Holzdiele knarrte, und Margarethe warf sich murmelnd im Bett herum, sank dann in noch tieferen Schlaf. Ihr schlanker Arm lag nun auf seiner Seite des Bettes. Ohne nachzudenken nahm er die alte Browning CP-35, eine Armeepistole, aus der Schublade und schloß sachte die Tür hinter sich. Der Griff der Waffe erwärmte sich schnell in seinem Handteller, er umklammerte ihn krampfhaft, als hielte er zum erstenmal eine Schußwaffe in der Hand.

Die vormorgendliche Kühle draußen ließ ihn nach der Wärme seines Schlafzimmers und des Wohnzimmers frösteln, doch sie war nicht allein der Grund für sein sekundenlanges Zittern, das er schließlich abschüttelte wie ein nasser Hund das Wasser. Er neigte den Kopf und lauschte. Lautes Schnarchen aus einem nahen Zelt, das böse Summen eines großen Insekts. Seine Fingerkuppen erwärmten sich, bis sie vor Hitze prickelten, und er spürte, wie seine Nervenenden am ganzen Körper empfindlicher wurden, wie sein ganzer Körper sich im Angesicht der drohenden Gefahr straffte und spannte. Leise glitt er die Stufen hinab und lief über den gewundenen Pfad zum Fluß hinunter. Er mußte – *dringend* – nachsehen, ob die Tasche mit den Geräten aus dem Wrack unentdeckt geblieben war. Die Tasche im Flußwasser. Die Beweise, daß der MLK und Blantyre mit einem KGB-Offizier unter einer Decke steckten, der irgendwann einmal für einen Kurzurlaub nach *Novgorod* gereist war – oder aber dort wohnte, oder Verwandte hatte … Mehr wußte Anderson nicht. Was die Frachtgüter anbelangte, so hatte er keine Ahnung, was sie zu bedeuten hatten, möglicherweise waren sie sogar legal. Doch Blantyre war *hier*. Anderson beschleunigte sein Tempo.

Das Morgengrauen färbte den östlichen Horizont bereits blau und ließ das Licht der Sterne verblassen. Der müde schimmernde Mond berührte fast den Kamm der entferntesten Hügelkette. Ein Vogel scharrte in seinem Nest in einem Baumwipfel. Im Inneren eines Zeltes knarrte der Holzboden, als ein Schlafender sich träumend hin und her wälzte.

Es *konnte* kein Zufall sein, daß ein KGB-Mann eine Ladung britischer Güter eskortierte. Und dann der Absturz im namibischen Buschland. Wenn daran nichts faul sein sollte …

Wenn alles mit rechten Dingen zugegangen wäre, hätte man die Sache den namibischen Behörden übergeben, und Anderson wäre sicherlich als Zeuge befragt worden.

Wahrscheinlich sogar von schwarzen Polizisten. Doch irgend jemand hatte offensichtlich größtes Interesse daran, daß nichts von dem Unglück an die Öffentlichkeit drang. Natürlich, das war der Beweis: Eine Bergung der Güter aus dem abgestürzten Flugzeug, *bei der nur Weiße zugelassen waren*! Der Stein war in den Tümpel gefallen, und die Wellen hatten bereits begonnen, sich in Windeseile kreisförmig auszubreiten – er war froh, daß er den Eilbrief an Aubrey schon abgeschickt hatte.

Er stand nun am Ufer des Flusses, an der Stelle, an der er

die Tasche im Wasser versteckt hatte, und stieß einen Stoßseufzer der Erleichterung aus: Im Sand konnte er keine Fußspuren entdecken. Die Steine lagen immer noch über der Tasche im Wasser. Er beugte sich hinab und hob einen Stein, dann noch einen …

… die Tasche war weg. Die Tasche mitsamt den Geräten, die sich darin befunden hatten, war *verschwunden*. Anderson holte keuchend Luft, die Angst und die Ungewißheit schnürten ihm die Kehle zu. Er blickte sich wild nach allen Seiten um. In Blantyres Zelt war kein Licht … auch sonst war nirgendwo jemand zu sehen. Blantyre hatte die Tasche also nicht eben erst entdeckt. War er allein? Wohl kaum. In der Ferne hörte er William oder Joseph in der Küche mit den Pfannen hantieren. Das Königsblau der Dämmerung hatte mittlerweile schon den halben Nachthimmel erobert. Fahle Vorläufer des Tages befleckten den östlichen Horizont. Ein Kudu trat aus dem Gestrüpp am gegenüberliegenden Ufer, näherte sich arglos dem Wasser und verharrte dann reglos, als es seine Anwesenheit witterte. Seine Hörner waren dunkel wie die Zweige der Bäume hinter ihm. Er konnte den Blick nicht von dem verängstigten Tier jenseits des grauen Wassers wenden, dessen Furcht er als seine eigene erkannte; die große Antilope war ein Beutetier, wie er selbst.

Du mußt ihm zuvorkommen!

Er sprang auf. Das Kudu verschwand krachend im Unterholz. Anderson fing an zu rennen, zog beim Laufen die Pistole aus dem Hosenbund, rannte auf Blantyres Zelt zu. Polterte die Holztreppen zur Terrasse hinauf, ohne sich um den Lärm zu kümmern, den er verursachte, riß den Eingang des Zelts auseinander, schlug das Moskitonetz beiseite und stürzte in das dunkle Innere des Zeltes.

Blantyre lag nicht in seinem Bett. Es war benutzt worden, doch jetzt war es leer und kalt. Nackte Angst schnürte ihm die Brust ein, bohrte sich eiskalt in seine Magengrube, machte den Weg frei für das Zaudern, die Unschlüssigkeit, die ihn jetzt bedrängten. Zuvor hatte er keinen Gedanken daran verschwendet, was er denn eigentlich tun würde, falls Blantyre wach in seinem Bett lag … Seine Reflexe waren bestimmt langsamer geworden. Er war schon lange nicht mehr die gutgeölte Präzisionsmaschine, die er einst gewesen war. Er war verrostet, hatte zu lange im Unkraut auf dem Abstellgleis gestanden; er war kein ernstzunehmender Gegner für einen Mann wie Blantyre.

Wo steckte das Schwein? Er hatte das Beweismaterial gefunden – *er war im Bilde*. Anderson sah sich fieberhaft um. Das Zelt war bereits voller Moskitos. Er zündete die Öllampe an, denn er mußte jetzt irgend etwas tun; mußte wieder klar bei Verstand sein, wieder handlungsfähig werden. Die rauchige Flamme leckte am Glas der Lampe, und sofort warfen sich selbstmörderisch die schwarzen Insekten darauf und stürzten mit verschmorten Flügeln zu Boden. Im Lichtschein sah er, daß das Zelt so säuberlich hinterlassen worden war wie das Quartier eines Soldaten. Als sei Blantyre lediglich überstürzt abgereist, um seine Rechnung nicht zahlen zu müssen …

Die erste Explosion ließ ihn zusammenfahren wie ein Donnerschlag; die furchtbare Gewißheit kam eine Zehntelsekunde später. Adrenalin schoß durch seine Venen, seine alten Instinkte waren erwacht und bewegten ihn an unsichtbaren Fäden. Er schlug die Zeltwand zurück. Aus dem Strohdach über dem Restaurant schoß eine Stichflamme.

Die Holzplanken der Terrasse erzitterten unter seinen hastenden Stiefeln, als eine zweite Explosion das Haus erschütterte – das waren Raketen, er erkannte es an dem Zischen kurz vor der Detonation und der Stichflamme.

Mit einem Satz sprang er auf den Boden und sprintete in Richtung des Haupthauses – ein verzweifeltes Wettrennen gegen das Feuer. Schon rasten die Flammen den Dachgiebel entlang … er war sich jeder Millisekunde bewußt, die verstrich, während er zur Rettung herbeilief, war sich bewußt, wo die Rakete eingeschlagen hatte, worauf sie gerichtet gewesen war – auf sein Schlafzimmer, wo *er* eigentlich hätte liegen sollen, wo sie jetzt lag … *sie*. Das Feuer würde alles bezüngeln, um es dann zu verschlingen, jedes Möbelstück, jeden Teppich, jede Tür, würde sich rasend schnell ausbreiten. Es wälzte sich prasselnd – *in diesem Augenblick* – zum

Schlafzimmer, *zu ihrem Bett. Er* war das eigentliche Ziel des Angriffs gewesen, sein Schlafzimmer, sein Bett. Eine dritte Detonation, und er blieb einen Augentlick lang stehen, erkannte, daß es schon zu spät war.

Er wimmerte vor Entsetzen und vorweggenommener Trauer, verfluchte seinen Körper, daß er ihn nicht schnell genug zum Haus gebracht hatte. Das Strohdach über der Veranda flüsterte einen Augenblick lang verzweifelt um Hilfe, dann stand es hell in Flammen.

Hinter ihm erwachten die Menschen in den Zelten, riefen einander wie gejagte, von der Gruppe getrennte Delphine; klägliche Laute der Angst und des Grauens. Und noch mehr waren im Haupthaus – würden sie versuchen, alle zu töten? Oder nur diejenigen, von denen sie glaubten, daß sie ihnen gefährlich werden konnten? Margarethe ... ! Er war vierzig, dann dreißig, dann zwanzig Meter enfernt von dem lichterloh brennenden Strohdach des Haupthauses. Irgend etwas erschien auf der Veranda, eine brennende Gestalt, wälzte sich dann auf dem Boden und war tot, als er das Haupthaus erreichte. Vielleicht war es eine der älteren Amerikanerinnen gewesen. Williams Leichnam lag mit durchschnittener Kehle auf der Veranda. Glühende Asche regnete unbarmherzig auf Anderson herab, als er sich einen Weg durch das brüllende, rasende Feuer im Wohnzimmer bahnte. Er stieß die erste Tür auf. Irgendwo beim Fluß eine weitere Explosion – keine Zeit jetzt.

Er schrie ihren Namen mit heiserer Stimme, mit wässernden Augen, die Lunge brennend vom giftigen Rauch. Hinter ihm zerbarsten Flaschen in der Bar. Der enge Flur zum Schlafzimmer war verräuchert wie ein Ofen. Er brüllte, schrie und weinte, bettelte um Antwort. Eine schwarze Gestalt tauchte vor ihm auf, ein geschwärztes – kein schwarzes – Gesicht, vor sich der seltsam vertraute dunkle Umriß einer Maschinenpistole – ein Teil seines Hirns registrierte: *ausländisches Fabrikat*. Er reagierte ohne zu denken – die unmittelbare Bedrohung erforderte Reflexe und Instinkt, kein überlegtes Handeln. Er tötete den Unbekannten unverzüglich mit zwei schnellen Schüssen aus seiner Pistole; genauso schnell und ohne mit der Wimper zu zucken, wie er eine Mamba auf der Terrasse getötet hätte. Seine Konzentration war so absolut, daß er alles wie in Zeitlupe vor sich sah; die Kugeln, die das Hemd seines Gegenübers in Fetzen rissen wie die Hände eines lynchwütigen Mobs, die Blässe der Haut, bevor sie rot wurde. Der Körper fiel zurück, direkt in eine Stichflamme, die aus einigen losen Dielen hervorschoß. Er eilte weiter.

Die Tür zu Josephs Schlafzimmer stand offen; Joseph lag halb auf seinem Bett ausgestreckt, sein Körper durch Stichwunden entstellt – der Blutrausch einer Bande von Messerstechern, augenscheinlich das Werk wilder, verbitterter Söldner aus dem Busch – wahrscheinlich ehemalige SWAPO-Kämpfer ... Immer wieder hörte man davon, immer wieder gab es Massaker. Und er erkannte, daß *dies* hier auch ganz automatisch in diese Kategorie fallen würde. Kein Zweifel, würde man sagen, eines der üblichen Blutbäder, wenn Schwarze ihre hemmungslose Wut an Weißen auslassen. Er hastete weiter den schmalen Korridor entlang; der Geruch verbrannten Fleisches stieg ihm in die Nase, so plötzlich und so nah, daß es nur sein eigener sein konnte, und er wagte nicht, an sich hinabzusehen, auf seine verbrannten Kleider, seine nackte Haut.

Die Schlafzimmertür – oder vielmehr das, was von ihr übrig war – war geschlossen. Er selbst hatte sie vorm Weggehen zugemacht. Flammen züngelten über das dunkle Holz des Türrahmens. Mit dem Fuß, dankbar darüber, daß er seine schweren Stiefel angezogen hatte, gab er ihr einen Tritt, und sie gab sofort nach. Die Wände ihres Schlafzimmers standen in Flammen. Der Rauch war so dicht, daß er das Bett kaum sehen konnte. Stichflammen blitzten durch die dicken Schwaden; die Explosion des gesamten Zimmers schien unmittelbar bevorzustehen.

Hustend kroch er zu der Stelle, wo das Bett sein mußte. Die Pistole hielt er in der Rechten, schob sie vor sich her, seine Handteller waren verbrannt und schmerzten höllisch, ständig bohrten sich Holzsplitter hinein. Die Hitze war unerträglich und nahm noch zu. Er arbeitete sich weiter vor, und seine Brust krampfte sich zusammen, er erkannte, daß er am beißenden Rauch ersticken würde, wenn er nicht bald ins Freie käme ...

Seine Finger berührten etwas, das er sofort als *ihre* Hand erkannte, ihre Hand, die seinen Druck nicht erwiderte, sondern schlaff auf der heißen Holzdiele lag. Seine Finger fühlten am Handgelenk und fanden keinen Puls – die schreckliche Ahnung wurde zur Gewißheit. Sein Bauch krampfte sich zusammen, und er kämpfte gegen die aufsteigende Galle, wollte sich nicht übergeben, konzentrierte sich darauf, den Würgereiz zu unterdrücken ...

Langsam dämmerte es ihm, daß der Rauch nicht dicker geworden war, seitdem er den Raum betreten hatte, und daß die Flammen schadenfroh in dem Luftzug tanzten, der durch das klaffende Loch in der rückwärtigen Wand des Schlafzimmers wehte. Ihre Hand rührte sich nicht, in ihrem Handgelenk pochte kein Herzschlag, ihr Körper lag völlig leblos da. Seine Hand glitt an ihrem Arm nach oben, als sei er blind, dann fuhren seine Fingerkuppen über ihr Gesicht, ihre Lippen, ihre geschlossenen Augen. Ihr Hinterkopf war blutgetränkt. Sie würde nie wieder aufstehen. Er verharrte auf allen vieren neben ihrem reglosen Körper. Seine Lungen brannten, doch die Trauer lähmte ihn vollkommen. Die Rakete, die in die Schlafzimmerwand eingeschlagen war, hatte sie getötet, hatte sie wie eine Puppe durch das Zimmer geschleudert. Er wurde sich bewußt, daß er gar nicht auf das Bett zugekrochen war, sondern instinktiv in der hintersten Ecke des Zimmers nach ihr gesucht hatte.

Die Rauchschwaden wälzten sich über ihn. Seine Kehle fühlte sich an, als steckten Glassplitter darin, und aus seinen Augen flossen die Tränen. Sein Verstand arbeitete nicht, hatte ausgesetzt; er spürte, wie seine Arme und Beine schwerer und schwerer wurden. Langsam ließ er sich auf die Seite fallen, wobei er ihre Hand nicht losließ. Er würde ihre Hand nie wieder loslassen ... Ihren Körper wollte er nicht ansehen, wollte die schrecklichen Wunden nicht sehen.

Furchtbarer, bohrender, brennender Schmerz, viel schlimmer als der seiner in Fetzen hängenden Haut ... doch etwas nagte noch an ihm, ließ ihn nicht in Ruhe – *Überleben*. Seine Finger wurden langsam taub, und sein Verstand erlahmte ... und doch: *Überleben*. Nur dieses eine Wort, aus der Tiefe seines Unterbewußtseins. Und: *Blantyre*. Seltsam, der Brief an Aubrey. Die Dakota. Überleben. Blantyre ... Blantyre hatte sie auf dem Gewissen; er war ihr Mörder. Rache, die Krankheit, von der er glaubte, sie ein für alle Mal besiegt zu haben. *Rache!* Blantyre. Er war irgendwo, irgendwo da draußen, *Margarethes Mörder*.

Ein Teil von ihm schrie entrüstet auf, als er begann, wegzukriechen, sie zurückzulassen. Doch seine Instinkte ließen ihn die Schlafzimmertür finden, den Korridor, als Wegweiser vor dem Restaurant den Körper des Soldaten, den er erschossen hatte. Der Rauch schien nachzulassen, dann wurde er wieder dicker. Das Strohdach des Haupthauses war in sich zusammengefallen, und aus dem großen Feuer waren viele kleine geworden. Immer noch zerbarsten Flaschen. Unten am Fluß standen die Gästehütten in Flammen. Keine Überlebenden.

Er sprang von der Veranda auf den Boden, stolperte ... und fiel. Einen Augenblick lang lag er mit dem Gesicht auf der heißen Erde und wußte, daß er nicht überlebt hatte; er spürte, daß sein wahres Ich bei ihr geblieben war und mit ihr gemeinsam langsam von den Flammen verzehrt wurde. Doch tief in ihm regte sich wieder der Lebenswille. Er begann bereits, die Schreie der Verletzten und die Explosionen zu ignorieren und sich auf sein eigenes Überleben zu konzentrieren. Ein Versteck suchen hieß das, und davonlaufen. Untertauchen ... bis seine Stunde kam – und er wußte, daß sie kommen würde.

Wasser. Den Schmerz mit Wasser löschen. Doch sein Schmerz wuchs, seine Trauer wuchs, die entsetzliche Gewißheit ihres Todes. *Blantyre*. Er sah ihn so deutlich vor sich, als stünde er am Ufer, eine Pistole in der Hand, um ihn ins Wasser zu treiben, auf daß er ersaufe wie eine Ratte. Das Licht der Morgendämmerung schien in seinem Kopf zu sein, und alles wurde grau und verschwommen. Nur das Gesicht Blantyres war klar. Das Gesicht von Margarethes Mörder.

Auf einmal pfiffen Gewehrkugeln über seinen Kopf hinweg. Er tauchte, und seine Haut brannte. Anderson sank ins Wasser, schluckte. Trudelte langsam nach unten. Ein entsetztes Husten, und er holte rasselnd Luft, das Tosen des aufschäumenden Wassers in seinen Ohren. Das Wasser brannte auf seiner verbrannten Haut. Er wollte seinen unendlichen Schmerz, seinen Haß hinausbrüllen, doch er hatte nicht die Kraft dazu.

Langsam tauchte er weg, schwamm auf den Fluß hinaus, einen Armzug nach dem anderen, immer in der Gewißheit, daß es der letzte sein könnte. Sein Verstand tauchte weg, sogar *ihr* Gesicht verschwand, und auch das Blantyres ... es wurde kleiner und kleiner, dann war es fort. Und dann wieder, so schön, so klar, ihr Gesicht, das Gesicht seiner geliebten Margarethe.

Er verlor das Bewußtsein, sein Mund öffnete sich, und er spürte das Wasser nicht mehr, das in seine Lungen floß.

Hyde starrte hinunter auf die Charing Cross Road und den stetigen Strom der Frühaufsteher auf dem Bürgersteig. Die Polizisten hatten die grauen, zusammengesunken vor sich hinschlummernden Gestalten der jugendlichen Drogensüchtigen und Obdachlosen aus den Hauseingängen verscheucht; die eisernen Rollos der Sex-Shops waren heruntergelassen und die Türen der Pubs verriegelt worden. Die Normalität war zurückgekehrt, und die grellen Lichter und die Hoffnungslosigkeit der Nacht erschienen wie ein schlechter Traum.

Hyde rieb sich die Augen. Godwin stritt sich mit Chambers, beide hörten sich an wie die Endlosschleife eines Tonbandgeräts.

»Wir können es tun, Terry – es ist alles *da drin*!« Sie hockten vor dem überdimensionierten Fernseher und stritten sich wie zwei alte Frauen im Fernsehraum eines Altersheims: erbittert und fest entschlossen, den Sieg davonzutragen. Hyde beobachtete die obdachlose Frau unter ihm auf der Straße, die irgend etwas Eßbares gefunden hatte, es in ihrer schmutzigen Hand hielt und immer wieder zu ihrem zahnlosen Mund führte – sie kam ihm lebendiger vor als seine beiden Kollegen. »Und wir können uns reinschmuggeln, wenn wir den Code geknackt haben – vielleicht reichen die Videoaufnahmen und die Standfotos dazu aus.«

»Wir müssen *alles* zur Verfügung haben, jeden einzelnen Buchstaben, jede einzelne Zahl«, wandte Chambers ein, »und vergiß nicht, daß uns sogar zwischendrin der Film ausgegangen ist … Schau mal, ich sage ja nicht, daß es unmöglich ist – ich sage nur, daß wir unwahrscheinliches Glück haben müßten! Und außerdem war es mit Sicherheit ein geschützter Laptop. Wie sollten wir jemals das Kennsignal duplizieren, um überhaupt in den Hauptrechner in Johannesburg hineinzukommen? Das geht nur mit van Vuurens persönlichem Laptop!«

»Dann benutzen wir eben van Vuurens Laptop!«

»Wie stellst du dir das vor?«

»Darüber können wir uns immer noch den Kopf zerbrechen. Laß uns jetzt einfach diese Standfotos vergrößern und das Videoband auswerten!«

»Sind die Damen mit dem Diskutieren fertig? Darf ich das Frühstück servieren?« fragte Hyde.

»Was? Ach so … ja. Ich sag's Jim …«

»Ich werde es holen. Jim muß auf seinem Posten bleiben. Wir müssen verdammt aufpassen. Priabin ist klar, daß wir an ihm dran sind. Ich wette zehn zu eins, daß er sogar genau weiß, welche Geräte wir beim Lauschangriff verwendet haben und welche Einzelheiten über Malan und die Reid-Firma wir rausgekriegt haben könnten: Im Grunde genommen überhaupt nichts, aber davon kann er nicht ausgehen. Ich besorge uns was zu essen.«

»Wie du willst.«

»Schließt die Tür hinter mir ab und behaltet den Bildschirm der Überwachungskamera im Auge, okay?«

»Hier oben sind wir sicher«, sagte Godwin.

Waren sie es tatsächlich? Dem Anschein nach, ja. Hyde nahm sich trotzdem vor, unten im Foyer die Überwachungsanlage zu kontrollieren. Der private Aufzug konnte nur mit einem speziellen Schlüssel in Bewegung gesetzt werden. Die beiden Etagen des Bürohochhauses – das *Centre Point* – in der Oxford Street Ecke Charing Cross Road, die der SIS angemietet hatte, waren vom Rest des Gebäudes abgeschottet; es gab eine Alarmanlage, und überall waren Überwachungskameras angebracht worden. Was sollte schon passieren, im Zentrum Londons, am hellichten Tag? Vielleicht hatte Godwin ja tatsächlich recht, und er machte sich völlig unnötig Sorgen …

Er wandte sich um und warf noch einen Blick auf den Fernseher, auf dem ein Standbild des Videobandes flimmerte: MacPhersons Schreibtisch, van Vuurens Laptop mit einem Kabel zur Telefonbuchse, die dünnen Finger des Mannes, die über der Tastatur schwebten, um die Zauberformel, das Sesam-öffne-dich einzutippen, das ihm Zutritt zum Hauptsystem des MLK in Johannesburg gewährte. Wie wollte Godwin es bloß anstellen, dort hineinzukommen? Hyde zog die Tür hinter sich zu und trat auf den Korridor hinaus. Aus einem staubigen Fenster über dem Notausgang drang trübes Tageslicht. Sie befanden sich zwanzig Stockwerke hoch, in einer abgeschotteten Sicherheitszone, einer kleinen Festung innerhalb des Gebäudes. Doch Priabins Schweigen verhieß nichts Gutes, war vielleicht nur die Ruhe vor dem Sturm. Wann würde er zuschlagen? Und wo?

»Da«, seufzte Godwin im Dunkeln. Er hielt die letzte Vergrößerung vor die Augen und fügte hinzu: »Du kannst das Licht jetzt wieder anmachen.«

In der Dunkelkammer wurde es schlagartig hell. Das grelle Licht einer nackten Glühbirne fiel auf die Becken mit den Chemikalien, die heruntergezogenen Jalousien – und die Fotos triefend an der Leine wie bei einem Werbespot für ein Waschmittel. Es war auf einmal wärmer im Zimmer, und Godwin bedachte Chambers mit einem freudigen Grinsen, als dieser ungeduldig einen Schritt nach vorn machte, um die vergrößerten Standfotos in Augenschein zu nehmen.

Von der Wäscheleine baumelten Dutzende Fotografien des immer gleichen Händepaars in verschiedenen Stellungen. Mal streckten sich die Finger wie die eines Pianisten, mal krümmten sie sich, zum Zuschlagen bereit; es waren van Vuurens Hände. Godwin und Chambers hatten eigentlich alles, was sie brauchten, um herauszufinden, was genau van Vuuren in die Tastatur seines Laptops getippt hatte. Godwin warf einen kurzen Blick auf seine Armbanduhr. Sechzehn Uhr dreißig. Van Vuuren hockte wohl gerade in seiner Suite im Intercontinental Hotel. Er hatte fürs Abendessen einen Tisch im Hotelrestaurant reservieren lassen, und er hatte auch jemanden reserviert, der ihn dorthin begleiten würde: ein Callgirl. Van Vuurens Suite würde also etwa von acht bis zehn Uhr abends leer sein. Und man konnte getrost annehmen, daß er seinen Laptop nicht zum Abendessen mit hinunternehmen würde ... Godwin rieb sich die Hände wie ein Pfandleiher – oder wie jemand, der sich frierend näher ans Feuer stellt. Wenn sie erst den Code hätten, war van Vuuren kein Problem mehr. Und Malan auch nicht. Sie waren verdammt nahe am Ziel.

»Okay«, sagte er, »nehmen wir sie runter.«

Sie waren gierig und aufgeregt wie zwei Kinder beim Kirschenstehlen Chambers sah sich eine der Vergrößerungen an und runzelte die Stirn.

»Die sind, glaube ich, nicht genau genug.« Er hielt das Foto dicht vor seine Augen, als sei er kurzsichtig. »Er hat zu schnell getippt ...«

»Was du nicht sagst!« entgegnete Godwin ironisch und erklärte dann: »Schau auf den *Bildschirm* seines Laptops, nicht auf seine Hände – auf dem Bildschirm ist alles gestochen scharf zu sehen. Viel bessere Qualität als von den Standbildern der Videokassette – und das Band ist wahrscheinlich sowieso nicht vollständig. Wir mußten ja mittendrin eine neue Kassette einlegen. Bestimmt fehlt irgendwo was – also bring nichts durcheinander.«

»In Ordnung«, murmelte Chambers, wobei er den letzten der tropfenden Abzüge von der Leine herunternahm und den Packen an seine Brust hielt. »Fertig?«

Godwin grinste. »Fertig!« Er sah auf die Uhr. »Vier Uhr vierzig – bringen wir's hinter uns.«

Sie verließen die Dunkelkammer. Auf dem Flur hörten sie das entfernte Seufzen des Aufzugs. Es wäre schön, nach Hause zu gehen und sich ein paar Stunden auszuruhen, dachte Godwin, doch dann stellte er sich seine unaufgeräumte Wohnung vor, seine magere schwarze Katze – das einzige Lebewesen, das dort auf ihn wartete – und seine Feierabendstimmung verflog. Chambers ließ die Jalousien vor den Bürofenstern herunter. Das heiße Licht des Nachmittags brannte auf dem Fensterbrett. Er pfiff leise durch die Zähne, während er den riesigen Fernsehapparat in die Mitte des Raumes beförderte, die Kassette überprüfte und in den Viedeorecorder schob. Godwin ordnete unterdessen die feuchten Abzüge auf dem langen Tisch der Reihe nach. Er war nervös. Konnten sie es schaffen? Van Vuuren ging um acht zum Abendessen. Vielleicht würde er noch vorher mit der Nutte ins Bett gehen, vielleicht würde er bis nach dem Essen damit warten. Er sah auf. Chambers hatte auf Schnellvorlauf gedrückt, überspulte die Ankunft von Malan, van Vuuren und Priabins Mädchen in MacPhersons Büro. Godwin schüttelte den Kopf. Hyde! Wieso mußte er sich ausgerechnet zu dem Zeitpunkt, als Malan und Valentina aus dem Hochhaus kamen, vor dem Bürogebäude zur Schau stellen?

»Bis hierhin?« fragte Chambers, den Finger auf der Taste für den Schnellvorlauf der Videokassette.

»Ja ... noch ein bißchen weiter – ja, genau da. Van Vuuren macht den Laptop auf – genau.« Chambers nahm die Fernbedienung und setzte sich im Schneidersitz vor dem Fernsehapparat auf den Boden, das Diktiergerät griffbereit. Dann nahm er einen Notizblock und zückte einen Kugelschreiber.

»Fertig zum Diktat, Fräulein Chambers?« fragte Godwin grinsend.

»Aber ich werde mich nicht auf Ihren Schoß setzen, Mr. Godwin.«

»Also, knöpfen wir uns erst mal das Video vor!« Godwin stützte sich auf seine Krücken und beugte sich über die Fotos auf dem Tisch, die er chronologisch angeordnet hatte. Draußen hörte er das pünktliche Läuten der Kirchenglokken. Fünf Uhr nachmittag. Tief unter ihnen schnurrten die Lifte gehorsam auf und ab. Sie hatten einen Privatlift, und die Notausgänge am Ende des Ganges waren nur mit einem Schlüssel zu öffnen. Sie saßen in ihrem eigenen privaten Tresor mitten in dem riesigen Bürohaus. »Los geht's. Sesam-öffne-dich!«

Auf dem Bildschirm öffneten van Vuurens Hände den Laptop. Chambers drückte auf die Fernbedienung, und die mit dem Richtmikrophon aufgezeichneten Stimmen Malans und van Vuurens füllten den Raum; sie versuchten gerade, MacPherson zu erklären, wie sehr Reid Electronics auf ihr Angebot angewiesen wäre. Godwin und Chambers hatten sie so oft gehört, daß sie die Stimmen nicht mehr bewußt wahrnahmen. Sie waren nichts als ein Hintergrundgeräusch, wie das Surren des Videorecorders. Van Vuurens Finger schwebten über der Tastatur. Sie sahen aus wie ein von der Seite aufgenommenes Foto der nackten Arme und Beine einer Reihe von Hundertmeterläufern kurz vor dem Startschuß. Chambers hielt das Diktaphon an den Mund, und Godwin beugte sich leicht nach vorn.

Van Vuurens Hand steckte MacPhersons Telefonkabel in den Laptop. Seine Finger begannen zu tippen.

»... Südafrika ... das ist Johannesburg. Die Hauptniederlassung des MLK«, murmelte Chambers, während Godwin hinter dem Tisch auf und ab ging und nervös die Fotos ordnete. »Jetzt sind wir im Hauptnetz.«

Im Zimmer war es so still, daß Godwin jedes Geräusch überlaut vorkam, das Summen der elektrischen Geräte, Chambers Flüstern, das Kritzeln seines Kugelschreibers auf seinem Notizblock, sogar das Surren seines winzigen Diktaphons. Auf den vergrößerten Standfotos war alles überdeutlich zu sehen; sämtliche Zahlen, die van Vuuren eintippte, erschienen außerdem auch noch auf dem Bildschirm des Laptop.

Leuchtbuchstaben auf dem Bildschirm bestätigten nun den Erhalt des persönlichen Erkennungssignals von van Vuurens Laptop. Godwin hielt das nächste Foto ins grelle Licht der Tischlampe. *Enter your password* befahl der Zentralcomputer in Johannesburg auf dem Bildschirm des Laptop.

»*Krüger*«, murmelte Chambers und schnaubte verächtlich. »Das soll das Paßwort sein? Wie überaus originell. Hätten sich auch gleich *Krügerrand* aussuchen können!«

»Tatsächlich – *Krüger*«, bestätigte Godwin. Die Fotos, und das Video, alles lief wie am Schnürchen – viel besser, als er erwartet hatte. Ein Kinderspiel ... und doch erinnerte er sich mit einem flauen Gefühl im Magen an den Augenblick fieberhafter Hast, als sie die Videokassette und gleichzeitig den Film in der Kamera hatten wechseln müssen. Es hatte einige Sekunden gedauert. Er beschloß, sich nicht voreilig darüber aufzuregen. Vielleicht war es halb so schlimm.

»Diese Wörter – das ist Afrikaans, oder?« fragte er.

»Das erste ist ... B-o-e-t ...«

»... -e ... neues Wort.« Godwin fuhr mit dem Zeigefinger über die Fotos, übersprang zwei oder drei. »Da. *Boete Erazmus.* Wer soll denn das sein? Ein Freund von Paul Krüger?«

»Es macht doch keinen Unterschied, oder? Das nächste«, murmelte Chambers, doch Godwin eilte bereits um den Tisch herum, zu dem Foto, von dem er wußte, daß es das nächste Wort zeigte.

»E-l-l-i-s ... Park. *Ellis Park.*«

»Hab' ich.«

»Was kommt dann?«

Chambers drückte auf den PLAY-Knopf der Fernbedienung und sagte: »Nicht mehr viel, glaube ich ... Wo befindet sich dieser Ellis Park?«

»Keine Ahnung«, sagte Godwin und humpelte um den Tisch herum, die Augen auf die Vergrößerungen gerichtet.

»Scheiße«, murmelte Chambers. »Band ist zu Ende.«

Auch Godwin war bei dem Filmriß angekommen, den er

beim chronologischen Anordnen der Fotos auf dem Tisch absichtlich *nicht* freigelassen hatte. Er hatte sogar aus Aberglauben die Fotos an dieser Stelle noch enger aneinandergelegt.

»N-e-w-l-a ...«, las Chambers; nach jedem Buchstaben drückte er auf der Fernbedienung die Taste für Zeitlupe, studierte jedes einzelne Bild, lehnte sich weit vor und blinzelte angestrengt. »Und wo geht's dann beim neuen Band weiter?« Godwin starrte wie hypnotisiert auf den leicht flimmernden Bildschirm. »-s-v-e-l-d ... Scheiße!« Er sah Godwin erwartungsvoll an. »Und was hast du?«

»*Newla* – genau wie du, und dann habe ich noch nicht einmal das Ende des neuen Wortes ... Das wurde verschluckt, als du zurückkamst.«

Chambers spulte das Band vor. »Ja, das nächste ist e-l-d ... es wird unscharf. Dann ist er drinnen. Das nächste wiederum ist *MAIN MENUE*. Und bei dir?«

»Bei mir auch«, entgegnete Godwin verdrossen; seine Finger glitten über das Foto, als könne er ihm auf diese Art mehr Information entlocken. Er hob beide Krücken und stampfte wütend auf. Chambers streckte sich frustriert auf dem Boden aus.

In den Büros und Gängen des Gebäudes war es mittlerweile still geworden, und auf einmal wirkte das Büro isoliert und schutzlos.

»Die ersten Wörter hast du auf jeden Fall?« fragte Godwin ärgerlich. Er konnte sich keinen Reim auf diese Namen machen, nicht einmal ansatzweise. Englisch und Afrikaans – in Südafrika sprach man beides. In ihrer Reproduktion von van Vuurens persönlichem Code gab es ein Loch. Es war wahrscheinlich derselbe Code, wie ihn andere MLK-Vorstandsmitglieder verwendeten, die ebenfalls einen persönlichen, vom Hauptcomputer identifizierbaren Laptop benutzten. Wenn sie die Lücke nicht schließen konnten, wenn sie das fehlende Wort nicht *erraten* konnten, zum Teufel, dann war ihnen auch der Zugang zum Hauptnetz des MLK verwehrt, selbst wenn sie van Vuurens Laptop in seiner Hotelsuite benutzten. Und es mußte heute abend geschehen, denn van Vuuren reiste morgen wieder nach Südafrika ab. »O verdammte Scheiße!«

»Es sind bloß ein paar Zahlenreihen«, sagte Chambers, nachdem er sie in sein winziges Diktiergerät gesprochen hatte. »So kommen wir ins Hauptnetz. Nachdem wir die Zahlenkombination eingegeben haben – er hat nur Projekt- und Lieferungstabellen abgefragt, nicht wahr? –, können wir überall hin. Wohin wir auch möchten, wir geben dem Hauptcomputer einen simplen Befehl …«

»Auf Afrikaans?«

»Nein, auf Englisch.«

»Also, wir haben alles, was wir brauchen, bis auf was? Ein, zwei, drei – Worte?«

»Ich habe keinen Schimmer. Oh, da ist irgendwo ein Witz drin, hast du den mitgekriegt?«

Godwins Augen wanderten über die Fotos.

»Ja – um den Eintritt ins Hauptmenü zu bestätigen. Als Vorsichtsmaßnahme … die Antwort auf die Preisfrage: *Mandela*.«

»Halten sich wohl für witzig, diese Sauhunde!«

»Wir haben – *fast* – alles. Scheiße, der Hauptcomputer des MLK liegt mit gespreizten Beinen vor uns … und wir kriegen keinen hoch!«

Dann schnellte Godwins Kopf herum, als die Alarmanlage läutete. Auf dem Überwachungsbildschirm in der Ecke des Zimmers erschien jetzt statt des Foyers das Gesicht des Wachmanns – Jim. Godwin hörte sich näherndes Sirenengeheul. Chambers war aufgesprungen und näherte sich dem Bildschirm. Auf einmal erschien die Isoliertheit des Raumes bedrohlich.

»Mr. Godwin, es hat eine Bombendrohung gegeben – ich möchte Sie darum bitten, das Gebäude zu verlassen – alle anderen wurden bereits evakuiert.«

»Ich dachte, es wären sowieso schon alle nach Hause gegangen …«, sagte Godwin. Es war zwanzig vor sechs.

»Richtig, der größte Teil des Gebäudes ist leer, nur ein paar Mitarbeiter waren noch da – und sie sind bereits draußen, ich habe es kontrolliert. Ein Einsatzkommando ist bereits auf dem Weg. Ein anonymer Anruf, vielleicht sind es Palästinenser, oder IRA. Würden Sie mit dem Aufzug herunterkommen? Auch ich muß das Gebäude verlassen.« Hinter dem Wachmann tauchte jetzt eine Polizeiuniform auf.

»Verdammt, was ...!« rief Chambers.

»Okay, Jim, wir kommen gleich runter.«

»Vielen Dank, Mr. Godwin.« Das Bild verschwand, ein kurzes Flimmern, und dann erschien wieder das beruhigende, starre Bild der Eingangshalle.

»Also?« fragte Chambers.

»Also was? Laß uns die Sachen einsammeln, die wir brauchen – nur für den Fall.«

»Sie haben Hyde doch gestern gesehen. Glaubst du, daß ...?

»Stell keine Fragen – pack einfach alles zusammen, okay? Den Videorecorder, das Tonband, die anderen Sachen.«

»Gut.«

Godwin humpelte die Tischkante entlang und begann, die vergrößerten Fotos einzusammeln und sie sorgfältig auf einen Packen zu schichten, während Chambers die Kassette aus dem Videorecorder gleiten ließ und die Notizblätter und Computerausdrucke zusammenraffte.

Verdammt, dachte Godwin, sie bräuchten einen Gabelstapler für all dieses Zeugs, was sie jetzt hinunterschleppen mußten. Die Abzüge in seinen Armen waren immer noch klebrig und feucht, und er sah sich nach Chambers um, der einen Stapel Akten auf seinen ausgestreckten Armen balancierte. Godwin mußte einen Moment lang an zwei Krankenschwestern denken, die neugeborene Säuglinge aus einem Kreißsaal retteten.

»Haben wir alles – ich meine, alles, was wir tragen können?« rief er.

Chambers packte gerade eine leere Plastiktüte mit Aufzeichnungen voll und sah wild um sich, um ja nichts zu übersehen.

»Noch eine Minute!« keuchte er atemlos.

Zwischen den Ritzen der heruntergelassenen Jalousien

drang das orangefarbene Licht der abendlichen Sonne in den Raum. Gefahr lag in der Luft, schien das Zimmer statisch aufzuladen. Eine Bombendrohung? Ausgeschlossen, daß die Russen dahintersteckten – oder? Es konnte doch kein bloßes Ablenkungsmanöver sein …? Eine Bombe. Zur *Rush Hour*. Das Menschengewimmel unten auf der Straße, die Oxford Street um die Ecke … Wer auch immer dahintersteckte, er schien es ernst zu meinen. Godwin fegte einen Stapel mit Videokassetten in eine offene Sporttasche; er räumte das Regal ab, als sei das Ganze irgendein idiotischer Wettbewerb in einem Supermarkt.

»Fertig?« rief er mit einer hohen Stimme, die er selbst nicht mehr erkannte.

»Fertig!« echote Chambers, und auch seine Stimme überschlug sich.

»Dann hauen wir jetzt ab. Hoffentlich hat man den Strom für den Aufzug nicht abgestellt.«

Auf den Überwachungsbildschirmen in der Ecke des Zimmers sah man ein leeres Foyer, leere Gänge, ein leeres Treppenhaus. In ein paar Minuten würden sie hier oben festsitzen, mit einer Bombe, die jeden Augenblick in die Luft fliegen konnte. Sie hatten keine Zeit gehabt, die Bücher mit den Dechiffriercodes zu verbrennen; Apparate im Wert von mehreren hunderttausend Pfund ebenso wie Geheimakten und Papiere – all das lag jetzt offen herum und wartete nur darauf, von irgend jemandem gestohlen zu werden.

Godwin humpelte hinter Chambers her durch die Tür auf den leeren Korridor.

Hyde stand an der Ecke Oxford Street und Charing Cross Road; in der einen Hand hielt er eine Tüte mit Sandwiches, in der anderen eine Plastiktüte mit Schallplatten. Auf dem Weg zu dem Sandwichstand war er an dem kleinen Laden vorbeigekommen, der seltene oder vergriffene Jazz-LPs führte, und hatte sich nicht beherrschen können. Hyde wußte, Ros würde die Zahlen auf den kleinen Aufklebern zusammenaddieren – falls er sich nicht die Arbeit machte, sie vorher herunterzukratzen – und würde ihn dann mit der Summe bombardieren, die seine Extravaganz wieder einmal gekostet hatte ... Auf einmal blieb er wie angewurzelt stehen.

Was zum Teufel ist denn hier los ...?

Der Verkehr auf der Oxford Street stand völlig still. Ein paar Autos hupten noch lustlos; man hatte sich schon mit dem Unvermeidlichen abgefunden. Rot-weißes Absperrband flatterte im Wind, und auf dem Bürgersteig drängten sich die Menschen in Businessanzügen, modischen Blusen, maßgeschneiderten Hemden. Die Geschäfte hatten sich geleert, als die Kunden neugierig hinausliefen; Lieferanten gesellten sich, die Arme voller Pakete, zu der Menge der Schaulustigen. Auch die Charing Cross Road war zum Stillstand gekommen. Trauben von schwarzen Taxis, zur Untätigkeit verdammt, inmitten der bunten Autos der Städter; Motoren wurden abgestellt, Hälse reckten sich, um einen Blick auf das Gebäude zu erhaschen, welches jetzt im Mittelpunkt der Aufmerksamkeit lag: Das *Centre-Point*-Bürohochhaus – unter anderem auch Sitz des SIS. Auf einmal war überall Polizei, Fernsehkameras, die ersten, fast unauffällig geparkten Feuerwehrwagen, Krankenwagen ...

Die Menschenmenge wich zurück, die Rücken der Menschen schoben sich gegen Hyde, als die Polizei sie von der Eingangstreppe zum Centre Point verjagte. Hyde kämpfte sich nach vorne, keiner sah ihn an, keiner protestierte – aller Augen waren gebannt auf die Eingangstüren des Centre Point gerichtet. Er schob zwei kleine Mädchen beiseite, dann einen Mann in einem hellen Anzug mit dunklen Schweißflecken unter den Achseln, dann einen alten Mann – stützte ihn sofort, entschuldigte sich, drängte weiter nach vorn – vorbei an anderen Einkäufern, deren Plastiktüten mit den seinen kollidierten ... die er auf den Bürgersteig gleiten ließ. Ein kurzer Stich der Reue, dann hatte er sie vergessen.

Eine Polizeiuniform nahm ihm den Blick, eine breite Hand legte sich auf seine Brust.

»Tut mir leid, aber ...«

Die letzten Menschen hasteten in ungeordnetem Rückzug die Vortreppe des Centre Point herunter – es waren wohl die allerletzten, die sich noch im Gebäude befunden hatten. Er erhaschte einen Blick auf Godwin und Chambers, beide voll beladen mit Tüten und Plastiktaschen, aus denen alles mögliche ragte; Chambers schleppte gar einen Computer mit sich herum – es sah so aus, als hätten sie ein Geschäft geplündert. Die Bombendrohung war doch zweifellos nur ein Vorwand, sie aus ihren Büros zu locken – und diese zwei trugen die halbe Büroeinrichtung auf dem Bukkel! Er legte den Kopf in den Nacken und sah blinzelnd mehr als zwanzig Stockwerke nach oben; die Rolläden in der gesicherten SIS-Etage waren geschlossen. Hyde zückte seinen Dienstausweis.

»Laß mich einfach durch – hast du so einen schon mal gesehen?«

Der Polizist zuckte zusammen, preßte die Lippen zornig aufeinander und ließ ihn passieren. Hyde spürte die Blicke der auf ihn aufmerksam gewordenen Umstehenden, als er die Stufen hochrannte und jedem, der sich näherte, seinen Ausweis unter die Nase hielt. Oben angekommen, wäre Godwin, der mit seiner Vielzahl von Taschen beschäftigt war, beinahe in ihn hineingerannt.

»Wo ist Jim?« fragte Hyde.

»Du hast dich verspätet, verflucht nochmal!« fauchte der unter der Last des Computers und der Plastiktüten schwitzende Chambers.

»*Wo ist Jim, Godwin* – warum ist er nicht bei euch?«

»Was …? Äh …« Godwin wandte den Kopf und sah in das Foyer des Centre Point. »Er wollte … ich dachte …«

»Er müßte doch hier auf euch warten, ihr Trottel! Was ist mit ihm passiert?«

»Ich habe Jim total vergessen …«

»*Scheiße*!« Hyde starrte Godwin wütend an und fügte dann hinzu: »Die Bombendrohung ist nur ein Vorwand, Tony – hast du das nicht gemerkt?« Er hastete auf die gläsernen Eingangstüren und den davor postierten nervösen Polizisten zu, hielt seinen Ausweis hoch und warf sich gegen die Türen. Ein Polizeiinspektor setzte sich in Bewegung; Hyde nahm ihn nur verschwommen als Spiegelbild in den zurückschwingenden Glastüren wahr. Der Streifenpolizist sah den Inspektor an und schüttelte verneinend den Kopf, worauf der Inspektor stehenblieb und sich an Godwin wandte. Hyde stürmte durch das leere, stille Foyer des Centre Point.

Er warf einen Blick zurück und sah, wie die Schaulustigen von einer neuen Welle blauer Uniformen zurückgedrängt wurden. Es waren mittlerweile noch mehr Krankenwagen eingetroffen, und ein ganzer Löschzug. Entferntes Sirenengeheul kündigte weitere Einsatzfahrzeuge an. Niemand würde jetzt in das Gebäude gelassen werden, denn sein Dienstausweis hatte den draußen postierten Beamten zu verstehen gegeben, daß er – und wen immer er auch hier suchte – offiziell gar nicht existent sein durfte … Im Foyer herrschte unheimliche Stille; die Schreibtische der Wachmannschaft waren verlassen.

Er dachte an Jim und fing an zu laufen, denn Jim hätte eigentlich dort draußen stehen müssen, mit Godwin und Chambers. Jim, der Ex-Sergeant der Spezialabteilung der Londoner Polizei; normalerweise saß er immer vor einer Batterie von Überwachungsmonitoren …

Alles nur wegen dieses verdammten Zufalls gestern, als Malan und diese Giftschlange Valentina ihn vor dem Reid-Bürogebäude gesehen hatten. Er steckte den Schlüssel ins Schloß des Überwachungsraums, dann merkte er, daß die Tür unverschlossen war, und drückte die Klinke hinunter. Ein Sakko, der hinter der Tür aufgehängt war, strich über sein Gesicht. Auf dem Schreibtisch vor der Überwachungskonsole lag eine Ausgabe der *Sun*, die Seite mit den Rennergebnissen zuoberst. An den Rand der Zeitung waren Bleistiftnotizen gekritzelt. Der Stuhl war leer …

… und die Bildschirme flimmerten schwarz. Jims Hand war offen wie die einer Blume, seine Augen starrten blicklos an die Decke. Hinten am Hals, unterhalb des Haaransatzes, ein dünnes Blutrinnsal. Am Kragen auch, ein wenig Blut, nur ein bißchen … Eine Zigarette brannte noch im Aschenbecher. Sie hatten die Monitore ausgeschaltet. Kein Puls, kein Atem – Jims Bart kratzte an seine Schläfe, als er den Kopf an Jims Brust legte, das Ohr an seinem Herzen. Er setzte sich auf den Stuhl und stellte die Überwachungsmonitore wieder an. Die Bildschirme erwachten, zeigten wieder leere Korridore, nackte Wände, Aufzugtüren, den stillen Gang des Sicherheitstraktes, in dem verstreut einzelne Blätter lagen, die Godwin und Chambers bei ihrer hastigen Flucht verloren hatten. Die Feuertreppen des zwanzigsten und einundzwanzigsten Stockwerks, die Türen des Sicherheitsaufzugs geschlossen – war er unten oder oben? Er müßte eigentlich im Erdgeschoß sein, denn Godwin und Chambers waren ja zuletzt damit heruntergefahren …

Der Lift hielt im SIS-Stockwerk, dem Sicherheitstrakt. Hyde sah drei Männer auf dem Bildschirm auftauchen; sie waren schwarzgekleidet, trugen Skimasken über den Gesichtern und durchsuchten das SIS-Büro mit ruhiger, kontrollierter Eile. Sie mußten bereits im Gebäude gewesen sein, als die Bombendrohung bei der Wachmannschaft einging. Dann hatten sie den passenden Moment abgewartet, um Jim zu töten – Hyde warf eine Blick auf seinen Leichnam, die offenen Augen – und sofort in dem Sicherheitsaufzug nach oben zu fahren. In fünf Minuten würden sie auf demselben Weg wieder hinausschlüpfen.

Es waren Priabins Leute, mit Uzis bewaffnet, und sie hatten sich genauso angezogen wie damals die Geiselnehmer in der amerikanischen Botschaft in Teheran. Kein schlechter Plan … sie nahmen alles mit, was Godwin und Chambers in der Eile hatten zurücklassen müssen. Und das war bestimmt eine Menge, genug, um in Erfahrung zu bringen, wieviel der SIS wußte, wie weit ihre Fahndung gediehen war.

»Diese verdammten Trottel!« murmelte Hyde, verließ den Raum, schloß die Tür hinter sich und sperrte sie ab. Dann rannte er zu den Aufzügen im Foyer. Sie würden es merken, falls er den privaten Lift nahm, und oben auf ihn warten, also benutzte er den regulären Aufzug.

Ein Stockwerk darüber also, nein – *zwei* Stockwerke, um

sicherzugehen. Der Lift glitt seufzend nach oben, erschien ihm ohrenbetäubend laut. Es mußten Priabins Leute sein, nicht Malans … *der* würde sich bestimmt nicht die Finger an solchem Gesocks wie Godwin, Chambers oder ihm selbst schmutzig machen.

Priabin war Malans persönliche Toilettenfrau, machte seine Drecksarbeit.

Zwei Stockwerke oberhalb der SIS-Etage öffneten sich die Aufzugtüren.

Verdammt noch mal, warum waren Godwin und Chambers so rasend dumm, dem *Independent* und den Amis zu glauben, die ständig behaupteten, der Kalte Krieg sei endgültig vorüber? Womit hatte er so naive Kollegen verdient? Er schlich lautlos wie eine Katze auf den Gang hinaus. Auf der Straße unter ihm heulten entfernte Sirenen. Godwin und Chambers gingen wohl mittlerweile davon aus, daß in jedem Menschen grundsätzlich ein guter Kern steckte, oder was sonst war hier los? Zum Teufel, diese Trottel! Es gab immer noch jede Menge bezahlter Killer, die einem die Wohnungstür eintraten und jeden mit Maschinenpistolensalven durchsiebten, auch wenn sich vielleicht die politische Landkarte etwas verändert hatte! Es waren drei Männer, mit Uzis bewaffnet. Hyde nahm die Heckler & Koch aus seinem Hosenbund, überprüfte das Magazin, lud durch und entsicherte sie. Die Kerle waren bereits dabei gewesen, Akten in große Sporttaschen zu räumen, als er Jims Büro verlassen hatte. Es konnte nicht mehr lange dauern, sie würden sicher nicht länger herumhängen als nötig.

Leise ging er durch den Notausgang und stieg auf die Feuertreppe. Glitt die Treppe hinab, wobei er einen Blick aus einem der Fenster warf, hinunter auf die schattige Straße, auf der sich mittlerweile auch Armeefahrzeuge eingefunden hatten; er sah schwarze Gestalten auf das Gebäude zurennen. Die milde Abendsonne verwandelte die Menge von Zuschauern in einen *Pasticcio* aus Pastellfarben, eingerahmt von einem dunkelblauen Balken aus Polizeiuniformen. Hyde war nun auf dem Sicherheitsstockwerk des SIS. Er stand vor der Tür des Notausgangs, berührte sie mit den

Fingern seiner ausgestreckten Hand. Gab ihr einen Stoß, versuchte, sich daran zu erinnern, ob sie quietschte ... sie öffnete sich lautlos, dann hörte er *ihre* Geräusche: Schaben und Scharren, ein Kratzen wie von einer alten Schellackplatte. Hyde kroch, die Pistole im Anschlag, den Rücken an der glatten Wand, lautlos und gebückt den Korridor entlang.

Das Hinterzimmer war unverschlossen – hilfreiche Schlamperei von Jim oder sonst irgend jemandem. Er schlüpfte in die Dunkelheit, hörte überlaut seine Atemzüge, hörte ihren Lärm in den beiden Zimmern nebenan. Schaltete das Licht ein. Staub auf den Regalen und allen glatten Oberflächen, stapelweise veraltete Aktenordner, Körbe voller Papierschnipsel aus dem Reißwolf, ganze Regale unbrauchbarer Tonbänder. Auf dem Boden lagen ein paar Tonbänder und Aktenordner herum, sie waren also schon hier drin gewesen und hatten schnell erkannt, daß es hier nichts zu holen gab. Er schlich auf Zehenspitzen zur Durchgangstür zum Büro, blieb neben einem Handwagen stehen, auf dem ein alter Fernseher stand, griff mit einer Hand in den überdimensionalen Papierkorb und betastete die darinliegenden Papierschnipsel, als sei es Getreide. Er kramte in seinen Hosentaschen, auf der Suche nach seinem Feuerzeug ...

... dessen metallener Deckel nun mit einem lauten Geräusch aufschnappte. Von dem Regal über sich raffte er noch leise Tonbänder, Papierschnipsel und lose Blätter zusammen und stopfte alles in den Papierkorb. Schob den Fernseher beiseite und hievte den Papierkorb auf den Handwagen, wobei er versuchte, keinen Lärm zu machen, denn auch das leiseste Geräusch übertönte ihre Geräusche von nebenan.

Was, wenn die Tür verschlossen ist ...?

Unsinn, sie haben sie ja geöffnet. Er drehte am Rad seines Feuerzeugs; eine kleine Stichflamme stieg empor, und er ließ es in den Papierkorb fallen – *große* Stichflamme. Dann stemmte er sich gegen den Handwagen und schob ihn zur Tür, wobei die Räder leise quietschten.

»Was war das?« hörte er in Russisch.

Zur Tür …

… trat dagegen, sie flog auf, und er gab dem Handwagen eine Stoß. Dämmerlicht im Zimmer, die Jalousien zugezogen, ein Mann am Fenster, ein anderer sehr nah, der dritte wirbelte herum, Uzi im Anschlag …

… *Alarm!* Das hohe, unerträgliche Heulen des Feueralarms. Flammen schlugen aus dem Papierkorb, und dicke Rauchschwaden. Hyde schlug die Tür wieder hinter sich zu. Der hölzerne Türrahmen neben seinem Gesicht zersplitterte im Kugelhagel aus mehreren Maschinenpistolen. Er drückte die Tür zum Gang auf, sah hinaus – niemand. Zwanzig Sekunden. Der Widerschein der Flammen an der Wand durch die offene Tür des Büros, heller und gelber als das Licht des Sonnenuntergangs. Vielleicht ging ihnen ein Licht auf, weil die Sprinkleranlage immer noch nicht eingesetzt hatte, vielleicht erkannten sie dann, daß sie sich in einem Computerraum befanden, in dem kein Wasser erlaubt war. In ein paar Sekunden würden die Türen automatisch verriegelt und Löschgas in den Raum gepumpt werden.

Einem ging ein Licht auf. Hyde ging in die Knie, einen Arm nach hinten geworfen wie ein Kunstschütze, die Pistolenhand ruhig, den Arm ausgestreckt. Zwei Schüsse. Der Mann im schwarzen Tarnanzug zuckte zweimal zusammen, hob die Arme und fiel ins Zimmer zurück … und kam wieder zum Vorschein wie ein Stehaufmännchen, von dem Vorwärtsdrängen eines zweiten Fliehenden nach vorn in den Korridor geworfen. Die Klimaanlage hatte sich bestimmt schon abgeschaltet, und binnen weniger Sekunden würden die Türen der Büros hermetisch abgeriegelt werden, Löschgas strömte dann in die SIS-Büros.

Hyde hechtete durch den Notausgang ins Treppenhaus, rollte sich ab, schürfte sich Hände und Knie auf, die Pistole in seiner Faust schmerzte, als er mit der harten Wand zusammenstieß und sie dabei nicht losließ. Er richtete sich auf, wobei er den Bruchteil einer Sekunde aus dem Fenster auf die Straße unter ihm starrte, wandte sich um und wartete. Die Türen mußten bereits verriegelt sein. Er vernahm ein entferntes Kopfen wie von alten Heizungsrohren. Sie würden ersticken, das Löschgas war absolut tödlich …

Das Klopfen hatte aufgehört. Schweigen. Langsam ging er die Stufen hinab, steckte sich dabei die Pistole zurück in den Hosenbund, rückte seine Krawatte zurecht und klopfte sich mit fahrigen Bewegungen den Staub von Hose und Sakko. Sie waren tot – Sauerstoffmangel.

Erstickt, wenn dir dieser Ausdruck besser gefällt.

Ermordet.

Er öffnete die Tür des Notausgangs der darunterliegenden Etage und ging zum Aufzug. Unten auf der Straße würde er einen Einsatzleiter finden müssen, um ihm mitzuteilen, daß das Ganze ein schlechter Scherz – falscher Alarm – gewesen war. Bestimmt würden die Erkennungsspezialisten des SIS nur gefälschte libanesische oder irakische Pässe bei den Toten finden – Priabin hatte sich zweifellos nach allen Seiten abgesichert. Hyde fühlte sich plötzlich müde und ausgelaugt, als bekäme er eine Sommergrippe.

»Du hast es schon richtig verstanden, Valentina! Er hat in einem gesicherten Computerraum den Feueralarm ausgelöst – die Türen verriegelten sich automatisch, und aller Sauerstoff wurde herausgepumpt. Unsere Männer sind erstickt. Und du wunderst dich, daß ich übervorsichtig bin und unsere Gegner nicht unterschätze!« Priabin schlug mit der Faust auf den Schreibtisch und mußte sich zusammenreißen, um nicht vor Zorn aus dem Sessel hochzuspringen. Dann fuhr er sich mit den Handflächen über sein Gesicht, holte tief Atem und lehnte sich zurück.

Auf der Titelseite der Abendausgabe befand sich ein großformatiges Foto des Centre Point, der dazugehörige Text voll wirrer Vermutungen. *Das Bombeneinsatzkommando der Armee ist alarmiert worden* und, in derselben Spalte: *Es war alles ein Scherz.* Auf dem Bildschirm des Fernsehers in der Ecke des Zimmers, dessen Ton abgeschaltet war, sah man Hunderte von Schaulustigen vor dem Centre Point. Priabin hatte bereits in den Sechs-Uhr-Nachrichten davon erfahren. Der offiziellen Version nach war das Ganze ein

Fehlalarm, irgendein übler Scherz. Er nahm an, daß es später heißen würde, die Eindringlinge, deren Identität nicht feststehe, hätten versehentlich den Feueralarm ausgelöst und wären dadurch umgekommen – dadurch würde man wohl den unvermeidlichen Selbstbezichtigungen diverser Terrorgruppen ein Ende bereiten. Sie hätten wahrscheinlich versucht, den ganzen Vorfall zu verheimlichen, zu dementieren, daß überhaupt etwas passiert sei – wenn nicht auch ein paar Angestellte von Presseagenturen und Journalisten zu den Evakuierten gehört hätten.

Herr im Himmel, was für ein Desaster! Drei gute Männer – gut nicht nur aufgrund ihrer Fähigkeiten, sondern auch weil sie wie Araber ausgesehen hatten – waren tot, und man war kein bißchen schlauer als zuvor! Herrgott, in den Fernsehnachrichten hatte er sogar Godwin und Chambers auf den Stufen des Centre Point gesehen, beide schwerstbeladen mit Tüten und Taschen wie zwei Hausfrauen beim Sommerschlußverkauf im Harrod's! Mißtrauisch schielte er zu Valentina hinüber, deren ganze Aufmerksamkeit der Fernsehreportage galt. Sie schienen ebenso geschockt wie er selbst. Sie platzte förmlich vor Ehrgeiz – sonst hätte er sie ja nicht ausgewählt. Er hatte erkannt, daß ihr wenig entging; wahrscheinlich hatte sie bereits gemerkt, wie gelangweilt und zwiespältig er selbst bereits geworden war. Es war abzusehen, daß sie irgendwann versuchen würde, daraus einen Vorteil für sich zu ziehen. Auf seinen Posten konnte sie natürlich nicht hoffen, doch ein paar Sprossen höher auf der Karriereleiter – das würde ihr bestimmt zusagen.

Sie beobachtete ihn jetzt aufmerksam wie eine Katze, als er den Bericht auf seinem Schreibtisch durchblätterte. Sir Clive Orrell war sofort in das Büro des Staatssekretärs geeilt, um sich mit Longmead zu besprechen; auch die Minister und Berater des Regierungsstabs zur Terrorismusbekämpfung waren dort gewesen. Da immer neue Leute kamen und bisher niemand den Kabinettssaal verlassen hatte, tagten sie wohl immer noch. Die Lage im Centre Point hatte sich inzwischen wieder normalisiert. Niedrigste Alarmstufe, starke Polizeipräsenz. Die Leichen waren in einem zivilen Wagen aus der Tiefgarage des Gebäudes geschmuggelt worden. Zweifellos würden sie alle Videobänder der Überwachungskameras, auf denen Hydes Anwesenheit dokumentiert war, konfiszieren. Zumindest waren sie auf seine Täuschung hereingefallen, daß es irakische Terroristen waren – Vergeltung für den Golfkrieg. Außerdem würden sie jetzt der Öffentlichkeit erklären müssen, warum der britische Geheimdienst Büros ausgerechnet im Centre-Point-Gebäude gemietet hatte. Jetzt konnten sowohl seine Leute als auch die ihren wieder abtauchen. Eine Pattsituation. Null – Null, nach der Verlängerung! Man würde Hyde natürlich verhören – doch er bekam wahrscheinlich einen Extrabonus, weil er alles so still und heimlich erledigt hatte!

»Wo ist Hyde jetzt?« fragte er barsch. Das Mädchen zuckte zusammen, als wäre sie eingenickt, dann wandte sie sich um.

»Verschwunden – im Augenblick jedenfalls. Schätze, er wird gerade befragt.«

»Das bezweifle ich. Godwin und Chambers?«

»Sie sind bereits verhört worden. Sie halten sich beide in Godwins Wohnung in Kentish Town auf.«

»Werden sie beschattet?« Sie nickte. »Die Zahl der Agenten muß verdoppelt werden. Godwin und Chambers gehen nirgendwo ohne ihr *Kindermädchen* Hyde hin. Sie werden uns zu ihm führen.«

Er schlug mit der Faust auf den Tisch. »Hör mir jetzt gut zu, Valentina! Ich will mich nicht für irgend etwas *rächen*, verstehst du? Mag sein, daß ich mich schuldig fühle, weil wir heute drei Männer verloren haben, und mag sein, daß es so aussieht, als ließe ich mich zu einer Kurzschlußhandlung hinreißen – aber du kannst mir glauben, das tue ich nicht! Wir müssen herauskriegen, wieviel sie wissen. Zu diesem Zweck müssen wir uns Godwin und Chambers *alleine* vorknöpfen. Wir müssen sie isolieren, und dabei *vorsichtig* zu Werke gehen – es muß wie ein Unfall aussehen.« Sie nickte zustimmend, zupfte mit Daumen und Zeigefinger nachdenklich an ihrer Unterlippe. »Vor allem aber muß Hyde beiseite geschafft werden – er ist zu gefährlich.«

Er sah aus dem Fenster. Im Zwielicht der Dämmerung hoben sich die Bäume schwarz und geheimnisvoll vom Abendhimmel ab. Ohne hinzusehen tastete er auf seinem Schreibtisch nach seiner Zigarettenschachtel, fand sie, nahm eine Zigarette heraus und zündete sie an. Dann hielt er ihr die Schachtel hin, doch sie lehnte ab. Er blies den Rauch in Richtung der Zimmerdecke.

Vielleicht brauchte er genau diese Wut im Bauch, um entschieden und skrupellos vorzugehen. Das Zentralkomitee in Moskau wollte Blut sehen; sie wollten, daß die Leute entweder beiseitegeräumt oder kampfunfähig gemacht würden. Er war immer davor zurückgescheut – und tat es auch jetzt – davor, die Kobra im Nacken zu packen und ihre Giftzähne zu melken. Es war ekelhaft, und obendrein gefährlich. Sie versuchten in der Regel, zurückzubeißen. Aber jetzt spielten sie alle auf einmal wieder das alte, tödliche Spiel – die Vergangenheit hatte sie eingeholt. Die sanfte Nacht der Großstadt, an die er sich so gewöhnt hatte, senkte sich anmutig herab wie Schmetterlinge auf den grünen Rasen der russischen Botschaft. *Dimitri*, ermahnte er sich, *finde wieder zu deiner Härte zurück, die dir deine Karriere ermöglicht hat! Laß dich von London nicht verweichlichen!* Er wandte sich zu Valentina um, ein Lächeln auf den Lippen.

»Ich werde dich damit betrauen – nicht, weil ich dich bestrafen will, sondern weil die Zeit drängt. *Ich* werde nachdenken, und *du* wirst die Entscheidungen treffen.«

»Ich ... ja.« Sie rieb sich die Stirn mit den Fingerkuppen. Priabin dachte daran, daß es im gesamten Dienst außer Valentina nur noch eine einzige Frau bis zum Offiziersrang gebracht hatte – und die war fünfundfünfzig Jahre alt und in Guatemala stationiert. Valentina war dabei, die Frauenquote deutlich nach oben hin zu verbessern – und das, bevor sie vierzig war. In der einen Woche, seit sie in London war, hatte sie das bereits unter Beweis gestellt.

Sie war flink und kaltblütig, und sie hatte keine Skrupel. Diese Aktion war genau das Richtige für sie. Er hatte Kelletts Tod organisiert, um ihn zum Schweigen zu bringen, doch es war Valentina gewesen, die Shapiro erledigt hatte – zuerst hatte sie ihm die Nutte vorgespielt, und nach dem Sex hatte sie den schlafenden Shapiro mit Schlaftabletten vergiftet. Diese Kaltblütigkeit … sie war sicherlich dazu fähig, Hyde beiseite zu räumen und dann Godwin auszuquetschen.

»Ich weiß, wie Hyde denkt, General. Er wird kein Problem sein.«

Priabin nickte und sah aus dem Fenster. Der Himmel glühte rötlich, als stünde er in Flammen.

»Also gut. Finden wir ihn und nehmen ihn aus dem Spiel, Valentina. Aber die Regeln der Operation Fuchsjagd gelten weiterhin. Wir dürfen nicht auffliegen, sein Tod muß wie ein Unfall aussehen. Solange du dich daran hältst, kannst du Hyde erledigen, wie es dir am besten gefällt.«

VIER

Der Schattenmann

»Ja, van Vuuren sitzt im Restaurant, mit dem Mädchen, und er hat seinen Laptop *nicht* mitgenommen. Den hat er im Hotelzimmer gelassen.«

Hyde rutschte neben Godwin auf die Ledercouch in der fast völlig leeren Hotelbar des Intercontinental. Chambers war aufgeregt wie ein Kind, auf dem Sessel neben ihm lag ein Blumenstrauß. Godwins prallgefüllte Aktentasche stand zu Hydes Füßen auf dem Boden. Die Tischfläche war mit Computerausdrucken bedeckt, auf die Godwin in seiner schlampigen Handschrift Notizen gekritzelt hatte.

»Ich hab's noch nicht rausgekriegt«, gab er zu.

Hyde beugte sich vor und fragte Chambers: »Hast du beim Zimmerservice den Champagner schon bestellt?«

»Ja. Und einen Obstkorb.« Darauf schien Chambers besonders stolz zu sein.

»Obst? Für den Fall, daß van Vuuren sich verausgabt und Vitamine braucht?« Seine Faust hämmerte auf die bestickte Tischdecke. »Hört mal zu, als ich heute die drei Agenten im Centre Point erledigt habe, meint ihr, daß Priabin das nicht mitgekriegt hat? Orrell macht sich in die Hosen, weil er mich nicht erreichen kann – Ros hat's mir gesagt. Morgen früh *muß* ich mich melden, also laßt es uns heute nacht hinter uns bringen, okay? Wir haben nicht viel Zeit, bevor alle Beteiligten gewarnt sind – also auch van Vuuren. Und wenn ich mir die Braut, die er dabei hat, genau ansehe, kann ich mir vorstellen, daß er's ziemlich eilig haben wird, sein Essen runterzuschlingen und mit ihr ins Bett zu fallen! Versteht ihr?«

»Ja, ja!« stieß Chambers hervor.

»Also gut – wie lautet der Code?«

»Es sind fünf Worte, oder Wortpaare. Einige in Englisch, einige in Afrikaans. Zahlen haben wir folgende – schau.« Godwin kritzelte wie ein zerstreuter Mathelehrer etwas auf ein Blatt Papier.

»Und die Worte?«

»Weder Darren noch ich können uns irgendeinen Reim darauf machen. Wir haben alles versucht – Lexika, Atlanten, Wörterbücher, Landkarten, Zeitungen, wir haben schon ....«

»... mindestens drei Stunden reingesteckt. Allerhand. Ach, *Scheiße*!«

»Darren sitzt immer noch am Computer und versucht, den Code zu knacken. Er wird anrufen, wenn er ...«

»Warum *stehlen* wir nicht einfach seinen verdammten Laptop?« fragte Hyde. »Ich bringe ihn später zurück, oder ich lasse es wie einen Einbruch aussehen. Wir können ihn noch nicht einsetzen, also behalten wir ihn einfach, bis ihr den Code geknackt habt.«

Godwin schüttelte den Kopf. »Sobald er merkt, daß er weg ist, ist alles vorbei. Johannesburg würde sofort alle Codes ändern.«

»Ja, ja, schon gut, Chambers, hör auf zu grinsen.« Hyde sah auf seine Armbanduhr. »Du verschaffst dir Eintritt in die Suite, und dann läßt du Godwin rein. Ich beobachte van Vuuren. Ihr habt bis neun Uhr Zeit, Maximum. Wenn ihr es bis neun nicht geschafft habt, dann nehmt das verdammte Ding mit. Das ist *meine* Entscheidung als Einsatzleiter.«

»Gut.« Godwin nickte.

Chambers schmollte, doch Hyde gab ihm mit einer Kopfbewegung zu verstehen, daß er verschwinden solle.

»Okay. Gib mir zehn Minuten, und komm dann nach«, sagte Chambers, ein leicht durchschaubarer Versuch, Hyde zu übergehen, was dieser mit einem sarkastischen Grinsen quittierte. Es machte ihn noch wütender. Er stand auf, raffte den Blumenstrauß zusammen und wandte sich zum Ausgang. Hinter sich hörte er Hydes Stimme: »Und vergiß nicht, einen Knicks zu machen, wenn du die Blumen überreichst!«

Arschloch! dachte Chambers wütend. Im Foyer des Intercontinental wimmelte es von Hotelgästen; ein paar Pelzmäntel – mitten im Sommer! –, dann und wann weiße, wallende Gewänder von reichen Arabern. Gepäck, Koffer, Taschen –

ein beständiges Kommen und Gehen. Hyde hatte behauptet, daß man van Vuuren nicht beschatten würde. Als er vor den Aufzugtüren stand, kam ihm der Blumenstrauß in seiner Hand auf einmal lächerlich vor, so lächerlich, wie Hyde ihn vorhin gemacht hatte. Das Adrenalin, das jetzt durch seinen Körper strömte, verursachte ein Schwindelgefühl wie irgendein starkes, exotisches Getränk. *Leck mich am Arsch, Hyde, ich werd' jetzt keinen Fehler machen, den Gefallen tu' ich dir nicht!*

Die Lifttüren öffneten sich. Heraus traten eine Chinesin mit zuviel Make-up und ihr Begleiter, ein fetter Amerikaner, dessen Doppelkinn über seinen Hemdkragen quoll; sein Jackett sah aus, als würde es platzen, wenn er sich das nächste Mal bückte. Chambers holte tief Luft und betrat den leeren Aufzug. Dann hielt ein dunkelhäutiger Hotelpage die Türen auf und rollte einen großen Handwagen herein.

»Welches Stockwerk, Sir?« Ein undefinierbarer Akzent. Chambers murmelte eine Antwort.

Der Lift hielt im dritten Stock, und der Page stieg aus. Nächster Halt im fünften Stock. Eine Frau kam herein, in eine Parfümwolke gehüllt. Die Haut um ihren Mund und um die Augen sah unnatürlich gestrafft aus. Sie fuhr nur bis zum sechsten. Aus dem Gang hörte Chambers einen kurzen Augenblick lang das Geräusch eines Fernsehers und die tiefe Baßstimme eines Amerikaners. Dann kam van Vuurens Stockwerk; die Türen glitten auseinander, und Chambers trat auf den Korridor.

Niemand da. Neben einigen Zimmertüren sah er Teewagen, auf denen sich schmutziges Geschirr und Essensreste stapelten; an mehreren Türklinken hingen bereits die *Bitte nicht stören!*-Pappschilder, um sich gegen die Zimmermädchen am Vormittag zu wappnen. Hätte er einen Schlüssel gehabt, wäre es sicherlich leichter gewesen, aber das Intercontinental händigte seinen Gästen kleine Plastikkarten aus, die für das jeweilige Türschloß programmiert waren, *zu Ihrer eigenen Sicherheit, Sir …*

Chambers eilte den Korridor hinab zu dem Notausgang und zögerte kurz, bevor er an van Vuurens Tür vorbeiging, als läge dort jemand auf der Lauer, um ihn zu überfallen. Godwin und er selbst, bestimmt kämen sie bald dahinter, wie der Code lautete, doch irgendwie wollte es nicht klappen – als seien sie zwei Betrunkene, die nur Unverständliches nuscheln konnten. Chambers schlüpfte hinter die Tür des Notausgangs und beobachtete den Gang durch das kleine, drahtdurchsetzte Fenster. Der in Zellophan gewickelte Blumenstrauß in seiner Hand raschelte. Wie lange würden sie denn noch brauchen, Herrgott nochmal, um eine jämmerliche Flasche Champagner zu servieren? Man müßte ihnen für solche Laxheit mindestens einen Stern abziehen.

Ein Quietschen, just in dem Augenblick, als er sich an den Code erinnerte, besser gesagt, an die Lücken ... *Krüger*, am Anfang, dann *Boete Erazmus*, dann *Ellis Park* – wo sollte das denn sein? Dann – ach ja – *N-e-w-l-a-* und dann lediglich *-s-v-e-l-d* ... und der schlechte Scherz: *Mandela*. Er war sich mit Godwin darüber einig gewesen, daß nur noch zwei Wortpaare fehlen konnten ... das Ende des einen Wortes, und der Anfang des ersten Wortes des zweiten Paares. Erneutes Quietschen.

Ein Servierwagen bog um die Ecke, der von dem dienstbeflissenen Zimmerkellner den Gang hinuntergeschoben wurde, wobei die schlecht geölten Räder leise protestierten. Aus einem silbernen Kelch ragte der Flaschenhals einer Champagnerflasche, daneben ein in Plastik eingeschlagener Obstkorb, Zellophan wie das, welches jetzt an Chambers Wange raschelte, als er schneller zu atmen begann. Dann öffnete sich eine Tür – nicht van Vuurens –, ein Mann in offenem Hemd und einer weiten Flanellhose erschien und hielt dem Kellner, der mit den Schultern zuckte und offenbar kein Englisch verstand, eine Standpauke.

»Was ist das überhaupt für ein Saftladen hier?« drang die barsche Stimme, durch das kleine Glasfenster gedämpft, an Chambers Ohr.

Die Tür wurde wieder zugeschlagen, und der Zimmerkellner schob seinen Servierwagen weiter bis vor van Vuurens Tür. Dort klopfte er an, wartete, klopfte erneut, fluchte stumm – die Lippen bewegten sich vielsagend. Klopfte – klingelte dann …

Mach schon, mach schon, mach schon!

Der Geruch der Blumen stieg Chambers in die Nase, das Zellophan schabte an seinen Bartstoppeln. Die Zimmertür schwang auf, nachdem der Kellner sie mit seiner Universal-Plastikkarte geöffnet hatte, und er schob den Wagen in das Zimmer. Chambers schluckte, doch er hatte keinen Speichel mehr in der Kehle, dann drückte er die Tür des Notausgangs auf, ließ sie ganz sacht wieder zufallen und eilte den Korridor hinunter. Van Vuurens Zimmertür war noch offen, Gott sei Dank! Der Kellner hatte den Servierwagen in die Zimmerecke geschoben und klappte ihn auf, so daß ein Tisch daraus wurde.

Chambers hielt den Blumenstrauß vor sich, als er das Zimmer betrat. Der Kellner sah ihn über die Blumenkelche und das Zellophan überrascht an.

»Ach ja, vielen Dank«, murmelte Chambers zerstreut. *Vergiß das Trinkgeld nicht*, hatte Hyde gesagt, *das macht dich zum rechtmäßigen Bewohner des Zimmers!* Chambers hatte fragen wollen, wieviel er denn geben solle, und hatte dann den Mund gehalten, um Hyde keine Gelegenheit für seine Frotzeleien zu geben. Er schob zwei Pfundmünzen in die offene Hand des Kellners, kritzelte *van Vuuren* auf die Quittung, wandte sich dann ab und starrte aus dem Fenster auf die Lichter der Großstadt …

… bis sich die Zimmertür hinter dem Kellner geschlossen hatte und er herumwirbelte – er war drin! Er schleuderte den Blumenstrauß in die Badewanne, wobei sich unter der Klarsichtverpackung Blüten und Blätter lösten. Seine Armbanduhr zeigte acht Uhr zwanzig – *Jesus* …

Die Hotelsuite strahlte jene matt schimmernde Verlassenheit aus, die solch provisorischen Unterkünften zu eigen war; es roch nach neuem Teppichboden und Putzmittel statt nach den Bewohnern. Überall gedämpfte Beleuchtung, Tischlampen, Deckenlampen, Raumstrahler und Lichtleisten an den Wänden. Doch die Suite war eigentlich eher klein, was durch die Vielzahl von Möbeln verdeckt wurde.

Zwei komplette Sitzlandschaften im Wohnzimmer, zwei Kingsize-Ehebetten im Schlafzimmer. Donnerwetter, ein zweites Schlafzimmer, zwei Bäder … Überall auf den zahlreichen Tischen und Tischchen standen Obstschalen. Der Obstkorb war tatsächlich ziemlich überflüssig gewesen. Chambers öffnete die Schiebetür eines Schranks und entdeckte van Vuurens Koffer und Taschen, die unter den Anzügen standen. Er fing an, Schubladen aufzuziehen, die voller Krawatten waren, voller Stofftaschentücher, in der Schublade darunter eine Packung Kondome – van Vuuren ging kein Risiko ein!

Das Telefon klingelte, und er erstarrte. Klingelte noch einmal, dreimal, viermal, fünfmal – Herrgott! Chambers lief der Schweiß über Gesicht und Rücken, *ertappt*, als stünde er im Lichtkegel eines Suchscheinwerfers. Das Telefon klingelte zum dreizehnten, zum vierzehnten Mal …

Dann Schweigen. Er ließ sich in einen Sessel fallen. *Wenn du dich schon irgendwo hinsetzen mußt, dann solltest du danach die Kissen wieder aufschütteln!* dröhnte Hydes barsche Stimme in seinem Kopf, und er sprang auf, stand einen Augenblick lang auf unsicheren Füßen, griff sich an die Stirn. Seine Hände …

Herrgott, meine Hände zittern wie verrückt!

Die Türglocke läutete.

O nein!

Godwin, wer sonst? Er spähte durch den Türspion. Godwins verzerrte, mürrische Gesichtszüge, als sähe er ihn im Spiegel eines Suppenlöffels. Chambers machte die Tür auf.

»Und?« fragte Chambers hoffnungsvoll. Godwin schüttelte verdrossen das Haupt. »O nein!«

»Mecker nicht rum!« warnte Godwin. »Darren hat nicht den blassesten Schimmer, und ich auch nicht. Wie spät ist es, zum Henker?«

»Acht Uhr dreiundzwanzig … scheiß drauf.«

»Also gut, machen wir's uns bequem, ja? Warten bis neun? Dann können wir das da« – er deutete auf den offenen Schrank, in dem, neben einem Koffer, der Laptop stand – »einpacken und abhauen. Denn, Terry – ich konnte den verdammten Code nicht knacken. Das ist eine Tatsache.«

Hinter den Ritzen der Jalousien wölbte sich ein riesiger afrikanischer Mond. Es roch nach Äther und nach Wundsalbe, und der Schmerz setzte sofort ein, als hätten ihn die Krankenhausgerüche geweckt; Schmerz in seinen Händen, in seinen verbrannten Wangen. Er lag ausgestreckt da ... auf einem harten Bett, das in der Nähe eines Fensters stand, hinter dessen Rolladen dieser Mond glühte. Zaghaft bewegte er seine Finger. Seine Finger erinnerten sich an Hitze, an Schmerzen, an eine lange Wartezeit, bis kühles Wasser ihre Pein linderte. Dann kamen die Bilder – und die Enge in seiner Kehle, das Gefühl des Erstickens, der beißende Rauch in seinen Lungen und der Geruch verbrannten Fleisches, das sein eigenes sein mochte oder auch nicht. Dann hörte er wieder seine eigenen Schreie, als rauhe Hände ihn aus dem Wasser zogen, Hände, die sein rohes, versengtes Fleisch packten, Hände, die ihn ans Ufer zogen, wo er in eine erlösende Ohnmacht fiel. Er spürte seine Bandagen und die kühlenden Salben kaum.

»*... großes Glück gehabt, Mr. Anderson*«, hörte er den indischen Doktor zum wiederholten Male sagen, obwohl der mondbeschienene Raum leer war, »*... nur oberflächliche Verbrennungen ... keine Schäden in der Lunge, darüber bin ich sehr froh ... Sie hätten ohne weiteres ersticken oder ertrinken können, Mr. Anderson ... Sie hatten wirklich enormes Glück, Sir ...*« Und dann hatte er dem Doktor nicht mehr zuhören können, denn ihm war eingefallen, daß Margarethe tot war. Sie war tot ... doch er hatte nicht um Beruhigungspillen oder Schlafmittel gebeten, hatte seinen Schmerz hingenommen, bis er ein wenig ruhiger geworden war; vielleicht war es aber auch nur seine Müdigkeit. Er fühlte sich wie im Zentrum eines Hurrikans, im Auge des Sturms, das ihm viel zu ruhig vorkam.

Sie haben wirklich großes Glück gehabt, Mr. Anderson ... der Doktor hatte dann plötzlich geschwiegen, denn er hatte gemerkt, daß Anderson bei vollem Bewußtsein war und daß er sich erinnerte. Oder vielleicht war es der kalte Ausdruck seiner Augen, der den Doktor zum Schweigen brachte. Er hatte sich taktvoll abgewendet, seine Brille abgenommen und die Gläser geputzt. Und Anderson war wieder eingeschlafen.

Großes Glück gehabt ...

O Gott, sie war *tot*. Blantyre hatte sie verbrannt, hatte die anderen erschießen lassen, oder eigenhändig erschossen. *Großes Glück ...* Das Wort wirbelte wie ein Papierfetzten durch einen zugigen, dunklen Tunnel, an dessen Ende er kein Licht sehen konnte. Seine Zukunft. Einige Menschen mußten den Überfall überlebt haben – man hatte ihn als halbtotes Treibgut aus dem Wasser gezogen. Aber von den Menschen, die ihm ans Herz gewachsen waren, von *seinen Leuten* war kein einziger mehr am Leben. Und *sie* war tot. Der Tod seiner ersten Frau hatte ihn seltsam kalt gelassen, damals; sie war einen schrecklichen, langsamen Krebstod gestorben. Für ihn war das der natürliche Kreislauf der Dinge und nicht etwas, wogegen man sich auflehnen, was man bejammern sollte – und außerdem hatte er zu jenem Zeitpunkt seine Frau nicht mehr geliebt. Aber bei Margarethe war das anders; seine ... *schwarze Puppe* hatte Blantyre sie genannt.

Anderson erinnerte sich an eine andere Stimme – nicht die des Doktors –, als die Abendsonne durch die Rolläden schien und orangefarbene Balken an die Zimmerwand warf ... *Blantyre hat es nicht rechtzeitig geschafft, er und seine Männer haben den Rauch gesehen ... es waren sicher verrückte Ex-SWAPO-Kämpfer, oder Kommunisten – oder so etwas in der Art* ... Vielleicht hatte er an dieser Stelle aufgestöhnt, denn alle waren an sein Bett geeilt, um zu sehen, was los war; dann war er wieder eingeschlafen.

Den Vormittag hatte er auf der Ladefläche eines Lasters zugebracht, denn das Rettungsflugzeug hatte einen Motorschaden, und man hatte die hundertunddreißig Meilen bis ins Krankenhaus von Otjiwarongo mit dem Laster zurücklegen müssen; er erinnerte sich lediglich daran, wie sein Kopf stundenlang hin und her geschaukelt war, als sei er blödsinnig geworden. Als verhindere das Holpern und Schaukeln jeden Gedanken an sie, als sei das Bewußtsein ihres Todes so flüchtig wie die Staubwolke hinter dem Laster. Seine Schreie, seine Schmerzensschreie, sie waren rachsüchtig gewesen, verzweifelt darüber, daß die Liebe zu ihr durch Haß auf Blantyre verdrängt wurde.

Sein Körper war von Schmerzmitteln betäubt und durch Bandagen gefesselt. Das Mondlicht fiel ins Zimmer und warf ein matt leuchtendes Raster auf die gegenüberliegende Wand. Neben seinem Kopf schimmerte eine klare Flüssigkeit in einem Tropf; irgendwo im Zimmer surrte ein Ventilator, und draußen hörte er gelegentlich den Schrei eines Tieres, der ihn zusammenzucken ließ, als schreie es an seiner Stelle vor Schmerzen. Er erinnerte sich an den Druck der Lippen eines der Helfer auf seinem Mund, der einen Wiederbelebungsversuch unternahm, doch er mußte an Margarethes Lippen denken und verdrängte das Bild verzweifelt. Er fragte sich, ob Blantyre wußte, daß er das Massaker überlebt hatte. Blantyre war offenbar in aller Unschuld zwei Stunden nach der Morgendämmerung mit seinen Leuten bei der zerstörten Game Lodge aufgetaucht. Zu dem Zeitpunkt war Anderson längst auf dem Weg ins Krankenhaus gewesen. Einer der überlebenden Gäste hatte Anderson begleitet, und eine ebenfalls verwundete Frau war während der Fahrt neben ihm gestorben. Er schüttelte schwach den Kopf und biß vor Schmerzen die Zähne aufeinander. Blantyre würde es herauskriegen, so oder so …

Die Wände seines Zimmers kamen ihm auf einmal dünn und zerbrechlich vor. Er erinnerte sich an die sanften Aufmerksamkeiten der Krankenschwestern, an die Pillen, die den Schmerz verjagten … aber sein Körper war so schwach, und Margarethe war tot. Er fühlte sich klein und verschrumpelt, als hätte ihn das Feuer ausgetrocknet; er und Margarethe und die gemeinsam verbrachten Jahre waren auf einmal nichts weiter als die verschmorten Überreste eines großen Feuers. Sie würde nicht zurückkommen, sie war wie jener Papierschnipsel, der in den dunklen Tunnel gewirbelt worden war – *sie würde nie wieder auftauchen*. Auf seinen Wangen brannten die Tränen. Er konnte das Bild nicht vertreiben; sie war nur noch ein angesengter Fetzen Papier ... Ein stiller, regloser Körper in der hintersten Ecke des ausgebrannten Schlafzimmers. Seine Bandagen schnürten ihn ein, Trauer stieg in ihm hoch wie eine unbarmherzige Flut.

Schließlich trockneten die Tränen auf seinen Wangen. Er fühlte sich leer wie ein gekentertes Schiff; das einzige, was übrigblieb, war die Erkenntnis, daß Blantyre wußte, daß er überlebt hatte und daß er sicherlich auch bald wußte, wo er zu finden war. *Sie* blieb für den Augenblick in Dunkelheit und Schweigen gehüllt. Bald würde Blantyre nach Otjiwarongo kommen. Er mußte all seine Energie für dieses Zusammentreffen aktivieren. Seine Finger schmerzten bei der kleinsten Bewegung, er spürte die Brandwunden und Abschürfungen an seinem Körper. Wie konnte er Blantyre töten, in seinem Zustand? Wie könnte er es jemals mit ihm aufnehmen ...? Wenn Blantyre in diesem Moment an sein Krankenbett träte, wäre der Kampf in weniger als einer Minute zu Ende – das Kopfkissen würde als Mordwaffe ausreichen. Anderson krümmte sich vor ohnmächtiger Wut. Seine Trauer machte ihn ebenso kampfunfähig wie seine Verbrennungen. Seine Furcht war wie die schwarze Tinte eines erschrockenen Kraken; sie hüllte ihn ein und benebelte ihn. Blantyre konnte jeden Moment ins Zimmer treten, und er konnte sich nicht wehren.

»Du weißt, daß ich das Drecksding nicht knacken kann!« schrie Godwin, während er durch das Zimmer humpelte; Chambers konnte nichts tun, als ihm hinter ihm herzugehen. Mit den Schuhspitzen versuchte er, die kreisförmigen Eindrücke zu glätten, die Godwins Krücken auf dem Teppichboden hinterließen. Und dabei hatte er doch die Kissen wieder aufgeschüttelt, Herrgott nochmal! Godwin blieb vor dem Fenster stehen, von dem man den Wellington Arch sehen konnte, und fuhr fort: »Patrick hat recht – wir müssen den Laptop mitnehmen und hoffen, daß alles gutgeht!«

Acht Uhr vierzig. Chambers raffte Godwins Aufzeichnungen zusammen, fuhr dann hoch, als das Telefon läutete, ein-, zwei-, dreimal ... dann Stille. Als es erneut läutete, wußte Chambers, daß es Hyde war; er hielt sich den Hörer ans Ohr und wappnete sich innerlich gegen Hydes Standpauke, weil sie es vermasselt hatten.

»Ja?« sagte er.

»Seid ihr Kerle ein bißchen weitergekommen, zum Henker?« bellte Hyde. »Das Mädchen stochert nur lustlos in ihrem Essen rum, weil sie es hinter sich bringen möchte, und er ist schon beim Dessert, weil er's überhaupt nicht erwarten kann, sie mit in sein Zimmer zu nehmen. Ihm läuft schon das Wasser im Mund zusammen! Wie weit seid ihr?«

»Nichts! Scheiße! Bist du jetzt zufrieden?«

»Hör mal, Chambers, keine zehn Pferde könnten mich dazu bringen, je wieder mit dir zusammenzuarbeiten, aber ich will, daß du dich jetzt *zusammenreißt*, verstanden? Wenn ihr den Code nicht knacken könnt, dann schnappt euch den Laptop und haut ab – egal was, aber beeilt euch!«

Chambers lauschte auf das Freizeichen am anderen Ende der Leitung, dann legte er den schweißfeuchten Hörer wieder auf die Gabel.

»Es fehlen nur noch zwei Namen, Personen oder Plätze!« rief er verzweifelt.

»Wir haben alles abgegrast, die Geschichtsbücher, die beiden Burenkriege, wir haben uns Südafrika stundenlang auf der Karte angesehen, die Fremdenführer durchgeackert – es macht einfach keinen *Sinn*!«

Godwin humpelte an Chambers vorbei zum Schrank, wo der Laptop stand, unangetastet. Godwin starrte ihn wütend an, als könne er die Maschine einschüchtern, damit sie endlich aufgeben und ihm ihre Geheimnisse offenbaren würde. »Verdammt!« Er versetzte dem Computer einen Hieb mit seiner Krücke, dann schlug er auf van Vuureps Louis Vuitton-Koffer, an dessen Griff immer noch der Gepäckzettel mit dem Emblem der *South African Airlines* hing – eine Antilope, gold auf blauem Grund. Sie mußten immer noch den Umweg über die Cape-Verde-Inseln fliegen, doch darüber wurde schon verhandelt. Bald würden sie in Nairobi, in Harare landen dürfen – wo immer sie wollten.

Warum muß ich ausgerechnet jetzt an diesen Mist denken? fragte er sich. Sie hatten doch keine Zeit ... Wenn sie das Rätsel nicht lösen konnten, mußten sie den Laptop stehlen und darauf hoffen, den Code später zu knacken und in den Hauptcomputer in Johannesburg zu gelangen, bevor van Vuuren es merkte. Godwin starrte auf das Emblem der Fluglinie auf dem Koffer ... die Antilope ... der *Springbock*? Irgendwo hatte er gelesen, daß die englische Rugby-Nationalmannschaft eine Tournee durch die südliche Hemisphäre unternahm ...

Verdammt, natürlich, die verdammten *Springböcke* – das südafrikanische Rugby-Team! Seit Jahrzehnten waren sie zu Länderspielen nicht zugelassen gewesen, kein Wunder, daß sie in Vergessenheit geraten waren!

»Los, schnell – gib mir das Telefon!« Er humpelte hastig durch das Zimmer und ließ sich in einen Sessel fallen, das Telefon in der einen Hand, mit der anderen fieberhaft eine Nummer wählend. »Ja! Die Sportabteilung!« schnauzte er und grinste den verständnislosen Chambers, der sich vor ihm zu fürchten schien, als sei er wahnsinnig geworden, hämisch an. »Der *Evening Standard*«, erklärte er ihm atemlos. »Ich versuche, einen Typen zu erreichen, mit dem ich in der Uni war, der schreibt jetzt über Rugby ... *Ja*, kann ich bitte mit Gareth Jones sprechen? Ja, es ist *sehr* dringend, bitte sagen Sie ihm, daß Tony Godwin, Tony God-win dran ist – *sehr dringend!*« Er schnippte mit dem Finger zu Chambers hinüber und flüsterte: »Schnell, gib mir diese Namen! Mach schon!« Chambers reichte ihm die Liste ... Ellis Park, ja, das war es, jetzt wußte er es! Das verdammte südafrikanische Rugby-Nationalteam!

»Was? Er ist wo? Was? Dann geben Sie mir die Nummer von dem Pub! Nein, ich bin nicht seine Frau, Sie frecher Lümmel! Hier geht es um Leben und Tod, wie könnte ich also seine Frau sein? Was? Ja, hab' ich ...Danke!« Er drückte die Gabel hinunter, wählte eine Nummer, sah zu Chambers auf und zwinkerte. Sein Herz hämmerte in seiner Brust. Chambers streckte seinen Arm aus und deutete auf seine Armbanduhr. Acht Uhr Fünfundvierzig. Das könnte reichen, das könnte gerade eben mal so reichen, wenn nur das Callgirl unten bei van Vuuren im Restaurant auf einem Brandy bestand, bevor sie sich an die Arbeit machte!

»Ja, hallo – spreche ich mit Boswell's Wine Bar? Ich würde gerne mit einem Ihrer Gäste spre ... Okay, Schätzchen, dann eben anders. Hier ist die Polizei. Okay? Und jetzt holen Sie Mr. Gareth Jones ans Telefon. Danke!«

Seine breiten Finger klopften nervös auf die Armlehne des Sessels, als sei es die Tastatur des Laptops und er tippe bereits den vollständigen Code ein. Er sah, wie Chambers seinen Blick suchte und fragend die Augenbrauen hob, doch Godwin schüttelte den Kopf – nicht jetzt. Seine heiseren Atemzüge rauschten im Telefonhörer, dann: »Gareth – hier ist Tony Godwin ... ja, ganz gut, und dir? Und wie geht es, äh ... ist es immer noch Tracey ...? Oh, tut mir leid, das zu hören. Sag mal, kannst du mir einen Gefallen tun? Ich hab' nur ganz schnell ein paar Fragen ... ja, jetzt. Du warst doch als Reporter beim letzten Länderspiel der British Lions in Südafrika dabei, oder? Nein es ist nichts Offizielles, nur so eine blöde Wette. Wenn ich dir jetzt diese Namen vorlese, kannst du mir dann sagen, welcher Name fehlt ...? Ja, genau, eine Art Kreuzworträtsel ... ja, okay, du kriegst die Hälfte, wenn ich gewinne. Also, ich habe hier Ellis Park, Boete Erazmus und ein halbes Wort, New ... was kann es sein? ... Newlands ...« Er kritzelte mit dem Bleistift auf ein Blatt Papier. »Und das andere Wort – Ja, die vier Trainingsplätze der Springboks, das muß es sein.« Er spürte, wie ihm vor Erleichterung warm wurde. »Und der vierte ... L-o-f-t-u-s ... was? V-e-r-s-v-e-l-d ... ja genau! Tausend Dank, Gareth, ich bin dir ein Bier schuldig. Bis bald ...!«

Godwin legte triumphierend den Hörer auf die Gabel. Chambers stand wie vom Donner gerührt in der Mitte des Zimmers.

»Wie hast du es rausgekriegt?« fragte er schließlich mühsam.

»Die Zettel an seinen Koffern – ein Springbok, das Emblem der südafrikanischen ... egal! Los, hol den verdammten Computer und schließ ihn ans Telefon an! Wir haben's rausgekriegt! *Krüger... Mandela...* und vier Trainingsplätze, stell dir vor – *Rugby*plätze! Wir haben den Code des MLK-Hauptcomputers!«

Acht Uhr siebenundvierzig ...

Das Mädchen schüttelte den Kopf, sie wollte keinen Drink mehr. Van Vuuren war das offenbar nur recht – oben in seinem Zimmer gab es genug zu trinken. Seine Augen suchten bereits nach dem Kellner, seine Hand ruhte an der Tischkante, zum Winken bereit. Acht Uhr fünfzig, nein, acht Uhr einundfünfzig. Herrgott nochmal, warum mußten die Leute ihr Essen so herunterschlingen, wenn sie schon einmal in einem Luxusrestaurant speisten? Doch wenn man sich das Mädchen so ansah, dachte Hyde und rieb sich das Kinn, konnte man es van Vuuren eigentlich nicht verdenken, daß er so schnell wie möglich mit ihr aufs Zimmer wollte. Schließlich bezahlte er ja dafür.

Der Kellner kam mit der Rechnung. Hyde lehnte sich in seinem Sessel in der Hotelbar weit zurück, um einen besseren Blick ins Innere des Le Soufflé-Restaurants zu erhaschen. Van Vuuren unterschrieb die Rechnung schwungvoll. Ob *sie* ebenfalls Kreditkarten akzeptierte? fragte sich Hyde. *Selbstverständlich, Sir ...*

Hyde trank sein Bier aus und stand auf, eilte quer durch den Raum zum Telefon und wählte die Nummer von van Vuurens Zimmer... besetzt. Besetzt? Er überlegte, den Hörer an sein Ohr gepreßt. Waren sie bereits im Computer? Oder telefonierte Godwin nur mit dem pickeligen Darren? Hyde legte auf, wählte die gleiche Nummer. Immer noch besetzt. Der Kellner hatte inzwischen sein großzügiges Trinkgeld schon kassiert. Van Vuuren war ungeduldig.

Hyde ging zum Aufzug.

»Mein Gott – ein Hauptgewinn! Sechs Richtige – mindestens!« sagte Godwin atemlos. Chambers machte über seine Schulter hinweg Fotos von dem Bildschirm des Laptop, während der tragbare Drucker, den sie angeschlossen hatten, fauchend und rumpelnd Seite um Seite ausspie. Acht Uhr fünfundfünfzig.

»Schau dir das an! Herrgott, wenn wir nur noch ein paar Stunden Zeit hätten, könnten wir alles, aber auch alles rauskriegen! Aha – Namibia ... Frankreich – interessant. *Bingo*! Terry Chambers, komm mal her!«

Acht Uhr siebenundfünfzig ... Patrick mußte einfach ein bißchen warten, undenkbar, jetzt zu unterbrechen. Er hämmerte Befehle in die Tastatur.

»Wonach suchst du?«

»Britische Firmen, deren Exportposten sich in den letzten paar Monaten verdoppelt oder verdreifacht haben ... Import-Export-Firmen, Speditionen ...«

»Warum ausgerechnet in dieser Gegend? Birmingham?« murmelte Chambers, wobei er stirnrunzelnd auf einen der Ausdrucke starrte; die anderen hatte er in Godwins Aktenmappe verstaut.

»Weil es irgendwo verschifft werden muß. Wer schickt es weg, und wohin?«

»Ja, vielleicht sollten wir auch ...« Lautes Klopfen an der Tür. »O nein!«

»Ihr Trottel – haut ab! Er ist schon auf dem Weg nach oben, Herrgott nochmal!«

»Hyde... !«

Chambers eilte zur Tür, um aufzumachen, und Hyde platzte ins Wohnzimmer, fuchtelte aufgeregt mit den Armen.

»Kommt schon! Wir müssen jetzt abhauen, zum Teufel!« Er zog den Stecker aus dem Drucker, und Godwin schnaubte wütend. Dann riß Hyde das Telefonkabel aus dem Laptop und steckte es wieder in die Buchse: »Er ist schon unterwegs!« Hastig klappte er den Laptop zusammen. »Wo gehört der hin?«

»Patrick – noch *eine* Minute, verdammt!«

»*Nein*! Bewegt euch.«

Chambers nahm den Laptop, stellte ihn zurück in den Schrank und zog die Schiebetür zu. Hyde schüttelte hastig die Kissen auf, während Godwin auf seine übervolle Aktenmappe starrte, als hätte er eben entdeckt, daß sie zu schwer wäre. Dann packte er seine Krücken, während Chambers die Aktenmappe nahm. Hyde glättete mit Händen und Füßen die Eindrücke in dem weichen Teppichboden und rückte verschobene Möbel wieder an ihren Platz.

»Das muß reichen ... Warte!« Er überholte Chambers, öffnete die Tür einen Spalt breit und spähte hinaus. Der Korridor war leer. »Also gut, ab durch den Notausgang. Wir warten, bis er drin ist . . Nimm die verdammten Blumen mit, Chambers! Nein, nicht den Champagner, den hätte ja das Hotel spendieren können – nur die Blumen!«

Hyde zog die Zimmertür hinter ihnen zu. Sie eilten über den Gang das kurze Stück bis zum Notausgang, dann durch die Tür ins Treppenhaus. Hyde spähte durch das Drahtgitter des kleinen Fensters auf den Hotelflur ... der nun nicht mehr leer war. Van Vuuren, auf seinen kurzen Beinen kleiner als das Mädchen an seiner Seite, kam jetzt den Gang herunter. Sie hatte sich bei ihm eingehängt. Vor seiner Suite blieben sie stehen, van Vuuren steckte seine Plastikkarte in den Schlitz, und sie verschwanden. Die Tür fiel hinter ihnen zu. Chambers und Godwin waren beide puterrot angelaufen und schwitzten. Hyde wischte sich mit dem Jackenärmel über die Stirn.

»Macht das nicht nochmal mit mir!«

»He, wir haben's geschafft!« Chambers grinste und klopfte mit der Hand auf die überquellende Aktentasche. Dann schleuderte er den Blumenstrauß in den Treppenschacht. Die Blumen purzelten aus der Zellophanverpackung. »Wir haben's geschafft!« rief er.

Er mußte die Treppen nehmen, weil der Aufzug wieder einmal außer Betrieb war. *Außer Betrieb, bitte haben Sie Verständnis* ... die förmliche Amtssprache konnte nicht darüber hinwegtäuschen, daß in diesem verrotteten Gebäude so gut wie gar nichts funktionierte. Ein paar von diesen kleinen Dreckskerlen hatten den Aufzug wieder einmal lahmgelegt, und so waren all die Rentner und die Asiaten mit ihren Dutzenden von Kleinkindern gezwungen, das muffige Treppenhaus des Mietshauses zu benutzen. Er bog um die Ecke und sah auf dem Treppenabsatz einen Mann von hinten, der grunzend und keuchend auf eine Frau einstieß, die ihre Schenkel um sein Kreuz geschlungen hatte. Schon als er beim nächsten Stockwerk angelangt war, hörte er noch langgezogenes Wimmern und heftiges Keuchen.

Aber seine neunzigjährige Tante Vi weigerte sich standhaft, in ein nettes Altersheim zu gehen, oder auch nur in ein anderes Apartment – irgendwo in einer respektableren Gegend – zu ziehen. Sie war äußerst stur. *In dieser Nachbarschaft habe ich mein ganzes Leben verbracht* ... Nachbarschaft? Die Nachbarschaft, von der seine Tante Vi sprach, war längst verschwunden. Man hatte in den sechziger Jahren tonnenweise Beton darubergekippt und dann diese scheußlichen Wohnbunker darauf errichtet – er stellte sich immer vor, daß die dafür verantwortlichen Architekten und Städteplaner danach sofort ausgewandert waren oder sich aber in irgendwelchen Schlössern in Schottland zur Ruhe gesetzt hatten. Man sollte sie *hier* einquartieren, um ihnen eine Lektion zu erteilen! Er stieg noch ein Stockwerk höher, kopfschüttelnd. *Hier sind meine Wurzeln,* pflegte Tante Vi zu sagen. Tante Vi war eine der beiden Tanten mittleren Alters in ihren nach Mottenkugeln duftenden Mänteln, die ihn und seine Mutter damals in Woollongong im australischen Busch besucht hatten. Tante Vi war diejenige gewesen, die ihn später im Hafen von Southampton abgeholt hatte, ihn, den zehnjährigen Waisen in einem fremden Land.

Er fühlte sich dazu verpflichtet, Tante Vi einmal wöchentlich zu besuchen. Ros, vermutete er, kam etwas öfter, obwohl sie es ihm gegenüber nie erwähnte. Aber in der kleinen Wohnung lagen manchmal geöffnete Pralinenschachteln herum, die sich Tante Vi mit ihrer spärlichen Rente sicher nicht leisten konnte. Gladys, ihre Schwester, war tot und begraben, und Vi war nun ganz allein in diesem schäbigen Apartment sechzehn Stockwerke über dem Erdboden.

Ein paar Stufen noch, und er war im sechzehnten Stock und tappte den langen, dunklen Korridor hinab. Das Geschrei der Halbstarken, schwarze und weiße Rowdys, hallte durch die Flure wie die Kampfrufe einer Horde von Brüllaffen. Unten, in dem von Abfall übersäten Hof, standen seit Monaten zwei ausgebrannte Autos, und auf eine Hauswand hatte jemand den Spruch gemalt: *Fort Apache, Stepney*, in Anlehnung an einen berühmten Polizeifilm mit Paul Newman, *Fort Apache, Bronx*. Der Film war schon viel zu alt, als daß noch irgend jemand die Anspielung hätte verstehen können, doch niemand hatte sich die Arbeit gemacht, die Schrift zu entfernen. Hier oben im Flur waren die Kritzeleien zeitgemäßer, im Vorübergehen sah er ein paar *Fuck You*'s und Hakenkreuze und allerlei sonstige Intelligenzbeweise der jugendlichen Hausbewohner. Ihre Rufe hallten schaurig durch das Treppenhaus wie die eines Wolfspacks in einem nächtlichen Wald. Fort Apache – so ein Mist! Er kopfte laut an die Tür zu Vi's Wohnung.

»Ich bin's, Vi, Patrick! Mach auf!« rief er durch den Briefkastenschlitz.

Im darauffolgenden Schweigen lauschte Hyde auf die Geräusche des Hauses, die Fernseher, die Rufe der Rowdys, irgendwo spitzes Kindergeschrei, im Hof unten irgendwelche Verhandlungen, wahrscheinlich Drogengeschäfte. Schließlich sah er ihren Schatten hinter dem mattierten Panzerglas, und die Türkette wurde zurückgezogen, dann ertönte das Klicken des Sicherheitsschlosses – das er angebracht hatte. Er war froh, daß sie es benutzte; ihre Wohnung war verhältnismäßig einbruchssicher. Es trieben sich genug Rowdys jeglicher Hautfarbe hier herum, die sicherlich gerne ihren Spaß mit einer schwerhörigen Greisin getrieben hätten. Vor zwei Jahren hatte er einem ihrer Anführer einmal den Arm gebrochen – nur um ein kleines Exempel zu statuieren. Tante Vi öffnete die Tür, und er gab ihr einen schnellen Kuß auf die Wange, schloß die Tür hinter sich ab und folgte ihr in das winzige Wohnzimmer. *Gemütlich* würden es die halsabschneiderischen Wohnungsmakler von der Mayfair Street in der City nennen, doch nicht einmal sie wagten es, eine Wohnung in Stepney, dem Glasscherbenviertel, anzubieten. Hyde hatte die Wohnung letztes Jahr tapeziert. Das Mobiliar lud zu einem Streifzug durch die verschiedenen Stile der vergangen Jahrhunderte ein. Solide viktorianische Möbel, Gebrauchsmöbel der Zeit zwischen den beiden Weltkriegen, scheußliche Möbel aus der Nachkriegszeit und einige Skurrilitäten aus den sechziger und siebziger Jahren. Aus dem klobigen Fernsehapparat, der von all den Möbeln in die Ecke gedrängt wurde, dröhnte eine hirnlose Spiele-Show.

Tante Vi ließ sich auf einen Sessel gleiten, kraftlos. wie ein langsam zusammenfallender Sack voller Knochen. Ihre Augen glänzten wäßrig und rheumatisch, und ihre Lippen schienen sich immer noch nicht an ihr künstliches Gebiß gewöhnt zu haben – welches sie trug, seit er denken konnte. Nach dem Tod von Gladys war sie seine einzige Verwandtschaft.

»Geht es dir gut?« schrie sie, wobei sie sich nach vorne lehnte. Ihre brüchige Stimme klang wie immer, wie jene altvertraute Mischung aus Waisenmutter und Grundschullehrerin; und noch etwas schwang in ihrer Stimme mit, ein gewisser Tonfall, der Hyde jedesmal daran erinnerte, wie fremd ihm diese Stimme vorgekommen war – damals, als seine Tante ihn vor nun fast dreißig Jahren vom Dampfer abgeholt hatte. Sie sah gespannt auf die Flasche, die aus seiner Tasche ragte, als sei es eine Pistole. Kopfschüttelnd zog er sie hervor und stellte sie auf die zerkratzte viktorianische Kommode, die die gesamte Wand für sich beanspruchte.

»Für *dich*«, betonte er. »Dein Schlummertrunk.« Sie schüttelte abwehrend den Kopf, doch er hatte gesehen, daß die Flasche, die er ihr das letzte Mal mitgebracht hatte, schon fast leer war.

Tante Vi war sein erster Eindruck von England: ihre nach Mottenkugeln riechende Strickjacke, als sie ihn an ihren Busen gedrückt hatte – tröstlich, und doch so fremd. Hinter ihr hatten sich die Kräne des Hafens aufgetürmt wie riesige Insekten. Er erinnerte sich immer noch an die graue Luft im Hafen, die Kühle des frühen Morgens. Er erinnerte sich auch daran, wie sie ihm auf der Eisenbahnfahrt durch das winterliche Land zwischen Southampton und London zugelächelt hatte; schon damals hatte sie ein künstliches Gebiß getragen, das sich immer selbständig zu machen versuchte.

Er tätschelte ihre Hand und drehte den Fernseher leiser. Vi starrte gebannt auf den Bildschirm; sie war bereits zu taub, um den Quizmaster oder seine Kandidaten verstehen zu können – was ihr Vergnügen an der Sendung jedoch keinesfalls schmälerte.

Er beobachtete sie. Der Glanz in ihren Augen war kein Anzeichen guter Gesundheit. Normalerweise würde sie sich jetzt bei ihm über die Rowdys – *diese Negerbuben und Araber* – beklagen, oder sie würde ihn tadeln, weil er unrasiert herumlief. Er hatte eine Zeitlang ein Alkoholproblem gehabt, und damals war sie wie ein Geier herabgestoßen, um erneut die Kontrolle über sein Leben zu übernehmen. Hatte ihn erneut zu erziehen versucht.

»Was will er bloß?« fragte Vi, als befände sich noch jemand im Raum. Die Katze meinte sie nicht; die Rowdys hatten sie irgendwann einmal vom Balkon in den Hof geworfen, wo sie tagelang als blutiger Klumpen liegengeblieben war. Es war an diesem Tag gewesen, daß Hyde einem von ihnen den Arm gebrochen hatte. Schließlich hatte irgend jemand den Leichnam der Katze in die Mülltonne geworfen, und Tante Vi hatte seitdem nie wieder eine Katze gehabt.

»Immer willst du mir irgendwelche *Dinge* andrehen. In meinem Alter will ich diese Dinge nicht mehr!« fuhr sie fort. Sie sprach mit dem Showmaster im Fernsehen.

Ihre Worte gingen im Gebrüll der Rowdys unter, die ihren Flur entlangliefen und gegen die Türen hämmerten. Minderjährige Räuber, die ihren eigenen Nachbarn auflauerten; niemand wagte es mehr, nach Einbruch der Dunkelheit in die Tiefgarage zu gehen. Er haßte Stepney aus vollem Herzen, wahrscheinlich, weil er selbst einmal mit Vi dort gewohnt hatte, bevor er zur Armee ging. Und dann in diese *Spezialabteilung, wie nennt ihr das gleich? – SIS? Und jetzt hat er einen ordentlichen Beruf, in einem Büro in Whitehall.* So erklärte Tante Vi es laut schreiend dem koreanischen Lebensmittelhändler um die Ecke ... *der wirkt sehr ordentlich für einen Ausländer.* Manchmal schien es ihren Verdacht zu erregen, daß Hyde niemals mit Anzug und Krawatte auftauchte, wo er doch solch einen respektablen Bürojob hatte. Sie erzählte jedem, daß ihr Neffe beim *SIS* war; es wirkte hoffentlich wie ein Knoblauchkranz am Türrahmen, um die Vampire fernzuhalten, die Tag und Nacht durch die Flure geisterten.

Jemand rüttelte am Briefkastenschlitz. Vi hatte es nicht gehört, wie sollte sie auch. Hyde saß neben ihr und betrachtete die stummen Fernsehbilder. Bald würde sie aufstehen, sich durch das Zimmer schleppen und den Fernseher lauter drehen. Nach der Werbung, wenn die nächste Ladung lächelnder Kandidaten dran war. Wieder ein Rütteln am Briefkastenschlitz. Er warf den Kopf zur Seite und sah durch die Diele auf die Wohnungstür. Hinter dem dicken Rauchglas sah er einen massigen Schatten. Vielleicht trieben sie täglich ihre Streiche mit ihr, und sie hörte es einfach nicht? Jemand rüttelte nun mit einem beständigeren Rhythmus an der Tür, dann der Widerschein einer Flamme, die den Schatten noch bulliger erscheinen ließ.

Himmel nochmal! Der Briefkastenschlitz! Vis Kopf drehte sich wie in Zeitlupe herum, als er so abrupt aufstand, daß seine Stuhllehne gegen den Teewagen schlug. Ein brennender Stoffstreifen wurde durch den Briefkastenschlitz gezwängt und landete lichterloh brennend auf der Fußmatte. Er rannte durch die Diele, während der Schatten hinter der Tür verschwand, und stampfte mit dem Fuß das Feuer aus. Es roch nach Petroleum, nach Rauch und dem angesengten Fußabstreifer. Sie hatten keinen wirklichen Schaden angerichtet – *o ja, es sind ja nur Kinder … sie langweilen sich, wissen nicht, wohin mit ihrer Energie, haben keine Lehrstellen* … er konnte es nicht mehr hören.

Zeit für einen Denkzettel.

»Vi!« schrie er. »Komm her und sperr die Tür hinter mir ab!«

Sie schleppte sich in die Diele, und er erinnerte sich wieder daran, wie *alt* sie schon war. »Diese kleinen Bastarde …«, murmelte sie. »Sie haben mich jetzt schon ein paar Monate in Ruhe gelassen …« Die Schlüssel klimperten leise in ihrer

Hand. Er öffnete die Tür und sah den Flur hinab, dann drehte er sich um, küßte sie auf die Wange, zog die Tür hinter sich zu und hörte, wie sie den Schlüssel im Schloß herumdrehte und die Kette vorschob. Im Flur war niemand zu sehen. Im Innenhof sechzehn Stockwerke unter ihm dröhnte laute Rap-Musik. In den Schluchten zwischen den Mietshäusern erscholl rauhes Gelächter wie das Schnauben von Wildpferden, und irgendwo hörte er das Klirren zerbrechenden Glases. Er mußte wohl demnächst einen feuerfesten Briefkasten an Vis Tür installieren, wenn das der neue Zeitvertreib werden sollte. Geduldig wartete er. Es roch nach gekochtem Gemüse und Urin.

Dann sah er die Schatten auftauchen, an beiden Enden des langen Korridors. Auf der einen Seite zwei Weiße, auf der anderen drei Schwarze; beide Gruppen bewegten sich schnell auf ihn zu. Er lauschte auf Vis Schritte hinter der Tür, die sich in Richtung Wohnzimmer entfernten, und dann hörte er den Fernseher wieder in der gewohnten Lautstärke. Die Hände in den Hosentaschen setzte er sich in Bewegung, ging durch den muffigen Flur in Richtung der beiden Weißen. Einer der Schwarzen hinter ihm trug einen Ghettoblaster über der Schulter, aus dem blecherner Reggae dröhnte. *I shot the sheriff.* Gelächter ... schwang auch Nervosität darin mit? Er war sich nicht sicher, doch er spürte ein elektrisches Prickeln in seinem Rückgrat. Irgend etwas lag in der Luft. Der brennende Stoffstreifen im Briefkastenschlitz ... dann der völlig leere Korridor, als er herausgekommen war – und jetzt diese Einkesselung. Ja, und jetzt erinnerte er sich auch an verdächtige Gesichter in der U-Bahn. Hinter ihm dröhnte blechern Bob Marleys verzerrte Stimme, trieb ihn vorwärts; die beiden Weißen gingen nun langsamer, blieben fast stehen. Gesichter in der U-Bahn, Schatten in den schäbigen Straßen, leise Schritte hinter ihm, als er die Treppe hinaufgegangen war ...? Halbstarke? Die beiden Weißen vor ihm waren nun in etwa zehn Metern Entfernung stehengeblieben. Dann begann einer von ihnen durch den Briefkastenschlitz einer Wohnungstür zu pinkeln, während der andere in trunkenes Gelächter ausbrach und zischend eine Bierdose öffnete. Auch die Stimme Bob Marleys kam nicht näher, die drei Schwarzen waren etwa fünfzehn Meter hinter ihm stehengeblieben. Waren das Halbstarke? Und wenn es welche waren, gingen sie nach Plan vor? Er berührte die Pistole, die hinten in seinem Hosenbund steckte, und schlurfte dann auf die beiden Weißen zu, wobei er das unsichere Schwanken eines Betrunkenen nachahmte.

Darin hast du ja Übung!

Sofort wandte sich der eine, der in den Briefkastenschlitz gepinkelt hatte, zu ihm um, zog seinen Reißverschluß hoch und stellte sich neben seinen Kumpan. Sie warteten auf ihn. Weiße Gesichter, weiße Turnschuhe, weiße Hände. Einer der beiden kicherte blöde. Auf *ihn* hatten sie es abgesehen. Die Brandstiftung, sie hatte einem einzigen Zweck gedient: ihn herauszulocken.

Sein Mund war trocken, als er schluckte. Warum? *Wer*? Priabin ...? Bob Marleys Sound kam jetzt rasch näher, nervöse, schnelle Schritte hinter ihm. Er streckte eine unsichere Hand aus, suchte Halt an dem rauhen Zement der Flurwand – Herrgott, registrierte ein Teil seines Hirns, was für ein verrottetes Haus, an der Wand als Verputz unbearbeiteter Zement! Er lehnte sich an die Wand, schüttelte den Kopf und lachte trunken in sich hinein.

Das irritierte sie einen Augenblick lang. Die Schwarzen waren stehengeblieben. Dann gab er dem Weißen vor ihm einen harten Fußtritt unterhalb des Knies, und er krümmte sich schreiend. Hyde legte die Hände ineinander, so daß sie eine Faust bildeten, und ließ sie blitzschnell auf seinen Nakken sausen. Jetzt der zweite Weiße – blitzte da ein Messer? Sein Gegenüber beobachtete Hydes Füße und versuchte, gleichzeitig seine Hände im Auge zu behalten, machte den Mund auf, um seinen schwarzen Kumpanen etwas zuzurufen. Hyde hieb mit der Handkante auf das Handgelenk, und das Messer fiel scheppernd zu Boden, dann rammte er seinen Ellbogen in den Magen seines Gegners und schlug ihm mit einer federnden Bewegung fast gleichzeitig seine Faust ins Gesicht. Er hörte das Brechen von Knochen.

»O Scheiße ... !« schrie der Jugendliche, die Hände an die Nase gelegt, und krümmte sich. Hyde versetzte ihm noch einen Hieb auf die Schläfe und trat mit dem Fuß nach dem Messer, das über den Boden schlitterte. Dann wandte er sich um und fixierte die drei Schwarzen, die den Ghettoblaster bei sich hatten – und vielleicht irgendwelche Eisenrohre. Hatten sie Pistolen? fragte er sich und spürte wieder die kalte Elektrizität, die ihm über den Rücken kroch. Er berührte seine eigene Waffe, um sich zu vergewissern, daß sie noch da war, und rief dann: »Was immer ihr wollt – verpißt euch, alle drei! Es sei denn, ihr wollt das Gleiche wie diese beiden Arschlöcher hier!« Er starrte sie an, wartete, bis klar war, daß sie nichts mehr zu sagen hatten, dann kehrte er ihnen den Rücken zu. Die beiden Weißen stöhnten, fluchten und atmeten stoßweise. Nein, im Augenblick würden sie ihn in Ruhe lassen, zumindest bis er das Ende des Korridors erreicht hatte – im sechzehnten Stock.

Dann hörte er, wie einer der Schwarzen in eine Trillerpfeife blies und wußte, daß es keine Prügelei mehr war, daß es nicht mehr darum ging, ein paar Jugendlichen einen Denkzettel zu verpassen, sie zu Boden zu schlagen. Jetzt wurde *er* gejagt. Ein zweiter Pfiff, gellender jetzt, und Hyde fing an zu rennen.

Die Kaffernhure kniete auf dem Bett, so daß er sie von hinten nehmen konnte wie ein Hündin. Weiße Strapse, weiße Spitzenwäsche, glatte braune Schenkel. Van Vuuren ließ es zu, daß sie ihm mit ihrer Hand beim Eindringen half. Er fing an zu schwitzen, als er seinen Rhythmus beschleunigte und im Geist die endlose Litanei von Verwünschungen herunterbetete, die üblicherweise zum Orgasmus führte. *Kaffernhure, Nutte* ... Das Telefon klingelte.

»Herrgott nochmal!« Er erzitterte, als er sich zurückzog und gleichzeitig seinen Höhepunkt erreichte. Dann langte er nach dem Telefonhörer, voller Wut über die Unterbrechung, voller Wut darüber, daß er das Mädchen nicht erniedrigt hatte, wie es sich gehörte. Sie drehte sich faul zur Seite, trocknete sich an den Bettlaken ab und streckte sich dann auf dem Bett aus. Die Decke über sich ziehend, wartete mit der Geduld einer Maschine.

»*Ja!* Was? O nein, nein, du störst mich nicht im geringsten, Paulus.« Er behielt das feingeschnittene Gesicht des Mädchens im Auge, suchte nach einer Reaktion auf seinen Akzent und seine Unterwürfigkeit.

»Ja, in Ordnung. Ach, du hast bereits mit ihm gesprochen? Nein, wir haben grünes Licht für morgen. Das Geld ist am üblichen Ort hinterlegt worden.« Er setzte sich seine Brille wieder auf, sah die spitzen Brüste des Mädchens unter der dünnen Decke an. Griff nach dem Champagnerglas auf dem Nachttisch und trank einen Schluck. »Nein, es gibt keinerlei Probleme ... nein. Was ...? Ach so, ich verstehe ... ja, ja, ich verstehe schon. Wollen *sie* das so? Ach so, *du* willst es, natürlich, Paulus. Ja, ich werde etwas ausarbeiten, in Ordnung ... gute Nacht.«

Er legte den Hörer auf, und das Mädchen schlug sofort die Decke zurück und lag nackt vor ihm. Er stand auf, ohne sie zu beachten, ging zum Fenster und zündete sich eine Zigarette an. Stirnrunzelnd sah er auf den Wellington Arch hinunter. Die Ladung war versandfertig und praktisch schon auf dem Weg. Sie hatten die üblichen Umwege genommen, nur Einzelteile verschickt, über Frankreich, dann Namibia ... doch jetzt hatte sich die Lage offenbar geändert, denn die Russen wollten die Geräte plötzlich alle auf einen Schlag, und zwar noch *vor* der VIATE-Messe in Venedig.

Das Mädchen rieb sich die Arme, als sei ihr kalt. Er wußte, daß er es sich erlauben konnte, sie nicht zu beachten, bis er wieder bereit war. Solange sie bezahlt wurde, würde sie bleiben, wie sehr er sie auch erniedrigte. Er zupfte einen Tabakkrümel von seiner Unterlippe.

Dieser Typ, dieser Babbington, er tanzte Paulus auf der Nase herum, und Paulus ließ es zu – das war die wirkliche *Scheiße* an dieser ganzen Geschichte! Reid Electronics war viel zu wertvoll, als daß man sie aufgeben durfte, darum ging es doch. Und außerdem, jetzt abzubrechen ... das war ein *coitus interruptus*, den sich Paulus von Moskau hatte aufzwingen lassen, von diesem englischen Bastard, der zu den Russen übergelaufen war!

Und die französische Firma, also sie war wirklich zu wichtig, sie durfte auf keinen Fall verlorengehen. Doch sie stand in enger Verbindung zu Reid. Malan spielte ein riskantes Spiel, riskierte, daß Reid aufflog, und versuchte gleichzeitig, die französische Firma rauszuhalten. Wenn er die Finger in *dieses* Bienennest steckte ... Er sog wütend an seiner Zigarette. Es war nichts als eine Panikreaktion, denn sie hatten keine Wahl: Jetzt *mußten* sie in Europa bleiben, denn Südafrika könnte – Gott behüte! – jederzeit in die Hände dieses wollköpfigen Kaffern Nelson Mandela fallen. Mandela als Präsident in Pretoria – nicht auszudenken! Verdammt, an dem Tag, an dem sie *das* in den Nachrichten verkündeten, würde er eigenhändig ein paar Kaffernköpfe rollen lassen!

Coitus interruptus ... woher hatte er diesen Ausdruck? Ach ja ... er erinnerte sich jetzt an die endlosen Nachmittage seiner Kindheit auf der Farm seiner Eltern ... die Masturbation, seine Fantasie beflügelt von den trockenen, klinischen Beschreibungen in Havelock Ellis' *Sexuallexikon.* So war er aufgeklärt worden.

Kaffern ...! Er wandte sich plötzlich wütend zu dem Mädchen um, von einem einzigen Gedanken beherrscht – sie zu erniedrigen. Gehorsam drehte sie sich auf alle viere. Van Vuuren streifte seinen Bademantel ab und ging auf sie zu.

Er konnte Blantyres Stimme und die der Nachtschwester hören, beide flüsterten, doch es klang laut in der stillen, mondbeschienenen Nacht.

»... Schmerzmittel verabreicht, Oberst, und zwei Schlaftabletten. Sie können nicht vor morgen früh mit ihm sprechen.«

»Ich verstehe, sehr schade. Er könnte mir so helfen ... er schläft, sagen Sie?«

Anderson lag stocksteif in seinem Krankenbett und spürte den kalten Schweiß des Entsetzens auf seiner Stirn. Blantyre könnte ihn erschlagen, so wie man eine Fliege erschlägt. Sein Schweiß schien die Kissen unter ihm und die Matratze zu durchweichen. Er starrte an die Decke. Die Rotorblätter des Ventilators sahen im eisigen Mondlicht groß und gefährlich aus wie die eines Hubschraubers. Grell strömte das Licht ins Zimmer, schien den ganzen Raum auszufüllen, als Blantyre die Tür öffnete, doch Andersons Augen gewöhnten sich binnen Zehntelsekunden an die Helligkeit, und er sah, daß es nur ein schmaler Lichtstreifen war, der durch die einen Spaltbreit geöffnete Tür hereindrang. Schweiß tropfte von seiner Schläfe auf das Kissen, und Anderson fürchtete, sein Geruch könne ihn verraten, könne das Raubtier, das ihn jagte, zu ihm führen. Blantyre starrte ihn an …

»Das ist genug, Oberst! Er schläft ganz offensichtlich!«

»Ja, offensichtlich.« Die Tür wurde geschlossen, und das Mondlicht wurde wieder stärker – und kühler.

Anderson begann am ganzen Körper zu zittern, er zitterte vor Anstrengung, die es ihn gekostet hatte, reglos liegen zu bleiben, und er zitterte vor schierem Entsetzen. Blantyre würde mit der Geduld eines hungrigen Löwen bis zum Morgen warten.

Dann würde er hereinkommen, einen Blick auf ihn werfen und entscheiden, daß er eliminiert werden mußte. Das Zittern wollte nicht aufhören. Es erfüllte ihn mit wilder Scham. Er dachte an die Zeit zurück, in der er Blantyre hätte gegenübertreten können. Jetzt war Blantyre sein Untergang.

Am Morgen würde Blantyre mit einer unterschriebenen Entlassungsanweisung auftauchen, ihn sanft am Arm nehmen wie einen Freund, und ihn dann im Busch umbringen.

Und er wäre nicht in der Lage, sich zu wehren.

FÜNF

DIE WIEDERKEHR DES TOTGEGLAUBTEN

Es war wie ein Fiebertraum … das schäbige, muffige Treppenhaus des Wohnblocks, das seltsam vertraute Krächzen der Walkie-Talkies, das Hämmern schwerer Schritte über ihm. Er war in *Stepney*, Herrgott nochmal, und dies hier war das Ende der Zivilisation. Er hastete die Treppen hinunter, wobei seine Füße kaum die Stufen berührten. Seine Atemzüge waren zu laut, und er hielt einen Augenblick inne, um Luft zu schöpfen; lehnte sich an die Wand, zitternd wie jener kopulierende Mann, den er gesehen hatte, als er die Treppen zu Tante Vis Apartment hinaufgegangen war. Er hörte ihre entfernten Rufe, ein jagendes Wolfspack, dessen Mitglieder sich gegenseitig ihre Position meldeten. Die Funkgeräte …? Wieder ein schriller Pfiff aus der Trillerpfeife, und diesmal wurde ihm geantwortet. Er fühlte sich auf einmal erschöpft – von der Flucht und den Schlägen, die er ausgeteilt hatte. Noch vier Stockwerke …

Er rannte noch einen Stock tiefer, so schnell er konnte. Der Geruch nach verkochtem Kohl, nach Erbrochenem und Urin stieg ihm in die Nase. Sein Fuß trat auf irgend etwas Glitschiges, und er kam ins Rutschen, fand das Gleichgewicht wieder, wobei seine Wange an dem rauhen Betonverputz entlangschabte – *die Schweine, die diesen Ort hier gebaut haben, sonnen sich gerade auf den Bahamas!* dachte er und genoß die aufputschende Wirkung der schnellen Bewegung und des Adrenalins. Zweiter Stock. Er war nun fast unten, griff nach der Pistole, die hinten in seinem Hosenbund steckte, und zog sie heraus. Seine Fingerknöchel kratzten an der Wand entlang.

Er stieß mit einem Mann zusammen, der ihm im Weg stand, hörte das schmerzerfüllte Keuchen erst, als er schon um die Ecke gebogen war. Es war keiner von ihnen, ungefährlich, doch er hatte den weichen, dunkelfarbigen Körper trotzdem beiseite gestoßen … Wo waren sie?

Als er ins Freie trat, flammten sofort die Scheinwerfer eines Autos im trüben Licht der Abenddämmerung auf. Es stand inmitten der herumliegenden Abfälle und der ausgebrannten Autowracks auf dem betonierten Innenhof des Wohnblocks. Hyde blinzelte ins Scheinwerferlicht wie ein Kaninchen. Ein Funkgerät krächzte, doch der Wagen grummelte nur im Leerlauf vor sich hin. Dann erschien ein zweiter Wagen hinter Hyde in der Häuserschlucht, warf grelles, klinisch weißes Licht auf das Unkraut, das zwischen den Ritzen im Beton emporwuchs. An einer Wäscheleine flatterte Unterwäsche im Wind.

Dieser Ort war ebenso trist und unwirklich wie eine Mietskaserne irgendwo in Osteuropa, und dabei war er weniger als zwei Kilometer Luftlinie vom Stadtzentrum Londons entfernt. Hyde war allein, von jeder Hilfe abgeschnitten, und er hatte keine Ahnung, mit wievielen von ihnen er es diesmal zu tun hatte. Ein Funkgerät im Schatten ganz in seiner Nähe krächzte eifrig. Dann begannen die beiden Wagen von entgegengesetzten Seiten des Innenhofs aus auf ihn zuzufahren.

Die nasse Wäsche klatschte, als wolle sie ihm Hilfe bieten, auf die Windschutzscheibe und das Dach des unter der Leine hindurchfahrenden Wagens. Hyde hechtete aus dem Lichtkegel der Scheinwerfer und spürte zersplittertes Glas unter seinem Rücken knirschen, als er sich abrollte.

Die beiden Autos hielten nur wenige Meter voneinander entfernt an, und die Scheinwerfer wurden ausgeschaltet – doch es war zu spät, sie hatten sich bereits für einen kurzen Augenblick gegenseitig geblendet. Eine Wagentür wurde zugeschlagen. Hyde blieb nicht stehen, um über seine Schulter zu blicken, sondern lief gebückt weiter, während ringsherum auf den Balkonen und in den Hauseingängen des Innenhofs Taschenlampen aufflammten, deren Lichtkegel suchend über den Betonboden wanderten. Der Ausschnitt des Himmels zwischen den Fassaden der Mietshäuser war inzwischen völlig schwarz. Wenn er es schaffte, aus dem Amphitheater des Innenhofs zu entfliehen, dann würde die nächtliche Stadt da draußen feindlich und fremd sein, ein gefährlicher Dschungel. Er stieß im Dunkeln gegen ein Motorrad, und es kippte scheppernd um.

Stimmen, Rufe, Antworten. Sie organisierten sich. Ein Scheinwerfer leuchtete in die Richtung des Lärms, den Hyde verursacht hatte. Wie viele es waren! Was für ein Aufwand an Menschen und Material ... oh, natürlich, Priabin steckte dahinter, und wahrscheinlich das Mädchen, das auf Rache für das Debakel im Centre Point aus war.

Hyde stand reglos im Schatten eines Zementpfostens und drückte seine Pistole wie ein Kruzifix an die Lippen. Sie würden es doch bestimmt darauf anlegen, es wie einen Unfall aussehen zu lassen, oder nicht? Bestimmt standen sie im Funkkontakt zu Priabin ... Priabin würde abwägen, und entscheiden.

Hoch über sich hörte er eine verzweifelte Stimme: »Warum könnt ihr nicht einfach abhauen?«

Ja, haut doch einfach ab ...

Die Automotoren wurden abgestellt. Ein schwarzer Schatten glitt an dem Pfosten vorbei, hinter dem er stand. Hyde wirbelte herum und starrte in das zu Tode erschrokkene Gesicht eines Asiaten, der ihn mit großen Augen anstarrte und flehentlich die fast weißen Handflächen vor sich hielt. Dann verschwand er, und Hyde wandte sich ab und versank augenblicklich in absolute Konzentration. Er war imstande, sein verstandesmäßiges Denken abzuschalten und sich vollkommen seinem Instinkt und seinen Reflexen zu überlassen. Eine Art Trance, die ihm schon oft das Leben gerettet hatte. Bedrohliches Schweigen, unterbrochen nur vom gelegentlichen Krächzen der Walkie-Talkies und flüsternden Stimmen. In den Fenstern ringsum waren die neugierigen Lichter erloschen, die Vorhänge wurden zugezogen. Keiner wollte Zeuge werden; das hier war zu gefährlich. Hyde begann, leise durch die Nase zu atmen, um sich nicht durch seine keuchenden Atemzüge zu verraten.

Schatten glitten durch das Dunkel vor ihm – es waren drei oder vier, flink und tödlich wie Fledermäuse. Das leise Quietschen der Turnschuhe auf dem Asphalt und leises Flüstern begleitete ihre abrupten Positionswechsel. Hydes

Atemzüge waren lautlos, und über dem Rauschen des Adrenalins in seinen Ohren horchte er angespannt auf die sich nähernden Geräusche, das leichte Trippeln und Scharren wie von Ratten auf der Suche nach Essen. Sie kamen näher.

Ganz in seiner Nähe auf einmal ein lautes Krächzen aus einem Funkgerät, eine verzerrte, aufgeregte Stimme. Er zielte in die schwarze Dunkelheit, aus der die Stimme kam, und hätte beinahe abdrückt, als halte sich Priabin selbst dort versteckt.

»Valentina?«

Den Hörer des Funkgeräts an ihr Ohr gepreßt, hörte Valentina Priabins heiseres Flüstern. Ihre gemeinsamte Anspannung verlieh dem Funkgespräch etwas seltsam Intimes, wie das Bettgeflüster zweier Liebender in der Dunkelheit.

»*Ja?*« antwortete sie knapp, Hyde in ihrer unmittelbaren Nähe fühlend. »Wir sind dran.« Ihre Unterhaltung erinnerte absurderweise an einen Austausch unter Börsenmaklern, die ein zwielichtiges Geschäft abwickelten. Das Ganze hatte etwas Unwirkliches ... doch Hyde, Hyde war wirklich, eine reale Bedrohung, dort hinter einem dieser Pfosten im Zwielicht des Innenhofs. Wäre es Winter gewesen, hätte sie ihr Ziel an dem dampfenden Atem erkennen und anvisieren können. Sie zitterte vor Nervosität. »Überlaß es mir«, fügte sie hinzu, unterbrach die Verbindung und verfluchte sich sofort dafür. Wenn ihr Handy jetzt in ihrer Tasche klingelte, würde Hyde sofort schießen.

Hydes wöchentlicher Besuch bei seiner vergreisten Tante. »Heute nacht oder nie«, hatte Valentina gesagt und Priabin über seinen Schreibtisch hinweg angegrinst. »*Lassen wir ihn in dieses Elendsviertel mitten in London gehen, aber lassen wir ihn nicht mehr herauskommen.*« Ihre Leute und die von ihr bezahlten Rowdys, sie hätten die Sache eigentlich reibungslos erledigen sollen, so schnell und tödlich wie ein Sturz aus dem sechzehnten Stock. Nur daß Hyde selber schnell und tödlich – und klug – gewesen war; keiner ihrer Männer hatte es geschafft, ihn zu erwischen, bevor er den

Hof betrat. Doch hier unten im Hof, hier waren sie wirklich in der Überzahl, und ihre Leute waren hervorragend ausgebildete Männer – *Soldaten.*

Hinter welchem Pfosten steckte er? Sie hob erneut ihr kleines Nachtsichtgerät an die Augen, während ihr Leibwächter, der dicht hinter ihr kauerte, sein Gewicht von einem Fuß auf den anderen verlagerte. In der Optik des Nachtsichtgeräts erschien der Innenhof plötzlich in grauem Licht, durch das schemenhafte Gestalten geisterten. Ihre Leute, die Hyde einkreisten. Ihr Blick wanderte über das umgestürzte Motorrad zu der Reihe von Zementpfosten. Nichts zu sehen. In einem Thermalsichtgerät würde sein Körper rötlich leuchten, doch mit ihrem Nachtsichtgerät konnte sie ihn nur sehen, wenn er sich bewegte. Aber er bewegte sich nicht. Ihre Leute waren jetzt am Ruder und hielten all die ortsansässigen Halbstarken und Rowdys vom Geschehen fern; sie waren zu plump, machten zu viel Lärm. Ein grauer Schatten huschte vorbei, dann noch einer; es erinnerte sie an einen Western, den sie einmal gesehen hatte, als sich die Indianer lautlos an die Wagenburg der Siedler anschlichen.

Ein Schatten bewegte sich hinter dem Pfosten, hinter dem sie Hyde vermutete, streckte einen Arm aus, und ein Schuß fiel. Einer der geisterhaften grauen Schatten richtete sich auf – und fiel. Hydes Schatten war bereits in Bewegung, bevor der andere zu Boden ging, huschte zwischen den Pfosten hindurch in Richtung der Straße.

Sie schnappte sich das Funkgerät aus der Hand ihrer Leibwache. »Zielobjekt auf der Flucht. Zur U-Bahnstation. Alle Einheiten ihm folgen.« Sie sagte es auf Englisch. Einige der angeheuerten Halbstarken hatten um Funkgeräte gebeten, und sie hatte ihnen welche gegeben. Das gab ihnen das Gefühl, wichtig zu sein, und machte sie zu besseren Helfern.

Hastig richtete sie sich aus der Hocke auf, schüttelte die helfende Hand ihres Leibwächters ab und hörte nicht auf seine gemurmelte Entschuldigung. Dann setzte sie sich in Bewegung. Jetzt war es gleichgültig, ob man Lärm machte, es gab nur noch Hyde und das wilde Gefühl der Jagd. Hyde ...!

Hyde sprintete die Straße entlang, die so schäbig und verkommen aussah, als läge sie in irgendeinem Elendsviertel der Dritten Welt. Und sie war in diesem Augenblick weit gefährlicher. In der Betonwüste ringsum erhoben sich die tristen Fassaden der Mietshäuser; die meisten Straßenlaternen waren erloschen, die wenigen, die funktionierten, tauchten die trostlose Szenerie in trübes Licht. Vereinzelt sah man parkende Autos; eines stand mit abmontierten Rädern auf Stapeln von Ziegelsteinen. Hyde warf einen schnellen Blick über seine Schulter. Zwei Gestalten huschten von Schatten zu Schatten, durcheilten den Lichtkegel einer Straßenlampe und verschwanden wieder. Die U-Bahn-Station *Mile End* war da vorne. Hier ließ sich die Polizei nicht blicken, keine Streifenwagen; selbst wenn einer vorbeigefahren wäre, sie würden niemals anhalten, wenn jemand auf der Straße stand und winkte. Sie würden es dem Hauptquartier melden und weiterfahren. Angsthasen. Er schob seine Pistole in den Hosenbund, packte den Türgriff eines alten Ford und zerrte heftig daran. Rost rieselte in den Rinnstein; der Wagen war abgeschlossen. Gebückt lief er weiter. Ein einzelner Schuß fiel; dann hörte er das entfernte Krächzen von Befehlen in den Walkie-Talkies seiner Verfolger.

Sie würde bestimmt ein oder zwei Leute bei der U-Bahnstation postiert haben. Sein Schatten eilte ihm überlang voraus, kreuzte den dünnen Schatten einer Straßenlampe wie den eines Fallbeils. Noch zwei Querstraßen, dann sah er die Lichter des Bahnhofs vor sich. Hinter sich hörte er quietschende Reifen, als ein Auto mit voller Geschwindigkeit um die Ecke bog; er drehte sich um und sah die bösartigen Scheinwerfer ein paar Häuserblocks entfernt heranrasen. Aus einem Fenster einer Erdgeschoßwohnung dröhnte ein Fernseher, wurde übertönt von dem Motorenlärm des sich nähernden Wagens. Ein BMW. Hyde schlüpfte in einen Hauseingang, verwarf dann aber die Möglichkeit eines Versteckspiels – er durfte auf keinen Fall zulassen, daß sie ihn überholten und ihn dann bei der U-Bahn erwarteten, gemeinsam mit denen, die dort ohnehin schon versammelt waren. Er hastete weiter. Wieder erschien sein riesengroßer

Schatten auf dem Asphalt, hoffnungslos und ohne Rückgrat, während sich der Wagen näherte. Das aufgesprungene Straßenpflaster war so trügerisch wie die Oberfläche eines zugefrorenen Sees. Dann verlangsamte der BMW seine Fahrt, als müsse er erst wieder schnüffelnd wie ein Bluthund die Fährte aufnehmen. Hyde bog um die Ecke und sah die Straße matt erleuchtet vom trüben Licht einiger armseliger Läden, roch die scharfen Dämpfe gewürzter Speisen, hörte irgendwo eine Sitar klimpern, während er an einem fleckigen Schaufenster entlanghastete, hinter dem sich Töpfe, Pfannen, ein Wäscheständer, Körbe voller Äpfel und seltsamer, fremdartiger Früchte stapelten. Die anderen Geschäfte hatten bereits zugemacht, die eisernen Rolläden waren heruntergelassen. Ein Hund schnappte nach seinem Knöchel, und der Besitzer lachte nur. Auf der gegenüberliegenden Straßenseite stand eine Gruppe schwarzer Jugendlicher; ihre höhnischen Rufe übertönten die Rap-Musik aus dem Ghettoblaster.

Endlich erreichte er die Mile End Road – reger Feierabendverkehr. Normalität. Der BMW und die anderen Wagen hatten sich eingereiht, mußten an der Ampel hinter ihm warten. Saßen fest. Er fuhr sich mit der Hand über die Stirn, wischte die nasse Handfläche an seiner Jeans ab. *Herrgott nochmal* ... Offene Läden, ein McDonald's, eine Spielhalle, ein Spirituosenladen. Geparkte Wagen, fahrende Wagen, Lichter, Ampeln. Die Ampel schaltete auf Grün, und Hyde rannte auf die andere Straßenseite, zur U-Bahnstation.

In der gekachelten Halle sah er einen Mann, der mit einem Walkie-Talkie hantierte als sei es eine Fledermaus, die sich in sein Ohr verbissen hatte. War er ein Anfänger, oder hatte er sich weggedreht, damit er wie einer wirkte? Der BMW fuhr bereits am Bürgersteig vor. Ein Betrunkener lag in seinem Erbrochenen auf den abgewetzten Kacheln, während sich ein Jugendlicher über ihn beugte und seine Taschen durchsuchte, angefeuert von seinen Freunden, die im Halbkreis um ihn standen. Der Betrunkene lächelte benommen. Ein Bettler ohne Beine saß mit dem Rücken an die Wand gelehnt da; neben ihm kauerte ein verwahrloster

Hund. Der Mann starrte auf eine leere Bierdose, die irgend jemand in den Hut geworfen hatte, der vor seinen Beinstümpfen auf dem Boden lag. Passanten, Pendler ... Halbstarke, ein junges Pärchen, er blaß und verschüchtert, das Mädchen in einem formlosen schwarzen Kleid. Irgendwo beim Bahnsteig klimperte jemand auf einer Gitarre und sang dazu; die blechernen Akkorde drangen aus dem Treppenschacht der Rolltreppe. Die Alltäglichkeit der Szenerie beruhigte seine überempfindlichen Nerven. Er warf einen Blick auf einen Fahrplan an der speckigen, gekachelten Wand, dann einen Seitenblick auf den Mann mit dem Walkie-Talkie – ein Professioneller, entschied Hyde. Die Jugendlichen hatten dem liebenswürdigen Betrunkenen alle Wertsachen abgenommen und rannten johlend zur Rolltreppe.

Der Mann mit dem Walkie-Talkie wandte sich um, als sei er bei einer sittenwidrigen Handlung ertappt worden, und sah sich Auge in Auge mit Hyde, der seine Leinenjacke über dem Bauch zurückschlug, um dem anderen grinsend den Griff seiner Pistole zu zeigen. Ein junges Paar ging vorüber, dann ein älterer Mann mit zögernden, unsicheren Bewegungen, dann fünf oder sechs Jugendliche. Hyde ging weiter – er wußte, der andere konnte nichts unternehmen, denn direkt hinter den lärmenden Jugendlichen tauchten zwei Beamte des U-Bahn-Wachpersonals auf; wie zwei Hirten, die eine blökende Schafherde vor sich hertrieben. Er warf einen Blick über seine Schulter, während er ein Ticket aus dem Fahrkartenautomaten zog, und begegnete dem zornigen Blick des Mannes. Hyde ging durch die Schranke und zur Rolltreppe. Die Männer aus dem BMW mußten irgendwo in der Nähe sein. Einer der grölenden Jugendlichen beugte sich vornüber und erbrach sich über die Mittelleiste zwischen den fahrenden Rolltreppen. Die aufwärtsfahrenden Passagiere wandten sich angeekelt ab; die Jugendlichen grölten noch lauter und schüttelten rhythmisch und einschüchternd die geballten Fäuste. Hyde sah hinter sich die Rolltreppe hinauf. Wieviel Männer konnten sie hier auf dem Bahnsteig versammeln, bevor die nächste Bahn Richtung Westen einfuhr? Er könnte eventuell die Central Line

Richtung Innenstadt nehmen … doch dort würden sie ihn sicherlich erwarten.

Jetzt entdeckte er den Mann mit dem Walkie-Talkie und die beiden Männer aus dem BMW; sie trugen alle betont unauffällige Kleidung und unterschieden sich durch nichts von den übrigen Fahrgästen auf dem Bahnsteig. Er erschauerte bei der Vorstellung, wie sie ihn vom Bahnsteig auf die Hochspannungsschiene werfen würden, direkt vor einen heranrasenden Zug … nein, es gab ja jetzt all die Menschen, potentielle Zeugen. Seine Jäger befanden sich nun nicht mehr in der gesetzlosen Dunkelzone der Siedlung, in der es nicht aufgefallen wäre. Wo blieb das Mädchen? Am Ende der Rolltreppe blieb er stehen und sah nach oben. Da war sie. Er winkte und wandte sich ab, lief für alle sichtbar zur Rolltreppe, die zur Central Line Richtung Innenstadt führte. Dann machte er kehrt, rannte durch einen gekachelten Mittelgang zurück in die Richtung, aus der er gekommen war, und nahm die Rolltreppe zu der Regionallinie in östlicher Richtung …

Eigentlich eher nordöstliche Richtung, mein Bester … Upminster ist die Endstation, davor kommt Hornchurch. Wirklich teilweise eine sehr hübsche Gegend …

Und dann war die Angst wieder da, denn der Bahnsteig war fast völlig leer. Vielleicht hatte er einen verhängnisvollen Fehler gemacht. Es war so ruhig, daß er die weit entfernten Akkorde der Gitarre und die dünne Stimme des Gitarristen hören konnte. Wie alt war denn dieser Kerl, zum Teufel? *Blowin' in the wind …*? Gott, wie unschuldig. Zwei Teenager, die sich küßten, als hinge ihr Leben davon ab. Schweigende, gierige Verzweiflung. Sie waren vielleicht fünfzehn Meter entfernt. An den speckigen Kachelwänden Werbeplakate für Unterwäsche und eine langweilige, intellektuelle Komödie, in die Ros ihn letzte Woche geschleppt hatte. Daneben Plakate für Mineralwasser und Bier. Ein U-Bahnfahrplan. Ein Mann lag im Tiefschlaf auf einer Bank ausgestreckt, unter dem Poster eines maskierten, fürchterlich grinsenden Rockstars. Ein Junge mit Walkman, der so dicht am Rand des Bahnsteigs stand, daß man ihn nur hätte anhusten müssen, um ihn auf die Geleise zu werfen. Sonst war niemand zu sehen. Eine Leuchtanzeige kündigte den nächsten Zug an. Richtung Upminster. Wann? Wie lange noch? Der schwarze Tunnel war völlig windstill …

Das Mädchen tauchte auf, und sie war augenscheinlich höchst beglückt über die fast menschenleere Szenerie. Zwei Männer waren bei ihr. Einen der beiden erkannte Hyde als den Mann mit dem Walkie-Talkie wieder, dem er oben beim Eingang begegnet war. Das Mädchen winkte ihm jetzt zu, und einer der Männer grinste und sprach dann schnell in sein Funkgerät. Hyde preßte seinen Rücken an die Wand hinter sich, wo ein Poster Andrew Lloyd Webbers neuestes Musical anpries. Dann schüttelte er den Kopf. So zu sterben, vor einem Musical-Poster, höchst ehrenvoll …!

Er verdrehte die Augen in beide Richtungen wie ein Chamäleon; versuchte, beide Seiten des Bahnsteigs gleichzeitig im Auge zu behalten. Wenn sie es schafften, ihre Schläger rechtzeitig nach unten zu beordern – und warum sollten sie warten? –, dann würde es keine Augenzeugen geben.

Die beiden Teenager waren immer noch damit beschäftigt, sich gierig abzuküssen, und der Betrunkene auf der Bank rülpste laut. Valentina wandte pikiert den Kopf ab, während einer der Männer neben ihr aufgeregt kicherte.

Jetzt sprach sie in ihr Handy. Würde es hier unten überhaupt funktionieren? Unmöglich, das zu wissen. Der Tunnel war vollkommen still. Seine feuchten Handflächen drückten sich an das raschelnde Poster hinter ihm. Adrenalin durchströmte seinen Körper. Sicherlich waren sie alle bewaffnet. Doch bestimmt würden sie jedes Aufsehen vermeiden wollen … Schließlich waren *sie* Angehörige der sowjetischen Botschaft, und *er* befand sich auf dem Bahnsteig einer Londoner Untergrundbahn – er hatte doch bestimmt die besseren Karten, sie durften doch kein Risiko eingehen, oder?

Auf ein Handzeichen des Mädchens hin begannen die beiden Manner, sich ihm zu nähern, so sanft und unbeirrbar, als glitten sie auf unsichtbaren Schienen dahin. Hyde legte seine Hand auf den Griff der Pistole in seinem Hosenbund. Drehte seinen Kopf und blickte in die andere Richtung des Bahnsteigs. Noch zwei Männer. Scherenbewegung. Wenn er jetzt das Feuer eröffnete, würden sie ihn sofort töten.

Du kennst dich hier aus – hab keine Angst, du bist hier zu Hause. Dieser Ort heißt Otjiwarongo – du kennst dich hier aus … in seinem Kopf erklang diese endlose Litanei, während der Mond sich müde aus dem Viereck des Fensters entfernte und die Balken des Mondlichts, das durch die Ritzen der Jalousien schien, über seinem Bett langsam nach unten wanderten. Er hatte diesen einen, klaren Gedanken gefunden und hielt sich nun daran fest. Zuerst hatte er sich damit wachgehalten, das Mondlicht zu beobachten, das über seine Wand kroch, wie ein Mann in der Todeszelle, der auf den ersten Hauch des Kaffeegeruchs wartet, der seine letzte Mahlzeit ankündigt. *Der Gefangene hat ein herzhaftes Frühstück zu sich genommen,* so lautete doch immer der Bericht der Gefängniswärter. Er hatte seine Gedanken wandern lassen, hatte sich vorgestellt, wie es wohl in der nahen Ortschaft aussah, in der von Zeit zu Zeit in der Entfernung ein Hund kläffte oder irgendein Betrunkener ein Lied grölte.

Anderson hatte sich Otjiwarongo vorgestellt, wie er es aus seiner Erinnerung kannte, hatte im Geist eine Straßenkarte angefertigt; auch seine Einwohner hatte er nicht vergessen, Leute, die er kannte. Die ihm eventuell helfen würden. Das Kläffen des Hundes hatte aufgehört, und jetzt schnüffelte ein Hund – war es derselbe? – direkt unter seinem Fenster an der Holzwand der Krankenhausbaracke und hob das Bein. Gelegentlich bellte er, hielt ihn wach, erinnerte ihn daran, daß er hier abhauen mußte, falls er weiterleben wollte.

Schließlich, als die Nacht schon fast vorüber war, hatte er dem Drängen des Hundes nachgegeben. Nun saß er also schwer atmend auf der Bettkante, nur mit Shorts und einem Unterhemd bekleidet, und mußte sich, geschwächt von der anstrengenden Suche nach seiner Kleidung und der noch anstrengenderen Prozedur des lautlosen Anziehens, erst einmal ausruhen. *Du kennst dich hier aus, du bist hier zu Hause,* wiederholte er in Gedanken pausenlos. *Du warst schon hier, als der weiße und der schwarze Stadtteil noch hermetisch voneinander abgeschottet waren ... Du weißt, wo du hingehen mußt, um dir eine Waffe, einen Wagen, Lebensmittel und sonstige Ausrüstung zu besorgen.* Doch seltsamerweise konnte er die Erinnerung daran nicht verscheuchen, wie dieser Ort gewesen war, als noch die Apartheid geherrscht hatte. Als sei er ein Schwarzer, als seien die ehemaligen Machthaber wieder da – Söldner wie Blantyre –, um ihn zu jagen.

Anderson betrachtete seine zitternden Arme, auf denen sich jetzt eine Gänsehaut bildete, während er seine Finger in das Bettlaken krallte. Er starrte auf seine nackten Füße auf dem klebrigen Linoleumboden. Sein Herz raste. *Otjiwarongo.* Das ehemalige Township, dieser staubige, unwirtliche Stadtteil ... dort wohnte Joe Tsumis, er hatte einen Jeep, vielleicht besaß er mehrere; er war einmal Touristenführer im Ovamboland gewesen ... *das ist ein alter Bekannter, Herrgott nochmal, also los, geh zu ihm und hör auf, an Blantyre zu denken!*

Mühsam erhob er sich, fand seine kurzen Khakihosen in der Kommode neben dem Bett und versuchte, sie anzuziehen; unsicher und am Rande der Verzweiflung schwankte er auf einem Bein, dann auf dem anderen; kalter Schweiß brach ihm aus. Er streifte sich sein Hemd über seine bereits schweißfeuchten Schultern und zwängte seine Füße in die schweren Stiefel, wobei er keuchte und würgte – als sei er ein alter Mann, zum Teufel! Während er die Schnürsenkel zuband, versuchte er, seinen Atem zu kontrollieren.

Danach war es leichter, der wiedergefundene Zorn half ihm, gab ihm Kraft. Er stopfte sich einige Bandagen, die Schmerztabletten und seine Brieftasche – glücklicherweise hatte sie neben der Hose gelegen – mit seinem Ausweis und den Kreditkarten in die Hosentaschen. Joe Tsumis akzeptierte wohl weder Master noch Visa – andere Händler schon.

Dann stand er vor dem Fenster und sah nach draußen, wo der Himmel schon lichter zu werden begann. Im Zwielicht der Dämmerung gingen im Ort ein paar Lichter an. Plötzlich überkam ihn der entsetzliche Gedanke, daß Joe Tsumis ja vielleicht weggezogen oder getötet worden war ... es war schließlich drei Jahre her, daß er ihn zuletzt gesehen hatte. Langsam, ganz langsam fuhr er sich mit der Handfläche über seine Stirn und wischte den Schweiß an seinen Khakihosen ab. Tief Luft holend streckte er die Hand aus und berührte das elastische Fliegengitter mit den Fingerkuppen. Die Luft von draußen war nur einen winzigen Hauch kühler als die stickige Luft im Zimmer, als sei sie bereits müde von der Aussicht auf einen weiteren Tag in der erbarmunglosen Hitze. Er rüttelte versuchsweise an dem Gitter. Es gab nicht nach. Sollte er es eindrücken, oder herausziehen ...? Er besah sich die Schrauben, verrostet, unter abblätternder Farbe verborgen, und drückte mit beiden Händen gegen das Gitter ...

Ein Ächzen wie der Schrei eines Kleintieres, das in eine Falle geraten war. Das Geräusch von Schrauben, die aus dem Holzrahmen brachen. Er schwitzte stärker; der Lärm war unerträglich. Zitternd, unentschlossen hielt er inne. Der Hund fing wieder an zu bellen, mahnend, und er drückte mit doppelter Kraft. Das rostige Gitter gab nach und fiel nach draußen. Er hielt es mit seinen Fingerspitzen fest und ließ es sachte an der Hauswand hinunter auf die Erde gleiten. Seine Atemzüge waren laut, doch regelmäßig. Behutsam schwang er beide Beine über das Fensterbrett und sprang auf den Boden.

Niemand zu sehen. Mit steifen Gliedern machte er ein paar Schritte und fing dann an, in Richtung der vereinzelten Lichter der Ortschaft zu gehen. Er ging die staubige Hauptstraße entlang, die von zweistöckigen Häusern gesäumt war, vorbei an ein paar Geschäften und einem schäbigen Hotel. Der Kirchturm der Missionskirche hob sich spitz und schwarz gegen den grauen Morgenhimmel ab. Das Bild erinnerte an eine Grenzstadt im Wilden Westen; wie so viele Ortschaften Namibias schien auch hier die Zeit stehengeblieben zu sein. Magere Aloebäume am Straßenrand, ein paar Flecken ausgedörrten Rasens in den Vorgärten der von

Weißen bewohnten Häuser. Hinter vorgezogenen Gardinen und Fliegengittern waren schon vereinzelt Lichter zu sehen – die Diener der Reichen begannen ihr Tagwerk. Anderson machte einen weiten Bogen um das Hotel, schlich auf der andern Straßenseite daran vorbei. Dort mußte Blantyre abgestiegen sein, es gab sonst kein Hotel in Otjiwarongo.

Er gelangte in das ehemalige Township, das ihm vorkam wie eine Mischung aus einem Kral und einer slumartigen Ansammlung von Baracken unter Wellblechdächern, von Hütten, die aus Ölfässern zusammengebaut worden waren. In einigen brannte Licht. Auch in den Gärten der ehemaligen Kolonialvillen standen Baracken; mitten auf der Straße hatte man hie und da Zelte errichtet. Der Übergang zwischen dem schwarzen und dem weißen Bezirk war weniger abrupt als früher, aus den baumbestandenen Gärten der Villen wurden nach und nach Gemüseäcker. Die Unabhängigkeit, und das Wahlrecht, das war die eine Seite; doch die Invasion der Hochebene mit ihren Krals in die Vororte der Weißen schien unaufhaltsam zu sein, ähnelte Gras, das durch die Ritzen im Beton sproß.

Der Gedanke, daß Joe Tsumis sich vielleicht nicht mehr im Township aufhielt, quälte Anderson. In seinem Nacken spürte er immer wieder einen kalten Schauer, spürte er immer wieder Blantyres Augen; er stellte sich vor, wie Blantyre aufwachte, die paar hundert Meter zur Klinik ging, ihn nicht mehr vorfand und sofort Alarm schlug. Joe war Andersons Fahrer gewesen, als er in Namibia angekommen war, um sich zur Ruhe zu setzen. Um seiner Vergangenheit zu entfliehen. Und Joe hatte ihm bereitwilligst als Fahrer gedient, hatte ihn wohl ein Dutzendmal im Nordteil des Landes umherchauffiert; der weiße Mann war eine höchst willkommene Tarnung für Joes Waffenlieferungen an die SWAPO-Guerilla im Buschland. Und dann hatte Anderson Etosha gefunden, den Ort des Trockenen Wassers, und einen freien Posten als Wildaufseher; seither hatte er Joe vielleicht noch zwei-, dreimal zu Gesicht bekommen.

Vor ihm tauchten jetzt schwarze Männer und Frauen mit Kopftüchern auf, die sich in ihrer mit Klicklauten durchsetzten Sprache unterhielten, und auf einmal schien die Luft leichter geworden zu sein, als sei sie schon von der Sonne erwärmt, die sich immer noch hinter dem Horizont verbarg. Die Männer trugen Filzhüte und weiße Hemden; es gab für sie wie früher nur Stellen als Bedienstete, doch die Bezahlung war etwas besser geworden. Der Sonnenaufgang ging vehement vonstatten, und der Horizont war mit einem Mal in tiefes Blau getaucht. Er mußte sich beeilen; mit schnelleren Schritten ging er zwischen den Menschen hindurch, die ihm auf ihrem Weg in die weiße Vorstadt entgegenkamen. Joe Tsumis – *bitte sei da!*

Angepflockte Ziegen, Hühner, die im Staub scharrten. Aus schwacherleuchteten Hauseingängen blickten ihn große Kinderaugen an, vielleicht hatten sie keine Furcht mehr, waren nur neugierig. Er eilte eine weitere schäbige, namenlose Straße entlang, vorbei an einer Garage, die mit alten Reifen vollgestellt war – gehörten sie Joe? – und einer einzigen, altmodischen Benzinpumpe. Er war sich nicht ganz sicher. Kniff die Augen zusammen und spähte ins Innere des Schuppens hinter der Pumpe, konnte aber keine Jeeps entdecken. Benommen drehte er sich nach allen Seiten um, versuchte, sich zu orientieren.

Dann sah er ihn. Rosafarben im Morgenlicht, chromblitzend, ein altes amerikanisches Cadillac-Kabriolett mit beigen Ledersitzen, das neben der Garage stand; dahinter befand sich eine solider gebaute Hütte, ein Bungalow mit Gardinen vor den Fenstern. Heiß durchströmte ihn die Erleichterung, und er sah rasch die Straße hinauf und hinunter. Ein alter Laster, ein paar Fahrräder, nirgends das Auto eines Weißen. Er eilte an dem Cadillac vorbei, vorbei an den Gemüsekästen und den drei angepflockten Ziegen – es war Joes Haus! Mit einem breiten Grinsen im Gesicht schlug er mit der Faust an die Tür und rief gleichzeitig: »Joe! Joe Tsumis! Ich bin's – Richard! Richard Anderson!« Er hämmerte nochmals gegen die Tür. »Mach auf!«

Auf der Straße hielt ein Junge auf einem klapprigen Fahrrad an, um ihn zu beobachten, und Anderson merkte auf einmal, daß sein Geschrei auf fatale Weise an eine Vergangenheit der Unterdrückung erinnerte; weiß, fordernd, offizell.

»Joe – tut mir leid, wenn ich dich störe ... !«

Diese Höflichkeitsformel öffnete ihm die Tür. Eine junge Frau, den Gesichtszügen nach eine Himba, stand auf der Schwelle, einen Morgenmantel um ihre Schultern, und stillte ein kleines Baby an ihrer entblößten Brust. Eine neue Frau? Sie schien über den frühen Besuch nicht sonderlich überrascht zu sein. Dann tauchte Joe hinter ihr auf; er hielt eine Hand hinter dem Rücken, sein Bart war grauer geworden, seine Augen blickten flink und mißtrauisch – und wurden dann weicher, als er Anderson erkannte. Er zog die junge Frau zurück ins Haus und nahm die Hand hinter seinem Rücken hervor, in der er eine lange Pistole hielt. Im hinteren Teil der Hütte klapperten nun Pfannen und Töpfe; der Boden war aus Lehm, doch überall lagen farbenfrohe afrikanische Teppiche. Tsumis stand da und sah ihn neugierig an.

»Joe ...«, fing Anderson an.

»Was gibt es, Richard Anderson? Was willst du von mir?« Anderson kratzte sich am Bart und zuckte mit den Schultern, eine entwaffnende Geste; vor ihm ein harmloser weißer Mann, den die Pistole, die schlaff in Tsumis Hand hing, gar nicht irritierte. »Was gibt's denn – um diese Zeit?« Tsumis Augen musterten ihn von Kopf bis Fuß. Seine Blässe, seine schmutzige Kleidung, die Bandagen.

»Ich brauche deine Hilfe ... und ich kann zahlen, Joe.«

Tsumis warf einen kurzen Blick nach beiden Seiten die Straße hinauf, eine Gewohnheit aus alten Tagen, und sagte dann: »Komm rein, Mann.«

Anderson mußte sich bücken, als er über die Türschwelle trat. Tischlampen, Teppiche, ein niedriger Couchtisch, ein Eßtisch, Stühle – das Anfangsstadium eines gesetzteren Lebens. Aus den hinteren Zimmern ertönten Stimmen, die Schritte von Menschen, die die Hütte durch die Hintertür verließen. Auf dem Eßtisch standen leere Flaschen, auf dem Couchtisch lagen Spielkarten.

»Setz dich, Richard.« Tsumis deutete auf einen Stuhl, der bedenklich knarzte, als Richard sich darauf niederließ. Seine

Hände umklammterten die hölzernen Armlehnen; er begann zu verstehen, daß sich alles geändert hatte: Der Raum vermittelte eine deutliche Ahnung vom neuen Status des Hausherrn.

»Die Zeiten haben sich geändert, Richard«, sagte Tsumis, als er Andersons Unbehagen bemerkte. Er legte die Pistole zwischen die verstreuten Spielkarten auf dem Couchtisch. Auf einmal schien die Sonne ins Zimmer, belebte die fröhlichen Teppiche auf dem Lehmboden. »Soll ich dir was Lustiges erzählen, Richard? Weißt du eigentlich, wer dir gegenüber sitzt? Der örtliche Sheriff!« Tsumis warf den Kopf zurück und ließ ein polterndes Gelächter hören, in dem ein zynischer Unterton mitschwang. Er schlug sich auf die Schenkel. »Ja, Mann, kein Witz – ich wurde am Tag der Unabhängigkeitserklärung gewählt!« Vertraulich beugte er sich vor. »Ich hab' den Posten bekommen, und war von Anfang an bestechlich – ich bin mächtig, Richard.«

»Gratuliere.«

»Ah, die Stimme des Internatszöglings – schon mal irgendwo gehört. Gefällt mir jedoch immer noch besser als die Stimme, die *Kaffer* schreit!« Er musterte Anderson, und dann sagte er in einem wärmeren Tonfall: »Was ist denn mit dir los?«

Anderson schüttelte den Kopf, doch seine Verzweiflung verriet ihn. »Sie ist tot, Joe. Man hat sie ermordet.« Der Schrecken in Joes Gesicht war nicht gespielt, und er genügte, um die Schleusen zu öffnen. Anderson saß in seinem Stuhl, und erzählte Tsumis mit gesenktem Kopf alles, was passiert war. Nur das Motiv für Blantyres Überfall verschwieg er.

»Warum hat er das getan?« fragte Tsumis schließlich.

»Ich … eine alte Geschichte, etwas, das vor langer Zeit in Johannesburg passiert ist.«

Tsumis zuckte mit den Schultern, akzeptierte Andersons ausweichende Antwort. »Und jetzt – was wirst du jetzt tun? Es tut mir übrigens verdammt leid, wollte ich noch sagen.«

»Danke.«

»Ich kenne Blantyre. Verdammtes Pech, daß du ihn auch kennst.« Tsumis spuckte aus. »Ein Schwein, ein widerliches

Schwein, das ist er. Ich bin ihm einmal begegnet …« Anderson hörte kaum hin, als Tsumis ihm von einem Massaker berichtete, das Blantyre vor Jahren im Busch angerichtet hatte. Er gab sich seiner Trauer hin, wartete darauf, daß Tsumis zum Ende käme. Das Sonnenlicht wurde härter, wie trocknende Farbe an der Wand, und in dem länglichen Zimmer schwebten feine Staubkörner. Wie er Tsumis einschätzte, würde er ihn ohne viel Federlesens verraten, wenn es ihm in den Kram paßte – er war immer der Typ gewesen, der zu so etwas fähig war. Doch es war undenkbar, daß Tsumis sich bereiterklären könnte mit Blantyre zusammenzuarbeiten. »Er ist also hinter dir her?«

»Ja, ich muß hier weg. Ich brauche einen Wagen, Lebensmittel und diverse andere Dinge … ich kann zahlen.«

»American Express nehme ich nicht an – Bargeld ist völlig in Ordnung«, sagte Tsumis.

Anderson erkannte für sich selbst, daß es vor allem sein beklagenswerter Zustand war, der Tsumis dazu bewegte, ihm zu helfen. In Tsumis' Augen war er ein harmloser, trauriger alter Mann – er sah sicherlich kein Risiko darin, ihm zu helfen.

»Ich bezahle dich. Joe. Keine Gefälligkeiten, nur ein Geschäft für dich. Ich brauche einen Jeep und Proviant – Essen und Wasser.«

»Für wie lange?«

»Nur so lange, wie ich brauche, um sehr weit weg von diesem Ort zu fahren.«

Tsumis nickte. Anderson hörte ein schüchternes Klopfen an einer Tür im hinteren Teil der Hütte. Das Himba-Mädchen erschien und deutete mit dem Kopf in die Richtung des Klopfens. Tsumis erhob sich.

»Entschuldige mich mal eben – das Geschäft ruft.«

Anderson blickte nachdenklich auf die schwebenden Staubkörner im Sonnenlicht und beachtete die Stimmen an der Hintertür nicht; es ging um Bestechung, oder Erpressung, oder beides, es war ihm egal. Tsumis kam ins Zimmer zurück, ärgerlich ein schmales Bündel namibischer Geldscheine in der Hand wedelnd.

»Bestechlichkeit ist ziemlich unrentabel geworden, seitdem uns die Weißen das Regieren überlassen haben!« Dann lachte er laut auf und verkündete: »Unser Land ist ein Saustall, und das wird es immer sein. Erwarte dir bloß keinen Wandel zum Besseren. Hier gibt es nichts, absolut nichts zu holen, außer ein bißchen Geld. Ich versuche, so viel wie möglich zusammenzuraffen – und dann gehen wir nach Windhuk oder Swakopmund und kaufen uns noch mehr Macht. Ich bin ein Marxist, der durch und durch korrupt ist! Wer weiß, vielleicht werde ich eines Tages Präsident, und dann könnte ich rechtschaffen sein. Doch bis dahin ... Mann, ich muß Kontakte knüpfen!« Die letzten Worte betonte er, indem er nochmals mit den Geldscheinen wedelte.

Anderson hatte keine Angst davor, Tsumis zu beteidigen, da er sich seiner Hilfe sicher war, und sagte: »Du bist kein Marxist oder sonst irgend etwas, Joe, du bist es nie gewesen.« Tsumis Blick verdüsterte sich für einen Augenblick, dann grinste er.

»Ja, ja – du kennst mich besser als ich mich selbst, Richard.« Er warf das Bündel Banknoten achtlos auf den Couchtisch, als bedeute es ihm nichts. Dann wurde er wieder ernst. »Okay ich schicke einen meiner Jungs los, um Proviant zu besorgen. Nur für drei Tage, ich will keinen Verdacht auf mich ziehen. Möchtest du jetzt den Landrover sehen?« Das Sonnenlicht kletterte vorsichtig an der Wand empor.

»Wie alt ist er?«

»Nicht älter als zwanzig Jahre – denkst du vielleicht, ich will dich bescheißen?«

Er schlug Anderson auf die Schulter, und der Schmerz ließ ihn zusammenzucken. Sie gingen durch die unaufgeräumte Küche, wobei Anderson dem Himba-Mädchen freundlich zulächelte. Sie lächelte nicht zurück. Die Kinder spielten zu ihren Füßen wie Hundewelpen; ihr Altersunterschied schien mathematisch genau geplant zu sein. Tsumis Hand lag immer noch auf seiner Schulter, als sie in den Hinterhof traten, in dem Ziegen und Hühner herumliefen; das blendende Sonnenlicht machte Anderson benommen wie ein Hieb auf den Kopf.

»Dieser Blantyre, das ist ein gemeines Schwein. Von der schlimmsten Sorte. Sieh dich vor, Richard, ich würde dich nicht gerne tot sehen.« Anderson beobachtete seinen Schatten. Er mochte gehen wie ein Gesunder, doch die Blässe seiner Wangen sprach wohl Bände. »Komm, schaffen wir dich hier raus … ist besser für uns beide, wie?«

Die Dunkelheit in der Garage wirkte nach der Helligkeit des Hinterhofs beklemmend. Er war davon ausgegangen, daß es ziemlich kompliziert sein würde, Proviant und ein Auto zu besorgen, doch mit Joes Hilfe war es ein Leichtes. Was sollte er jetzt tun?

Als der staubbedeckte Landrover aus der Garage rollte, kam er Anderson schäbig und unzureichend vor – wie die altersschwache Mähre Don Quichottes. Er ballte die Fäuste, und die Brandwunden schmerzten. Er ballte sie noch fester zusammen, und der Schmerz wurde stärker. Er mußte sich daran gewöhnen, an diesen Schmerz. Wie hatte er sich jemals eine Chance gegen Blantyre ausrechnen können? Wie um alles in der Welt sollte er überleben können, geschweige denn ihn besiegen?

In der Schwärze des Tunnels regte sich kein Lufthauch. Hyde öffnete seine Jacke über dem Bauch, so daß der Griff seiner Pistole sichtbar wurde. Sie zögerten, und Hyde wußte, daß sie nicht noch näher kommen, sondern einfach warten würden; wie ein Wolfspack, das auf den richtigen Augenblick zum Angriff lauerte. Das Mädchen – diese mörderische Schlampe! – strotzte vor Siegesbewußtsein. Ihr Leibwächter wirkte nervös.

Er machte einige tiefe Atemzüge. Wo zur Hölle blieb denn der nächste Zug? Zum wiederholten Mal sah er auf seine Armbanduhr. Wann kamen denn endlich die Leute aus den Pubs? Um elf Uhr, spätestens halb zwölf, oder? Es war zwei Minuten vor elf. Eine Obdachlose schlurfte vorbei, Plastiktüten in beiden Händen, und ließ sich aufseufzend auf einer Bank nieder.

Dann kam der Zug. Er kündigte sich durch sein mißtönendes Rauschen im Tunnel an. Die Rettung – in *aller*letzter

Minute! Die Obdachlose legte umständlich ein Dutzend Zeitschriften als Unterlage auf die Bank – es waren Ausgaben des *Christian Science Monitor*, die sie in irgendeinem Leseraum abgestaubt haben mußte. Obgleich sie äußerlich keine Ähnlichkeit zu seiner Tante Vi aufwies, mußte er doch an sie denken. Ob sie sich wohl Sorgen machte? Der langsam heranfahrende Zug war enttäuschend leer. Es war elf Uhr. Sie würden bis zum Morgengrauen an ihm kleben bleiben, ganz gleich, wo er hinging – sie würden in jeden Pub, in jedes Restaurant, in jede Bahnhofshalle mitgehen, sich immer näher an ihn heranarbeiten. Der Zug hielt quietschend, und Hyde zögerte; er wußte, jede überhastete Bewegung konnte bei seinen Verfolgern eine Kurzschlußreaktion auslösen, konnte sie dazu veranlassen, ihn einfach zu erschießen. Als mußte er sie hinhalten; sie warteten darauf, es mit dem geringstmöglichen Risiko hinter sich zu bringen.

Er stieg ein. Noch zwei Männer mehr waren dazu gekommen ... das Mädchen und ihre beiden Leibwächter stiegen im selben Abteil ein, der Rest der Meute verteilte sich auf die anderen Wagen

Upminster ... *verdammte Scheiße!*

Wenn er bis zur Endstation mitfuhr, würden sie in der menschenleeren, schweigenden Trostlosigkeit der Vororte kurzen Prozeß mit ihm machen. Die Türen schlossen sich seufzend, und der Zug ruckte an; die Obdachlose, die bereits eingeschlafen war, glitt vor dem Fenster an ihm vorbei, und dann aus nächster Nähe die Tunnelwände – und sein eigenes Spiegelbild. Er stand die Hand in einer Halteschlaufe in der Nähe der Tür, beobachtete sein eigenes Gesicht, beobachtete seine Verfolger aus den Augenwinkeln: der eine hing lässig mit einer Hand am Haltegriff, der andere stand breitbeinig und sprungbereit da, und das Mädchen genoß ganz offensichtlich die wachsende Spannung. Sie war zweifellos schon oft in ähnlichen Situationen gewesen und hatte wohl immer den Sieg davongetragen.

Aber nicht dieses Mal ...

Der Zug verlangsamte seine Fahrt. *Bow Road*. Ein paar Schwarze, ein Penner, am Bahnsteig ein U-Bahnwächter. Ein

Passagier stieg aus, zwei stiegen zu. Gehörten sie dazu? Nein … doch Valentina hatte den anderen sicherlich mitgeteilt, in welche Richtung sie fuhren, bevor sie in den Zug stieg, in dem kein Funkkontakt mehr möglich war. Der Zug fuhr an. Die Werbeplakate und die Graffiti an den Wänden schienen Hyde verspotten zu wollen, bevor sie wieder in den Tunnel eintauchten. *Bromley-by-Bow*, die nächste Station, kam fast sofort. Immer noch kaum Leute.

Verdammt!

Ein paar Fahrgäste stiegen aus, andere stiegen zu. Fünf nach elf. Zum Teufel, wann kamen denn in dieser Gegend die Leute aus den Pubs? Das Mädchen musterte ihn besitzergreifend, während ihre Gorillas abwechselnd ihn und sie ansahen, die Köpfe hin und her pendelnd wie bei einem Tennismatch. Seine Beine fühlten sich schwach an.

West Ham Station war der nächste Halt. Bahnhofspolizei – zu zweit, ein gutes Zeichen. Seine Augen fixierten das Schild, auf dem der Name der Haltestelle stand, während eine Handvoll Fahrgäste sich im Wagen verteilte. Zwei schwarze Jugendliche, harmlos, die sich mit lauter, rauher Stimme unterhielten. Zwei alte Damen, zwei junge Punker. Das Mädchen musterte mißbilligend ihre glänzenden Kunstlederjacken, ihre geschmacklosen Ohrringe und ihre wilden Frisuren. Er grinste sie an und schüttelte komplizenhaft den Kopf – versuchte, wieder die Kontrolle über die Situation zu erlangen. Sie erwiderte seinen Blick mit kalten, ausdruckslosen Augen.

Plaistow. Der Zug hielt an. Das Saxophon eines Straßenmusikers hallte von den gekachelten Wänden wider, drang in den Wagen; die beiden schwarzen Jugendlichen wiegten ihre Hüften im Takt und brachen in grölendes Gelächter aus. Keiner der zusteigenden Passagiere sah verdächtig aus. Wenn er nur aus diesem verdammten Zug aussteigen könnte! Er ließ sich am Haltegriff hin und her baumeln, als der Zug wieder anfuhr und in den Tunnel rauschte. Nur noch eine Haltestelle bis zur Endstation, und dann würde er etwas unternehmen müssen – weiterfliehen, oder kämpfen, und das könnte sein Ende bedeuten. Sie würden es ohne

Zeugen erledigen wollen. Zehn nach elf. Die Leute in den Pubs …

Bitte kommt jetzt alle aus den Pubs, strömt in die U-Bahn …

Eine Minute, zwei, der Zug rauschte durch den Tunnel, verlangsamte seine Fahrt in einer langgestreckten Kurve, dann kamen die Lichter der Station, dann das erste Schild, Upton Park.

Bitte …!

Ja, da waren sie. Als der Zug einrollte, drängte sich eine ganze Meute von Menschen auf dem Bahnsteig. Überall rotblaue Schals, fast um jeden Hals war einer geschlungen. Die Trinker, die Angeschwipsten, die fast Nüchternen – ein *Menschenauflauf*. Hyde spürte die Erleichterung, die ihn einen Augenblick lang schwach werden ließ, dann spannte er seinen ganzen Körper an, als der Zug langsamer wurde und die Menschen sich näher an den Bahnsteigrand drängten; ein Panorama von fröhlichen, geröteten Gesichtern und geschwenkten Armen. Die Mannschaft von West Ham hatte ein Freundschaftsspiel gegen irgendeinen spanischen. Klub im Stadion beim Upton Park ausgetragen, und all diese Leute waren auf dem Heimweg nach Dagenham oder Barking.

Die beiden Männer waren durch die Menschenmenge abgelenkt, als der Zug schließlich anhielt, und wappneten sich für den erwarteten Ansturm. Hyde war eingekesselt. Das Mädchen beobachtete ihn unter mißtrauisch gerunzelten Augenbrauen.

Die Türen gingen auf, und Hyde stürzte sich den hereindringenden, seinen Fluchtweg abschneidenden Menschen entgegen, mit einem zusätzlichen, panischen Adrenalinschub, als seine Verfolger sein Vorhaben bemerkten. Er wurde zurückgedrängt, ein Bein befand sich immer noch im Wagen, dann senkte er den Kopf und arbeitete sich vor wie ein kurzgewachsener Boxer; viel leichter als seine Gegner, aber umso entschlossener. Schimpfworte flogen ihm entgegen, ein Stiefel trat nach ihm, ein rhythmisch skandierter Sprechchor drang an sein Ohr, und dann war er draußen, fünf, sechs Meter von den offenen Zugtüren entfernt, und sah sich um, wobei er sich mit dem Rücken an die gekachelte

Wand des Bahnsteigs preßte. Einer der Männer wurde gerade zurück in das Innere des Wagens geschoben, das Gesicht des Mädchens drückte sich in einer fast komischen Maske ohnmächtigen Zorns an die Scheibe. Während der unablässige Strom von Fußballfans ihn langsam aus dem Gleichgewicht brachte, winkte er ihr noch zu, dann bahnte er sich mit Ellbogen und Schultern einen Weg duch die Menge in Richtung des Ausgangs.

O ja, zum Ausgang ... Raus hier!

Der Bahnsteig hatte sich vollständig geleert, zurück blieben nur die Bahnhofspolizisten; es waren sieben oder acht, und sie wirkten erleichtert. Einer der Männer, der aus einem der hinteren Wagons ausgestiegen war, blickte ihn unschlüssig an, während er in der Nähe zweier Polizisten lauerte. Das Gesicht des Mädchens, kindlich in ihrem Zorn, glitt an ihm vorbei in die Schwärze des Tunnels, als der Zug Fahrt aufnahm.

Hyde rannte leichtfüßig die Stufen zum Ausgang hinauf. Der einsame KGB-Mann da unten konnte nichts ohne Befehle und Verstärkung unternehmen. Wahrscheinlich würde er sich später mit der Behauptung rechtfertigen, Hyde habe sich den U-Bahnpolizisten zu erkennen gegeben und ihn dadurch an der Erfüllung seines Auftrags gehindert.

Hyde flog förmlich die Rolltreppe hinauf, ein jungenhaftes Grinsen auf seinen Lippen. Wohin jetzt? Zum Centre Point zurück konnte er nicht, dort würden sie auf ihn warten. Und sie hatten sicherlich auch ein Team in Philbeach Gardens postiert, um ihn abzufangen, falls er so dumm sein sollte, nach Hause zu gehen. Eigentlich gab es überhaupt keinen Anlaß zur Freude. Und doch grinste er vergnügt.

Schön, daß es Fußball gibt!

Van Vuuren beobachtete den Hotelportier, der seine Koffer durch die gläsernen Schwingtüren hinaus in die Hitze des Tages trug. Er stellte seinen Laptop-Computer zu seinen Füßen auf den Boden, studierte die Rechnung und verzog die Lippen zu einem schiefen Grinsen – Blumen, Champagner, okay ... Frühstück. Das Mädchen war nicht aufgeführt.

Das lief nicht unter Spesen ... Alles andere – mit Kreditkarte. Okay ... Telefongespräche, Zimmerservice. Er war schon dabei, die Rechnung seinem Sekretär in die Hand zu drücken, der bereits die firmeneigene Amex-Kreditkarte aus dem Filofax kramte, dann fiel ihm etwas auf. Er stutzte und beugte sich dann stirnrunzelnd zu der chinesischen Rezeptionistin vor.

»Diesen Anruf nach Johannesburg habe ich nicht getätigt ... nein, diese da schon, aber diesen einen nicht. Würden Sie das bitte kontrollieren. Wann war das?« Seine eigene Stimme hörte sich schrill in seinen Ohren an, es schwang schon ein Anflug von Panik mit. Das Mädchen nahm an, er sei über das Hotelmanagement erzürnt. »Bitte überprüfen Sie es sorgfältig. Finden Sie heraus, um welche Uhrzeit dieser Anruf gemacht wurde.«

»Ist irgend etwas nicht in Ordnung, Sir?« fragte sein Sekretär in diesem näselnden, übertrieben britischen Tonfall, der den Leuten aus der Natal-Region zu eigen war; jedes Wort empfand van Vuuren wie eine Verspottung seines eigenen schwerfälligen Afrikaaner-Akzents. Ebenso mißfiel ihm, wie großgewachsen dieser Mann war, und wie hell seine Haarfarbe. Doch einigermaßen intelligent war er schon.

»Nein. Ich ... die Rezeptionistin muß nur etwas überprüfen. Ich muß ... es kann sein, daß ich sofort eine Verbindung zu Paulus brauche. Gehen Sie in eine dieser Kabinen, besetzen Sie sie, egal wie – *Bewegung!*«

Sein Assistent eilte zu den Telefonkabinen, drängelte sich vor zwei ebenfalls wartende Araber und beugte sich vor, um dem befrackten Hotelangestellten etwas zuzumurmeln. Dieser schüttelte zunächst verneinend den Kopf, verlangsamte aber dann die Bewegung gleich einer zur Ruhe kommenden mechanischen Puppe, als der junge Mann auf seine Brusttasche deutete und eine Kopfbewegung in Richtung van Vuurens machte.

Die Chinesin tippte etwas in ihren Computer. O Gott, hoffentlich war es nicht das, was er befürchtete ... Doch die Telefonnummer war viel zu vertraut – und geheim –, als daß er sie nicht sofort erkannt hätte.

»Der Anruf ist um acht Uhr fünfzig erfolgt, Sir. Ich bedaure, wenn …«

»Ich habe diesen Anruf nicht gemacht. Wer hat das Telefon in meinem Zimmer benutzt?« schnauzte er. Auf einmal hatte er Magenschmerzen.

»Sir, Sie müssen das Telefon benutzt haben. Die Belegschaft hat …«

»*Wer* hat es benutzt?« fauchte er.

Aber auf einmal war das völlig gleichgültig. Er starrte mit aufgerissenem Mund auf den Laptop zu seinen Füßen, als sei er ein Tier, von dem er gebissen worden war, obwohl er es immer gut behandelt hatte. Irgendwer war in seiner Suite gewesen und hatte den Laptop benutzt, um über das Telefonnetz in den Zentralcomputer des MLK in Johannesburg zu gelangen. Hatte wahrscheinlich Informationen erfragt …

Diese Schweine, diese Schweine, die MacPhersons Büro beschattet hatten. Diese britischen Schweine!

Der Assistent gab ihm mit erhobenem Daumen das Zeichen, daß er Erfolg gehabt hatte. Er eilte auf ihn zu.

»Bezahl die Rechnung!« schnauzte er ihn an. »Und paß *darauf* auf!« Er deutete zornig auf den Computer, als hätte ihn der verraten. »Wo?« schrie er den befrackten Hotelangestellten an, der ihn sofort in eine geräumige Telefonkabine führte, in der auf einem hölzernen Schreibpult ein schwarzes Telefon stand. »Raus jetzt!« brüllte er und zog die Tür zu. Ihm war heiß in der stickigen, sauerstoffarmen Luft der Kabine. Die Gewißheit, daß sie seinen Code geknackt hatten und in das Hauptnetz in Johannesburg eingedrungen waren, breitete sich wie flüssiges Eis in seinem Bauch aus.

Sein Finger schwebte über den Tasten, dann zögerte er. Herrgott, Paulus, er würde ihn … Er fuhr sich mit dem Handrücken über seine schweißbedeckte Stirn, starrte dann den Schweißfilm auf seiner Hand ebenso angeekelt an wie das Telefon. Widerwillig wählte er die Nummer für Johannesburg und warf einen Blick auf seine Armbanduhr. Malan saß sicher schon hinter dem Schreibtisch in seiner Villa. Herrgott nochmal, was für ein Schlamassel! Priabin und seine Truppe von Stümpern … Sie hätten doch alles Beweismaterial mitnehmen sollen. Statt dessen hatte dieser verrückte australische Bastard drei von ihnen umgebracht – *drei* Mann, zum Teufel! Die Briten hatten die verdammten Codes, sie hatten sicherlich den Zentralcomputer restlos ausgeplündert! Er sollte – *jetzt gleich* – in der zentralen Datenbank anrufen, um herauszufinden, was genau sie in Erfahrung gebracht hatten …

Schon wollte er auflegen, da hörte er Malans Stimme.

»Paulus, ich bin es.«

»Was ist los, Piet?« Paulus ahnte bereits, daß irgend etwas nicht stimmte. Wie ein hungriger Löwe, der über Kilometer hinweg eine Fleischwunde riechen konnte – Malan war so empfänglich für die kleinsten Nuancen seiner Stimme! Vielleicht war es aber auch nur, weil zu so früher Stunde ein Ferngespräch von van Vuuren seinen Verdacht erregen mußte … »Was ist passiert?«

Es gab keinen leichten Weg, ihm das beizubringen …

»Paulus, jemand ist ins Hauptnetz eingedrungen, und zwar über meinen …«

»Warte!« schnauzte Malan. Dann hörte er, wie eine andere Leitung benutzt wurde. Malan befahl eine Kontrolle der Anfragen, die mit van Vuurens Paßwort gemacht worden waren.

»Wann war das?«

»Gestern abend, kurz vor neun Uhr …«

Malan gab die Zeitangabe weiter und fragte dann: »Was ist passiert?«

»Sie müssen in mein Hotelzimmer eingebrochen sein … es gab keinerlei Anzeichen für ein gewaltsames Eindringen, ich kann nicht begreifen, wie sie es geschafft …«

»Fotoüberwachung, Piet. Schon mal davon gehört? Sie müssen den Bildschirm deines Laptop fotografiert haben, als du in McPhersons Büro das Zentralnetz in Johannesburg angewählt hast. Man hat uns zugesichert, daß diese Leute *eliminiert* werden, und das ist nicht geschehen! Warte …« Ein Telefon läutete im Hintergrund, und er hörte Malans Stimme. »Ja, ja … ja – *ja*!« Dann: »Piet, stoppe alle neuen Lieferungen – stoppe sie *sofort*!«

»Paulus – wieviel wissen sie?«

»Sie haben sich Zugang zu sämtlichen Datenbanken verschafft, die du in McPhersons Büro abgerufen hast. Muß ich es dir noch genauer erklären? Wenn sie die Daten, über die sie jetzt verfügen, auswerten, dann wissen sie, welche Speditionsfirma und welchen Flughafen wir benutzen. Es ist vorbei, Piet, es hat genauso lange funktioniert, wie es geheim war. Stoppe die Lieferung, oder schicke sie woandershin, und dann ruf mich zurück«

Das Blut sauste in seinem Ohr, das sich an die Hörmuschel preßte. Eine warme Welle der Erleichterung durchströmte ihn, gleichzeitig fühlte er sich gedemütigt wie ein kleiner Junge. Nur weil Malan nicht in Panik ausgebrochen war – so wie *er* in diesem beschissenen kleinen Kabuff! Bereit, für sein Versagen zu Kreuze zu kriechen ...! Seine Hände fühlten sich klamm an, und in seinem Kopf herrschte ein hektisches Durcheinander. *Denk nach!*

Als erstes mußte die für heute abend vorgesehene Lieferung gestoppt werden. Gestern abend waren sie an die Daten herangekommen, konnten sie es in einer Nacht geschafft haben, alles auszuwerten und eine Überwachung des Flughafens Birmingham zu organisieren? Nein, das war ausgeschlossen ... Priabin hatte doch gesagt, daß sie inoffiziell operierten, ohne Rückendeckung und mit minimaler Ausrüstung. Immerhin ausreichend, um in die zentrale Datenbank des MLK zu gelangen, zum Teufel! Man durfte kein Risiko eingehen. Die Ladung mußte geändert werden, etwas Harmloses mußte in all die Kisten, am besten das, was auf den Frachtpapieren als Inhalt angegeben war – Fernseher, Mikrowellenherde und so weiter. Wenn man das fertigbrachte, dann konnten diese Leute soviel Stichproben entnehmen, wie sie wollten, sie würden sich vollkommen lächerlich machen. Je mehr Wirbel sie wegen der Zollkontrolle veranstalteten, um so bitterer würde ihre Niederlage sein. Die britische Regierung würde sie vom MLK abziehen, so wie man Flöhe aus dem Fell eines Schoßhundes pickt! Oh, und das Auswärtige Amt würde sich in aller Form entschuldigen, mußte versuchen, den Übereifer seiner Beamten irgendwie wiedergutzumachen ...

Er grinste, prüfte im Geiste seine Idee sorgfältigst, wog ab, überlegte, als handele es sich um einen Vertrag, bei dem es um Millionen von Rand ging; nickte dann befriedigt. Es klopfte an der Tür. Gert, sein Assistent. Er verscheuchte ihn mit einer ungeduldigen Handbewegung, und die Tür schloß sich wieder.

Jetzt mußte er ihren Mann, ihren *Joker* anrufen, um ihn ein bißchen ins Schwitzen zu bringen! Die Daumenschrauben anlegen und langsam zudrehen ... Dann mit Priabin telefonieren. Vernünftig mit ihm reden, ihn davon überzeugen, daß er seine Leute auf diese Bastarde hetzen müsse, die dem MLK solchen Kummer bereiteten. Priabin hätte doch diesen – wie hieß er noch? – diesen Hyde ... aus dem Weg räumen sollen!

Er schwitzte stärker. Diese Leute mußten gestoppt werden. Warum war es nicht längst geschohen. War das denn so schwierig?

Verdammte Kommunistenschweine, können nichts richtig machen!

Er wählte die Birminghamer Nummer. Freizeichen, zweimal, dreimal – dann Anrufbeantworter. »*... im Augenblick nicht erreichbar, bitte hinterlassen Sie ...*«

Wo steckte er? Van Vuuren sah verstohlen auf seine Armbanduhr, als würde er beobachtet.

Dann fiel es ihm wieder ein, daß sich der Mann ja gerade in einem Flugzeug befand. Verdammt, wen rief er jetzt an?

Godwin zog die Vorhänge zur Seite – er mußte noch einmal für eine halbe Stunde eingenickt sein, nachdem ihn das hereinströmende Sonnenlicht zum ersten Mal geweckt hatte. Er schaute sich in seinem unaufgeräumten Wohnzimmer um; seine Möbel sahen zu schäbig aus, seine Wände waren zu kahl. Es sah aus wie in einer Studentenbude. Chambers lag im Tiefschlaf auf dem durchgesessenen Sofa. Da die Büros im Centre Point für sie nunmehr tabu waren, hatten sie alles zu ihm nach Hause bringen müssen – nach *Hause*? Komisches Wort. Es kam ihm nicht wie sein Zuhause vor, jedenfalls nicht so früh am Morgen. Chambers sah aus wie ein

Mann, der seinen Rausch vom Vorabend ausschlief – nicht wie ein Mann, der von harter Arbeit erschöpft war. Dubček schlief auf Chambers Bauch. Er hatte bereits einzelne Fäden von Chambers knallbunter Krawatte herausgezogen, die schlaff um seinen Hemdkragen hing. Godwin schüttelte den Kopf. Er wäre lieber allein gewesen.

Er blickte aus dem Fenster auf die Straße; der Milchmann, ein paar frühe Passanten, die ersten Autos, die sich mühsam aus ihren Parklücken herauszwängten. Vor den meisten Fenstern waren die Gardinen noch zugezogen.

Sich vom Fenster abwendend, betrachtete er wieder das Chaos in seinem Wohnzimmer. Auf einmal meldete sich sein Magen. Frühstück wäre jetzt angebracht. Gestern abend hatten sie sich zum Abendessen mit altem Brot und Corned beef aus der Dose begnügen müssen, denn es war schon spät gewesen, als sie hungrig wurden, zu spät für die Restaurants, die Essen auslieferten. Dann, mit Bier und Scotch in regelmäßigen Abständen, hatten sie noch bis drei Uhr früh gearbeitet. Vollgeschriebene Skizzenblöcke lagen auf dem Tisch, inmitten unzähliger Blätter bedruckten Computerpapiers und Stapeln von Lexika und Handelsregistern. Das Zimmer sah aus, als wäre eine Bombe darin explodiert. Godwin rieb sich mit den Fingerspitzen seine Schläfen. Die Arbeit hatte sie vollkommen in Anspruch genommen. In all den Stunden hatten sie nur ein einziges Mal Pause gemacht, um zu essen.

Und dort auf dem Schreibtisch, auf einem Blatt Papier, stand das Resultat ihrer Bemühungen, nach dem sie gesucht hatten. Zwei Namen. Der Ort, und die Firma. Flughafen Birmingham, und die Speditionsfirma Swift-Ex, Spezialisten für sperriges Versandgut nach Europa. Auch nach Osteuropa. So einfach war das. Godwin und Chambers hatten sich durch die Berge an ausgedruckten Daten aus der MLK-Datenbank gearbeitet, alles erst gesichtet, dann Querverweise gefunden auf Material, das sie vor Monaten gesammelt hatten … und schließlich war ihnen eine einzige, entscheidende Unregelmäßigkeit aufgefallen: auf einmal wurde ein Vielfaches der üblichen Menge versandt, um einer dramatischen Aufstockung des Auftragsvolumens zu entsprechen.

Und die Bestellungen waren immer öfter von Firmen gekommen, deren direkte Abhängigkeit zum MLK sich nachweisen ließ. Tausende von Fernsehapparaten waren bestellt worden, und Mikrowellenherde, tragbare Telefone, Klimaanlagen – alles, buchstäblich *alles*, was die Tochtergesellschaft der Reid-Firmengruppe, die *Reid-Davies*, in Birmingham fabrizierte. Und das Zeug wurde vom Birminghamer Flughafen in Brum durch eine Spedition in Brum verschickt!

Alle drei hatten sie geschrieen, gejubelt, sich dann mit einem extragroßen Glas Whisky zugeprostet und waren völlig erschöpft eingeschlafen.

Es hatte sich gelohnt.

Godwin grinste und zündete sich die erste Zigarette des Tages an. Chambers Nasenspitze zuckte, er räusperte sich und öffnete die Augen, räkelte sich einen Augenblick lang wie ein Säugling auf dem Sofa.

»Wie spät ist es, um Himmels willen?« fragte er mit schlaftrunkener Stimme.

»Sieben.«

Dubček bewegte sich, krallte sich fest, unwillig, seine menschliche Matratze aufzugeben; Chambers Gesicht verzog sich vor Schmerz, als die Klauen des Katers sich in seine Haut bohrten, bevor er widerstrebend heruntterglitt. »Mein Gott, habe ich einen miesen Geschmack im Mund!«

»Kaffee?«

»Häh? Ach so, ja … Kaffee.« Er wandte den Kopf und sah auf den Skizzenblock auf dem Stuhl vor dem Eßtisch. »Wir haben's tatsächlich geschafft, was?«

»Ja, glaube ich auch!« Godwin erwiderte Chambers Grinsen und wischte Zigarettenasche von seinem Hemd. Er deutete auf seinen eigenen Computer auf dem überladenen Eßtisch. »Und es ist alles da drin. Das ganze wunderschöne Arrangement!«

»Das kann doch nicht schon alles gewesen sein, oder doch?«

Godwin nickte. »Was uns betrifft, schon. Die Pipeline nach Großbritannien.«

»Aber wir wissen nur, wo das Zeug herkommt – nicht, *wohin* es geschickt wird. Ach so, bis auf diese französische Firma.«

»*Dumas Electronics.* Die kleine Maus, die den Elefanten verschluckt hat.«

»Die Reid-Gruppe gehört ihnen nicht, sie haben einfach das größte Aktienpaket, seit sie David Reids persönlichen Anteil aufgekauft haben.«

»Doch wem gehört Dumas?«

»Keine Ahnung – vielleicht dem, der *Die drei Musketiere* geschrieben hat?« Chambers grinste albern.

»Wenn wir das herausfinden«, fuhr Godwin unbeirrt fort, »dann haben wir ein weiteres fehlendes Glied der Verbindung, und dann noch eins ... Ganz hinauf bis zu ... wohin auch immer. Malan arbeitet zweifellos mit dem KGB zusammen.«

»Warum bist du dir da so sicher?« fragte Chambers, stand auf und schlurfte in die Küche. Godwin hörte, wie er den Wasserhahn aufdrehte und kaltes Wasser in den Teekessel laufen ließ.

»Weil Malan nicht den Hauptverdienst einstreicht – folglich bezahlt ihn jemand.«

»Warum?«

»Warum er sich darauf einläßt, meinst du?« Der Kessel wurde heruntergenommen, und das Pfeifen schwoll augenblicklich ab. Dubček war Chambers in die Küche hinein gefolgt. Godwin hörte, wie eine Gabel in einer Dose Katzenfutter herumkratzte. »Vielleicht wegen seiner Lizenzen in Osteuropa und Rußland? Er arbeitet seit Jahren mit ihnen zusammen, Gold – und Diamantengeschäfte. Sie vertrauen ihm – zumindest soweit sie überhaupt irgend jemandem vertrauen. Mit wem sollten sie sonst zusammenarbeiten?«

Chambers kam mit zwei Tassen aus der Küche und reichte ihm eine; Godwin ging damit zum Fenster und starrte mit etwas abschätzigem Blick auf die trübe Aussicht. Chambers besaß ein unverkäufliches Apartment in Docklands. Es war viel ordentlicher und kostete auch viel mehr. Andererseits – Kentish Town könnte wieder in Mode kommen, noch bevor sich Docklands von seiner Talfahrt erholte ... Godwin schüttelte den Kopf. Er war ganz einfach nicht an Besuch gewöhnt.

»Also gut«, sagte Chambers. »Was machen wir jetzt? Keiner von Orrells Marionetten wird uns auch nur anhören; die meisten wären ohnehin zu blöde, die Einzelheiten zu verstehen.« Er ging ebenfalls zum Fenster und sah hinaus. »Ich kann draußen keine verdächtigen Fahrzeuge entdekken – hast du irgendeins gesehen?«

»Dir wär's wohl lieber, wenn Patrick da wäre, nicht?« fragte Godwin ruhig. Chambers runzelte beleidigt die Stirn, doch der ängstliche Blick wich nicht aus seinen Augen. »Ich würde mir nicht so viel Sorgen machen, weißt du, er hat mir am Telefon gesagt, daß er davon ausgeht, daß sie zuerst *ihn* beseitigen wollen, bevor sie sich um uns kümmern.« Godwin sah, daß seine Worte nicht viel Eindruck gemacht hatten.

»Warum sprechen wir nicht mit Aubrey?« fragte Chambers, die Tasse mit beiden Händen haltend, als wolle er sich wärmen.

»Der Alte ist *krank*, verstehst du? Er ist immer noch auf Krankenurlaub. Mag sein, daß er uns anhören würde, doch was könnte er schon gegen Orrell ausrichten? Orrell hat das gesamte Kabinett auf seiner Seite.« Godwin schüttelte den Kopf. »Ich würde auch verdammt gerne mit Aubrey sprechen, aber ich glaube nicht, daß er uns wirklich helfen kann.«

»Was machen wir also? Diese verdammte Vervielfachung der Exporte ...« Er wedelte mit dem Skizzenpapier. »Durchbricht bald die Schallmauer, wenn es so weitergeht!«

Chambers hatte recht. Die Bestellungen bei Reid-Davies und die Gütersendungen via Swift-Ex hatten sich in schwindelerregender Geschwindigkeit vervielfacht – wenn sie etwas unternehmen wollten, so mußte es bald geschehen. Malans Bestellungen von Reid-Produkten überschlugen sich; es erinnerte Godwin an jene berühmte Szene aus einem alten Hitchcock-Film, in der ein Karussell sich immer schneller und schneller dreht, bis es schließlich auseinanderbricht.

Und Patrick – sie wollten ihn beseitigen, und das so schnell wie möglich. Kein Zweifel, alles spitzte sich zu.

»Und du meinst, Michael Davies selbst steckt nicht mit drin?«

Godwin schüttelte den Kopf. »Ich bezweifle es. Er hat für uns gearbeitet, mal als Kurier, mal als Informant. Aubrey würde ihn niemals verdächtigen – und ich auch nicht.«

»Dann müssen es seine Mitarbeiter sein, anders geht's nicht. Irgendwer muß ja die Fernseher und Mikrowellenherde mit den Spezialgeräten vertauschen, oder?« Chambers stellte seine Tasse ab und schob seine Fäuste in die Hosentaschen. »Was sollen wir also machen?«

»Ich werde die Zollabteilung in Brum anrufen und einfach so tun, als hätten wir die notwendige Autorisation von Sir Clive Orrell – und ich werde eine Überwachung von Swift-Ex veranlassen.« Chambers nickte und grinste anerkennend. »Dann fahren wir beide nach Brum und warten beim Werksausgang von Reid-Davies, bis die nächste Lieferung herauskommt. Entweder heute oder morgen – länger wird es wohl kaum dauern, oder? Und dann schicken wir die Zöllner vor, um die Kisten aufzumachen – gefällt dir der Plan?«

»Gefällt mir sehr gut. Orrell wird einen Herzinfarkt kriegen aber was ist mit diesem Arschloch Bannister, unserem wunderbaren Stellvertretenden Vorsitzenden ... Er war ziemlich unwirsch gestern.«

»Bannister ist ein solch miserabler Stümper, wie es nur ein Vertrauter Orrells sein kann – mach dir um ihn keine Sorgen. Wir müssen nur sagen, daß wir von nichts eine Ahnung hatten und daß es uns leid tut, falls er unseretwegen irgendwelche Unannehmlichkeiten bekommen haben sollte.«

»Hier liegt die Sache doch ein bißchen anders, oder? Schließlich sind wir beurlaubt, bis die Untersuchung abgeschlossen ist.«

»Willst du aussteigen?« fragte Godwin unvermittelt.

»Nein, nein – natürlich nicht!« versicherte Chambers eine Spur zu laut.

»Hör mal, krieg jetzt bloß nicht kalte Füße, nachdem wir soviel Arbeit reingesteckt haben!« rief Godwin wütend, während er mit mehr Lärm als notwendig auf seinen Krükken zum Telefon humpelte. Er nahm den Hörer von der Gabel und fuchtelte damit in Chambers Richtung. »Meinetwegen ist Orrell und Bannister die ganze Angelegenheit scheißegal – aber *mir* nicht! Es wird bei dem gegenwärtigen Stand der Ermittlungen ohnehin schon Wochen, wenn nicht Monate dauern, bis wir in der Reid-Gruppe drin sind und dort aufräumen können. Komm mir jetzt nicht mit deinem Herzflattern wegen deiner lächerlichen Rente, Terry – *nicht jetzt*, okay?«

Er wandte sich ab und begann zu wählen. Ihm war heiß, doch fühlte er sich durch seinen Wutausbruch erleichtert und beschwingt. Sie mußten nur diese eine Ladung abfangen, nur diese eine, dann konnten sie den ganzen Laden in die Luft fliegen lassen!

Der Mann von der Sondereinheit der Polizei musterte Hydes unrasierte Erscheinung mit wachsender Verachtung. Es war erst kurz nach sieben, doch die Luft war bereits warm – es versprach, ein heißer Tag zu werden. Der erste schrille Kinderschrei störte die morgendliche Ruhe über den Parkanlagen und scheuchte Dutzende Vögel empor. Hyde war die ganze Nacht durch London gewandert, größtenteils zu Fuß – zwischendurch hatte er auch ein Taxi genommen, und einen Bus, dessen Fahrgäste mürrisch dreinsahen, weil sie den herrlichen Tag im Büro verbringen mußten. Niemand war ihm gefolgt. An einer Imbißbude beim Bahnhof hatte er gefrühstückt. Er rülpste. Sandwiches, mit Rühreiern und Schinken, nahezu unverdaulich, und der Nachgeschmack überzuckerten Tees. Er sah zu Ros Fenster hinauf. Sie stand nicht dort, und er fragte sich, wen sie wohl in die Wohnung gelassen hatte, der jetzt ihre Aufmerksamkeit in Anspruch nahm.

Denn Priabins Leute waren nirgendwo zu sehen. Der draußen parkende Wagen der Polizei hatte sie wohl abgeschreckt.

»Kann ich Ihnen helfen, Wachtmeister?« fragte er frech, die Hände in den Hosentaschen.

»Sie sind Hyde?« fragte der Beamte der Spezialeinheit. »Es gibt da ein paar Leute, die Sie dringend sehen wollen.« Er nickte mit dem Kopf in Richtung von Hydes Wohnung, bevor er aus dem Ford Granada ausstieg. Er war größer als Hyde, stämmig, mit einem breiten, selbstsicheren Grinsen auf den Lippen. Ich bin ein dringend benötigter Staatsdiener, besagte dieses Grinsen, kein Suspendierungskandidat wie der kleine Mann, der vor ihm stand. Der war nur ein Überbleibsel der Vergangenheit, dessen Kopf bald rollen würde. »Darf ich Sie bitten, mit mir zu kommen, Sir?« fragte er spöttisch und streckte seine rechte Hand aus, um Hydes Ellbogen zu umfassen.

»Würde ich an Ihrer Stelle lieber nicht tun«, sagte Hyde und sah zu dem größeren Mann auf.

»Sie werden da oben schon Ihr Fett abkriegen«, knurrte der Polizist und sog schnüffelnd die Morgenluft ein wie ein großer Hund.

»Haben Sie irgend jemanden bemerkt, als Sie hier ankamen?« fragte Hyde ungeduldig.

»Ich versichere Ihnen, daß sich niemand in den Büschen versteckt, nicht einmal Ihr Buchmacher.«

»Ach ja, die Pferderennen – haben Sie bestimmt in meiner Akte gelesen, sehr brav die Hausaufgaben gemacht. Aber Scherz beiseite – haben Sie irgendwas Verdächtiges beobachtet?«

Der Fahrer des Wagens lehnte sich jetzt über den Beifahrersitz und sagte wütend: »Bring den Clown einfach nach oben, Dean!«

Hyde brach in Gelächter aus. *»Dean?* Ach so, wie *James* Dean – ist es tatsächlich schon so lange her?«

»Das Lachen wird Ihnen da oben noch vergehen!«

»Warum – wer sind denn meine Hausgäste, Wachtmeister?«

»Sir Clive Orrell und Aubrey, der ...«

»... der alte Trottel, wollten Sie das sagen? Okay, wir gehen rein, aber seien Sie doch so gut und bringen Sie Ihren

Kumpel dazu, daß er im Garten mal nach dem Rechten schaut, ja? Der letzte Wunsch eines todgeweihten Mannes?«

Hergott, *Aubrey*? Er hatte den Krankenurlaub unterbrochen, um mit Orrell in seine Wohnung zu kommen? Dies hier war mehr als ernst …

Der Polizist der Spezialeinheit war professionell genug, um zu wissen, daß er besser daran täte, Hydes Bitte nachzukommen. Er wandte sich zu dem Fahrer um und murmelte: »Komm, Jack, bringen wir's hinter uns und tun einfach, was er sagt. Schau überall nach, ob nicht irgendwo Mata Hari in einem geparkten Wagen sitzt, okay?«

Hyde schnippte mit den Fingern. »Freut mich zu sehen, daß Sie den angemessenen Diensteifer an den Tag legen, *Dean*.« Dann drehte er sich um und ging auf seine Wohnungstür zu; hinter einem der Fenster sah er Ros voluminöse Gestalt, ihr Mund ein warnendes O.

Das Gezwitscher der Vögel wetteiferte mit dem Verkehrslärm auf der Hauptstraße. Dann sperrte er die Tür auf. Ros erwartete ihn bereits unten im Treppenhaus, und statt ihm Vorhaltungen zu machen, daß er die ganze Nacht ausgeblieben war, sah sie ihn nur verwirrt und besorgt an und stellte keine Fragen. Er küßte ihre Wange, während er an ihr vorbeiging und mit den Schultern zuckte, um ihr zu verstehen zu geben, daß er ebenso verwirrt war. Doch eigentlich konnte er sich recht gut vorstellen, was Orrells und Aubreys Besuch zu bedeuten hatte. Wenn Orrell mit *Aubrey* im Schlepptau hier auftauchte, dann hieß das wohl *Gute Nacht, Hyde*. Die ganze Geschichte war gerade dabei, ihn Kopf und Kragen zu kosten. Der Gang zum Schaffott. Die Anwesenheit der beiden ernsten Staatsdiener, die auf ihn warteten, hatte ihr einen Schrecken eingejagt; sie hatte Angst um Hyde und war gleichzeitig wütend auf ihn.

Es ist deine Pension, die hier auf dem Spiel steht!

Hyde stieß die Tür zu seiner Wohnung auf, ging durch die Diele ins Wohnzimmer, und Aubrey, der in die Betrachtung einer französischen Standuhr auf dem Kaminsims versunken gewesen war, wirbelte herum. Hyde musterte ihn wie ein Chirurg einen Rekonvaleszenten. Der Alte stützte sich noch schwerfällig auf seinen Stock, doch wirkte er viel gesünder als bei ihrem letzten Treffen. Seine Haut war nicht mehr so wächsern, hatte sogar einen leichten Anflug von gesunder Röte. Doch seine Augen starrten Hyde mißtrauisch und vorwurfsvoll an. Die chronische schlechte Laune des alten Mannes hatte sich gegen Hyde gerichtet. Hydes Mut sank. Von Aubrey konnte er keine Hilfe erwarten; er mußte die Vorhaltungen und die Suspendierung – Entlassung? – durch Orrell ohne Beistand hinnehmen.

Aubrey schien sich fast vor ihm zu ekeln, unrasiert und ungewaschen wie er war, und begann sofort, unwillig im Raum auf und ab zu gehen; sein Stock war ihm immer einen Schritt voraus und schlug einen zornigen Rhythmus auf das Parkett. Orrell beobachtete alles mit einem dümmlichschlauen Ausdruck im Gesicht. Keine der beiden Katzen hatte Hyde begrüßt; sie taten, als schliefen sie. Dann streckte sich die burmesische, ihre Beine waren offensichtlich zu lang für ihren Körper, und ging steifbeinig davon, als hätte sie ein Rückenleiden – genau wie Orrell, mit der Ausnahme, daß der Generaldirektor des SIS beim Gehen mit dem Hintern wackelte. Die andere Katze, die Schildpattkatze mit ihrer schwarzen Gesichtsmaske, lag schlafend auf dem Fensterbrett des offenen Fensters, mit einem gespitzten Ohr faul auf das Vogelgezwitscher im Garten lauschend. Auch jetzt zwang er sich dazu, ihnen gegenüber gleichgültig zu sein. Ros hatte sie vor ein paar Wochen aus dem Tierheim mitgebracht, und er hing immer noch an Layla, ihrer alten Katze, die vor sechs Monaten gestorben war und die er im Garten beerdigt hatte.

Als hätte Orrell an einem unsichtbaren Faden gezupft, an dem er hing, sagte Aubrey: »Patrick, wo zum Teufel hast du gesteckt? Man hat mich hierhergeschleift – ich meine natürlich her*gebeten* –, weil du nicht einmal dem Eilbefehl deines eigenen Generaldirektors gefolgt bist!« Aubreys Worte klangen seltsam formell und unnatürlich; es war mitleiderregend, die letzte Zuflucht eines alten Mannes. Hyde warf einen Blick auf Orrell, in dessen Gesicht sich satte Zufriedenheit malte. Mit eisiger Stimme fuhr Aubrey fort: »Warum mich Sir Clive hierherbestellt hast, ist mir ein Rätsel. Du bist durch nichts mehr mit mir verbunden, nicht einmal durch eine imaginäre Nabelschnur.« Mit diesen Worten wandte er Hyde sofort den Rücken zu.

Orrell schien mit dem mitleidlosen Ton Aubreys zufrieden zu sein und sagte: »Ihr Befehl lautete, sich gestern im Century House einzufinden und einen vollständigen Bericht zu erstatten. Der stellvertretende Generaldirektor Bannister hat diesen Befehl per Kurier ...« Er winkte ab. »Vergessen wir's. Aber es mußte Ihnen doch. klar gewesen sein, daß man nach dem Zwischenfall im Centre Point von Ihnen eine Erklärung erwarten würde ... und zwar in höchsten Regierungskreisen.«

Aubreys Schultern zuckten unentschlossen unter seinem leichten Anzug. Hyde sah aus den Augenwinkeln, daß die burmesische Katze schläfrig eine Tatze nach Aubreys Strohhut ausstreckte, der auf dem Sofa lag. Noch ein paar Zentimeter, und sie würde aktiv – und zerstörerisch – tätig werden. Hyde spürte, daß Orrell in gewisser Weise durch Aubreys Anwesenheit eingeschüchtert war. Aubrey war eine Legende. Aubrey hatte – immer noch – Einfluß. Aubrey strahlte eine Autorität aus, die Orrell, dieser Paragraphenreiter, nie erlangen würde. Und Orrell wußte das – wenn er auch sonst nicht viel begriff. Er würde sich niemals auf eine Konfrontation mit dem Alten einlassen.

Scheiß auf Orrell. Gib Aubrey ein Zeichen ...

»Ich muß mich bei Ihnen entschuldigen, Sir«, begann Hyde, an Orrell gewandt. Aubrey neigte den Kopf wie ein Vogel, und Orrells Augen verengten sich mißtrauisch. Öffentliche Selbstkritik gehörte schließlich in sein Ressort. Hyde schlug die Hände vor seinem Gesicht zusammen und fuhr sich dann über seine unrasierten Wangen. »Nach der Sache im Centre Point ... Sir, Sie können sicher nachempfinden, was sich nach so einer Sache in einem Frontagenten abspielt ...« Hyde ließ sich in einen Sessel fallen, bemerkte zum ersten Mal, daß Ros im Türbogen stand; ihr Gesicht war ein einziges Fragezeichen – es funktionierte also. Wenn *sie* verwirrt war, dann hatte Orrell keine Chance.

»Hyde, worauf willst du hinaus?« schnauzte Aubrey.

Hyde sah ihn an. »Sir, worauf ich hinaus will, ist, daß ich nur deswegen so überhastet einen Alleingang riskiert habe, weil ich dachte ... oder, falsch, ich habe eigentlich überhaupt nichts gedacht, ich habe einfach *gespürt*, daß jemand da drinnen ist, daß der ganze Bombenalarm nichts als eine Finte war. Als ich dann Jim – den Wachmann – tot daliegen sah ... habe ich den Kopf verloren, Sir.« Hyde hatte sich noch nie entschuldigt. Und jetzt saß er zusammengesunken in seinem Sessel wie ein Schuljunge! Wenn er nur nicht so wütend auf Aubrey gewesen wäre, daß dieser ihm derart mißtraute ... Orrell war ihm völlig gleichgültig.

Orrell räusperte sich. Er blickte peinlich berührt auf den dunklen Teppich zu seinen Füßen. »Ich verstehe, Hyde, doch wir müssen *informiert* werden! Sie durften sich nicht einfach einen Tag Urlaub nehmen, um so ein Erlebnis zu verarbeiten. Nicht unter diesen Umständen.«

»Sie haben recht, Sir.«

»Also gut.« Das Sofa ächzte, und die burmesische Katze miaute im Schlaf, als Orrell sich erhob. »In Ordnung, Hyde. Waschen Sie sich und kommen Sie um zwei Uhr nachmittags in mein Büro. Was mich anbelangt, ist diese Sache hiermit bereinigt. Aber bitte seien Sie diesmal pünktlich.«

»Ja, Sir.« Orrell machte sich auf den Weg zur Tür. »Vielen Dank, Frau Woode, ich finde schon den Weg – Kenneth?«

»Ich bin noch nicht mit ihm fertig, Clive. Ich finde, daß du viel zu gutmütig gewesen bist; jemand sollte Hyde die Bedeutung des Wortes *Verläßlichkeit* erklären – deswegen hast du mich doch gebeten, mitzukommen, nicht wahr?«

»Ja, natürlich. Natürlich.«

Als Hyde die schweren Schritte Orrells auf den unteren Treppenstufen hörte, blickte er auf. Doch sein Grinsen erstarb, als er Aubreys zornigen Gesichtsausdruck sah. Der alte Mann wandte sich wutentbrannt ab und ging im Zimmer auf und ab. Das dumpfe Hämmern seines Spazierstocks auf dem Teppich unterstrich seinen Widerwillen.

Hyde spürte, daß der Zorn des Alten nicht gegen ihn gerichtet war, daß er nur seiner Frustration Luft machen mußte. Also sagte er vorsichtig: »Es war übrigens Priabin. Keine gewöhnlichen Diebe, sondern der KGB. Das wissen Sie doch, Sir?« Sein Tonfall war nüchtern, und Aubrey sah ihn mißmutig an. Dieser Blick bestätigte Hydes Vermutung, daß Aubreys Wutausbruch in Anwesenheit Orrells nur gespielt gewesen war.

»Was ist denn los?« fragte Hyde.

Aubrey sah sich zögernd im Zimmer um und ließ sich dann auf dem Sofa neben seinem Strohhut nieder. »Der Befehlshabende der Sonderabteilung hat mich angerufen. Meine Autorität ist schon so sehr untergraben worden, daß man in der Sonderabteilung nicht die geringste Hemmung verspürt, mich um fünf Uhr dreißig anzurufen, um nach deinem Verbleib zu fragen. Um sechs rief mich Orrell an und hat mich gebeten – eine Bitte, die ich nicht abschlagen konnte –, ihn zu dir zu begleiten.« Er seufzte. »Der Befehlshabende der Sonderabteilung hat dich übrigens ein *gerissenes kleines Arschloch* genannt.« Er hob den Kopf und lächelte müde. Dann sagte er: »Es tut mir leid, Patrick.«

Nach einer Pause murmelte Hyde: »Was?«

»Ich meine, es tut mir leid ...«

»... daß ich überlebt habe, war es das, was Sie sagen wollten?«

»Was redest du denn für einen Mist? Sei um Himmels willen nicht so paranoid!« stieß Aubrey hervor und lieferte damit eine solche Karikatur seiner gewohnten kühlen Professionalität, daß Hyde unwillkürlich grinsen mußte.

Die Schildpattkatze war vom Fensterbrett verschwunden, als Aubrey die Stimme gehoben hatte. Ros war zurück ins Zimmer gekommen und saß nun in einem der Sessel in der Nähe der Tür. Die burmesische Katze räkelte sich in ihrem Schoß und langte mit ihren Tatzen nach dem Ärmel ihres weiten Kleids. Ros runzelte verwirrt die Stirn, und ihre Augen blickten fast mitleidig den kleinen alten Mann an, der mit steifem Kreuz auf dem Sofa saß und seinen Stock umklammerte.

»Kaffee, Sir Kenneth?« fragte Ros in die Stille hinein, die ihre Worte zu verschlucken drohte.

»Was? Oh, nein – danke, Ros. Sehr nett von dir, aber ich möchte lieber keinen.«

Er richtete seine Aufmerksamkeit wieder auf Hyde, der das seltsame Gefühl hatte, gleichzeitig kritisiert und bewundert zu werden. »Was geht da vor sich, Patrick?«

Hyde fing sofort an, die Ereignisse des letzten Abends und der Nacht in stark verkürzter Form zu schildern; er streifte dabei auch Godwins Theorie und die Überschattung der Reid-Firmengruppe. Aubrey hob schnell den Kopf, als Malans Name fiel. Seine blaßblauen Augen blickten forschend in die Hydes, als wolle er sich vergewissern, daß er ihn nicht zum Besten hielt. Dann murmelte er: »Malan steckt dahinter? Er steckt also tatsächlich dahinter? Bist du dir sicher?«

Hyde nickte. »Er und Priabin sind die besten Freunde. Malan steckt bis über beide Ohren drin.«

»Und Priabins Absicht ist es, *dich* aus dem Weg zu räumen, damit er sich Tony und Chambers schnappen kann? Dessen bist du dir auch ganz sicher?« Die Schildpattkatze hatte sich wieder auf dem Fensterbrett niedergelassen und musterte Aubrey mit wohlwollender Neugierde. Aubrey sagte: »Man erwartet von mir, daß ich dem offiziellen Verweis, den du soeben erhalten hast, noch etwas hinzufüge. Und zwar die Mitteilung, daß du heute nachmittag offiziell suspendiert werden wirst.« Hyde schnaubte unwillig, doch Aubrey hob eine Hand und fuhr fort: »Offensichtlich geht man davon aus, daß es auf uns beide eine läuternde Wirkung hat, wenn ich meinem besten Schüler eine Tracht Prügel verabreiche.« Wieder lächelte er dünn und sah ihm in die Augen. »Ihr beide werdet mich verstehen, denke ich meine Verwirrung und mein Schuldgefühl. Ich glaube, ich bin noch nicht ganz auf dem Damm. Es ist dieser Job, diese *Berufung*, die mich auslaugt – wie es jede Sucht, wie es jede Leidenschaft tut.« Er schüttelte den Kopf. »Es ist wohl mein Schicksal. Ich kann die Finger nicht davon lassen. Und selbst, wenn ich es wollte – es hört nie auf. Ich hatte eigentlich schon abgedankt, und jetzt ist es wieder da; wir müssen etwas unternehmen.«

»Wir?« fragte Hyde mit ironischem Unterton.

»O ja. Wir.«

»Was wollen Sie tun?«

»Ich weiß nicht. Vielleicht kann ich verhindern, daß du suspendiert wirst, wer weiß? Auf jeden Fall muß ich mich um diese Angelegenheit kümmern. Ich stimme mit deiner Einschätzung der Lage überein. Sie werden sehr bald einen vernichtenden Schlag führen.«

»Dann holen Sie mich hier raus!« drängte Hyde. »Orrell hat diese beiden Lackaffen da draußen postiert. Ich habe Hausarrest, bis ich heute nachmittag zum Century House gehe. Sie müssen veranlassen, daß man sie fortschickt – und sprechen Sie mit Godwin, oder lassen Sie mich mit ihm reden.«

»Nein, Patrick ... Unternimm im Augenblick noch nichts. Bleib hier. Ich meine es ernst. Tu nichts, was den Haß, den Sir Clive gegen dich hegt, noch vergrößern könnte. Er wird dich einfach entlassen, wenn du noch mehr Dinge auf eigene Faust unternimmst.« Er starrte Hyde an. »Hast du mich verstanden, Patrick?«

»Vielleicht haben wir keine Zeit mehr, auf unseren Hintern herumzusitzen!«

»Das weiß ich! Aber du darfst nichts mehr tun, was Sir Orrells Zorn erregen könnte. Du wirst heute nachmittag zu ihm gehen, und du wirst höflich sein – und höflich bleiben, du wirst so tun, als akzeptiertest du alles, was er dir auferlegt. Du wirst das tun, *was ich dir sage*!«

Nach einer Pause lehnte sich Hyde resigniert zurück und machte mit der Hand eine Geste des Abwinkens. »Ach, ich scheiß drauf!«

»Hyde!« sagte Ros warnend, doch Aubrey lächelte nur und sagte: »Deine Aufsässigkeit ist mehr als nur ein Charakterzug – es ist deine Art zu leben. Bewahr sie dir. Sie wird noch gebraucht werden. Ich muß jetzt gehen – es gibt viel zu tun, und es bleibt, wie du mir bereits sagtest, wenig Zeit, um es zu tun. Unternimm in der Zwischenzeit nichts auf eigene Faust – *nichts*!«

SECHS

DIE FIEBERHAFTE ARBEIT EINER NACHT

Es war das alte Haus, in dem er geboren worden war, weißgestrichen, nicht viel größer als ein Bungalow; mit einem breiten *Stoep*, der auf eine schattige Veranda führte. Sein Urgroßvater hatte es erbaut. Ein gepflegter Rasen umgab das Haus, ein Rasen, wie ihn sein Großvater aus seiner Kindheit in England in Erinnerung gehabt haben mußte, als er die Public School besuchte und die Wochenenden in den Landhäusern seiner Internatsfreunde verbrachte. Malan brachte den Range Rover zum Stehen und schaltete den Motor ab. Das Surren der Klimaanlage erstarb, und die drückende Hitze des Mittags schien sich augenblicklich über das Auto zu legen wie eine schwere Decke. Einen Moment lang blieb er sitzen, umklammerte mit beiden Händen das Steuer und betrachtete die tintenschwarzen Schatten auf der Veranda, die Fliegentür, die den Blick ins Innere des Hauses freigab. Er hatte überhaupt keine Lust, aus seinem kühlen Wagen zu steigen. Das Haus seines Vaters. Seine Zuflucht. Der Ort, an dem er sterben würde. Bald.

Vorsichtig öffnete er die Tür einen Spaltbreit und zögerte erneut. Musik ... wahrscheinlich Beethoven. Malan schüttelte ärgerlich den Kopf. Die schwermütige Musik und der bevorstehende Krankenbesuch ... und vorhin hatte er im Radio die neuesten Nachrichten gehört, und sie waren alles andere als vielversprechend. Die Gespräche zwischen der Regierung De Villiers und den Kaffern, Mandela und den anderen ANC-Führern waren offenbar sehr erfolgreich gewesen. Die Kapitulationserklärung der Regierung – denn in seinen Augen war es nichts anderes – kannte er mittlerweile fast auswendig. Immer wieder wurden Teile davon in ungläubigem Tonfall vorgelesen – im Golfclub, im Automobilclub und bei den Vorstandssitzungen des MLK. Binnen Jahresfrist würde Mandela in Pretoria unter dem Präsidentenbanner aufs Podium steigen.

Jedenfalls behaupteten das die Konservativen – und die Rechtsradikalen.

Die Zeitung, die mit der Titelseite nach oben auf dem Beifahrersitz des Wagens lag, brachte Dutzende von Kommentaren zu dem gleichen Thema. Das Foto auf der Titelseite – lächelnde Schwarze und Weiße, die sich friedlich die Hand gaben – fiel ihm ins Auge und schien ihn in das harte Sonnenlicht hinauszutreiben. Er stieg aus, schlug die Wagentür hinter sich zu und ging die Holztreppe zur Veranda hoch. Im kühlen Schatten des Vordachs blieb er einen Augenblick stehen und sah sich um. Von den Holzbalken unter dem Dach hingen an Schnüren Blumentöpfe, auf dem Holzboden standen zwei alte Schaukelstühle, ein Gartentisch und weitere Sitzgelegenheiten; in der Ecke hing eine Hängematte. Alles kam ihm so fremd vor, obwohl nichts verändert war ... hier hatten immer Männer gelebt, die älter waren als er selbst – sein Urgroßvater, den er nur als massigen Schatten in Erinnerung hatte, sein Großvater, und nun sein Vater. Er spürte einen unbestimmten Schmerz, tief in sich. Er haßte dieses Haus. Malan stieß die Fliegentür auf, die hinter ihm mit lautem Rattern wieder zuflog, und eilte durch den Flur; dann hörte er Schritte, die ihn erschreckten – es war, als sei er wieder ein Kind, als höre er wieder die Schritte seiner Schwester – *sie war schon so lange tot* –, die aus dem tiefen Schatten der Veranda trat. Seine Schwester Diana war ertrunken. Auch seine Frau war bei jenem Segelunglück gestorben, doch sie suchte ihn fast nie heim. Doch Diana ... und sie kehrte immer als ein kleines Mädchen zurück, obwohl sie als erwachsene Frau gestorben war.

Schritte näherten sich, und es war – nicht Diana, sondern die schwarze Krankenschwester, die ihm jetzt mit klickenden Absätzen über den Parkettboden entgegenkam, ihre Augen gehorsam und mißtrauisch. Sie hielt ein Tablett voller Tablettenröhrchen in ihren Händen – Placebos. Die Krankheit seines Vaters hatte sich von seinem Magen aus in sämtlichen Organen seines Körpers eingenistet, und es gab keine Heilungschance mehr.

»Wie geht es meinem Vater?« fragte er betont langsam, als verstehe sie seine Sprache nicht.

»Er ruht sich aus, Sir.« Sie sagte immer nur das, und jedesmal fügte sie noch hinzu: »Bleiben Sie nicht zu lange, Sir – das erschöpft ihn.« Sein Vater – das wußte er – unterhielt sich stundenlang mit ihr. Er verstand sich sogar mit ihren Kindern gut, und irgendwie machte ihn das wütend; als besäße sein Vater einen geheimnisvollen Zauber, der ihn das Vertrauen der Menschen gewinnen ließ.

»Gut, gut.« Er nickte. Hinter sich sah er seine staubigen Fußabdrücke auf dem glänzend polierten Parkett. Die Jagdtrophäen seines Urgroßvaters starrten von den Wänden auf ihn herab. Auf einem Tisch in der Mitte des Wohnzimmers standen Dutzende von Fotografien, auch von ihm. Sie dokumentierten sein Älterwerden. Überall alte Möbel, Landkarten an der Wand, Bücherregale. Ein gemütlicher Ort, wohnlich – ganz im Gegensatz zum Haupthaus, in dem er selbst wohnte. Er hatte es vor Jahren renovieren lassen, und es wirkte antiseptisch und neu wie ein Bürogebäude. »Gut, gut«, wiederholte er, doch die Krankenschwester war bereits verschwunden, wahrscheinlich in der Küche. Er zuckte die Schultern, klopfte an die Schlafzimmertür: hörte seinen Vater etwas Unverständliches murmeln. Die Musik wurde sofort abgestellt. Er betrat das Zimmer, in dem es nach benutzter Bettwäsche und abgestandener Hitze roch, nach Alter und Vergreisung, nach den aufdringlich duftenden Rosen, die der Gärtner jeden Tag brachte. Bücher lagen über dem Nachttisch verstreut. Vaters Lesebrille lag in der Nähe seiner verschrumpelten, schmalen Hand mit ihren Leberflecken und den langen Fingernägeln auf dem Bettlaken, und das schwenkbare Tablett, auf dem sich ebenfalls Bücher stapelten, war von dem breiten Bett weggedreht. Jeppe Malan lag mit dem Rücken an große Kissen gestützt; sein Haar war ordentlich gekämmt, und über seinem Gesicht lag ein seltsam friedlicher Glanz. Dann erkannte der Vater den Sohn und riß die Augen weit auf. Malan beugte sich vor und küßte ihn auf die Stirn, welche kühl war; die Hand seines Vaters umfaßte sein Handgelenk leicht wie die Hand eines Mädchens. Malan zog einen Stuhl heran und ließ sich langsam darauf nieder, er fühlte sich nicht wohl in seiner Haut.

Sein Vater lächelte ihn an wie ein Heiliger. Die Krankheit hatte seine Lippen dünn und blutleer werden lassen. Sein Gesicht, das einst so fleischig wie das Malans gewesen war, wirkte nun eingefallen und bleich wie das eines Engels. Bleich wie ein Engel ... Malan preßte die Lippen zusammen. Diese plötzliche Frömmelei seines Vaters war ihm so zuwider, diese *moralische Überlegenheit* – nur weil er bald sterben würde!

Ich scheiß drauf!

»Was liest du denn gerade?« fragte er nach einem Räuspern. Der Boden war mit Zeitungen in Englisch und Afrikaans übersät. »Außer den Zeitungen, meine ich?«

»Ein paar Gedichte, Paulus. Und Philosophen, Historiker ...« Seine Stimme war tonlos. Philosophen, Historiker – was sollte das? Gedichte! Sein Vater hatte sich aufgegeben, nach tapferem Kampf ... doch das war es nicht einmal, was Malan störte; es war dieser neue, nachdenkliche Mann – obwohl, so neu war das auch nicht, er war so schon seit Jahren. Seit dem Krieg ...? Als sein Vater zurückkam, so hieß es, habe er nur widerwillig die Führung des MLK übernommen. Seine Brüder waren alle tot gewesen, und er hatte Reichtum und Macht auf sich geladen wie eine Bürde.

»Ich verstehe. Ich habe gehört, daß ...« Wieder mußte er sich räuspern. »Ich habe gehört, daß Mandela hier war, während ich in Europa war?« Es klang nicht wie ein Vorwurf, und doch war es weit mehr als eine beiläufige Bemerkung, um das Gespräch in Gang zu halten. »Habt ihr über Philosopohie gesprochen?«

Jeppe Malan nickte. »Aber glaub nicht, daß wir einer Meinung gewesen wären«, sagte er. »Ich tue ihm leid. Meine Krankheit ...«

Malan starrte auf seine Hände, die sich auf seinen Schenkeln zu Fäusten ballten, unkontrollierbar und unabhängig vom Rest seines Körpers. Dieser verdammte Kaffer! Sein Vater tat ihm leid? Warum? Was tat ihm leid? Daß er vielleicht schon im nächsten Jahr über die Macht verfügen könnte, den MLK zu verstaatlichen?

»Hat er sich für seine marxistische Haltung uns gegenüber entschuldigt?« fragte er unwillkürlich.

Die Hand seines Vaters schwebte zu der Malans herab und berührte sie leicht, erkundete sie, bevor sie müde wurde und sich wieder zurückzog. Er erwiderte: »Ich habe ihn nicht darum gebeten, sich zu entschuldigen. Vielleicht hätte er es getan.« Der alte Mann stieß einen Seufzer aus. Das Bett schien viel zu groß für ihn zu sein, wie die Kleidung eines Erwachsenen für ein Kind. Diana, im Kleid ihrer Mutter und den Schuhen mit hohen Absätzen, als sie sieben war ... Er schüttelte den Kopf, als wolle er eine lästige Fliege vertreiben. Der Ventilator surrte leise; es war ein altmodisches Gerät und konnte gegen die Hitze nichts ausrichten.

»Er wird uns zugrunde richten, ich sehe keine andere Möglichkeit«

»Vielleicht gibt es ja in Südafrika bald keinen MLK mehr.«

»Was?«

»Das ist es, wovor Mandela Angst hat. Du glaubst doch nicht, daß er gekommen ist, weil ich im Sterben liege, oder? Zumindest war das nicht der einzige Grund.« Sein Atem wurde schwerer, seine Augen starrten weit aufgerissen an die Zimmerdecke, als sei er von dem kreisenden Ventilator hypnotisiert. Er fuhr fort: »Er hat Angst, daß du dich davonmachst und alles mitnimmst.«

»Es ist unser Recht, das zu tun, Vater. Was will Mandela denn damit machen? Er will alles verstaatlichen, die Minen, die Zweigstelle in Oranjemund, die Autofabrik, die Pharmafabrik – *alles*. Daraus hat er nie einen Hehl gemacht, seit sie ihn aus Robben Island entlassen haben.« Er schüttelte den Kopf. »Dieser Kerl macht mich *krank*! Die Unverfrorenheit, einen sterbenden Mann zu belästigen, um ihn zu überreden, daß er ...« Er brach ab und zuckte die Schultern.

»Wozu könnte er uns überreden? Daß du endlich deine Finge von Osteuropa läßt?« Sein Vater schwieg einen Augenblick, dann nickte er sanft. »Ja, vielleicht hatte er wirklich diese Absicht.« Er lächelte. »Millie war ziemlich beeindruckt, als er plötzlich an der Tür stand. *Der Vater Südafrikas.* Seitdem Mandela hier war, macht ihr das Vorlesen aus den Zeitungen viel mehr Spaß – du weißt schon, wenn ich zu müde bin.« Er wandte langsam seinen Kopf zur Seite und sah seinen Sohn an. »Was machst du nur, mein Sohn?« Seine Hand tastete, doch Malans Handgelenk war außer Reichweite. »MLK ist ein *afrikanisches* Unternehmen, ganz gleich welche Interessen wir in irgendwelchen anderen Teilen der Welt haben. Es ist *nicht* europäisch.« Zwei schwache rote Flecken erschienen unter den Wangenknochen seines eingefallenen Gesichts. Die Warnlichter des nahen Todes. Malan schüttelte den Kopf.

»Ich halte nichts vor dir geheim«, sagte er verdrossen. Vielleicht suchte ihn Diana hier nur deswegen als seine kleine Schwester heim, weil er selbst in seinem Vaterhaus genauso zum Gespenst wurde – zu dem kleinen, trotzigen Jungen, der er einst gewesen war. »*Ich* trage die Verantwortung für das Unternehmen.«

»Da stimme ich dir zu. Du trägst aber auch die Verantwortung für dieses Land.«

»Nicht für das Land, zu dem es sich gerade entwickelt!« stieß er hervor. Dann holte er tief Luft, um sich wieder zu beruhigen. »Nicht, wenn sich die Verhältnisse so verändern …« Doch sein Vater unterbrach ihn; er schien alle Kraft aufbieten zu müssen, um jetzt entschieden den Kopf zu schütteln.

»Was auch immer passiert – denkst du, es wird dem Land *besser* gehen, wenn der MLK es verläßt? Glaubst du das wirklich?« Diese Frage war keine Herausforderung; Malan erkannte, daß sein Vater es ihm wirklich nicht zutraute, so zu denken.

»Dein Verständnis ist völlig unzeitgemäß, Vater. Die Kaffern wollen es gar nicht. Alles, was sie wollen, ist …«

»Sie werden uns *brauchen*. Glaubst du denn, Mandela und die anderen wüßten das nicht ganz genau?« Er erschöpfte sich; als laste das Haus und die Vergangenheit weit schwerer auf ihm als auf Malan.

»Mir geht es ausschließlich um die Zukunft des MLK.«

»Der MLK – mein Unternehmen, und jetzt deins – *ist* dieses Land. Was wirst du unserem Land antun? Hast du jemals daran gedacht, was du *unserem Land* antun wirst?« Seine bleiche, verschrumpelte Hand pochte unbeherrscht auf das festgespannte Bettlaken neben sich, zupfte daran herum, als sei sie ein kleines dressiertes Tierchen, das neben ihm auf dem Bett liege. *So, glaubt er, muß man auch die Kaffern behandeln,* dachte Malan. *An ihnen herumtätscheln, sie hegen und pflegen ... Es will einfach nicht in seinen Kopf hinein. Er ist zu alt. Stirbt bald.* »Dies ist *dein* Land, mein Sohn! Was tust du ihm an? Was?«

Seine Handbewegungen wirkten jetzt so, als wolle er etwas verscheuchen, vielleicht seine Müdigkeit, vielleicht die Zukunft. Malan stand auf, als er bemerkte, daß sein Vater am Ende seiner Kräfte war, doch als er sich hinunterbeugte, um seine Backe zu küssen, blickten die Augen des Alten wachsam und unbesiegt in die seinen. Dasselbe Starren wie auf dem Porträt seines Urgroßvaters, Jeppes Großvater, das in der Diele hing. Patriarchalisch, selbstsicher, und alt. Starrsinnig und nicht mehr auf der Höhe der Zeit, während sich das Land um ihn herum in rasender Geschwindigkeit veränderte. Er spürte den Schmerz tief drinnen, als er sich wieder aufrichtete und auf seinen Vater hinabsah. Es war schmerzhaft zu kommen und schmerzhaft zu gehen. Schon immer war es so gewesen.

Sein Vater siechte hilflos vor sich hin, während die Fliegen gegen das Gitter surrten und das unbarmherzige Sonnenlicht durch die Ritzen der Rolläden kroch. Malan spürte mit einem Mal die Fremdheit dieses Zimmers, das ihm doch so vertraut war. Seines Vaters Platz war genau hier, in diesem weißen, afrikanischen Zimmer, doch *sein* Platz war woanders. Im Haupthaus, mit seinem Geruch nach neuer Farbe und den Zimmern, die aussahen wie Hotelsuiten. Er schüttelte den Kopf und sagte mit sanfter Stimme: »Ich komme heute abend noch einmal vorbei«, doch sein Vater war bereits eingenickt. Langsam wandte er sich ab, nahm keine Notiz von Millie, als sie im Flur an ihm vorbei ins Schlafzimmer eilte, um nach ihrem ...

Wonach zu sehen? Ihrer Altersversorgung? Ihrem zahmen weißen Mann …? Nein, wohl nicht.

Die Sonne brannte, und die Luft im Inneren des Range Rover war kochend heiß. Er ließ den Motor an und schaltete die Klimaanlage ein. Kühle Luft strömte an seinen geröteten Wangen vorbei. Das Steuer fühlte sich unter seinen Handflächen klebrig an. Er warf einen Blick auf sein Vaterhaus. Es hatte – vor ihm – der Arbeit dreier Generationen von Malans bedurft, um den MLK aufzubauen. Das Unternehmen durfte nicht ruiniert werden. Unmöglich, daß es rein afrikanisch bliebe und weiter florieren könne. Unmöglich, den Standort Südafrika für den Konzern beizubehalten; es sei denn, er wollte seinen Verfall, die *Verstaatlichung* mitansehen …

Nur deshalb konnte Jeppe so gleichgültig und distanziert bleiben, weil die Nähe des Todes seine Welt bereits auf die Ausmaße eines muffigen Krankenzimmers hatte schrumpfen lassen; der MLK bedeutete ihm nichts mehr.

»Nein, ich rufe von Ros' Telefon aus an, es wird nicht abgehört. Ich habe es überprüft. Meines *wird* abgehört.«

»Was will der Alte unternehmen?«

Hyde seufzte. Ros war in der Stadt, einkaufen. Hyde sah durch die Diele in ihr Zimmer, vor dessen Fenster ein Ast im Wind auf und ab wippte, als wolle er Luft in die Wohnung fächeln.

»Etwas, das zu lange dauern wird. Hat er mit dir gesprochen? Nun gut, das wird er noch tun. Ich kann hier ohnehin nicht fort. Sie sitzen in einem Wagen draußen vor der Tür.«

Die burmesische Katze auf dem brokatbehangenen Sofa blinzelte ihn mit vollendeter Gleichgültigkeit an. Ros sah es eigentlich nicht gern, wenn die Katzen auf den Möbeln herumturnten, doch die ganze Wohnung war ohnehin von den Spuren ihrer Krallen gezeichnet. Ros ärgerte sich kurz und vergaß es dann wieder.

»Schau mal Patrick, unsere einzige Chance besteht dann darin, eine Lieferung abzufangen. Ich habe mit den Zollbehörden gesprochen …«

»Um Himmels willen … und ich schätze, du hast eine Autorisation durch Orrell vorgeschwindelt?«

»Nein, Bannisters Name reichte.«

»Dieser Stümper!« Hyde nippte an seiner Bierdose, deren Inhalt bereits lauwarm war.

»Komm schon, Patrick, wir brauchen dich!« Godwin hatte geahnt, was geschehen war und hatte in Ros' Apartment angerufen. Sie hatte Hyde dann aus seiner Wohnung hinunter in die ihre geholt.

»Ich hab's dir doch schon gesagt, daß ich verdammt nochmal nicht aus dem Haus darf! Pat und Patachon da draußen würden mich sofort zum Century House schleifen, wenn ich auch nur meine Nasenspitze durch die Haustür stecke, um frische Luft zu schnappen! »Er sah auf seine Armbanduhr. »Ich muß um zwei Uhr in Orrells Büro sein, und jetzt ist es fast eins.«

»Patrick …! Terry und ich können nicht alles allein machen, und ich kann den Zoll nicht mit hineinziehen, wenn ich nicht mit Sicherheit weiß, daß eine Lieferung die Reid-Firma mit der Swift-Ex-Spedition verlassen hat! Das habe ich dir doch gerade eben alles erklärt, verdammt nochmal!« Die Verbindung war dünn und von ständigem Rauschen untermalt, das jetzt lauter wurde, als sie unter einer Autobahnunterführung hindurchzufahren schienen. »Ich habe Darren bei Reid postiert, damit er es meldet. Also, kannst du dich nicht irgendwie durch den Garten rausschleichen oder sowas?«

Unwillkürlich warf Hyde einen Blick nach draußen, auf das laubumkränzte Fenster zum Garten. Auf dem Fensterbrett döste die Schildpattkatze, ihre schwarze Gesichtsmaske Hyde zugewandt.

»Und was dann?«

»Darren kann dich abholen – wo? Vor dem Earl's Court, ist das okay?«

»Ich weiß nicht – ich sollte wirklich die Verabredung mit Orrell einhalten. Wenn ich dort nicht auftauche, werden sie uns alle vier in die Pfanne hauen. Aubrey hat mich gewarnt.«

»Scheiß auf Orrell! Wenn wir Reid-Davies knacken, dann kann uns keiner« – die Verbindung wurde durch ein kurzes Rauschen unterbrochen – »mehr was anhaben. Verstehst du das nicht?«

»Herrgott, ich ...«

»Hör zu! Wenn wir suspendiert werden, weil wir nichts gefunden haben, dann waren all unsere Anstrengungen für die Katz', stimmt's? Wir haben nichts zu verlieren – wenn du kommst, können wir wenigstens unseren Job zu Ende bringen!«

»Oh, hör schon auf zu jammern, Godwin. Du klingst ja bereits wie meine Mutter, zum Teufel!« Er senkte seine Stimme. »Also gut, ruf Darren an, das Wunderkind, und sag ihm, daß er mich in einer Viertelstunde vor dem Earl's Court abholen soll ... vor dem Museum, nicht der U-Bahnhaltestelle!«

»Gut. Er wird dich nach Bickenhill fahren. Terry liefert mich dort ab, bevor er nach Willenhall zu Reid-Davies fährt. Bis dann.«

Hyde legte auf und starrte kopfschüttelnd auf das Telefon. Godwin war nichts heilig. Ein direkter Befehl von Aubrey bedeutete ihm nicht mehr als ein Mückenstich. Offensichtlich war Godwin die Geschichte zu Kopf gestiegen: die Reid-Gruppe, Malan und all die anderen Arschlöcher. Es war wie die unglückliche Liebe zu einer Frau, er würde nichts einsehen, bis er sie mit seinem besten Freund im Bett ertappte, oder bis sie mit all seinem Geld verschwand ... Hyde ging zum Fenster und sah hinaus. Dort, über die Gartenmauer, dann weiter an der Kirche vorbei zu den Bahngleisen, und *Bingo*. So einfach war das. Es sei denn, am Flughafen stellte sich heraus, daß alles nur ein schlechter Scherz war, und dann hieß es wirklich *gute Nacht, Hyde*. Und auf Aubreys Hilfe würde er dann auch nicht mehr hoffen dürfen.

Er zuckte mit den Schultern. Was hatte er schon zu verlieren? Schlimmer als jetzt konnte es eigentlich nicht mehr werden. Okay – Bewegung. Wo war die Pistole, wo war seine Brieftasche?

Verdammt, die Situation erinnerte ihn in ihrer Aussichtslosigkeit an jene Szene aus dem Film *Butch Cassidy and Sundance Kid,* in der Butch und Sundance gemeinsam von der Felsenklippe in den Abgrund springen mußten, um ihren Verfolgern zu entkommen ... oder nein, nicht diese Szene. Eher die letzte Szene des Films, in der Robert Redford und Paul Newman aus der Deckung in den Hof hinausrennen, um den herum zweitausend Scharfschützen auf sie warten – *so* war es!

Geitesabwesend streichelte er die Katze, die seine unerwünschte Berührung schweigend ertrug.

Richard Anderson brachte den alten, rostigen Landrover im Schatten einer Akazie zum Stehen, stellte den Motor ab und schob sofort beide Hände in seine Achselhöhlen, um den Schmerz irgendwie zu betäuben. Er wiegte seinen ganzen Körper sachte hin und her. Jede Wunde, jede Verbrennung schmerzte höllisch. Erschöpft ließ er die Stirn auf das Lenkrad sinken. Die drückende Hitze des frühen Nachmittags belagerte den schattigen Platz unter der Akazie wie ein Insektenschwarm. Der Motor des Wagens tickte leise und mißbilligend in der bleiernen Stille. Hinter ihrn sank die Staubwolke auf den Asphalt, und über ihm in der flirrenden Luft ertönte der halbherzige Schrei eines Raubvogels. Sein Kopf schien leer, als er versuchte, die Eindrücke der Ortschaften, durch die er bereits gefahren war – Omaruru, Karibib, Usakos – zu vergessen. Vor ihm fiel die Straße leicht ab, und der silbrige Streifen weit entfernt am Horizont war die Küste. Hinter ihm lag ein langgestreckter Hügel, von dem dunstigen Sonnenlicht in verschwommene, braungraue Farbtöne getaucht.

Schließlich nahm er einen Schluck Wasser aus seiner Feldflasche und goß etwas Wasser in seinen Handteller, um sein Gesicht damit zu benetzen. Der Staub in seinem Bart und in seinen Hautfalten hinterließ braune Schlieren auf seiner Hand. Die Erongo-Berge sahen in der flimmernden Entfernung aus wie eine Luftspiegelung. Er wandte den Kopf nach beiden Seiten und entdeckte schon die ersten Vorboten der namibischen Wüste zwischen den Bäumen und Sträuchern; bald würde es nur noch Dünen und Sand geben, bis er die Küste erreichte. Swakopmund. Dann Walfisch Bay, beide Orte immer noch innerhalb der von Südafrika kontrollierten Enklave.

Sein Plan schien undurchführbar. Ein kleiner, bunter Vogel ließ sich auf einem der überhängenden Äste der Akazie nieder und suchte nach Blüten, die es nicht gab. Er sah zu, bis seine Nackenmuskeln schmerzten. Walfisch Bay, das mußte der Ort sein, von dem aus die Dakota gestartet war; der MLK hatte eine Niederlassung in Walfisch Bay. Eine Eidechse huschte über die spärlichen Büschel des widerstandsfähigen Grases zwischen den Bäumen, die es irgendwie geschafft hatte, mit einem Fingerhut voll Regenwasser den Winter zu überleben. Es hatte keinen Sinn. Worauf hoffte er denn? Daß sein Brief Aubrey erreicht hatte, daß Aubrey hier eintreffen würde, mit einem Schnuller und einer Packung Kekse, um ihn zu trösten? Um ihm zu sagen, daß sein furchtbarer Fehler nicht so schlimm gewesen war? Er ließ den Kopf sinken. Vielleicht war es wirklich das, was er brauchte. Um der Schuld, dem Alleinsein zu entfliehen; er brauchte Gesellschaft …

Irgend etwas fiel naß auf sein Handgelenk. Das Wasser in seinem Gesicht war schon getrocknet … und nochmal. Ein kaltes Tröpfeln wie von einem Metronom, das nicht aufhörte. Tränen. Seine Tränen. Margarethe hatte ihn überfallen, war aus der Schwärze hinter seinen Augenlidern unvermittelt aufgetaucht; ihr Gesicht war dem seinen so nahe gewesen, daß er ihren Duft hatte wahrnehmen können, selbst in dieser trockenen, staubigen Hitze. Er hatte den Landrover angehalten, und sofort hatte ihn seine unendliche Trauer überwältigt. Er konnte es sich nicht leisten, auch nur einen Augenblick lang innezuhalten, mußte ständig in Bewegung bleiben …

Als ihr Bild verschwunden war, blickte er auf. Die Straße war bis zum Horizont hin unbefahren, keine Staubwolke erhob sich. Ein Flugzeug malte einen langen weißen Kondensstreifen in die blaue Luft. Blantyre jagte ihn bereits. Er würde versuchen, seine nächsten Schritte vorauszusehen; er kannte ihn zu gut, seine Vergangenheit – er würde wissen, daß er sich rächen wollte. Wenn er in Walfisch Bay ankam, würde Blantyre ihm entweder dicht auf den Fersen oder bereits dort sein. All seine Pläne, auf irgendeine Weise das MLK-Werksgelände zu beschatten, den privaten Flughafen des Konzerns zu beobachten, in den Büros herumzuschnüffeln, waren – *lächerlich*. Undurchführbar. Seine Rachsucht nahm ihm den Verstand.

Er atmete tief ein, ganz langsam aus, wieder und wieder. Nach und nach gelang es ihm, sich zu beruhigen, und bald war er wieder nichts weiter als ein Mann, der kurz auf der Straße zum Flughafen angehalten hatte. Die Berge blieben auf ihrem Platz und kamen nicht näher, und der phosphoreszierende Glanz in der Ferne war immer noch so weit weg wie vorher. Der Atlantik. Die Vögel im Wipfel der Akazie trällerten die immer gleiche, einschläfernde Melodie. Er zog geräuschvoll die Nase hoch. Er mußte überleben, das war das Wichtigste, und um zu überleben, mußte er sich ein Flugtikket nach Johannesburg oder nach Windhuk kaufen …

Um zu zeigen, daß er das Handtuch geworfen hatte, daß er aufgegeben hatte und ihnen nicht mehr gefährlich werden konnte. Und um abzuhauen, ganz einfach. Blantyre wollte ihn umbringen. Das würde er nicht zulassen. Wie weit er auch fahren mußte, und wie zerstörerisch seine Trauer auch sein mochte, er würde Blantyre einen Strich durch die Rechnung machen. Nein, Blantyre würde ihn nicht töten können. Keine Chance.

»Also, ich bin jetzt nur ein paar Blocks von Reid-Davies entfernt. Bist du dir absolut sicher, daß dies der richtige Ort ist? Hier gibt's nichts zu sehen als ein unscheinbares Fabrikgelände in irgendeiner Seitenstraße.«

»Terry, du befindest dich in den West Midlands – willkommen in einer anderen Welt!«

»Herrgott, ich kann nicht glauben, daß sie von hier aus WSI und Transputergeräte schmuggeln!«

Chambers beobachtete die schmale, sich windende Straße, die zu beiden Seiten von Holztoren gesäumt war. Er hatte keine Ahnung, was er eigentlich erwartet hatte, vielleicht irgend etwas Industrielles, das diese Gegend des Flairs einer vergangenen Zeit beraubte. Wer weiß, auf jeden Fall hatte er *dies hier* nicht erwartet, diese seltsam stille Straße mit einem Geschäft für Jazzschallplatten, ein paar eingezäunten, unbebauten Grundstücken, einer eisernen Kanalbrücke, die sich über Mitte der Straße spannte, und all diesen Holztoren wie in einem Pferdestall; auf einem dieser Tore stand, daß sich dahinter das Hauptquartier und das Werksgelände der Firma Reid-Davies befand, der Tochterfirma der Reid-GmbH. Und es sah so friedlich aus, obwohl die Fenster geöffnet waren – als döse die Fabrik in der Sonne wie ein Kätzchen. Wo waren denn alle? Streik? Konkurs?

»Natürlich kannst du das glauben. In dieser Gegend wimmelt es nur so von kleinen Betrieben, die Einzelteile herstellen; die eine fabriziert ausschließlich einen speziellen Chip, die andere ausschließlich eine bestimmte Art von Schrauben und so weiter. Der Reid-Gruppe gehört ein Großteil dieser Betriebe – hast du nicht hingehört, als ich dir das erzählt habe?«

»Tut mir leid. Wie läuft's bei dir?«

Chambers sah jetzt doch ein Anzeichen dafür, daß er sich noch im zwanzigsten Jahrhundert befand: ein Porsche, nein, zwei davon, und beide nicht gerade die billigsten Modelle. Vielleicht hatte Godwin tatsächlich recht.

»Ich warte unter einer Eisenbahnbrücke. Ich bin die Straße auf und abgelaufen und habe so getan, als wartete ich auf den Bus … Wo zum Teufel bleiben Darren und Patrick?«

»Fällt dir irgendwas auf?«

»Nichts, überhaupt nichts. Swift-Ex empfängt ständig Lieferungen von allen möglichen Kunden, aber von Reid-Davies ist bisher noch niemand aufgetaucht. Ich habe schon diskret beim Flughafen angefragt – Fehlanzeige.«

»Und der Zoll?«

»Widerwillig und skeptisch – aber hättest du etwas anderes erwartet? Sie werden schon mitmachen, aber ich möchte sie erst dann einschalten, wenn wir sicher sind, daß eine Fracht Reid-Davies verlassen hat. Bei dir tut sich auch nichts?«

»Ich bete zu Gott, daß sie nicht vorher bei Bannister einen Kontrollanruf machen«, sagte Chambers. »Jetzt geh' ich los und schau mal nach. Ich rufe zurück.«

Chambers stieß die Wagentür auf und steckte das Handy in seine Hosentasche. Er schloß den Wagen ab, stemmte die Hände in die Hüften und überlegte. Die wenigen Fußgänger trugen blaue Arbeitsoveralls oder Aktenmappen. Alle Fensterscheiben in den Häusern ringsum waren staubverschmiert; die Mauern bestanden aus rötlich-warmem, abbröckelndem Ziegelstein, die Dächer der Häuser waren mit Dachschindeln gedeckt, gewellt und spitz zulaufend. Er fuhr sich unschlüssig mit der Hand durch sein Haar, sah auf die Parkuhr, vor der sein Wagen stand, und dann auf seine Armbanduhr. Schließlich begann er, auf dem unebenen, löchrigen Asphalt entlangzugehen; vor den zumeist geschlossenen Toren erstreckten sich Flecken alten Kopfsteinpflasters. Einige Male stand eine Tür oder ein Tor offen und gab den Blick auf gepflasterte Innenhöfe und schmale Durchfahrten frei. Er schüttelte den Kopf. Es war wirklich schwer vorstellbar, daß ausgerechnet hier hochmoderne Transputergeräte hergestellt werden sollten. Die Gegend sah eher danach aus, als könne man hier problemlos ein geklautes Auto umlackieren lassen ... aber WSI-Geräte, die nächste Generation nach der Erfindung der Computerchips? Unmöglich ...

Dort auf der anderen Straßenseite, die Reid-Davies-Firma. Eines der Tore stand jetzt offen. Ein blaugelber Bus fuhr vorbei und nahm Chambers vorübergehend die Sicht auf die beiden großen Sattelschlepper, beide mit der Aufschrift *Swift-Ex. Aha* ... Chambers ging näher heran. Die Heckklappe des einen war geschlossen, die des anderen stand offen. Ein Gabelstapler schob gerade eine Palette voller Kisten in den dunklen Schlund des Lasters. Chambers spürte, wie ihm der Schweiß ausbrach, während er hektisch das Telefon aus seiner Hosentasche nahm und Godwins Nummer eintippte.

»Sie sind hier!« stammelte er. »Zwei LKWs, beide von Swift-Ex.« Ein weiterer Gabelstapler zuckelte heran, um den Laster zu füttern. »Ich glaube, der eine ist bereits voll.« Einen Moment lang konnte er nichts sehen, als ein paar Autos vorbeifuhren, dann sagte er: »Der zweite ist schon fast bis unters Dach geladen; ich glaube, es sind Fernseher, Videorecorder und Mikrowellenherde, das übliche Zeugs. Was soll ich jetzt ...«

»Warten. Wenn sie wegfahren, rufst du mich an. In der Zwischenzeit telefoniere ich mit dem Zoll in Birmingham und arrangiere alles. Fernseher und Mikrowellenherde – daß ich nicht lache! Die werden in einer anderen Firma hergestellt, wieder eine andere fabriziert Einzelteile für die WSI-Geräte, und eine dritte kümmert sich um die Verpakkung der Transputer.« Der besserwisserische Tonfall Godwins störte Chambers, doch er sagte nichts. »Sie vertauschen einfach die Ware, verstehst du mich? So einfach ist das.«

»Reid läßt seine Produkte *hier* verpacken?«

»Ja – ich frage mich bloß, welchen Anteil ihrer Gesamtproduktion es ausmacht? Sicherlich einiges, soviel hat Darrens Recherche bei den verschiedenen Tochterfirmen bereits ergeben. Herrgott, wenn wir in diesen Kisten etwas finden, können wir die gesamte Straße hier hochgehen lassen! Also gut, warte ab, bis sie wegfahren, dann häng dich dran. Bis dann!«

Chambers schaltete das Telefon ab und steckte es wieder in seine Hosentasche. Mit dem Rücken lehnte er sich an die bröckelige Ziegelwand hinter sich. Transputer, WSI, Versandkisten ... ein Geruch wie von angebranntem Toast wehte von einer kleinen Verbrennungsanlage herüber. Ja, sie hatten es fast schon geknackt, kaum zu glauben, aber wahr. Wenn nur eine genügend große Menge an Reid-Produkten hier verpackt und verschickt wurde, dann wäre es so verdammt einfach, sie festzunageln! Er blickte sich verstohlen um, als spüre er unsichtbare Augen, die ihn beobachteten Ja. das hier, das konnte ein echter Volltreffer sein.

Wieder fuhren einige Autos vorbei, die ihm die Sicht

nahmen; dann sah er, wie die Heckklappe des zweiten Sattelschleppers geschlossen und geräuschvoll ein Bolzen vorgeschoben wurde. Eine dunkelblaue Limousine fuhr langsam vorbei. Die Torflügel wurden jetzt so weit aufgemacht, wie es ging, und Chambers Herz machte einen Sprung, als der Dieselmotor des ersten Lasters ansprang. Ein Mann im Overall trottete auf die Straße, während die Rücklichter des LKW anzeigten, daß der Fahrer den Rückwärtsgang eingelegt hatte. Das Warnsignal ertönte. Chambers wandte sich um, wollte zurückgehen – und stockte. Die dunkelblaue Limousine hatte neben seinem Wagen angehalten.

»Was gedenken Sie dagegen zu unternehmen, zum Henker? Was werden Sie unternehmen?«

Babbington war bereits auf dem Weg nach draußen gewesen, als ihn sein Assistent zurück ins Büro gerufen hatte – er hatte seinen Namen über den ganzen Flur krakeelt wie ein altes Fischweib und hatte dann so laut, daß es jeder hören konnte, berichtet, daß Priabin am anderen Ende der Leitung sei, einer gesicherten Leitung, und daß es sich um einen Notfall handele. Babbington war zurückgeeilt, hatte dem jungen Mann das Funktelefon aus der Hand gerissen und die Tür zu seinem Büro hinter sich zugeknallt. Die Verzögerung und das Rauschen im Hörer – durch das Dekodieren verursacht – verstärkten seinen Unmut.

»General Babbington, ich schlage vor, daß wir unsere Karten offen auf den Tisch legen – uns bleibt meiner Ansicht nach keine andere Wahl.« Priabins Besorgnis teilte sich in seinem nicht mehr ganz so selbstsicheren Tonfall mit.

»Wo ist *Mortimer*? Warum ist er nicht erreichbar?«

»Er ist beruflich unterwegs; ich bin mir nicht sicher, wann genau er zurückerwartet wird ... van Vuuren behauptet, daß er heute noch kommt, doch das ist etwas vage ...«

»Vergessen wir Mortimer. Ich schätze, es ist ohnehin schon zu spät, um die Lieferung noch zu stoppen, oder?«

»Sie ist bereits verladen worden.«

»Haben Sie Leute zum Beschatten?«

»Ja.«

»Gut – setzen Sie sie ein. Chambers ist bei Reid-Davies, sagten Sie, und Godwin wartet auf dem Flughafen? Wie lange wird Hyde bis nach Birmingham brauchen? Er befindet sich sicher schon auf dem Weg dorthin.«

»Eineinhalb Stunden, vielleicht auch länger. Auf der M1 herrscht wegen einiger Baustellen starker Verkehr.«

»Schalten Sie Hyde aus. Dann die anderen – so diskret, wie es die Umstände zulassen. Aber es *muß* geschehen. In der Zwischenzeit werde ich Verbindung mit Malan aufnehmen. Er soll auf irgendeine Weise MacPherson dazu veranlassen, daß er sich über die voraussichtliche Verzögerung der Lieferung beschwert. Im Century House muß doch irgendwann jemand aufwachen und erkennen, was ihre Mitarbeiter im Dienste Ihrer Majestät für Unfug treiben! Was Sie angeht – für jedwede Art von Verzögerung gibt es keine Entschuldigung. Halten Sie diese Leute von der Lieferung fern!«

»Jetzt hör mal gut zu. Ich stecke hier mitten in einem Zehnkilometer-Stau, und es gibt nichts, aber auch überhaupt nichts, was ich dagegen unternehmen könnte, verstehst du?« fauchte Hyde. »Hör dir die verdammte Verkehrsdurchsage an, zum Teufel! Irgendwo ist ein Laster umgekippt, und ein paar Tonnen französische Äpfel oder weiß der Teufel was liegen über die gesamte Fahrbahn verstreut. Es wurde gerade eben durchgesagt.«

Darren Westfield grinste, während Hyde aus dem Fenster sah; als er wieder geradeaus blickte, beeilte er sich, einen ernsten, verantwortungsbewußten Gesichtsausdruck aufzusetzen. Hyde zog eine Grimasse und hieb mit der Faust auf das Armaturenbrett des Ford Escort. Sein Verdacht, daß ihnen seit Earl's Court ein Renault auf den Fersen war, schien jetzt nebensächlich, denn der andere Wagen steckte einen halben Kilometer hinter ihnen ebenso fest wie sie selbst. Ein Polizeiwagen raste mit heulenden Sirenen und Blaulicht – das im Tageslicht kläglich wirkte – auf der Standspur an ihnen vorbei. Hyde wischte sich mit dem Handrücken über die Stirn.

»Sei vorsichtig, Godwin – uns ist jemand gefolgt.« Er bedachte Darren, auf dessen Stirn eher Akne denn Schweiß auszubrechen drohte, mit einem abschätzigen Blick. »Darren hat es überhaupt nicht gemerkt, bis ...«

»Du hast es auch erst in Watford entdeckt«, ereiferte sich Darren.

»Wenn sie uns beobachten, heißt das, daß sie auch dich und Chambers im Visier haben; es könnte sein, daß sie etwas unternehmen.«

»Okay, verstanden – ich werde gut aufpassen. Die Lieferung ist bereits verladen und abfahrbereit – ich habe gerade mit Terry gesprochen.«

»Gut. Ich hoffe nur, daß dieser Stau sich bald auflöst und daß sich in dem LKW auch tatsächlich belastendes Material befindet. Denn wenn das nicht der Fall sein sollte« – er sah auf die Uhr im Armaturenbrett. Zwei Uhr dreißig –, »dann wird sich Orrell, der wahrscheinlich gerade dabei ist, vor Wut den Büroteppich zu verspeisen, meine Eier auf einem silbernen Tablett servieren lassen.« Am anderen Ende der Leitung kicherte Godwin.

»Wir werden deine Männlichkeit retten, Patrick! Wir bleiben in Kontakt.«

Hyde ließ das Funktelefon in seinen Schoß sinken und trommelte mit den Fingerspitzen auf seinem Oberschenkel herum.

»Hast du irgendwas zu lesen?«

»Nur die Zeitung. Willst du sie?« Darren gab seinen Versuch auf, ebenso gleichgültig zu klingen wie Hyde, und fragte: »Glaubst du, daß sie uns Probleme machen werden?«

»Ich glaube schon. Im Moment beobachten sie uns nur. Okay, laß uns ein Spiel spielen: Also, ich sehe was, was du nicht siehst, und es beginnt mit ...«

Chambers war bei seinem Wagen angelangt und schob den Schlüssel ins Schloß. Die dunkelblaue Limousine wartete sicher darauf, daß sein Parkplatz frei würde. Zwei Männer. Er öffnete die Tür – einer der beiden sprach jetzt in ein Autotelefon – und legte sein Handy auf den Beifahrersitz. Als er aufsah, fuhr der Swift-Ex-LKW gerade rückwärts aus der schmalen Einfahrt des Reid-Davies-Firmengeländes. Die Warnhupe ertönte unablässig wie eine Alarmanlage.

Als er sich anschickte, in seinen Wagen zu steigen, fiel hinter ihm eine Autotür ins Schloß. Eine Hand legte sich auf seine Schulter und drehte ihn grob herum. Waren das die Männer aus dem blauen Wagen ...?

»Was ist ...«, brachte er hervor.

»Das ist er«, bestätigte der Größere und Kräftigere der beiden.

Ein Messer blitzte auf, und er spürte einen brennenden Schmerz in seiner Seite, als er versuchte, sich loszureißen. Seine Nervenenden an der Einstichstelle wurden sofort taub; seine Hand packte schwach die Klinge, die durch seinen Handteller schnitt. Dann drang das Messer erneut in ihn ein, irgendwo in der Magengegend, doch das war schwer zu sagen, denn jetzt übermannte ihn der Schmerz des ersten Stichs. Er stöhnte, und über seine Augen legte sich ein roter Schleier. Langsam rutschte er mit dem Rücken an seinem Wagen hinab, die Beine lagen leblos abgespreizt wie die einer Puppe auf dem Asphalt, während das rhythmische Warnsignal des rückwärtsfahrenden Sattelschleppers alles andere übertönte. Er spürte ihre flinken, rauhen Hände, die seine Taschen durchsuchten. Sie zogen ihm sein Jackett über den Kopf, drehten die Taschen nach außen und warfen es neben ihm auf den Asphalt. Einer der Männer hielt seine Brieftasche in der Hand und steckte sie ein.

Straßenraub. Seine Brieftasche war ihnen egal. Mit plötzlicher Klarheit erkannte er, daß sie es wie einen Raubmord auf offener Straße aussehen lassen wollten. Seine Hand, die er an den Bauch preßte, war rot, und ihm stockte der Atem beim Anblick seines Blutes. Dann hörte er jemanden irgend etwas rufen – *nachdem* sich das Geräusch des Wagens entfernt hatte. Nach einer halben Ewigkeit – gemessen an der Menge seines strömenden Blutes – umringten ihn Hosenbeine und Schuhe, und ein Schatten beugte sich über ihn. Männer in Overalls standen ratlos um ihn herum; das Warnsignal des LKW war verstummt. Die Dinge verschwammen, rückten in die Ferne, und es gab jetzt nur noch den Schmerz, der überall zu wüten schien, selbst hinter seinen Augenlidern, als er sie langsam zumachte. Dahinter wurde es rot, dann dunkler und dunkler, und dann war gar nichts mehr …

Van Vuuren lauschte – nun wohl schon zum zwanzigsten Mal! – auf das Besetztzeichen von Mortimers Autotelefon. Anfangs war er noch erleichtert gewesen, daß Mortimer also offensichtlich schon zurückgekommen war und in seinem Wagen saß. Bald würde er mit ihm sprechen können und die Lieferung stoppen lassen, oder umändern. Es war nur *ständig besetzt*! Wütend warf er den Hörer auf die Gabel. Bereits drei Uhr. Seit acht Uhr morgens hockte er in diesem verdammten MLK-Büro, sah aus dem Fenster auf den Fluß und das Krankenhaus, das gegenüber dem ShellMex-Bürogebäude lag. Er hatte absolut nichts erreicht. *Nichts*. Paulus hatte schon viermal angerufen, hatte ermahnt, und gedroht, und angeordnet – alles völlig umsonst, denn der einzige Mann, der die Sendung ändern lassen konnte, war nicht erreichbar, zum Teufel! Und alles nur, weil diese Bastarde in sein Hotelzimmer eingebrochen waren und sich mit seinem Laptop in das Zentralnetz des MLK in Johannesburg geschlichen hatten. Weil sie genau gewußt hatten, wonach sie suchten. Und jetzt warteten sie schon in Birmingham!

Er schob den Plastikteller mit den Resten seines Mittagessens an den Rand der Schreibtischplatte. Das Telefon läutete, und er griff hastig nach dem Hörer.

»Paulus – ja! Nein, ich kann ihn nicht erreichen … Was? O nein! Kann man sie nicht zurückbeordern?«

»Beruhige dich, Piet! Priabin hat ausdrückliche Instruktionen erhalten, wie mit deinen neuen Freunden zu verfahren ist.«

»Aber der Flughafenzoll …«

»Der Flughafenzoll wird nichts unternehmen. Ich habe mit Babbington gesprochen. Dann habe ich einen Anruf erledigt. Der Flughafenzoll wird uns in Ruhe lassen.«

Van Vuuren wischte sich mit einem zerknüllten Taschentuch den Schweiß vom Gesicht. Er schämte sich des warmen Gefühls der Erleichterung und starrte angewidert auf sein fleckiges, feuchtes Taschentuch, als sei es für seine Scham und seine Erniedrigung verantwortlich.

»Aber was ist, wenn … ich meine, was hast du denn …«

»Piet, man kann doch ohne weiteres im Ministerium in London anrufen und vorgeben, man sei vom Flughafenzoll in Birmingham und wolle nur die Legitimation eines gewissen Godwin überprüfen, *›reine Routine, Sie verstehen‹ …* Kapierst du jetzt, was ich meine, Piet?«

Verdammt, warum ist mir das nicht eingefallen? Hat er mich absichtlich schwitzen lassen?

»Du möchtest also nicht, daß ich …«

»Ich möchte, daß du die Abendmaschine nach Hause nimmst. Sei morgen hier, hast du verstanden, Piet?«

»Ja, Paulus.«

In Malans Büro, oder wo auch immer er sich gerade aufhielt, wurde aufgelegt. Van Vuuren legte sachte den Hörer auf die Gabel und lehnte sich in seinem ledernen Bürosessel zurück, der sich unter ihm unangenehm warm anfühlte. Das Sonnenlicht glitzerte auf den Wellen des Flusses, doch die getönten Fensterscheiben des Büros nahmen den Farben ihre Kraft. Seine Hände zitterten; das war – bei Gott! – knapp gewesen. So kurz vor dem totalen Desaster.

Herrgott.

Drei Agenten, oder waren es vier? Egal, sie hatten es auf jeden Fall geschafft, das ganze Boot zum Schaukeln zu bringen. Hätten es fast zum Kentern gebracht. Eine einzige Kiste, deren Inhalt nicht dem entsprach, was auf dem Frachtschein und den Versicherungspapieren stand, und sie hätten alle Unterstützung gehabt, die sie nur wollten. Sie hätten *alles* auffliegen lassen können.

Doch jetzt nicht mehr. Ihre Chance war vertan; oh, sie würden suspendiert werden, ein Disziplinarverfahren für jeden einzelnen von ihnen, und wahrscheinlich würde man sie sogar einsperren – sicherlich eine Genugtuung nach all dem Schweiß und den Nerven, die sie ihn in den letzten acht Stunden gekostet hatten!

Paulus kühle Übersicht – van Vuuren beneidete ihn darum. Normalerweise tat er das nicht – er verglich sich nicht mit Malan, er erfüllte seine eigene, verantwortungsvolle Funktion im MLK, hatte seinen festen Platz. Man vertraute ihm, hielt ihn für fähig … und jetzt?

Paulus würde nicht nachtragend sein, würde es vergeben und vergessen. Es war ja eigentlich auch wirklich nicht seine Schuld gewesen. Doch dann erinnerte er sich an das Kaffernmädchen, an das Abendessen im Hotelrestaurant, und spürte ein flaues Gefühl im Magen. Paulus wußte sicherlich, aus welchem Grund er seinen Laptop im Hotelzimmer gelassen hatte.

Der Fluß sah durch die getönten Scheiben stumpf und tot wie Plastik aus. Der Himmel schimmerte gelblich, als zöge ein Sturm herauf. Mit unsicherer Hand griff van Vuuren nach der Wasserkaraffe, um sich einen Pappbecher voll einzugießen, und verschüttete dabei den Inhalt auf der ledernen Schreibtischunterlage.

Es war vorbei, sagte er sich, *vorbei*. Nach diesem Reinfall würde man diese englischen Bastarde nicht mal mehr einen Strafzettel ausfüllen lassen! Sie waren erledigt, und zwar ein für alle Mal.

Nach und nach ließ seine Nervenanspannung nach. Es war *vorbei* – eine Schande nur, daß man nicht einfach auf die Diplomatie gepfiffen und die Kerle umgelegt hatte!

Es waren zwei, dann drei – diejenigen, die er erkannt oder die zumindest seinen Verdacht erregt hatten. Er versuchte, sich an die alten Tricks zu erinnern, versuchte, wie Hyde zu denken; dazwischen packte ihn immer wieder die nackte Angst wie ein Malariaanfall. Es hatte begonnen, nachdem er Chambers Nummer gewählt hatte. Am anderen Ende hatte jemand abgehoben, dessen Stimme flach klang, da er sich im Inneren eines Wagens befand – im Inneren des Krankenwagens, in dem Terry Chambers soeben gestorben war, auf dem Weg zum Krankenhaus. Zwei Stichwunden. Tot. Godwin stand immer noch unter Schock und zitterte vor Furcht. Es war unglaublich – und doch war es geschehen. Sie hatten Chambers getötet, einfach so.

Jetzt war es fünf Uhr dreißig. Solange er sich auf der oberen Galerie und in der Halle im Erdgeschoß aufhielt, war er relativ sicher. Er wagte es nicht, die Toiletten zu benutzen; auch fühlte er sich in den Bars nicht sicher, oder in den Buchläden oder Geschenkboutiquen. Mühsam hielt er sich von dem Gedränge der Urlaubsreisenden fern, die in hellen Scharen herumliefen, um nach ihren Charterflügen zu suchen. Man hatte Chambers auf professionelle, skrupellose Art und Weise umgebracht. Godwin wollte die Polizei nicht um Hilfe bitten, noch nicht. Außerdem, was sollte er sagen? *Bitte, Wachtmeister, diese Männer dort, sie versuchen, mich zu ermorden*. Sie würden ihn nur auslachen, und selbst wenn sie ihm halfen, würde es herauskommen, daß er völlig ohne Legitimation hier war – und dann war es endgültig vorbei!

Herrgott, er zitterte wie Espenlaub! Sie hatten Terry *getötet*, ihn einfach umgelegt. Und sie waren hier, warteten nur auf die passende Gelegenheit, ihm das Gleiche anzutun. Hyde hatte recht gehabt! Er schluckte seinen Speichel hinunter, verschluckte sich, hustete und würgte panisch, dann versuchte er, sich zu beruhigen, sie im Auge zu behalten …

Ein junger Mann hing schon seit geraumer Zeit bei den Buchregalen vor dem W. H. Smith's-Buchladen herum. Der zweite, den Godwin glaubte identifiziert zu haben, war ein Mann mittleren Alters, der zu sehr auf Tourist machte, mit einem bunten Hemd und einem Aluminiumkoffer, den er auf einem Wägelchen hinter sich herzog. Er nahm es überall hin mit, auf die Rolltreppen, in den Aufzug, wie einen großen, tolpatschigen Hund. Godwin hatte ziemlich lange gebraucht, um den dritten Mann ausfindig zu machen … doch wer war am gefährlichsten? Der, der nur schwer zu erkennen war, oder derjenige, auf den man gleich aufmerksam wurde, den man dann außer acht ließ und der dann vielleicht am Ende doch der Mann fürs Grobe war? Terry hatte keine Zeit gehabt, um es herauszufinden. Der dritte Mann war voller Ungeduld, sah ständig auf die Uhr, während er schweigsam auf und ab ging und die Anzeigetafel mit den ankommenden Flügen studierte. Er benahm sich auffällig, wie jemand, der eine Ehefrau oder eine Geliebte abholt und sich über die Verspätung aufregt. Ob es der Streik der griechischen Fluglotsen oder der spanischen Zöllner war, es machte keinen Unterschied; der Flughafen verwandelte sich sofort in ein Tollhaus voller erzürnter Opfer. Er fragte sich, ob es wohl mehr als drei Männer waren, ob der Mann, der Terry erstochen hatte ...

Herrgott, eine Messerstecherei auf offener Straße, um es wie einen Raubmord aussehen zu lassen!

... sich ebenfalls im Flughafengebäude befand.

Fünf Uhr fünfundvierzig. Glücklicherweise war er durch sein Leben als Behinderter daran gewöhnt, längere Zeit keine Toilette aufsuchen zu können; also machte ihm wenigstens das keine Sorgen.

Er stellte sich auf die Rolltreppe und fuhr ins Erdgeschoß. Zu spät merkte er, daß er einen Fehler begangen hatte. Ein rotes Warnsignal blinkte in seinem Kopf. *Fehler – Fehler – Fehler.* Ohne sich umzudrehen, wußte er, daß der ungeduldige Mann, der vor der Anzeigetafel auf und ab marschiert war, jetzt hinter ihm war; dann sah er den Mann mit dem Koffer am Fuße der Rolltreppe auf ihn warten. Er wirbelte herum. Der dritte Mann stand ebenfalls auf der Treppe, kam jetzt herunter. Um Himmels willen, sie waren ungeduldig geworden, sie wollten es hinter sich bringen!

Die Rolltreppe fiel steil ab wie ein Berghang, während sie Godwin unerbittlich zu dem Mann mit dem Koffer trug. Selbst in seiner Unerfahrenheit erkannte er doch den eifrigen Ausdruck in dem Gesicht des Mannes im bunten Hemd und wußte, was er zu bedeuten hatte. Der Mann im Anzug, der hinter ihm war, gab sich jetzt überhaupt keine Mühe mehr, wie ein ungeduldiger Abholer zu wirken; seine Augen waren wachsam, konzentrierten sich nur auf Godwin.

Er könnte sich mit einem Sprung retten ... Mit zwei verdammten *Krücken* anstelle von gesunden Beinen? Warum ... warum jetzt? Waren die beiden Laster etwa schon angekommen? Es hatte doch geheißen, die M6 sei völlig verstopft. Urlaubsverkehr, und man bräuchte drei Stunden von Willenhall bis zum Flughafen ...!

»Die Passagiere für den Suntours-Flug nach Malaga werden gebeten, sich in der Lounge einzufinden, wo Snacks und Getränke gereicht werden ...«, hörte er noch vor seinem unvermeidlichen Zusammentreffen mit dem Mann mit dem Hundekoffer, den er jetzt an seine Krücken stieß; Godwin stolperte, und der Russe war sofort über ihm und entschuldigte sich: »... habe Sie nicht gesehen, verzeihen Sie bitte, es tut mir so leid«, in tadellosem Englisch. Eine Frau, die das Ganze beobachtete hatte, wandte sich beruhigt ab.

»Brauchen Sie Hilfe?« Das war der Mann im Anzug. »Wir sollten ihm auf die Beine helfen, ich habe alles mitangesehen, ein Mißgeschick ...«

Godwin lag auf dem Rücken wie ein Käfer, die Krücken nutzlos – genauso nutzlos wie seine wirklichen Beine – unter sich begraben. Die beiden Russen beugten sich über ihn, einer der beiden versicherte den Umstehenden, daß alles in Ordnung sei, dann tat es der andere, entschuldigte sein Ungeschick. Während der ganzen Zeit, in der sie neben ihm kauerten, hielten sie seine Arme fest; einer der Russen kniete auf der Krücke, die quer über Godwins Bauch lag. Die andere Krücke zogen sie jetzt unter ihm hervor, schoben ihre Hände unter seine Achseln.

»... zu einem Kaffee einladen, oder zu einer Tasse Tee, vielleicht auch etwas Stärkeres, um Sie wieder auf die Beine zu bringen, es tut mir so leid.« Beide lächelten mitleidig, erinnerten ihn irgendwie an einen Tierarzt und seine Assistentin; sie hält den Hund, er die Todesspritze ... so siegesgewiß war ihr Gesichtsausdruck. Hatten sie Nadeln ...? Für jetzt gleich, um ihn erstmal ruhigzustellen?

Er wurde auf die Beine gezogen, und ihre Größe verstärkte den Druck auf seine Schultern und seinen Oberkörper. Automatisch packte er die Krücken, die sie ihm wieder reichten; schwitzend und schwach fühlte er sich, als hätten sie ihn bereits betäubt. Wie ein wütender Stier schüttelte er den Kopf, doch ihr Rasierwasser stieg ihm zu Kopf, ihre Professionalität benebelte ihn. Verdammt, zu so etwas taugte er nicht, wie sollte er denn kämpfen ...? Sie hatten Chambers in einer stillen Seitenstraße erwischt und ihn aufgeschlitzt, und jetzt hatten sie das Gleiche mit ihm vor …

Sich in Bewegung setzend, hielten sie ihn leicht schräg, so daß seine Beine unbeholfen und zu langsam hinterher schleiften. Gerade schnell genug, daß er seine gesamte Aufmerksamkeit darauf richten mußte, nicht zu stolpern; er starrte auf den Boden vor sich, während sie ihn in Richtung des Sonnenlichts zerrten, in Richtung der gläsernen Schwingtüren, durch die gerade ein neuer Schwung Touristen strömte. Bei der Tür rempelte sie ein Gepäckwagen an, er hörte die Entschuldigung des Gepäckdieners, dann spürte er bereits den heißen Lufthauch durch die offenen Schwingtüren.

Noch ein Zusammenstoß mit einem Gepäckwagen, wieder eine Entschuldigung, und jetzt verlor er fast das Gleichgewicht, denn der Mann im bunten Hemd hatte seinen Arm losgelassen und … schrie auf? Wieder eine Entschuldigung, Herrgott, überall entschuldigte man sich! Australischer Akzent …

»Oh, tut mir leid, Kumpel, ich wollte nicht …«

Der Gepäckwagen schnellte vor wie ein Rammbock, traf den anderen Mann an Schienbeine und Unterleib, und dann waren Hydes Hände unter seinem rechten Arm und um seine Hüfte und sie waren draußen. Godwin drehte sich schwerfällig, wie betäubt um, sah nur noch die vorbeiziehenden, buntgekleideten Touristen, die den Blick auf die Russen versperrten. Hyde rüttelte ihn an der Schulter.

»Bist du okay? Verdammt, wenn man dich einen Augenblick aus den Augen läßt …!«

Er nickte, lehnte sein ganzes Gewicht auf die Krücken, die ihm jetzt wieder Sicherheit gaben, und versuchte, gleichmäßig zu atmen.

»Okay!« keuchte er. »Okay.« Dann kniff er die Augen zusammen und sah zur Eingangstür. »Was werden sie jetzt machen?«

»Nichts … abhauen, wenn sie ein bißchen Grips haben. Wir sind zu dritt …« Godwin blickte auf und sah in Darrens erschrockenes Gesicht. »Wie viele sind es?« fragte Hyde.

»Ich habe drei gezählt – Terry ist tot! Sie haben ihn auf

der Straße umgebracht!« stieß Godwin hervor »Ich ... ich konnte es dir nicht am Telefon erzählen. Sie haben ihn ermordet ...«

»Schweine«, murmelte Hyde sichtlich erschüttert und fuhr sich mit den Händen durchs Haar. »Alle beide – paßt auf! Also los, wo ist diese verdammte Ladung – der Mord ist wohl Bestätigung genug, daß da was faul ist, oder? Diese Schweine ...«, knurrte er noch einmal.

»Der LKW steckt immer noch im Stau auf der M6.«

»Oder steht auf irgendeinem Rastplatz und wartet auf grünes Licht – die Nachricht, daß du tot bist. Was ist mit dem Flughafenzoll?«

Godwin spürte mit Verzögerung eine heiße Welle der Erleichterung und des verspäteten Schocks ... Hyde und Darren waren bei ihm. Er lehnte sich schwer auf seine Krükken und sagte: »Sie haben meine Legitimation nicht angezweifelt – bis jetzt jedenfalls. Bestimmt werden sie einige Stichproben vornehmen. Das Swift-Ex-Flugzeug steht bereits auf dem Rollfeld. Man wird versuchen, die Ladung direkt vom Rollfeld an Bord zu bringen, da die Sattelschlepper sich verspätet haben.« Die beiden Russen waren mittlerweile in der buntgekleideten Menschenmenge der Flughafenhalle untergetaucht. »Wo sind sie hin?«

»Wahrscheinlich telefonieren sie gerade mit Priabin, um neue Instruktionen zu erhalten. Wir wollten Beweise ... bei Gott, du und Chambers, ihr seid Beweis genug. Nicht einmal Russen töten für Fernseher oder Mikrowellenherde. Gehen wir und sprechen wir mit dem Zoll. Du, Godwin, und *du*« – er funkelte Darren drohend an – »ihr werdet *aufpassen*! Haltet die Augen offen! Wie sieht der dritte aus?«

»Jung, einen Meter fünfundachtzig, dunkles Haar, gelbes Polohemd, gelbe Hosen.«

»Ein Homo ...?«

Sie gingen auf die verglasten Eingangstüren zur Flughafenhalle zu, die just in diesem Moment aufgingen; der Zollinspektor stand vor ihnen, er erkannte Godwin sofort und maß Hyde mit einem mißtrauischem Blick, bevor er sich ernst an Godwin wandte: »Die Swift-Ex-Lieferungen sind angekommen, Mr. Godwin, es gibt jedoch ein kleines, äh, Problem. Würden Sie bitte mitkommen, um die Dinge zu klären?«

»Was für ein kleines Problem?« fragte Hyde barsch.

Der Zollbeamte sah Godwin an, als erwarte er eine Erklärung von ihm; sein Gesicht zeigte einen Anflug von Ärger – als sei er ein Freund, der sein Vertrauen mißbraucht und seine Gutgläubigkeit ausgenutzt habe.

»Was für ein Problem?« schnauzte Hyde. »Sie machen ein Gesicht, als habe Ihnen jemand ins Essen gespuckt.«

Ungerührt murmelte der Beamte: »Wenn Sie zusammengehören, dann möchte ich Sie bitten, jetzt alle mit mir zu kommen.« Es klang mittlerweile eher wie eine Aufforderung denn eine Bitte.

»Was ist denn nun schon wieder schiefgelaufen?« zischte Hyde in Godwins Ohr, als sie das Flughafengebäude betraten.

Godwin schüttelte nur stumm den Kopf; seine Hände verkrampften sich um die Plastikgriffe seiner Krücken, seine Beine fühlten sich noch kraftloser an als sonst. Er hatte ein flaues Gefühl im Magen. War er aufgeflogen?

Auf einmal sagte Hyde: »Gelbe Hose, gelbes Hemd – ist er das?«

Godwin warf einen Blick in die angegebene Richtung und sagte: »Der Typ dort? Nein, der ist doch schon über fünfzig, und seine Tochter hat er auch dabei.«

Sie kamen nun in einen ruhigen Korridor, in dem nur Menschen in Uniform herumliefen – Angestellte der Fluggesellschaften, Polizisten, Zöllner. Vereinzelte Wortfetzen der Lautsprecherdurchsage in der Halle wehten zu ihnen herüber, wann immer die Tür am Ende des Korridors geöffnet wurde. »… der Abflug nach Mallorca verspätet sich um weitere … Passagiere … werden gebeten …«

»Dort hinein«, sagte der Beamte und hielt ihnen eine Tür auf. »Mein Vorgesetzter möchte sich gerne mit Ihnen unterhalten.«

Als Godwin in das Zimmer humpelte, nahm er als erstes das Summen einer Klimaanlage wahr; dann sah er den Direktor der Zollabteilung des Flughafens, und dann ... den Stellvertretenden Generaldirektor des SIS, Edward Bannister, der sich nun von einer kleinen Couch erhob, auf der er gesessen hatte.

Hinter sich hörte er Hyde »Scheiße« murmeln, bevor die Tür zuschlug

»Godwin«, stellte Bannister fest, »und Hyde! Wollen Sie Sir Clive jetzt gleich anrufen, um sich zu entschuldigen, oder ziehen Sie es vor, das in aller Form zu einem passenderen Zeitpunkt nachzuholen?«

»Der Generaldirektor ist wohl schon nach Hause gegangen, Sir«, erwiderte Hyde.

»Darren Westfield, ich denke, Sie können gehen. Selbstverständlich erwarte ich von Ihnen eine schriftliche Erklärung Ihrer Gegenwart hier, und zwar in nicht allzuferner Zukunft.« Er wedelte mit seiner Hand zum Zeichen, daß Darren entlassen sei. Darren ging schweigend hinaus, mit gesenktem Kopf, und schloß die Tür leise hinter sich.

Den Zolldirektor Warren schien die Art und Weise, in der Bannister seine Untergebenen abkanzelte, zufriedenzustellen; er erlaubte sich sogar ein flüchtiges Lächeln, als Bannister sagte: »Nein, meine Herren, ich habe Sie nicht aufgefordert, sich zu setzen – bleiben Sie bitte stehen – ach, Mr. Warren, darf ich mir erlauben, Sie um Erlaubnis für die Benutzung Ihres Büros zu bitten?«

Warren erhob sich. »Selbstverständlich, Mr. Bannister. Wirklich ein Glück, daß wir es rechtzeitig erfahren haben!« Er funkelte Godwin böse an, als fürchte er, er könne seiner gerechten Strafe entgehen.

»In der Tat, Mr. Warren, in der Tat. Vielen Dank.« Als sich die Türe hinter Warren schloß, drang wieder ein Satzfetzen der Lautsprecheransage in den Raum: »... in der Lounge wird ein Abendessen für die Passagiere serviert ...«

Godwin konnte nun nicht mehr an sich halten, er platzte heraus: »Sir, Sie müssen *sofort* etwas unternehmen. Terry Chambers ist heute nachmittag ermordet worden. Die Lieferung von Reid-Davies ist *hier*! Sie müssen den Zoll dazu bringen, daß ...«

Bannister schien verblüfft, doch offensichtlich nicht so sehr von Godwins Wortschwall als vielmehr von Hyde, der sich in Hab-Acht-Stellung stocksteif neben Godwin aufgebaut hatte. Es war purer Sarkasmus, und Bannister wußte es.

Godwin bemerkte Bannisters ungläubiges Starren und dachte: *Patrick, nicht jetzt, Herrgott nochmal!*

»Ich habe mich nicht den Strapazen eines Helikopterflugs ausgesetzt, um Kisten voller Mikrowellenherde zu inspizieren, Godwin«, sagte Bannister. Früher war er beim Verteidigungsministerium gewesen – genauer gesagt, beim Geheimdienst der Armee. *Muß ständig auf seinen früheren Offiziersrang verweisen*, hatte Hyde über ihn gesagt, und es stimmte. Für Bannister zählte nur eines: welchen Rang er in der Hierarchie des SIS einnahm. »Und das ist auch nicht Ihre Aufgabe«, fügte er hinzu.

»Sir?«

»Ja, Godwin?« Bannister hatte sich wieder auf dem Sofa niedergelassen und musterte ihn aus schrägen, selbstbewußten Augen wie ein Staatsanwalt, der sich des Schuldspruchs der Geschworenen bereits gewiß ist.

Durch das nach außen verspiegelte Glas der Bürofenster konnte man das Rollfeld des Flughafens sehen; Godwin beobachtete verzweifelt, wie sich die beiden Laster der Swift-Ex-Maschine – einer Boeing – näherten. Auch ein Wagen der Zollabteilung wartete neben dem Flugzeug, doch die ganze Szenerie wirkte vollkommen gleichgültig und entspannt – falls überhaupt eine Kontrolle stattfand, würde sie bestenfalls sehr schlampig durchgeführt werden, das sah man sofort an der Art, wie der Zöllner lässig an der Fahrertür seines Wagens lehnte. Die *Gemütlichkeit*, die dieses Bild ausstrahlte, brachte Godwin in Rage.

»Sir, Sie müssen die Zöllner dazu veranlassen, diese Lieferung von Reid-Davies zu kontrollieren …« Godwin spürte Hydes Anspannung wie eine statische Aufladung neben sich. Bannisters Gesichtsausdruck war ebenso gleichgültig wie die Haltung des Zöllners draußen auf dem Rollfeld. »Sir, sie haben Chambers ermordet!« stieß Godwin hervor, ein verzweifelter Versuch, Bannister wachzurütteln. Die Erinnerung an den Mordanschlag, der gerade auf ihn selbst verübt worden war, ließ ihn zusammenzucken.

»Die Tat von Straßenräubern, wie mir die örtliche Polizei versichert«, erwiderte Bannister unbeirrt. »Selbstverständlich befaßt sich das Morddezernat mit dem Fall.«

»Sir, er wurde getötet, während er Reid-Davies beschattet hat …« Bannister hob eine Hand, um ihn zum Schweigen zu bringen.

»Eine Beschattung, die von niemand autorisiert wurde. Die man Ihnen sogar ausdrücklich untersagt hat. Meine Herren, hier handelt es sich nicht nur um eine geringfügige Vernachlässigung Ihrer Dienstpflicht« sagte Bannister oberlehrerhaft. »Hier geht es um einen Fall von Paranoia bei gewissen Beamten des Geheimdiensts, die zu einer massiven Belästigung eines rechtschaffenen Unternehmens geführt hat. Ihr Verhalten ist unentschuldbar, und ich werde …«

Er lehnte sich vor, als Hyde sagte: »Wir verschwenden unsere Zeit, verdammte Scheiße!«

Zwei rote Flecken erschienen auf Bannisters Wangen, dann deklamierte er: »Ich bin sicher, daß Sie Ihre Meinung ändern werden, wenn Sie erst einmal gehört haben, was ich Ihnen mitteilen muß.« Er lehnte sich wieder zurück. Die Heckklappe des Sattelschleppers auf dem Rollfeld stand offen, und der Zöllner kletterte gerade hinein. »Die Empörung, die Ihre Gedankenlosigkeit in der linksgerichteten Presse auslösen könnte, ist etwas, was der SIS *unter allen Umständen* zu vermeiden sucht.« Der Zöllner tauchte wieder aus dem Laderaum des Lasters auf, schrieb etwas auf ein Formular und übergab es dann einem Mitglied der Flugzeugbesatzung.

Es war vorbei.

»Oh, Scheiße!« knurrte Godwin.

»Aha, langsam dämmert es Ihnen offensichtlich, worin Sie bis zum Hals stecken, Godwin.« Der Zöllner stieg wieder in sein Fahrzeug und entfernte sich schnell von der Boeing.

Vorbei.

»Es ist mir fast ein Vergnügen, meine Herren, auf jeden Fall aber meine Pflicht, Ihnen mitzuteilen, daß Ihre Karrieren im Geheimdienst Ihres Landes« – ein Gabelstapler zuckelte nun mit einer Palette voller Kisten aus dem ersten Laster zum Frachtraum der Boeing. Godwins Gesichtsausdruck war der eines Mannes, der mitansehen muß, wie sein Haus abbrennt – »mit sofortiger Wirkung beendet sind; ab sofort gehören Sie nicht mehr dem britischen Geheimdienst an.« Er räusperte sich. Godwin blickte zu Boden. Neben ihm war Hyde gespannt wie eine Sprungfeder.

Dann konnte Hyde sich nicht mehr zurückhalten. »Hauptsache, Sie können am Wochenende wieder auf dem Golfplatz *Verbindungen knüpfen,* nicht wahr? *Sir?*«

Bannister schluckte und sah ihn an wie Hundekot auf seiner Schuhspitze. »Hyde, Ihre klassenkämpferischen Ausfälle sind bei weitem nicht so scharfsinnig, wie Sie vielleicht vermuten. Glücklicherweise kann der Geheimdienst auf Quertreiber wie Sie verzichten.« Dann hob er die Stimme in aufrichtigem Zorn. »Haben Sie auch nur die *leiseste* Ahnung, wie sehr sich unser Aufgabenbereich in den letzten Jahren geändert hat?«

Hyde zog es vor, nichts mehr zu sagen.

»Sie werden mir nun«, verkündete Bannister pompös, »Ihre Dienstausweise – und in Ihrem Fall, Hyde, auch Ihre Dienstwaffe – übergeben. Und sämtliche Unterlagen bezüglich der Nachforschungen, mit denen Sie zuletzt betraut worden sind. Der Geheimdienst kann es nicht dulden – *ich* kann es nicht dulden –, daß Mitarbeiter wie Sie durch eigenmächtiges und unbedachtes Handeln möglicherweise die Grundlagen unserer Gesellschaft ins Wanken bringen.« Der Zorn Bannisters war echt, Godwin hatte keinen Zweifel.

Herrgott, noch so ein verdammter Paragraphenreiter!

»Daher«, fuhr Bannister mit wiedergewonnener Fassung fort, »ist es unumgänglich, daß unsere Organisation vollständig auf Ihre Dienste verzichtet. Und zwar ein für allemal. Das gilt für Sie alle beide.«

Draußen auf dem Rollfeld fuhr der Gabelstapler schon zum dritten oder vierten Mal zwischen dem LKW und der Boeing hin und her. Und niemand hinderte ihn daran. Godwin zog, die Ellbogen auf seine Krücken gestützt, seinen Dienstausweis aus seiner Geldbörse und blinzelte, um die Tränen der Enttäuschung und der ohnmächtigen Wut zurückzuhalten.

ZWEITER TEIL

Venedig sehen und sterben

Wir sind zu sehr von dieser Welt.
Was wir an uns gerafft, verlieren ständig wir aufs neu.
Verschleudern so nur unsere Kraft.
Blind für den Reichtum der Natur.
Die Herzen haben wir verkauft.

William Wordsworth

EINS

DER RUF DES GEWISSENS

Er erlaubte Miß Grey, den Kaffee in der versilberten Kanne, ihrem Lieblingsstück, hereinzutragen, während die Nachricht von Chambers Tod und von der Entlassung Godwins und Hydes – die ihm gegenüber saßen und die schweigende Miß Grey beobachteten – langsam in sein Bewußtsein drang und seine Gedanken sich überstürzten. Denn er hatte noch eine andere Nachricht erhalten, von *dort*, die ihm ebenfalls keine Ruhe ließ.

Verstohlen warf er einen Blick auf das Teetischchen, auf dem er gewöhnlich seine Korrespondenz so lange geöffnet herumliegen ließ, bis Miß Grey nachfragte, was denn mit all den Briefen zu geschehen habe. Das braune Päckchen lag mit aufgerissenem Schlund wie ein gestrandeter Walfisch zuoberst auf dem Stapel. Der Inhalt des Päckchens ließ die gegenwärtigen Geschehnisse in völlig neuem Licht erscheinen. Auf der Rückseite stand: *R. Anderson*. Der Poststempel auf der Vorderseite lautete: *Namibia*. In einem Moment gutgelaunten Überschwangs hatte er einst das Versprechen gegeben, dieses Land zu besuchen. Er hatte das Päckchen mit lächelnder Vorfreude geöffnet, in Erwartung guter Nachrichten, doch was er gefunden hatte ...

... war ein KGB-Ausweis und die Fotografie einer jungen Frau, die ein Baby in den Armen hielt. Auf der Rückseite stand *Novgorod 1989*. Der Schnappschuß und der Ausweis, und beiliegend ein Blatt Papier, auf das Anderson offenbar in großer Eile einige knappe Sätze gekritzelt hatte. Ohne ihre gemeinsame Vergangenheit auch nur mit einem Wort zu erwähnen.

Eine alte, ausgediente Dakota, mit elektronischen Geräten der *Reid-GmbH* beladen, die im namibischen Buschland abgestürzt war. Und der MLK war involviert – ebenso Blantyre. Blantyre, der einmal versucht hatte, Ros zu töten, um die Ermordung von Aubreys Nichte zu vertuschen.

Die Vergangenheit, sie war ein wütendes Raubtier, das

er in einen Käfig gesperrt und dann vergessen hatte; doch das wilde Tier hatte die ganze Zeit auf den Augenblick gelauert, ihm an die Gurgel zu springen. Und es hatte sich mit der ebenso brutalen und bösartigen Gegenwart zusammengetan; in dem Moment, da Chambers in einer friedlichen Seitenstraße in den West Midlands sein Leben lassen mußte, als Opfer angeblicher Straßenräuber. Es machte ihn wütend, wütend auf Priabin, doch auch auf Bannister und Orrell; doch in erster Linie galt sein Zorn Malan, der für all das Blutvergießen verantwortlich war. Malan hatte Chambers ermorden lassen, so wie er damals Kathryn töten ließ.

Gott verfluche sie, sie ermorden immer noch meine Leute!

Hyde tauchte geräuschvoll seinen Löffel in die Kaffeetasse; er wollte Aubreys Aufmerksamkeit wieder auf die unmittelbare Gegenwart lenken. Aubrey preßte beide Hände an seine Schläfen und massierte sie; ein Zeichen der Schwäche. Dann räusperte er sich und sagte: »Ich bin tief betroffen – es tut mir sehr leid. Ich bin betroffen über die Art und Weise, wie die Dinge gehandhabt worden sind.«

Hydes Augen sahen ihn ausdruckslos an. Godwin schien eifriger, mehr auf Rache aus zu sein, doch Aubrey wußte, daß Godwin nicht hart genug war, daß sein Haß nicht ausreichen würde. Godwin strahlte zwar noch Kampfeswillen aus – doch seit der Beseitigung von Terry Chambers erfüllte ihn auch die Angst um sein nacktes Leben. Hyde hingegen machte den Eindruck, als sei es ihm vollkommen gleichgültig, ob man die Sache nun weiter verfolge oder nicht. Aubrey wußte, daß dieser Eindruck trog. Hyde war jetzt ganz in seinem Element. Seine Konzentration würde vollkommen sein – Hyde war ein Krieger. Und doch, Aubrey durfte seine eigene Schwächung durch die Krankheit nicht außer acht lassen: *Angina pectoris*. Das unausgesprochene *Was erwartest du denn – in deinem Alter*?, mit dem ihn seine Umwelt ständig konfrontierte. Er unterdrückte die reflexhafte Bewegung, mit der er seine Hand auf die Stelle über seinem wunden Herzen legen wollte. Kathryns Tod hatte ihm sehr zugesetzt; die ohnmächtige Wut auf Malan, sein unbefriedigter Wunsch nach Vergeltung, all das hatte ihn ausgehöhlt. Und diese beiden dort, sie wußten es. Godwin, der Höfliche, er ließ es sich nicht anmerken, daß er es wußte – doch Hyde gab sich keine Mühe. Aubrey warf einen Blick auf das aufgerissene Päckchen auf dem Tischchen in der Mitte des Zimmers, Verlockung und Köder zugleich. Und doch war es wahrscheinlich leichter, ihr zu widerstehen, als ihr nachzugeben, denn in den letzten paar Monaten hatte er sich an seine gemütlichen Tage als Halbinvalider und die Pflege von Miß Grey gewöhnt – auch wenn es ihm schwerfiel, sich das einzugestehen. Ja, das ruhige Leben hatte etwas für sich. Und doch: was Anderson ihm geschickt hatte – er konnte es nicht ignorieren. Er hatte etwas zu erledigen, ob er krank war oder nicht. Namibia, der MLK, der KGB. Godwins sagenumwobene Pipeline, hier war sie, das fehlende Glied in der Kette. Der Verpflichtung, die sich aus dem Inhalt dieses Päckchens für ihn ergab, konnte er nur ausweichen, indem er sich ins Bett legte und starb. Er räusperte sich.

»Ich habe Informationen erhalten, die mich davon überzeugen, daß wir unverzüglich handeln müssen; die mich außerdem davon überzeugen, daß eure Vermutungen größtenteils der Wahrheit entsprechen.«

Godwin hatte mit dumpfem Blick auf die von Miß Grey gereichten Kekse gestarrt, und jetzt schnellte sein Kopf nach oben. In seiner Überraschung ließ er einen Keks aus der Hand fallen.

»Sir? Informationen – woher? Von wem?«

»Es besteht keinerlei Zusammenhang mit euren Nachforschungen. Ein reiner Zufall ...« Wie der Sprecher einer Jury, der sich der gespannten Aufmerksamkeit des Publikums sicher ist, ließ er sich Zeit, als er in die Brusttasche seines Jacketts griff – das er rasch angezogen hatte, als die Türglocke läutete und den KGB-Ausweis, die Fotografie und Andersons Brief hervorholte. »Das hier ist der Beweis.«

Hyde nahm ihm den Brief aus der Hand. »Von wem?« Er las die Unterschrift und sah auf. »Herrgott, war das nicht ...?«

Godwin sah ihm über die Schulter und rief aus: »Namibia? Ein ausgemustertes Frachtflugzeug? Der MLK ... Sir!«

»Sind Sie davon überzeugt?« fragte Hyde. »Ist das ein gültiger Beweis? Kann man diesem Mann trauen? Das ist doch der Kerl, der 1964 aus einem ostdeutschen Gefängnis floh und hierher zurückkam, um den damaligen Stellvertretenden Generaldirektor umzubringen, weil der ihn angeblich verraten hatte ... ist *er* das?

Aubrey ließ sich mit seiner Antwort Zeit. Die Affäre war weitaus komplexer gewesen, doch davon hatte die Öffentlichkeit nie etwas erfahren, denn Aubrey hatte sich bei seiner Befragung durch den Untersuchungsausschuß äußerst bedeckt gehalten. Er nickte. »Ja, das ist er.«

»Sie haben ...«, begann Hyde und brach dann ab, mit einem unbestimmten Gefühl der Enttäuschung, wie ein Mann, der soeben entdeckt hat, daß das Objekt seiner Leidenschaft bereits jemand anderem gehört.

»Also, unter uns, das Gerücht, daß ich ihm zur Flucht verholfen habe, mag nicht völlig aus der Luft gegriffen sein; ja, möglicherweise hatte es eine gewisse Abmachung gegeben.« Er hatte Richard Anderson die Flucht nach Südafrika ermöglicht und ihn mit genug Startkapital ausgerüstet, daß er seine eigene Anwaltspraxis in Johannesburg eröffnen konnte. Denn von jenem Mann, den er getötet hatte, war er tatsächlich an den KGB verraten worden, er war tatsächlich ein Doppelagent gewesen.

Und mit diesem Zugeständnis schloß sich der Kreis, dachte er sich. Er hatte keine Wahl, er mußte es tun – für Hyde, für Godwin, für *Chambers*, Herrgott nochmal. Und für das Andenken seiner toten Nichte. Richard hatte seine Schuld ihm gegenüber beglichen, indem er ihm diese Informationen zugespielt hatte; also gut, so sollte es sein. Es gab nur ein einziges, jedoch um so schwerwiegenderes Problem: es war unmöglich, ihn ausfindig zu machen. Es war noch nicht einmal sicher, ob er überhaupt noch am Leben war. Aubrey hatte die Nummer der Game Lodge in Etosha gewählt. Die Stimme am anderen Ende der Leitung war undeutlich gewesen, und vorsichtig, doch soviel hatte Aubrey doch erfahren: Anderson war ins Krankenhaus eingeliefert worden, nachdem in der Game Lodge ein *Massaker* stattgefunden hatte. Es war natürlich kein SWAPO-Überfall gewesen, sondern ein gezielter Anschlag auf den SIS. Ebenso wie der Mord an Chambers. Ein Mordanschlag auf Anderson. Waren sie erfolgreich gewesen?

»Wo kommt der her?« fragte Hyde und deutete auf den KGB-Ausweis.

»Anderson hat ihn bei einer der Leichen im Cockpit des Flugzeugs gefunden.«

»Waren sie so nachlässig? Was denkt Anderson?«

»Das ist das Problem – ich kann ihn nicht erreichen. Die Game Lodge, die er führte, ist niedergebrannt worden. Er hat den Angriff überlebt. Aber als ich versuchte, ihn im Krankenhaus anzurufen, sagte man mir, daß er im Morgengrauen geflohen sei. Durch das Fenster. Seither ist er nicht mehr gesehen worden, und ich habe keine Ahnung, wo er sich aufhalten könnte.«

»Also doch – zu schön, um wahr zu sein, oder?« grummelte Hyde.

»Oder zu furchtbar.«

»Blantyre, dieses Schwein – er steckt mit drin?«

»Ja.«

»Anderson ist Blantyre beim Flugzeug begegnet, und Blantyre hat die Game Lodge niedergebrannt, um einen einzigen Zeugen auszuschalten. Wieviele Unschuldige wurden dabei getötet?«

»Andersons Frau, soviel ist sicher.«

Er warf einen kurzen Seitenblick auf die geschlossene Wohnzimmertür und war froh, daß Miß Grey mit ihrer mütterlichen, erstickenden Fürsorge nicht da war. Nicht, daß er ihr nicht dankbar war ... nur wußte er jetzt, daß er von nun an darauf verzichten mußte.

»Entweder wir finden Anderson so schnell wie möglich oder wir können ihn gleich abschreiben«, sagte Hyde. »Wenn Blantyre im Auftrag Malans hinter ihm her ist, dann hat er keine Chance. Mein Gott, Blantyre wird ihn zerdrükken wie eine Fliege!« Hyde kam langsam in Fahrt; sein Haß auf Blantyre machte ihn wieder munter. »Blantyre ist nicht durch sein hartes Leben zu dem wilden Tier geworden, das er ist – er war schon immer so!«

»Ich kann im Augenblick nichts unternehmen. Ich kann nur darauf hoffen, daß Richard sich bald bei mir meldet. Wenn er noch am Leben ist, wird er das tun.«

»Die Pipeline ging also durch Namibia«, bemerkte Godwin.

»Was? Ach so, ja. Überrascht dich das, Tony?«

»Nein. Es ist ziemlich clever. Der alte Umweg über das Kap. Normalerweise benutzen sie mittlerweile den Sueskanal. Die Geräte wandern bestimmt auf direktem Wege in die Firma *EUROCONSTRUCT* und ihre Tochtergesellschaften, dann weiter nach Paris, zu Dumas Electronics.«

»Warum führt ihre Route immer noch durch Namibia, wo doch die Lage seit 1989 soviel unkomplizierter geworden ist?«

»Das war bestimmt Malans Idee.«

Hyde, der in der Zwischenzeit zum Fenster gegangen war und hinausgestarrt hatte, wandte sich nun abrupt um.

»Also, das wissen wir doch schon seit letzter Woche, daß die bescheuerte Pipeline durch Namibia führt. Darauf kommt es auch gar nicht an. Die Frage ist doch, ob wir verdammt nochmal etwas dagegen unternehmen werden! Das Reid-Unternehmen wird geplündert, und die Geräte werden als Fernseher und Mikrowellenherde deklariert und außer Landes geschafft. Andersons Informationen bestätigen das. Also, was machen wir? Gehen wir in den Pub an der Ecke und lassen uns vollaufen – oder tun wir etwas dagegen?«

In die Stille hinein sagte Aubrey: »Wir werden etwas dagegen tun.«

Godwin stieß einen lauten Seufzer der Erleichterung aus. Hydes verbissenes Mienenspiel glättete sich, nachdem er Aubreys völlig ausdrucksloses Gesicht – das Ergebnis jahrelanger Übung – eindringlich studiert hatte und in ihm keinen Widerspruch zu dem eben gegebenen Versprechen hatte entdecken können.

Wie ein eifriger Gymnasisast fragte Godwin: »Was sollen wir als erstes tun, Sir?«

»Ich will alle Daten, die dort in deinem Computer stekken, Tony.« Aubrey rieb unternehmungslustig die Hände aneinander. »Alles, was du über Reid-Davies hast. Und – mehr Kaffee«, fügte er knapp hinzu.

Hyde schüttelte grinsend den Kopf.

»Du verdammter alter Starrkopf«, murmelte er kaum hörbar, den Rücken zu Aubrey gewandt.

Kaum hatte er die klimatisierte Empfangshalle des Mermaid-Hotels verlassen, als ihn die Sonne mit voller Wucht traf und der ranzige Fischgeruch sich sofort in den Poren seiner Haut und in seiner Kleidung einnistete. Unmöglich, sich jemals an diesen Gestank zu gewöhnen, der über Walfischbai hing wie eine Dunstglocke, drückender als die unmenschliche Hitze.

Das grelle Sonnenlicht auf der Straße war von scharfen, tiefschwarzen Schatten durchschnitten, als sei sie ein Sinnbild für den Kampf gegen die Apartheid. Der Kragen seines frischgestärkten Hemdes kratzte an seinem Hals, und die Haut seines beim Haarschnitt ausrasierten Nackens prickelte. Behutsam betastete er mit seiner rechten Hand seine Wange, sein neues Gesicht, seine neue Identität.

Dann sah er Blantyre.

Er stieg in etwa dreißig Metern Entfernung aus einem hellen Mercedes, der am Bürgersteig parkte, überquerte den breiten Bürgersteig und betrat ein Bürogebäude; der MLK hatte die oberen Stockwerke angemietet.

Anderson wußte das schon seit zwei Tagen; er hatte es bereits wenige Stunden nach seiner Ankunft in Walfischbai in Erfahrung gebracht. Vorsichtig warf er einen Blick auf den Mercedes; niemand wartete darin. Ein Schauern durchlief ihn, und er begann, in seinem neuen, knisternden Buschhemd und seinen gebügelten Khakishorts unkontrolliert zu zittern. Sein Gesicht brannte, und auf einmal fühlte er sich schutzlos und ausgeliefert. Dann löste er sich aus seiner Starre und schlenderte zum Hotel zurück.

Im Foyer ließ er sich in einen Sessel fallen; er war plötzlich völlig erschöpft und starrte mit gesenktem Kopf auf das Muster des Teppichbodens und auf den halbvollen Aschenbecher, der vor ihm auf dem Tischchen stand. Aus den Augenwinkel sah er die verschwommenen, zitternden Umrisse seiner Hände. Er hatte gewußt, daß es so sein würde. In sicherer Entfernung zu Blantyre hatte er seine Pläne geschmiedet, hatte halbherzig diese Beschattung begonnen, auf Rache gesonnen – nur für eine kurze Zeitspanne jedoch, wie ein kurzer Urlaub. Bis seine Krankheit, seine panische Angst vor Blantyre erneut ausgebrochen war; der bloße Anblick des Mannes hatte genügt. Seine Angst war nun noch stärker als zuvor, und er mußte sich eingestehen, daß er dagegen machtlos war. Seit seiner Ankunft in Walfischbai hatte er nichts weiter in Erfahrung bringen können, als daß die Büros des MLK sich in diesem Hochhaus in der Innenstadt befanden. Außer der normalen Belegschaft war niemand dort aufgetaucht – bis jetzt.

Ja, er hatte Angst vor Blantyre, Angst um sein nacktes Leben. Diese Angst hatte ihn davor zurückschrecken lassen, sich bei Aubrey zu melden, um ihn zu fragen, ob er seine Post gelesen habe; er wollte unbedingt vermeiden, durch Kontakt mit Aubrey eventuell seine Tarnung preisgeben zu müssen. Alles, nur das nicht, nicht *jetzt*!

Und in dieser Stadt, Walfischbai – der letzten Bastion des alten Südafrika, wie viele meinten –, so mußte er sich eingestehen, hatte er die letzten zwei Tage vollkommen vertrödelt. Inmitten der Prostituierten und ihrer Zuhälter, inmitten der Geschäftsleute und der Drogenhändler war er sich wie ein Außenseiter vorgekommen. Dieser Ort beengte ihn wie eine schwitzende Menschenmenge in einem vollbesetzten Autobus; eine Klaustrophobie, die ihn einst bis in die Wildnis Etoshas getrieben hatte. Er gehörte nicht hierher, war ein Durchreisender, ein Zugvogel, weniger an das Stadtleben angepaßt als die Flamingos in der südlichen Lagune.

Langsam drehte er den Kopf und betrachtete die Rezeption des Hotels. Zum Kofferpacken würde er höchstens ein paar Minuten brauchen; den alten Jeep konnte er auf dem

Parkplatz zurücklassen und sich ein Taxi zum Flughafen nehmen. Der Check-in würde sicher reibungslos vonstatten gehen, denn es war nicht viel los. Er reiste unter falschem Namen; wenn er Geld brauchte, hob er es mittels seiner Kreditkarte von seinem Konto in Windhuk ab. Blantyre würde nie erfahren, daß er hiergewesen war.

Es gab eine Mittagsmaschine nach Windhuk, und am Nachmittag eine nach Johannesburg. Wenn er sich beeilte, konnte er es sich aussuchen, welche er nahm. Solange sich Blantyre noch in den Büros des MLK aufhielt. Er erhob sich mit steifen Gliedern, und ein momentanes Schwindelgefühl ließ ihn schwankend einen Moment lang innehalten, bevor er den Kopf schüttelte, um wieder klar zu werden. Später, wenn er geflohen war, wenn wieder Ruhe in sein Leben eingekehrt sein würde, dann könnte er Margarethe die Gelegenheit geben, ihn anzuklagen, ihm seine Feigheit vorzuwerfen. Doch jetzt ... jetzt nicht. Er eilte zu den Aufzügen. Das einzige, was zählte, war, so schnell wie möglich Blantyres Einflußbereich zu verschwinden.

Aubrey legte den Hörer auf die Gabel des Telefons, das auf dem Tischchen im Flur stand. Miß Grey, die mit den Vorbereitungen für das Mittagessen beschäftigt war, warf ihm durch die offene Küchentür einen vorwurfsvollen Blick zu. Der junge stellvertretende Sekretär des Handelsministeriums hatte sehr enttäuscht geklungen, als ihn Aubrey in letzter Minute anrief, um das verabredete gemeinsame Mittagessen abzusagen. Nun mußte Fräulein Grey kalten Lachs und Salat für ihn, Hyde und Godwin zubereiten. Aubrey fühlte sich durch die überraschende Änderung seines Tagesplans beschwingt, ja regelrecht aufgekratzt. Er ging ins Wohnzimmer zurück. Durch die Gardinen vor den hohen Fenstern konnte er die Baumwipfel des Regent Park sehen. Ein leichter Windhauch zupfte wie mit einer sanften Greisenhand an den Vorhängen, bauschte sie auf.

»Der junge Mann muß nicht allzusehr mit seinem Schicksal hadern, weil ich ihn nicht als Protegé unter meine Fittiche genommen habe«, verkündete er. »Er wird bereits von Geoffrey Longmead protegiert, und hat eine große Zukunft vor sich.«

Überall in dem Raum, auf dem grünen Teppich und auf den Tischen lagen – zu Miß Greys Leidwesen – wild verstreut Computerausdrucke. Godwin hatte seinen Laptop an Aubreys fast unbenutzte elektrische Schreibmaschine angeschlossen. Aubrey genoß das ungewohnte Chaos in dem sonst so ordentlichen Raum. Es gab eigentlich keinen Anlaß für seine Hochstimmung, die Atmosphäre war vielmehr ernst, besorgt, durchdrungen von dem Gefühl allerhöchster Gefahr – und nichtsdestoweniger gefiel es ihm. Es war, als käme er nach langer Abwesenheit endlich nach Hause.

»Nun, Tony?«

Godwin deutete mit dem Zeigefinger auf einen Papierstapel auf dem Teppich. Hyde saß – ein ungewohnter Anblick – in einem Sessel, über Computerausdrücke und selbstgeschriebene Notizen auf dem Teetischchen gebeugt, und kritzelte stirnrunzelnd etwas auf einen Notizblock.

»Die Lieferung ging zu Dumas Electronics«, sagte Godwin. »Dumas besitzt einen beträchtlichen Anteil an den Reid-Aktien. Das verdanken sie David Reid, der ihnen seinen gesamten Anteil verkauft hat. Wir wissen sonst nicht viel über Dumas. Nur daß sie sich immer noch wie ein kleines, unwichtiges Unternehmen verhalten – das sie nicht mehr sind. Sie expandieren, doch bei weitem nicht in dem Maße, in dem das eine Firma ihrer Größenordnung normalerweise täte. Dumas investiert wie eine kleine Firma, nicht wie der Konzern, zu dem sie geworden ist. Irgendwas stimmt da nicht.«

»Ebenso verdächtig ist die Tatsache, daß Dumas diese zwielichtigen Lieferungen von Reid-Davies in Empfang nimmt«, fügte Hyde hinzu.

Aubrey fühlte sich auf einmal wie ein Babysitter wider Willen; als hätte irgendeine Kusine ihre beiden Buben bei ihm abgeladen, um ungestört einkaufen gehen zu können.

»Was ist mit Reid-Davies?« fragte er. Godwin deutete

auf einen eilig zusammengetragenen Papierstapel von Computerausdrucken und beschriebenem Notizpapier. »Dort ist alles – die Gehaltslisten, die letzten Abschlüsse, Orders, Lieferungen; es ist alles, was wir haben, Sir.«

Aubrey nahm den Papierstapel vom Teppich in die Hände.

»Es ist doch ganz offensichtlich, daß sie die Route durch Namibia benutzt haben, als alles noch normal lief«, sagte Hyde. »Malan hat sich seinen Anteil genommen und dann das Zeug weiterverschickt, durch Mosambik, vielleicht sogar Äthiopien. Doch mittlerweile unterhält der MLK überall in Osteuropa Tochtergesellschaften. Sie sprießen wie Unkraut aus dem Boden!«

Er kratzte sich mit dem Bleistift an der Schläfe und sah einen Moment lang aus wie ein verwirrter Fünfjähriger. Doch Aubrey wußte, daß dieser Eindruck täuschte; zu Hydes Überlebensinstinkten gehörte auch Intelligenz. Ein paar seiner Gegner hatten das herausfinden müssen, als es bereits zu spät war.

»Das heißt ...?« murmelte Godwin und blätterte ungeduldig in seinem Notizblock.

»Das heißt, daß es jetzt leichter ist, ganz einfach. Das Zeug geht zu Dumas, und Dumas verschickt es weiter. Sowohl durch Namibia als auch auf direktem Wege. Also, was auch immer Dumas ist oder nicht ist, sie haben für den MLK die Aufgabe des KGB übernommen. Dumas gehört entweder dem KGB, oder aber Malan – auf jeden Fall kontrollieren sie einen Teil der Firma. Anders wären diese Operationen gar nicht denkbar.«

»Und ist diese Lieferung tatsächlich zu Dumas gegangen?« fragte Aubrey.

»Ja, ist sie, Sir«, bestätigte Godwin. »Ich habe es überprüft.«

»Wer oder was in Gottes Namen *ist* denn Dumas?«

»Ganz böse Buben«, antwortete Hyde, »*äußerst* böse Buben.«

Aubrey setzte sich wieder in seinen Stuhl und überflog das Material über Reid-Davies. In Richards Brief war keine französische Firma erwähnt worden. Die braven Vororte Willenhall und West Midlands schienen wirklich nicht die geeigneten Schauplätze für eine großangelegte Verschwörung zu sein …

Und doch war Chambers in den West Midlands ums Leben gekommen, und eine Lieferung aus demselben Ort war am gleichen Tag mit Sir Clive Orrells Erlaubnis zu Dumas geschickt worden!

Er wußte, was er zu tun hatte: er mußte mit Michael Davies sprechen, dem Reid-Davies zum Teil gehörte; er war der Leiter des Unternehmens. Das Problem beim Schopf packen.

Was war mit Anderson? Er war aus der Klinik verschwunden, vor seiner Entlassung, und war untergetaucht. Sehr zur Überraschung eines gewissen Mr. Blantyre, wie ihm der äußerst hilfsbereite Klinikdirektor am Telefon mitgeteilt hatte. Wohin war Richard geflohen? Beim Gedanken an Andersons von Gewalt überschattete Vergangenheit spürte er einen kühlen Schauer … doch was konnte Anderson tun? Das war fünfundzwanzig Jahre her. Und Blantyre machte sogar Hyde nervös.

Miß Grey erschien auf der Türschwelle, und der Anblick, der sich ihr bot, verschlug ihr den Atem, so daß sie außerstande zu sein schien, die Herren zu Tisch zu rufen. Sie warf ihm einen strengen Blick zu – der Vorwurf, daß er sich wissentlich einer seiner Gesundheit in hohem Maße abträglichen Nervenbelastung aussetzte.

»Wein, Sir Kenneth?« fragte sie nach einem Räuspern.

»Ich denke, daß Mr. Hyde Bier bevorzugen würde, Miß Grey. Sie haben doch welches besorgt?« Sie nickte mit verkniffenem Gesicht, als habe man sie gezwungen, einen Ladendiebstahl oder ein noch unerhörteres Vergehen zuzugeben. »Für mich und Mr. Godwin bitte etwas Chablis … Vielen Dank, Miß Grey.«

Widerstrebend zog sie sich zurück wie der Anführer eines besiegten Heeres. Beim Hinausgehen warf sie einen mißbilligenden Blick auf Godwin und Hyde, die zusammen an dem Tisch am Fenster saßen, in Papieren wühlten und die Köpfe zusammensteckten wie zwei Kinder bei einer Partie Monopoly.

Dann rief Hyde: »Habe ich's dir nicht gesagt, daß ich ein paar dieser Namen von irgendwoher kenne? Hm? Ein paar von diesen Leuten in den Vorständen von MLKs Tochterfirmen sind tatsächlich ehemalige tschechische Geheimdienstler! Schau mal, dieser Bastard – *Novak* – wie konnte Havel ihn nur ungeschoren davonkommen lassen? Siehst du … *dort!*«

Er hieb mit seinem Bleistift auf den Namen und hielt dann die Liste Godwin unter die Nase.

Welcher mit dem Kopf nickte und sagte: »Und sie haben Verträge mit Dumas über zukünftige Lieferungen – zum Teufel, das *ist* doch diese verfluchte Pipeline, oder? Durch Tschechien nach Moskau … von Dumas durch Tschechien zum KGB!« Godwin wandte sich mit glückstrahlendem Lächeln zu Aubrey um. »Wir haben sie am Haken, Sir – ich glaube, jetzt haben wir sie!«

»Ich könnte wetten, daß dieser verfluchte Husak höchstpersönlich im Vorstand einiger dieser Firmen hockt. Herrgott, wir müssen nur alles fein säuberlich ordnen, und das Puzzle ist vollständig.«

»Können wir das?« fragte Aubrey freudig.

»Wir werden es zumindest versuchen!«

Die Wüste Namibias erstreckte sich weit und trostlos in den Süden und Osten des Landes, am Horizont erhoben sich wie schlafende Riesenechsen die Sanddünen; dahinter verschwamm die Grenze zwischen dem glitzernden Ozean und dem matt leuchtendem Himmel zu einem dünnen, kaum sichtbaren Strich. Selbst durch die getönten Scheiben der Abflughalle empfand er das gleißende Licht als bedrohlich. Anderson fühlte sich heiß und verschwitzt, als sei er soeben durch diese Landschaft marschiert.

Sein Ticket hielt er schlaff in seinen schweißfeuchten Fingern; ein einsamer kleiner Koffer stand zu seinen Füßen auf dem Boden. Anderson saß nach vorne gebeugt in einem Plastiksitz in der Wartehalle und tat so, als sei er in das Buch vertieft, das er in seiner anderen Hand hielt. Sein Daumen hinterließ am Ende jeder – ungelesenen – Seite beim Umblättern einen feuchten Abdruck. Die Maschine nach Johannesburg sollte laut Flugplan in etwa einer Stunde starten. Das Flugzeug war soeben gelandet – es war eine kleine Boeing – und rollte auf den Terminal zu; ihr Rumpf leuchtete weißer und greller als die Dünen am Horizont. All das weiße Licht, die Weite, die Trostlosigkeit …

Die Passagiere aus der Boeing – es waren vielleicht ein Dutzend –, die wie eine Gruppe dressierter Schimpansen über den heißen Asphalt getrottet und in die klimatisierte Kühle des Terminals eingetaucht waren, verteilten sich jetzt in der Lounge, von ihm und den übrigen Ausreisewilligen nur durch ein dünnes Band getrennt. Ein weiteres Dutzend Menschen erwartete die Ankömmlinge. Kinder, die voller Vorfreude herumzappelten, ein livrierter Chauffeur, der ein Pappschild mit einem Namen in die Luft hielt, ein paar Frauen und …

… Blantyre. Anderson stockte der Atem. Die Säule, hinter der er saß, bot ihm Schutz; doch in seiner Panik, die ihn wie eine Faust in der Magengrube traf, schien sie ihm als Deckung mehr als unzureichend. Der Mann mußte ihm gefolgt sein …

… nein, war er nicht, er hatte schon seinen Arm gehoben, um die Aufmerksamkeit eines der angekommenen Passagiere auf sich zu lenken. Wer war es? Blantyre stellte sich neben den Chauffeur in Uniform, augenscheinlich war er hier, um jemanden abzuholen … dort, einen kleingewachsenen Mann. Das Sonnenlicht fing sich in seinen Brillengläsern; der Mann hatte eine beginnende Glatze, war pummelig und trug eine Aktenmappe in der Rechten, die er jetzt dem Chauffeur übergab. Er schüttelte Blantyres Hand. Der Körperbau …? Die Art, mit der er den Kopf drehte und wandte, die Arroganz, die sein Gang ausdrückte …? Anderson bemühte sich, das Vertraute an der Erscheinung mit einem korrespondierenden Bild aus seiner Vergangenheit zu vergleichen; er mußte tief graben in seiner Erinnerung … dann schüttelte er den Kopf. Er kannte diesen Mann, oder hatte ihn gekannt, war aber nicht in der Lage, ihn einzuordnen. Es war Jahre her. Vielleicht aus Johannesburg?

In ein paar Tagen würde er Afrika und Blantyre hinter sich lassen. Würde das noch auf seinen Konten befindliche Geld abheben, die paar Aktien verkaufen und dann nach Großbritannien zurückkehren, oder in irgendeine unterentwickelte Region Spaniens gehen; vielleicht in die Pyrenäen. Aber er kannte diesen Mann ... vorsichtig beugte er sich nach vorn und folgte Blantyre und dem anderen mit den Augen, so präzise und neugierig wie eine Überwachungskamera. Er stand auf, wobei er sich eng an der Säule hielt; sein Buch blieb unbeachtet auf dem Sitz daneben liegen, und der Koffer wäre fast umgefallen, als er mit dem Fuß dagegen stieß. Blantyre war ein Angestellter ...

... des MLK – hatte es etwas mit Malan zu tun? Er konnte sich ohnehin nicht daran erinnern, warum also seine Zeit damit verschwenden? Auf einmal merkte er, daß er sich aus dem Schutz der Säule herausgewagt hatte, während er Blantyre und dem Mann mit den blitzenden Brillengläsern gefolgt war. Langsam und umsichtig bewegte er sich durch die Sitzbänke hindurch, als befände er sich in einem dunklen, unvertrauten Raum voller Stolpersteine. Er huschte von Säule zu Säule; Passagiere eilten durch sein Gesichtsfeld, nahmen ihm die Sicht, dann der Zeitungskiosk ...

Das gellende Schreien eines Kleinkindes neben ihm klang, als wolle es ihn verraten. Blantyre und der andere Mann standen auf der Türschwelle, warteten wohl darauf, daß der Chauffeur die Limousine holte; sie tauschten Belanglosigkeiten aus. Anderson stand hinter einer Kaffeemaschine und spürte den unangenehmen Druck seines Reisepasses in seiner linken Brusttasche. In seiner linken Hand hielt er immer noch das Ticket und stopfte es hastig in die Innentasche seines Jacketts. Ihm war wieder heiß, doch irgendwie hatte seine Angst nachgelassen. Vor allem jetzt, wo er sich unter lauter Weißen befand, weißen Passagieren, weißen Polizisten; die Schwarzen sah man nur mit Besen oder nassen Wischmops hantieren. Hinter der Theke des Zeitungskiosks stand eine dicke schwarze Frau.

Anderson beobachtete Blantyre und den anderen Mann über den Rand des neuen *Afrikaaner* hinweg; er hatte die Zeitung aus dem Regal genommen, während ihn die dicke Frau aus ihren Augenwinkeln beobachtete, und sie noch nicht gekauft. Jetzt entfaltete er die Zeitung und vertiefte sich in die Lektüre. Blantyre und der andere Mann unterhielten sich, doch es war offensichtlich, daß sie sich nichts zu sagen hatten, wahrscheinlich mit dem gleichen Mangel an Gesprächsstoff, den Anderson bei einer Unterhaltung mit der Zeitungsfrau empfunden hätte. Die Schatten vorbeiziehender Wolken glitten über Blantyres Gesicht. Anderson hatte mittlerweile das Gefühl, daß er nicht einmal bei direktem Blickkontakt erkannt werden würde. Auf der Titelseite des *Afrikaaner* prangte ein Foto von Mandela, der dem südafrikanischen Präsidenten de Villiers die Hand schüttelte. Nachrichten über Vorschläge zu einer prozentualen Regierungsbeteiligung, die Versprechungen der Regierung, die Gewalt in den Townships unter Kontrolle zu bringen, die Zustimmung des ANC zu einer weniger radikalen Nationalisierung – und auf einmal ein Foto von Malan, umgeben von Vorstandsmitgliedern.

Und noch jemand stand neben ihm, ein Mann … *dieser* Mann. Er sah auf, sah auf die Zeitung, sah wieder auf – ja, kein Zweifel. Van Vuuren? *Van Vuaren, Stellvertretender Direktor des MLK,* lautete der Text unter dem Foto. Lautlos wiederholte er den Namen wieder und wieder … doch sein Gedächtnis wollte nichts preisgeben, nichts außer der Gewißheit, daß er ihm schon einmal begegnet war.

Wenigstens wußte er jetzt seinen Namen. Er faltete die Zeitung wieder zusammen. Van Vuuren. Ein Vorstandsmitglied des MLK. Die fehlende Stück des Puzzles. Er legte die Zeitung zurück ins Regal und sah, wie eine weitere wütende Wolke über Blantyres Stirn zog. Er empfing wohl gerade unangenehme Befehle. Anderson sah schnell zu Boden, auf seine unschlüssigen Hände, die jetzt über ein rechtsgerichtetes südafrikanisches Propagandamagazin strichen. *Panorama* hieß es. Er blätterte hastig um und wandte sich ab, denn Blantyres Augen hatten nach seiner Verärgerung über van Vuuren begonnen, unruhig umherzuschweifen. Anderson überflog die Hochglanzseiten des Magazins; Berichte über Pflanzen, Landschaften, Geparden und Löwen – nichts über die Realität der Menschen –, Krankenhäuser, eine schwarze Hebamme mit einem weißen Baby im Arm, sie trug Ohrringe, eine gestärkte Uniform, die ihren zerbrechlichen Körper erahnen ließ …

Eine rote Wolke von Wut ließ das Bild verschwimmen. Der Schnappschuß aus dem Krankenhaus hatte ihn an den Menschen erinnert, den er geliebt hatte: Margarethe.

Van Vuuren ging durch die auseinandergleitenden Glastüren hinter dem uniformierten Chauffeur her. Blantyre, der Befehlsempfänger, folgte ihm in seinen ungebügelten Hosen und seiner Buschjacke. Anderson ahnte, daß er van Vuuren aus seiner Zeit als Strafverteidiger in Johannesburg kannte; die Apartheidgesetze, die Heiratsverbote, die Vergewaltigungen, die ungesühnte Gewalt, die Schwarzen von Weißen zugefügt wurde – das war seine Welt gewesen. Und van Vuuren war ein Teil dieser Welt … er ballte die Fäuste, es lag ihm auf der Zunge, wer der Mann wirklich war, *woher* er ihn kannte.

Dann verschwand die Erinnerung wieder; er hatte sich damals so bemüht, all das hinter sich zu lassen, all diese Büros, die Intrigen, die Gerüchte … alles, was er mit Johannesburg verband.

Mit einem Schlenker seines Handgelenks ließ er die Illustrierte zuklappen. Van Vuuren und Blantyre stiegen gerade in einen langen schwarzen Mercedes mit getönten Scheiben. Er mußte wissen, was sie vorhatten. Wie sollte er …?

AVIS, die großen Buchstaben über der Theke im hinteren Teil der Ankunftshalle erschienen ihm wie ein Komet am Himmel. Avis, natürlich – Mietwagen. Würde nicht länger dauern als ein, zwei Minuten. Er eilte zum Ausgang und sah, wie der Mercedes auf die Hauptstraße nach Walfischbai abbog. Am Strand tauchte ein Schwarm Pelikane auf, die von der Abendsonne in goldenes Licht getaucht wurden. Wenn er sich beeilte, konnte er sich noch an den Wagen hängen und herausfinden, wohin sie fuhren.

Auf einmal fühlte er sich beschwingt und zum erstenmal seit vielen, vielen Stunden *lebendig*, als er sich dem Avis-Schalter näherte, doch er hielt nicht inne, um seinen ungewohnten Empfindungen nachzuspüren.

»Na, wie finden Sie das? Wir spielen wieder mit, und es sind die *alten* Spielregeln!« Hyde war so aufgekratzt, daß er fast fröhlich wirkte. »Da ist Novak, und dort, daneben, das ist ein Oberst des STB, zwei Drahtzieher und ein paar Wasserträger des Geheimdiensts – Aubrey, ich bin sicher, Sie kennen diese Namen besser als ich!«

Aubrey zupfte nachdenklich mit Daumen und Zeigefinger an seiner Unterlippe, dann hielt er inne, als er sich daran erinnerte, daß ihm der Zahnarzt davon abgeraten hatte, weil es angeblich sein Gebiß lockerte. Die Namensliste traf ihn wie ein Schlag ins Gesicht – er kannte fast jeden zweiten Namen. Hyde beugte sich über seine Schulter, tippte energisch auf jeden Namen mit dem Bleistift. Es waren ehemalige STB-Agenten, Beamte des tschechischen Geheimdienstes, die alle mittlerweile neue Posten in den Vorstanden dreier Firmen gefunden hatten, die früher verstaatlicht gewesen waren. Jetzt agierten diese drei Firmen als Ableger zweier westlicher Unternehmen: des südafrikanischen Malan-Labuschagne-Konzerns und der französischen Dumas Electronics in Paris. Beide Unternehmen hatten massiv in die veralteten Firmen investiert; sie hatten saniert und modernisiert, so wie es Hunderte westlicher Unternehmen mit den maroden Firmen des zusammengebrochenen Ostblocks getan hatten. Mit *einem* Unterschied …

Sowohl Dumas als auch der MLK duldeten in den Vorständen ihrer osteuropäischen Tochterfirmen ehemalige Geheimagenten, wahrscheinlich hatten sie sie sogar eingestellt. Agenten wie Novak – er war schlau und brutal, bezeichnenderweise ein erfahrener Industriespion, der es zu Zeiten des Kalten Krieges bis zum stellvertretenden Botschafter in London gebracht hatte. Als schließlich der Warschauer Pakt zusammenbrach und die ehemaligen Dissidenten Havel und Dubček sich im Jahre 1989 auf dem

Balkon des Hradcany-Palasts in Prag verbrüderten, verschwand Novak spurlos von der Bildfläche; man vermutete ihn in einem sicheren KGB-Hafen irgendwo in Rußland. Und jetzt war er wieder da. Rehabilitiert, respektiert, und mächtig: Antonin Novak.

Aubrey sah aus dem Fenster. Draußen leuchtete die Abendsonne in den Baumwipfeln des Regent's Park. Novaks Wiederauftauchen als Vorstandsmitglied osteuropäischer Ableger westlicher Firmen war kein Zufall. Es war eine feindliche Offensive. Er schüttelte den Kopf und sagte: »Wir haben mit so einer Aktion eher in Rumänien gerechnet, vielleicht Bulgarien, aber doch nicht in Prag und Pilsen.«

»Herrgott, Sir, wohin dachten Sie denn, daß all diese Leute gegangen waren, nachdem Havel in den Hradcany eingezogen und Frank *Zappa* Kultusminister geworden ist? Der Geheimdienst und der Verfassungsschutz waren die einzigen Bereiche, die ein Wachstum aufweisen konnten – die größten Arbeitgeber der Tschechoslowaken. Wenn man *alle* diese Stellen ersatzlos abgebaut hätte, wäre wahrscheinlich die Hälfte der arbeitenden Bevölkerung arbeitslos geworden. Außerdem könnten diese Agenten äußerst unbequem werden, denn sie wissen, wo die Gräber der Verschwundenen liegen – sie wissen verdammt viel. Wie konnte man sie loswerden, falls sie nicht von selber gingen? Indem man sie wieder in Amt und Würden setzte – wie dieses Schwein Novak!« Hyde marschierte im Zimmer auf und ab und unterstrich seine Rede mit wütenden Gebärden. »Schauen Sie sich die Lage in Polen an, oder Ungarn: Es ist überall das Gleiche. Nach dem Polizeistaat kam die Polizei*wirtschaft*!«

»Du hast recht – *gebt den Jungs Arbeit* ist wohl das Motto, nicht wahr?« Aubrey lächelte dünn. Seine Handflächen juckten, und er spürte eine nervöse Aufruhr in seinem Magen. Seine Brust fühlte sich eng an; doch er hatte sich daran gewöhnt, empfand dieses Unwohlsein nicht mehr als Vorboten des drohenden Todes.

»Alles wie gehabt!« verkündete Godwin heiter, mit dem

zufriedenen Grinsen eines Mannes, dessen Prognose sich endlich als zutreffend herausgestellt hat. »Nur daß die Schurken jetzt in der Industrie sitzen.«

»Wir haben weder die Zeit noch die Mittel, unsere Nachforschungen auf ein größeres Gebiet auszudehnen – seid euch dessen bewußt.« Aubreys Handbewegung schloß die unzähligen Computerausdrucke, vollgeschriebenen Notizblöcke und die an den Laptop angeschlossene elektrische Schreibmaschine mit ein. »Wir haben bereits genügend Beweise, um unseren Verdacht zu untermauern, daß gewisse Individuen und Organisationen in Zusammenarbeit mit Angehörigen fremder Geheimdienste in Aktivitäten involviert sind, die Großbritannien schädigen könnten. Unsere Aufgabe ist es, Großbritainien vor solchen Aktivitäten zu schützen, und auf dieser Basis werden wir unser weiteres Vorgehen überdenken.«

»Wir beide sind offiziell nicht mehr mit dem Schutz Großbritanniens beauftragt«, gab Hyde säuerlich zu bedenken.

»Ach ja, ich vergaß. Nun, ich werde wohl Geoffrey Longmead aufsuchen müssen, um diese Angelegenheit zu bereinigen.«

»Wie wollen Sie das tun?«

»Indem ich ihm ein bißchen Angst mache. Dumas hat David Reids Aktienanteile an der Reid-Gruppe gekauft – und die britische Regierung setzt große Hoffnung in David Reid. Geoffrey Longmead hat ihn als potentiellen Nachfolger anerkannt und protegiert ihn. Es ist anzunehmen, daß auch der geringste Hinweis darauf, daß Reid in einen Skandal verwickelt sein könnte, gründlich auf seinen Wahrheitsgehalt hin überprüft werden wird.«

»Vertuscht werden wird, meinen Sie wohl?«

»Ganz recht, Patrick. Geoffrey wird also wünschen, daß ich dieser Sache – mit aller gebotenen Diskretion, natürlich – auf den Grund gehe. Und dazu brauche ich euch beide. Immerhin seid ihr ja schon seit einiger Zeit dabei, genau das zu tun, worum mich Geoffrey jetzt bitten wird – und das, obwohl man es euch ausdrücklich verboten hatte.«

Hyde schüttelte den Kopf und grinste.

»Sie gerissener Fuchs«, murmelte er halblaut.

»Du hast es erfaßt, Patrick. Also, Tony, was *ist* Dumas?«

»Nach außen hin ist Dumas lediglich eine unbedeutende Dachgesellschaft mit Sitz in Liechtenstein – ein paar kleine Fabriken, in denen elektronische Konsumgüter wie beispielsweise elektrische Dosenöffner oder elektrische Zahnbürsten hergestellt werden. Doch hinter dieser unscheinbaren Fassade verbirgt sich ein Unternehmen, das in der ganzen Welt Firmen aufgekauft, infiltriert oder sie sich auf andere Weise einverleibt hat.« Er schüttelte resigniert seinen breiten Kopf. »Ich fürchte, wir können diese Nuß nicht schnell genug knacken, Sir.«

»Vielleicht konzentrieren wir uns dann doch besser auf die Kehrseite der Medaille, was meinst du? Fangen wir bei den Leuten an, die diese Waren zu Dumas geschickt haben – die Firma Reid-Davies, insbesondere Michael Davies.« Er schnippte mit den Fingern. »Mir ist noch etwas eingefallen: Da Novak vorher in Moskau untergetaucht war, muß er auf Veranlassung oder zumindest mit Erlaubnis des KGB nach Tschechien zurückgekehrt sein. Korrekt?« Godwin nickte. »Das bedeutet aber, daß Malans Kontakt zum KGB weitaus enger sein wird, als wir bisher angenommen haben. Sie stekken alle unter einer Decke: Malan, sein Lakai van Vuuren, Priabin, Novak ... und der MLK, Dumas und auch David Reid, ob er sich dessen bewußt ist oder nicht.« Er lächelte schlau. »MLK und Dumas machen sich durch die Tatsache verdächtig, daß sich im Vorstand von Firmen, mit denen sie Geschäfte machen, die ihnen sogar zum Teil gehören, ehemalige Geheimdienstler wie Novak befinden. O doch, Geoffrey Longmead wird *außerordentlich* froh sein, wenn es mir gelingt, diese Zeitbombe in einer diskreten Operation zu entschärfen.« Er stieß einen langgezogenen Seufzer aus; seine Augen brannten – sie hatten Chambers umgebracht, und sie würden dafür büßen.

An der Wohnzimmertür klopfte es zaghaft.

»Ja, Miß Grey?«

Mit langsamen Schritten kam sie ins Zimmer, ohne nach

links oder rechts zu schauen – wie ein Kind beim Blindekuhspiel, als sei der Anblick der Unordnung mehr, als sie ertragen könne.

»Sir Kenneth, hat sich der Fensterputzer, während ich die, ähem, Besorgungen« – sie bezog sich auf das ordinäre *Bier*, daß sie für Hyde hatte kaufen müssen – »erledigt habe, nochmals wegen seiner Bezahlung gemeldet? Er war beim Nachbarn, als ich hinausging; und als ich wiederkam, war er bereits fort.«

Hyde stand auf einmal neben ihr. Sie wirkte leicht nervös.

»Wie lange braucht er normalerweise zum Fensterputzen, auf beiden Seiten, meine ich?« fragte Hyde. Aubrey hörte unter der betont ruhigen Frage seine Anspannung heraus.

Miß Grey nickte. »Nun, ich bestehe darauf, daß er auch die hintere Seite des Hauses putzt. Vielleicht vierzig Minuten, alles in allem, eingerechnet die Zeit, die er braucht, um die Leiter ...«

»Und wie lange haben Sie gebraucht, Miß Grey, um ein Bier für mich zu finden und zu kaufen?« Seine Augen funkelten, und Miß Grey wirkte – gegen ihren Willen – entwaffnet. Aubrey kam ein äußerst beunruhigender Verdacht ...

»Nicht länger als zwanzig Minuten, deswegen habe ich mich ja gefragt, ob er ...«

Aubrey machte Anstalten, etwas zu sagen, sich von seinem Sessel zu erheben, doch eine Handbewegung Hydes ließ ihn innehalten.

»Er war also schon fort, als Sie zurückkamen? Nicht nebenan, oder einen Block weiter?«

»Nein, wir sind immer die letzten auf seiner Route. Er kommt alle zwei Wochen.«

»Mit einem Lieferwagen oder einem Fahrrad?«

Sie dachte einen Augenblick nach, dann nickte sie. »Er kommt immer in einem kleinen Lieferwagen.«

»Denken Sie jetzt gut nach, Miß Grey – nein, bitte schauen Sie mich an«, sagte Hyde und nahm sie sachte an den Armen. »Haben Sie den Lieferwagen gesehen, als Sie hinausgingen?«

Miß Grey runzelte die Augenbrauen, kniff die Lippen zusammen und bemühte sich sichtlich, ihrem Gedächtnis auf die Sprünge zu helfen; es dauerte einige lange Augenblicke, bis sie endlich entschieden den Kopf schüttelte und sagte: »Nein, habe ich nicht. Nur seine Leiter, mit ihm obendrauf. Ich erinnere mich, daß ich ihm einen guten Morgen gewünscht habe, doch oft grüßt er nicht zurück, wissen Sie.« Aubrey hielt die ungewisse Erwartung einer schlechten Neuigkeit kaum mehr aus, doch Hydes Geduld schien unerschöpflich.

»Haben Sie ihn wiedererkannt?«

»Ja – das heißt … ich habe ihn mir natürlich nicht so genau angeschaut. Er trug den gleichen Arbeitsoverall wie sonst auch. Vielleicht parkte sein Lieferwagen um die Ecke?«

»Vielen Dank, Miß Grey«, murmelte Hyde. »Das ist alles, was ich von Ihnen wissen wollte, meine Liebe …« Er ging rasch zum Fenster und schob die Gardinen beiseite – im Sonnenlicht war die Staubschicht auf den Scheiben deutlich zu sehen. Miß Grey warf einen unsicheren Blick auf Aubrey, der sie begütigend anlächelte und ihr mit einer Kopfbewegung andeutete, daß sie nicht mehr gebraucht wurde. Sie ging mit gesenktem Kopf hinaus wie eine abgewiesene Bittstellerin.

Als sie die Tür hinter sich geschlossen hatte, sagte Aubrey angespannt: »Und? Haben wir ein Problem?«

Anstelle einer Antwort deutete Hyde mit vielsagendem Blick auf den oberen Fensterrahmen; er schob das Fenster nach oben und stieg auf das Fensterbrett; einen Augenblick lang sah es so aus, als wolle er nach Art eines Zirkus-Künstlers einen Salto rückwärts auf die Straße unter ihm machen, dann kletterte er ins Zimmer zurück. Er hielt Aubrey seine geöffnete Hand hin; auf den Linien seines Handtellers lag ein kleines metallenes Objekt. Wütend schüttelte er den Kopf, und sein Atem ging schwer. Godwin drängte sich hinter Aubrey, um zu sehen, was Hyde gefunden hatte. Dann ging Hyde ans Fenster und schleuderte die Wanze hinaus in den Park.

»Jetzt sollen sie von mir aus irgendeinen verheirateten Mann beim Ehebruch im Dunkeln belauschen«, murmelte er.

»Du meinst …«

»Oh, einfach alles. Ich meine *alles*. Unsere ganze Unterhaltung. Sie wissen nun Bescheid!«

Es sah aus wie eine Handvoll Bauklötze, die ein Kind mit einem naiven Sinn für Symmetrie im roten Wüstensand verteilt hatte. Anderson beobachtete das MLK-Firmengelände durch sein Fernglas, das klein und handlich war wie ein Opernstecher. Eine halbe Stunde, nachdem der dunkle Mercedes van Vuuren im Mermaid-Hotel abgesetzt hatte, war er vor dem Wagen wieder abgeholt und zu dem Firmengelände des MLK gebracht worden. Die Flachbauten streckten ihre Schatten wie tastende Finger zu dem sechsstöckigen goldverglasten Bürogebäude aus, in das Van Vuuren und Blantyre soeben hineingegangen waren. Daneben erstreckte sich ein großflächiger Parkplatz voll parkender Autos, vermutlich die der Angestellten. Auf dem Gelände befanden sich außerdem noch Garagen, eine Tankstelle, ein paar flache Fabrikhallen, einige längliche Baracken; eine Start- und Landebahn für kleinere Flugzeuge und zwei riesige Hangars. Es sah aus wie jedes andere Werksgelände der Welt, doch hier am Rande der Namib-Wüste wirkte das Ganze leicht deplaziert, alt sei es nur eine Frage der Zeit, bis die Wüste das verlorene Terrain zurückeroberte …

Anderson betrachtete die Sanddünen am Horizont. Die Namib würde den hemmunglosen Raubbau nicht zulassen, wie er an der Diamantküste entlang des Küstenstrichs zwischen Lüderitz und Oranjemund betrieben worden war. Der MLK hatte jenes Gebiet vor Jahren in eine kahle Mondlandschaft verwandelt.

Wieder richtete er sein Fernglas auf das trostlose, von einem hohen Zaun umgebene Gelände. Die ersten Menschen verließen das Bürogebäude und strebten eilig dem Parkplatz zu; im Verlauf der nächsten Viertelstunde wurden es mehr und mehr, bis sich eine Schar von Angestellten auf ihre Autos zuschob. Die ersten Fahrzeuge bogen auf die Straße nach Walfischbai ein, wobei sie große Staubwolken aufwirbelten. Der Ozean reflektierte bereits das goldene Licht des späten Nachmittags; auffliegende Pelikane sahen aus wie mit Kohle gezeichnete Fragezeichen am Abendhimmel. Ein Schwarm von Möwen flog kreischend vorbei, und dahinter, aus Richtung der Stadt, näherte sich ein weit weniger graziöses Objekt – ein kleines, silbrig glänzendes Flugzeug, das über die schmale Landzunge hinabschwebte. Aus einem der Hangars tauchte nun ein Feuerwehrauto auf. Anderson wartete; er fühlte sich in seiner Rolle als passiver Beobachter wohl. Neben ihm lag die Kamera, er hatte noch nicht einmal die Abdeckung des Objektivs heruntergeschraubt. Nichts war bisher geschehen, und er empfand die Ereignislosigkeit seines Tuns, die Routine, als angenehme Entspannung.

Der Lärm des Flugzeugs, eines kleinen Frachtjets, war jetzt hörbar und begann, die Geräusche der Autos auf der Straße zu übertönen. Das Flugzeug flog eine saubere Schleife und nahm die Landebahn ins Visier. Langsam glitt es hinab, zuerst vorsichtig, zögernd, dann auf einmal mit dem Anschein von Eile; die Landeklappen waren vollständig ausgefahren, störten die glatte Symmetrie der Tragflächen. Die Jetturbinen heulten auf, als die Maschine auf der Landebahn aufsetzte. Dann verlangsamte das Flugzeug rasch seine Geschwindigkeit und rollte sachte die Piste entlang, auf den größeren der beiden Hangars zu. Das Feuerwehrauto schlich enttäuscht von dannen. Der Parkplatz war nun fast leer; vermutlich gehörten die wenigen verbleibenden Autos den Wachleuten und den Lagerarbeitern, die die Fracht des Jets entladen würden. Auf der Flanke des Flugzeugs, die es jetzt im gleißenden Sonnenlicht präsentierte, las er *St. Michel, Paris.* Ein Emblem, irgendein geflügeltes Pferd oder etwas in der Art. Paris …? Es rollte artig zum geöffneten Maul des Hangars, wo sich Männer in Overalls versammelten und schon der erste Gabelstapler in Stellung ging, grellgelb, mit dem Emblem des MLK bemalt.

Und dann van Vuuren und Blantyre, die aus einem Jeep

stiegen; van Vuuren in Hemdsärmeln, und Blantyre wirkte neben ihm immer noch wie ein Komparse aus einem Tarzanfilm, der auf dem falschen Set gelandet war. Je mehr er sich an seinen Anblick gewöhnte, desto leichter fiel es ihm, ihn lächerlich zu finden, besonders dann, wenn er ihn aus sicherer Entfernung – von dieser entfernten Düne zum Beispiel – beobachten konnte. Die Düne, auf deren Kamm er sich befand, lag völlig vereinzelt da, hatte sich vom Rest der Herde ein paar Meilen weiter südlich unabhängig gemacht. Sie war nicht mehr als zehn Meter hoch und maß vielleicht ein Dutzend in der Breite. Der Sand rings um die Straße war fest genug gewesen, um seinen Mietwagen von der Fahrbahn zu lenken und hinter der Düne zu parken. Anderson beobachtete, wie die Frachttür des Flugzeugs von innen geöffnet und eine Treppe herabgelassen wurde. Blantyre folgte van Vuuren in den Laderaum. Die Farben des abendlichen Himmels wurden jetzt kräftiger, und der östliche Horizont hatte schon einen violetten Farbton angenommen.

Sollte er fotografieren? Das Flugzeug ... war es irgendein Beweis? Momentan nicht. Nur dafür, daß sie Geschäfte machten, daß sie Lieferungen bezogen. Er legte die Kamera wieder zurück und unterdrückte den Gedanken, daß diese alberne Beschattung reine Beschäftigungstherapie war, um sich nicht mit seiner Trauer und seinen Rachegelüsten auseinandersetzen zu müssen. Blantyre tauchte wieder aus dem Frachtraum des Flugzeugs auf, hinter ihm van Vuuren. Anderson konnte sich immer noch nicht daran erinnern, woher er den Mann kannte ... irgend etwas Berufliches – andererseits hatten einige seiner Kollegen bei der Anwaltskanzlei für den MLK gearbeitet, sowohl im zivilen als auch im strafrechtlichen Bereich. Er selbst war stets der Alibi-Liberale gewesen und hatte sich für die Rechte der schwarzen Bevölkerung eingesetzt. Hatte nur einen einzigen Fall gewonnen, in dessen Verlauf seine Mandantin an den Rand des Nervenzusammenbruchs getrieben worden war; alles was er erreicht hatte, war die vorübergehende Degradierung eines Polizeileutnants zum Korporal gewesen, für die

Dauer einer Disziplinarperiode von zwei Monaten. Vergewaltigung.

Blantyre gab den wartenden Gabelstaplern das Zeichen zum Losfahren. Auf der Laderampe des Flugzeugs erschien jetzt eine Kiste; der Gabelstapler schob sich unter die darunterliegende Palette und hob die Kiste ins Sonnenlicht. Anderson stellte die Optik seines Fernglases schärfer, um die auf der Kiste aufgesprühte Schrift zu erkennen; die Erinnerung an die alte Dakota und seine Entdeckung im Frachtraum hatte ihn wachgerüttelt. Eine schwache, nach Meer riechende Brise wirbelte etwas Sand auf, der sich auf seine Wangen und Stirn legte. Der Gabelstapler beschrieb einen Bogen, und Anderson versuchte, die Schrift auf der Kiste zu entziffern, auf diese Entfernung ein schwieriges Unterfangen.

R – G, dann *– GmbH,* wahrscheinlich. *R – E – i* ... das zweite Wort war nicht *Gruppe,* es endete mit einem *S,* dachte er, während er die Augen einige Sekunden lang zumachte, um sich zu entspannen. Was kam nach *REID*? Die ersten Buchstaben waren *D* und *S. REID DAVIES? Birmingham?* Der Gabelstapler hatte den Hangar erreicht und verschwand darin, während ein zweiter mit einem Stapel Kisten die Laderampe herunterfuhr. Die Schrift war nicht zu entziffern. Die Kisten sahen so aus, als könnten sich Fernseher darin befinden ...

Er legte das Fernglas in den Sand neben sich, schraubte den Deckel vom Objektiv der Kamera und spähte hindurch. Stellte es schärfer. Dumm von ihm, daß er nicht vorher daran gedacht hatte. Der Gabelstapler sprang viel klarer ins Bild als durch das Fernglas. Kisten mit Fernsehern. *REID DAVIES GmbH, BIRMINGHAM.* Auf den Kisten stand noch etwas Unleserliches in kleinerer Schrift. Die Distanz zwischen ihm und dem Flugzeug, den Gesichtern der Männer, schien nichtexistent zu sein, wenn er durch das Objektiv blickte. Er vermied es, das Objektiv auf Blantyre zu richten. Van Vuuren war immer noch ein Fremder, unvertraut wie ein Gesicht auf einem Pressephoto. Von den Arbeitern erkannte er niemand. Auf der Kiste, die jetzt auf der Laderampe stand, las er die Aufschrift: *Reid Electronics-Group.* Er schrak zusammen, als die Kamera klickte und der Motor surrte, als hätte jemand anderes auf den Auslöser gedrückt ... *klick* ... Das reichte jetzt, entschied er, diese Fotos waren Beweise; wieder fegte ein Windstoß Sand in sein Gesicht und auf sein Hemd, erinnerte ihn an seine ungeschützte Position. Auf den Kisten mit den Fernsehern stand gut leserlich *REID DAVIES.* Das grell im Sonnenlicht leuchtende Flugzeug war tatsächlich eine DC-3; ein zweiter Anlauf, sozusagen ...

»Was machen Sie hier, Mann?« Die Stimme ließ ihn zusammenfahren, sie kam von hinten, etwas unterhalb. Er hatte kein sich näherndes Fahrzeug gehört, auch keine Schritte auf der Düne. »He, Sie, ich hab' Sie was gefragt! Was machen Sie hier?«

»Ich habe die Frau erkannt, zum Henker!« rief Hyde. »Zwei Männer in einem Lieferwagen, und zwar *nicht* dem des Fensterputzers, und die Frau in einem Golf GTi. Sie sind sofort abgehauen, als sie mich gesehen haben.« Er ließ sich in einen Sessel fallen, fuhr sich mit den Händen über das Gesicht und raufte sich das Haar. »O verdammt, verdammt, verdammt! Wir sind solche Trottel!«

»Ich ... ich stimme dir zu, wir hätten uns besser absichern sollen«, murmelte Aubrey. »Doch wie hätten wir ahnen können, daß sie ...«

»Sie waren uns schon immer einen Schritt voraus«, rief Godwin.

»Also, was schlagt ihr vor, wie sollen wir jetzt weiter vorgehen?« fragte Aubrey. »Wenn wir überhaupt etwas unternehmen können? Ich denke, wir machen weiter, da die Geheimhaltung mittlerweile gewährleistet ist. Patrick, hast du einen anderen Vorschlag?«

Hyde starrte nur finster vor sich hin und schüttelte dann seinen Kopf. Draußen wurde es Abend, und der Schwung vom Nachmittag war dahin. Diese Niederlage hatte alle ernüchtert.

»Also gut – wir sollten uns beeilen«, stellte Aubrey fest.

»Wir müssen dieser Sache auf den Grund gehen, den Ansatzpunkt, den wir haben, konsequent verfolgen – Reid-Davies zu Dumas, dann zu …« Er dachte an Anderson. Von Richard konnte er keine Hilfe erwarten, es sei denn, er meldete sich bei ihm. War er überhaupt noch am Leben …? »Tony, das Material über deine Abhöraktion in den Büros der Reid-Gruppe?«

»Ja, Sir?«

»Wie hast du die VIATE-Messe in Venedig in bezug auf die Reid-Gruppe genannt?« Er schnippte ungeduldig mit den Fingern.

»Eine perfeke Tarnung, glaube ich, Sir? Oder war es: eine wundervolle Gelegenheit?«

»Genau. Beides trifft hier zu. Besorg dir eine Liste der ausstellenden Firmen und überprüfe ihre Beziehungen untereinander. Wenn irgend etwas von größeren Ausmaßen geplant ist – und der Mord an Chambers und die Anschläge auf dich und Patrick deuten darauf hin –, dann dürfen wir es nicht übersehen. Und auf der VIATE werden keinesfalls Mikrowellenherde ausgestellt, sondern die allerneuesten Errungenschaften der Technik. Wäre ich Malan oder der KGB, dann würde ich gewiß *alles* tun, um mir einen extragroßen Happen davon zu sichern … Meint ihr nicht auch?«

ZWEI

Der mühselige Weg zum Erfolg

Seine Müdigkeit machte ihn gereizt. Nein, stellte er fest, er war gereizt *und* müde. Der lange Abend, bis in die Nacht hinein, mit seinen unaufhörlichen Wellen neuer Informationen, die aufgenommen und verarbeitet werden mußten; die vielen Unwägbarkeiten hatten an seinen Nerven gezehrt. Als es ihm endlich gelungen war, Godwin und Hyde hinauszuwerfen, war es bereits kurz vor ein Uhr nachts gewesen. Miß Grey war im Schlafrock aus ihrem Zimmer gekommen, um sicherzugehen, daß es ihm gutginge und daß er nichts brauchte. Er hatte sie wieder ins Bett gescheucht und sich dann selbst schlafen gelegt, völlig ausgelaugt und kraftlos. Den Großteil der Nacht hatte er vor sich hin gedämmert. Mittlerweile, in seinem Alter, kam es ihm so vor, als könne er seine klarsten Gedanken in eben diesem Halbschlaf fassen. Ohne zu wissen, wie spät es war, trottete er nun ins Wohnzimmer. Draußen schien das Morgengrauen bereits über das feuchte Gras des Parks zu kriechen. Er machte das Fenster auf, um den Rauchgeruch von Godwins Zigarre, um die er in seiner Niedergeschlagenheit gebeten hatte, und Hydes Zigaretten, die er kontinuierlich paffen mußte, aus dem Raum zu vertreiben. Dann erst hob er den Hörer des unaufhörlich klingelnden Telefons ab. Miß Grey war nicht erwacht. Die Ereignisse des vorangegangenen Tages mit dem Einfall der barbarischen Besucher hatten in ihr wohl das dringende Bedürfnis nach dem Schlaf eines Säuglings geweckt.

»Ja?« knurrte er. »Ja, Kenneth Aubrey am Apparat … Richard, bist du das?« Er hörte sich so nah an …

»Kenneth, hast du mein Päckchen erhalten?«

»Ja, das habe ich – Richard, ich habe versucht, dich zu erreichen …«

»Das ist schon in Ordnung, ich mußte in Bewegung bleiben.« Der atemlose, dringende Rhythmus ihres Gesprächs – die Notwendigkeit, sofort ganz da, ganz wach zu sein.

»Kenneth, hast du das Päckchen gekriegt? Kannst du dir einen Reim darauf machen?«

»Richard ... deine Frau!« stieß Aubrey hervor.

»Blantyre ... aber das ist jetzt nicht wichtig. Weißt du, was der Inhalt des Päckchens zu bedeuten hat? Ich bin mir selbst nicht sicher, außer daß dieses ganze Zeug niemals ...«

»Wir nehmen uns der Sache an, Richard. Du hast das Krankenhaus verlassen und warst unauffindbar – wo bist du jetzt?«

»Ich bin in einer Pension in Swakopmund; recht billig, Nebensaison. Sie sind immer noch dabei, britische Güter einzufliegen, Kenneth, ich habe Fotos. Dasselbe Unternehmen, Reid. Ich weiß, wer der Kerl ist – was ich nicht weiß ist, warum die Russen mit drinstecken, warum sie ... meine Frau getötet haben. Weißt *du* es?« Der Zorn und die Anklage waren deutlich herauszuhören, und sie schmerzten.

Miß Grey erschien auf der Türschwelle, und er bedeutete ihr mit einer beruhigenden Geste seiner Hand, daß alles in Ordnung sei und sie wieder zu Bett gehen könne.

»Richard, ich bin mir nicht ganz sicher – es ist hier etwas im Gange, das dank deiner Information um ein Vielfaches klarer geworden ist. Aber du ... warum bist du in Swakopmund? Das ist doch ein Urlaubsort, nicht wahr?«

»Ich habe noch ein Flugzeug gesehen, Kenneth. Dieselben Leute, oder zumindest ein Tochterunternehmen. Eine MLK-Firma hat gestern Abend die Lieferung einer französischen Spedition in Empfang genommen. Ich hatte Kontakt, doch nichts ernstes ...« Aubrey wurde sich bewußt, daß sie unmerklich begonnen hatten, sich im Jargon der Frontagenten zu unterhalten.

»Welches Tochterunternehmen?«

»Eine Firma namens Reid-Davies.«

Er mußte sich auf die Lieferung beziehen, die Birmingham in Richtung Dumas verlassen hatte, die Hyde und Godwin nicht hatten aufhalten können; die Terry Chambers das Leben gekostet hatte. Aubrey holte tief Luft und fuhr fort, die Einzelheiten zu erfragen.

»Was für eine Art Kontakt?«

»Eine Patrouille. Ich war gerade auf Beschattung. Habe sie mit meiner Vogelkundler-Tarnung überzeugt. Ich hasse die Tatsache, daß jeder auf meine Rolle als harmloser Kauz hereinfällt!«

»Verstehe, Richard. Reid-Davies – ja, wir kennen sie. Wir hatten ebenfalls ... äh, Kontakt.«

»Dann ist es also wirklich wahr? Ich meine, nicht nur eine kleine örtliche Angelegenheit, sondern etwas Internationales, etwas *Wichtiges*?«

»Sieht danach aus, Richard.« Er blickte durch die Vorhänge auf den dunklen Park. Nein, er fühlte sich nicht müde, sondern voller Energie – aufgekratzt und gleichzeitig ein wenig schwindelig von den Neuigkeiten; Richard war am Leben, Richard hatte neue Beweise, und sein Leben war in Gefahr.

»Was ist mit Blantyre?«

»Ja ...?« gab Richard gedehnt zurück.

»Wie gefährlich kann er dir im Augenblick werden? Welches Risiko stellt er dar – für den Frontagenten«, fügte er hinzu, und unwillkürlich verzogen sich seine trockenen Lippen zu einem Lächeln. »Geht es dir gut, Richard?« fragte er eindringlich, als vom anderen Ende der Leitung keine Erwiderung kam.

»Oh, ich bin in Ordnung, Kenneth. Mir geht es gut. Solange es sich nicht um etwas Nebensächliches handelt – dafür habe ich weder die Zeit noch die Energie.«

»Nein, nebensächlich ist es meiner Ansicht nach ganz und gar nicht, Richard. Das Gegenteil ist der Fall. Was ist passiert?« Nach einer kurzen Zusammenfassung Andersons sagte er: »Dieser van Vuuren ist für uns eine extrem wichtige Figur. Doch du sagst, daß du dich nicht erinnern kannst, woher du ihn kennst ...?«

»Nein, ich weiß, wer er ist, nicht wer er *war*. Tut mir leid, ich glaube, das ist für mich sowieso nicht wichtig. Ich will Blantyre, doch die ganze Sache scheint viel komplizierter zu sein, als ich dachte. Also, ich werde mit dir zusammenarbeiten – jetzt, wo ich dummerweise die schlafenden Hunde geweckt habe. Sag mir, worum es geht. Warum sind diese Lieferungen so streng geheim? Wer wird denn ausgeplündert?«

»Soweit wir wissen, Richard, stecken die Russen dahinter, in Kollaboration mit dem MLK. Malan selbst, dieser van Vuuren, und natürlich Blantyre …« Er zögerte, als er den wilden Haß am anderen Ende der Verbindung spürte. »Es geht um modernste Technologie, wie du ganz richtig vermutet hast, Richard. Wir versuchen gerade, die Fäden in dieser Geschichte zu entwirren – und auch ich weiß, was ich will. Ich will Malan!« Seine Wut war wie ein Echo der ohnmächtigen Trauer Andersons. Er dachte an Kathryn, seine tote Nichte.

»Warum?« fragte Anderson ohne Umschweife.

»Auch ich habe jemanden verloren. Blantyre hatte nichts damit zu tun, Malan schon.«

»In Ordnung. Was soll ich tun?«

»Wirst du für mich dorthin zurückgehen, Richard, als mein Frontagent? Beschatte sie, finde heraus, was du kannst und erstatte mir regelmäßig Bericht. Vermeide jeglichen Kontakt, zumindest im Augenblick. Nur Beschattung. Registriere, wer oder was kommt und geht, Objekte sowie Individuen. Kannst du das tun?«

Es folgte eine längere Pause. Dann: »Für begrenzte Zeit – ja. Für ein paar Tage.« Er schwieg, und fügte dann hinzu: »Ich werde in meiner Erinnerung nachforschen, wo ich van Vuuren begegnet bin; vielleicht hilft es uns ja weiter, wenn es mir wieder einfällt.«

»Er ist sehr, sehr wichtig, Richard. Ich bin sicher, daß es uns weiterhelfen würde.«

»Gut, ich werde es versuchen«, erwiderte Anderson vorsichtig.

»Brauchst du irgend etwas, Geld, Material …?«

»Ich kann mir alles kaufen, was ich brauche, Kenneth; heute abend rufe ich dich an. Sieben Uhr.« Wieder zögerte er, dann sprudelte es aus ihm hervor: »Ich *will* seinen Tod, Kenneth. Ich will nicht für etwas Nebensächliches oder Zeitaufwendiges verheizt werden. Ich will …« – seine Stimme klang erstickt –, »… ich will *Köpfe*, Kenneth. Zumindest einen. Das mußt du verstehen. Und wenn *ich* es nicht tun kann, dann will ich, daß du jemanden hierherschickst, der es für mich erledigt. Bist du damit einverstanden, Kenneth?«

Aubrey murmelte schwer: »Ja, Richard, die Gegenleistung. Ich verstehe.«

»Dann fange ich an. Bis heute abend.« Und die Leitung war auf einmal tot. Aubrey suchte nach seiner Zigarettenpackung, steckte sich eine Zigarette in den Mund und zündete sie mit zitternder Hand an. Es war zu *nahe* – diese Vergangenheit, die jetzt dazu geführt hatte, daß er eine Abmachung zur Liquidierung eines Menschen getroffen hatte. Er marschierte im Zimmer auf und ab, zupfte nervös an seiner Unterlippe; die Zigarette schmeckte wie Stroh. Vielleicht lag es an der Plötzlichkeit, mit der er wieder in diese gewalttätigen Geschehnisse geschleudert worden war.

Er drückte die Zigarette aus und ging zum Fenster, die Hände in den Taschen seines Morgenmantels vergraben. Dachte an Priabin, an die Tatsache, daß er die Wohnung, *seine* Wohnung, verwanzt hatte, daß Priabin jetzt alles wußte, was sie wußten; und sicherlich wußte es auch Babbington. Die Einsicht überkam ihn, daß sie nun überstürzt handeln würden. Er schnippte ungeduldig mit den Fingern, als könne er so eine Eingebung, eine Idee heraufbeschwören. In seinem Alter kamen die Ideen nur zögernd herbei wie unwillige Diener, wenn überhaupt. Doch jetzt *mußte* er sich etwas einfallen lassen ...

Anderson beschattete den MLK und van Vuuren. Hyde und Godwin mußten heute, allerspätestens morgen, Reid-Davies in die Mangel nehmen. Und wie hatte es Godwin ausgedrückt – *alle Wege führen nach Venedig?* VIATE – die *Venice International Advanced Technology Exposition*, die internationale Messe für Spitzentechnologie.

Sie werden alle, alle dasein. Wenn Priabin und Babbington sich dort aussuchen dürfen, was sie wollen, könnten wir genausogut zulassen, daß sie sich die königlichen Goldreserven unter den Nagel reißen ...

Welch ungeheure Profite für die Unternehmen Reid, MLK

und Dumas ... in Venedig, wo nun ein solch einzigartiger Zusammenfluß geballter Kaufkraft erwartet wurde, nicht auszudenken – oh, wie da die Kassen klingeln würden!

Auf einmal schnippte er mit den Fingern. O ja, er würde Michael Davies einen Besuch abstatten – eine Idee war ihm gekommen, eine Idee, die schimmerte wie ein Goldnugget im Flußsand. Venezianisches Gold ...

»Bedenke die möglichen Konsequenzen, bevor du Babbington alarmierst. Erinnere dich, mit wem du es zu tun hast.« Er seufzte. »Aubrey ist ein überaus gerissener alter Fuchs. Steck ihn in ein Altersheim, und drei Wochen später *gehört* es ihm! Und nur weil Aubreys Mann fürs Grobe, sein Frontagent, einen seltsamen Dialekt spricht und gern gewalttätig wird, sollte dich das nicht zu dem Trugschluß verleiten, daß Aubrey – und für Hyde gilt übrigens das Gleiche – jemand ist, der nur gewohnheitshalber seinen alten Instinkten folgt. Wir haben da eine paar Hunde geweckt, die sich ohnehin nicht gern schlafengelegt hatten – und sie wissen, daß wir auch nicht untätig waren!«

»General?« erwiderte sie verdrossen. »Sie verfolgen eine Spur, die direkt zu Reid-Davies und der VIATE in Venedig führt.«

Priabin rieb sich das Kinn. »Ich kann den SIS auf keinen Fall erneut angreifen, auf gar keinen Fall. Selbst *sie* könnten dann mißtrauisch werden. Wir müssen uns ganz und gar auf *Mortimer* verlassen. Wir haben keine andere Wahl.«

»Ich traue ihm nicht!«

»Warum? Weil du ihn nicht kennst, oder weil er es nur für Geld tut und nicht aus Idealismus?« rief er und gestikulierte wütend mit beiden Händen. »Keiner von ihnen – oder von *uns* – *glaubt* noch an irgend etwas, welche Ideologie es auch immer sein sollte. *Mortimer* ist verläßlich. Wenn er uns enttäuscht, ist sein Leben ruiniert. Er weiß das. Und Aubrey hat keinen Verdacht gegen ihn. Deswegen braucht er unsere Unterstützung, deswegen fliegt man ihn heute nach London. Ich werde ihn über den Stand der Dinge aufklären.« Das Mißtrauen, das kurz in ihren Augen aufflackerte, beleidigte ihn, und er fügte hinzu: »Hör zu, Valentina – paß gut auf, junge Dame! Babbington setzt *alles* auf die VIATE, setzt die gesamte Operation aufs Spiel, obwohl er es eigentlich nicht müßte. Wenn Aubrey morgen die gesamte Reid-Gruppe auffliegen läßt, sind wir – mittels Dumas – spätestens zwölf Monate später wieder in Großbritannien, an demselben Punkt, an dem wir aufgehört haben. Doch General Babbington riskiert die *gesamte* europäische Operation, um in einem tollkühnen Handstreich *alles* zu bekommen. Sei dir dessen bewußt, wenn du geheime Nachrichten nach Moskau schicken willst! *Verstehst du jetzt, was ich dir sagen will, Valentina?*« Er schlug mit der Faust auf den Schreibtisch. Das Mädchen zuckte in ihrem Stuhl zusammen.

Dann, nach einer Pause, nickte sie.

»Gut«, sagte er grimmig. »Der VIATE-Raub, das ist Größenwahn. Wie die Plünderung eines Juwelierladens. Babbington ist davon geblendet, ist logischen Argumenten nicht mehr zugänglich, nicht, wenn es um die VIATE geht.« Er legte die gespreizten Hände mit den Handflächen nach unten auf den Tisch. »Bitte, begreif das, Valentina. Babbington ist nicht weniger dogmatisch und fanatisiert wie Aubrey selbst. Wie unwichtig oder wie bedeutsam die Angelegenheit auch immer sein mag – sie werden bis zum bitteren Ende darum kämpfen wie zwei Hunde um einen Knochen. So war es in ihrer Vergangenheit, so ist es jetzt, und so wird es immer sein. Manchmal kommt es mir so vor, als wäre das alles, was in diesen Männern steckt; als wäre es alles, was sie im Leben erreichen wollen – den anderen zu besiegen.« Er grinste. »In der Zwischenzeit erntet unsere Firma, Dumas Electronics, die Früchte dessen, was Babbington gesät hat. Was *wir* tun müssen, ist sowohl die schlaue Nase Aubreys als auch Hydes Fäuste und Stiefel eine Woche lang – *eine* Woche, Valentina! – vom Kaviartopf fernzuhalten. Konzentrieren wir uns darauf, in Ordnung?«

Um die Düne herum wallte dichter Nebel, feucht und klamm, wabernd wie dicke Rauchwolken; das MLK-Gelände war gerade noch sichtbar. Anderson, der auf dem Dünenkamm lag, fühlte sich wie in einem Boot auf hoher See. In einer Stunde würde sich der Nebel verziehen und die Sicht sowohl auf das Firmengelände als auch auf die Düne freigeben. Er hörte das Tuckern der Gabelstapler, das tiefere Knattern der LKW, und von Zeit zu Zeit hörte er die Stimmen der unsichtbaren Arbeiter. Es gab außer der Düne keine Deckung weit und breit; doch die Düne war der einzige erhöhte Punkt, von dem aus er das Gelände einsehen konnte – trotz der Gefahr, *erneut* entdeckt zu werden.

Den Geräuschen nach zu urteilen, die aus dem dichten Nebel drangen, bereiteten sie wohl eine Lieferung vor, die auf dem Landweg nach Süden, Richtung Südafrika, geschickt werden sollte. Er warf einen Blick auf seine entfaltete Landkarte und rieb sich mit der Hand über seine nackten Arme. Er war zu leicht angezogen; mit Nebel hatte er nicht gerechnet.

Sie würden die Schotterstraße nach Osten nehmen, auf die asphaltierte Straße südlich der Grenze stoßen und schließlich in Kapstadt ankommen. Schätzungsweise war es die Lieferung von Reid-Davies, die am Tag zuvor mit dem französischen Frachtflugzeug angekommen war. Doch vielleicht war es auch etwas völlig anderes. Was auch immer, es waren eine Menge Lastwagen mit von der Partie. Vielleicht war es das, was dem Buren, diesem van Vuuren, den Landweg so schmackhaft machte. In keinem der Hangars hatte er ein Frachtflugzeug gesehen. Ach ja, eines ihrer Flugzeuge war ihnen ja abhanden gekommen, dachte er. Und dieser Absturz kostete immer noch Menschenleben. Die Stimmen, die von Zeit zu Zeit aus dem Nebel drangen, erinnerten ihn, obgleich es Männerstimmen waren, auf unheimliche Weise an Margarethe. Er zitterte ein wenig.

Jetzt kam etwas Bewegung in die dichten Nebelschwaden, als sie sich langsam erwärmten und dünner wurden. Die Dünen im Süden schimmerten schon hie und da durch den Dunst, ockerfarben im Sonnenlicht. Die Stimmen schienen leiser zu werden, ebenso die Geräusche der Gabelstapler und das Brummen der Laster. Hinter dem Drahtzaun nahmen nun nach und nach vier große Laster Gestalt an, die von dienstbeflissenen Gabelstaplern beladen wurden. Er hob sein neues Fernglas, das über eine bessere Optik verfügte, an die Augen und stellte es scharf. Noch konnte er keine wirklichen Einzelheiten ausmachen, doch glaubte er, auf einer der Kisten die Aufschrift *Reid-Davies* zu erkennen. Reid-Davies ... sein Atem ging schneller, und er preßte sich flach auf die Erde. Eine Eidechse huschte vorbei, eine winzige Miniaturlawine aus Sand auslösend. Vorsichtig hob er den Kopf und spähte durch das Fernglas. Eine Heckklappe wurde von einem Fahrer im Overall zugeschlagen und verriegelt. Auf jedem Laster prangte das Logo des MLK. Er konnte Blantyre unter den Männern, die um die Lastwagen herumstanden, nicht entdecken. Alle Wagen verließen nun den Parkplatz; die Morgensonne fing sich grell in den Windschutzscheiben und den Chromverkleidungen der Fahrzeuge. Die schweren Motoren heulten auf, und die Tore des MLK-Firmengeländes öffneten sich mit hohlem Quietschen. Der erste der gewaltigen Volvo-Laster rollte durch das Tor.

Er sah sich nach seinem Avis-Jeep um, der am Fuß der Düne stand. Eigentlich sollte er ihnen nachfahren, um sich zu vergewissern, daß sie wirklich nach Südafrika fuhren; aber es waren mindestens fünfzehnhundert Kilometer bis Kapstadt, und mehr als zweitausend bis nach Johannesburg – der MLK verfügte in beiden Städten über Fabriken und Vertriebsfirmen.

Anderson konnte erkennen, daß sich in der Fahrerkabine zwei Fahrer befanden, als der zweite Volvo lärmend durch das Tor auf die Schotterstraße fuhr, eine gelbliche Staubwolke hinter sich aufwirbelnd, die dichter war als die noch verbliebenen Nebelschwaden des frühen Morgens. Wenn sie in fliegendem Wechsel fuhren, würde er sie nie erfolgreich verfolgen können. Es würde heißen, daß er zwei Tage lang ohne Pause durchfahren müßte, ohne Wasser, Lebensmittel, Benzin.

Für ein solches Unternehmen war er zu schlecht ausgerüstet. Der dritte Laster, und hinter ihm der vierte, donnerten nun durch das Tor, das hinter ihnen geschlossen und verriegelt wurde. Eine Staubwolke hing noch in der Luft und trieb langsam südwärts in Richtung des Checkpoints an der Grenze zur Enklave von Walfischbai. Anderson fühlte einen scharfen Stich der Enttäuschung. Widerwillig hob er sein Fernglas an die Augen und studierte das Gelände. In diesem Augenblick trat van Vuuren aus dem Bürogebäude, gefolgt von seinem Chauffeur, der seine Aktenmappe hinter ihm hertrug. Noch zwei weitere Männer begleiteten van Vuuren, deren Körpersprache sie als Untergebene kennzeichnete – hochgezogene Schultern, eifriges Lächeln und winkende Hände. Van Vuuren, der in seinem gutgeschnittenen Regenmantel kurz und gedrungen wirkte, nahm keine Notiz von ihren Demutsäußerungen und stieg in den wartenden Mercedes.

Anderson sah der sich in der Ferne verlierenden Staubwolke des Konvois nach; eigentlich hätte er diese Staubwolke jetzt ganz nahe vor seiner Windschutzscheibe sehen sollen ... er zwang sich, die verpaßte Gelegenheit zu vergessen und konzentrierte seine Aufmerksamkeit wieder auf den Mercedes und van Vuuren – diesem *Etwas* aus seiner Vergangenheit.

Der Mercedes fuhr auf das Tor zu, während die beiden Männer ihm nachsahen. Das Tor wurde geöffnet.

Er war schon in Bewegung, stolperte den sanften Abhang der Düne hinunter, bevor er sich noch im klaren war, was er eigentlich vorhatte; im Laufen steckte er die Landkarte in seine Hosentasche und hielt das Fernglas in der Hand. Er konnte den Mercedes hören, wie er die Schotterstraße nach Walfischbai entlangfuhr; in einer Staubwolke tauchte er hinter der Düne auf. Das grelle Sonnenlicht ließ die Skyline von Walfischbay leuchten wie die Häuser eines mediterranes Fischerdorfs. Die gläsernen Türme der Hotels und Verwaltungsgebäudes waren in gleißendes Licht getaucht. Er startete den Jeep und fuhr aus dem Schatten der Düne heraus und auf die Straße, wobei er einen beträchtlichen Abstand zwischen sich und dem Mercedes ließ. Dieses *Etwas* juckte wie ein Wespenstich ... wenn er sich nur endlich erinnern könnte! Er hatte seine Vergangenheit so erfolgreich verdrängt, so sehr mit ihr abgeschlossen, daß es ihm vorkam, als suche er in den Ruinen einer im Ozean versunkenen Stadt nach seinem Elternhaus; doch es war da, sagte er sich. Wenn er nur tief genug grub, würde er sich daran erinnen, was für eine Rolle dieser van Vuuren in seiner Vergangenheit gespielt hatte – als er noch als gottverfluchter *Anwalt* so viele Jahre unnütz tätig gewesen war.

Er fuhr durch die Ausläufer der Stadt, und seine Gedanken machten ihn wütend wie ein Mückenschwarm um seinen Kopf. Zu beiden Seiten der Straße tauchten nun von Büschen und Sträuchern umwachsene Bungalows auf; er sah ein paar klägliche Blumenbeete, an einer Leine zum Trocknen aufgehängte Wäsche in einem Vorgarten. Dann wandelte sich das Aussehen der Gebäude, aus Holzhäusern wurden Betonbauten mit verglasten Fassaden, und aus dem Schotter unter den Rädern seines Jeeps wurde Asphalt. Er kam an einem Autokino vorbei, dann am Sportstadion. Van Vuuren fuhr nicht zum Flughafen ... Wohin dann? Zum Bahnhof? Zu den MLK-Büros? Zum Hotel ...?

Er folgte dem Mercedes durch die Innenstadt. Der unvermeidliche Gestank nach totem Fisch wehte aus dem Hafenbecken durch das offene Fenster seines COLT-Jeeps. Schließlich hielt der Mercedes am Randstein vor dem Hoteleingang, und der Fahrer stieg aus, um van Vuuren die Tür aufzumachen. Es folgte ein kurzer Uhrenvergleich, dann ein bestätigendes Kopfnicken des Fahrers. Anderson hielt an einer Parkuhr in etwa dreißig Metern Entfernung und sah zu, wie van Vuuren die Eingangshalle des Mermaid-Hotels betrat. Dann stieg er aus und näherte sich den verglasten Foyertüren.

Sie glitten seufzend auseinander, und plötzlich befand er sich zwischen Palmen und Springbrunnen in der klimatisierten Halle. Der jähe Temparaturabfall ließ ihn erschauern; an der Rezeption sah er van Vuuren, der seinen Zimmerschlüssel abholte. Anderson nahm auf einer langen, geschwungenen Bank vor einem kleinen, mit Blumen und Sträuchern dekorierten Felsengarten Platz. Van Vuuren warf erneut eine Blick auf seine Armbanduhr. Anderson tat es ihm nach – neun Uhr dreißig. Im Foyer hallte das Echo der Schritte auf den blankgewienerten Fliesen. Es waren lediglich ein paar Geschäftsleute zu sehen; die Zahl der Angestellten schien größer zu sein als die der Gäste. Er hörte das Fauchen eines unsichtbaren Staubsaugers. Eine großgewachsene Frau betrat das Foyer, nahm im Gehen ihre Sonnenbrille ab. Sie war dunkelhäutig, aber keine Schwarze. *Halbblut*, so hatten sie damals diese Menschen genannt – und taten es immer noch, wenn sie unter sich waren, oder *coloureds* ... wie Margarethe. Er schluckte mühsam, und seine Kehle fühlte sich eng und trocken an. Die Frau sah sich mit kühlem, berufsmäßigem Blick um. Es war noch reichlich früh für eine Prostituierte ... Vielleicht irrte er sich. War er etwa dem bigotten Vorurteil zum Opfer gefallen, daß sie unmöglich so schön gekleidet und so selbstsicher sein konnte, wenn sie sich nicht von weißen Männern aushalten ließ? Von weißen Männern, die nur aus geblähten Bäuchen und erigierten Penissen bestanden – in Strumpfsocken, die Hosen unwürdig auf die Knöchel heruntergerutscht ...? Oder war sie tatsächlich eine Geschäftsfrau?

Von all den Augenpaaren, die sie anstarrten, schien ihr eines vertraut zu sein – das van Vuurens, zu dessen Tisch sie hinüberging. Er hatte sich Kaffee bestellt und bot ihr mit einer Handbewegung einen Stuhl an, ohne sich selbst zu erheben. Sie lächelte – ja, sie war eine Professionelle, dachte er mit der Gewißheit des ehemaligen Strafverteidigers. Er hatte Mädchen wie sie so oft vertreten; hatte so oft die Vergeblichkeit seiner Bemühungen erfahren müssen, wenn er versuchte, ihre Klagen gegen weiße Männer, von denen sie mißbraucht worden waren, vor Gericht durchzusetzen. Wunderschöne schwarze Prostituierte und *coloureds*.

Das Mädchen akzeptierte eine Tasse Kaffee, doch Anderson beobachtete sie nicht wirklich; die Bilder der Vergangenheit verdrängten die unmittelbare Gegenwart. Van Vuurens Gesicht und das des Mädchens, dann, die *anderer* Mädchen ... das eines *bestimmten* Mädchens; und Anderson erinnerte sich:

Sie saß in seinem Büro ... ihr Gesicht hob sich dunkel gegen das Sonnenlicht ab, das durch sein Bürofenster fiel. Die langen Schatten der Bürotürme Johannesburgs fielen auf ihr Gesicht unter der künstlich geglätteten Frisur. Sie hatte absichtlich diesen Platz gewählt, um ihr blaues Auge, die Male auf ihren Wangen und ihre geplatzte Oberlippe zu verbergen. Vergewaltigung. Das Mädchen war keine Prostituierte gewesen, und diese Tatsache war entscheidend. Warum? Van Vuurens Gesicht, das Sonnenlicht, das sich in seinen Brillengläsern fing, als er… *am Fenster in Andersons Büro saß* und von Zeit zu Zeit gelangweilte Blicke auf die hohen Bürogebäude Johannesburgs warf.

Und das Mädchen, eine *coloured*, die trotz ihrer Schwellungen klug und wunderschön aussah – sie arbeitete für …

Plötzlich purzelten in seinem Kopf die Bilder wild durcheinander, alle auf einmal, wie ein mehrfach entwickeltes Foto. Van Vuuren, das Mädchen, *dieses* Mädchen, der Kellner, das Mädchen in Johannesburg, das van Vuuren der Vergewaltigung bezichtigte, der Vergewaltigung in … *in seinem Büro*, an einem späten Freitagnachmittag, als sie schon auf dem Sprung gewesen war, um den Zug in ihr *Township* zu erwischen. Andere Bilder tauchten auf, van Vuurens Anwalt, der ohne Wärme lächelte, die Gesichter seiner Kollegen, die alle albern ihre Köpfe um den van Vuurens herum gruppierten, als posierten sie für ein Foto … und …

Der Fall, der unter den Tisch fiel. Das Mädchen, das noch Wochen nach der Vergewaltigung wegen ihres zerschlagenen Gesichts geächtet in irgendeinem *township* untertauchen mußte und nie wieder hochkam, in Arbeitslosigkeit und Elend versank. Van Vuuren war Mitglied des *Broederbund* gewesen, van Vuuren war einflußreich, ein wichtiger, ein weißer, ein reicher Mann. Und, jawohl, *er hatte eine Vorliebe für schwarze Nutten, das ist doch kein Verbrechen, Richard* – und man lachte und ging zur Tagesordnung über. Aber es war ein Verbrechen, ein Mädchen zu vergewaltigen und grün und blau zu schlagen, oder etwa nicht? Selbst damals war es das, wenn auch in diesem Fall weniger zum Schutz der Opfer als einfach deswegen, weil das Gesetz eben vorschrieb, daß solches Verhalten bestraft werden mußte.

Van Vuuren trank seinen Kaffee aus und tupfte seine Lippen mit dem Taschentuch aus seiner Brusttasche ab, dann erhob er sich abrupt. Der Mann hatte sich damals irgendwie aus der Affäre herausgewunden, und Andersons Partner in der Anwaltskanzlei hatten geholfen, die Sache zu vertuschen, denn, so fürchtete man, die Staatsanwaltschaft könnte sich ja *eventuell* wegen van Vuurens Mißachtung des Immoralitäts-Paragraphen aufregen. Daher hatte van Vuuren diese Anwaltskanzlei und nicht eine andere gewählt. Später hatte er dann das Mädchen diskreditiert, oder mit Bestechung zum Schweigen gebracht, oder sie eingeschüchtert, oder was auch immer geschehen sein mochte, nachdem Andersons Seniorpartner den Fall übernommen hatte. Wenn die Sache an die Öffentlichkeit gedrungen wäre, hätte die Afrikaaner-Gemeinde es niemals zu einer Anklage van Vuurens kommen lassen, doch sie hätten ihn mit sozialer Ächtung bestraft – van Vuuren wäre politisch und beruflich zur Un-Person geworden.

Die Erinnerung an die Rolle, die er selbst in diesem Fall gespielt hatte, das nagende Schuldgefühl waren körperlich fühlbar, und ihm wurde leicht übel. Und Wut keimte auf, als das Mädchen aufstand, ihre Handtasche unter ihre Achsel klemmte und van Vuuren in Richtung der Aufzüge folgte. Anderson schüttelte den Kopf, und die Bilder aus seiner Vergangenheit verschwanden. Er fuhr sich mit den Händen über seine schweißbedeckte Stirn und massierte die Schläfen mit den Fingerspitzen. Van Vuuren hatte eine Schwarze vergewaltigt ... obschon die Tatsache, daß er mit einer Schwarzen Geschlechtsverkehr gehabt hatte, eigentlich genügte, um ihn ins soziale und geschäftliche Abseits zu bugsieren. Malan – zumindest der Sohn, Paulus – hätte das niemals hingenommen. Van Vuurens Ehefrau hätte wohl oder übel die Scheidung einreichen müssen, und mit einem Schlag wäre der Fall in den Schlagzeilen gewesen. Das Mädchen mußte totgeschwiegen werden, die Affäre mußte sich im Sand verlaufen wie ein spärliches Rinnsal in der Mittagsglut der Wüste. Das Mädchen war sehr tapfer und mutig gewesen, als sie sich einen Anwalt nahm – und dumm. Und

Anderson, er hatte sich schuldig gemacht, indem er zugelassen hatte, daß sein Seniorpartner den Fall übernahm und einfach unter den Teppich kehrte.

Van Vuuren und die Prostituierte verschwanden im Aufzug.

Anderson lehnte sich zurück, und außer seinem Schuldgefühl spürte er noch tiefe Erleichterung, daß es ihm gelungen war, diese Nuß zu knacken, daß ihm eingefallen war, woher er diesen van Vuuren kannte. Er holte tief Luft.

Und wie ging es jetzt weiter?

Wieder tauchten verschwommene Bilder vor seinem geistigen Auge auf, überstürzten sich seine Gedanken und Ideen; er sah das Gesicht Nelson Mandelas, und das des Präsidenten de Villiers, der Mandelas Hand schüttelte und gemeinsam mit Nelson und anderen ANC-Führern das Abkommen zur Aufhebung der Apartheid unterzeichnete ... van Vuurens Vergehen wurde nebensächlich – *nein*, wurde es nicht, wurde es ganz und gar nicht! Der *Immoralitäts-Paragraph* war abgeschafft, nicht aber die Strafbarkeit einer Vergewaltigung. Die Vergewaltigung eines *coloured*-Mädchens durch einen prominenten weißen Geschäftsmann aus Südafrika war – und mochten noch so viele Jahre seither vergangen sein – mehr denn je ein unerhörter Skandal. Anderson ballte seine Hand zur Faust – als halte er van Vuuren darin gefangen wie eine Mücke.

»Nein, Tony – ich habe eine Entscheidung gefällt und erwarte, daß man ihr Folge leistet. Ich werde die Erlaubnis zur Durchsuchung der Reid-Davies weder anfordern noch sie persönlich erteilen. Nicht zum jetzigen Zeitpunkt. Es könnte die Betroffenen so erschrecken, daß sie fliehen würden. Jeder Frontalangriff ist wahrscheinlich zum Scheitern verurteilt. Geoffrey Longmead hat sich einverstanden erklärt – eine reine Panikreaktion –, daß ihr beide wieder eingestellt werdet, daß ihr für mich und mit mir arbeitet. Das bedeutet aber, daß wir äußerst behutsam vorgehen müssen. Wir sind wieder im Geschäft – doch unser Startkapital ist verschwindend gering, also laßt es uns nicht vergeuden.

Übrigens – ist euch jemand gefolgt, als ihr hierhergekommen seid?«

Aubrey stieg vorsichtig über einen mit Kreide gezeichneten menschlichen Umriß, der immer noch auf dem Teppichboden sichtbar war. Das Mittagslicht strömte in das Centre Point-Büro, zu dem Aubrey die erforderlichen Schlüsselkarten besaß. Die Wände waren rußgeschwärzt – eine Erinnerung an das Feuer, das Hyde gelegt hatte, um die drei russischen Agenten durch das Trockengas des Feueralarmsystems auszuschalten. Die Büroräume waren nicht sehr gründlich gereinigt worden, und im Century House hatte man offensichtlich momentan keine Verwendung dafür. Die Computer und die Faxgeräte funktionierten noch.

»Wir könnten diese Firma völlig auseinandernehmen«, bemerkte Hyde.

»*Jede* Annäherung an Michael Davies muß auf absolut harmlose, unverdächtige Weise geschehen, verstehst du das, Patrick?«

»Ich schätze schon«, antwortete er verdrossen. »Wenn wir noch leiser herumschleichen, werden sie ohnehin davon ausgehen, daß wir in der Zwischenzeit verstorben sind.« Er hob die Schultern. »Was ist mit der VIATE?«

»Tony, wie weit bist du gekommen?«

»Mindestens fünfzehn Aussteller sind entweder Tochtergesellschaften von Dumas, oder sie sind mit ihnen oder Reid durch großangelegte Gemeinschaftsprojekte verbunden, vor allem im Bereich Forschung und Entwicklung. Da gibt es noch ein paar andere … einige Firmen, die *sehr* merkwürdige Kredite bei Banken aufgenommen haben, mit denen wir uns in letzter Zeit beschäftigen mußten. Oder – im Fall der amerikanischen Firmen, die erwartet werden – Verbindungen zu einer zwielichtigen Bank in Kalifornien pflegen. Ich hoffe, das reicht aus, Sir? Mehr konnte ich in der kurzen Zeit nicht zusammentragen.«

»Gut gemacht, Tony, gut gemacht.« Aubrey strich sich mit der Hand über sein glattrasiertes Kinn. »Damit haben wir die Grundlagen für den Hauptbestandteil unserer Operation.«

»Was für einer Operation?« fragte Hyde, der auf einem Stuhl in der Nähe des Fensters saß.

»Du und Tony, ihr werdet zur VIATE-Messe reisen, und zwar als akkreditierte Repräsentanten der Reid-Davies-GmbH. Ihr werdet *dabei* sein, und das völlig legal und unverdächtig.«

»Und ...?«

»Und ihr werdet euch sozusagen in den Blutkreislauf der VIATE einschleusen, bis ihr gefunden habt, wonach wir suchen – den Krankheitsherd.«

»Wundervoll! Und wie sollen wir innerhalb der nächsten zwei Tage zu Angestellten von Reid-Davies werden? Ich meine, klar, Godwin und ich sind absolute Topleute, doch könnte es nicht sein – besteht denn nicht die klitzekleine Möglichkeit –, daß sie nicht unbedingt auf ein Arbeitsverhältnis mit uns versessen sind?«

»Das müssen wir mit Michael Davies abklären. Und zwar heute abend. Wir sind zum Abendessen bei ihm zu Hause in der Nähe von Birmingham eingeladen – wir alle drei. Du wirst dich wohlfühlen, Patrick – er hat einen ausgezeichneten Keller, *und* er bevorzugt australisches Bier!«

»Sir«, sagte Hyde, »wir wollen doch keinen Verdacht erregen, oder? Also was für ein Märchen haben Sie ihm denn erzählt? Und woher wissen Sie, daß er einer von den Guten ist?«

»Er hat einmal dazugehört – zu *meiner* Truppe.«

»Menschen ändern sich.«

»In diesem Fall nicht.«

»Warum bitten wir ihn dann nicht, daß wir uns ganz heimlich in seiner Firma umsehen können?«

»Weil dort jemand zu Priabin oder Malan rennen könnte, und vielleicht würden auch andere Leute eingeweiht, und das einzige Resultat wäre in diesem Fall, daß aus dem Getuschel und dem leichten Zittern im Kabinett ein Erdbeben wird! Bitte sei dir dessen bewußt, Patrick, daß dies sehr wahrscheinlich der Fall sein würde, wenn du mit deinen Stiefeln in diesen Porzellanladen trittst!«

»Wollte Sie nur testen …«, murmelte er schulterzuckend.

»Wir sind uns also einig? Ausgezeichnet!«

»Welche Story werden wir Davies erzählen?«

Aubrey blickte Godwin an, der sich räusperte und sagte: »Wir haben von einem unserer Informanten aus dem Ostblock – äh, ich meine von der anderen Seite des nicht mehr existierenden Eisernen Vorhangs – erfahren, daß unerwünschte Personen wie Novak begonnen haben, die Niederlassungen westlicher Firmen in Osteuropa zu infiltrieren ach, saug dir doch selber irgend etwas aus den Fingern!« Das klang aufbrausend, als sich Hydes Gesicht zu einem zynischen Grinsen verzog.

»Hauptsache, wir einigen uns auf *eine* Version bis heute abend«, sagte Aubrey. »Angehörige der früheren Geheimdienste der ehemaligen Warschauer-Pakt-Staaten veruntreuen in Osteuropa ungeniert *Gelder* britischer Firmen. Ein ganz banaler *Finanz*skandal; ich garantiere euch, daß alle begeistert von unserem Engagement sein werden.«

»Es kommt der Wahrheit ein bißchen zu nahe, finde ich«, warf Godwin ein.

»Sollte es doch auch, oder etwa nicht? Damit es auch diejenigen überzeugt, die von unseren sonstigen Aktivitäten wissen. Ich habe das mit dem Century House *und* mit Longmead abgesprochen. Zweifellos wird Davies im Century House anrufen, um sich unseren Auftrag bestätigen zu lassen. Daher die Nähe zur Wahrheit.«

Aubrey wandte sich dem Fenster zu und betrachtete den Verkehr auf der Kreuzung der Charing Cross Road und der Oxford Street. Die Fußgängerampel schaltete auf grün, und eine sommerlich gekleidete Menschenmenge wälzte sich wie eine Herde von Lemmingen über die Straße.

Longmead und auch Orrell, sie beide waren Politiker mit großem Ehrgeiz und genossen die Intrigen der internationalen Finanzwelt; Aubrey hatte diese Art der Politik immer als entsetzlich langweilig empfunden. Cleverness, geistige Beweglichkeit, die Kunst der Täuschung – alles natürlich im Dienste der Bekämpfung des Bösen –, *das* war sein Metier, dort lag seine Leidenschaft. Und es war nicht die

Macht eines Königs, die ihn auszeichnete, sondern vielmehr die Schlauheit des Hofnarren.

»Ich könnte mir vorstellen, daß Sir Clive Orrell recht nervös sein wird«, bemerkte er, »wenn er herausfindet, daß all diese Berichte und Meldungen, die er monatelang so geflissentlich ignoriert hat, auf einer ziemlich soliden Basis fundierten.

»Er wird sich in die Hosen machen«, sagte Hyde grinsend.

»Ja, er wird nervös sein, doch er wird gegen unsere Untersuchung keinerlei Einwände erheben. Longmead ist fast in die Luft gegangen; der schnöde Mammon erweckt immer seinen Abscheu – wahrscheinlich, weil er unglücklich mit ihm verheiratet ist, was meinst du, Patrick?«

Hydes Grinsen wurde noch breiter.

»Dann sollten wir es jetzt ausarbeiten – geben wir unserer Story noch die erforderliche Tiefe, damit sie auch wirklich überzeugend ist, in Ordnung? Und zwar *vor* dem Mittagessen.«

Anderson näherte sich seiner Pension, die direkt am Sandstrand der North Beach in Swakopmund lag; die benachbarten Häuser waren größer und stattlicher, in einigen befanden sich luxuriöse Altersheime, andere wiederum gaben sich als Hotels aus. Er hatte einen Parkplatz in einer Parallelstraße gefunden. Die langen Schatten der zweistöckigen Holzhäuser krochen über die Straße wie schwere Samtvorhänge. Er würde nicht lange brauchen, um zu packen. Reichlich Zeit für die Abendmaschine nach Windhuk, und dann – wahrscheinlich am Morgen darauf – einen Flug nach Johannesburg. Van Vuuren hatte Walfischbai an diesem Nachmittag mit der Maschine nach Johannesburg verlassen, und Anderson war sofort in seine Pension zurückgekehrt.

Er stieg die drei Holzstufen zur Veranda empor, öffnete die mit Fliegengitter bewehrte Eingangstür und betrat die kühle, dunkle Diele. Seine Zimmerwirtin, eine der vielen Deutschen, die sich hier in Swakopmund niedergelassen hatten, war nicht zu sehen, doch vom hinteren Teil des Hauses kam ein Geruch nach Zwiebeln und verkochtem Gemüse. Wenn er mit dem gepackten Koffer wieder herunterkam, würde er die Rechnung bezahlen. Er sah auf seine Uhr. Vier. Er sollte Aubrey anrufen – vom Flughafen, oder vorher – und ihn von der neuen Sachlage in Kenntnis setzen, ihn wissen lassen, daß er jetzt etwas in der Hand hielt. Van Vuuren hatte eine Mischlingsfrau, eine *coloured*, vergewaltigt und war nie vor Gericht gestellt worden. Mit den geänderten Verhältnissen in Südafrika würde van Vuuren auch die Mitgliedschaft im *Broederbond* nichts nützen; ein Skandal, das Ende seiner Karriere, möglicherweise eine Gefängnisstrafe würden ihm sicher sein. Oder die Verbannung aus Südafrika. Eine vorzügliche Gelegenheit für die Regierung und die weiße Oberschicht, um auf eindrucksvolle Weise ihre gewandelte Einstellung in Rassenfragen zu demonstrieren; man würde sich öffentlich von van Vuuren distanzieren.

Wenn er nur bald das alte Beweismaterial auftreiben, vielleicht sogar die Frau finden könnte …

Er hatte den ersten Stock erreicht und blieb vor seiner Tür stehen. Mit den Fingerspitzen stieß er sie sachte an – sie war unversperrt. Er starrte wütend und ungläubig auf den Schlüssel in seiner Hand. Die Zimmerwirtin …? Die Haare in seinem Nacken stellten sich auf, und zwischen den Schulterblättern meldete sich zuckend eine alte Narbe. Er horchte – in dem Wissen, daß sein Zögern ihn verriet – und warf einen Blick zurück ins Treppenhaus, wo jede der knarzenden Stufen sein Näherkommen angekündigt haben mußte. Die Nachmittagssonne fiel durch ein fleckiges Fenster am Ende des Ganges und ließ einen kurzen Augenblick lang das Gemälde eines deutschen Missionars oder Forschers aus dem vorigen Jahrhundert wie ein Spukbild auferstehen. Er zögerte, dann stieß er die Tür weit auf, warf sich mit dem ganzen Körper erneut dagegen, als er ein Stöhnen hörte und ein schwerer Gegenstand zu Boden fiel. Sofort riß er die Tür zurück und rammte sie mit aller Kraft erneut gegen den Mann, der sich dahinter versteckt hatte, dann ein zweites und ein drittes Mal. Eine Hand mit zu einer Klaue gekrümmten Fingern erschien neben dem Türrahmen, als wolle sie ihm standhalten, und rutschte dann langsam nach unten, dann noch tiefer …

Anderson riß die Tür zurück. Über dem blutverschmierten Gesicht und den leeren, bewußtlosen Augen leuchtete ein weißer Streifen in der braungebrannten Haut der Stirn … das erkannte er als erstes wieder; es war Uys, der Korporal aus dem Busch, einer von Blantyres Leuten, der sicherlich bei dem Angriff auf die Game Lodge dabeigewesen war; vielleicht hatte er sogar die Rakete abgefeuert, die Margarethe …

Er kniete auf dem Mann, seine Finger sofort an seiner Kehle, die Knie auf den Brustkasten des anderen gepreßt; der Atem, den er ersticken wollte, kam schwer und rasselnd, wurde immer unregelmäßiger. Er würgte stärker, das Blut pochte in seinen Schläfen, als sei er selbst derjenige, den man erwürgte. Sein Gesichtsfeld bestand nur noch aus der um Luft ringenden Grimasse von Uys … die schlaff wurde; der Kopf sank kraftlos zur Seite, als Anderson seinen Griff lockerte. Er sog keuchend die Luft ein; es schien sein erster Atemzug zu sein, seitdem er die Tür aufgestoßen hatte. Auf allen vieren kroch er von der Leiche fort; er zitterte, und ihm wurde übel.

Dann besah er sich mit glasigen Augen das Zimmer. Es herrschte eine wilde Unordnung, Uys hatte es vollkommen auf den Kopf gestellt. Er mußte durch das offene Fenster an der Längsseite des Hauses eingestiegen sein. Andersons wenige Neuanschaffungen lagen überall auf dem Bett und dem Teppich verstreut; das Innenfutter seiner Jacke war entzweigeschnitten und die Taschen seiner Hosen nach außen gestülpt worden. Uys hatte nichts gefunden, weil es nichts gab, das er hätte finden können. Anderson hatte seinen Paß und seine Kreditkarten bei sich gehabt.

Unsicher stand er auf, wobei er sich an der Bettkante hochzog. Dann setzte er sich aufs Bett und horchte auf das Klappern der Pfannen und Töpfe in der Küche, auf eine entfernte Stimme eines deutschen Radiosenders, auf das Knarzen und Ächzen des Hauses. Er war müde. Und leer. Und ruhig. Margarethe war fast nicht gegenwärtig gewesen, bis auf den kurzen Moment, als der plötzliche Gedanke an sie ihn dazu gebracht hatte, sich auf Uys zu stürzen. Nein, sie war jetzt im Moment überhaupt nicht mehr da; als hätte sie sich zurückgezogen – vorwurfsvoll oder befriedigt? Er wußte es nicht.

Du verschwendest deine Zeit. Steh auf, pack deine Koffer.

Mit plötzlicher Energie sprang er auf und begann, seine Kleider und die Fortoausrüstung in eine leere Sporttasche zu stopfen. Uys hatte den belichteten Film zerstört, indem er ihn ans Tageslicht gehalten hatte – er warf einen Blick auf sein totes, blutüberströmtes Gesicht, das in einem seltsamen Winkel aus dem befleckten Khakihemd hervorsah. Dann ging er zum Penster. Uys konnte unmöglich allein gekommen sein …

Blantyre?

Nicht jetzt, bitte nicht jetzt.

Er konnte zu seinem Jeep durch diesen schmalen Durchgang zwischen den beiden Holzhäusern gelangen, ohne daß er sich auf der Straße, wo sich der Eingang der Pension befand, sehen lassen mußte. Sicherlich warteten sie auf der Straße, haben Uys von dort aus vorgewarnt … Aber wie? Er sah weder ein Funkgerät noch ein tragbares Telefon. Schnell tastete er den Mann von oben bis unten ab, fand aber lediglich Uys Pistole, die zur Hälfte unter den Bettvorleger geschlittert war, als Uys im Todeskampf mit seinen Beinen um sich geschlagen hatte. Er nahm sie an sich. Ersatzmunition? Keine Zeit. Hastig schulterte er die Tasche und lauschte dabei auf Schritte auf der Treppe. Nichts. Dann wurde die Eingangstür zugeschlagen …

Anderson schwang sich mit einem Bein über das Fensterbrett; die Sporttasche rutschte über seinen Rücken, als er sich durch das Fenster zwängte und an dem eisernen Abflußrohr hinabkletterte. Der Schweiß lief ihm in Strömen über sein Gesicht. Er hatte gerade eben einen Menschen getötet, und Blantyre war vielleicht schon auf der Treppe …

DREI

WELCH GOLDENE ZEITEN ER GEKANNT

Der Alte versuchte mit allen Mitteln, die Vergangenheit wiederaufleben zu lassen, um diesen Davies weich zu machen, selbst ein kleines Kind hätte das erkannt. Hyde saß auf einem schmalen Sessel vor den Terrassenfenstern und beobachtete Aubrey, der wie ein satter und zufriedener Uhu auf einer zierlichen Couch hockte, während Davies sich auf einem brokatbezogenen Diwan entspannte. In einem kurzen Augenblick der Stille hörte Hyde das Ticken der Standuhr auf dem Kaminsims. Godwin saß mißmutig in einem Ohrensessel und hielt ein Whiskyglas mit beiden Händen unter sein Kinn. Aubrey versprühte auf einmal einen etwas antiquierten, nichtsdestotrotz höchst amüsanten und liebenswerten Charme, als wolle er der noblen Einrichtung des Zimmers Genüge tun; er erzählte Anekdoten aus der Zeit, da Davies noch auf seiner Gehaltsliste gestanden hatte.

Draußen im Garten tobten Davies Kinder auf dem kurzgeschnittenen Rasen. Die Schwalben durchschnitten säuberlich die tiefblaue Luft des frühen Abends, während das Gezwitscher der Mauersegler durch die geöffneten Fenster der viktorianischen Villa drang. Hyde spürte, wie er eingelullt wurde, und zwang sich zu erhöhtem Mißtrauen gegenüber Davies. Doch Aubrey schien keinerlei Verdacht zu hegen, schien Davies zu vertrauen, obschon der Mann zögerte und zauderte und nicht mit der gebührenden Betroffenheit reagierte, als Aubrey ernst wurde und ihm seine Entdekkungen präsentierte. Hyde sah nach draußen, wo Davies Tochter, mit beiden Händen den Schwanz eines widerwilligen Hundes festhaltend, auf dem Bauch durch ein Rosenbeet rutschte. Ein schriller Schmerzensschrei ertönte Sekunden später.

Hyde fühlte, daß er in dem Zimmer lediglich ein Teil des Mobiliars war, wie eine Maschine, die darauf wartet, unter Strom gesetzt zu werden. Er stand unvermittelt auf, als ihm dieser Gedanke durch den Kopf ging, schlenderte durch die Flügeltür in den Garten hinaus und stellte sich neben die Sonnenuhr auf der Terrasse; die Kinder scharten sich sofort um ihn. Die Wolkengebilde am Horizont waren in rosafarbenes Licht getaucht und verliehen dem Sonnenuntergang etwas Dramatisches, verwiesen auf eine ungewisse Zukunft. Die Rufe der Mauersegler klangen wie düstere Prophezeiungen.

Davies war besorgt – das schon. Er wirkte hilfsbereit. Schon öfter hatte er dem Geheimdienst äußerst wertvolle Dienste als Kurier geleistet. Hyde begann sich zu fragen, ob es nicht einfach die friedliche, unbekümmerte Atmosphäre dieses Landsitzes war, die ihn gegen Davies einnahm; die Tatsache, daß er ihn darum beneidete. Vielleicht war Davies einfach ein bißchen schwer von Begriff und verwirrt; möglicherweise hatten seine ersten Gedanken den Nachteilen gegolten, die ihm in geschäftlicher Hinsicht aus der Affäre erwachsen mochten. Davies hatte sich geändert, obgleich Aubrey das nicht erkannt zu haben schien ... aber vielleicht war er auch einfach nur ein paar Jahre älter geworden. Seine Bankschulden waren hoch, und er mochte ganz einfach den Erfolg; das letzte, was er im Moment gebrauchen konnte, war Aubrey mit seinen Hiobsbotschaften. *Memento mori*. Aubrey, ein Mephistopheles, der mit dürrem, mahnend erhobenem Zeigefinger an die alte Verpflichtung, den Faustischen Pakt erinnerte. Hyde seufzte. Alles müßige Überlegungen. Wenn sie erst in Venedig wären, als Geschäftsleute verkleidet, in Maßanzügen und mit pomadisierten Haaren, dann begann *seine* Arbeit.

Die Mauersegler waren hochgestiegen und stießen schrille Warnrufe aus, während sie sich höher und höher in die Luft schraubten. Weit verstreute schwarze Kommas, die sich gegen den abendlichen Himmel abhoben. Augenblicke später formierten sie sich wieder, um sich dann erneut voneinander zu lösen. Davies Frau hatte die Kinder ins Haus gerufen. Zwei Tauben trippelten jetzt über den Rasen. Hyde warf einen Blick auf Aubrey ...

... Aubrey sah durch die Terrassentür. Hyde wirkte wütend, angespannt, fast als sei er enttäuscht. Aubrey seufzte stumm und wandte sich Michael Davies zu, der sich auf einmal unwohl zu fühlen schien, als habe er seinen Whisky zu schnell getrunken. Er erinnerte an einen Schwimmer, der in zu tiefes Wasser gerät, der sich zu weit hinausgewagt hatte, der geglaubt hatte, auf die Sicherheit des nahen Ufers verzichten zu können. Davies war einer seiner besten Kuriere gewesen; doch das war lange her, ebenso wie seine Erfolge beim Sport und bei den Frauen; jetzt war er verheiratet und hatte sowohl das Kricket als auch die Affären aufgegeben, um sich ganz seiner Firma zu widmen. Die Zeiten änderten sich. Manchmal unmerklich, manchmal so schnell, daß einem schwindlig wurde.

Er beugte sich vor, als wolle er Davies ein Geheimnis anvertrauen, und sagte: »Verstehst du, Michael, ich weiß sehr wohl, daß es eine Zumutung ist – aber die Art, wie diese alten Agenten da drüben wie Springteufelchen überall auftauchen, beunruhigt mich zutiefst ...« Er lächelte entwaffnend. Dieses Lächeln, das ihm einst so spielend gelungen war, er hatte es jetzt, seitdem er ein Gebiß trug, vor dem Spiegel einüben müssen! Doch es verfehlte seine Wirkung nicht. Davies schöpfte keinen Verdacht; er zögerte und zauderte, doch er mißtraute ihm nicht. »Wenn es möglich wäre, ein paar meiner Leute – Tony hier, und unser Kettenhund auf der Terrasse ...«

Tony, verzieh nicht das Gesicht – du kennst doch meine Tricks.

»... wenn es irgendwie möglich wäre, sie an der VIATE teilnehmen zu lassen, damit sie sich ein wenig mit der Materie vertraut machen können, würde uns das im größten Maße helfen.«

Davies nickte und nippte an seinem Whisky, wobei er mit halbem Ohr auf die Stimmen seiner Kinder horchte, die wieder in den Garten gelaufen waren. Aubrey sah, wie Hyde eine der Katzen streichelte und in die Hocke ging, um mit den Kindern zu sprechen. Vielleicht wollte er auch jemanden einlullen ...? Was Michael Davies anbetraf, es war eine ungewohnte und schwierige Aufgabe, ehemalige

Spione und Helfer aus dem Warmen ins Kalte zu zerren. Davies könnte Aubreys Bitte mit gutem Grund als eine ungebührliche Einmischung in sein jetziges Leben betrachten.

»Unglücklicherweise, Michael«, fuhr er fort, »spielen ich und meine Kollegen immer noch die Rolle der Gespenster der Nacht. Doch wir alle wissen: wie sehr sich die Zeiten auch geändert haben mögen, unsere Aufgabe ist einer Tradition verpflichtet, deren Notwendigkeit noch nicht völlig verschwunden ist.«

»Ich weiß nicht, was du damit sagen willst.«

»Es sind ein paar ziemlich fragwürdige Gestalten aus einer ebenso fragwürdigen Vergangenheit wiederaufgetaucht, Michael. Und sie treiben sich in meinem Revier herum. Die Tatsache, daß diese Leute rehabilitiert und in Amt und Würden gesetzt wurden – noch dazu angesichts der offensichtlichen Unerfahrenheit, die ein paar der neugewählten Regierungen kennzeichnet –, ist etwas, das den SIS zu Recht beunruhigt. Und auf der VIATE in Venedig wollen sie einen großen Coup landen.« Er wandte seinen Kopf Godwin zu, der sofort begann, eifrig zu nicken und mit Notizen zu rascheln.

»Wir haben irgendwo eine Liste ...«, begann Aubrey, doch Davies unterbrach ihn.

»Ich glaube dir. Ich kann jedoch nicht behaupten, daß ich selber einem von ihnen begegnet wäre.« Er lächelte gewinnend. »Aber ich bin auch nicht mehr so mißtrauisch wie früher. Kann schon sein, daß sie alle korrupt sind. Mit der Ausnahme von Havel, natürlich, und Dubček und Walesa, und ein oder zwei anderen...» Er nippte an seinem Whisky. »Noch einen, Kenneth?«

Aubrey lehnte mit einem Kopfschütteln ab. Godwin hielt ihm sein Glas hin, und Davies nahm die Karaffe von dem spätviktorianischen Teetischchen und füllte es lächelnd nach.

»Danke«, murmelte Godwin und schenkte Davies sein strahlendstes Lächeln.

»Nun, Michael, siehst du einen Weg, uns zu helfen? Natürlich ohne deine Geschäfte in Venedig auf irgendeine Weise durcheinanderzubringen. Ich möchte auf jeden Fall vermeiden, daß du …«

»Kenneth, wer hätte dir jemals widerstehen können!« rief Davies lachend. »Es gab auch früher eine Menge Kurieraufträge, die ich eigentlich nicht übernehmen wollte – aber ich konnte dir schon damals keine Bitte abschlagen. Sag mir, besitzt Hyde einen Anzug? Wenn nicht, besorgst du ihm besser einen Zweireiher. Ich gehe davon aus, daß Sie einen haben, Tony?«

»Einen einzigen, für Einstellungsgespräche und Hochzeiten«, erwiderte Godwin.

»Gut.« Er kratzte sich mit einer Hand am Nacken. »Wir müssen für Hyde eine geeignete Rolle finden. Er sieht nicht allzu intelligent aus, nicht wahr? Mit Intelligenz meine ich natürlich Fachwissen im technischen Bereich.« Godwin erwiderte Davies komplizenhaftes Lächeln – wenn Davies Hyde unterschätzen sollte, dann um so besser. »Was Sie anbelangt, Tony, bei Ihnen sehe ich da kein Problem. Ich werde Sie mit jemandem aus der Programmierabteilung zusammenbringen, in Ordnung?«

»Einverstanden.«

»Danke, Michael«, sagte Aubrey. »Ich erwarte mir von unserem kleinen Abenteuer eine ganze Menge günstiger Auswirkungen. Nicht nur für den Service.« Aubrey lächelte und fügte arglos hinzu: »Und wie gehen die Geschäfte, Michael? Es scheint ja ausgezeichnet zu laufen, nachdem du immerhin zu der VIATE eingeladen wurdest?«

»Es geht ganz gut, Kenneth, danke der Nachfrage. Nicht das Gleiche« – Er schüttelte den Kopf, »als ob man sein eigenes Ding machte, aber die Reid-Gruppe ist ein Dachunternehmen, wie man sich es zuvorkommender nicht wünschen kann, also insofern kann ich mich wirklich nicht beklagen …« Er zuckte mit den Schultern.

»Gut, gut – ausgezeichnet! Du hast dich also gut eingefügt?«

»Ja, eine Menge Aufträge, die uns zufallen. Es läuft wirklich ziemlich gut.«

»Damals habe ich mir Sorgen gemacht, als euer einziger Auftrag vom Verteidigungsministerium annulliert wurde; es schien fast, als sei all die harte Arbeit umsonst gewesen.«

»Jetzt ist alles okay, Kenneth, danke. Um mich mach dir mal keine Sorgen!« Davies Selbstsicherheit wirkte beinahe arrogant. »Ich weiß übrigens, daß du absolut nichts dafür konntest. Erstens hättest du ohnehin nichts tun können, und außerdem warst du mir ja nichts schuldig, nur weil ich einige Male für dich gearbeitet habe.« Die Andeutung eines Vorwurfs? Aubrey ging nicht darauf ein, und Davies lächelte ihn mit aufrichtiger Zuneigung an. »Auf jeden Fall ist die Reid-Gruppe in genau dem richtigen Moment aufgetaucht, und ganz bestimmt wollten sie meine Firma nicht ausschlachten, sondern vielmehr in sie investieren. Es war ein wirklicher Glückstreffer!«

Die Wohnzimmertür öffnete sich, und Carole Davies erschien, ihr Gesicht heiß und rot von der tropischen Hitze ihrer Küche.

»Ich bin jetzt soweit, das Abendessen zu servieren, Mike – Sir Kenneth. Ich hoffe nur, daß das Fleisch noch rosa ist!« Aubrey nahm es hin, daß sie seinen Titel so betonte; es schien ihr ein besonderes Vergnügen zu bereiten, ihn laut auszusprechen. »Mike, bist du so nett und führst unsere Gäste ins Eßzimmer?«

Davies stand auf.

»Ich hole nur die Kinder ins Haus …«

»Unser *Aupair*-Mädchen kann das erledigen, Mike. Führ Sir Kenneth ins Eßzimmer – ich muß zurück …«

Davies zuckte die Schultern, während er ihr nachsah. Sie traten in den holzverkleideten Flur.

»Waren Sie jemals in Venedig, Tony?« fragte Davies und schlug ihm auf die Schulter.

Godwin warf einen Blick auf Aubrey, der ihm zuzwinkerte. Hinter ihnen schlenderte Hyde durch die Flügeltür ins Wohnzimmer, die Hände hielt er in den Taschen vergraben.

»Nein, noch nie. Ich freue mich darauf – Mike.«

Aubrey hatte am Telefon mißtrauisch und abweisend geklungen, dachte Anderson, als er auf dem Rücksitz des Taxis saß. Vor nicht allzulanger Zeit wäre es äußerst schwer gewesen, einen Fahrer zu finden, der eine Fahrt ins Township nicht kopfschüttelnd abgelehnt hätte. Doch das Township war bei weitem nicht mehr so tödlich wie früher. Der Soweto-Highway führte durch die weißen Vororte Johannesburgs, vorbei an Golfplätzen, Sporthallen und sauberen, baumbestandenen Alleen. Weißgestrichene, stuckverzierte Häuser aus Holz und Backstein verbreiteten den Anschein von friedlichem Reichtum. Dann erreichten sie die Schuttberge von Witwatersrand, die vor den Goldminen aufgeworfen worden waren. Die Bewohner von Witwatersrand hatten keinen Zugang zu den Golfclubs. Die sauberen weißen Vorortshäuser drängten sich im Schatten der rötlichen Dünen aneinander, als fürchteten sie sich vor der Fremdheit dieses Orts.

Was war denn bloß los mit Aubrey …? Anderson schüttelte den Kopf, sah in den Rückspiegel, dann in den Seitenspiegel, rutschte auf dem heißen Plastiksitz herum wie ein nervöser Schuljunge. Nichts zu sehen – niemand war ihm vom Stadtzentrum bis hierher gefolgt. Blantyre war dort gewesen, am Jan Smuts Flughafen, als Anderson aus seiner Maschine gestiegen war. In den Zeitungen war in den letzten zwei Tagen, seit er Swakopmund verlassen hatte, keinerlei Meldung über einen Mord an einem südafrikanischen Söldner aufgetaucht, keine Fahndungsmitteilung, daß ein flüchtiger Weißer von der Polizei gesucht würde. Blantyre mußte es irgendwie geahnt haben, daß Anderson nach Johannesburg kommen würde – er hatte sich wohl einfach auf seinen Instinkt verlassen und geduldig gewartet, bis Anderson dort auflkreuzte. Doch irgendwie war es ihm gelungen, sich unerkannt aus dem Flughafengebäude zu stehlen.

Er zitterte bei der Erinnerung an das Katz-und-Maus-Spiel, bis er sich davon überzeugt hatte, daß die Luft rein war. Er hatte sich unter falschem Namen ein Hotelzimmer gemietet. Überall hatte er die Augen nach möglichen Beschattern aufgehalten, vor allem als er den Bürokomplex betrat, in dem sich die Anwaltspraxis befand, für die er damals gearbeitet hatte. Denn er fürchtete, daß Blantyre nicht nur ahnte, daß Anderson sich in Johannesburg aufhielt, sondern auch, daß er wußte, *warum* er hier war.

Die Straße wurde staubiger; der Dunst nahm eine leicht rötliche Färbung an. Durch die getönte Windschutzscheibe des Taxis sah er die Sonne als grelle Scheibe am Horizont, durchschnitten und entstellt von schwarzen Balken der Masten und Stromkabeln des Townships. Am Straßenrand standen Jugendliche, die Wollmützen trugen, Erwachsene, die in Decken gehüllt waren, mit weichen Filzhüten auf dem Kopf, und Frauen in Strickkleidern und weiten Rökken. Das Taxi fuhr an der Eisenbahnstation vorbei, die auf die Ankunft Tausender schwarzer Gesichter wartete; die Ankunft der Pendler, die von ihrer Arbeit nach Hause zurückkehrten. Auf einmal bekam er ein flaues Gefühl im Magen. Das hier war Soweto. Nach der durch und durch amerikanisierten Innenstadt Johannesburgs mit ihren verglasten Bürotürmen war der Eindruck beinahe surreal. Er erkannte, daß *sein* Etosha, sein Posten als Wildaufseher – ja, in gewisser Weise sogar seine Ehe mit Margarethe – Fluchtversuche gewesen waren. Um *dieser* Realität zu entfliehen. Und doch mußte er damals schon geahnt haben, daß ihm das niemals gelingen konnte. Daß er Soweto, und was es bedeutete, niemals hinter sich lassen konnte. War das der Grund dafür gewesen, daß er all die Sachen, die er nicht nach Namibia hatte mitnehmen wollen – und das war fast sein gesamter Haushalt –, seiner damaligen Haushälterin, Mary M'tebisi, übergeben hatte? Er hatte die Dinge nicht einfach in die Müllsäcke stecken wollen, in die die weißen Bewohner des noblen Vororts sonst ihren weißen Abfall taten, den Abfall eines weißen Lebens, an das er und Margarethe sich nie wirklich hatten gewöhnen können. Seine dunklen Anzüge hatte er Marys Ehemann geschenkt, der kaum halb so groß war wie er selbst, zusammen mit einem Großteil des Mobiliars ... doch hatte er Mary gebeten, die Schlüssel zu seinem Büro sowie alte Notizen und Dokumente wie einen gefährlichen Talisman aufzuheben – Bestandteile eines Lebens, mit dem er damals so endgültig abschließen wollte …

… was ihm nicht gelungen war. Er hatte es einfach nicht über sich gebracht, diese Sachen wegzuwerfen. Der Taxifahrer wandte den Kopf, um nochmals nach der Adresse zu fragen. Ja, früher einmal hätte ihn ein weißer Taxifahrer sicherlich nicht so bereitwillig in das Ghetto gebracht; doch das Mißtrauen des Afrikaaners für einen anderen Weißen, der sich freiwillig ins Ghetto begab, war das gleiche geblieben.

Seine große Flucht … er schüttelte wütend den Kopf beim Gedanken an sein albernes Verhalten damals, das ihm jetzt doch so sehr zugute kam; die Tatsache, daß er alle Akten und Papiere mitsamt den Schlüsseln bei Mary gelassen hatte. War es eine Lüge gewesen, als er ihr erzählt hatte, daß die Dinge sie beschützen würden; daß sie ihn um Hilfe bitten konnte, falls sie oder ein Familienmitglied Scherereien mit der Polizei bekäme? Hatte er *gewußt*, daß er eines Tages zurückkehren würde? Er wiederholte die Adresse und wollte sich dann eigentlich in den Sitz zurücklehnen und entspannen, doch er konnte es nicht; zu viele Gedanken schossen ihm durch den Kopf, zu viele Ängste. Er war wieder in die Arena getreten, hatte die Rolle des Zuschauers aufgegeben. Aubrey schien offensichtlich zu glauben, daß er in Europa alle Trümpfe in der Hand hielt – im Augenblick zumindest. Es war sogar denkbar, daß Aubrey ihn manipulierte, daß er durch gespielte Gleichgültigkeit, die er immer wieder ein wenig durchschimmern ließ, Anderson anstacheln wollte. Doch selbst wenn das der Fall war – welchen Unterschied machte es? Er hatte seine eigene Rechnung zu begleichen; es ging nicht um irgendwelche Prioritäten Aubreys. Anderson schüttelte den Kopf. Seine Grübeleien waren reine Zeitverschwendung.

»Haben Sie von der Bombe gehört, Mann? Stand in der Zeitung …«, sagte der Taxifahrer, und seine alten Vorurteile waren genauso unabänderlich wie sein schwerfälliger Akzent. »Jede Wette, daß sich diese dreckigen Kaffern hier irgendwo versteckt halten, hä?«

Anderson murmelte eine unverständliche Antwort. Eine Boulevardzeitung lag neben ihm auf dem Sitz; *MASSAKER*, schrie die Schlagzeile; eine zerstörte Bank in der Nähe des MLK-Gebäudes. *Das Werk von Extremisten.* Kommunisten im ANC, selbst eine Verschwörung linksgerichteter Weißer wurde nicht ausgeschlossen ... die übliche Hexenjagd hatte begonnen, doch sie wirkte im Gegensatz zu früher halbherzig und ineffektiv, selbst in den Zentren Johannesburg und Pretoria. Es war vorbei, beinahe, und das ohne das vorausgesagte Blutbad von Schwarz gegen Weiß. Sicher, es gab Morde in den Townships, Zulu gegen Xhosa; es gab die feigen Anschläge der Terroristen, und es gab die großsprecherischen Warnungen der Rechtsextremisten. Und doch: Die Abschaffung der Apartheidsgesetze war gelungen, und zwar ohne den Bürgerkrieg, den man zwanzig Jahre lang gefürchtet hatte.

Ein Streifenwagen, auf den man keine Steine geworfen, dem man keine Schimpfworte nachgerufen hatte – wie es früher üblich gewesen war – kam ihnen auf der anderen Seite der Straße entgegen. Weißer Fahrer, der Partner war schwarz. Keine Armeefahrzeuge oder Soldaten waren zu sehen. Auf einem staubigen Platz in der Nähe einer verlassenen Tankstelle spielten Jugendliche vor einem einzigen Tor Fußball. Sie waren barfuß, und einige spielten hervorragend. Der Kontrast der Realität da draußen zu dem billigen Skandalblättchen auf dem Plastiksitz neben ihm war erfrischend.

Sie fuhren an dem Menschengewimmel eines Straßenmarkts vorbei und kamen schließlich in ein Viertel mit engeren, ruhigeren Straßen. Irgend etwas hatte sich auch hier geändert, doch Anderson konnte nicht auf Anhieb sagen, was. Die Autos zum Beispiel, sie sahen neuer aus, weniger zerbeult und zerkratzt. Die Häuser wirkten höher, überragten die Strommasten; es gab hier mittlerweile Geschäfte und Unternehmen – weiße Geschäfte und Unternehmen –, und es gab Bürogebäude und mittlere Fabriken. Telefonleitungen – auch eine Novität – spannten sich zwischen den Hausdächern und hoben sich schwarz gegen den Sonnenuntergang ab. Dem *Mittelstand* schien es besser zu gehen als früher, wo es nur einige wenige reiche Schwarze gegeben hatte …

Dann hielt das Taxi vor Marys winzigem Bungalow aus Sandstein, mit einem Gemüsebeet vor der Eingangstür anstelle eines Vorgartens; als er die Wagentür öffnete und ausstieg, meckerte irgendwo hinter dem Haus eine Ziege. Er bemerkte, daß das Haus nach hinten erweitert worden war. Neben der Eingangstür saß eine alte Frau und schälte Erbsen, die sie in eine große Schüssel zu ihren Füßen fallen ließ. Er bezahlte den Fahrer, und das Taxi fuhr gemächlich an, bog um die Ecke und war verschwunden. Er stand auf der Straße, die Hände in die Hüften gestemmt, und sog die staubige Luft und den Geruch nach Essen durch die Nase ein. Die alte Frau musterte ihn einen Augenblick lang und ging dann ins Haus, wobei sie die Schüssel voller schwarzer Erbsen neben dem Hocker, auf dem sie gesessen hatte, stehen ließ. Einen Moment später erschien Marys Schatten auf der Türschwelle; sie hielt sich die Hand vor die Augen, um zu sehen, wer da vor ihr stand. Dann schien sie in einer Welle von Freude und Aufregung zu zerfließen, hätte sich fast ihre Schürze über ihr Gesicht geworfen, verbarg es statt dessen in beiden Händen … als sei er von den Toten auferstanden. Ein Gespenst.

»Mary?« sagte er und machte einen vorsichtigen Schritt auf sie zu. Im Haus schrien spielende Kinder.

»Mister *Richard* …!« Ihre Stimme schlug in einen Willkommensschrei um. Sie eilte auf ihn zu, nahm die Hand, die er ihr entgegenstreckte, in die ihre und hielt sie wie eine Wahrsagerin in ihren Händen mit den rosigen Handflächen. Dann sah sie ihm scharf in die Augen und schien mit einem einzigen Blick alles zu begreifen. Wieder sah sie auf seine Handfläche, dann in sein Gesicht. »Kommen Sie ins Haus, kommen Sie, Mister Richard … !« Sie drängte ihn vorwärts, zur Tür. Er bückte sich, als er unter dem Türbalken hindurchging, und seine Bewegungen waren linkisch, da sie immer noch seine offensichtlich vielsagende – und willkommene – Hand festhielt.

Die alte Frau – sie mochte Marys Mutter sein, oder die ihres Ehemannes – ging mit demütig gesenktem Kopf an ihm vorbei nach draußen. Als hätte sich nichts geändert. Und vielleicht hatte sich ja in ihrem Kopf nichts geändert, nach einem ganzen Leben als Mensch zweiter Klasse. Er sah die Kinder durch das Wohnzimmerfenster im Hinterhof herumtollen; in der Mitte des Raumes stand ein großer Holztisch, dessen zerkratzte, blankgeputzte Oberfläche im Licht der untergehenden Sonne glühte. Linoleumboden zu seinen Füßen. Eine Tür ging auf, und er spähte in ein Badezimmer mit rosafarbenen Kacheln, Badewanne, Waschbekken und Wasserklosett. Mary kicherte wie ein Kind vor Stolz. Durch das Fenster sah er, daß die kleine, verfallenene Hütte, in der sich früher das Plumpsklo befunden hatte, verschwunden war. Mit großer Zeremonie verbrannt, kein Zweifel, dachte er mit einem Lächeln. Er ging zum Badezimmer und blieb respektvoll an der Türschwelle stehen, um hineinzusehen. Weiche, saubere Handtücher, weiches Toilettenpapier, neues Linoleum auf dem Boden. Mary kicherte immer noch, und er wandte sich zu ihr um.

»Ich bin so froh, Mary, so froh.« Sie nickte zustimmend, wobei ihr Fleisch zitterte wie ein Wackelpudding. Ihre massige Gestalt ließ das Wohnzimmer kleiner erscheinen, als es in Wirklichkeit war. Zwei Kindergesichter tauchten am Fenster auf, neugierig, ihn nicht erkennend. Er erinnerte sich an das Mädchen als noch nicht entwöhntes Baby, den Jungen als stillen Zweijährigen. Mary schob ihm einen Stuhl hin, und er nickte dankbar. Die Kinder verschwanden wieder.

»Wo ist Thomas?« fragte er beiläufig, als wolle er damit dem allzu wißbegierigen Blick entgegnen, mit dem sie ihn musterte. Er erinnerte sich an etwas, das Margarethe ihm einmal erzahlt hatte ... *unsere Passivität wirkt zwar sehr vernünftig – doch in Wirklichkeit ist es nichts als das dumpfe Abwarten von Schlachtvieh.* Das hatte seinen liberalen Illusionen einen Dämpfer versetzt. Doch jetzt, als er Marys klarem Blick begegnete, fragte er sich, ob Margarethe wirklich recht gehabt hatte.

Margarethe ... Er hatte sich soeben verraten, wußte, daß seine Augen glasig geworden waren, sah seine eigene kummervolle Miene sich in Marys Gesichtsausdruck widerspiegeln. Doch – gütig wie sie war – hakte sie nicht nach. Statt dessen fragte er sie aus, nach ihrem Mann, nach ihren Kindern, dann nach der alten Frau und den weiteren Familienangehörigen, nach den Angehörigen ihres Mannes, an deren Namen er sich noch erinnern konnte. Eine einzige Erfolgsstory, so wie sie es darstellte, während sie in der winzigen Küche mit Pfannen und Messern klapperte und sich am Ofen zu schaffen machte. Genauso wie damals, als sie mit ihrem Mann Thomas und den Kleinkindern in einer Holzhütte in seinem Garten gewohnt hatte – es war die größte, komfortabelste Hütte, die er für seine Bediensteten aufstellen konnte, ohne den Zorn der Nachbarn und das Mißtrauen der Behörden zu erregen. Im nachhinein gesehen hatte er sich lächerlich und feige benommen, dachte er säuerlich. Die Hütte hatte nur aus einem Zimmer und einer Toilette bestanden, sonst nichts ... und das war nicht vollständig wiedergutzumachen gewesen durch seine übermäßige Freundlichkeit, wenn sie ihm das Frühstück servierte, oder durch seine Gewohnheit, ihr oder ihren Kindern immer wieder kleine Geschenke, Kleidung und Sonstiges, zu machen. Die Tatsache, daß sie ihm auf immer und ewig dankbar sein würde, war bei Licht besehen ein furchtbarer, stummer Vorwurf.

Er und Thomas schüttelten sich ernst die Hände. Thomas hatte seinen weichen Filzhut abgenommen, als er Anderson von seinem Stuhl hatte aufstehen sehen. Auch Thomas verhielt sich so, als sei er sein Wohltäter – für kleine Aufmerksamkeiten, die Anderson ihm damals hatte zukommen lassen; Mary und Thomas behandelten ihn mit übertriebener Dankbarkeit. Seine tatsächliche Großzügigkeit hielt dem Vergleich keineswegs stand. Ja, Thomas hatte Arbeit im Township gefunden, als Pförtner eines neuen Bürogebäudes ... zweifellos würde es auch schwarze Büroangestellte geben, doch Thomas würde nicht dazugehören. Sein Mangel an Schulbildung war schuld.

Anderson aß mit ihnen zu Abend, trank das Bier, das Thomas ihm anbot. Die Kinder schienen nicht neugierig zu sein, als sei der weiße Mann mit ihnen am Tisch nur ein Teil der Landschaft, so wie es die Schwarzen für die Weißen all die Jahre gewesen waren. Mary räumte die Teller ab und setzte sich wieder zu ihm. Thomas unterhielt sich klickend und schnalzend in Xhosa mit den Nachbarn; Anderson konnte nur ein paar Brocken aufschnappen. Er breitete seine Hände auf dem Tisch aus.

»Mary, ich brauche die Sachen, die ich deiner Obhut übergeben habe«, verkündete er, worauf sie seine Hände in die ihren nahm und ihn voller Sorge anblickte.

»Was ist denn nur geschehen?« fragte sie.

Er schüttelte den Kopf.

»Etwas unter Weißen«, er lächelte bitter. »Weiße, die sich gegenseitig umbringen.« Sie sah ihn betroffen an.

»Warum kommst du wieder her?« fragte sie in fast flehendem Tonfall. »Warum?« Dabei schüttelte sie seine Hand, die sie umklammert hielt.

»Ich mußte. Es ist ... es ist etwas schiefgelaufen, Mary.«

»Du siehst so *müde* aus«, sagte sie. »Und du willst etwas Böses.« Als klage sie ihn eines Verbrechens an.

Er fing an seinen Kopf zu schütteln, dann nickte er. »Es ist etwas, das ich erledigen muß – nur *ich* kann es tun. Und dafür brauche ich meine Sachen, meine Papiere, meine Schlüssel.«

Die Sonne war schnell untergegangen, und überall im Township gingen die Lichter an. Der Verkehrslärm war viel lauter als das letzte Mal, als er in Soweto gewesen war. Sie saßen in der Dunkelheit, ohne das Licht anzumachen; ihre Augen blickten forschend in die seinen, ihr rundes, gütiges Gesicht war von der Sorge um ihn verzerrt.

»Wo ist die Missis?« entfuhr es ihr, als wolle sie damit die Atmosphäre, die drückend und unheilsschwer war, auflockern. Sie saß auf ihrem Stuhl, ihre Beine um die Stuhlbeine gehakt, als sei sie fest entschlossen, niemals aufzustehen, um ihm die Sachen, um die er sie gebeten hatte, zu holen.

»Wo ist …?«

»Tot«, sagte er. »Deswegen bin ich zurückgekommen, Mary. Das ist alles, was du davon zu wissen brauchst.« Er konnte sehen, wie sich ihre Augen mit Tränen füllten, sie blitzten in der Dunkelheit Er wußte, daß sie später eine Totenklage für Margarethe halten würde, nachdem er gegangen war. »Danke«, murmelte er mit rauher Stimme und schüttelte sacht ihre Hände. »Bitte, Mary, bring mir die Papiere und die Schlüssel. Alles, was ich dir gegeben hatte – dann werde ich dich nicht mehr stören müssen.«

Sie schniefte laut, wischte sich mit ihrem Handrücken über die Augen und putzte sich mit einem großen Taschentuch die Nase. Gleich darauf verschwand sie im Schlafzimmer, und er hörte, wie sie darin herumrumorte; als sie wieder an den Tisch zurückkehrte, hielt sie eine große Blechkiste in ihren Armen. Die Stimmen von Thomas und seinen Nachbarn drangen wie das stete Murmeln eines Baches ins Zimmer. Gelegentlich brummte eine große Fliege durch den Raum, auf der vergeblichen Suche nach einer Glühbirne, an der sie sich verbrennen konnte. Sie stellte die Blechkiste auf den Tisch; sie war verschlossen.

»Danke, Mary«, sagte er und tätschelte die Kiste vorsichtig wie einen knurrenden Hund. »Ich … wo kann ich ein Taxi finden?«

Sie nickte, akzeptierte, daß sein Besuch beendet war und daß die metallene Kiste, die zwischen ihnen stand, sie von ihm getrennt hatte. Er war zu seiner Vergangenheit zurückgekehrt. Sie spürte, daß er jemanden vernichten wollte und mißbilligte es. Doch er wußte, daß sie über sein Fortgehen froh war, weil sie sich dann endlich ihrer Trauer um Margarethe hingeben konnte.

Draußen brauste der Verkehr vorbei und übertönte die fröhlichen Stimmen der Männer vor der Tür. Plötzlich glitten Lichtkegel von Autoscheinwerfern durch das Zimmer, verhielten. Die Männer redeten aufgeregt durcheinander, dann rannte Thomas durchs Wohnzimmer, wobei er Anderson einen wütenden Blick zuwarf. Mary erschrak; ihre Hand griff nach der Kiste.

»Was ist los?« fragte er, und als Antwort hörte man nun von draußen das Heulen einer Sirene, quietschende Bremsen und eine verzerrte englische Stimme durch ein Megaphon.

Terroristen ... Polizei ... bleibt in euren Häusern ... Das Zeitungsfoto der verwüsteten Bank nach dem Bombenanschlag fiel ihm ein, und die Schlagzeile *Massaker.* ANC-Dementis, Vorwürfe und Beschuldigungen des konservativen Flügels, man vermutete als Drahtzieher des Anschlags eine Splittergruppe schwarzer und weißer Terroristen. Sündenböcke, erfundene oder tatsächliche ...

Bleibt in euren Häusern, dies ist eine Sicherheitsmaßnahme! Das bellende Megaphon war nun näher, andere Fahrzeuge hielten abrupt, man hörte das Geräusch laufender Schritte und empörte Schreie. Klirrendes Glas und zersplitterndes Holz. Thomas kam wieder ins Zimmer und starrte ihn zornig an. Die anderen Männer waren verschwunden. Thomas spuckte auf den Boden, woraufhin Mary empört aufschrie. Anderson hörte die schweren Stiefel mehrerer Männer sich dem Haus nähern. Mary packte seine Hand, und Anderson packte die Kiste; dann zerrte sie ihn durch die Hintertür. Sofort erschien ihr Sohn, ernst und blaß, und sie flüsterte ihm etwas ins Ohr.

»*Ein weißer Mann* – habt ihr einen gesehen?« bellte eine barsche Stimme. »Er ist ein Terrorist! Ein *weißer* Mann – nur *den* suchen wir!« Mary reagierte, noch bevor er es konnte; und zog ihn weiter; der Tod seiner Frau und die ominöse Kiste genügten ihr, um zu verstehen, daß er es war, den sie fangen wollten. Hinter ihnen protestierte Thomas mit erhobener Stimme. Anderson betete zu Gott, daß ihn die Nachbarn nicht verraten würden. Sie *wußten* es! Sie hatten sein früheres Leben durchforstet, hatten Namen überprüft, Verbindungen gesehen, und waren *hier*!

Er drehte sich zu Mary um und küßte sie unbeholfen auf die Wange. Dann nahm der Junge seine Hand und zog ihn fort, in Richtung des brüchigen Zauns am Ende des Hinterhofs, der im Widerschein der Lichter von der Vorderseite deutlich umrissen war. Wenn Mary und Thomas die Wahrheit sagen würden, kamen sie wohl ungeschoren davon. Sie würden nicht mehr einfach in den Kellern der Polizei verschwinden und erst wieder auftauchen, wenn sie aus irgendeinem Fenster der oberen Stockwerke fielen ... diese Zeiten waren vorbei, oder? Hinter dem wendigen Jungen schlüpfte er durch ein Loch im Zaun. Die Kiste war überraschend schwer. Hinter ihnen laute Stimmen, Thomas, der mit den Polizisten stritt, dann alles übertönend Marys Protestgeschrei. Danach eine Pause, als seien die Polizisten unschlüssig.

»Hier ist kein weißer Mann – Boss«, hörte er Thomas Stimme. Die Polizisten hatten wohl die Weisung, höflich zu bleiben. Wenn sie nicht aufpaßten, könnte die Sache in einen Aufruhr ausarten. Der Schweiß lief ihm in Strömen herab, und überstandene Gefahr ließ ihn zittern. Der Junge lief voraus, drehte sich ab und zu um, um sich zu vergewissern, daß er nachkam, während sie durch enge Gäßchen voller Geschäfte und Bierstände eilten, vorbei an den offenen Türen der Bordelle und Spielkasinos. Der Geruch nach Urin und Alkohol und Müll war übelerregend, eine schlimme Erinnerung an die Vergangenheit. Die hellen Handflächen des Jungen gaben ihm Zeichen, nicht stehenzubleiben, trotz seiner Müdigkeit. Die Angst hatte ihn erschöpft, und die Kiste wog wie Blei in seinen Händen.

Unter anderen Umständen hätte Aubreys Inspektion von Hydes und Godwins neuem Erscheinungsbild sicherlich einen Heiterkeitsausbruch verursacht. *Habt ihr euch auch die Ohren gewaschen, sind die Fingernägel sauber?* Eine Sekunde lang war er versucht, diese Worte laut auszusprechen. Doch dann nickte er nur und sagte: »Sehr gut, setzt euch. Ihr habt euch wirklich hervorragend ausstaffiert – Kompliment!«

Godwin grinste, und Hyde zerrte sofort an seiner Krawatte, um den Knoten zu lockern, und öffnete die obersten Knöpfe seines Hemds. »Herrgott nochmal!« murmelte er.

Die warme Morgenluft versprach einen heißen Tag. Es lag bereits ein leichter Dunst über dem Regent's Park. Die Vögel, die auf dem Rasen herumhüpften, und die ersten

Spaziergänger sahen in der flimmernden Luft verschwommen aus – oder brauchte er etwa eine neue Brille? Aubrey warf einen Blick auf die Ausgabe der *TIMES*, die säuberlich gefaltet neben seinem Teller auf dem Frühstückstisch am Fenster lag. David Reid hatte am Nachmittag des Vortages – gerade noch rechtzeitig, um in den Abendnachrichten gesendet zu werden – im Century House verkündet, daß die EG ein Hilfsprogramm für Rußland plane, das nach vorsichtigen Schätzungen an die zehn Milliarden Pfund kosten würde. Sinn und Zweck dieses Hilfsprogramms sollte sein, *den Transport und die Verteilung von Lebensmitteln zu verbessern, um eine Wiederholung der Hungersnöte der vorangegangenen Winter zu vermeiden.* Eine weitere, äußerst kostspielige Maßnahme, um Rußland zu stabilisieren und das Chaos zu vermeiden. In der Tat, die Ex-Agenten, die sich durch ihren Eintritt in Firmenvorstände und Banken legalisiert hatten, mußten sich jetzt enorm beeilen, bevor ihnen die Felle davonschwammen.

Auch Godwin hatte die Schlagzeile gelesen.

»Was für eine Idiotie«, murmelte er. »Das Geld wird einfach verschwinden.«

»Wem sagst du das?« entgegnete Aubrey. »Also, ihr habt alles, was ihr braucht, um eine abhörsichere Kommunikation zu gewährleisten.« Er überreichte Godwin ein gefaltetes Stück Papier. »Die Italiener waren äußerst hilfsbereit. Es gibt eine sichere Telefonverbindung in eurem Hotel, und eine in der Messehalle selbst. Beide werden zweimal täglich überprüft. Sonst hast du alles, was du benötigst, Tony?«

»Wir werden uns schon durchschlagen, Sir«, sagte Hyde mit ironischem Unterton.

Godwin sah auf seine Uhr. »Wir sollten lieber aufbrechen, Sir. Um zehn Uhr dreißig ist eine Limousine bestellt. Äh ... irgendwelche Neuigkeiten von Anderson, Sir?«

»Er hat seine Aktivitäten nach Johannesburg verlegt und versucht dort, Material zusammenzutragen, das uns vielleicht im Hinblick auf van Vuuren weiterhelfen könnte. Eigentlich hätte er gestern abend schon Bericht erstatten sollen, doch er hat sich nicht gemeldet. Ich bin jedoch sicher, daß es keinen Grund zur Beunruhigung gibt … Ja, ja, fahrt schon los. Und findet etwas heraus. Findet heraus, wonach sie suche. Und erinnert euch daran, daß unsere italienischen Kollegen uns alle Unterstützung geben werden, die wir benötigen.« Sie schüttelte sich die Hände. Alle drei schienen plötzlich von derselben Unruhe erfaßt zu sein. Dies war ein Abenteuer, und es beflügelte Aubrey – trotz seiner quälenden Gedanken an seine tote Nichte und an die Schuld Malans, die ihm eine weitere schlaflose Nacht bereitet hatten.

»Wir werden's versuchen, Sir!«

»Wenn wir sie mit blutigen Händen erwischen, wenn wir nur einen einzigen handfesten Beweis in die Finger bekommen, dann können wir die gesamte Reid-Gruppe und ihre zwielichtige Speditionsfirmen auseinandernehmen, und vielleicht sogar die Franzosen dazu bringen, sich Dumas vorzuknöpfen!« Godwin grinste. »Wir alle wünschen uns das, *aber* …« Er hob einen warnenden Zeigefinger, weil er spürte, daß er ihre Aufmerksamkeit nur durch diese theatralische Geste gewinnen konnte. »*Aber* … welche Wunschträume wir auch immer hegen, wie sehr wir Babbington auch hereinlegen möchten, wie sehr wir auch offenstehende persönliche Rechnungen begleichen wollen …« Seine Stimme verlor sich einen Augenblick lang, dann fuhr er fort: »… wir haben nur ein *einziges* Ziel. Ich habe die Forschungs- und Entwicklungsabteilung der Reid-Gruppe sehr genau unter die Lupe genommen. WSI und Transputertechnologie sind alle beide in weit fortgeschrittenem Stadium, fast produktionsreif. Ich habe keine Ahnung, wieviel bereits gestohlen wurde, doch ich will, daß ihr abfangt, was auch immer in Venedig seinen Besitzer wechseln soll – was immer sie vorhaben, ihr *müßt* es unterbinden. Ich will wissen, woher es kam, und wer für den Schmuggel verantwortlich ist. Wenn sie tatsächlich die VIATE-Messe benutzen, um Material zu schmuggeln, dann werden es Einzelteile für WSI- und Transputersysteme sein. Dann gilt es, herauszufinden, wo die weiteren Stationen der Pipeline liegen; wenn wir nebenher Novak und Leute seinesgleichen überführen können, um so besser. Aber – das hier ist nicht mehr und nicht weniger als eine Geheimdienstaktion gegen den Geheimdienst eines fremden Staates. Habe ich mich deutlich genug ausgedrückt? In gar keinem Fall darf die Sicherstellung der geschmuggelten Geräte durch persönliche Vendettas gefährdet werden!« Es fiel ihm so schwer, *sie* aus seinen Gedanken zu vertreiben; genauso schwer fiel es ihm, seine Feindschaft mit Babbington zu vergessen. Und was sie Chambers angetan hatten ... Doch er mußte es tun. »Nicht einmal dann, wenn sich die Gelegenheit bietet, Babbington oder Malan auf frischer Tat zu ertappen! Oder Novak zu enttarnen! Im Augenblick hat das keine Priorität. Habt ihr mich verstanden?«

Nach einigen Augenblicken, und mit erkennbarem Widerwillen, nickten sie. Aubrey war erleichtert. Es war also doch machbar; man konnte innerhalb festgesteckter Grenzen operieren.

»Gut, ich werde meinen Terminkalender währenddessen so frei wie möglich halten. Westfield wird als mein persönlicher Assistent fungieren. Ja, ja, ich weiß – ihr müßt euch beeilen ...!«

»Valentina, was zum Teufel, geht hier vor? Ich sehe hier eine schriftliche Bitte um mehr Fotos« – seine Hand deutete auf eine bereits verschlüsselte Eilbotschaft –, »die sich *zufällig* auf meinem Schreibtisch befindet! Dein Assistent hat versucht, in größter Eile alles zusammenzuraffen, als ich ins Zimmer kam, und das hier vergessen! Was geht hier vor, verdammt nochmal?«

Priabin wandte sich außer sich vor Wut ab und ging zum Fenster. Das Mittagslicht fiel heiß durch die Bäume entlang der Kensington Palace Gardens. In seinem Zorn schwang auch Nervosität mit, ein ganz kurzer Stich in seiner Magengrube – Furcht. Es war ihm außerordentlich wichtig, daß sie nur den Zorn, die Empörung des ranghöheren Offiziers bemerkte. Aber, um Himmels willen, *was* führte sie im Schilde?

Er drehte sich zu ihr um. Sie saß furchtsam und kläglich auf ihrem Stuhl, in Erwartung des Donnerwetters – als habe sie noch Marmelade um die Mundwinkel!

»Du hast *hinter meinem Rücken* an die Zentrale, an Babbington, Bericht erstattet! Und mir die Informationen vorenthalten! Godwin und dieser verdammte Gorilla Hyde fliegen vom Birminghamer Flughafen mit der *Reid-Davies*-Gruppe nach Venedig!« Seine Stimme überschlug sich. Er hieb mit der Faust auf den Schreibtisch, und ein Foto von Hyde segelte auf den Boden – Hyde mit Anzug und Krawatte! Das Mädchen zuckte zu seiner Genugtuung sichtbar zurück. Sie hatte noch nicht die Nerven für ein wirkliches Doppelspiel, jedenfalls nicht mit ihm, ihrem Vorgesetzten in London. »Nun?«

Die Worte sprudelten aus ihr hervor: »General ... ich hielt Ihre Entscheidung, die Zentrale nicht zu informieren, für falsch – es tut mir leid ...«

»Du hieltest sie für falsch? *Du hieltest sie für falsch?* Du möchtest wieder das alte Spiel spielen, richtig? Ich hatte dir einen *Befehl* gegeben, du dumme, arrogante Kuh!« Ihre Augen blitzten auf. Priabin spürte den unwiderstehlichen Drang, sie zu beleidigen. »Einerseits möchtest du wieder *Kalter Krieg* spielen, doch andererseits willst du auch, daß alles ganz vornehm und gesittet abläuft! Ist dir eigentlich klar, daß du nicht dich und mich in Babbingtons Hände liefern und gleichzeitig erwarten kannst, wegen guter Leistung befördert zu werden?« Er fuhr sich mit der Hand durchs Haar. »Außerdem«, fügte er hinzu, und drehte sich wieder zum Fenster, »außerdem bist du in dem alten Spiel nicht gut genug! Was du weißt, weißt du nur aus zweiter Hand. Mit diesen Menschen kannst du nicht spielen. Kapustin ist ein unverbesserlicher Stalinist, und Babbington ist jenseits von Gut und Böse. Aubrey – das ist seine fixe Idee. Was erwartest du dir von diesen Leuten? Rationales Denken?« Er wandte sich ihr wieder zu: »Mein Gott, ich bin so verdammt *enttäuscht* von dir! Wenn Babbington diese Fotos sieht und liest, was auch immer du dazugekritzelt hast, wird er sich lediglich fragen, warum wir zwei nicht schon einen Schritt voraus waren, warum wir es erst so spät gemerkt haben! Zehn Minuspunkte, Valentina!«

In den Augen des Mädchens funkelten Tränen der Demütigung und kindischer Wut, doch sie erwiderte trotzig: »Wir haben es ja auch wirklich nicht gewußt.«

»Ach, werd doch endlich erwachsen, Valentina. Die Welt hat sich nicht geändert!« Er spürte ein leichtes Bedauern in sich aufsteigen und wischte es ärgerlich beiseite. »Für den KGB ist alles beim alten geblieben, Herrgott nochmal!« Er ließ sich auf den Sessel hinter seinem Schreibtisch nieder und beugte sich nach vorn. »Das einzige Resultat ist, daß man uns – in erster Linie mich – jetzt für inkompetent hält und daß deine Karriere zerstört ist, man wird dich jetzt mehr *benutzen* als beauftragen. Ist es das, was du wolltest?«

»Natürlich nicht«, erwiderte sie aufgebracht.

»Was willst du dann – meinen Posten? Mein Gott, ich hab' dich für klüger gehalten, als du bist.«

»Hören Sie schon auf damit!« schrie sie auf einmal mit zornesroten Wangen. Sie strich sich das Haar aus der Stirn und funkelte ihn wütend an; ihre Hände zitterten. »Ich habe das getan, was ich für das beste gehalten habe. Ich dachte, *Sie* hätten unrecht.«

»Offensichtlich.« Er lächelte mühsam. Ihr Wutausbruch hatte ihn überrascht. Vielleicht war es klüger, diese Konfrontation nicht auf die Spitze zu treiben. »Aber warum, zum Teufel, hat *Mortimer* uns nicht informiert? Er sitzt doch mittendrin! Warum hat er uns nicht davon in Kenntnis gesetzt, daß Hyde und Godwin als Mitglieder der Reid-Davies-Entourage nach Venedig fahren?« Er fuchtelte wütend mit beiden Armen in der Luft herum. »Was ist denn bloß in ihn gefahren?«

»Wollen Sie, daß *ich* mit ihm spreche?« fragte sie, fügte dann aber verdrossen hinzu: »Ach so, das geht ja nicht. Er sitzt ja mit im Flugzeug.«

»Vielleicht hat Mortimer Angst – oder er denkt, er wäre schlau genug. Aubrey muß ihn eingelullt haben. Alte Freundschaftspflichten und so weiter. Und was sucht Aubrey in Venedig? Er ist *so* nahe dran, alles aufzudecken. Wonach sucht er in Venedig?«

»Beweise? Einen Ansatzpunkt?«

Er nickte. »Wahrscheinlich. Wenn er die Operation bei der VIATE aufdecken kann, dann werden sie ihm freie Hand lassen – das muß es sein.« Er sah auf und lächelte böse. »Aber du hast uns in die Scheiße geritten. Nur mit etwas Glück kommen wir da wieder raus – unsere einzige Hoffnung ist, alles in einen Sack zu packen und im Fluß zu versenken. Glaubst du, wir können Hyde und Godwin ausschalten, bevor sie irgendeinen Schaden anrichten?«

Ihre Augen weiteten sich, dann nickte sie. »Was ist mit Babbington? Er wird doch ...«

»Er wird sich's nicht verkneifen können, dort aufzutauchen, oder? Jetzt, nachdem du ihm mitgeteilt hast, wer noch an der Party teilnimmt. Ja, wir werden Publikum haben.« Er sah sie durchdringend an. »Wenn die Lieferung nicht durchkommt, dann sind wir erledigt, alle beide. Ich, weil ich es nicht gewußt habe, und du, weil du es wußtest, aber nicht gehandelt hast.« Er rieb sich die Wange und seufzte, als müsse er einem begriffstutzigen Kind einen komplizierten Sachverhalt erklären. »Hör zu: der Kalte Krieg ist nicht vorbei – nur in den Augen jener Menschen, die ohnehin davon nur in der Zeitung gelesen haben. Es *gibt* Vampire, Monster und Werwölfe, Valentina. Es hat sie schon immer gegeben, und es wird sie immer geben!« Er zog eine Grimasse. »Also, jetzt, da wir beide wissen, was vor sich geht, sollten wir das in Angriff nehmen, was wir schon längst hätten tun sollen. Wir werden Aubrey den Teppich unter den Füßen wegziehen ...« Er wedelte mit den Händen in ihre Richtung. »Also, gehen wir es an. Ich möchte heute abend in Venedig ankommen – allerspätestens morgen früh, und bis dahin muß alles vorbereitet sein.«

Er hatte im Bahnhof in der Innenstadt übernachtet und war zwischen den Obdachlosen, den Säufern und den wenigen Bauern, die auf die Frühzüge warteten, nicht weiter aufgefallen. Marys Junge hatte ihn zum Bahnhof von Soweto geführt und ihn im Menschengewirr der aus der Stadt zurückkehrenden Pendler allein gelassen. Die vereinzelten Polizisten hatten ihn nicht beachtet. Die Razzia hatte etwas seltsam ...

Höfliches an sich gehabt. Auf jeden Fall waren sie sehr vorsichtig gewesen bei ihrer Suche, hatten immer wieder betont, nur nach dem einen weißen Mann zu fahnden, hatten die Nachbarn immer wieder gebeten, ruhig zu bleiben; und dann ihre spätere Zurückhaltung im Umgang mit Thomas und Mary ... Anderson hatte Thomas an seinem Arbeitsplatz angerufen und sich nach seinem und Marys Wohlergehen erkundigt. Thomas war über die Vorsicht der Polizei und ihren sofortigen Abbruch der Suche erstaunt gewesen. Er beteuerte, daß keiner seiner Nachbarn den Polizisten etwas von Andersons Besuch bei Thomas und Mary erzählt habe. Anderson glaubte ihm bereitwillig. Doch Thomas beredtes Schweigen in den Pausen ließ Anderson fühlen, daß Thomas hoffte, daß er nicht zurückkäme.

Sein Hotel wurde beschattet, wie erwartet. Er hatte den Dienstbotenaufzug benutzt, um in sein Zimmer zu gelangen. Dort hatte er ein paar Sachen gepackt und das Hotel auf demselben Weg wieder verlassen. Gesichter hatte er keine erkannt, nur Gesten, Haltungen, Bewegungen einiger verdächtiger Männer in der Lobby und draußen auf der Straße. Natürlich hatte die entfernte Möglichkeit bestanden, daß sie gar nicht nach ihm Ausschau hielten, doch es war in jedem Fall nicht falsch, es anzunehmen. Sie hatten die Polizei mobilisiert, um eine Razzia in Soweto durchzuführen; er wußte, daß er eine massive Bedrohung für sie – für Blantyre! – darstellte.

Und jetzt ... jetzt kauerte er im Gebüsch hinter van Vuurens Haus, schob ein Richtmikrophon durch das dornige Gestrüpp und stellte die Lautstärke ein. Das Zirpen der Grillen im Garten war erschreckend laut, und er drehte den Lautstärkeregler herunter. Gesprächsfetzen drangen nun an sein Ohr, als er sich den Mini-Lautsprecher in die Ohrmuschel steckte. Er hob sein Fernglas an die Augen. Der Garten lag im Zwielicht der Dämmerung; zwei Grillfeuer brannten. Van Vuuren stand über einen Grill gebeugt, das Gesicht von der Hitze der glühenden Kohlen gerötet. Er nickte und grinste über irgendeine Bemerkung, die ein neben ihm stehender bärtiger Mann gemacht hatte. Bunte Papierschlangen flatterten in den dünnen Rauchwolken des Grillfeuers. Stimmengewirr der Partygäste, helles Frauenlachen, tieferes Gelächter der Männer. Der Afrikaaner-Dialekt wurde übertrieben, war wie ein Beweis, klang wie eine Legitimation.

Die Beschattungsutensilien waren nicht schwer aufzutreiben gewesen; das meiste hatte er billig erstehen können, teilweise sogar bei einem mit weißer Farbe auf dem Schaufenster eines Geschäfts angekündigten Ausverkauf – ein Symbol für das Absterben des Polizeistaats. Das Instrumentarium der Geheimpolizei, fünfzig Prozent herabgesetzt. Er lächelte grimmig. Die Zeiten änderten sich.

Dort in diesem Garten aber nicht. Einige Gesichter erkannte er, sie gehörten zu Mitgliedern der Konservativen Partei, und auch ein oder zwei *Kompatrioten*, die aus ihrer Mitgliedschaft in der rechtsradikalen AWB kein Hehl machten. Diese Menschen durch das Fernglas zu studieren und ihre Gespräche im Kopfhörer zu belauschen, erinnerte ihn an einen Zoospaziergang – als seien sie die letzten lebenden Exemplare einer vom Aussterben bedrohten Tierart.

Auch das Gewehr und die Pistole hatte Anderson sich ohne Probleme besorgen können. Das Geschäft mit Waffen lief bestens. In der Menschenmenge im Garten bemerkte er einige angeberische Pistolenhalfter, die unter fetten Bäuchen hingen oder unter Buschjacken verborgen waren. Gemeine, bärtige Gesichter ohne Scham, die Stimmen grundsätzlich erhoben, damit auch jeder hören konnte, was sie zu sagen hatten. Ein oder zwei Geschäftsleute, die nach *Broederbond* aussahen, sogar ein paar Sportler – van Vuuren trug ein Hemd, dessen Farben an das Trikot der Springboks erinnerten. Anderson fiel ein, daß van Vuuren ja einst als vielversprechender Rugbyspieler agiert hatte, bevor ihn eine Knieverletzung zur Beendigung seiner Karriere zwang. Er war kein internationaler Star gewesen, doch einigermaßen bekannt; so waren ihm bei seinem Einstieg ins Geschäftsleben von Anfang an einige Türen offengestanden.

Das große, weißgestrichene Holzhaus stand an einer baumbestandenen, kurvigen Allee in dem Nobelvorort Bryanston. Auf der schmalen Straße waren zur Geschwindigkeitsbegrenzung als Verkehrshindernisse Bodenwellen in den Asphalt eingelassen worden; die ganze Gegend stand unter diskreter Bewachung einer privaten Sicherheitsfirma. Unweit des Hauses befand sich der *Buiteklub*, eine Mischung aus Golf- und Countryclub; Anderson war über den Golfrasen spaziert, als führe er einen unsichtbaren Hund Gassi, bis er auf einem Hügel angelangt war, von dem aus er van Vuurens Haus und Garten überblicken konnte. Die sorgfältig gepflanzten Bäume und Sträucher, die die Grenze zu den Klubanlagen markierten, boten ihm Deckung.

Er schob das Mikrophon noch weiter nach vorn. Das Fett der Steaks und Bockwürste tropfte zischend in die heißen Kohlen, in unregelmäßigen Abständen ertönten gedämpfte Explosionen, wenn die Gäste Bierdosen öffneten. Der Abendhimmel wurde rasch dunkler, und van Vuurens Stimme war aus dem allgemeinen Geplapper deutlich herauszuhören – eben murmelte er eine Antwort auf die Frage des bärtigen Mannes neben ihm.

»Piet, du fliegst morgen nach Europa, habe ich gehört?« Und van Vuuren bestätigte es. Anderson schluckte und fuhr sich mit seinen Fingerkuppen über die trockenen Lippen. Auf dem Golfrasen hinter ihm knüppelten ein paar Spieler gerade eine Schlange zu Tode; er empfand das rhythmische Klatschen ihrer Schläger als aufreizend, wie eine spöttische Hand, die auf seinen Hinterkopf klopfte. Dann schlenderte Blantyre in sein Gesichtsfeld; Blantyre, umgeben vom Rauch der Grillfeuer, vor einem Hintergrund aus bunten Papiergirlanden und den weißen Hemden der schwarzen Dienerschaft. Er ging geradewegs auf van Vuuren zu, und der bärtige Mann trollte sich sofort. Anderson preßte den Ohrstöpsel des Verstärkers noch tiefer in seine Ohrmuschel, doch die Unterhaltung der beiden klang wie die Übertragung einer weit entfernten Radiostation, die immer wieder durch das Rauschen des Äthers unterbrochen wurde.

»… keinerlei Lebenszeichen von ihm. Worüber sind Sie besorgt …?«

»… wenn Sie morgen … wird er Ihnen vielleicht folgen.«

»… hinter *mir* her, meinen Sie?«

»... so eine Idee. Seien Sie wachsam ...«

Lautes, alkoholisiertes Lachen übertönte alles; dann das aufgeregte Kläffen eines Hundes, der zwischen den bunten Papierschlangen und den bleichen Hemden der Bediensteten hin und her sprang. Ein Rottweiler oder eine verwandte Hundeart. Selbst während er innerlich über die Unterbrechung fluchte, machte er sich im Geist eine Notiz. *Hund, Rottweiler.* Van Vuuren flog also morgen nach Europa. Blantyre ahnte, daß es seine Absicht war, van Vuuren festzunageln, und hatte ihn gewarnt. Er mußte herausgefunden haben, daß Anderson van Vuuren in Walfischbai auf dem Weg zum Flughafen verfolgt hatte. Anderson hielt sich seine zitternde Hand vor die Augen. Hinter ihm stiegen die letzten Golfer in ihren Buggy und fuhren einen sanften Hügel hinauf in Richtung des Klubhauses. Sie hatten wohl verlorengegangene Bälle oder die Schlange gejagt, statt das rasch schwindende Licht der Dämmerung zu einem letzten Spiel zu nutzen.

Als sie fortgegangen waren, fühlte er sich auf einmal alleingelassen; das selbstsichere Machtgefühl des Raubvogels über einer ahnungslosen Herde potentieller Opfer war einer furchtsamen Beklemmung gewichen, seit er Blantyre unter den Gästen entdeckt hatte; die Anwesenheit des Killers hatte ihn daran erinnert, wie gefährlich, wie mächtig und skrupellos diese Menschen – immer noch – waren. Der Gedanke an Margarethe ließ ihn zusammenfahren wie ein plötzlicher Windstoß.

Dann verabschiedete sich Blantyre.

»... guten Flug, Mann ...«

»... und ich brauche mir wirklich keine Sor ...?«

»Keine Sorgen, Mann – keine Sorgen. Wir haben alles im Griff!« hörte Anderson in einer plötzlichen Stille, während der Hund liebevoll geknufft und die fertiggegrillten Steaks und Würste herumgereicht wurden.

Blantyre ging durch den Garten zum Haus, nickte im Weggehen der runden, fast ganz in Weiß gekleideten Figur zu, die wie ein Geist in der Nähe der Terrasse lauerte: van Vuurens übergewichtige Frau. Das schrille Quengeln von van Vuurens kleinem Sohn, der um Aufmerksamkeit bettelte, dann nach Essen verlangte, dann nach noch mehr Aufmerksamkeit, hatte seit Andersons Ankunft an seinen Nerven gezerrt. Die Tochter van Vuurens sah ebenso unsicher aus wie ihre Mutter, doch wenigstens war sie schweigsam. Dann verschwand Blantyre hinter dem Haus, und fast unmittelbar darauf übertönte das Röhren eines Motors die Geräusche der Grillparty. Ein Zittern durchlief Andersons Körper, doch es war keine Erleichterung; Blantyre hatte eine Art, seine Umwelt auszufüllen und zu beherrschen ... es war bis zu ihm herauf fühlbar gewesen.

Anderson legte das Fernglas beiseite und zog den Ohrstöpsel heraus. Er hatte viel zu tun. Es mußte heute abend oder während der Nacht geschehen; jetzt war die einzige Gelegenheit. Er spürte auf einmal, wie nervös er war. Sein ganzer Körper fühlte sich zerschlagen und ausgebrannt an. Van Vuuren würde morgen früh abreisen. Anderson mußte heute nacht noch in sein altes Büro einbrechen, mußte sich dann van Vuuren schnappen ... er mußte das Haus auskundschaften, ebenso wie die Golfanlage und die Straßen, die zu van Vuurens Haustür führten. Was auch immer Blantyre wußte oder ahnte oder im Schilde führte, es war gleichgültig: Adderson mußte all seine Konzentration auf van Vuuren lenken.

Er raffte eilig Mikrophon, Empfangsgerät und Fotokamera zu einem unhandlichen Bündel zusammen und lief den sanften Hügel hinunter auf das von einem schlaffen Fähnchen markierte Grün zu.

Große Sterne blinkten mittlerweile am Himmel – er mußte sich beeilen.

Die Lagune schien in den Farben des Sonnenuntergangs zu kochen; die wenigen Bauwerke, die er sofort wiedererkannte, waren in surreales Licht getaucht. Dann sackte das Flugzeug im Landeanflug auf den Marco Polo-Flughafen noch tiefer, zu tief, als daß er noch irgend etwas hätte sehen können außer ein paar wenigen Kuppeln und Türmen im rötlichen Dunst. Die Räder der Boeing berührten den Asphalt der

Landepiste, und die Turbinen heulten im Rückwärtsschub der Düsentriebwerke; die Lichter des Flughafens tauchten als schwächlich glimmende Punkte hinter dem dicken Glas der Bullaugen auf. Der Himmel war blaß, die wenigen Wolken schimmerten in tiefes Rosa getaucht wie Blumenkelche. Priabin warf einen Blick auf Valentina, die in dem Sitz neben ihm saß. Der Vertrauensmann der russischen Botschaft in Rom sollte mittlerweile bereits in der Luft sein, ebenso wie die Verstärkung aus Mailand. Es waren ein Dutzend Leute – und sechs weitere saßen in der Touristenklasse, die von der Ersten Klasse, in der er und Valentina sich aufhielten, durch einen Vorhang getrennt war. Venedig. Die Maschine war zu zwei Dritteln besetzt; zum größten Teil waren es Geschäftsleute, aber auch ein paar fehl am Platz wirkende Touristen in bunten, kurzärmeligen Hemden. Das Flugzeug wurde langsamer und rollte in Richtung des Flughafengebäudes. Eine Lautsprecherdurchsage befahl den Passagieren, angeschnallt sitzen zu bleiben, bis die Maschine zum Stehen gekommen war, dann folgte enervierende Kaufhausmusik. Er hatte immer denselben Gedanken, wenn er im Flugzeug diese *Muzak* hörte: Falls das Flugzeug, in dem er sich befand, jemals abstürzen sollte, würde hoffentlich ernste und qualitativ hochwertige Musik die letzten Minuten seines Lebens begleiten.

Grinsend schüttelte er den Kopf und verstieß gegen die Vorschriften, indem er seinen Anschnallgurt jetzt bereits aufmachte. Dann hielt das Flugzeug, und schon sprangen die unersättlichen Geschäftsmänner auf, um ihr Handgepäck aus den Fächern über den Sitzen zu holen und ihre verknitterten Jacketts wieder anzuziehen.

Es war recht einfach, das Ganze; eigentlich eine Routineangelegenheit. Auch Babbington hatte das zugeben müssen, als er die Sache aus Priabins Sicht betrachtet hatte. Die Lieferungen mußten beschützt werden. Mußten inspiziert, genehmigt und dann weitergesandt werden. Daneben waren noch zwei Dinge zu erledigen, die demselben Zweck dienten, Siamesische Zwillinge sozusagen: a) Hyde und Godwin liquidieren. Und b) verhindern, daß sie irgend etwas herausfanden und es weitermeldeten. Sie durften nichts – *absolut* nichts – entdecken, und sie mußten in den permanenten Ruhestand versetzt werden. Unverzüglich. Vollbremsung – aus.

Er sah auf seine Uhr. Es war acht. Der Flug war pünktlich. Hyde und Godwin wurden bereits von der ersten Gruppe der Agenten aus Mailand beschattet, die Priabin mittels einer Ausnahmegenehmigung – es handelte sich ja schließlich um einen Notfall – zugeteilt worden waren. Babbington selbst würde morgen in Venedig eintreffen. Wenn er die Operation inspizierte und nichts an ihr auszusetzen hatte, würde er über ihren Fehler hinwegsehen. Seine und Valentinas Karrieren wären gerettet. Babbington hatte ihm bereits einen strengen Verweis erteilt, der teilweise durch den dumpfen Ton des Dekodierungsapparats gemildert worden war – und doch hatte auch Babbington seine Zufriedenheit über die Planung der Operation Venedig nicht verhehlen können. Die Dinge wurden wieder auf *traditionelle* Weise erledigt – mittels ihrer Frontagenten.

Valentina stand auf, als die Maschine zum Stehen gekommen war und die Stewardeß die Kabinentür öffnete. Er ging hinter ihr her zum Ausgang; sie hatte kühl den Kopf geschüttelt, als er ihr den Fensterplatz angeboten hatte … wie zu erwarten gewesen war. Priabin grinste.

Vollbremsung. Das abrupte Ende für Hyde und Godwin.

VIER

Komm, flieg in meine Arme

Hyde ließ sich im Strom der Touristen durch den Portikus des San Marco treiben und warf einen Blick nach oben auf die in Stein gehauenen Götter. Er war erleichtert, daß es endlich losgegangen war, daß er endlich etwas tun konnte. Es war tatsächlich das alte Spiel, in welch zeitgemäßem, modernem Gewand es sich auch präsentieren mochte – es war immer noch das alte Spiel.

Zumindest seit sie sich an ihn gehängt hatten; zuerst zu zweit, dann zu dritt. Er hatte die *Harry's Bar* observiert, wo Michael Davies mit einigen potentiellen Käufern – aus dem wiedervereinten Deutschland, aus der ehemaligen Tschechoslowakei, aus Frankreich und sogar aus einigen der wohlhabenderen Staaten Afrikas – ein regelrechtes Trinkgelage veranstaltete, und Hyde hatte schon begonnen, sich zu langweilen. Er stand auf der anderen Straßenseite an einer kleinen Stehbar und nippte an einem Bier, während sich neben ihm auf dem Canale Grande ein übergewichtiger Tourist unter dem lauten Gemecker des *gondoliere* in eine bedrohlich schaukelnde Gondel zwängte. Selbst italienische Fahrgäste ließen sich durch die Frechheiten der *gondolieri* nicht aus der Fassung bringen. Mit den Ellbogen auf sein Tischchen unter dem Sonnenschirm gestützt, hatte Hyde die Tür von *Harry's* Bar im Auge behalten können. Als der Troß um Davies – seine Angestellten, seine Klienten und die potentiellen Käufer – schließlich in dem engen Gäßchen erschienen waren, das in die Piazza San Marco mündete, war Hyde hinter ihnen hergeschlendert, nur um zu beobachten, wie der gesamte Pulk lachender, sich gegenseitig auf die Schulter schlagender Menschen in der Kathedrale verschwand. Die Tauben waren wie graue Rauchwolken vor dem buntgefiederten Touristenschwarm emporgeflattert. Hyde war ihnen ins Innere der Kathedrale gefolgt.

Und hatte schon bemerkt, daß gleichzeitig jemand hinter *ihm* her war, denn den Mann mit der aufgeschlagenen Zeitung, der am Rande des Canale Grande entlangspaziert kam, kannte Hyde aus dem Pub in London – kurz bevor Kellett ermordet worden war. Er hatte eine Spur zu konzentriert Zeitung gelesen, und dabei sowohl Hyde als auch Davies' Gäste in der Harry's Bar beschattet. In der Gruppe um Davies mußte es jemand geben, der Priabin wichtig war. Der Mann mit der Zeitung ... er sah nicht danach aus, als säße er in Venedig oder in Rom auf einem gemütlichen Posten; nein, dies hier war ein Frontagent, den man in Marsch gesetzt hatte. Ein Klempner – ein Mann, der undichte Stellen reparierte, der die Risse im System zu kitten hatte.

Als er hinter der von Davies angeführten, mittlerweile etwas müden Gruppe hertrottete, die unter den wuchtigen Alkoven und Türmen und den Marmorplatten verloren wirkte, war er sich ganz sicher gewesen: Es waren noch zwei andere da, und auch das Mädchen, Valentina, obgleich er sie nicht auf Anhieb erkannt hatte, denn sie trug eine riesige Sonnenbrille und eine wasserstoffblonde Perücke. Doch irgendwann hatte er sie identifiziert; an ihrem Gang, ihrer Haltung, an der arroganten Selbstsicherheit, die sie ausstrahlte. Sie waren also da, um einen aus Davies Gruppe zu beschützen – vor ihm.

Doch als er wieder aus dem stickigen, goldgeschmückten Innenraum der Kirche ins Freie trat, wurde ihm klar, was sie vorhatten. Ihm selbst galt nunmehr ihre ganze Aufmerksamkeit. Er ließ die Schultern fallen, um Langeweile und Unaufmerksamkeit zu signalisieren, und konzentrierte sich gleichzeitig auf seine Umgebung. Während er durch die Scharen von buntgekleideten Touristen und Tauben schlenderte, spürte er den beruhigenden Druck seiner Pistole, die hinten in seinem Hosenbund steckte. Der Himmel über ihm war dunkler geworden, und die Piazza war voller Schatten. Die Lichter der Cafes gingen früh an wie an einem Winterabend. Er glitt zwischen den Touristen hindurch, vorbei an den zumeist scheußlichen Ölbildern der Kunststudenten und Straßenmaler, während über ihm die Häusermauern und Torbögen in der Abendsonne leuchteten.

Natürlich, hier hatte er nichts zu suchen, er sollte gar

nicht hier sein, sondern auf dem Messegelände, mit Godwin, um die Tochtergesellschaften der Reid-Gruppe zu durchleuchten, sich ihre Stände anzusehen. Doch die Messehalle lag auf der anderen Seite des Canale Grande, und Davies war hier, spendierte Drinks im Speisesaal des Palazzo Gritti, den er für eine halbe Stunde reserviert hatte. Und Hyde wollte ihn hier beobachten, wo Davies nicht auf der Hut war. Er war sich nicht sicher, doch irgend etwas war faul an diesem Mann, irgend etwas ...

Er ging unter dem Torbogen der Ala Napoleonica hindurch in die Calle dell'Ascensión und spürte, daß sie mittlerweile an ihm klebten wie sein Schatten. Die Davies-Gruppe befand sich vor ihm; sie hielten gelegentlich an, um in Schaufenster zu starren oder sich gegenseitig durch Schulterklopfen ihrer Sympathie zu versichern; Hyde glich sein Tempo ihrem müßigen Dahinschlendern an. Der Strom der Touristen kroch langsam wie eine Riesenschlange durch das von den Lichtern der Geschäfte erfüllte schmale Gäßchen. Er sah niemals hinter sich, nicht einmal als er stehenblieb, um scheinbar interessiert in hellerleuchtete Schaufenster zu blicken, offensichtlich unschlüssig, wohin er seine Schritte als nächstes lenken sollte. Auch seine Verfolger waren zwischen den Menschenmassen der engen *Calle* eingezwängt und würden sicherlich nichts unternehmen, solange sie keinen Fluchtweg sahen.

Wie ein Reiseführer dirigierte Davies seine Gäste zu dem hinteren Teil des Palazzo Gritti. Hyde folgte ihnen. Auf einmal waren weniger Menschen zu sehen. Davies Entourage näherte sich gemächlich dem kleinen Buckel eines Brückchens. Die hohe, bemalte Wand einer Kirche fühlte sich angenehm kühl und rauh auf seiner Handfläche an, als er sich wartend an sie anlehnte und der Gruppe um Davies nachblickte, die sich jetzt lachend dem Hotelfoyer näherte. Noch über eine weitere runde Brücke, an einer weiteren Kirche vorbei, deren Spitze von den letzten Strahlen der Abendsonne vergoldet wurde, und sie waren verschwunden. Er lehnte sich mit dem Rücken an die Wand der Santa-Maria-Kirche, schob die Hände in die Hosentaschen und gab sich gelangweilt und unentschieden. Gleichgültig ließ er seine Blicke über die Touristen hinwegwandern, über einen abgemagerten Hund, zwei Katzen, eine Gruppe von Japanern, angeführt von einem Reiseführer mit Zeigestock. Von den unrhythmischen Blitzen ihrer Kameras blendete einer das Mädchen; sie zuckte zurück, als hätte man sie erkannt. Einer der Männer war immer noch an ihrer Seite, aber der andere – der aus dem Pub, der wahrscheinlich Kellett getötet hatte, Hyde konnte seine Fähigkeiten nicht einschätzen, noch nicht – wartete auf der anderen Seite der Brücke, vor ihm.

Die Japaner verschwanden im Dämmerlicht in Richtung der Piazza San Marco, und durch ihr Fortgehen schien die Menschenmenge plötzlich um ein Vielfaches geschrumpft zu sein. Er schüttelte den Kopf und blickte auf seine Armbanduhr, dann ging er zum Foyer des Palazzo Gritti und spähte hinein. Anscheinend zufrieden mit dem, was er gesehen hatte, wandte er sich um und schlenderte über die Brücke – jetzt studierte der Mann, den er kannte, im trüben Dämmerlicht mit scheinbarer Konzentration die Postkarten an einem Drehständer. Hyde spürte das Adrenalin in seinen Adern, das Prickeln der Haare auf Nacken und Scheitel, das Jucken seiner Handflächen – doch er konnte es kontrollieren, empfand es fast als angenehm. In den schmalen Straßen und auf den kleinen, buckligen Brückchen sah er nicht viele Menschen; dann bog er auf den Campo San Stefano ein und wußte, daß sie vermuten würden, sein Ziel wäre die Brücke der Accademia. Er wollte die Selbstsicherheit ausnutzen, die ihre zahlenmäßige Überlegenheit mit sich brachte, wollte sie in immer ruhigere Straßen und Plätze locken, bis ihre Wachsamkeit nachließ – und er sie voneinander trennen und einzeln erwischen konnte. Am Himmel blinkten die ersten Sterne. Er erreichte einen langgestreckten, ärmlich wirkenden Platz; vereinzelte Bäume standen darauf, und an den Fenstern der Häuser ringsum war Wäsche zum Trocknen aufgehängt. Hinter einem der Fenster stand ein mit einer schwarzen Weste bekleideter Mann und rauchte, auf dem Fensterbrett einer anderen Wohnung ruhten die gewaltigen Brüste einer Frau mit müdem Gesicht und ungekämmtem Haar. Er ging weiter, bis er zum Canale Grande kam; auf der Mitte der breiten, hölzernen Brücke hielt er inne, als sei er von den Fassaden der *palazzi* und der Kirchen in den Bann geschlagen, die sich im dunklen Wasser des Kanals widerspiegelten. Er warf beiläufige Blicke in beide Richtungen.

Das Mädchen war noch nicht auf der Brücke, aber ihr Begleiter schon – Hyde erkannte ihn inmitten der anderen Fußgänger am gelben Hemd. Der Mann aus dem Pub, er trug ein blaues Hemd und helle Hosen, schlenderte an ihm vorbei zur anderen Seite der Brücke. Er gab ein kaum merkliches Handzeichen in Richtung eines Mannes, der am anderen Ende der Brücke stand, im Schatten der Accademia di Belli Arti, auf deren Stufen Studenten und Touristen saßen, zwischen ihnen die unvermeidlichen Tauben. Sie waren jetzt zu viert …

Trenn sie voneinander, und beeil dich!

Er wandte langsam den Kopf und starrte direkt das Mädchen an. Die Nerven unter seinen Handflächen, die das glattgescheuerte Holz der Balustrade umklammerten, zuckten wild. Sie hielt an, als fühle sie sich ertappt, dann wandte sie den Kopf und blickte auf die Wellen des Kanals. Er grinste und schluckte seine überraschende Nervosität hinunter. Sein Kopf fühlte sich leicht an, als sei er angetrunken. Hoffentlich war Godwin nicht der gleichen Bedrohung ausgesetzt – verdammt, er hätte vorher daran denken sollen! Solange Godwin sich an gutbeleuchteten Orten aufhielt, wo sie die Stände aufbauten und ihre Apparate in Stellung brachten, konnte ihm nichts geschehen – abgesehen davon war es ohnehin zu spät, sich Sorgen zu machen.

Er unterbrach sein scheinbar ruhiges Betrachten des Wassers und bewegte sich in Richtung des *campiello* vor der Accademia di Belli Arti. Fiel in einen energischeren Schritt, als er die breite, fast menschenleere Straße neben der *galleria* hinunterging. Entfernte sich vom Canale Grande und den Menschen in der Gewißheit, daß sie hinter ihm hergingen; er wartete, er würde sie herankommen lassen.

Anderson lenkte den klapprigen Ford von der Commissioner Street die Auffahrt zu einem vielstöckigen Parkhaus hinauf, zog das Ticket aus dem Automaten, und die Schranke ging auf. Das asthmatische Keuchen des Motors, als sich der Wagen die steile Rampe hinaufquälte, und das gelegentliche Quietschen der Reifen drang durch das offene Seitenfenster. Er fuhr die sich windende Auffahrt Stockwerk um Stockwerk empor, bis er nur noch einige wenige geparkte Autos sah, die auf der weitflächigen Parkebene verloren wirkten. Auf einem von weißen Linien markierten Parkplatz stellte er den Motor ab. Unvermittelte Stille. Die warme Abendluft drang durch das offene Fenster, und Anderson legte den Hinterkopf auf die Kopfstütze und schloß einen Augenblick lang die Augen; es roch nach Benzin, nach fettigen Würstchen und gedünsteten Zwiebeln von den Imbißbuden auf der Straße unter ihm.

Anderson stieg aus und schloß die Tür des Fords. Dann ging er zum Heck des Wagens und nahm die Metallkiste aus dem Kofferraum. Mikrophon und Empfangsgerät lagen auf dem mit Filz ausgeschlagenen Boden wie unbenutzte Angelutensilien. Er schlug den Kofferraumdeckel zu und empfand die Abgeschiedenheit dieses Ortes als überaus angenehm. Gegenüber funkelten die Lichter des Marshall-Hotels und des MLK-Büroturmes.

Sich vor der Metallkiste hinkniend, öffnete er sie und besah sich ihren Inhalt aufs neue, wie er es in dem halbleeren Zug vom Township nach Johannesburg getan hatte und später dann, während der auf dem Bahnhof im Halbschlummer verbrachten Nacht, wann immer ihn eine laute Stimme oder eine Putzkolonne geweckt hatte. Die Schlüssel – er kannte jetzt jeden einzelnen – berührte er nacheinander, als seien sie Glücksbringer. Er hatte die Akte des vergewaltigten schwarzen Mädchens damals nicht mitgenommen; von Anfang an hatte er klein beigegeben, seine Niederlage und Demütigung hingenommen, als sein Seniorpartner, Seaward, ihn vor vollendete Tatsachen gestellt hatte, ihm mitteilte, was unternommen werden würde, was man erreichen wollte ... *du hast doch nichts dagegen, nicht wahr, Richard? In der Tat, wir können eine Menge davon profitieren …*

Wenn er die Akte finden konnte, und das Mädchen, oder irgendwelches belastende Material gegen van Vuuren – dann würde keine Ausflucht mehr akzeptiert werden; alles würde lichterloh in Flammen aufgehen, als hätte er ein brennendes Streichholz in einen Heuhaufen geworfen. Er hielt sich die Schlüssel vor das Gesicht, um sie besser sehen zu können. Sonst benötigte er für sein unmittelbares Vorhaben nichts mehr aus der Kiste; er stopfte sich die Blätter mit den alten Zahlenkombinationen, Telefonnummern und den Codes für das Archiv in seine Jackentasche. Der Stoff roch nach dem Gras des Golfplatzes. Stand auf, öffnete den Kofferraum erneut, um die Metallkiste wieder hineinzulegen. Hatte er alles?

Ja …

Er vergewisserte sich, daß der Wagen verschlossen und das Fenster hochgekurbelt war. Dann ging er über die Zementwüste der Parkebene in Richtung des Aufzugs, wobei ihm der Benzingeruch und die unvermeidlichen Essensdünste der Imbißbuden erneut in die Nase stiegen. An der Zementbalustrade der Parkebene angelangt, warf er einen Blick hinunter auf die Commissioner Street mit ihren Neonlichtern und Menschenmassen. Davon abgeschottet, auf der anderen Seite des Parkhauses, lag unter einem riesigen Glasdach die Shopping Mall. Das gigantische Gewächshaus, in dem reiche weiße Konsumenten und als Alibi auch ein paar wohlhabende Schwarze herangezüchtet wurden. Doch vielleicht hatte sich sogar das mittlerweile geändert. Zumindest ein wenig. Er fuhr mit dem Aufzug in das Marshall Centre hinab.

Die Aufzugtüren öffneten und schlossen sich eilig wieder, als sei das schäbige Innere des Fahrstuhls ein zu häßlicher Kontrast zu den verschwenderischen Schaufenstern der Luxusboutiquen. Anderson ging rasch über die eleganten Fliesen. Exotische Pflanzen rankten sich vom Erdgeschoß bis unter die getönten Scheiben des Glasdachs; überall wuchsen sonderbare Blüten und dicke, feuchte Blätter.

Ein von Menschen gemachter Dschungel, der niemals die ursprüngliche Erde unter den Fliesen kennenlernen würde. Er durchquerte die weite Halle; sein Gang war zielgerichteter als das müßige Schlendern der sommerlich gekleideten Einkäufer. Anderson war viel zu sehr auf die Erledigung seiner Aufgabe konzentriert, als daß seine Rückkehr an diesen Ort irgendwelche Gefühle in ihm ausgelöst hätte. Der Eingang des Bürokomplexes, in dem sich sein früheres Büro befand, lag gegenüber den Aufzügen zum Parkhaus; er spürte keine Nostalgie, als er den altvertrauten Weg entlangging. Die getönten Scheiben des Eingangs des MLK-Gebäudes gegenüber waren wie zwei große Augen, die ihn beobachteten. Er stieß mit einem jungen Pärchen zusammen, die höflich waren, sich aber über seine Hast lustig zu machen schienen. Schnell näherte er sich den automatischen Glastüren – sie öffneten sich seufzend – und betrat die Eingangshalle des Bürokomplexes, in dem sich die Büros von Bright, Seaward&Seaward befanden. Mit Aubreys Startkapital hatte er sich damals als Juniorpartner in die Kanzlei eingekauft, nachdem er aus England geflohen war.

Überraschung! Der Engländer ist zurückgekehrt!

Anderson lächelte grimmig und klimperte mit den Schlüsseln in seiner Hosentasche. Das Foyer war fast leer. Eine riesenhafte schwarze Frau schob einen nassen Wischmop vor sich her. Messingschilder mit eingravierten Namen hingen vor den Lifttüren wie die Bestenlisten einer Universität. Er warf einen Blick zurück. Die Mall sah hinter den getönten Scheiben schweigsam und leer aus, als sei sie kilometerweit entfernt.

Im Keller befand sich das Büro der Gebäudesicherung – ein einsamer Sicherheitsmann; alles war mit einer Alarmanlage verbunden; alle Türen waren außerdem mit Sicherheitsschlössern ausgestattet. Wenn irgendeine der alten Kombinationen oder die Position der Infrarotschranken geändert worden war, würde man ihn entdecken. In der drei Häuserblocks entfernten Polizeistation gäbe es dann Alarm. Er holte tief Luft und drückte mit dem Zeigefinger energisch auf den Aufzugknopf.

Der lautlose Aufstieg des Lifts zum fünfzehnten Stock war schwindelerregend schnell. Der Schweiß brach ihm aus, als sich die Türen öffneten …

Der Korridor lag schweigend vor ihm. Er blieb noch einen Augenblick lang im Aufzug stehen, dann trat er hinaus, während die Türen hinter ihm zusammenglitten. Der Gang schien ihm in seiner Fremdheit so vertraut; das alles beherrschende Gefühl war der körperlich spürbare Widerwillen, mit dem er einst jeden Morgen durch diesen Gang zur Arbeit gegangen war. War er nur deshalb so radikal gewesen, weil er sich gelangweilt hatte? Er wischte den Gedanken mit einem Schulterzucken beiseite.

Die Büros der Kanzlei Bright, Seaward & Seaward befanden sich hinter den schwarzen Massivholztüren mit Messingklinken am Ende des kurzen Korridors. Er blieb vor den protzigen Türen stehen und musterte sie mit einem verächtlichen Lächeln; dann klimperte er mit den Schlüsseln und ging auf sie zu. Auf diesem Stock gab es keine Überwachungskameras, doch im Stockwerk darunter, wo er die Akte holen mußte, schon, und auch Infrarotschranken …

Auf einmal erstaunte ihn die Kaltblütigkeit, mit der er den Einbruch in seine alten Büros plante. Als er noch dort tätig gewesen war, hatte er einmal zum Zeitvertreib die Pläne der Überwachungsanlage studiert, überprüft, welche Kameras ihre Bilder auf welchen Bildschirm sendeten. Die Überwachungsanlage wurde von einem einzigen, verschlafenen Sicherheitsmann kontrolliert. Er legte die Hand auf die Messingklinke von Bright, Seaward & Seaward und suchte den passenden Schlüssel aus dem Schlüsselbund. Damals hatte er gerade nichts anderes zu tun gehabt und hatte alle Fehler, alle toten Winkel des Überwachungssystems gefunden, hatte bewiesen, wie *mangelhaft* diese Anlage arbeitete, die sich seine Seniorpartner für teures Geld hatten aufschwatzen lassen! Hastig warf er durch ein längliches Fenster neben der Tür einen Blick auf die Schnellstraße, die unter dem Gebäude verlief. Die Scheinwerfer der dahinrasenden Autos verschwammen ineinander. Ein Zittern rieselte durch seinen Körper.

Vorsichtig schob er den Schlüssel ins Schloß und drehte ihn mit einer fast kraftlosen Bewegung mit seinen Fingerspitzen herum, während sich ein dünner Schweißfilm auf seiner Stirn bildete. Das Schloß gab sofort nach, das Klicken des Metallzylinders ertönte gleichzeitig mit seinem erleichterten Seufzer. Er drückte die Tür auf, den leichten Widerstand des dicken Teppichbodens überwindend, ging hindurch und stand sofort vor einer weiteren Tür. Sie war aus Panzerglas, und neben der Klinke war eine Zahlentastatur angebracht. Man mußte keine Schlüsselkarte einschieben, die richtige Zahlenkombination genügte. Er schloß die Eingangstür sachte hinter sich. Eine falsche Zahl, und unten im Keller würden die Alarmglocken schrillen. Der alte, faule Bure, der Alibi-*Afrikaaner*, den sich seine anglophilen Partner da unten hielten, würde aus seinem Schlummer geweckt werden, aufstehen und in den Lift steigen, Revolver in der Hand. Seine Fingerkuppen schwebten über den Tasten. Zwei-neun-null-drei ... warum hatte er damals als persönlichen Code den Hochzeitstag seiner ersten Ehe gewählt, wo er doch einen neuen Anfang machen, die Vergangenheit hatte hinter sich lassen wollen? Er begann, die Zahlen einzutippen.

Cancel! Sein alter Code funktionierte nicht mehr. Seine andere Hand lag auf der Klinke der Glastür und hatte gedrückt, als er die Nummer vollends eingetippt hatte, und als sie nicht sofort nachgab, hatte er blitzschnell den Knopf zum Abbrechen betätigt. Draußen rührte sich nichts. Das Alarmlicht hatte nicht zu blinken begonnen. Er schwitzte stark. Wie lautete Brights Nummer? Sie basierte nicht auf einem Datum, sondern war Bruchteil einer längeren Zahl ... zu kompliziert, um sich jetzt daran zu erinnern. Seaward – der Alte, nicht sein sexbesessener Sohn – was war mit ihm? Dick Seaward – ein beinahe sanftes Lächeln umspielte Andersons Mundwinkel.

Der Todestag eines Menschen war eine seltsame Wahl; als wolle der Betreffende immer daran erinnert werden. Seawards Tochter war bei einem Autounfall ums Leben gekommen. Anderson erinnerte sich voller Unbehagen daran, wie der frühzeitig gealterte Seaward ihm die Fotos vom Grabstein gezeigt hatte, auf dem das Alter des Mädchens eingraviert gewesen war. Sofort nach ihrem Tod war ihr Leben im Rückblick als ein unsagbar schönes und sorgenfreies erschienen, in der Erinnerung des Vaters verklärt. Sie war damals zu ihm gekommen, weil er der einzige war, der ihr helfen konnte – der die Expertise besaß – eine Genehmigung für eine Abtreibung zu bekommen. Nie hatte sie einen festen Freund gehabt, war nur ein einziges Mal unvorsichtig gewesen; ein typisches Mauerblümchen. Doch für Dick Seaward wurde sie nach ihrem Tod zu einer Heiligen. Sie war auf der Autobahn gestorben; ein Regenguß von tropischen Ausmaßen, dazu Nebelbänke, die Gischt der schweren Sattelschlepper, die vorbeidonnerten – und das von Cannabis umwölkte Hirn des jungen Fahrers. Es war bei Frankfurt passiert. Anderson kannte alle Einzelheiten, denn die Frankfurter Polizei war äußerst hilfsbereit und diskret gewesen, und Anderson hatte sowohl die offiziellen als auch die inoffiziellen Berichte bearbeitet, während Seaward im Büro nebenan – dort, am Ende des Korridors – einen Schrein zum Andenken seiner Tochter erbaute.

Anderson schnttelte den Kopf, um die Erinnerung loszuwerden, die ihn seltsamerweise lähmte; sie half ihm nicht bei dem, was er jetzt zu tun hatte – außer in einer Hinsicht. Was ihm half, war das Todesdatum auf dem Polizeibericht, das Datum, das Dick Seaward so oft erwähnt hatte – der sechzehnte Februar. Das waren die Zahlen seiner Kombination, das Datum jenes Tages, an dem Seaward in einem fürchterlichen Moment der Schuld und des Verlusts die Liebe zu seiner Tochter wiederentdeckt hatte – und fest entschlossen war, diese Liebe niemals wieder aus dem Gedächtnis zu verlieren. Anderson tippte langsam und vorsichtig die Kombination ein und hielt den Atem an.

Er lehnte sich gegen die Tür … die jetzt nachgab. Er stolperte hinein, und die Schweißtropfen juckten auf seiner Stirn, während er mit unsicherer Hand die Tür hinter sich schloß – er hatte sich erinnnert, daß der Alarm ausgelöst wurde, falls die Tür offenblieb. Mit dem Rücken an die

Glastür gelehnt ließ er den vertrauten Geruch des Vorraums auf sich einwirken. Das Rechteck des blauen Teppichs, das Pult der Empfangsdame, drei Gänge, die in drei separate Büros führten. *Drei Himmelsrichtungen – »unser eigener, ganz spezieller Kompaß, bei dem die vierte Himmelsrichtung ausgelassen wurde«* hatte Bright – ganz der amüsante Plauderer – gesagt, während die Sekretärin pflichtschuldig lächelte, als Anderson zum erstenmal die Räumlichkeiten von Bright, Seaward&Seaward betreten hatte. Und Anderson hatte daraufhin *Jahre* damit zugebracht, sich diesem speziellen Kompaß anzupassen. Bis er es eines Morgens, ohne einen wirklichen Anlaß, satt gehabt hatte; es mochte die Krawatte des jungen Seaward gewesen sein oder einer seiner geschmacklosen Scherze, oder vielleicht war es nur die Art, wie sich das Sonnenlicht in den polierten Schuhen Brights fing – er wußte es nicht. Offensichtlich war er an einem Punkt angelangt gewesen, an dem der Anlaß unwichtig geworden war. Jede Kleinigkeit hätte ausgereicht.

Anderson watete durch den weichen blauen Teppich. Ein Fenster im Vorraum gab den Blick auf die glitzernden Lichter der Stadt frei; es sah aus, als hätte sie jemand mit derselben Willkür im Wüstensand verteilt wie die Diamant- und Goldadern Südafrikas. Langsam ging er durch den Korridor; sein altes Büro … er beachtete es nicht. Er war hier, um eine offenstehende Rechnung einzufordern, und, bei Gott, er verlangte einen verdammt hohen Preis! Wieder dachte er an den alten Seaward und seine verunglückte Tochter, als er an dessen Büro vorbeiging, stellte sich die Unordnung hinter der verschlossenen Türe vor. Seaward brachte sich durch Alkohol und Kummer langsam um, doch es ging viel zu langsam für Bright. Es gab keinen Weg, wie er ihn loswerden könnte – der alte Mann hatte genug Geld, um als Seniorpartner in der Firma zu bleiben, solange es ihm beliebte. Anderson folgte einer leichten Biegung des Korridors und stand vor einer nackten Tür, die durch keinerlei Aufschrift gekennzeichnet war. Hinter dieser Tür führte eine Treppe ins untere Stockwerk, in dem sich das Archiv und der Tresorraum befanden. Er fischte einen

Schlüsselbund aus der Tasche und musterte die einzelnen Schlüssel liebevoll, als seien mit ihnen nur schöne Erinnerungen verbunden; nacheinander ging er sie durch, bis sich der richtige zwischen seinen Fingern befand. Er steckte ihn ins Schloß. Die Tür war nicht mit der Alarmanlage verbunden gewesen; die Infrarotschranken und Überwachungskameras lauerten am Fuß der Treppe, dort warteten sie auf eine falsche Bewegung. Ein trügerisches Spinngewebe mit vielfältigen Lücken, Schwachstellen und toten Winkeln. Anderson drehte sich noch einmal um und warf einen Blick auf Seawards Büro, doch konnte er sich beim besten Willen nicht vorstellen, dort – oder in Brights Büro – das zu finden, wonach er suchte. Was er suchte, befand sich, wenn es nicht im Reißwolf gelandet war, im Tresorraum. Die Akte. Die Entscheidung, schriftlich dokumentiert, daß nichts unternommen werden sollte, die protokollierte Aussage des Mädchens, und van Vuurens Lügen. Eine versuchte Vergewaltigung in dem Büro des stellvertretenden Direktors des MLK. Das Verwaltungsgebäude des MLK war nur einen Steinwurf von der Anwaltskanzlei entfernt.

Er drehte den Schlüssel im Schloß herum, wobei er vor Anspannung stöhnte wie ein Gewichtheber.

Die Tür öffnete sich federleicht nach innen. Am Fuß der Treppe schweigende Dunkelheit. Er lächelte im Wiedererkennen einer alten Gewohnheit, als seine Hand automatisch nach dem Lichtschalter hinter der Tür tastete, und schaltete die Lichter ein. Vorsichtig setzte er einen Fuß auf den obersten Treppenabsatz und stieg dann Stufe um Stufe hinunter, wobei er alle ihm zur Verfügung stehenden Konzentration aufwandte, um sich die Position der Infrarotschranken und die toten Winkel der Überwachungskameras wieder ins Gedächtnis zu rufen. Nach der ersten Tür auf dem gekachelten Flur, hinter dem afrikanischen, handgewebten Teppich – der ihn immer an einen umgestoßenen Farbeimer erinnert hatte – würde er nicht mehr auf die Lichtschranken achtgeben müssen, denn ab dort gab es keine mehr.

Gut gemacht, Bright, du geiziges altes Arschloch – an allen Ecken und Enden Geld gespart …

O mein Gott, o nein! Sein Kopf wirbelte herum, und er starrte auf den Lichtschalter oben am Treppenabsatz.

Du verdammter Idiot!

Die Überwachungskameras hatten bestimmt registriert, daß das Licht angegangen war ... der Wachmann mußte wissen, daß jemand dort drin war, denn seine Bildschirme würden plötzlich aufleuchten wie ein Christbaum ...

Sie waren jetzt zu sechst, und er hatte sich das Gesicht jedes einzelnen eingeprägt; später würde er in der Lage sein, sie alle zu identifizieren. Er war überall umhergestreunt – sogar im Quartiere Santa Marta mit seinen billigen Appartements und den Bordellen; ein Stadtteil, von dem jeder hoffte, daß er als erstes in der Lagune versank, damit *La Serenissima Venezia* ein würdiger Abgang beschert würde. Er hatte sie hinter sich hergezogen wie Kühe am Nasenring.

Noch immer spürte er den Schock des Wiedererkennens, als ihm klar wurde, daß Novak der Gruppe um Michael Davies angehörte. Antonin Novak, Leutnant a. D. des tschechischen Geheimdienstes. Novak war ein nur allzu geläufiger Name, doch an sein Gesicht hatte er sich nicht gleich erinnern können. Er war *hier*, bei Davies. Aubrey mußte davon erfahren, doch Hyde wagte es nicht, ihn anzurufen. In einer Telefonzelle gäbe er eine perfekte Zielscheibe ab.

Die sechs Männer und das Mädchen hatten ihn nun eingekreist – auf der Fondamenta delle Zattere, gegenüber La Giudecca; auf diese Insel hatten die Venezianer früher die Juden abgeschoben. Ein Ghetto, in dem die Straßenlampen trübe schimmerten und lediglich ein paar klägliche Turmspitzen aus dem Dunst ragten; dahinter nahmen sich die funkelnden Lichter des Lidos wie eine prunkvolle Milchstraße aus.

Hyde hatte sie hinter sich her durch das Hafengelände mit den Docks geschleift, dann wieder am Zattere entlang. Die Schatten, in denen sich seine Verfolger verbargen, waren schwärzer, undurchdringlicher geworden, und mittlerweile hörte er über den Geräuschen der Fernseher und Radios durch die offenen Fenster ringsum das Krächzen ihrer Funkgeräte.

Hyde erschauerte. Zeit zu verschwinden. Er kauerte in einem kleinen, von einer Steinmauer umgebenen und säuberlich bepflasterten Hinterhof eines alten *palazzo*, der in Mietwohnungen umgewandelt worden war. Auf einmal hörte er auf der anderen Seite der Mauer das Getrappel von Turnschuhen. Sie benutzten ihre Funkgeräte, um die Jagd zu koordinieren. Das Problem war, daß seine Gedanken immer wieder zu Novak zurückkehrten. Er zuckte zusammen, als von der Promenade hinter ihm das laute Quietschen der Gummisohle eines Turnschuhs zu ihm drang. Durch eine Öffnung in der Mauer sah er die Erlöserkirche, dahinter die blinkenden, vollbesetzten Hotels entiang des Canale Grande, die Pensionen und Restaurants. Der Dom und das Kreuz waren schwarze Silhouetten vor den Lichtern der Strandpromenade – ebenso wie der Schatten, der jetzt, im Mondlicht scharf umrissen, vorbeiglitt, Pistole in der Hand.

In einer der Wohnungen des alten *palazzo* wurde ein Fernsehapparat angestellt, und schrille italienische Stimmen dröhnten über den Hinterhof. Hyde hockte auf den Fersen, die Arme über der Brust verschränkt. Das Mondlicht glitzerte silbrig auf den leichten Wellen des Kanals. Ein gestutzer Baum wuchs aus einem Topf wie störrisches Unkraut zwischen den Pflastersteinen des Innenhofs. Eine gleichgültige Katze war vor zehn Minuten an ihm vorbeigeschlendert. Novaks Gesichtszüge tauchten immer wieder unvermittelt aus dem Dunkel seiner Konzentration auf und irritierten ihn. Was tat er nur hier, in Venedig – außer mit den Deutschen, den Afrikanern und Leuten wie Davies Händchen zu halten? Er umklammerte seine Oberarme mit den Händen, hockte lautlos in der Nacht und lauschte auf …

… das Krächzen eines Funkgerätes oder eines Handys. Er hörte es, und dann ein unterdrücktes Murmeln – irgend jemand fürchtete, sich zu verraten. Die Stimme gehörte dem Mädchen, kein Zweifel. Er rutschte mit dem Rücken an der rauhen Steinmauer empor, bis er aufrecht stand, und neigte den Kopf zur Seite. Die Worte blieben unverständlich, doch der Tonfall war hektisch, angespannt. Er lauschte angestrengt und versuchte, die genaue Richtung zu bestimmen, aus der die Stimme kam ... von dort, genau – *dort*. Sein Atem ging flach. Jenseits der Mauer, im benachbarten Hinterhof.

Schweißperlen auf seiner Stirn. Diesen Innenhof würden sie als nächstes durchsuchen. Er hörte die hohe Stimme des Mädchens durch das Funkgerät, die Stimme des Mannes, der hinter der Mauer stand, dann eine Männerstimme am anderen Ende, anstelle der Stimme des Mädchens. Die souveräne, befehlsgewohnte Stimme klang vertraut, obwohl die Worte unverständlich waren. Dann übertönte das Knattern eines *vaporetto*, der Kurs auf den Lido hielt, alles andere, und Hyde schlug ungeduldig mit den Fingern an den rauhen Mauerputz wie ein nervöser Pianist.

Verdammt.

Die Nacht war heiß und atemlos, der Mond stand nun über der Mauer; badete den gestutzten, sich betrunken zur Seite neigenden Baum in der Mitte des Innenhofs in silbernem Licht. Die Augen der Katze glühten im Schatten. Allmählich verebbte das Motorengeräusch des Fährboots.

In der sich wieder ausbreitenden Stille ertönte durch die offenen Fenster das Murmeln der Menschen in ihren Wohnungen, der gellende Schrei eines Kleinkinds. Die Geräusche der Funkgeräte, das Flüstern auf der anderen Seite der Mauer waren verstummt. Hyde glitt lautlos bis ans Ende der Mauer, dann weiter zum Ausgang des Innenhofs. Dort schrak er zusammen, als wieder ein Funkgerät zu hören war. Gleichzeitig warf das Mondlicht den langen Schatten eines Mannes in Richtung des gestutzten Baums.

Priabin. Ihm gehörte die Stimme, die ihm so vertraut vorgekommen war. Er schluckte vorsichtig und drückte seine feuchten Handflächen an die Mauer hinter sich. Beobachtete den Schatten, der sich nun vornüberbeugte, um leise zu antworten. Der Mann stand immer noch auf der breiten Promenade des *Zattere*. Hyde lauschte angestrengt, um die russischen Stimmen zu verstehen.

»... hier, General, ich weiß es. Ich brauche Verstärkung.«

»Die Aktion ist beendet!« hörte er die Stimme aus dem Funkgerät.

»Warum?«

»Alle Einheiten ...«

Wo war Priabin?

»Nein.« Ihre Stimme explodierte in der Stille, als stünde sie direkt neben dem Mann, dessen Schatten in den Hof hineinragte. Sie diskutierte mit Priabin, und beider Stimmen drangen schwach aus dem Funkgerät, das er in der Hand hielt.

»... muß *eliminiert* werden!« sagte sie aufgeregt.

Dann Priabins Erwiderung. »Willst *du* es ihm erklären?«

»Fünf Minuten! »bettelte das Mädchen zornig. »Nur fünf Minuten ...« Dann lauter, an den Agenten gerichtet: »Maxim, bist du dir sicher?«

»Ja, ich habe gesehen, wie er in einen dieser Innenhöfe ging ... Ich brauche Verstärkung, Sir. Er ist ganz in der Nähe.«

Verdammte Scheiße.

Priabin würde nachgeben.

»Wo genau ist dein Standort?« Noch zögerte er.

»Ungefähr hundert Meter von Ihnen entfernt, General. Gegenüber der Kirche – genau gegenüber.«

Stille. Dann wieder Priabin, leiser, an Valentina gewandt: »In Ordnung – fünf Minuten ... Er wird in einer Stunde am Flughafen ankommen.«

Nach einer kleinen Pause hörte er Valentinas schrille Stimme: »Alle Einheiten ...« gefolgt von einem Wort, das so etwas wie *zusammenkommen* bedeutete. Dann begann der Schatten, der das Funkgerät an sein Ohr preßte wie ein Mann mit Zahnschmerzen, aufgeregt zu flüstern, während Hyde die Mauer entlangglitt ... er schätzte die Länge des Schattens, die Entfernung der flüsternden Stimme, lauschte auf die ersten schnellen Schritte der Verstärkung.

Entscheidung. Bewegung. Der Schatten richtete sich auf, streckte sich erschreckt in die Länge, während Hyde die wenigen Schritte auf ihn zurannte, dann bei ihm war. Er schlug ihm mit der Faust ins Gesicht, traf ihn mit dem Ellbogen im Magen, und, als er fiel, mit der Handkante am Hals; das Funkgerät fiel scheppernd auf die Pflastersteine.

Schritte. Sein Kopf wirbelte herum. Zwei Männer, die aus der Richtung des alten Zollgebäudes auf ihn zu rannten ...

... und dann sah er das *Boot*. Der Motorenlärm des *vaporetto*, das er in Richtung Lido hatte tuckern gehört, war in Wirklichkeit von einem kleinen Motorboot gekommen, das nun inmitten der mondbeschienenen Wellen in etwa dreißig Metern Entfernung lauerte. Der Motor startete mit einem Knall wie von einer Pistole, grollte dann drohend, als das Motorboot einen Satz nach vorne, auf ihn zu machte. Am Bug standen das Mädchen und Priabin. Und noch ein Mann, im Halbprofil, mit geneigtem Kopf. Hyde konnte das Gewehr nicht sehen. Er rannte auf das offene Tor des benachbarten Innenhofs zu. Die ersten Kugeln schlugen klatschend in die Mauer über seinem Kopf ein, dann war er wieder im Dunkeln, sein Atem lauter als das Geräusch der sich nähernden Schritte, und alles übertönend das wütende Brummen des Motorboots. Er packte den Rand der Mauer mit beiden Händen, zog sich hoch und ließ sich sofort auf der anderen Seite herunterfallen. Jetzt befand er sich auf einem schmalen Laufsteg, der entlang eines kleinen Kanals in Richtung des Canale Grande verlief.

Er wartete, den Rücken an die Mauer gepreßt, ein paar Schritte vom hellerleuchteten Rechteck entfernt, das der Lichtschein eines Fensters auf der anderen Seite des Kanals auf die Pflastersteine warf. Irgend etwas – eine Ratte – huschte in der Nähe seiner Füße vorüber und plumpste mit einem leisen Glucksen in den Kanal. Er erschauerte, horchte auf flüsternde Stimmen, die sich direkt hinter ihm auf der anderen Seite der Mauer befanden. Dann begann er eilig den Kanal entlangzugehen, vorbei an schmalen Gäßchen, schlafenden Hunden, über ein kleines Brückchen, sich vorsichtig davonstehlend ...

Grelles Licht des Suchscheinwerfers im Bug des Motorbootes; er sah für den Bruchteil einer Sekunde die Silhouette einer halbverfaulten, schief im Wasser liegenden Gondel. Der Lichtkegel glitt über den abblätternden Putz der Mauern wie ein suchender Finger, dann nagelte er ihn fest. Verzerrt durch ein Megaphon die Stimme des Mädchens, das alle Vorsicht vergessen zu haben schien.

Geduckt rannte er weiter, wobei er, um nicht ins Wasser zu fallen, mit Händen und Füßen an der Mauer entlangschürfte, als wolle er ein Teil von ihr werden. Vor ihm blinkten die Lichter von Hotels und *palazzi* entlang des Canale Grande, doch sie schienen sich vor ihm zurückzuziehen. Wieder das trockene Krachen von Gewehrschüssen.

Seine Hand griff ins Leere, und er strauchelte – eine Öffnung in der Nacht, in ein winzig enges Gäßchen. Aus dem Gleichgewicht gebracht, taumelte er hinein, während Mauersplitter auf ihn herabregneten. Er hörte nur das scharfe Pfeifen der Kugeln, nicht die Schüsse selbst. Priabin mußte dem Scharfschützen befohlen haben, einen Schalldämpfer aufzuschrauben. Hinter ihm Schreie und das Geräusch rennender Turnschuhe.

In der Mitte eines kleinen, moosüberwachsenen *campo* thronte spöttisch eine Kirche; hinter ihr ragten Dome und Turmspitzen auf wie entfernte Berggipfel. Die Lichter Venedigs schienen nun heller zu sein. Er hörte das Geräusch des Motorboots nicht mehr, doch die laufenden Schritte kamen rasch näher. Hastig riß er seine Pistole aus dem Hosenbund und nahm, den gestreckten Arm an die rauhe Mauerwand gepreßt, die Öffnung des schmalen Gäßchens ins Visier. Er feuerte unverzüglich beim Anblick des ersten Schattens – ohne einen Gedanken daran, wer es war, bis sich der Schatten am Boden wälzte, schreiend und mit beiden Händen seinen Oberschenkel umfassend. Ein zweiter Schatten sprang zurück, in Deckung.

In den Fenstern über ihm gingen nun die Lichter an. Es sah aus wie die Zeitraffersequenz einer Mietshausfassade am frühen Morgen, wenn die Lichter in den Fenstern in unregelmäßigen Zeitabständen aufleuchteten. Doch die Heftigkeit, mit der die Fensterflügel aufgestoßen wurden, war ein klares Alarmsignal. Er hätte schwerlich eine wirkungsvollere Weise finden können, um Hilfe zu rufen, als diesen Mann zu verwunden, der vor ihm im Mondlicht herumzappelte und schrie. Hyde grinste schadenfroh und feuerte noch zweimal in Richtung des schmalen Gäßchens, doch es gab kein Gegenfeuer. Aus einem offenen Fenster über ihm erklang der Schrei einer Frau. Dann schlugen ohne Vorwarnung die ersten beiden Kugeln eines Scharfschützen neben seinem Kopf ein, hinterließen helle Narben im Mauerwerk. Hyde ging in Deckung und wartete. Die Frau schrie immer noch hinter den Fensterflügeln, die ihr Mann wieder geschlossen hatte. Der verletzte Russe wand sich fluchend am Boden.

Hyde horchte, versuchte, so leise wie möglich zu atmen. Jeder Weg, den er einschlug, sofern er nicht das gleiche Gäßchen zurückging, durch das er soeben gekommen war, würde zu dem schmalen Streifen Land vor dem alten Zollgebäude führen – und dort würde er ein leichtes Ziel abgeben.

Hyde hörte, wie sie dem Verwundeten zuriefen, zu dem Schatten vor dem schmalen Gäßchen zu kriechen. Weiße Hände schossen aus dem Dunkel hervor und winkten ihn zu sich. Dann packten sie ihn, und er schrie, als man ihn auf die Beine stellte; seine Flüche wurden leiser, dann lauter, schmerzerfüllter, ein wütender Protest gegen …

… die Eile. Sie gaben auf? Ja … Hyde stieß einen erleichterten Seufzer aus und lehnte seinen Kopf an die Mauer hinter sich. Jetzt hörte er – sie hatten es sicherlich auch gehört – das Heulen einer Polizeisirene; das Polizeiboot umfuhr wohl gerade das alte Zollhaus oder befand sich schon im Giudecca-Kanal. *Ich möchte eine Schießerei melden* … in Venedig? Ein Glück, daß sie uberhaupt gekommen waren, dachte Hyde, es hätte ja auch die Mafia sein können, und was hätten sie dann gemacht? Jemand lehnte sich aus einem der Fenster, ein Mann in einem schäbigen Schlafrock, der ihn sah, mit dem Zeigefinger auf ihn zeigte und irgend etwas Unverständliches schrie; doch eine dicke Frau in einem geblümten Nachthemd zerrte ihn vom Fenster weg …

Hyde war bereits über den Platz gehuscht; im Schattenspiel von Mondlicht und Dunkel verschwand er in einem Gäßchen, welches wiederum in einen weiteren *campo* mit seiner unvermeidlichen Kirche mündete.

Während er zum Kanal joggte, um ein *vaporetto* oder ein Wassertaxi zu finden, überlegte er, welches hohe Tier denn in einer Stunde ankommen würde; jemand, der so wichtig war, daß sie die Chance, ihn umzulegen, sausen ließen. Herrgott, wer immer das sein mochte, er war auf jeden Fall einflußreich, und er mußte von der Zentrale in Moskau kommen. Interessant. War er mit dem Flugzeug unterwegs oder per Eisenbahn? War sicher geflogen …

Dann also auf zum Marco Polo, mein Bester. Dort wirst du sicher auch deine Freunde von eben treffen – obwohl sie dich bestimmt nicht erwarten.

Er fühlte eine Welle der Erleichterung, aber auch eine leichte Übelkeit – eine verspätete Schockreaktion – als er am Kanal ankam und den *vaporetto* sah, der gerade anlegte.

Die letzten Strahlen des Sonnenuntergangs fielen durch die Gardinen und tauchten das Zimmer in diffuses Licht. Miß Grey hatte sich mit sofort gewecktem Mutterinstinkt um den jungen Darren Westfield gekümmert, der jetzt kerzengerade auf einer Stuhlkante im Wohnzimmer des Vorsitzenden des Geheimdienstkommitees saß. Aubrey hätte vielleicht innerlich über den jungen Mann und seine Schüchternheit gelächelt, wenn er nicht selbst angespannt und besorgt gewesen wäre. Vor ein paar Stunden hatte sich eine Wespe in das Zimmer verirrt, und er hatte sie zwischen umgedrehter Tasse und Untertasse gefangen und durch das offene Fenster hinausgescheucht. Zu schade, daß er mit seinen düsteren Gedanken nicht dasselbe machen konnte.

Er sah auf den unordentlichen Haufen von Notizen und Papieren zu seinen Füßen hinab. Es schien seinem fast gottähnlichen Status in Westfields Augen keinen Abbruch zu tun, doch er selbst kam sich vor wie ein Greis, der das Chaos, das ihn umgibt, längst nicht mehr wahrnehmen kann. Aber die Ereignisse überstürzten sich ja auch; wer könnte es ihm da verdenken, daß Ordnung nicht oberste Priorität hatte?

Welche Dienste konnte Novak dem MLK anbieten, die *nicht* illegaler Natur waren? Novak war einer der gerissensten und brutalsten Anhänger der alten Schule. Er hatte ohne mit der Wimper zu zucken Konkurrenten und sogenannte Staatsfeinde ermorden lassen; er war ein meisterlicher Verhörer, der folterte, wann immer es ihm erfolgversprechend erschien. Novak kontrollierte die Menschen in seiner Umgebung durch seine vollkommene Skrupellosigkeit …

Aubrey schüttelte den Kopf. Mit diesem Lebenslauf hätte er ohne weiteres zum Kapitalismus konvertieren können, oder etwa nicht?

Unsinn. Entweder er besaß noch geheime Macht, die Malan und Babbington sich gleichermaßen zunutze machen konnten, oder aber …

Oder aber was?

Er zuckte zusammen, als das Telefon neben ihm läutete, und meldete sich sofort.

»Patrick – ja?«

»Ich habe nicht viel Zeit – in etwa einer halben Stunde wird eine wichtige Person eintreffen. Ich folge Priabin; die ganze Bande ist vollständig versammelt.«

»Was ist mit Tony?«

»Keine Ahnung, ich werde später nach ihm sehen. Ich dachte, es würde Sie interessieren: Er ist hier. Der ehemalige Oberstleutnant Antonin Novak vom tschechischen STB. Trägt einen Anzug und läßt sich von Michael Davies zum Abendessen einladen. Okay? Ich melde mich wieder.«

Aubrey stellte das drahtlose Telefon ab und starrte überrascht an die Zimmerdecke. Novak. Er lächelte. Ein *Wirtschafts*-Experte. Er hatte die IRA, Gaddhafi und Splittergruppen europäischer Terroristen miteinander koordiniert. Es existierte sogar eine Fotografie Novaks mit Saddam Hussein. Er schüttelte den Kopf. Aber … Novak – mit *Davies*? In Venedig auf *Geschäftsreise*?

Er wandte sich plötzlich an Darren, der zusammenzuckte.

»Darren, gib mir die Beschattungsfotos, die du – oder der unglückselige Chambers – geschossen habt. Die Kontaktabzüge, nicht die vom MLK-Büro.« Westfield reichte ihm den glänzenden Packen, und Aubrey ging die Abzüge der Reihe nach durch. Schließlich fand er, was er gesucht hatte: Priabin mit einem Mann, den er trotz neuer Kleidung, verändertem Haarschnitt und neuem Schnurrbart sofort erkannte. Antonin Novak. Priabin, das Mädchen, Novak und van Vuuren. In einem Gartenrestaurant, das Mädchen in die Sonne blinzelnd, ohne ihre riesige Sonnenbrille. Aubrey hätte fast geschnurrt wie ein Kater.

»Höchst interessant«, murmelte er. Doch da war noch etwas anderes. Das an ihm nagte. Etwas anderes, das ihm einen Augenblick lang durch den Kopf gegangen war. Was war es?

»Darren, wie lauteten noch die Namen der Firmen, für die Novak jetzt arbeitet? Bring mir die Liste.«

»Firmen mit Verbindungen zu Dumas – für die Novak arbeitet?« murmelte Darren, während er in den Akten blätterte. Er warf einen Blick auf seine Notizen und nahm sich einen anderen Papierstapel vor.

Aubrey seufzte ungeduldig und spürte ein alarmierendes Ziehen in der Herzgegend, als sei seine *Angina* dabei, ihm einen weiteren Besuch abzustatten. Er massierte sich mit einer Hand die Stelle über dem Herzen, während die Finger der anderen nervös auf die Stuhllehne trommelten. Er hatte eine Idee gehabt, und jetzt war sie verschwunden. Es hatte irgend etwas mit Novaks bisherigen Arbeitsgebieten zu tun, vielleicht in Libyen oder als IRA-Kontaktmann – es lag ihm auf der Zunge …!

Dann reichte ihm Darren eine Notiz mit Hydes krakeliger Handschrift. »Hier, Sir, tut mir leid, daß ich so lang gebraucht habe.«

Aubrey starrte auf die Namen, auf alle beide, als seien sie Kristalle, die nur langsam durch eine dicke Flüssigkeit nach unten schwebten. Diamanten, die tiefer und tiefer im Harz versanken.

Oh, mein Gott. Grundgütiger …!

Eine der Firmen produzierte Semtex-Bomben; dieselbe Firma hatte in der Vergangenheit unter anderem auch Libyen beliefert. Libyen wiederum hatte die IRA mit Sprengstoff versorgt, und auch andere Todesengel des europäischen

Terrorismus, in Italien, in Deutschland ... und die zweite Firma fabrizierte hochst modernes, sehr wirkungsvolles Kriegsgerät: Handfeuerwaffen, Mörser, Panzerabwehrwaffen, Raketenwerfer. Der Kreis schloß sich. Malan, die Reid-Gruppe, Dumas, und jetzt auch Novak. Sie lieferten Waffen an – das *weiße* Südafrika ...? Waffen und Sprengstoff ... und in Südafrika gab es bei Gott genug mordlustige Weiße, die diese Waffen einsetzen würden, und sie wußten auch schon, gegen wen!

Es gibt keine unblutige Revolution ...

»Darren, beeil dich! Ich will, daß du diese beiden Unternehmen genau unter die Lupe nimmst – ich will wissen, was genau sie produzieren, was sie produziert haben und was sie vielleicht produzieren *wollen*!«

O mein Gott ...

Jetzt erinnerte er sich; und er sah es auf dem Notizzettel in seiner Hand bestätigt ... Nervengas. Eine dieser skrupellosen Firmen hatte für den Warschauer Pakt *Nervengas* hergestellt!

»Ja, beide Firmen – die eine außerhalb von Prag und die andere bei Pilsen. Und hol mir Tony Godwin ans Telefon, ich muß sofort mit ihm und Patrick sprechen! Beeil dich, junger Mann – *beeil dich!*«

FÜNF

IN EINER SOLCHEN NACHT

Dreiundzwanzig Minuten. Soviel Zeit hatte er sinnlos verschwendet. Die Wache war von dem Licht, daß er dummerweise angeschaltet hatte, nicht alarmiert worden; er war die Stufen hinaufgerannt und hatte es wieder ausgemacht. Dann hatte er dort oben gewartet, im Halbdunkel – hatte darauf gewartet, daß die Tür aufgehen würde oder daß die Alarmsirenen aufheulten, hatte auf sich nähernde Polizeisirenen von der Straße gehorcht. Hatte eine gehört, und sein Herz hatte begonnen, hölzern gegen seine Brust zu schlagen, doch während er mit angehaltenem Atem lauschte, hatte sich das Sirenengeheul in der Ferne verloren.

Er hatte beinahe eine halbe Stunde verschwendet – *verschwendet*.

Seine Wut ließ ihn unachtsam werden. Aktenordner bedeckten bereits die kühlen Fliesen des Tresorraums; die darin befindlichen Papiere schoben sich wie weiße oder rosafarbene Zungen quer über den Boden. Aktenschränke waren aufgerissen worden und standen gähnend offen … doch das, wonach er suchte, konnte er nicht finden, obwohl sie das System der Dokumentenablage in den letzten Jahren nicht geändert zu haben schienen. Alles war auf seinem gewohnten Platz: Die Gewinnabrechnungen, die Details des Gesellschaftervertrags, die Steuererklärungen, die Gehalts- und Bonuslisten … Und auch die alten Akten, die die politisch brisanten, die delikaten und die vertuschten Fälle dokumentierten, sie befanden sich noch an ihrem Stammplatz. Seine Schlüssel hatten alle Schränke geöffnet; er hatte alles durchblättert, hatte die Namen alter Klienten erkannt, alter Maskeraden und Täuschungsmanöver – doch *keine Spur von van Vuuren oder dem Mädchen!* Weder in diesen Schränken noch in den Malan-Labuschagne-Akten. Er hatte genug Material gefunden, um Bright und Seaward zu ruinieren, doch nichts über van Vuuren, absolut nichts!

Anderson hielt inne und wischte sich mit dem Handrükken über seine Augenbrauen; er hielt sich am Rand der offenen Schublade fest, als habe er einen Schwächeanfall. Das Neonlicht in dem kalten Raum flackerte trüb. Er war durch den toten Winkel der Überwachungskamera am Treppenabsatz geschlüpft und unter den beiden Infrarotschranken hindurchgekrochen; er war mit dem Rücken an der Wand entlanggerutscht, dann in die Hocke gegangen und wie ein großes Nagetier zur Tür des Tresorraums gekrochen. Einmal im Zimmer angelangt, war die Alarmanlage kein Problem mehr, solange er die korrekten Schlüssel verwendete – was er getan hatte. Doch mit welchem Resultat? Mit welchem *Resultat*? Mit den Fäusten schlug er auf den Aktenschrank, um seiner Enttäuschung ein Ventil zu schaffen. Es war fünfundzwanzig Minuten her, seit er den Tresorraum geöffnet hatte. Und er hatte sich einst geschworen, ihn nie wieder zu betreten! Und was hatte ihn dazu bewegt? Ein cleverer *Plan*, der ihm jetzt absurd und lächerlich vorkam. Ebenso wie der erkaltete Schweißfilm auf seiner Stirn und unter seinen Achseln. Er ließ sein Gesicht hinuntersinken, bis seine Stirn die kühle Metallkante der Schublade berührte; sie ächzte leise unter seinem Gewicht.

Wo steckte diese Akte, verdammt nochmal? Hatten sie alles in den Reißwolf gesteckt? Das sah Bright ganz und gar nicht ähnlich … Seaward schon, Seaward mochte in einem Anfall von Rechtschaffenheit – seit dem Tod seiner Tochter passierte das immer häufiger – einen Teil der Geheimakten vernichtet haben. Anderson schüttelte den Kopf. Er wußte es nicht. Andere Akten waren möglicherweise ebenfalls unauffindbar, ohne daß er es gemerkt hätte. Er erinnerte sich dunkel an einige andere Fälle; meistens ging es um illegale Abtreibungen, Affären zwischen Schwarzen und Weißen, die beendet werden mußten, weil ein Skandal oder gar Verhaftung drohte. Van Vuuren war durchaus kein Einzelfall – es gab Weiße, die ihre schwarzen Hausmädchen getötet hatten, Opfer der Triebe oder des Jähzorns ihrer Herren, und ungeschoren davongekommen waren. Ein paar der entsprechenden Akten hatte er bereits gesehen; das Fehlen von anderen hatte er vielleicht gar nicht bemerkt. Er war nicht einmal über die Hälfte der zwielichtigen Dinge, die in Brights Büro oder bei ihm daheim in Parktown vor sich gingen, im Bilde ... die dunkle Seite des Anwaltsberufs. Auch Seaward hatte bestimmt ein paar Leichen in seinem Keller – aus einem früheren Leben, bevor der Tod seiner Tochter seine Welt zum Einsturz brachte.

Tief durchatmend öffnete er weitere Schränke, zog Schubladen heraus und blätterte fahrig durch den erstbesten Aktenordner, den er in die Finger bekam. Die Stichproben waren reine Beschäftigungstherapie, um den Augenblick hinauszuzögern, an dem er sich seinen Mißerfolg würde eingestehen müssen. Wo *zum Teufel* steckte diese Akte, wo? Dreißig Minuten, fünfunddreißig ... die Fliesen waren fast vollständig mit Aktenordnern und losen Blättern bedeckt ... es war ihm egal. Wie sollten sie auch darauf kommen, daß er es gewesen war?

Vierzig Minuten. Und noch immer nichts. Er hatte Hunderte vertraulicher Akten eingesehen und war zweimal auf van Vuurens Namen gestoßen – beide Male, als er vor Gericht Zeugnis über den Charakter eines Angeklagten ablegen sollte. Van Vuuren, als *Charakterzeuge* ...!

Er schob die Schublade mit lautem Knall zu und wandte sich ab, versetzte den auf dem Boden verstreuten Ordnern Fußtritte, während er sich einen Weg zur Tür bahnte. Das Gefühl der Niederlage, seiner Ohnmacht, war unerträglich ...

Reiß dich zusammen!

Vorsichtig öffnete er die Tür des Tresorraums, musterte erneut die kleinen Kästchen, an jeder Wand Infrarotschranken – und die Überwachungskamera. In Gedanken stellte er sich Leuchtmarkierungen vor, entlang derer er kriechen mußte, um die Infrarotschranken zu umgehen. So hatte er schon vorher das Sicherheitssystem überlistet. Brights teures, wirkungsloses System ... aber sein Spott konnte ihn nicht trösten. Er ging zu Boden und bereitete sich darauf vor, auf allen vieren unter der Infrarotschranke hindurchzukriechen, wobei er den kleinen Sensor ständig im Auge behielt. Er durfte den Strahl des Infrarotlichts nicht durch eine falsche Bewegung durchbrechen, sonst würde das kleine rote Licht zu blinken beginnen …

Es blinkte.

Wärme. Das Gerät reagierte nicht nur auf Bewegung, sondern auch auf einen Temparaturanstieg – Herrgott nochmal! Es hatte doch nie wirklich funktioniert! Um einen Temperaturanstieg zu verzeichnen, mußte eine ganze *Bande* von Einbrechern hier durchkommen, nicht ein einzelner Eindringling … doch ihm war heiß geworden, er kochte förmlich über vor unterdrückter Wut und Frustration! War das der Grund?

Er duckte sich unter der Kamera hindurch und riß die Tür auf. War die Alarmanlage direkt mit der Polizei verbunden, oder nur mit dem Wachraum im Keller? Er konnte sich nicht mehr daran erinnern, also schlug er die Tür hinter sich zu und hastete die Treppen hinauf, flog über den dikken blauen Teppich, an seinem Büro vorbei, an dem des alten Seaward. Er mußte das Treppenhaus benutzen, der faule Bastard da unten würde sicherlich mit dem Aufzug fahren. Seine Körperwärme hatte ihn verraten, verdammt, verdammt, verdammt!

Seine Hände hinterließen blasse Streifen auf dem Glas der Tür, die sofort wieder verschwanden. Seawards Büro … Anderson blieb stehen. War es Einbildung, oder vernahmen seine überempfindlichen Ohren tatsächlich schon das Geräusch des Aufzugs viele Stockwerke unter ihm? Er starrte auf das Namensschild auf der Tür zu Seawards Büro. Das zwanghafte Schuldgefühl des alten Mannes, das Gefühl, ein falsches, unehrliches Leben gelebt zu haben, all das hatte ihn nach dem Tod seiner Tochter überfallen. Die Gedanken waren helle Blitze in dem dunklen Nebel von Andersons Panik … seltsam, daß er ausgerechnet jetzt daran dachte, er mußte doch so schnell wie möglich hier raus …! Seaward trank an den meisten Nachmittagen hinter den geschlossenen Rolläden seines Büros, bis er nichts mehr spürte. Bis der Schmerz nachließ. *Seaward wird sich am Ende noch für alles schuldig fühlen* – wie oft hatte Anderson das vorhergesagt? In seiner Panik wirbelte er herum, und der Weg bis zur Tür von Seawards Büro schien unermeßlich weit zu sein. Er horchte, glaubte einen Moment lang, schon das metallische Rucken zu hören, mit dem der Fahrstuhl in diesem Stockwerk hielt. Seaward bewahrte möglicherweise die Akten von Vertuschungsaffären, Bestechungen oder Einschüchterungen von Zeugen in seinem Büro auf – vor allem, wenn Verbrechen an Schwarzen begangen wurden, vornehmlich schwarzen Mädchen. Drei der Akten solcher Fälle, von denen er wußte, daß sie existierten, waren aus dem Tresorraum entfernt worden – sowie auch die Akte der jungen Frau, nach der er suchte. In allen Fällen ging es um junge Schwarze, die entweder ermordet oder mißbraucht worden waren. Vielleicht waren es noch Hunderte mehr, er hatte keine Ahnung.

Er rannte den Korridor hinunter und rüttelte an Seawards Tür. Warf einen Blick zurück auf die Glastüren, dahinter die schwarzen Holztüren, die noch nicht aufgemacht worden waren. Auf der Straße – keine Sirenen. Die Tür war verschlossen. Er wich einen Schritt zurück und trat mit seinem schweren Stiefel gegen die gepolsterte Tür – einmal, zweimal, und beim dritten Mal gab sie nach. Jetzt würde ein weiterer Alarm losgehen, falls Seaward nicht zu betrunken gewesen war, ihn beim Weggehen einzuschalten. Anderson stolperte keuchend in den Raum. Dann schaltete er das Licht ein, welches das unordentliche Zimmer nur widerwillig zu erhellen schien. Es roch nach Whisky und nach Zigarren; die Luft war abgestanden und stikkig. Die Rolläden waren heruntergelassen, die Schubladen des Schreibtischs herausgezogen, der Schreibtisch selbst mit Papieren übersät. Er schloß die ramponierte Tür hinter sich, schob den bereitliegenden Keil unter und eilte zu Seawards Schreibtisch. Öffnete die wenigen Schubladen, die noch geschlossen gewesen waren. Auf der Schreibtischplatte stand ein in Silber gerahmtes Foto der toten Tochter, die mißmutig ins Sonnenlicht blinzelte. Hastig blätterte er durch Stapel von losen Papieren und Dokumenten, nahm dann den Stapel in beide Arme und kauerte sich hinter dem Schreibtisch zu Boden, damit er nicht gleich entdeckt werden würde, wenn jemand versuchte, die Tür zu öffnen.

Alles zeugte vom Verfall Seawards, die Flasche in einer Schublade, das Glas in einer anderen – als sei diese Trennung der letzte Rest von Ordnung, den er sich hatte bewahren können. Nichts, nichts …

Vom Gang hörte er das entfernte Summen des Sicherheitsschlosses, als die korrekte Kombination eingegeben wurde. Er hielt inne, lauschte. Dann sah er auf seine Hand, die auf einem Stapel von Papieren in der untersten rechten Schublade ruhte. Schweigend, mit gespannten Nerven, blätterte er den Stapel durch – seine Finger glitten über die afrikanischen Namen, unter denen die Akten geordnet waren. Da, an dieses Mädchen erinnerte er sich noch, er hatte also das Versteck der Akten gefunden – und dann der Name des Mädchens, die Akte seines Falls! Veronica Mokesi. *Die Mokesi lügt*, hörte er van Vuurens Stimme sagen, mit verächtlichem Gesicht die Unwahrheit herausspuckend.

Die Tür von Seawards Büro wurde eine Handbreit nach innen gedrückt und stieß dann auf den Widerstand des Keils. Seaward hatte den Keil in den letzten Jahren nie gebraucht, um die Tür offen zu halten; seine Tür war immer verschlossen geblieben – so wie auch Seaward selbst der Welt den Rücken gekehrt hatte. Dann stieß jemand von außen gegen die Tür, drückte sie gegen den Widerstand des Keils ein paar Zentimeter weiter nach innen. Eine Stimme mit schwerem Afrikaaner Akzent – ja, es war immer noch derselbe Wachmann, ein bulliger, primitiver Mann namens Roets – rief: »Sind Sie das, Mr. Seaward? Sie haben wieder mal den Alarm ausge …« Dann erkannte Roets seinen Irrtum, denn die Türklinke ratterte lose in seiner Hand; er zog überrascht den Atem ein.

Nach einer kurzen Pause rief er: »Also gut, du Bastard, komm hier raus, damit ich dich sehen kann!« Er stemmte sich nun mit aller Kraft gegen die Tür, und der Keil rutschte zur Seite.

Roets massiger Schatten mit seinem hervorstehenden Bauch erschien auf der Türschwelle. *Veronica Mokesi.* Die Akte lag unter seinen feuchten Fingerkuppen.

Dann erhob sich Anderson, die Hände auf Schulterhöhe; er fühlte sich auf einmal ganz ruhig und lächelte beim Anblick von Roets' Gesichtsausdruck, als es dem Mann langsam dämmerte, daß er den Eindringling kannte.

»Was … Mann, was zum Teufel tun Sie hier?« fauchte er.

Anderson blickte nach unten, auf die Akten der mißbrauchten und ermordeten schwarzen Mädchen, auf die Akte von Veronica Mokesi. Das Foto in der Akte würde ein von Schlägen geschwollenes Gesicht zeigen.

»Guten Abend, Roets. Was für ein bedauerlicher Zufall.« Sein britischer Akzent hatte Roets immer wütend gemacht. Roets schnitt eine verächtliche Grimasse, und die Pistole in seiner Hand zuckte. »Ich hatte noch etwas hier vergessen und wollte es abholen. Bin nur ein paar Jahre zu spät dran, das ist alles.«

»Sie sind eingebrochen, meinen Sie! Nun gut, wir werden jetzt zusammen auf die Polizei warten, Mann! Der Alarm geht automatisch zur Polizeistation, verstanden? Sie werden gleich da sein. Dann können Sie sich bei denen herausreden!« Er lachte. »Setzen Sie sich hin!« befahl er, obwohl Anderson bereits im Begriff war, sich auf dem ledergepolsterten Bürostuhl niederzulassen. Der Stuhl protestierte ächzend in der Stille des Zimmers. Es war warm geworden, und die Luft roch schal. Roets schob seine Dienstmütze auf seiner schweißfeuchte Stirn nach oben, zog die Hose höher über seinen Bauch und ließ sich auf einen Bürostuhl fallen.

»Danke Ihnen, Roets. Möchten Sie einen Schluck von Mr. Seawards Whisky? Sie haben doch nichts dagegen, wenn ich mich bediene, nicht wahr?«

»Hände auf den Tisch!«

Anderson zuckte mit den Schultern. Er genoß seine eigene Ruhe. Sein Haß auf das, was Roets verkörperte, war seine emotionale Kraftreserve, die er nach Belieben aktivieren konnte. Seine Finger bewegten sich wie die eines Pianisten auf der Schreibtischplatte, in der Nähe des schweren Tintenfasses, der in Silber gerahmten Fotografie von Seawards Tochter; daneben ein Satz Schreibfedern in einem Goldfäßchen, auf dem der Dank für eine Spende an irgendeine wohltätige Organisation eingraviert war. Die Akte von Veronica Mokesi schien ihn anzustarren.

»Herrgott, Mann – was machen Sie bloß hier?« fragte Roets, der das Schweigen nicht mehr ertrug.

»Eine alte Rechnung, die ich begleichen muß, Roets.«

»Seaward hat kein Geld in seinem Büro, Mann!«

»Das weiß ich, Roets.« Sein arroganter Tonfall verärgerte Roets. Er legte den Kopf schräg, lauschte. Anderson beobachtete ihn und horchte angespannt auf eine sich nähernde Sirene. Noch hörte er nichts, und er fühlte sich vollkommen entspannt. Roets schwitzte. »Es geht mir doch nicht um Geld, Roets. Das wäre viel zu einfach.«

»Erzählen Sie's nicht mir, Mann – heben Sie sich's für die Polizei auf. Mir ist es scheißegal. Ich habe Sie nur beim Einbruch erwischt. Sie hatten Glück, daß ich nicht gleich geschossen habe.«

»Ich bin leider nicht schwarz, Roets. Möglicherweise hätte man Ihnen ein paar unangenehme Fragen gestellt.« Seine Finger fuhren fort, ein lautloses Klavierstück auf der Schreibtischplatte zu spielen. Bilderrahmen, Tintenfaß, Briefbeschwerer, Schreibfedern.

Roets zuckte als Antwort mit den Schultern und warf einen schnellen Blick auf die Pistole in seiner Hand. *Briefbeschwerer.* Ein grober Stein, glänzend wie Katzengold, auf einem schwarzen Sockel, neben der Fotografie des mürrischen Mädchens. Er müßte aus dem Sessel springen und gleichzeitig den Briefbeschwerer packen.

Das Heulen der Polizeisirene. Roets' Lächeln bestätigte es.

»Das muß das Taxi sein, das Sie bestellt haben, Mr. Anderson.« Er lachte.

Konzentrier dich … laß ihn erst seinen kleinen Witz genießen … konzentrier dich.

Aus dem Sessel springen, den Briefbeschwerer packen und werfen. Roets saß drei Meter von ihm entfernt. Er durfte ihn nicht verfehlen. Die Akte von Veronica Mokesi sah ihn an, und er spürte ein beschwingtes Erfolgsgefühl beim Gedanken daran, daß es ihm gelungen war, die Akte aufzustöbern, daß er damit van Vuuren in der Hand haben würde …

Die Polizeisirene wurde immer lauter. Roets schwitzte immer noch. Aufstehen und werfen, aufstehen und werfen, *aufstehen und …*

Er schleuderte den schweren Briefbeschwerer auf Roets, der sich instinktiv duckte, recht flink für seinen massigen Körper; doch beim Vornüberbeugen rutschte der Bürostuhl, in dem er saß, nach hinten weg. Er ging zu Boden, und bevor er sich wieder erheben konnte, war Anderson schon über ihm und trat ihn mit der Spitze seines schweren Stiefels an die Schläfe. Dann gab er ihm noch einen Tritt, der besser gezielt war, und stampfte mit dem linken Fuß auf Roets' Handgelenk, worauf sich seine Finger vom Griff der Pistole lösten. Roets' Pupillen drehten sich nach innen, so daß das Weiße in seinen Augen sichtbar wurde, und sein Kopf fiel schlaff zur Seite. Anderson nahm die Pistole und zögerte nur den Bruchteil einer Sekunde lang. Die Akte. Er zog sie aus der Schublade und preßte sie eng an seine Brust. Ein Souvenir für van Vuuren.

Er hörte, wie das Sirenengeheul auf der Straße immer langsamer wurde, die Tonleiter hinabstieg und schließlich verstummte. Sie würden ebenfalls den Aufzug benutzen, doch möglicherweise postierten sie auch jemanden im Treppenhaus. Für den Bruchteil einer Sekunde sah er sein Spiegelbild im Glas der gerahmten Fotografie des Mädchens. Weiß genug, sauber genug.

Geh aufrecht, und Gott sei mit dir.

Er blickte lächelnd auf den bewußtlosen Roets hinab.

Dann eilte er aus dem Büro, die Akte in der Rechten; die Pistole lag harmlos auf der Schreibtischplatte.

»Ja, natürlich bin ich mir sicher. Ziemlich unwahrscheinlich, daß ich *sein* Gesicht jemals vergesse, oder?«

Hydes Stimme klang vorsichtig und leise, als fürchtete er, belauscht zu werden. Der Schock über die Nachricht, daß Andrew Babbington in Venedig war, erreichte Aubrey nur zögernd und ohne Klarheit, als bilde die räumliche Distanz des Ferngesprächs eine Pufferzone. Aubrey fuhr fort, auf den Papierstapel zu seinen Füßen zu starren. Sein zweiter Whisky schimmerte in einem Kristallglas in seiner linken Hand, den Hörer hielt er in der Rechten mit schwachem Griff an sein Ohr gepreßt. Nach all diesen Jahren fiel es ihm schwer, in Babbington mehr zu sehen als ein kaltes Gesicht, das für immer der Vergangenheit angehörte – eine Totenmaske. Er hielt nachdenklich das Glas an seine Schläfe, wußte keine Erwiderung. Darren Westfields Wut wirkte echt, aber möglicherweise war es reine Höflichkeit. Schließlich gab es keinen wirklichen Beweis dafür, daß Novaks Umtriebe wirklich so teuflisch waren, wie Aubrey befürchtete. Die einzigen Beweise waren ein paar lose Notizblätter, die wild verstreut um seinen Sessel herumlagen. Fräulein Grey war zu Bett gegangen, mit einem letzten vorwurfsvollen Blick, daß er dem jungen Westfield den Schlaf vorenthielt, den dieser doch so dringend benötigte, denn er befand sich ja noch im Wachstum. Das Abendessen, das sie bereitet hatte, war dementsprechend besonders üppig ausgefallen, da sie außerdem der Meinung war, daß ein junger Mensch wie Westfield unbedingt gut und reichlich essen müßte.

»Das scheint Sie nicht sonderlich zu interessieren«, bemerkte Hyde. »Ich stehe hier in diesem schmuddeligen kleinen Flughafen, trage einen Overall, damit man mich für einen Italiener hält, sehe Babbington aus einem russischen Jet steigen, und Sie haben gar nichts dazu zu sagen – Sir?« Nach einer Pause fügte er hinzu: »Sie sind alle da, um sich ihren Anteil zu sichern.«

»Was – ja, in der Tat«, murmelte Aubrey. Indizienbeweise. Die Auskünfte seines Freundes Giles Pyott in einem Telefongespräch am späten Abend hatten zwar Aubreys Ahnung bekräftigt, konnten jedoch den Mangel an handfesten Beweisen nicht wettmachen. »Ähem – gut gemacht, Patrick. Priabin ist auch da, sagst du?«

»Mit drei Wagen, auf dem Rollfeld. Sie stehen immer noch da. Getönte Scheiben, vollständige Abschirmung. Die ganze Bande ist *hier*!«

»Es hat sich als ein Ding der Unmöglichkeit herausgestellt, Kenneth«, hatte Giles Pyott ihm am Telefon erklärt, *»die Vernichtung dieser gewaltigen Bestände im einzelnen zu überwachen. Uns blieb zu guter Letzt nichts anderes übrig, als den Versprechen der tschechischen Minister Glauben zu schenken. Die Russen haben uns dieses versichert, die Polen jenes ... du weißt ja, wie solche Dinge gehandhabt werden. Wir verfügten zu keinem Zeitpunkt über detaillierte Kenntnisse über das Ausmaß des Problems. Wenn sie uns sagen, daß sie soundsoviele Raketenköpfe und soundsoviele Abschußrampen zerstört haben, müssen wir es einfach für bare Münze nehmen ... Nein, Kenneth, natürlich hat es Stichproben gegeben, Inspektionen der betreffenden Firmen. Ob die Kontrollen verläßlich durchgeführt wurden, wer könnte das mit hundertprozentiger Sicherheit bestätigen?«*

Pyott hatte gelernt, keine Fragen zu stellen, wie neugierig er auch sein mochte – und Aubrey hatte es von Anfang an klargestellt, daß er sich nicht äußern würde.

»Ach, nur eine kleine Unregelmäßigkeit, nichts Besorgniserregendes. Gute Nacht, Giles.«

Die kleine Unregelmäßigkeit war ein Problem von unerhörten Ausmaßen, falls sich sein Verdacht als begründet herausstellen sollte. Er warf Westfield einen beinahe wütenden Blick zu, als dieser, auf dem Sofa sitzend, das letzte der Sandwiches in sich hineinstopfte, die Fräulein Grey für ihn zubereitet hatte; auf dem Teetischchen neben ihm stand ein Glas Bier, aus dem er von Zeit zu Zeit einen Schluck nahm.

»Ich ... es gibt noch eine Neuigkeit, Patrick. Es könnte, nun ja, schlimmer sein, als wir ursprünglich angenommen haben, und wahrscheinlich auch noch viel, viel gefährlicher. Ich nehme an, daß unsere Interessen dadurch *äußerst* gefährdet sind.«

»Was?« fragte Hyde nach einem Moment des Schweigens. »Wird es notwendig werden, Babbington zu beschatten?«

»Möglich – warum? Sind sie beim Weggehen?«

»Noch nicht. Man überprüft wohl seine Papiere im Zollwagen – sie haben ihre besten Zöllner geschickt. Was ist los?«

»Wir müssen herausfinden, was Novak auf der Messe zu suchen hat.«

»Vielleicht holt er sich nur seine Lohntüte, oder er beobachtet alles im Auftrag von Babbington ... wer weiß? Ist er wichtig – abgesehen von der Tatsache, daß er das fehlende Glied der Pipeline darstellen könnte?«

»Er könnte sehr wohl auch noch in anderer Hinsicht wichtig sein. Ich habe einen Verdacht, doch ich kann noch nicht sicher sagen, ob er zutrifft ...«

»Aubrey, wovon sprechen Sie?«

»Es geht um die Unternehmen, in denen Novak Führungspositionen innehat – unter ihnen befindet sich eine Waffenfabrik und eine Chemiefabrik, die für den Warschauer Pakt Nervengas hergestellt hat, damals, zur Zeit des Kalten Krieges. Ich ...«

»Und Sie glauben ... daß Nervengas geschmuggelt wird? Warum? Wohin?«

»Nach Südafrika. Vielleicht ist sogar van Vuuren der Drahtzieher, und Malan weiß nichts davon ... In den Mittleren Osten, in die Dritte Welt, ich weiß es nicht, Patrick. In *diesem* speziellen Fall wahrscheinlich im Auftrag der Rechtsradikalen in Südafrika. Van Vuuren ist Mitglied im *Broederbond*, hat Kontakte in der AWB ...«

»Van Vuuren ist aber nicht hier.«

»Er soll morgen eintreffen.«

»Das wächst mir allmählich über den Kopf.«

»Dann hilf mir, meine Befürchtungen zu zerstreuen. Wir haben es hier mit dem allerschlimmsten Fall zu tun, verstehst du? Dem Super-GAU sozusagen. Nervengas und modernes Kriegsgerät wird an die extreme weiße Rechte Südafrikas geliefert, die de Villiers, die neue Verfassung und Mandela zutiefst haßt. Patrick, ich will, daß du in Erfahrung bringst, ob Novak außer einer Garnitur Unterwäsche noch etwas mitgebracht hat. Tu es für mich, Patrick – ich will wieder ruhig schlafen können.«

Machte er sich lächerlich? Er warf einen Blick auf den Teppich, auf dem die losen Blätter ausgebreitet waren. Im dämmrigen Licht des Wohnzimmers schien das Beweismaterial in der Tat äußerst spärlich zu sein. Vielleicht lag es ja auch an seinen dämmrigen Augen – nach zwei Whiskys! Er fuhr sich mit beiden Handflächen über sein müdes Gesicht. War da tatsächlich etwas weitaus Gefährlicheres im Gange als die KGB-Penetration der Reid-Gruppe?

»Das ist es, was Sie wollen?« insistierte Hyde. »Sie möchten, daß ich mich auf Novak konzentriere – nicht Babbington, oder Davies oder sonst jemanden ... nur Novak?«

»Im Augenblick – ja«, erwiderte Aubrey nach einer kleinen Pause. »Ich kann es nicht einfach *ignorieren*, Patrick! Wenn sich meine Befürchtungen als – auch nur teilweise – richtig herausstellen, dann ist es *das*, was wir stoppen müssen. Und zwar um jeden Preis.«

»Okay, Sie sind der Boß. Ich ... Augenblick, sie hauen ab!«

Hyde hängte ein und lief an den wenigen Passagieren, die noch beim Fließband auf ihr Gepäck warteten, vorbei. Er hatte keine bekannten Gesichter unter den Passagieren entdeckt. Babbington war alleine gekommen. Hyde stieß die Türen auf, und die schwüle Nachtluft legte sich sofort wie ein feuchtes, warmes Handtuch um sein Gesicht. Er wartete reglos im Schatten des Flughafengebäudes, als die drei schwarzen Limousinen langsam an ihm vorbeiglitten. Die getönten Scheiben ließen keinen Blick auf die Insassen zu. Während die Limousinen dem Flughafenausgang zustrebten, rannte Hyde zu seinem Mietwagen. Wenn sie die Autos benutzten, konnten sie nicht direkt ins Zentrum Venedigs fahren. Oder ...?

Und sie könnten es doch, verbesserte er sich in Gedanken, riß die Tür des kleinen Mercedes auf und steckte den Zündschlüssel ins Schloß. Die Windschutzscheibe beschlug sofort. Dieser verdammte alte Narr mußte auch alles verderben!

Babbington kommt – Babbington! – *und wir können sämtliche Fliegen mit einem einzigen Schlag erschlagen ... und der alte Tattergreis faselt von Nervengas!*

Im Rückwärtsgang raste er zum Ausgang des Parkplatzes, warf das Steuer herum und fuhr den Rücklichtern der drei Limousinen in Richtung der Schnellstraße nach Mestre und Marghera hinterher. Es herrschte wenig Verkehr, und er kam zu schnell heran; er bremste ab, hielt Abstand, verringerte mal die Distanz, ließ sie dann wieder größer werden – hinter ihm sah er nur die Scheinwerfer eines entfernten Wagens. Draußen in der Lagune schien Venedig in Flammen zu stehen. Dieser alte Narr …

Sie waren doch alle da, darum ging es doch, darum mußte es doch gehen, oder? Sogar Babbington war gekommen; er war zu gierig – er konnte es nicht erwarten, bis die Päckchen zu ihm nach Rußland kamen, er mußte *dabei*sein, wenn sie verpackt wurden, damit auch ja alles glattging! Davies, Malan, van Vuuren, alle waren da … Es war genauso, wie es der alte Mann vorhergesagt hatte. Auch Godwin hatte es geahnt. Alles griff ineinander wie die Zahnräder einer gutgeölten Maschine. Alles, was zu tun blieb, war, in den Lagerhallen die nötigen *Beweise* zu finden, die alles miteinander in Verbindung bringen konnten. Dann könnte man den ganzen Haufen in den Sack stecken. Und jetzt, jetzt phantasierte der alte Aubrey irgend etwas von Nervengas und den Rechtsradikalen in Südafrika – diese bleichen Irren mit ihren Hakenkreuzsymbolen und ihren Hitlergrüßen, Herrgott nochmal!

Er verlangsamte erneut seine Fahrt, um mehr Abstand zwischen sich und die drei Limousinen zu bringen, die nicht schneller als achtzig Stundenkilometer fuhren. Helle Fährschiffe krochen über die Lagune. Nervengas, Kriegsgerät? Lächerlich. Novak machte hier Urlaub, sonst nichts.

Die Limousinen bogen nach Norden in Richtung Mestre ab. Sie mußten zur Messehalle fahren. Babbington würde bestimmt nicht im einzigen Hotel Mestres absteigen – es war zweitklassig, das war nicht sein Stil. Und wenn sie zur *piazzale Roma* auf der anderen Seite des Damms wollten, hätten sie vorher links abbiegen müssen. Also zur Messehalle … Er hielt sich hinter einem alten Fiat versteckt, als er ebenfalls die Abzweigung nach Norden nahm. Doch Babbington würde sich ohnehin keine großen Sorgen darüber machen, daß er beschattet werden könnte. Es war ja mittlerweile kein besonderes Risiko mehr, die Zentrale Moskau zu verlassen und sich in Europa herumzutreiben, oder? Er fuhr durch die schäbigen Vororte Mestres, vorbei an einer großen Müllhalde; ein einsamer, schweigender Bulldozer, ein paar Möwen, die in der Dunkelheit im Müll herumstelzten. Vor ihm leuchteten die Lichter des Stadtzentrums von Mestre. Die kleine Wagenkolonne bog nach links ab – zur Messe. Hyde drosselte das Tempo und folgte ihnen.

Vereinzelte Villen glitten am offenen Fenster von Hydes Mercedes vorbei, während er langsam über neugeteerte Straßen fuhr und immer neue Kurven im Licht seiner Scheinwerfer auftauchten. Durch sein Fenster strömte warme Luft, und Mestre schimmerte zu seiner Rechten wie radioaktiver Abfall. Aubrey hatte keinen blassen Schimmer. Die drei Limousinen bogen erneut ab. Ja, sie fuhren zweifellos zur Ausstellung. Die Scheinwerfer des Mercedes glitten flüchtig über die schwarzen Baumstämme am Straßenrand hinweg. Aubrey konnte doch normalerweise *riechen*, ob etwas faul war, selbst wenn er nur in seinem Wohnzimmer hockte und »Oliver Twist« las. Doch dieses Mal hatte er sich wirklich gründlich verschätzt.

Ja, sie hatten unvorstellbar gewütet, die Männer vom AWB, der Widerstandsbewegung der rechtsextremen Afrikaaner. Massaker waren begangen worden, angestiftet von ihrem fanatischen Führer, dem bigotten Terre Blanche. Und wenn man diesen Stein hochhob, krabbelten sicherlich noch scheußlichere Insekten darunter hervor – doch seit Mandela und die Regierung de Villiers sich geeinigt hatten, schien die Gefahr eines Bürgerkriegs gebannt. Was war das denn nur für ein Hirngespinst Aubreys! Nervengas an Nazis in Südafrika!

Lichter funkelten rund um einen Pool im Garten einer Villa, junge Leute tollten am Beckenrand, einen Augenblick lang wehte laute Rockmusik herüber, dann lenkte er den Mercedes durch das offene Tor des Messegeländes; die dunkle Straße führte an ein paar frischgestutzten Bäumen vorbei, bis die gigantischen Hallen der VIATE-Messe vor dem Hintergrund des warm leuchtenden Sternenhimmels sichtbar wurden. Die Kolonne der drei Limousinen fuhr zwischen zwei Ausstellungshallen hindurch und glitt dann unter einer sich öffnenden, rot-weißen Schranke in Richtung der Lagerhallen. Hyde schaltete seine Scheinwerfer aus.

Langsam gewöhnten sich seine Augen an die Dunkelheit. Die Sterne strahlten so hell, daß der Himmel nicht mehr schwarz war, sondern leuchtend dunkelblau schimmerte. Lange, dünne Wolken erstreckten sich am Horizont wie schwarze Landzungen. Er horchte. Die drei Limousinen entfernten sich langsam; dann wurden die Motoren auf einmal abgestellt. Ein paar Sekunden ertönte eine Abfolge dumpfer Schläge, als die Autotüren zugeworfen wurden. Hyde ließ den Wagen, eng an die Seitenwand einer der kleineren Hallen geparkt, stehen und ging zu Fuß auf die Lagerhallen zu, die weniger als hundert Meter entfernt waren.

Stimmengewirr von einer Gruppe Männer und Frauen, die über den Asphalt zum Besucherparkplatz gingen, die Geräusche startender Autos, schmale Lichtstreifen, die aus den hellerleuchteten Messehallen nach draußen fielen. Godwin war bestimmt noch da drin und sammelte Fakten, wahrscheinlich mit der gleichen Konzentration wie ein Schimpanse, der Termiten an einem dünnen Zweig aus ihrem Bau zieht. Hyde schüttelte den Kopf und fragte sich, wie Godwin wohl auf das Hirngespinst des Alten reagieren würde. Er ging im Schatten an der Längsseite der Halle entlang, bis er ans Ende kam. Der Mond war noch nicht vollständig aufgegangen, doch der Asphalt reflektierte hell und verräterisch. Er konnte die Rücklichter der drei Limousinen sehen, die nebeneinander vor einer der Lagerhallen parkten. Es war die Lagerhalle Nummer 14. Daneben warteten mehrere Lieferwagen und zwei Gabelstapler. Eine kleine Gruppe von Menschen stand neben den Limousinen im Lichtschein aus dem offenen Tor der Lagerhalle. Hyde hob sein Nachtsichtgerät an die Augen und wartete einige Sekunden, bis das Sternenlicht in der Optik gebündelt wurde und er die grauen Schemen klar unterscheiden konnte.

Nach und nach erkannte er Babbington, Priabin, und die

zierlichere Gestalt des Mädchens. Die Gorillas – er sah auch diejenigen, die ihn vor nicht allzu langer Zeit noch durch die schmalen Gäßchen der Gindecca gehetzt hatten – verteilten sich in der näheren Umgebung; ihrem Instinkt gehorchend oder aber den Befehlen Priabins …

… der jetzt mit …

Mein Gott, was für einen Unsinn Aubrey da erzählt hatte! Dort stand, absolut entspannt, Babbington die Hand schüttelnd …

Unser treuer Freund.

Michael Davies.

Einer von uns – genau, du … Schwachkopf! Einer von ihnen …

Zur Hölle mit dieser idiotischen Nervengastheorie, hier stand Davies und schüttelte Babbingtons Hand, und das war ein ausreichender Verdachtsmoment, um eine erfolgreiche Aktion zu starten … und das alles vor der Lagerhalle 14, in der sich überhaupt nichts von der Reid-Gruppe oder Reid-Davies befand, und dieser Verräter Davies hielt mit Babbington Händchen – oh, es war einfach zu schön …

Die kurvenreiche Allee lag still und verlassen da; lediglich eine alte Frau war zu sehen, die einen winzigen Hund hinter sich herschleifte, der noch athritischer und unwilliger aussah als sie selbst. Eine gekrümmte Gestalt, die durch ihr Element kroch, die sich in ihrer Umgebung sicher fühlte; es gab bestimmt nicht einen einzigen Pflasterstein, der nicht auf seinem Platz war.

Andersons Wagen hoppelte über eine weitere Geschwindigkeitsbarriere – vielleicht würde man auch hier bald damit anfangen, diese Schwellen wie in London *schlafende Polizisten* zu nennen. Er grinste und fühlte sich etwas weniger nervös; dann parkte er den Wagen vor einem Haus, das sich gut versteckt hinter einer hohen Hecke und Bäumen mit niedrig hängenden Ästen befand. Zwischen den Blättern der Bäume schimmerten die Gartenlampen. Van Vuurens Residenz. Es war ein Uhr früh. Anderson setzte den Wagen langsam zurück, bis er durch das schmiedeeiserne Tor einen Blick auf das Gebäude werfen konnte. Im Inneren des Hauses brannte kein Licht. Er horchte. Von dem Rottweiler war nichts zu hören. Schlief der Hund im Haus? Mußte wohl so sein. Er stellte den Motor und die Scheinwerfer ab, und ringsum breitete sich Stille aus.

Die Nacht war kühl, und die Sterne wirkten durch die mit toten Fliegen gesprenkelte Windschutzscheibe unnatürlich groß. Große Limousinen und Sportwagen standen überall in den Einfahrten der Villen. Gelegentliches Hundebellen, eine Katze, die lautlos über die Straße huschte. Die Patrouillen der Bewachungsfirma waren eher selten, und immer noch waren es lediglich schwarze Gesichter in verbeulten Autos, die ihr Mißtrauen erregten. Ihr Mangel an Phantasie kam ihm, dem weißen Mann, zugute. Genau die gleichen Vorurteile hatten ihn aus der brenzligen Situation im Foyer des Bürogebäudes von Bright, Seaward & Seaward gerettet. Er war vom zweiten Stock aus die Treppen hinuntergeschlendert und hatte den Polizisten freundlich zugenickt; er hatte sogar noch, während er auf die Glastüren zustrebte, einen neugierigen Blick über seine Schulter geworfen. Mittlerweile mochten sie über Roets Täterbeschreibung verfügen und waren sicherlich untröstlich, daß ihnen der Räuber entwischt war, doch das war jetzt bedeutungslos. Seine angebliche Suche nach Bargeld, um *eine Rechnung zu begleichen*, würde Bright sicherlich überzeugen, den sie wahrscheinlich schon geweckt hatten. Seaward würde wie üblich vor neun oder zehn Uhr vormittags nicht ansprechbar sein; bis zum Mittagessen war er üblicherweise außerstande, einen klaren Gedanken zu fassen. Veronica Mokesis Akte, die sich jetzt im Kofferraum von Andersons Mietwagen befand, würde frühestens in einer Woche vermißt werden – wenn überhaupt.

Und jetzt zu dir, van Vuuren.

Er stieg aus dem Auto und schlenderte mit einstudierter Beiläufigkeit über die Straße, legte die Hand auf das schmiedeeiserne Gittertor und drückte es langsam auf; ein leises Quietschen – Anderson wartete auf den Hund. Nach zehn Sekunden rührte sich immer noch nichts, und er ging den beleuchteten Kiesweg zur Haustür hinauf. Motten und Moskitos tanzten um die niedrigen Lampen. Der Garten lag still und schwarz unter dem Sternenhimmel.

Seine Fingerspitzen schienen unter Strom zu stehen, und sein Herz jagte in der Brust. Inmitten der wohlhabenden Normalität dieses Vororts fühlte er sich auf einmal seltsam wild und beschwingt. Er näherte sich dem Haus und verlor langsam den Hügel, von dem aus er die Grillparty beobachtet hatte, aus dem Blickwinkel. Dann stand er im Licht vor der Eingangstür; Motten umkreisten ihn. Die Überwachungskamera starrte ihn einäugig an. Er horchte gespannt auf das Näherkommen des Rottweilers, doch es war immer noch nichts zu hören. Also trat er auf die Steinstufe unter dem Türbogen und drückte auf den Klingelknopf. Hundebellen, so laut, als stünde der Hund neben ihm im Garten, und er schrak zusammen – dann hörte er, daß es vom Inneren des Hauses kam. In seiner momentanen Erleichterung nahm er zum ersten Mal den Duft des gesprengten Rasens wahr. Ein Licht war in der Diele angegangen, als er geläutet hatte, und er blickte direkt in die Kamera; er wußte, daß sein Gesicht verschwommen gutwillig, ja respektvoll aussehen würde.

Van Vuurens barsche Stimme.

»Was ist los, Mann? Es ist verdammt nochmal ein Uhr früh!« Der Hund bellte unentwegt. »Sei still, du blöder Hund!« schrie van Vuuren. Ein entferntes Murmeln, wahrscheinlich seine Frau.

Anderson beugte sich vor und brachte seinen Mund an die Gegensprechanlage.

»Mr. van Vuuren? Bin ich hier richtig?« Der Afrikaanerakzent war nicht übertrieben, und doch unüberhörbar. »Ich habe hier ein Paket für Sie von einem Mr. Malan. Sie sind doch Mr. Piet van Vuuren? Dies ist die Adresse, die auf dem Paket steht.«

»Ja, ich bin van Vuuren. Von Paulus Malan?« Ein leises Ächzen folgte, als ob sich jemand hinunterbeugte, um sich Hausschuhe anzuziehen oder sich in einen Morgenmantel zu zwängen. Für das, was van Vuuren bevorstand, war es gleich, ob er einen Morgenmantel oder ein Hochzeitskleid trug, dachte Anderson. »Wer sind Sie? Ich kenne Sie nicht.«

»Sicherheitsbotendienst, Mr. van Vuuren.«

»Warum hat er nicht *unsere* Leute benutzt?«

»Es tut mir leid, Mr. van Vuuren, davon weiß ich nichts. Das Büro hat mir dieses Paket hier zum Ausliefern gegeben – ist ein Fehler gemacht worden? Ich tue nur meine …«

»Ja, ja!« unterbrach van Vuuren unbeherrscht. »Warten Sie einen Augenblick.«

Hinter dem mattierten Glas tauchte jetzt eine dunkle Figur auf – und der Umriß eines Hundes. Anderson zuckte unwillkürlich zurück, als sich der Schatten van Vuurens im Licht der Dielenlampe auf einmal aufblähte. Bolzen wurden zurückgeschoben, ein Sicherheitsschloß mit einem Schlüssel geöffnet. Der Hund hechelte aufgeregt zu van Vuurens Füßen. Die Tür öffnete sich einen Spaltbreit, von einer Sicherheitskette gehalten, und van Vuuren – ohne Brille – spähte schlaftrunken hindurch. Der Rottweiler steckte seine Schnauze auf Kniehöhe durch den Türspalt.

»Was für ein Paket, Mann? Es ist ein Uhr früh – arbeitet ihr nur nachts, oder was?«

»Man hat mir gesagt, es sei dringend, Mr. van Vuuren. Im Büro wurde mir aufgetragen, es unverzüglich …«

»Ja, ja, schon recht! Muß ich irgendwas unterschreiben?«

Er hielt das Päckchen so, daß van Vuuren es nicht zu fassen bekam, als er es versuchte. Der Hund stieß mit der Schnauze an van Vuurens Handgelenk, und in seiner Wut gab ihm van Vuuren einen Tritt, während er die Sicherheitskette löste. Das Tier entfernte sich mit einem beleidigten Winseln. Die Tür öffnete sich weit …

… und van Vuurens schläfrige Augen blinzelten verständnislos, als sie auf die Pistole blickten, deren Lauf Anderson in van Vuurens runden Bauch drückte.

»Kommen Sie raus, Mr. van Vuuren – *ohne Lärm zu machen*«, flüsterte Anderson. »Jetzt sofort.«

»Was wollen Sie, Mann?« sagte van Vuuren mit erstickter Stimme. »Wer sind Sie?« Er blickte ihn mit bleichem Gesicht verwirrt an.

»Das ist nicht wichtig. Sie werden es noch früh genug erfahren. Hier lang, Mr. van Vuuren – bitte.«

Für den Bruchteil einer Sekunde zögerte van Vuuren; seine gedrungene Gestalt befand sich noch zur Hälfte hinter der schweren Tür, und seine Hand umklammerte immer noch den Türrahmen. Doch der Pistolenlauf preßte sich in seine Magengrube … so daß ihm sichtlich die Luft ausging und er gehorsam durch die Tür kam. Mit dem Lauf der Waffe im Bauch wagte er nur ein paar flache Atemzüge. Seine erhobenen Hände wedelten kraftlos in Schulterhöhe. Nur in seinen Augen regte sich Kampfeswille.

»Wer zum Teufel sind Sie, Mann?« fauchte er.

»Nemesis.« Er genoß seinen eingebildeten Tonfall. »Richard Anderson – sagt Ihnen der Name irgend etwas?« Er glitt hinter van Vuuren, schloß sachte die Tür und drückte dem Mann die Pistole ins Kreuz. Van Vuuren zuckte zusammen und ging mit erhobenen Händen weiter. »Es ist wohl ratsam, daß Sie ein bißchen alltäglicher aussehen. Hände runter.« Am Tor angelangt, sagte er: »Dort steht mein Wagen. Bitte steigen Sie ein und fahren Sie, wohin ich es Ihnen sage.« Amüsiert nahm er van Vuurens unwillkürlichen Blick auf seine Hausschuhe zur Kenntnis. »Ist schon in Ordnung – es ist nicht weit.«

»Was wollen Sie, Mann? Geld?«

Anderson schüttelte den Kopf. »Ich will etwas Wertvolleres – Informationen. Schütteln Sie nicht jetzt schon Ihren Kopf. Sie wollen doch nicht der erste beim Sterben sein, oder? Noch vor Blantyre?«

Er zwang van Vuuren dazu, auf dem Fahrersitz Platz zu nehmen, dann ging er um den Wagen herum und stieg ein. Der Hund hatte erneut im Inneren des Hauses zu bellen begonnen, und die Lichter im ersten Stockwerk waren angegangen.

Wer sind Sie – *was* sind Sie, Mann?« fragte van Vuuren, dem der Schweiß nunmehr in Strömen über das Gesicht lief.

»Ihr Gefängniswärter, Ihr Inquisitor.« Er grinste und reichte van Vuuren den Wagenschlüssel. »Starten Sie den Motor, und dann verschwinden wir. Auf der Fahrt kann ich

Ihnen dann davon erzählen, wie meine Frau ermordet wurde, wenn Sie möchten. Ich erinnere mich lebhaft daran …«
»Er gab van Vuuren einen Stoß mit dem Pistolenlauf, und der Wagen setzte sich in Bewegung. »Sehr lebhaft«, wiederholte er ruhig.

Hyde hätte fast seine Kaffeetasse umgeworfen, als er beim Sprechen mit beiden Händen gestikulierte.

»Babbington hat sich zu dieser Villa fahren lassen, in einem Zypressenhain von einem hohen Zaun umgeben, etwas abseits der Straße nach Padua …« Er schüttelte den Kopf. »Nördlich von Mestre. Davies war auch dabei. Sie haben sich wohl ein Fläschchen genehmigt, und dann ist Davies zum Piazzale Roma zurückgefahren worden und hat dort ein nächtliches Wassertaxi zum Palazzo Gritti genommen. Das ist alles, was sie getan haben, nachdem sie ihre neuen Spielsachen in der Lagerhalle Nummer 14 begutachtet hatten.« Er zuckte mit den Schultern. »Jetzt weißt du auch, warum du nicht mit den wichtigen Klienten sprechen darfst – nicht etwa, weil du nicht wirklich zur Firma gehörst, sondern weil Michael Davies um jeden Preis verhindern muß, daß wir ihm auf die Schliche kommen. Davies ist der Grund. Er steckt bis zum Hals mit drin!«

»Dann sollte ich lieber dem Alten davon erzählen, meinst du nicht?« fragte Godwin.

Sie saßen hinter der grauen Wand des Reid-Davies-Pavillons in der Haupthalle der Messe. Hyde sah mißtrauisch an seinem Anzug hinab, während Godwin in seinem Zweireiher aus allen Nähten zu platzen schien; das Stimmengewirr und das unaufhörliche Summen der Klimaanlage machte das Sprechen mühsam.

Hyde kratzte sich an der Nase. »Was ist mit dieser bescheuerten Nervengas-Geschichte?« fragte er. »Der Alte klingt schon bald wie die *SUN*«, fügte er grinsend hinzu. »Ich kann schon die Schlagzeile sehen: *Unsere Jungs kämpften fair – und jetzt haben sie überall Ausschlag*!« Er hob die Schultern. »Ich kann's mir nicht vorstellen, und du?«

Eine großgewachsene Blondine stolzierte mit zwei französischen Geschäftsleuten im Schlepptau hüftwackelnd die Treppe zur zweiten Etage des Pavillons hinauf, wo die Champagnerflaschen in versilberten Eiskübeln warteten. Es war halb elf Uhr vormittags. Hyde sah ihr aus zusammengekniffenen Augen nach.

»Ob ungelernte Hilfskräfte wie wir auch Anrecht auf solche Extras haben?« murmelte er in seinen Plastikbecher. »Das wäre wahrscheinlich unfair, oder, wenn wir *sie* haben könnten, bevor wir *ihn* in den Sack stecken ...«

»Soll ich's dem Alten sagen oder nicht?«

»Warum jetzt schon? Ich sehe mir erst einmal die Lagerhalle Nummer 14 an, um sicherzugehen. Dann sagen wir Aubrey, daß seine Befürchtung wegen des Nervengases hirnrissig ist. Okay?«

»Was, wenn Davies wissen will, wo du bist?«

»Sag ihm, daß du mich gesehen hast, als ich mit einem der Callgirls vom YAMAHA-Pavillon abgehauen bin. Das wird ihm gefallen. Er hält mich ja ohnehin für einen Neandertaler. Außerdem ist es gar nicht so weit von der Realität entfernt, ich hätte sicherlich nichts dagegen ...« Er trank seinen Kaffee aus. »Fällt dir sonst noch irgendwas ein, das ich mir anschauen sollte?«

Godwin durchblätterte seine Aufzeichnungen. »Reid-Davies hat viel zu viel Lagerraum gemietet – damit könnten sie zehn Pavillons füllen.« Godwin blätterte durch sein Notizbuch. »Du solltest vielleicht mal einen Blick in diese Lagerhalle werfen.« Er grinste, sah auf und fügte hinzu: »Mir gefallen diese dunklen Anspielungen das Alten überhaupt nicht. Nervengas, und dieses Schwein Novak – ich kann das alles nicht so einfach als Unsinn abhaken, wie du es tust.«

»In Ordnung – *du* wirst Novak beschatten. Schleim du dich ruhig bei Aubrey ein, während ich den Fall aufkläre. Mir völlig gleich.«

»Du hast offenbar nicht allzugut geschlafen gestern nacht.«

»Du kennst mich so gut, mein Schatz!«

»*So* gut nun auch wieder nicht!«

»Schau mal an!« sagte Hyde, immer noch lächelnd, während er durch einen Spalt in der grauen Stellwand spähte. Dort ist ja unser Goldkind mit einer Horde Japaner – ich haue lieber ab, bevor er mich sieht!«

»Okay, bis dann – schönen Tag noch.«

»Danke. Übrigens, an deiner Stelle würde ich meine Krawatte das nächste Mal ein bißchen sorgfältiger binden – man könnte denken, du wärst gar kein Geschäftsmann!«

Hyde lächelte und schlüpfte hinter die Stellwand. Die Haupthalle war ein verschachteltes Labyrinth aus wabenförmigen Ständen und mehrstöckigen Pavillons. Riesige Computernachbildungen aus Pappmaché oder Styropor, die Kindereien aller bekannten und unbekannten Computerfirmen der Welt – sie waren alle hier. Hostessen und Verkäufer huschten hin und her wie Silberfische in einem Aquarium. In den Gängen herrschte großes Gedränge, und in der abgestandenen Hallenluft hing der beißende Salpetergeruch verbrauchter Elektrizität. Der Lärm war ohrenbetäubend.

All das verblaßte im gleißenden venezianischen Sonnenlicht, als Hyde aus der Halle kam und tief durchatmete. Die Lagune glich einem blitzenden Spiegel, und die Kirchtürme Venedigs ragten wie mit Kohle skizziert aus dem vormittäglichen Dunst. Im Inneren des Mercedes war es heiß und roch nach Plastik. Er warf sein Jackett auf den Rücksitz und lockerte seine Krawatte. Eine Gruppe von Geschäftsleuten entstieg einer langen schwarzen Limousine und machte sich lachend und schulterklopfend auf den Weg in die Messehalle.

Lagerhalle Nummer 14 also ... Hyde fuhr sich mit den Handflächen über sein Gesicht. Davies ...! Er dachte nun wohl zum fünfzigsten Mal an seine Entdeckung und mußte trotzdem wieder lächeln.

Hab' ich dich!

Davies zappelte in dem gleichen Netz wie der Rest der Reid-Gruppe und Dumas. Er war nur ein weiterer, nicht einmal so großer Fisch, den man an Land ziehen würde. Die Russen hatten ihn einfach gekauft ... Kein Wunder, daß sie ein Devisenproblem hatten. Und einen Vorrat der fortschrittlichsten westlichen Technologie. Er fuhr sich mit der Hand durchs Haar und freute sich schon darauf, Davies auseinanderzunehmen.

Beim Anlassen des Wagens dachte Hyde einen Augenblick lang an Richard Anderson. Für ihn gab es nicht mehr viel zu holen, oder? Er legte den Gang ein und fuhr aus dem Schatten der Ausstellungshalle hinaus ins grelle Sonnenlicht. Ein Bus von der Piazzale Roma setzte dreißig bis vierzig Männer in Anzug und Krawatte auf dem Parkplatz vor der Messehalle ab. Hyde beobachtete die geselligen Rituale, das unvermeidliche Lächeln und Schulterklopfen im Rückspiegel des Mercedes. Und dann sah er die Lagerhalle vor sich. Er parkte an der Längsseite, wo er seinen Wagen schon in der gestrigen Nacht abgestellt hatte, stieg aus und öffnete den Kofferraum. Rasch streifte er sich einen Arbeitsoverall über, warf die Krawatte auf den Boden des Kofferraums und tauschte seine Schuhe gegen gummibesohlte Arbeitsstiefel aus. Nahm den ölverschmierten Werkzeugkasten in die Hand, in dem sich eine Kamera, Filme und seine Pistole befanden und trottete durch das stechende Sonnenlicht zum Halleneingang. Zwei Lieferwagen parkten vor dem Tor; in einem davon saßen zwei Männer. Sie beachteten ihn überhaupt nicht, einen kleinen, stämmigen Mann in einem fleckigen Overall.

Herrgott, ich brauche nicht einmal eine Tätowierung, um die Verkleidung zu vervollständigen!

Aus einem Autoradio ertönte scheppernd ein alter Schlager. Einen Moment lang glich er seinen Schritt dem Rhythmus des Lieds an und sang lautlos die Textstellen mit, an die er sich erinnern konnte. Das Sonnenlicht brannte auf seinen Schultern, dann war er bereits um die Ecke gebogen, außer Sichtweite der beiden Männer. Auf dem Boden Schieferplatten, Kies, Unkraut, das zwischen den Ritzen im Asphalt emporwucherte, weggeworfene Cola- oder Bierdosen, Zigarettenstummel. Er ging um die nächste Ecke und stand vor der Leiter zum Hallendach, das mit seinen Winkeln und Schrägen komplex wirkte wie eine gotische Kathedrale. Nachdem er sich vergewissert hatte, daß er allein war, begann er, die Leiter hinaufzusteigen. Das Dachblech war heiß unter seinen Händen, als er oben ankam. Er warf einen Blick nach unten. Niemand zu sehen. Venedig schwebte in der Ferne vor der Küste wie die Fata Morgana einer Ölplattform.

Es mußte Fenster geben, Oberlichter – wo waren sie? Er glitt auf Händen und Knien wie eine Krabbe über das rostige Blech, rannte gebückt einen Laufsteg entlang, wobei er einen Taubenschwarm aufscheuchte. Hoch über seinem Kopf segelten Schwalben kreuz und quer durch die Luft, als webten sie einen unsichtbaren Teppich. Weiter vorne lagen weggeworfene Blechdosen, Zigarettenkippen und die Abfälle eines Picknicks, wohl von Sonnenhungrigen zurückgelassen. Er sah auf seine Uhr. Es war noch nicht einmal elf Uhr. In Gedanken sah er Godwin vor sich, der seine Abwesenheit begründen mußte, und grinste. Venedig schien sich bewegt zu haben; wie ein großes weißes Schiff war es weiter auf die Lagune hinausgesegelt; die Mastspitzen der Kirchtürme ragten aus dem Dunst, und die Kirchen, Paläste und Museen sahen aus wie Deckaufbauten eines riesigen Segelschiffs. Hinter der Stadt versank der Lido in der gleißenden Reflexion des Sonnenlichts auf dem Meer.

Ein Oberlicht. Er kauerte auf den Fußballen und spähte durch das mit Vogelmist verschmierte Fenster, fuhr sich mit der Handfläche über seine verschwitzte Stirn und benutzte die feuchte Hand, um vorsichtig den Staubfilm auf der Scheibe wegzuwischen. Tief unter ihm staubiger, sonnenbeschienener Zementboden, ein Gabelstapler, zwei Männer in kurzärmeligen Hemden. Die Sonne brannte wütend auf seinen Nacken und seine Schultern.

Wieder blickte er auf, nicht um Venedig zu betrachten, sondern um seine Umgebung, die weiten Betonflächen rings um die Lagerhalle zu kontrollieren. Die einzigen, die ihn sehen konnten, waren die zurückkehrenden Tauben und die Schwalben hoch über ihm in der Luft. Sehr gut ... er hockte sich wieder auf seine Fersen und hob sein Fernglas an die Augen, stellte die Schärfe ein ... direkt unter ihm in der Halle standen zwei Kisten rnit der Aufschrift *Reid-Group*.

Er richtete sich auf, sah sich ohne große Neugier nach allen Seiten um – und entdeckte Novak … nun, er *spürte*, daß die weit entfernte Gestalt Novak war, und ein Blick durch sein Fernglas bestätigte seine Vermutung. Novak stieg gerade aus einem großen BMW – in Begleitung zweier Leibwächter der alten, der uralten Schule. Sie gingen auf die Lagerhalle Nummer 14 zu, auf der er hockte wie eine große Taube – nein, taten sie nicht, sie gingen vorbei … warum?

Hydes Enttäuschung war kurz, doch schmerzhaft wie die eines Kindes, als er mitansehen mußte, wie Novak und seine beiden Gorillas durch ein offenes Tor in einer der kleineren Lagerhallen verschwanden, die sich in einigen hundert Metern Entfernung zur Lagerhalle 14 befand. Das Hallentor schloß sich hinter ihnen, und einen Sekundenbruchteil später vernahm er das dazugehörige dumpfe Geräusch. Hyde stemmte die Fäuste in die Hüften und starrte mit zusammengekniffenen Augen auf den blitzenden BMW, auf das zugefallene Tor der kleineren Lagerhalle und ihr flaches Dach.

Trotzdem … ich glaube einfach nicht – ich kann *es einfach nicht glauben, daß an dieser paranoiden Geschichte mit dem Nervengas etwas dran ist.*

Das Flugzeug wackelte leicht mit den Tragflächen – fast als wolle es Staub abschütteln, um bei der Landung auf dem Marco-Polo-Flughafen einen möglichst günstigen Eindruck zu machen. Malan sah aus dem Fenster und wandte den Kopf auch dann nicht ab, als das tragbare Telefon läutete. Ohne hinzusehen schob er die Reste seines Frühstücks beiseite und nahm das Telefon, das auf dem leeren Sitz neben ihm lag. Er ertrug Venedig nur für die Dauer der allerkürzesten Zwischenstopps. Die Stadt schien auf der breiten, silbernen Pfanne der Lagune auf kleiner Flamme zu köcheln; es war nur eine Frage der Zeit, bis sie im gleißenden Meer versank.

»Ja?« sagte er, während er mit einem Zahnstocher an einem Stück Speck, das sich zwischen seinen Zähnen verfangen hatte, herumpickte.

Es war Blantyre.

»Entschuldige die Störung, Paulus – es geht um van Vuuren.«

»Ja?«

Mestres häßliche Vororte glitten im grellen Sonnenlicht unter dem Bauch des Jumbos vorbei, dann tauchte vor ihnen der Flughafen auf.

»Er ... er ist verschwunden. Jemand hat spät nachts bei ihm geläutet – seine strohdumme Frau behauptet, ein Kurier – und van Vuuren ist mit ihm weggegangen.«

»Was für ein *jemand*?«

»Die Frau hat auf dem Videobildschirm im Schlafzimmer das Gesicht eines weißen Mannes gesehen. Sie sagt, sie hat alles beobachtet, aber nichts Ungewöhnliches bemerkt.«

»Ein weißer Mann?«

»Ich glaube, es war Anderson.«

»Was *will* er nur, Robin?«

»Sich rächen, denke ich.«

»An *wem* denn, verdammt nochmal? Am MLK? Robin, du hast nicht gerade gute Arbeit geleistet. Er hat sogar Uys getötet – frag mich nicht, woher ich das weiß, ich *weiß* es einfach.« Die Landebahn war nur noch verschwommen zu erkennen, ein schmaler Asphaltstreifen, zu beiden Seiten in leuchtendes Wasser eingebettet. Das Flugzeug richtete sich ein wenig auf, die Nase zeigte nach vorne. Dann schien es zu beschleunigen, als wolle es sich in das Flughafengebäude stürzen.

»Er will sich rächen, Paulus. Vielleicht will er ein paar Informationen. Er hat mit Aubrey zusammengearbeitet.«

»Das ist fünfundzwanzig Jahre her!«

»Trotzdem, Piet weiß über alles Bescheid. Ich vermutete eigentlich, daß er nach mir suchen würde, nicht nach Piet.«

»Du solltest ihn finden, Robin, und zwar schnell. Und wenn du alle unsere Ressourcen benutzen mußt – finde ihn.«

Er legte das Telefon beiseite, und ein schwarzer Steward erinnerte ihn respektvoll daran, seinen Gurt zu schließen. Er tat es, lehnte sich zurück und versuchte, sich zu entspannen, doch der Augenblick, in dem die Räder des Flugzeugs die Landebahn berührten, war nervenaufreibend. Es kam ihm so vor, als erzittere das ganze Flugzeug vor mühsam unterdrückter Angst. Seine Hände ballten sich zu Fäusten, als das Flughafengebäude vor dem Fenster auftauchte. Anderson hatte van Vuuren gekidnappt. Warum? Für Aubrey ...?

Er wollte die Idee schon wieder als unsinnig verwerfen, als ihn die Erinnerung an Aubreys Nichte überfiel, Kathryn. Er war verantwortlich gemacht worden ...

Dieser verdammte alte *Tattergreis*! Wie ein Elefant vergaß er nichts, hielt sich an Dingen fest, verbiß sich in sie – genau wie sein Vater, Jeppe Malan, der an den letzten Resten seines Lebens hing, an alten Erinnerungen, an Rechnungen, die zu begleichen waren. Malans Hände verkrampften sich, öffneten sich, ballten sich wieder zu Fäusten, ohne daß er sich dessen bewußt wurde.

Anderson sah durch das staubverschmierte, von Spinnennetzen bedeckte Fenster auf das asphaltierte Grundstück, auf dem zwischen emporschießendem Unkraut noch ein paar rostige Zapfsäulen standen. Das Dach des verlassenen Kassenhäuschens sackte müde in der Mitte nach unten durch. Der Besitzer war zwei Jahre zuvor nach Australien ausgewandert, um vor der gefürchteten mehrheitlich schwarzen Regierung zu flüchten. Die verlassene Tankstelle befand sich am Rande von Diepkloof; am Horizont türmten sich große Schutthaufen auf, ein Abfallprodukt aus den Minen. Der weiße Beton eines entfernten Wasserkraftwerks blendete in der Mittagssonne. Anderson nahm einen Schluck Wasser aus einer großen Evian-Plastikflasche. Hinter ihm saß van Vuuren gefesselt auf einem Stuhl und rutschte unruhig umher. Ein Stuhlbein fuhr quietschend über die schäbigen Linoleumfliesen. An der Wand stand ein Bücherständer, auf dem noch einige zerfledderte, halbvermoderte Taschenbücher und alte Zeitschriften lagen. Es roch nach Fäulnis. Hinter dem einzigen Zimmer befand sich eine winzige Küche, doch Wasser, Gas und Strom waren längst abgestellt worden. Es war ein bitterer, trauriger Ort, in dem die Zeit langsamer zu gehen schien, ja vielleicht sogar stehengeblieben war.

Es war ideal.

»Möchten Sie einen Schluck Wasser, Piet?« fragte er und wandte sich seinem Gefangenen zu. Van Vuuren maß ihn mit einem haßerfüllten Blick und fuhr fort, gegen das Seil zu kämpfen, das seine Hände hinter seinem Rücken und gleichzeitig seine Füße an die Stuhlbeine fesselte. Sein dünnes Haar klebte in feuchten Strähnen an seiner Stirn, und auf seinem Pyjamahemd hatten sich dunkle Schweißflecken ausgebreitet. Die Hitze in dem Raum war erstickend.

Er war noch nicht soweit ... Er machte sich Sorgen, vor allem in Anbetracht seiner verhinderten Geschäftsreise nach Europa. Doch er *fürchtete* sich nicht.

»Dann eben nicht. Heiß, nicht wahr, für diese Jahreszeit? Es ist viel angenehmer im Busch.«

»Warum gehen Sie dann nicht dorthin zurück, verdammte Scheiße!« fauchte van Vuuren und zerrte an seinen Fesseln; der Stuhl quietschte leise. »Warum sind Sie hierher gekommen, Mann? Was wollen Sie von mir? Warum sagen Sie's mir nicht endlich, *was* Sie von mir wollen!« Sein Gesicht war rot vor Zorn.

»Möchten Sie reden?« fragte Anderson.

Er hatte van Vuuren gefesselt und geknebelt zurückgelassen, während er in einen Supermarkt in Diepkloof gefahren war, um einzukaufen. Dabei hatte er sich Zeit gelassen und war sogar noch ein wenig umhergefahren. In Anwesenheit van Vuurens hatte er zumeist geschwiegen. Doch van Vuuren schien sich nicht damit abfinden zu können, daß man ihm seinen Luxus, sein großes Haus, sein Geld, seine Familie weggenommen hatte – daß er isoliert war. Es war beinahe so, als sei Anderson immer noch der Außenseiter; als existiere er nicht wirklich in van Vuurens Welt. Anderson war für van Vuuren ein *Kaffer*, ein Schatten. Selbst jetzt noch gebärdete er sich trotzig und sah jedesmal aus dem Fenster, wenn sich ein Wagen näherte, als sei er sich seiner Rettung gewiß. Doch es fuhren nur sehr wenige Autos vorbei. Die neue Autobahn hatte nach ihrer Fertigstellung schlagartig den gesamten Verkehr für sich beansprucht. Vielleicht war das der eigentliche Grund dafür, daß der Besitzer der Tankstelle nach Australien ausgewandert war, nicht seine Angst vor einer *Kaffern*regierung.

»Möchten Sie reden, Piet?« wiederholte er.

»Nennen Sie mich nicht Piet, Mann!« schrie van Vuuren. »Ich bin Mr. van Vuuren!« Sein Akzent verlieh seinen Worten etwas Plumpes. Wütend kämpfte er gegen seine Fesseln.

»Okay, Piet – Sie wollen noch nicht reden. Noch nicht.«

»*Mr. van Vuuren*, Sie Bastard!«

Anderson lächelte und schüttelte den Kopf.

»Mr. van Vuuren, Sie scheinen nicht zu verstehen, wie ernst es mir ist. Dieser Raum« – er machte eine weitausladende Geste mit seinem Arm – »scheint für Sie nicht real zu sein. Lassen Sie sich versichern, daß er absolut real ist. Ebenso real wie die Tatsache, daß ich mit Ihnen verfahren kann, wie es mir beliebt.« Sein eigener, britischer Akzent war betont stark, betont hochnäsig. »Ich kann Sie hier eine ganze Weile lang festhalten, ohne befürchten zu müssen, daß man uns entdeckt. Und ich habe Proviant für viele Tage. Wenn Sie essen und trinken möchten, müssen Sie einen Kompromiß schließen.«

»Was wollen Sie, Sie britischer Bastard?« Dies war die gerechte Empörung eines Afrikaaners, eines Mitglieds des *Broederbond*. Undenkbar, dies *konnte* einfach nicht passieren, nicht in *Johannesburg*. Van Vuuren weigerte sich, es zu glauben.

»Informationen«, sagte Anderson. Van Vuuren war zwar noch nicht soweit, doch seine Ungeduld trieb ihn voran. Er zog einen Stuhl heran, stellte ihn vor van Vuuren und ließ sich rittlings darauf nieder. Seine Ellbogen auf die Stuhllehne gestützt, sah er seinem Gefangenen in die Augen. »Informationen, die mir helfen werden, Blantyre zu vernichten – und Paulus Malan auffliegen zu lassen. Ich will alles über die Lieferungen wissen und über jenen KGB-Mann, der im Wrack der DC-3 lag; ich will wissen, was genau geschmuggelt wird, und vor allem, an wen. *Und* ich will wissen, warum meine Frau getötet wurde.« Er beobachtete van Vuuren und nahm noch einen weiteren Schluck Wasser. Zufrieden schnalzte er dann mit der Zunge und fuhr fort: »Mir ist es todernst, aber das haben Sie ohnehin schon gemerkt, hab' ich recht?«

»Sie glauben allen Ernstes, daß Sie es mit uns aufnehmen können? Daß Sie *gewinnen* können?«

»Ich bin« – sagte er ruhig und schluckte – »ein Mann ohne Zukunft, van Vuuren.« Die Drohung in diesen Worten war sanft und nachdrücklich, und das unwillkürliche Glänzen seiner Augen machte sie noch glaubhafter. »Ich habe – einen Menschen verloren. Einen geliebten Menschen. Ich nehme nicht an, daß Sie solche Gefühle kennen, Mr. Van Vuuren, nach Ihrem Bedürfnis zu urteilen, mit jungen hübschen Schwarzen und *Coloureds* Ehebruch zu begehen. Weiß Ihre Frau davon?« Er erhob sich abrupt, als seien seine Gefühle zu verräterisch. Aus dem Fenster blickend, sagte er: »Meine Frau war als *Coloured* klassifiziert worden, van Vuuren, haben Sie das gewußt? Ausgerechnet, hm? Indem ich *sie* verlor, habe ich, wie es ein Dichter ausdrückte, die bessere Hälfte meines Selbst verloren.« Er wandte sich um und sah van Vuuren in die Augen, seine Gestalt schwarz vor dem Sonnenlicht. »Ich habe nichts mehr zu verlieren, und ich will nur eines: Gerechtigkeit. Oder Rache, wie immer Sie es nennen wollen. Und ich werde dafür sorgen, daß die Gerechtigkeit siegt ...« Er beugte sich über van Vuuren. »Ich bezweifle, daß Sie jemals irgend etwas Größeres als eine Gazelle getötet haben, van Vuuren. *Ich* habe schon eine Menge Leute getötet. Erst neulich, in Swakopmund, mußte ich einen von Blantyres Leuten umbringen. Dabei habe ich herausgefunden, daß es noch geht, und es war gar nicht einmal so schwer. Also, entweder Sie helfen mir, oder ich werde Sie umbringen; vielleicht vergrabe ich Ihre Leiche hinter dem Schuppen, oder ich werfe sie einfach in einen der unterirdischen Benzintanks da draußen ... Vielleicht entschließe ich mich auch dazu, Sie der ersten schwarzen Regierung Südafrikas zu übergeben, damit man Ihnen wegen Körperverletzung und Vergewaltigung den Prozeß macht.« Er wandte sich ab und trat wieder ans Fenster. »Selbst wenn Sie nicht ins Gefängnis kämen, es würde Ihren Ruin bedeuten, nicht wahr? Und das wäre bestimmt tausendmal schlimmer als der Tod, hab' ich recht?« Er lachte lautlos in sich hinein und wartete mit abgewandtem Rücken auf van Vuurens Antwort.

Nach einer Weile: »Ich weiß nicht, wovon Sie reden, Mann. Sie werden mich nicht umbringen.«

»Vielleicht bleibt mir keine andere Wahl, falls Ihnen die öffentliche Schande egal sein sollte.« Anderson starrte auf die rötlichen Dünen am Horizont, die sich in der flimmernden Luft spiegelten wie eine weit entfernte Hügelkette. Das Reef, der Ursprung der Macht. Er wandte sich um. »Sie können sich wirklich nicht daran erinnern, nicht wahr? Weder an *mich*, noch an Veronica Mokesi?«

Der Name des Mädchens sagte van Vuuren offenbar nichts; er starrte Anderson aus zusammengekniffenen Augen an, während das Dach des Schuppens leise in der Hitze ächzte. Dann knurrte er kopfschüttelnd: »Sie haben irgend etwas gegen mich ... irgendeine alte Geschichte; ich kann mich nicht einmal an Sie erinnern. Warum haben Sie's nicht gleich gesagt? Habe ich Sie um Ihre Pension gebracht, oder Sie fristlos entlassen, oder was?«

»Nichts dergleichen, van Vuuren. Bright, Seaward, Seaward und Anderson, die Anwälte für die Privilegierten. Sie erinnern sich immer noch nicht?«

Van Vuuren riß die Augen auf und schüttelte ungläubig den Kopf; langsam dämmerte es ihm.

»Der Engländer? Der Vorzeige-Engländer in dieser Kanzlei? Sie?« Er starrte ihn fassungslos an. Dann nickte er und sagte: »Also gut – Sie sind dieser Kerl. Und jetzt? Habe ich vergessen, meine Rechnung zu bezahlen?« Van Vuurens Lachen klang schon ein wenig heiser. Anderson hielt ihm die Wasserflasche hin, doch van Vuuren schüttelte energisch den Kopf.

»Wie Sie wollen«, sagte Anderson. »Da Sie sich nun an mich erinnern, fällt es Ihnen bestimmt auch wieder ein, wer Veronica ist?«

»Wer? Ist das der Name Ihrer Frau ...? Überrascht mich nicht, daß Sie eine Schwarze geheiratet haben. Mir fällt ein, daß Bright einmal erzählt hat, daß Sie sozusagen als schlechtes Gewissen der Kanzlei eingestellt wurden. Als Alibi-Liberaler.«

»Glauben Sie wirklich, das hätte ich nicht gewußt?«

»Das ist doch egal. Ihre Arbeit war einen Dreck wert – und das wissen Sie auch. Sie haben sich nur in Ihrer moralischen Überlegenheit als Engländer gesonnt.«

»Einverstanden. Es war vertane Zeit. Nein, Veronica Mokesi war nicht der Name meiner Frau. Veronica war eine Ihrer Sekretärinnen, doch sie ist nicht allzulang in Ihren Diensten geblieben. Sie konnte mit den Aufmerksamkeiten, mit denen Sie sie überhäuften, nicht umgehen.«

Van Vuurens Gesichtsausdruck war der eines verwirrten Kindes, als er versuchte, das Mädchen in seine Erinnerung zurückzurufen. Nachdem es ihm gelungen war, schien es seinem Selbstbewußtsein keinen Abbruch zu tun.

»Ich erinnere mich, daß da etwas war.« Er grinste anzüglich. »Na und, Mann?« Er versuchte, mit den Schultern zu zucken, woran ihn seine Fesseln hinderten.

»*Na und …*? Ich bin im Besitz der Akte – ja, *die* Akte, von niemand Geringerem als Bright, Seaward and Seaward. Veronicas Aussagen, die ich protokolliert habe, Beweisfotos – sie sah ziemlich mitgenommen aus. Und *Ihre* Aussage, von einem Tonbandmitschnitt transkribiert.«

»Was wollen Sie denn damit schon groß anfangen?«

»Sie ruinieren. Paulus Malan wäre zutiefst betroffen, der Malan-Labuschagne-Konzern wäre empört. Und Ihre Kumpel aus dem *Broederbond*« – er lächelte – »o je, die werden gar nicht sehr erfreut sein. Mandela und der ANC würden sicher ausgleichende Gerechtigkeit für die Verurteilung Winnie Mandelas fordern, hm? *Quid pro quo.*« Van Vuurens Augen weiteten sich, als er sich diese Zukunft vorstellte. »Im allerbesten Fall würde Ihre Frau zweifellos die Scheidung einreichen, und es gäbe einen öffentlichen, schmutzigen Scheidungskrieg. Die Dinge haben sich geändert, Piet. Sie würden schlagartig zu einer Person des öffentlichen Lebens. Ja, ja – viel schlimmer als sterben, nicht wahr?«

Van Vuuren schüttelte den Kopf. »Sie drohen doch nur.«

»Oh, keinesfalls. Ich meine es ganz ernst, das können Sie mir glauben.«

»Warum?«

»Warum stecke ich meine Nase da hinein? Eigentlich ist es mir gleich. Zugegeben. Es ist ein Mittel zum Zweck. Dem ANC wäre es jedoch nicht egal, meinen Sie nicht auch?«

Van Vuurens Mund stand halb offen wie der eines Idioten. Der langsame, unaufhaltsame Zusammenbruch hatte vielleicht schon begonnen. Aber dann schüttelte er trotzig den Kopf.

»Man würde es vertuschen, Mann – auch jetzt. Man würde es *immer noch* vertuschen!«

»Vielleicht.« Anderson zuckte mit den Schultern. Van Vuurens Stimme klang jetzt sehr heiser, und Anderson hielt ihm einladend die Wasserflasche hin. Ein paar Tropfen Evian fielen auf den schmutzigen Linoleumboden, und einige Ameisen rannten aufgeregt davon. Doch dann kehrten sie wieder, um die Wassertropfen zu inspizieren. Anderson beobachtete sie nachdenklich. Malan hatte sicherlich bereits den gesamten Polizeiapparat Südafrikas mobilisiert, um nach ihm zu fahnden. »Vielleicht«, wiederholte er geistesabwesend. Van Vuuren schien immer noch davon überzeugt zu sein, daß jeden Moment die Fanfaren der Kavallerie – die wie in den alten Western grundsätzlich erst im letzten Moment auftauchte – ertönen würden. Oder die Sirenen der Polizei.

»Ich würde nicht damit rechnen, daß Sie mit dem Leben davonkommen – es sei denn, Sie arbeiten mit mir zusammen. Die Akte ist in dieser Mappe, dort auf der Theke.« Van Vuurens Kopf drehte sich danach um. »Wenn ich Sie gehen lasse, dürfen Sie die Mappe mitnehmen. Falls Sie mir die Informationen liefern, die ich will. Wenn Sie das nicht tun, dann werden Sie nirgendwo mehr hingehen. Ich könnte in diesem Fall unmöglich meine eigene Sicherheit aufs Spiel setzen, indem ich Sie am Leben lasse. Das verstehen Sie doch, nicht wahr?«

Godwin saß auf dem Rücksitz des Taxis, hinter dem gleichgültigen Fahrer, der die Handbremse angezogen, seine Zeitung über dem Lenkrad ausgebreitet und sich sofort eine Zigarette angezündet hatte. Die Staubwolke schwebte allmählich wieder rings um das Auto auf die Straße herab. *Englischer Privatdetektiv, eh? Scheidung?* Ausgerechnet er mußte an einen Taxifahrer geraten, der Englisch sprach. Doch Godwins Kopfnicken war abweisend genug gewesen, um weitere Fragen im Keim zu ersticken. Die Zedern und Zypressen, schwarze Schatten im Gegenlicht, säumten eine gewundene Kiesauffahrt, die von dem hohen, geschlossenen Tor zu der weißgetünchten Villa führte. Die dunkelgrünen Rolläden vor den Fenstern waren geöffnet, und aus einem Springbrunnen stieg eine im Sonnenlicht gleißende Fontäne auf.

Die Limousine, in der Malan und Michael Davies saßen, war zur Villa gefahren, nachdem sich die Tore elektronisch geöffnet hatten. Die Staubwolke hing immer noch in der Luft.

Godwin stieg aus, nahm mit seinen Krücken eine bequeme Stellung ein und betrachtete das Tor, die dunklen Silhouetten der Bäume und das elegante Landhaus dahinter. Im Flimmern der heißen Luft des frühen Nachmittags sahen die sanften Hügel viel unwirklicher aus als auf den Gemälden der italienischen Renaissance-Maler. Die Villa befand sich fünfundzwanzig Kilometer von Mestre entfernt abseits der Straße nach Padova.

Hyde hatte die Vermutung geäußert, daß die Villa ein ehemaliges KGB-Quartier sein könnte. Das war sicherlich möglich. Auf jeden Fall hatte sich Babbington dort eingenistet und empfing seine Gäste zum Mittagessen. Godwin fuhr sich mit der Hand über seine schweißbedeckte Stirn und blickte sich um. Auf der Schnellstraße zwischen Padova und Venedig herrschte nur wenig Verkehr. Godwin war Davies aus der Messehalle nach draußen gefolgt, hatte Paulus Malan erkannt, war sofort in ein leeres Taxi gesprungen – »*Folgen Sie diesem Wagen*!« – und war der Limousine bis hierher gefolgt.

Er würde alle fotografieren, sobald sie die Villa wieder verließen.

Zufrieden lächelnd steckte er den Arm durch das offene Seitenfenster des Taxis und nahm sein Funktelefon aus seiner Tasche. *Ich habe dir doch gesagt, du sollst mich nicht bei der Arbeit anrufen*, würde ihn Hyde anschnauzen. Im Spaß natürlich, denn falls er nicht antworten konnte, weil er sich still verhalten mußte, dann würde er den Anruf sowieso nicht entgegennehmen; lediglich eine kleine Leuchtanzeige würde zu blinken beginnen. Godwin wählte die Nummer von Hydes Handy. Kam keine Antwort, wollte er eine Nachricht eintippen: *Rufe später zurück*. Moderne Technik war schon eine wunderbare Sache. Er lehnte sich an den Stamm eines krank aussehenden Ahornbaums am Straßenrand. Über die Hügel verteilt lagen noch andere Villen wie schlafende Kühe, mit Swimmingpools in den säuberlich getrimmten Gärten. Weinhänge und Obstgärten erstreckten sich bis zu den sanften Anhöhen im Westen. Die laue, staubige Luft roch nach Zitronen. Godwin streckte sich. Dieser unartige Michael Davies – wirklich schade um ihn. Er mochte den Burschen eigentlich. Mußte wohl in finanzielle Schwierigkeiten geraten sein, oder man hatte ihn mit einer anderen Frau fotografiert, oder mit einem Mann …? Egal, auf jeden Fall hatten ihn Malan und Babbington am Haken. Und Gottseidank mußte *Aubrey* entscheiden, was mit ihm zu geschehen hatte, nicht er …

Komm schon, Patrick, beachte schon das Licht auf deinem Handy, du Blindschleiche!

Aubrey konnte Davies ausweiden wie einen Schlachthammel und ihnen alle Beweise besorgen, die sie brauchten. Es galt jetzt nur noch zu verhindern, daß die Ware aus der Lagerhalle Nummer 14 weiter in Richtung Süden oder Osten verschoben wurde. Er hielt das Telefon zwischen Kinn und Schulter und rieb sich die Hände.

Schau auf das Licht, du Trottel – oder stell auf Summton!

Moderne Technik mochte wunderbar sein, doch Hydes Nachlässigkeit in Detailfragen war es nicht.

Der arme Davies – dies könnte für lange Zeit sein letztes

Mittagessen in Freiheit sein. Vielleicht würde der Alte sogar persönlich herfliegen ...

»Ja – wo warst du denn, du Knalltüte?«

»Ich bin auf dem Dach einer beschissenen Lagerhalle und beobachte unseren tschechischen Liebling dabei, wie er sich am Sack kratzt. Er ist mit zwei Leibwächtern vor etwa einer halben Stunde reingegangen.«

»Wo rein? In Nummer 14?«

»Nein, in eine andere Halle – weiß auch nicht wieso.«

»Ich bin hier draußen bei dieser Villa – Davies ist hier, mit Malan.«

»Sag's Aubrey – er wird im Dreieck springen!«

»Hör zu, ich habe unsere italienischen Freunde dazu gebracht, daß sie Novaks Zimmer durchsuchen und sich seine Reservierung, Flugtickets und so weiter ansehen.«

»Und?«

»Er hat heute vormittag mindestens zwei dutzendmal versucht, van Vuuren zu erreichen – unter seiner Privatnummer, der Büronummer und im Auto. Offensichtlich ist er in Panik geraten, als er van Vuuren nicht erreichen konnte.«

»Ist van Vuuren auf dem Weg hierher?«

»Im Cipriani ist ein Zimmer für ihn reserviert – es ist dasselbe Hotel, in dem auch Malan wohnt.«

»Das ist dann wohl in Ordnung ...«

»Novak will unbedingt mit van Vuuren sprechen, nicht mit Malan – er ist nicht einmal in seine Nähe gekommen.«

»Und?«

»Ich wundere mich nur, das ist alles. Novak hatte jedoch einen Anruf aus Johannesburg erhalten, kurz bevor er zur Lagerhalle ging. Es war Blantyre. Was sich die beiden erzählt haben, weiß kein Mensch. Blantyre und van Vuuren, hm? Macht dich das nicht auch nachdenklich? Und dann benützen sie eine andere Lagerhalle ... Ich frage mich, ob Babbington darüber im Bilde ist.«

»Das ist doch egal, oder nicht?«

»Ich weiß nicht ... aber du solltest lieber rauskriegen, was sich in dieser Lagerhalle befindet. Vielleicht ist van Vuuren irgend etwas zugestoßen?«

»Möglich. Anderson hat ihn aufs Korn genommen. Vielleicht hat er ihn tatsächlich erwischt?«

»Finde einfach raus, was sie dort drinnen verstecken – etwas, das van Vuuren, Blantyre und Novak sehr wichtig ist, nicht wahr? Kannst du das tun?«

»Fang nicht du auch noch mit diesem Nervengas an!«

»Was immer es auch ist, es läuft nebenher ab, ohne daß Malan davon weiß, glaube ich. Und es gibt – in Südafrika – Leute, die gerne ein bißchen Nervengas hätten, die es gerne auch *einsetzen* würden.«

»Ja, ja, schon gut – ich werde mich ein bißchen umschauen. Und du – schieß ein paar Fotos und ruf den Alten an. Frag ihn, ob Davies jetzt dran ist und was wir mit Babbington und der Lagerhalle 14 unternehmen sollen.«

»Okay. Bis dann.«

Er schaltete das Handy aus und starrte es nachdenklich an. Zeit, den Alten anzurufen. Er würde nicht froh sein. Und Davies noch weniger. Eigentlich ein armes Schwein – Aubreys Verachtung würde ihm wahrscheinlich mehr zusetzen als die Aussicht auf zwanzig Jahre Zuchthaus!

Robin Blantyre saß in van Vuurens Büro, ließ seinen Blick über die Gazellenfellteppiche auf dem Boden und die handgewebten Kafferndecken an den holzverkleideten Wänden schweifen und erkannte auf einmal, daß er van Vuuren nicht ausstehen konnte. Genausowenig wie die meisten ihrer gemeinsamen Verbündeten aus dem *Broederbond*, Paulus Malan miteingeschlossen. Es war nur ein Gedanke, der ihm durch den Kopf schoß, doch er war real wie saures Aufstoßen. Er grunzte verächtlich und wählte die Nummer von Novaks Autotelefon. Er hatte Novak in seinem Hotel nicht erreichen können. Irgendwie funktionierte nichts mehr so richtig, und das schon seit einiger Zeit. Er war aus Rhodesien nach Südafrika gegangen – *gen Süden!* – und hatte dort jahrelang gegen die SWAPO gekämpft, sowohl in der südafrikanischen Armee als auch bei den Selous Scouts. Während seiner Zeit als Söldner hatte er oft das Gefühl gehabt, ausgenutzt zu werden. Es ging immer nur darum, irgendwelche Profite zu schützen, die Wirtschaftsinteressen zu wahren, es ging immer nur um Gold und Diamanten.

Blantyre wählte die Nummer erneut.

Van Vuurens Frau war durch die Zimmertür gehuscht wie ein Dienstmädchen und hatte ihn alleingelassen. Man hatte die Polizei verständigt, sie verfügten über ein Fahndungsfoto, und seine eigenen Leute recherchierten in Andersons Vergangenheit und durchkämmten die verlassenen Häuser in der Umgebung. Sie wußten, wie er aussah, sie wußten, welchen Wagen er fuhr ... es war nur eine Frage der Zeit. Man würde ihn ausgraben, jagen und stellen, und dann würde man ihn beiseite schaffen. Und van Vuuren ...? Schwer zu sagen, dachte er, während er mit gleichgültigen Blicken das Zimmer und die protzige Einrichtung betrachtete. Anderson hatte schon die richtige Idee gehabt, der Busch war viel, viel besser als all das.

»Novak? Blantyre hier«, sagte er, als das Autotelefon abgehoben wurde. Er hörte einige Augenblicke lang zu, wie ihn der Tscheche mit seinen Befürchtungen und Sorgen zum wiederholten Male bombardierte; seine Mundwinkel verzogen sich verächtlich. Dann sagte er: »Das Geld ist *hier*, Mann. Nein, van Vuuren hat eine Magenverstimmung, ich hab's Ihnen doch schon gesagt, daß er später kommt. Alles verläuft nach Plan – genau. Tun *Sie* das Nötige, Mann – aber tun Sie es. Ja, heute nacht. Alles ist vorbereitet. Genau, ich erwarte die Ware ...«

Er starrte an die Decke. Das Ganze war ein einziges Chaos aus Intrigen, Wortbrüchen und Patzern. Novak hatte eine Villa auf Mallorca, er renovierte gerade einen Landsitz bei Prag, und er verfügte über ein Bankkonto in der Schweiz. Und er wollte immer noch mehr, und noch mehr, und noch mehr – genau wie van Vuuren. Van Vuurens Geschäft mit Novak brachte beiden Geld, das war ihr gemeinsames Motiv.

Scheiß auf die Republik, scheiß auf Südafrika und scheiß auf den Weißen Mann – Hauptsache, wir haben genug Geld, um rechtzeitig abzuhauen!

Paulus dachte genauso, fuhr es Blantyre durch den Kopf, während er in den Hörer murmelte: »Ja, genau. Sobald die

Lieferung eingetroffen ist und ich sie inspiziert habe, wird die Autorisation nach Zürich geschickt.«

Keine Sorge, du Arschloch, du kriegst dein Geld schon.

Paulus war keinen Deut besser. Paulus hielt Händchen mit diesen verdammten Kommunisten und einem Verräter – Babbington. Paulus spielte mit dem Gedanken, den MLK aus Südafrika abwandern zu lassen, weil er zu feige war, um dazubleiben und für das zu kämpfen, woran er sein Leben lang geglaubt hatte.

»Nein!« schnauzte er Novak an. »Nehmen Sie sich vor Hyde in acht, und vor dem Krüppel namens Godwin. Halten Sie sich von denen fern, und beschützen Sie die Lieferung! Was alles weitere angeht, Novak, so ist mir völlig scheißegal, was mit Ihnen passiert. Ja, Sie haben mich schon richtig verstanden ... genau, rein geschäftlich. Wenn die erste Lieferung zufriedenstellend ist, wird es weitere Bestellungen geben. Natürlich.«

Er legte auf und sah sich im Zimmer um. Diese Weißen, die ihre Behausungen mit diesem afrikanischen Folklore-Mist vollstopften! Glaubten sie etwa, das gäbe ihnen die *Berechtigung*, hier zu sein? Paulus und van Vuuren, beide liefen davon, jeder auf seine Weise. Doch er, nein, er würde nicht davonlaufen. O nein.

Fast spürte er so etwas wie Bewunderung für Anderson und seine Beweggründe.

Du hast meine Frau ermordet, und ich werde mich an dir rächen, koste es, was es wolle.

So dachte der Mann. Das war geradlinig und nachvollziehbar. Es hatte nichts mit Geld zu tun, oder mit Verrätern, der mit Männern im Dienste Ihrer Beschissenen Majestät der Königin, wie dieses Schwein Hyde – dem er gerne noch einmal begegnen würde, nur noch ein einziges Mal ...

Van Vuurens Frau schob vorsichtig ihren Kopf durch den Türspalt, als wolle sie ihn fragen, wann er den Tee einzunehmen wünsche. Blantyre stand auf.

Schau sie dir an. Fett, weiß und fünfundvierzig. Häßlich wie die Nacht. Kein Wunder, daß van Vuuren die Kaffernmädchen vorzieht, der Scheißkerl.

»Ich gehe jetzt«, sagte er und marschierte durch die Tür. Sie mußte sich an die Wand drücken, um ihn vorbeizulassen. »Sie haben ja meine Nummer, falls er anruft. Und« – Er wandte sich um und sah auf sie hinab – »wenn er anruft, will ich es wissen. Verstanden, Frau van Vuuren?« Die Frau nickte ängstlich, sie fürchtete sich vor ihm, vor der Art, wie er ihre Diele ausfüllte, vor seinem Spiegelbild auf dem blankgewienerten Mahagoniparkett.

Blantyre trat ins Freie und blinzelte in die Mittagssonne. Falls van Vuuren wieder auftauchen sollte, wäre es wohl sauberer und unkomplizierter, wenn man ihn tötete. Man könnte Anderson dafür verantwortlich machen. Eine plötzliche, unerwartete Welle der Wut stieg in ihm hoch. Wie er sie alle haßte, diese Leute, mit denen er zu tun hatte! *Sie* waren es, die seine geordnete Welt in Stücke gingen ließen. Sie waren viel schlimmer als Nelson Mandela und der ANC und die Regierung de Villiers. Schweine …

Er würde Anderson und van Vuuren finden und beide töten.

SECHS

DIE ZÜNDSCHNUR BRENNT

»Ja, Westfield und ich werden am späten Nachmittag bei euch sein ... ja, ja. Nein, ich werde unsere italienischen Freunde um Hilfe bitten, wenn es nötig wird – du sagst, es sähe nicht danach aus, als ob die Sachen in den beiden Lagerhallen in den nächsten paar Stunden fortgeschafft würden?«

Godwin blickte mit zusammengekniffenen Augen auf die Obstgärten, Olivenhaine und Weinhänge in der Nachmittagssonne, auf die sanften Hügel in der Ferne.

»Nein, Sir, ich glaube nicht.«

»Dann wird Patrick wohl Zeit haben, eine etwas gründlichere Inspektion vorzunehmen, falls er sich Zutritt zum Zielgebiet verschaffen kann. Wird er das schaffen?«

»Er glaubt, er kann über das Dach einsteigen.«

»Dann soll er das tun. Und sich dabei vorsehen. Was dich anbetrifft: die einzigen Fotos, die ich von dir haben will, sind einige von Davies – und sie müssen sehr aussagekräftig sein. Dann darfst du ihn festnehmen. Oder zumindest ihn am Fortlaufen hindern, bis ich ihn verhören kann. Diese andere Lagerhalle, übrigens ...?«

»Patrick weigert sich immer noch, an das Nervengas zu glauben, Sir.«

»Verständlich. Ich frage rnich, ob Michael Davies uns da weiterhelfen kann?« Dann, nach einer Pause, fügte Aubrey hinzu: »Ich hätte nie gedacht, daß er zu so etwas fähig sein könnte.«

Godwin nickte ernst. Davies steckte bis zum Hals drin. Der Zorn des Alten würde ihn zerschmettern wie eine Steinlawine. O ja, er würde sein Fett abbekommen!

»Ich auch nicht, Sir. Möglicherweise hat er sich verkalkuliert, sich zu hoch verschuldet, wie Reid selbst ...«

»Ja, vielleicht hat er das.«

»Also, wir treiben sie alle zusammen, Sir? Das wird einen ganz schönen Knall geben ... ich freue mich darauf!«

»Ich – und der Innenminister, und … ein paar andere Leute, die eingeweiht sind, würden vorziehen, daß es diskret abläuft. Verhaften wir, wen wir verhaften müssen, aber laß uns allzu großes Aufsehen vermeiden.«

»Da gibt es eine gesamte Lagerhalle voll mit diesen Apparaten, Sir. Wir werden etwas Größeres brauchen als einen Ford Transit, um …«

»Ich habe mir deswegen bereits Gedanken gemacht. Es wäre wohl besser, wenn sich die Geräte einfach … in Luft auflösten, verstehst du, was ich sagen will? Ich werde noch einmal darüber nachdenken. Wo ist Priabin?«

Godwin blickte auf das geschlossene Tor des Landsitzes. Priabin war vor einer halben Stunde aus einem wohl gemieteten Alfa Romeo gestiegen, hatte sich zu der Gegensprechanlage vorgebeugt, die Überwachungskamera angegrinst, und die Tore hatten sich für ihn geöffnet. Hinterm Steuer hatte das Mädchen gesessen.

»Er ist auch hier. Sie werden sicherlich ein schmackhaftes Mittagessen zu sich nehmen.«

»Aber es gibt keine Anzeichen dafür, daß sich in der unmittelbaren Zukunft etwas tut? *Keinerlei* Anzeichen?«

»Nein, Sir. Ich würde sagen, daß vor morgen früh nicht damit zu rechnen ist.«

»Priabin muß Davies in der Tasche haben – ein durchtriebener junger Mann!«

»Sind sie das nicht alle, Sir? Aber wir haben sie am Kragen!«

»Sag Patrick, daß die Lagerhallen von allergrößter Wichtigkeit sind. Sag ihm, daß er herausfinden soll, was sich in *beiden* befindet. Er muß sehr gründlich vorgehen!«

»Machen Sie sich Sorgen, daß alles ein bißchen *zu* gut läuft, Sir?«

»Vielleicht. Ah, da kommt der Wagen. Bleibt in Verbindung. Aber schnapp dir Davies, sobald er sich von seinen Freunden verabschiedet hat.«

Im Hörer rauschte es, als die Verbindung unterbrochen wurde. Godwin schaltete das Handy ab und ließ es von dem Lederriemen um sein Handgelenk baumeln. Hyde würde seinen Nachmittag auf dem heißen Blechdach sicherlich über alles genießen.

In der Entfernung schwebte Venedig in der flimmernden Sommerluft über der Lagune; Mestres häßliches Anlitz war durch die diesige Luft weicher, erträglicher geworden. Godwin holte ein in Plastikfolie eingewickeltes Sandwich aus seiner Hosentasche, riß die Verpackung entzwei und fing an zu essen. Der Taxifahrer war schon satt; der Mann hatte ihm nichts von seiner Salami, dem Stangenbrot und dem Wein angeboten.

Das Beste wäre es, wenn man die verdammten Lagerhallen anzünden würde, dachte er – allerdings, wenn sie Nervengas enthielten, bestimmt keine so gute Idee. Patrick sollte am besten auch gleich die Sprinkleranlage überprüfen, falls eine existierte. Er kaute lustlos auf dem pappigen Weißbrot herum – hatten die Italiener für ihre Sandwiches etwa britisches Toastbrot importiert? – und wählte dann die Nummer von Hydes Funktelefon.

»Kopf runter!« zischte Anderson, während van Vuuren in seinem Griff herumzappelte wie eine verschreckte Katze. Seine Augen waren weit aufgerissen, während sich der Mund unter der Knebelbinde zu einem lautlosen Schrei öffnete. Anderson zog seine Pistole und preßte sie an van Vuurens Schläfe, der sofort aufhörte sich zu wehren und in haßerfüllte Resignation verfiel. »Schon besser.«

Er hob den Kopf und sah von dem spärlich mit Grasbüscheln bewachsenen Sandhügel auf die verlassene Tankstelle hinab. Der Polizeiwagen war vorbeigefahren, dann langsamer geworden, hatte gewendet und war auf der staubigen Straße zurückgekommen. Er hatte van Vuurens ersten Schrei mit der Knebelbinde erstickt, seine Beine losgebunden und ihn durch die Hintertür ins Freie und über den kleinen Hügel hinter dem Schuppen gezerrt. Ihre Fußabdrücke waren so groß und klar wie die eines verletzten Büffels im weichen Sand. Wenn der Polizist – sein Partner saß noch im Streifenwagen – nach Spuren Ausschau hielte, würde er die von Anderson und seinem Gefangenen sofort bemerken.

Van Vuuren, der bäuchlings neben ihm im Sand lag, machte noch einen verzweifelten Versuch, sich von seinen Fesseln zu befreien. Anderson preßte den Lauf der Waffe an seine Schläfe. Van Vuuren erstarrte. Der Polizist spähte durch die verschmierten, fast blinden Fenster, dann rüttelte er an der Tür – Anderson konnte ihn von seinem Platz gerade noch sehen, wie er auf der Vorderseite des kleinen Schuppens stand. Er bräuchte nur die Tür einzutreten und hineinzugehen … Die Vorräte, die er gekauft hatte, stapelten sich in der Küche im hinteren Teil des Schuppens, und die leeren Evianflaschen lagen auf dem Boden. Und der Stuhl stand in der Mitte des Raums …

Statt dessen ging er weiter an der Außenwand entlang, verschwand aus Andersons Blickfeld und tauchte drei Sekunden später auf der anderen Seite des Schuppens wieder auf, seine Mütze zurückgeschoben, sein Gang sorglos, ohne Hast. Er hielt sich die Hand über die Augen und warf einen Blick den sandigen Hügel hinauf, dann drehte er sich auf dem Absatz um und ging zum Streifenwagen zurück, der im Schatten der brüchigen Überdachung der Tankstelle parkte. Er schüttelte den Kopf, als er wieder in den Wagen stieg.

Andersons Erleichterung war zuviel für van Vuuren. Er sprang plötzlich auf, stieß Anderson zur Seite, rollte ein paar Meter den Hügel hinab, richtete sich auf und fing an zu rennen, wobei er seinen Kopf wild schüttelte, um den Knebel loszuwerden. Immer wieder hochspringend versuchte er, die Aufmerksamkeit auf sich ziehen, da er mit seinen hinter dem Rücken gefesselten Armen nicht winken konnte. Anderson hob unwillkürlich die Pistole und zielte, dann dachte er an den Lärm und die Tatsache, daß er van Vuuren lebendig brauchte. Also sprang er auf, holte van Vuuren mit wenigen Sätzen ein und riß ihn zu Boden; gemeinsam rollten sie den Hang hinab. Anderson richtete sich auf, ein Knie auf van Vuurens Rücken, Sand in Augen und Mund. Er blinzelte ein paarmal und sah dann den Streifenwagen, der sich schnell auf der Straße nach Diepkloof entfernte. Schwer atmend richtete er den Lauf der Pistole auf van Vuurens Gesicht; dessen Augen erloschen, als hätte er alle Hoffnung auf Rettung fahrenlassen.

Jetzt ist er soweit …

Er stand auf und zog van Vuuren am Kragen seines Pyjamahemds auf die Knie; dann legte er einen Arm um seine Taille, schleifte ihn zur Rückseite des Schuppens und schleuderte ihn durch die Hintertür in den Raum, als sei er ein voller Müllsack. Er knallte die Tür hinter sich zu und riß van Vuuren am Kragen auf die Füße, zerrte ihn vorwärts und ließ ihn auf den Stuhl fallen, wo er ihn wieder festband. Einen Schritt zurücktretend, wobei er darauf achtete, daß die Pistole in seinem Hosenbund gut sichtbar war, öffnete er eine weitere Flasche Evian, nahm einen langen Schluck und ließ dann ein paarmal einen Schwall Wasser in seine hohle Handfläche laufen, um sich den Sand aus dem Gesicht und seinen Augen zu waschen. Van Vuurens Augen blickten gierig auf das Wasser, das von Andersons Händen zu Boden tropfte. Anderson brachte sein Gesicht ganz nah an das van Vuurens: »Jetzt hör mal zu, du *Afrikaaner*-Scheißkerl!« Der Pistolenknauf in seinem Hosenbund zitterte, als könne die Waffe jeden Moment durch die schiere Gewalt seines Wutausbruchs von alleine losgehen. »Hör gut zu! Ich will ein paar Sachen wissen, und ich will sie *jetzt* wissen. Verstehst du? Entweder du fängst an, auszupacken, oder *ich werde jetzt hier und jetzt mit dir* anfangen. Dann kannst du später im Rollstuhl von deiner Scheidung lesen! Weißt du, was ich meine, van Vuuren?«

Van Vuurens Augen schossen wild in alle Richtungen wie die eines verängstigten Kaninchens. Er versuchte zu schlucken, versuchte sogar etwas zu sagen, brachte aber nichts als heiseres Gurgeln unter dem Knebel hervor.

Anderson löste die Knebelbinde, und immer noch konnte van Vuuren lediglich würgen und keuchen. Er packte die Evianflasche, die auf der Theke stand, und hob sie an van Vuurens Lippen; der Mann sog gierig daran, doch Anderson zog sie abrupt wieder weg.

Van Vuuren hustete, dann schrie er weinerlich: »Was

wollen Sie denn? Warum tun Sie mir das an, Sie Schwein?« Noch regte sich Widerstand. Aber nicht mehr lange. Der Mann war fast am Ende.

»Ich will *dich*!« brüllte Anderson. »Wenn ich Malan nicht kriegen kann, muß ich mich eben mir dir begnügen, und Blantyre erledige ich in irgendeiner dunklen Nacht aus der Ferne.« Er hielt van Vuuren seine Hände vors Gesicht. »Schau dir diese Hände an! Meine Kollegen in der Kanzlei haben mich immer darum gebeten, meine Hände zu verstekken, wenn wichtige Mandanten zugegen waren ... der KGB hat mir die Fingernägel im Kellerverlies in der Lubjanka herausgerissen, und sie sind nie mehr gerade nachgewachsen – *Los, schau sie dir gut an*!« Ohne die Augen von van Vuuren zu lassen, holte er eine Zange aus der Aktentasche auf dem Tisch. Die Zange hatte er vor kurzem erst gekauft, und sie war noch in Plastik verpackt. »Du kannst von Glück reden, daß deine Hände hinter deinem Rücken sind, van Vuuren, denn so mußt du es nicht mitansehen, wenn ich es tue!«

Er hielt inne und nahm noch einen Schluck aus der Wasserflasche. Was genau hatte Aubrey wissen wollen? Es war schwer, sich an den genauen Wortlaut des Gesprächs mit Aubrey zu erinnern, das er aus einer Telefonzelle an der Landstraße außerhalb Diepkloofs geführt hatte. Es gab so viele Einzelheiten – seit wann, wieviel, auf welche Art und Weise? Und gleichzeitig schienen all diese Details kaum Bezug zu dem zu haben, was *er* jetzt wollte – *Vergeltung*.

»Ich habe meine erste Frau verloren, und es ging ganz langsam«, sagte Anderson, und seine Stimme klang wieder ruhig. Während er redete, riß er die Plastikverpackung sorgfältig entlang der dafür vorgesehenen Stellen auf. »Ich habe sie zuerst an andere Männer verloren, dann an den Krebs. Und meine zweite Frau – die ich über alles liebte – ist vor wenigen Tagen bei einem Massaker ums Leben gekommen, das dein Freund Blantyre inszeniert hat, um mich zu erwischen ... Meinst du, daß ich auch nur einen Gedanken an *dich* verschwende?« Anderson nahm die Akte Veronica Mokesi aus der Aktentasche und hielt beides hoch, Zange – und Akte. »Du hast die Wahl, van Vuuren. Entweder – oder.«

Aubrey hatte am Telefon äußerst besorgt geklungen. Es ging um Nervengas … für van Vuuren und seine Freunde? Wer auch immer es sein mochte, der *Broederbond* oder die rechtsextreme AWB steckte dahinter. Diesen Menschen war es ohne weiteres zuzutrauen, daß sie auch Nervengas einsetzten, wenn sie sich davon einen Vorteil versprachen. Sie würden sich ihre Gasgranaten umhängen und ihre Gewehre und in den Krieg ziehen – sie würden es gerne tun.

Anderson sah van Vuuren in die Augen.

»Siehst du? Es ist mir scheißegal. Ich weiß, daß ich es tun kann – und daß ich es tun werde, wenn es nötig ist. Ich habe Menschen mit Pistolen getötet, mit Bomben, mit Fallschlingen, mit Klaviersaiten – mit allem, was ich in die Hände bekommen konnte.« Er beugte sich vor. »Wofür ist das Nervengas?«

Da – es stimmte tatsächlich, er erkannte es in dem verräterischen Sekundenbruchteil, als van Vuurens Augen sich weiteten, bevor er seinen störrischen, verständnislosen Gesichtsausdruck wieder annahm.

»Ich weiß nicht, wovon Sie sprechen!«

Anderson legte die Akte weg. »Wir wissen beide, daß du lügst … die Frage ist doch: wie kannst du mich davon überzeugen, daß du die Wahrheit sagst?« Er machte mit der geöffneten Zange eine rasche Bewegung in Richtung der hinter der Stuhllehne zusammengebundenen Hände van Vuurens.

»*Nein …!*«

Sofort packte er den rechten Zeigefinger aus van Vuurens schützend geballter Faust, bog ihn mühelos gerade und kniff die Zange fest um den Fingernagel.

»Nein … *Nein*!«

Er flüsterte in van Vuurens Ohr: *»Also – sag es mir!«*

Van Vuurens Kopf pendelte wild nach links und rechts, doch sein Kopfschütteln bedeutete gar nichts … »Woher wissen Sie es?« keuchte er schließlich.

Fast väterlich umfaßte Andersons Hand den Nacken van Vuurens, als er ihm die Wasserflasche an die Lippen hielt. Ein Zittern durchlief van Vuurens ganzen Körper, während er gierig trank. Nach ein paar Schlucken nahm Anderson die Flasche weg und klopfte ihm mitfühlend auf die Schulter.

Nervengas. Das letzte Mittel. Der größte Teil der weißen Bevölkerung Südafrikas akzeptierte den Machtwechsel; einige begrüßten ihn, andere hatten einfach resigniert. Die rechtsradikale Minderheit dagegen wollte die drohende schwarze Mehrheitsregierung um jeden Preis verhindern. Lieber wollten sie das Land im Bürgerkrieg zerstört sehen, als es den verhaßten Schwarzen zu überlassen. Diesen Irren würde *jedes* Mittel recht sein, um ihre Welt wieder zu der zu machen, die sie einst gewesen war. Nervengas, modernes Kriegsgerät ... es paßte alles zusammen.

»Warum haben Sie sich darauf eingelassen?«

Van Vuuren starrte zu Boden.

»Sie liefern uns aus – Stück für Stück, Mann.« Er sah auf und sagte heiser: »Aber wie sollten *Sie* das schon verstehen! Dies ist *unser* Land, Mann!«

»Denen gehört es genauso.«

»Die meisten Kaffern sind *nach* den Briten gekommen«, fauchte van Vuuren. »Glauben Sie denn wirklich, Mann, glauben Sie *tatsächlich*, daß die sich gerecht verhalten werden, wenn sie erst einmal an die Macht kommen? Sie schlitzen sich doch schon gegenseitig in den Townships die Hälse auf, nur weil der eine ein verdammter Zulu ist und der andere nicht! Glauben Sie denn im Ernst, daß wir auch nur die geringste Chance hätten?« Er hustete trocken, und Anderson setzte ihm wieder die Wasserflasche an die Lippen. Es war das beste, ihn reden, ihn seinem Zorn Luft machen zu lassen. Er trat einen Schritt zurück, und van Vuuren starrte ihn wütend an, lehnte sich dann nach vorn, so daß die Fesseln in sein Fleisch schnitten.

»Ihr verdammten Engländer seid nichts als ein Haufen von *Ignoranten*! Es ist schon *Jahre* her, seit sie dieses Kaffernschwein Mandela aus dem Gefängnis gelassen haben, und jeden Tag sterben mehr Menschen – *Schwarze*! – als zur Zeit des Kriegsrechts! Das ist es wohl, was ihr als Fortschritt bezeichnet, hab' ich recht?« Er schüttelte verächtlich den Kopf.

»Ihr glaubt, wir wären alle nur starrköpfige Afrikaaner und lacht noch über unseren Akzent! Aber wir ... *wir* wissen, was los ist, Mann! Wir wissen, was uns bevorsteht – Leute wie ich und Robin Blantyre und ein paar unserer Politiker und Industriellen. Wenn die Schwarzen nicht einmal bei sich selbst Ordnung schaffen können, warum sollten wir dann bereit sein, ihnen *alles* einfach so zu überlassen? O nein, Mann, o nein! Was auch immer wir tun müssen, welche Waffen wir auch immer einsetzen müssen, wir werden es tun – ganz genau so, wie *Sie* es tun würden, wenn es um Ihr verdammtes Großbritannien ginge!«

Das folgende Schweigen schien eine Ewigkeit zu dauern und wurde nur durch ihrer beider Atemzüge und das Brummen eines großen Insekts unter der modrigen Zimmerdecke gestört. Schließlich sagte Anderson, der sich an die Unterhaltung mit Aubrey erinnert hatte: »Und das ist der Moment, wo Novak ins Spiel kommt, nicht wahr? Ihr habt bei der EuroCon mit ihm Kontakt aufgenommen – und gemerkt, daß er euch ein paar ganz heiße Waffen besorgen kann. Zumindest als Reserve – *nur für den Fall.* Richtig?«

»Sie glauben, schon alles zu wissen ...« Van Vuuren gab sich sichtlich Mühe, über die Detailliertheit von Andersons Informationen nicht erstaunt zu wirken.

»Meinst du etwa, daß ich ganz alleine dastehe?« Anderson schüttelte den Kopf. »Ich habe einen Bericht über den Flugzeugabsturz nach London geschickt. An Leute, die ich kenne. Es paßte zu dem, was sie selbst schon in Erfahrung gebracht hatten. Ich habe ihnen versprochen, daß du mir die nötigen Dinge verraten wirst, wenn ich dich dafür am Leben lasse. Ihr wollt also tatsächlich Nervengas einsetzen?«

»Glauben Sie denn, wir hätten sonst eine Chance?«

»Keine Ahnung. – Man wird es sowieso in Venedig konfiszieren.« Van Vuuren schien verblüfft. »Ja, es wird nie hier ankommen ...«

Mein Wort in Gottes Ohr!

»... man hat sich der Sache angenommen. Es geht nur noch um die Einzelheiten der Verschwörung, das Wer-

Wann-Wo, die du mir verraten mußt, um dein Leben zu retten. Verstehst du?«

Auf einmal verengten sich van Vuurens Augen mißtrauisch.

»Sie wissen einen Scheißdreck!« fauchte er, wobei er sich vorbeugte. »Sie fischen im trüben und hoffen, daß ich anbeiße, Sie verdammter Engländer!«

Anderson erwiderte mit kalter Stimme: »Du glaubst wohl, ich wäre nichts weiter als ein Geheimagent? Du denkst, daß mir die Hände gebunden sind, daß ich irgendwem Rechenschaft ablegen muß – so etwas in der Art. Nun, es war einmal so ...« Er hatte begonnen, den auf den Stuhl gefesselten van Vuuren zu umkreisen, als sei er tief in Gedanken versunken. Doch wirkte er dabei unbeirrbar und präzise wie der Mechanismus einer Zeitbombe. »Ich bin das einmal gewesen – doch das ist lange her ... Ich arbeite nicht mehr für sie, seit vielen Jahren.« Van Vuuren wartete nervös – der gleichgültige Tonfall irritierte ihn. »Es war reiner Zufall, daß ich das abgestürzte Flugzeug entdeckte. Vielleicht habe ich den Leuten in London das Beweismaterial um alter Zeiten willen geschickt. Doch jetzt bin ich hier, weil *ich es so will!* Verstehst du? Ich will, daß Malan und Blantyre für das büßen, was sie mir angetan haben. Und jetzt gerade, in diesem Augenblick, verspüre ich den beinahe unwiderstehlichen Wunsch« – Er blieb vor van Vuuren stehen und hielt ihm erneut die Zange vor die Augen – »hier und jetzt, *jetzt gleich*, Rache zu nehmen. *Deine* Verschwörung führte zum Tod meiner Frau, van Vuuren. Eigentlich gibt es dem *überhaupt nichts* mehr hinzuzufügen, meinst du nicht auch?« Die Kälte in seinen Augen war nicht gespielt; es war so, er könnte es jetzt tun, er könnte Schmerzen zufügen und morden, könnte sich *jetzt sofort* rächen. »Warum fange ich nicht bei dir an, im Gedenken an meine Frau?«

Van Vuuren saß reglos da; er schien auf etwas zu horchen. Ein schrilles Vogelzwitschern von draußen, dann wieder Stille, dann das entfernte Murmeln eines vorbeifahrenden Autos. Nach einer Minute noch ein Auto. Anderson beobachtete die gedrungene, erschöpfte Gestalt auf dem Stuhl. Mit ruhiger Stimme sagte er: »Ich habe nichts mehr zu verlieren. Solche Menschen gibt es für gewöhnlich nur in Romanen. Doch ich bin einer von ihnen – von denen, *die nichts mehr zu verlieren haben.*«

Er sah den Mann beim Sprechen nicht an, sondern starrte an die von Fliegen übersäte Zimmerdecke ... auf die schäbige, verdreckte Neonröhre und den unbeweglichen Ventilator. Dann ließ er seine Blicke über die leergeräumten Regale gleiten, die verlassene, schmierige Theke mit der kaputten Registrierkasse. Es war, als könne er die Termiten hören, die emsig die hölzerne Struktur des Hauses aushöhlten. Ein weiteres Auto fuhr vorbei, dann wurde es wieder still, und Anderson hörte, wie der Sand leise an der Außenwand herabrieselte. Draußen war es windig geworden. Seine Kehle war vom vielen Reden ausgedörrt, und seine Augen prikkelten. Margarethe kam zurück, besuchte ihn aus dem Dunkel seiner Erinnerung.

Er blinzelte und riß die Augen auf, blickte dann auf van Vuuren hinab und murmelte: »Siehst du, van Vuuren, ich habe das, wovon jeder Mann träumt. Ich kann tun und lassen, was ich will – es gibt keine Konsequenzen.«

Dann setzte er sich in Bewegung, ging mit zusammengebissenen Zähnen um van Vuuren herum, schloß die Backen der Zange um dessen Zeigefinger und riß ohne zu zögern den Fingernagel heraus; mit zusammengekniffenen Augen ertrug er van Vuurens Schmerzensschrei. Das Blut floß aus dem verletzten Finger und tropfte zu Boden. Er ließ den abgerissenen Fingernagel aus der blutverschmierten Zange zu Boden fallen und legte dann seine offene Hand auf den schreienden Mund – zitternd beim Gedanken daran, was er gerade getan hatte. Der Keller der Lubjanka ... o Gott, er hatte den Rubikon überquert, hatte sich gerade seine Höllenfahrt gesichert – doch dann dachte er an das Nervengas, an Margarethe und an Veronica Mokesi, und sein Magen beruhigte sich wieder. Nach einer Weile ließen van Vuurens Zuckungen nach, und erstickte Laute vibrierten an Andersons feuchtem Handteller. Er nahm seine Hand weg, ging um van Vuuren herum, beugte sich über ihn und setzte ihm die Wasserflasche an seine Lippen.

»Nun?« fragte er nach einer Pause. »Es ist vorbei, keine Angst.« Ihm war kalt in der abgestandenen Luft des Schuppens; es stank nach Rattenkot, modrigem Sand – und nach etwas anderem. Van Vuuren hatte sich in die Hose gemacht.

Van Vuuren schluchzte vor Schmerz und Schock. Sein Kopf pendelte rhythmisch auf und ab, als habe er den Verstand verloren. Er würde alles tun, was man von ihm verlangte. Es war Zeit, den verletzten Finger zu desinfizieren und zu verbinden. Die Fliegen hatten von seiner schweißüberströmten Stirn abgelassen – und sich bestimmt schon auf van Vuurens Blut gestürzt. Es war Zeit, wieder ein Mensch zu sein. Das wilde Tier, das in ihm war, das würde er auf Malan und Blantyre loslassen.

Jetzt, da er wußte, daß van Vuuren reden würde, spürte er ein gewisses, begrenztes Mitleid mit dem Mann. Und Erleichterung ...

Godwin klatschte ärgerlich in die Hände und starrte auf die Kamera, die er neben sich auf den Rücksitz des Taxis geworfen hatte. Was fur eine verdammte Zeitverschwendung! Die getönten Scheiben der Limousine hatten die Sicht auf Malan behindert – und Davies war alleine zurückgefahren, mit dieser KGB-Hexe Valentina! Von diesen beiden Turteltauben hatten sie bereits Fotos.

Das Taxi glitt durch die Staubwolke, die der Alfa mit dem Mädchen am Steuer hinter sich herzog. Godwin sah erneut auf seine Uhr. Drei Uhr dreißig. Hyde war immer noch auf dem Dach und schimpfte über die Hitze, über Godwins Verspätung und über die Sicherheitsvorkehrungen, die ihn bei beiden Lagerhallen daran hinderten, von oben einzusteigen. Der Alte hatte die Erlaubnis dafür gegeben, daß Hyde einbrach – nur, er schaffte es nicht. Zu viele Leute, zu viele Augen.

Also blieb Davies. Die kurvenreiche Straße wurde gerader, streckte sich und tauchte aus einer Eichenallee auf. Venedig lag ruhig und schimmernd im Dunst des Nachmittags vor ihm. Für Davies wäre es ein Leichtes, Hyde und ihn hineinzulassen; vielleicht konnte er ihn ja dazu bewegen, aufzugeben und zu kooperieren, damit es ihnen wenigstens möglich war, eine der beiden Lagerhallen zu inspizieren. Er könnte ihm ja Straferleichterung versprechen. Unruhig lehnte er sich in den heißen Plastiksitz zurück, sein verschwitztes Hemd klebte ihm am Körper. Er hatte wieder Hunger bekommen, trotz der Hitze. Ein Kaffee und ein Stück Kuchen wären jetzt genau das Richtige. Davies könnte ja beides beim Zimmerservice bestellen, während sie seine unmittelbare Zukunft besprachen.

Der Alfa bog auf die Schnellstraße ab, und das Taxi folgte, nachdem Godwin den Fahrer auf englisch angewiesen hatte, dem Alfa weiter hinterherzufahren. Es war zu dunstig, um den Flughafen nördlich der *Ponte della Libertà* auszumachen. Die Inseln Murano und San Michele lagen faul im diesigen Sonnenlicht wie gestrandete Walfische. Auf der parallel zum Damm verlaufenden Eisenbahnbrücke überholte sie ein Eilzug. Dann waren sie an dem ersten *campanile*, dem ersten *palazzo* angelangt; auf der *piazzale Roma* mit ihren riesigen Parkhäusern glitt der Alfa hinter einer Absperrung außer Sichtweite, während das Taxi sich wieder in die Schlange beim Taxistand einreihte. Godwin gab dem Fahrer einige der bunten italienischen Banknoten und kletterte aus dem stickigen Wagen in die Schwüle des Nachmittags. Davies würde in dieser Hitze sicher nicht zu Fuß gehen – er würde ein Wassertaxi nehmen, vielleicht sogar eine Gondel. Es war sicher klüger, direkt beim Kanal auf sie zu warten, statt in dem Gewühl nach dem Alfa Ausschau zu halten.

Um sicherzugehen, beobachtete Godwin dann doch den Ausgang des Parkhauses, bis er Davies sah, der sein Jackett über seine Schulter geworfen hatte. Beim Gehen unterhielt er sich eifrig – eine Spur *zu* eifrig vielleicht – mit dem Mädchen. Sie machte ein vollkommen gleichgültiges Gesicht, als gehörten sie gar nicht zusammen. Godwin hinkte ihnen hinterher, versteckt inmitten der Menschentrauben, die aus den Bussen strömten. Er folgte ihnen durch ein schmales

Gäßchen zu den Anlegeplätzen der Wassertaxis, *vaporetti* und Gondeln. Davies war scharf auf das Mädchen, das wurde immer offensichtlicher – also würde er sie wahrscheinlich zum Palazzo Gritti bringen, wo sich ganz zufällig auch seine Hotelsuite befand. In Davies Akte war nicht erwähnt worden, daß er monogam lebte. Das Mädchen jedoch machte ganz und gar nicht den Eindruck, als sei es willens, den Nachmittag in seinem Hotelzimmer zu verbringen. Godwin zögerte. Die *vaporetti* und die etwas kleineren *motoscafi* fuhren alle zehn Minuten von der *piazzale Roma* ab. Ganz gleich, welches Beförderungsmittel sie wählten, er konnte es sich leisten, das nächste zu nehmen. Geduldig wartete er in der schmalen Einmündung des Gäßchens, während die Fahrgäste an ihm vorbeigingen.

Dachte ich's mir doch …

Davies wählte die Route entlang des Canale Grande – eine kleine Stadtrundfahrt für das Mädchen, wahrscheinlich, um sie ein bißchen gnädiger zu stimmen. Wenn Godwin den direkten Weg über den *Rio Nuovo* nahm – nicht so malerisch –, würde er noch vor ihnen auf der Piazza San Marco sein und wahrscheinlich schon im Palazzo Gritti auf sie warten können.

Er hinkte eilig in Richtung des Piers, während der *vaporetto,* in dem Davies und das Mädchen saßen, vom Anlegeplatz auf den Kanal hinausfuhr. Verschwitzt, aber zufrieden erreichte Godwin das Ende der Warteschlange. Stellte sich den überraschten Gesichtsausdruck von Davies vor …

Wir sind ein ganz, ganz unartiger Lausebengel, nicht wahr?

… wenn er in seine Suite platzte. Er berührte die Pistole in seiner Anzugtasche. Nur für den Fall. Der *motoscafo* durchwühlte das schlammige Wasser des Kanals und legte mit einem dumpfen Schlag seitwärts an. Godwin hinkte hinter einer hysterisch plappernden Familie mit drei Kindern – die Kinder schienen sich untereinander nur mittels gellender Schreie verständigen zu können – über die Laufplanke an Deck des *motoscafo.*

Der *motoscafo* glitt an den müden Bäumen des *giardino Papadopoli* vorbei, an hohen, modrigen Häusern, einer einsamen Kirche, bevor der Rio Foscari in den Canale Grande mündete. Hier zeigte die Stadt allmählich wieder ihre – nicht mehr ganz taufrische – Schönheit und oft fotografierte Eleganz. Godwin bewunderte vom Bug des *motoscafo* über die Köpfe und Kameras der Touristen hinweg den Anblick der Kathedrale *Santa Maria della Salute*, die sich aus dem Dunst erhob wie eine Burg aus Schnee, flankiert von den alten *palazzi* entlang des Kanals. Am Anlegeplatz vor der Piazza San Marco entstieg er dem *motoscafo* und kämpfte sich in der brütenden Hitze durch das dichte Menschengewühl; er hinkte an den Straßenmalern und ihren Ölgemälden vorbei in die enge, überfüllte *calle*, die zur San Moisé führte. Schließlich erreichte er den Hinterausgang des Palazzo Gritti und war dankbar für die Gelegenheit, sich einen Augenblick lang im Schatten ausruhen zu können. Die Menschenmassen strömten an ihm vorbei; meistens im Pulk, doch oft sah er auch ein paar kleinere Gruppen und sogar hie und da ein Pärchen. Männer in Anzügen schlenderten durch den Eingang des Hotels, und ein paar reiche Araber in kostbaren Gewändern. Er schulterte seine kleine Sporttasche und wartete gelassen.

Dann – Davies und Valentina. Sie lachte nun, berührte ihn sogar ein paarmal leicht an seinem Arm und seinen Schultern, als sei er etwas, das sie sich gerne ein bißchen näher ansehen würde. Das gleiche Mädchen, das versucht hatte – sehr hartnäckig versucht hatte – Patrick zu ermorden. Godwin war verwirrt. Vorhin hatte das Mädchen noch so gelangweilt gewirkt ... und jetzt – das völlige Gegenteil. Vielleicht war die Aussicht auf die Luxussuite von Davies und einen kühlen Drink Grund genug für sie, nett zu ihm zu sein ...

Was ist schon ein kleiner Quickie unter Freunden?

Er bereitete sich aufs Warten vor und sah auf die Uhr. Vier Uhr zehn. Der Alte würde bald landen, erhitzt, in einem dunklen Anzug – ein archaischer Gott der Unterwelt, der darauf bestehen wollte, daß alle seine Feinde sofort ausgemerzt würden. Godwin mußte laut lachen, und ein Japaner mit einem riesigen Fotoapparat und einer kleinen Frau sah ihn erschreckt an.

Vier Uhr fünzehn .... vier Uhr zwanzig.

Nehmen Sie doch noch einen Drink, warum denn nicht? Versuchen Sie etwa, mich betrunken zu machen, Mr. Davies? Vier Uhr fünfundzwanzig.

Und dann mußte er auf einmal an Shapiro denken ... als das Mädchen mit energischen Schritten aus dem Hotelfoyer kam, sich nach rechts wandte und über die kleine, bucklige Brücke in Richtung der *via 22 Marzo* ging. Godwin sah jetzt in seinem Kopf mehrere Bilder auf einmal – das tote Gesicht Shapiros, dessen Augen blicklos an die Zimmerdecke seiner Suite in einem Londoner Hotel starrten, dann das Mädchen, das Davies Arm ergriff ... dann sah er in Gedanken Davies luxuriöse Zimmerflucht mit Blick auf den Kanal. Das Mädchen hatte damals Shapiro umgebracht, um ein drohendes Leck zu stopfen ...

Er verspürte den Impuls, hinter ihr herzulaufen, doch statt dessen wandte er sich um und hinkte eilig auf die Eingangstüren des Hotelfoyers zu, die automatisch auseinanderglitten. Er konnte Davies auch gleich verhaften, gesetzt den Fall, er war nicht .... Herrgott, es konnte doch einfach nicht wahr sein, oder? Vehement drückte er auf den Liftknopf. Suite 302-303. Die Aufzugtüren öffneten sich. Im Aufzug beschwerte sich ein Amerikaner über den Preis zweier *cappuccini* im Café Florian. Die Frau – wahrscheinlich seine Ehefrau – schien unbeeindruckt. Godwin lächelte mühsam, als die Augen des Amerikaners die seinen mit der stummen Bitte um Bestätigung trafen, dann verließ er den Lift hastig im dritten Stock. Er klopfte an Davies Tür, klingelte und klopfte erneut.

»Mike – bist du okay? Mike, mach auf – ich bin's, Tony Godwin! *Mike*?«

Er legte sein Ohr an das kühle Holz der Tur und lauschte. Nichts zu hören. Kein Geräusch laufenden Wassers aus dem Badezimmer, kein Quietschen eines Körpers in der Wanne. Dann hörte er das Brummen eines *vaporetto* durch offenstehende Balkontüren. War er auf dem Balkon ...? Er sah sich hektisch um. Ein Zimmermädchen kam aus einem anderen Zimmer, beide Arme voll gebrauchter Handtücher.

»Schnell – bitte!« rief er. »Ich glaube, mein Freund ist krank! Mr. Davies …! Bitte öffnen Sie die Tür für mich, es ist dringend! »Überrumpelt und wohl auch durch seine Krükken von seiner Harmlosigkeit überzeugt, nahm die Frau ihren Universalschlüssel aus der Vodertasche ihrer Schürze und öffnete die Tür. Godwin stolperte ins Zimmer; die Erinnerung an Shapiro lenkte seine Schritte zuallererst ins Schlafzimmer.

Aber Davies war nicht im Schlafzimmer. Er lag mit dem Gesicht nach unten im Wohnzimmer der Suite auf dem Boden. Die Beine waren seltsam ineinander verdreht, ein Arm in flehender Gebärde ausgestreckt. Der andere Arm war unter seinem Körper vergraben, die Hand in seiner Brust verkrallt. Das Zimmermädchen stand wie versteinert in der Tür. Godwin wälzte Davies Körper mühsam auf den Rükken. Die Hand rutschte von der Brust.

So einfach ist das … eine Herzattacke.

Neben ihm lag eine halbleere Flasche, und Davies roch nach Alkohol.

Oh, du Biest!

»Ich will mit dem Manager sprechen – *Manager*«, sagte er zu der Frau. »Gehen Sie und holen Sie ihn – *prego.*«

Sie nickte und eilte aus dem Zimmer. Godwin hörte ihre gedämpften, schnellen Schritte auf dem Korridor.

Er schloß Davies Augen. Sein Gesicht war eine Grimasse des Schmerzes. Es konnte nicht schaden, die örtliche Polizei hinzuziehen. Eine Autopsie würde ohnehin nichts ergeben, wenn Valentina mit der ihr eigenen Gewissenhaftigkeit vorgegangen war … Er sah auf seine Uhr. Kurz nach halb fünf. Der Fürst der Dunkelheit würde in Kürze in Begleitung des jungen Darren aus dem Flugzeug steigen und erfahren, daß man ihm zuvorgekommen war.

Alles hing wieder in der Luft, Herrgott nochmal! Davies hätte ihnen die nötigen Türen öffnen können. Jetzt kam es ganz auf Patrick an, der auf dem heißen Blechdach hockte wie eine Taube. Sie brauchten noch das Okay von Aubrey, doch es stand jetzt schon fest, daß Patrick einbrechen *mußte*, ganz gleich wie riskant das war.

Die ersten schweren Regentropfen klatschten neben Aubreys unbeweglichem Profil an das Seitenfenser der Limousine, die ihm Giovanni Calvino vom italienischen Geheimdienst zur Verfügung gestellt hatte. Vom heranziehenden Sturm war die Stadt verdüstert worden, als sei die Sonne zu früh untergegangen. Plötzlich zuckte ein greller Blitz durch die Wolken, und der Regen begann heftiger an die Scheiben zu trommeln.

»Ja, Tony, ja«, murmelte er über das Rauschen des Sturms hinweg in sein Funktelefon. »Wirklich eine Schande ... ich teile deine Einschätzung der Lage. Wir haben nicht mehr viel Zeit. Ja, Patrick muß unverzüglich einbrechen, wenn er das ungefährdet tun kann. Nein, ich werde selbst mit ihm sprechen – gib mir seine Nummer.« Er schrieb die Nummer in ein Notizbuch. »Nein, Tony, mach einfach weiter und tu so, als ob nichts wäre. Ich werde mit Giovanni Calvino sprechen.« Er zuckte zurück, als ein Blitz die Stadt aufleuchten ließ wie ein Schiff in Seenot. »Wir müssen es aufhalten«, fügte er hinzu. »Nein, Tony, ich habe noch nichts Definitives aus Südafrika. Wahrscheinlich werde ich früher oder später irgendein hohes Tier aus einer Cocktailparty zerren müssen, um Richard und seine Beute zu beschützen – denn das ist das einzige, was wir haben – im Augenblick jedenfalls. Auf Wiedersehen, Tony.«

Er legte das Telefon beiseite und warf einen Blick auf Darren Westfield, der fasziniert auf den Sturm blickte, unter dessen Gewalt Venedig schutzlos und verängstigt wirkte. Die Regentropfen prasselten auf das Wagendach. Hyde war da oben auf dem Dach des Lagerhauses ...

Die Dinge spitzten sich tatsächlich zu. Ein gigantischer Dampfkessel kurz vor dem Überkochen. Priabin und Babbington waren offensichtlich nach Venedig gekommen, um die Aktion zu beschleunigen. Sie hatten den Kampf in eine neue Phase treten lassen, indem sie Davies ermordeten – sie hatten ihn nicht mehr gebraucht, und Hyde und Godwin waren ihm zu dicht auf den Fersen gewesen. Er rieb sich die Wange. Auch Anderson war höchst gefährdet, denn Blantyre jagte ihn. Tony hatte am Telefon seine eigene Einschätzung der Lage wiederholt … *Meiner Ansicht nach bleibt uns keine Wahl, als die Bestände zu vernichten, Sir.* Doch vorher mußte Aubrey genau wissen, was sich in den Lagerhallen befand.

Er nahm das Telefon und wählte Hydes Nummer.

»Verdammt, das wurde aber auch Zeit, Godwin! Ich bin pitschnaß, verstehst du …!«

»Hyde – Aubrey am Apparat.«

»Ja, wurde auch Zeit!« wiederholte Hyde unbeeindruckt. »Ich habe den ganzen Nachmittag damit zugebracht, mich hier oben rösten zu lassen, bin von Dach zu Dach gehoppelt wie ein verdammter Affe, und jetzt bin ich dabei, zu ertrinken! Haben Sie schon einen Blick aus dem Fenster geworfen?«

»Kommst du relativ ungefährdet hinein, Patrick?«

»In welche?«

»In die Lagerhalle Nummer 14 – ich glaube, daß ist die wichtigere. Alles, was ich brauche, ist *ein einziges Foto* eines geschmuggelten Reid-Geräts, oder ein anderes Beweismittel, und dann zünden wir alles an.«

»Meinen Sie, es wird brennen, bei diesem Wetter?«

»Das mußt du für mich in Erfahrung bringen.«

»Haben Sie die Legitimation?« Hydes Stimme klang gequält und schwach wie ein weit entferntes Radiosignal.

»Longmead und Orrell sind darüber informiert worden, daß Babbington hier ist. Sie fürchten die Demütigung, falls sich herausstellen sollte, daß er uns – und *ihnen* – ein Schnippchen geschlagen hat. Man hat mich damit beauftragt, alles Notwendige zu unternehmen, zu tun, was getan werden muß – und zwar *diskret.*« Hyde zog scharf die Luft ein. »Bist du noch da, Patrick – alles okay?« rief Aubrey.

»Ich bin nur auf der verdammten Leiter ausgerutscht!« Nach ein paar Augenblicken. »Jetzt bin ich unten.«

»Gibt es irgendein Anzeichen besonderer Aktivität?«

»Ein paar Laster sind gerade bei der Nummer 14 angekommen. Sie scheinen es aber nicht besonders eilig zu haben, jedenfalls bis jetzt noch nicht. Ich muß jetzt über offenes Gelände laufen – Augenblick … « Aubrey hörte Hydes schnelle Atemzüge, während er zu der größeren der beiden Lagerhallen hinüberrannte. Dann, keuchend: »Okay, ich bin da.«

»Davies ist tot, Patrick – das Mädchen hat ihn getötet.«

»Oh, das ist wirklich großartig – verdammt! Kein Wunder, daß ich einbrechen soll. Wir haben im Augenblick überhaupt nichts in der Hand, nicht wahr?« Wieder kamen seine Atemzüge schnell und keuchend; er kletterte die Leiter der Lagerhalle Nummer 14 hinauf. Ein Blitz zuckte über den Himmel und warf geisterhaft weißes Licht auf die kleinen Inseln in der Lagune, die aussahen wie Treibgut, das der Sturm ins Wasser geschleudert hatte. »Okay«, murmelte Hyde, »jetzt bin ich auf dem Dach. Es gibt ein Oberlicht an diesem Ende – vielleicht kann ich da durchsteigen und mich zwischen den Kisten oder hinter einen Container verstecken. Wenn ich Glück habe … Hören Sie, Sir, ich frage ja nicht gerne danach, aber kriege ich Verstärkung? Das wäre ziemlich hilfreich.« Er lachte atemlos, und sein Sarkasmus klang beschwingt, ja wild – offensichtlich brachte er sich selbst in Fahrt. »Noch ein weiterer Sattelschlepper ist eingetroffen. Es sind jetzt drei. Die Fahrer sitzen noch in ihren Kabinen. Ich schätze, daß vier Leute in der Halle sind. Okay, ich habe jetzt den Rahmen des Oberlichts abgeschraubt … ja, ich kann tatsächlich runter – aber nur, wenn die Wachen gerade am anderen Ende der Halle sind.«

»Wir müssen Babbington nervös gemacht haben – es kann nicht mehr lange dauern. Paß auf dich auf, Patrick!«

Aubrey klopfte dem Fahrer auf die Schulter. »Bringen Sie uns jetzt zu Kommandant Calvino, bitte«, sagte er.

Wieder tauchte ein Blitz die Lagune in blendend weißes Licht. Dann rollte der Donner.

Sobald Hyde einen handfesten Beweis dafür gefunden hatte, daß sich in der Lagerhalle Nummer 14 Schmuggelgut aus Großbritannien befand, das über Dumas oder eine andere Tochterfirma des MLK nach Venedig geschafft worden war, mußte Calvino die Lagerhalle unverzüglich stürmen lassen. Sie würden alle Personen, die sich dort aufhielten, festnehmen, und einer von Calvinos Experten sollte dann die gesamte Halle anzünden, um so viel Sachschaden wie möglich anzurichten … Was für ein bedauerlicher Unfall – und vor allem sauber, *gründlich*, ohne daß man hinterher viel zu erklären brauchte. Aubrey ballte die Hände zu Fäusten. Es war alles bereit, sie brauchten nur einen einzigen Beweis … Aubrey spürte seine Ungeduld; der Regen peitschte mit unverminderter Heftigkeit an die Scheiben der Limousine, während Blitze zuckten, der Donner grollte und der Verkehr im Schrittempo über die Schnellstraße kroch.

Er zog den Kopf ein, als ein Blitz in der Nähe einschlug und fast unmittelbar darauf ein gewaltiger Donnerschlag krachte. Der Regen trommelte auf den Regenumhang, den er aus dem Kofferraum des Mercedes geholt hatte. Er fühlte sich, als sei er auf den Grund eines Aquariums gestürzt. Wasser zog Blitze an … Venedig bäumte sich im blendend weißen Licht auf wie ein Ozeandampfer, der mit dem Bug voraus im Meer versinkt.

Hyde lief zum anderen Ende des Dachs, warf einen Blick nach unten und rannte wieder zurück. Die drei Laster, zwei von ihnen Sattelschlepper, parkten immer noch vor dem Eingang der Lagerhalle. Die Fahrer warteten hinter beschlagenen Scheiben. Im Augenblick wurde keiner der Laster beladen. Der Regen lief Hyde in Augen und Ohren, und sein Haar klebte naß an seiner Stirn. Er spähte durch das Oberlicht, wobei er wie ein Scheibenwischer mit der flachen Hand über das Glas fuhr. Niemand in Sicht da unten. Er hatte bis jetzt insgesamt drei Leute gesehen. Einer von ihnen älter als seine Kollegen, und einen anderen erkannte er als einen seiner Verfolger vom *Zattere* wieder. Es waren Priabins Leute. Doch im Augenblick befand sich im hinteren Teil der Halle niemand.

Vorsichtig hob er den losgeschraubten Fensterrahmen mitsamt der Scheibe an, schob ihn beiseite und spannte seinen Regenumhang über die Öffnung, um zu verhindern, daß der hineinprasselnde Regen ihn verriet. Dann schob er den Umhang ein wenig beiseite und spähte hinab. Regenwasser tropfte von seinen Haaren in die schlechtbeleuchtete Tiefe unter ihm. Mit zusammengekniffenen Augen starrte er auf die Stapel staubiger Kisten, dann versuchte er, im Halbdunkel jenseits der Lichtkegel der von der Hallendecke herabhängenden Lampen etwas zu sehen. Büros, gleich neben den Eingangstoren. Die Aufschrift auf den Kisten konnte er aus der Entfernung nicht lesen. Er lauschte …

… schob eilig das Fenster wieder über die Öffnung, als ein Blitz zuckte. Sekundenbruchteile später folgte ein gewaltiger Donnerschlag. Zitternd hielt er die Fensterscheibe auf den Rahmen gedrückt, während der Donner weiter ins Landesinnere rollte. An seinem Gürtel hing ein festes Seil; er befestigte es an einer der Eisenverstrebungen der Hallendecke direkt neben dem Fenster und ließ es in die Düsternis fallen. Eine Sekunde zögerte er und holte tief Luft, dann schulterte er seine Tasche und glitt durch den Fensterrahmen. Er hing in der Luft, das Seil zwischen seinen Schenkeln, sich mit der rechten und linken Hand abwechselnd an der Eisenverstrebung und am Seil festhaltend, während er die Fensterscheibe wieder über den offenen Rahmen schob.

Einen Augenblick hing er lautlos am Seil und drehte sich langsam wie ein Kronleuchter um die eigene Achse; unter sich sah er endlose Reihen gestapelter Kisten, dazwischen lange. hellerleuchtete Korridore. Ein bedrückendes Schweigen herrschte in der Halle, als habe der Sturm drauBen alles verstummen lassen. Allmählich gewöhnten sich seine Ohren an die ungewohnte Stille, und er hörte vom am anderen Ende der Halle das dünne Scheppern eines Radios. Er schnüffelte – eine Mischung aus Pappe, Holz, Plastik, Styropor und Öl; zügig ließ er sich hinab in das Dämmerlicht …

… das sich in hartes Neonlicht verwandelte, als er in den Lichtkegel der Lampen eintauchte, die an langen Kabeln von der Hallendecke hingen. Seine Kehle schnürte sich zusammen. Er glitt hinab, so schnell er konnte, und versteckte sich im Schatten eines Kistenstapels. *Reid-Davies* und, daneben, *Dumas Electronics* las er auf den Kisten, und das Wiedererkennen dieser vertrauten Namen beflügelte ihn. Er blickte an dem Seil empor zum Oberlicht, das in diesem Augenblick grell aufleuchtete. Während der Donner langsam verhallte, zog er das Seil an der Eisenverstrebung unterm Dach entlang, bis es im Schatten an der seitlichen Wand der Lagerhalle hing. Die Aufschriften der Kisten ringsum sprangen ihm entgegen wie Schlagzeilen eines Boulevardblattes: *Dumas, Reid-Davies, Reid-Group*. Zu Boden blickend bemerkte er die kleine Pfütze, die sich um seine nassen Stiefel gebildet hatte. Egal. Er öffnete seine Tasche und nahm den Fotoapparat, das Stemmeisen und einen Schraubenzieher heraus. Dann huschte er gebückt den Gang entlang, der zwischen den aufgetürmten Kisten und der Hallenwand entlangführte. Der Boden war mit Packpapier und sonstigem Müll übersät. Alles sah nach hektischer Eile aus, die Fußabdrücke im Staub des Zementbodens, die schlampig übereinander gestapelten Kisten. Offensichtlich wurden keine potentiellen Käufer erwartet, denen man hier Geräte zeigen konnte, die im Pavillon der VIATE keinen Platz gefunden hatten. Nein, das ganze Zeug wartete nur auf den Weitertransport.

Er setzte sein Stemmeisen an einer Kiste an, löste eine Planke, dann eine zweite, bis er sah ... daß sich nichts von Interesse darin befand. Er glitt weiter, jetzt absolut geräuschlos, denn seine Stiefel waren einigermaßen trocken, öffnete die Längsseite einer anderen Kiste und fand eine weitere Holzverschalung, die er wieder mit dem Stemmeisen bearbeitete. Dort lag sein Schatz.

Godwin, wenn du das siehst, machst du dir in die Hose!

Transputer-Geräte und WSI-Chips, alles fein säuberlich in kleine Kartons verpackt. Er zerrte ein Päckchen aus der Kiste und riß es auf, dann trat er einen Schritt zurück und fotografierte den Inhalt und die Aufschrift der Kiste. Das Blitzlicht der Kamera machte ihm keine Sorgen; man würde es den Gewitterblitzen draußen zuschreiben. Dann öffnete er eine Kiste mit der Aufschrift *Dumas* und zog auch aus ihr ein paar kleinere Päckchen heraus. Die französischen Aufkleber verstand er kaum, doch er sah, daß sich in den Päckchen Ersatzteile aeronautischer Instrumente befanden, die sicherlich ausschließlich an die französische Luftwaffe geliefert werden durften. Er spürte, wie ihn ein warmer Schauer durchlief.

Endlich ... Eureka.

Das Blitzlicht der Kamera durchschnitt das Dämmerlicht.

So sauber ...

Der Türsummer dröhnte wie ein Hornissenschwarm, und Hyde zuckte zusammen. Er spähte zwischen den Kisten hindurch und bemerkte, daß die Lagerarbeiter einen großen Container in die Mitte der Halle geschoben hatten. Geräuschlos kletterte er auf einen Stapel Kisten. Oben angekommen, kauerte er sich nieder und hielt den Fotoapparat im Anschlag. Eine Tür an der Längsseite der Halle ging auf, und *sie* stolzierte herein, in ihrem glänzenden Regenmantel, einen gepunkteten Regenschirm ausschüttelnd. Gerade hatte sie einen Mord begangen, doch sie strahlte lediglich die professionelle Gleichgültigkeit einer Prostituierten aus, die gerade bei einem Klienten gewesen war. Unschuldig schüttelte sie ihr langes Haar. Priabin war hinter ihr, und dann die hängenden Schultern der Männer in Overalls und T-Shirts – die Fahrer. Die Tür fiel hinter ihnen mit einem entfernten, metallischen Geräusch ins Schloß. Er lag bäuchlings und angespannt auf der obersten Kiste; dann sah er den Schatten des Mannes, der als letzter hereingekommen war, und erkannte ihn sofort, noch bevor er ins Licht der Neonlampen trat.

Oh, Gott segne dich, Sir Andrew!

Babbington. Er wirkte fast unsicher, als fühle er sich nicht wohl in seiner Rolle, und doch verströmte er eine subtile, an Gehorsam gewohnte Härte, die seine Umgebung einschüchterte.

Wo war Malan?

Die Fahrer der drei LKW gingen eilig ins Halleninnere. Durch die Oberlichter drang der bläuliche Schein der Blitze herein, nur wenige Sekunden später rollten die Donnerschläge. Babbington ging auf den Container zu. Wahrscheinlich würde ihn bald einer der Sattelschlepper abholen. Das Mädchen und Priabin trotteten hinter Babbington her wie Kinder hinter dem Lehrer bei einem Schulausflug. Sie brauchten Malan, um den weiteren Versand der Kisten zu koordinieren, doch vielleicht wollte Babbington nicht warten – und daher auch die Liquidierung von Michael Davies. Vielleicht würde er einfach anordnen, daß das ganze Zeug jetzt gleich aufgeladen und zum Flughafen geschafft wurde.

Falls Aubrey den Inhalt dieser Lagerhalle in Brand setzen wollte, so wäre einer dieser neuen Raketenwerfer amerikanischer Bauart wahrscheinlich das Geschickteste. Bei denen gab es nichts zu verkabeln oder aufzubauen ... ein Knopfdruck genügte. Hyde lächelte grimmig. Babbington war beim Container angekommen, beugte sich zu Priabin hinunter und redete aufgeregt auf ihn ein. Hyde richtete sich etwas auf und bemerkte, daß sich hinter dem Container noch ein zweiter befand, vor dem ein mit Kisten beladener Gabelstapler stand – Herrgott, er hatte diesen zweiten Container noch gar nicht gesehen ... Sie mußten einen Großteil des Nachmittags damit verbracht haben, ihn zu beladen. Babbington inspizierte nun den zweiten Container, wobei er die Fäuste in die Hüften stemmte und mißbilligend die Lippen schürzte. Er machte Priabin ein Zeichen, woraufhin der den in der Halle verteilten Arbeitern einige Befehle zurief. Die Fahrer tauchten nacheinander im trüben Licht auf, gefolgt von anderen Männern in Overalls und zwei Männern in kurzärmeligen Hemden. Babbington erteilte mit kühler Stimme knappe Anweisungen. Ein Mann kletterte auf den Führersitz des Gabelstaplers und ließ den Motor an. Der vollbeladene Gabelstapler holperte ins Innere des zweiten Containers, und fast unmittelbar darauf hörte Hyde das Pumpen der Hydraulik, als die Palette mit den Kisten abgeladen wurde. Das verdammte Ding war ohnehin schon mehr als zur Hälfte beladen. Wieder ein Blitz, gefolgt von einem Donnergrollen, und die Hallenbeleuchtung flackerte – wie die flatternden bleichen Hände eines alten Mannes. Babbington sah nach oben auf die Walfischrippen der Hallendecke. Der Gabelstapler rollte wieder aus dem

Container und schnüffelte gierig an dem nächsten Stapel, auf den Priabin und Babbington gezeigt hatten. Die Atmosphäre war unverkennbar angespannt und hektisch geworden – ja, sie hatten es nun sehr eilig.

Scheiß auf das Anzünden, dachte Hyde, dafür würde keine Zeit bleiben. Er mußte näher ran.

Vorsichtig kletterte er wieder herunter und lief den schmalen Gang zwischen den aufeinandergetürmten Kisten und der Längsseite der Halle entlang; er schlängelte sich lautlos zwischen einzelnen Kisten und Kartons hindurch, so behutsam, als schleiche er durch Sumpfgebiet. Der Gabelstapler rumpelte ganz in seiner Nähe vorbei, und plötzlich zerrte ein weiterer an dem Stapel, hinter dem er stand. Gebückt rannte er weiter, dann kauerte er sich zu Boden und spähte durch die Zwischenräume der Kisten. Er sah Babbingtons und Priabins Schuhe, die sich gegenüberstanden. Priabin brachte zögernd eine Entschuldigung vor. Hyde konnte nur Bruchteile des Wortwechsels verstehen.

»... es mußte geschehen«, hörte er Priabins Versicherung.

»... beschleunigen ... ich will nicht ...«, antwortete Babbington. Dann: »... eben, was wir können!« in ärgerlichem Ton; seine nassen Schuhe entfernten sich ein paar Schritte, kamen dann zurück.

»... soundso das beste ...«

»... schätze ich *ganz und gar nicht*!«

Endlich stapften Babbingtons Schuhe wütend davon. Hyde holte tief Luft. In seiner Tasche befand sich das Funktelefon. Aubrey anrufen, ihn dazu bringen, daß er die Halle umstellen ließ – es war zu spät für Diskretion.

Schritte neben sich, während seine Hand bereits in die Tasche glitt – doch sie schloß sich statt um das Telefon um den Griff der Browning. Er wandte sich um und sah in die verblüfften Augen eines der KGB-Männer in kurzärmeligen Hemden. Hyde riß die Pistole heraus und feuerte zweimal. Das ohrenbetäubende Krachen der Schüsse, dann fast ebenso laut das Geräusch, mit dem eine Kiste voller Schrauben und Nägel von dem Regal fiel, gegen das der Mann getaumelt war. Er sank mit dem Gesicht nach unten auf den Betonboden, und Hyde war auf den Beinen, noch bevor der erste überraschte Warnruf ertönte.

Er rannte einen Gang entlang, duckte sich hinter eine Palette, hörte sein Keuchen und das Hämmern seines Herzens und dann hörte er, wie jemand Kommandos gab, bevor ein Donnerschlag von draußen alles übertönte.

Er mußte sofort Aubrey anrufen – jetzt mußten sie *gleich* kommen.

Es war, als erfülle die Luftmatratze, die Anderson aus dem Wagen geholt und mit einer Fußpumpe aufgeblasen hatte, die gleiche Funktion wie die Couch eines Psychiaters. Die Lebensbeichte van Vuurens. Er hatte den Whisky, den Anderson ihm gegeben hatte, gierig in sich hineingeschüttet und hielt nun die halbleere Flasche in seiner bandagierten Hand an die Brust gedrückt. Anderson sah durch die schmutzigen Scheiben ins Freie; die eilige afrikanische Dämmerung senkte sich über den Tankstellenhof und das trostlose Land dahinter – doch es schien etwas zu früh zu sein. Vielleicht zog ein Sturm herauf, dachte er, als er auf seine Armbanduhr blickte, um van Vuurens Puls zu messen.

Ein endloser Redefluß, eine Anklage an die Welt, ein empörter Aufschrei eines Betrogenen, voll Haß auf die Verräter in der Regierung, auf den MLK – voll Haß auf Paulus Malan ... alle Menschen waren durch und durch schlecht – bis auf die Handvoll aufrechter Afrikaaner, die ihr Südafrika nicht kampflos aufgeben wollten.

Seit einigen Monaten waren Waffen aus Osteuropa ins Land geschmuggelt worden; Sturmgewehre, Handfeuerwaffen, Granaten und sogar Flammenwerfer ... nicht in wirklich großer Stückzahl, doch es wurde immer mehr und mehr – die paranoiden Afrikaaner hatten angefangen, den Kopf zu verlieren.

»Einige von uns bereiten sich darauf vor, Widerstand zu leisten, zu kämpfen ... und ich habe irgendwann erkannt, daß es

notwendig ist, Mann, da gibt es soviel Zeug, das dort drüben einfach nutzlos rumliegt – und billig ist es auch noch.«

Der Whisky, dessen Wirkung die zuvor erlittenen Schmerzen zu intensivieren schien, hatte van Vuurens Zunge gelöst …

Anderson vermied es, auf den bandagierten Finger des Mannes zu sehen; er sah auch nicht hin, wenn sich van Vuurens Gesicht vor Schmerz verzog, wenn er den verletzten Finger an seine Brust hielt.

»… dann habe ich Novak gefunden, und das hat alles enorm erleichtert – ich habe nie MLK-Gelder veruntreut, alles haben wir selbst bezahlt …«, betonte er, als mache das einen Unterschied.

Es gab eine Lieferung von Nervengas – *»da werden die Kaffern Augen machen«* –, die auf den Abtransport nach Südafrika wartete. *»Das ist der Grund, warum man mich in Venedig braucht«*, hatte er gejammert, als hätte eine Grippe oder eine kleine Ehekrise seine Geschäftsreise verhindert. Mit trotzig gehobenem Blick hatte er hinzugefügt: *»Novak wird es hierherschaffen.«*

Er schien von dieser Tatsache felsenfest überzeugt zu sein. Offensichtlich war Paulus Malan weder an den Waffenlieferungen noch an dem Schmuggel des Nervengases beteiligt.

Anderson hatte die Rolle des emotionslosen Psychiaters so sehr verinnerlicht, daß ihn diese Neuigkeiten fast völlig kalt ließen. Er würde sie bald an Aubrey weiterleiten, und der wiederum konnte die Lieferung stoppen, doch Anderson fühlte sich nicht als Retter der Menschheit, als Kämpfer für eine gute Sache. Er wollte den Tod Margarethes rächen. Das war alles.

»Malan hat Ihre Liquidation angeordnet. Blantyre hätte es sowieso getan, doch Malan war es, der den Befehl dazu gab. Sie sind über die Pipeline gestolpert …« Als van Vuuren das gesagt hatte, war Andersons Distanziertheit verflogen. Bis dahin hatte er sich auf Blantyre konzentriert. Er hatte van Vuuren unterbrochen, um ihm eine Zwischenfrage zu dem inszenierten Massaker im Etosha-Reservat zu stellen; und

van Vuuren hatte schließlich genickt – hatte Malans Schuld an Margarethes Tod bestätigt.

Alles andere war bedeutungslos. Der *Broederbond* und der AWB und die Konservativen und die rechtsextremen Splittergruppen ... sie konnten seinetwegen zur Hölle fahren, oder auch nicht – es war ihm völlig gleichgültig. Malan war verantwortlich, das war alles, was ihn interessierte. Er hatte den *Drahtzieher* gefunden ...

Aubrey würde er später, nach Einbruch der Dunkelheit, wenn es ungefährlicher war, anrufen, um ihm von dem bestellten Nervengas zu berichten – VX oder Sarin oder was immer für ein teuflisches Zeug es war, das sie in der Tschechei horteten: Und er würde ihm gleichzeitig mitteilen, daß er nicht mehr im *Dienste seiner Majestät* stand – er hatte etwas zu erledigen. Er würde dem Ruf *seines* Gewissens folgen und *seine* Gerechtigkeit einfordern ... er würde Malan und Blantyre töten, alle beide.

Van Vuurens endlose Litanei, seine wütende Abrechnung mit dem Rest der Welt wurde leiser und leiser, wie ein Radio, dessen Batterie langsam den Geist aufgab. Anderson beachtete ihn nicht. Er hatte erfahren, was er erfahren wollte. Hätte van Vuuren in diesem Augenblick versucht zu fliehen, er hätte ihn nicht aufgehalten.

Eine zerfetzte Jalousie flatterte im Wind, der langsam zu einem Sturm anwuchs. Sand prasselte an die verschmutzte Scheibe. Die Windböen trieben den staubigen Abfall der Goldminen durch die Vororte Johannesburgs. Asche zu Asche, Staub zu Staub ... Anderson schüttelte den Kopf. Der feine Sand kroch durch die Ritzen der vermoderten Fensterrahmen. Van Vuuren schien von dem herannahenden Sturm keine Notiz zu nehmen.

Gelegentlich schweiften Autoscheinwerfer von der nahen Straße über die Zimmerdecke. Anderson war in Gedanken versunken, dachte an das, was kommen würde. Er konnte seine Zukunft so klar vor sich sehen wie das Tableau in einem gläsernen Briefbeschwerer: stellte man ihn auf den Kopf, so rieselte der Schnee auf die kristallklare Miniatur im Inneren der Kugel. Wie auch immer er es drehte und wendete, seine Zukunft hatte immer dieselbe, klar umrissene Gestalt. Es gab nichts, absolut nichts, was ihn aufhalten konnte. Auge um Auge. Nur das konnte ihm seinen Seelenfrieden zurückgeben, der Tragödie einen Sinn verleihen. Nur so konnte Margarethe in Frieden ruhen …

Autoscheinwerfer bogen von der Straße ab; die Lichtkegel stocherten durch den umherwirbelnden Sand auf dem Vorplatz der Tankstelle. Das dunkle Fahrzeug kam zum Stehen, das Licht der Scheinwerfer betastete neugierig den Schuppen.

Hyde kauerte im Schatten. Die Tore standen offen, und die Scheinwerfer des heranfahrenden Sattelschleppers züngelten durch den peitschenden Regen. Ein KGB-Mann stand neben dem offenen Tor, und im Licht der Scheinwerfer blitzte die nasse Makarov-Pistole, die er in seiner linken Hand hielt. In dem Büro, das kaum mehr war als ein Bretterverschlag, füllte ein bebrillter Mann die Frachtbriefe der Container aus. Die zögernde Beliebigkeit, mit der er den Kugelschreiber absetzte und nachdachte, was er als nächstes angeben sollte, ärgerte Hyde. Sie hatten es eilig und kümmerten sich immer noch um Details!

Nehmt mit, was ihr tragen könnt, der Alarm ist losgegangen …

Er glitt in den Schatten zurück. Der Laster rollte dröhnend ins Halleninnere.

Gebückt schlich er an der Wand entlang, hörte nichts als das Röhren des Dieselmotors und das wiedereinsetzende Trommeln des Regens, nachdem es von einem Donnergrollen übertönt worden war. Er zwängte sich in den Spalt zwischen zwei hohen Kisten, zog sein Handy aus der Tasche und wählte Aubreys Nummer.

Hast du die Soldaten? Schick sie her, und zwar gleich!

Die rote Lichtanzeige auf dem Apparat blinkte und wechselte auf grün, als die Verbindung zustande gekommen war.

»Hören Sie Sir!« flüsterte er eindringlich. »Ich bin entdeckt worden. Das Zielgebiet wird gerade geräumt. Kommen Sie mit der Verstärkung. *Jetzt!*«

»Ja«, murmelte Aubrey, als befände er sich auf einem anderen Kontinent. Hyde schob das Telefon wieder in die Tasche und überlegte kurz, ob er sie liegenlassen sollte; doch er wußte, er würde das Telefon vielleicht noch einmal brauchen – und auf gar keinen Fall konnte er auf die Ersatzmunition verzichten!

Hyde hörte über dem Tuckern des Dieselmotors im Leerlauf die laute Stimme Babbingtons, der alle zur Eile antrieb, die Kommandos Priabins, der seine Leute organisierte, dann die Rufe des Mädchens. Es konnte nicht mehr lange dauern. Blendendes Licht drang durch das offene Tor, gefolgt von einem gewaltigen Donnerschlag, der aber schon etliche Kilometer entfernt zu sein schien. Das Mädchen hatte wohl die Aufgabe, ihn zu töten, während Priabin und Babbington die Plünderung der Lagerhalle organisierten. Zwei Container …?

Ja, der zweite wurde immer noch beladen. Geräuschlos kletterte er auf einen Stapel und legte sich flach auf die oberste Kiste. Der Sattelschlepper rollte im Rückwärtsgang auf den ersten Container zu, der bereits voll war. Vor dem zweiten Container standen die letzten Paletten. Verdammt, er hatte wirklich nicht viel ausrichten können! Sie waren dabei, alle Beweise vor seinen Augen beiseite zu schaffen. Er musterte die auf den Abtransport wartenden Kisten und erkannte die Firmenlogos, obgleich die einzelnen Buchstaben in der schlechten Beleuchtung unlesbar waren – *Reid-Group, Reid-Davies, Dumas*. Es wurde alles ausgeräumt, es war wie am Eröffnungstag des Winterschlußverkaufs. Die schwerbeladenen Gabelstapler konnten die Rampe des zweiten Containers kaum mehr hinauffahren, so freigiebig war der Weihnachtsmann gewesen … Ein Gabelstapler, der sich seiner Last entledigt hatte, rollte rückwärts die Rampe hinab, ein anderer kletterte an ihm vorbei ins Innere des Containers und stellte seine Palette voller Kisten ab. Schwitzende Arbeiter reihten die Paletten im Container nebeneinander. Babbington fuchtelte mit den Armen wie ein zorniger Verkehrspolizist, während Priabin zum Büro eilte. Der zweite Sattelschlepper steckte seine Nase durch das offene

Tor, als suche er nach seinem Gefährten; das Dröhnen des Dieselmotors verschluckte alle anderen Geräusche.

Metall verbog sich neben seiner Hand; die Delle war heiß, als er sie im Reflex berührte, doch hatte er weder den Schuß noch das Pfeifen der Kugel und ihren Einschlag gehört. Hastig sah er sich nach allen Seiten um. In dreißig Metern Entfernung kniete ein Mann auf einem Kistenstapel und hielt beide Arme ausgestreckt; seine Hände umklammerten eine Pistole, deren Mündung auf Hyde zeigte.

Hyde glitt von seinem Stapel herunter und duckte sich am Boden, während die Schreie des Pistolenschützen, aufgeregt wie die eines Jägers, der endlich die langgesuchte Beute gesichtet hat, durch die Halle gellten. Hyde schüttelte wütend den Kopf. Das gleiche Desaster wie im Flughafen von Birmingham, wieder war er dazu verdammt, ohnmächtig zuzusehen, während man ihm das verdammte Zeug vor der Nase wegschnappte! Er lief gebückt bis zum Ende des Gangs, faßte in seine Tasche und zog zwei Ersatzmagazine heraus. Dann ließ er die Tasche liegen. Das Telefon war jetzt nutzlos.

Er hörte einen weiteren Schuß, hatte aber keine Ahnung, aus welcher Richtung er gekommen war, dann einen dritten. Niemand zu sehen, nicht einmal der Mann, der von dem Kistenstapel auf ihn geschossen hatte, zeigte sich. Er hörte die Rufe der unsichtbaren Jäger, die sich ihre Standorte mitteilten, hörte die Kommandos, die man dem Lastwagenfahrer gab, der rückwärts auf den ersten Container zufuhr, hörte das Grollen eines Sattelschleppers im Leerlauf. Dann zuckte grelles Licht durch das offene Tor und die Oberlichter, und ein gewaltiger Donnerschlag folgte. Hyde nutzte den Lärm, um seine Position zu wechseln; flink wie eine Ratte huschte er auf den Schatten hinter einem hohen Stapel von Kisten zu, wobei er aus den Augenwinkeln eine Gestalt wahrnahm. Hatte sie ihn auch gesehen? Noch ein Blitz, nicht so grell wie der vorangegangene, entferntes Donnergrollen. Der Regen trommelte nun mit verminderter Intensität auf das Dach. Hyde kauerte neben einigen Pappkartons mit der Aufschrift *Reid-Davies, Teil der Reid-Group GmbH*. Faxgeräte. Er fuhr sich mit der Hand, die die Pistole hielt, über die schweißbedeckte Stirn und preßte den Lauf dann an seine heiße Wange. Der Sattelschlepper verließ mit dem ersten Container die Lagerhalle, und er konnte es nicht verhindern … Was sollte er tun? Den Fahrer erschießen? Er müßte sich aus seiner Deckung wagen, und sie würden ihn mit Leichtigkeit töten können. Irgendwo hinter ihm polterten Kisten zu Boden, und er fuhr zusammen, preßte sich noch flacher an die Kisten, in deren Schatten er sich verbarg. Eine Kiste war beim Herunterfallen aufgegangen; Hyde sah ein paar Kartons, in denen sich Computer befanden, in Styropor und Plastik verpackt.

Die Schritte eines Mannes näherten sich, er hob die Pistole. Dann ein Schrei, und die Schritte hielten inne. »… Tasche gefunden!« hörte Hyde. Dann, laut und deutlich: »Kamera, Telefon! »Die Schritte, die sich ihm genähert hatten, entfernten sich eilig.

Dann die Stimme Babbingtons, näher als vermutet, und er verfluchte sich, die Tasche zurückgelassen zu haben. Idiotisch – denn ihr Fund scheuchte sie auf, versetzte sie in Jagdfieber wie ein Hairudel, das Blut im Wasser wittert. Jetzt *mußten* sie ihn finden und töten … Ein Megaphon bellte Befehle, wahrscheinlich Priabin. Ringsum Schritte, halblaute Rufe wie das Hecheln eines Wolfsrudels. Die Wände schienen sich wie in einem Alptraum um ihn zu schließen, wie auf Schienen näher zusammenzurücken. Der Regen ließ nach, und der Donner des ins Landesinnere abziehenden Gewitters war nur noch entferntes Grollen. Die Sattelschlepper warteten ungeduldig auf das Kommando zum Aufbruch. Die Klappen des zweiten Containers wurden hektisch schnell zugeschlagen.

… Schritte. Er wirbelte herum, die Browning in den ausgestreckten Händen, und feuerte. Der Mann ging in Dekkung, dann schlug eine Kugel in die Kiste neben Hydes Kopf ein, und wie in Zeitlupe sah er einen Holzsplitter, der durch die Luft aus dem Licht ins Dunkel schwebte. Hyde rotierte auf dem aufgestützen Knie um die eigene Achse wie ein Armeeausbilder bei der Vorführung einer korrekten Schußfolge und drückte ab.

Die Arme des zweiten Mannes flogen nach oben, und er fiel; die Pistole landete scheppernd auf dem Zementboden. Hyde hatte sich bereits um hundertachtzig Grad gedreht und schoß ein drittes Mal, worauf sich der erste Mann wieder duckte, ohne einen Schuß abgegeben zu haben. Dann setzte sich Hyde in Bewegung und kroch blitzschnell einen Stapel von Pappkartons hinauf, die unter seinem Gewicht wegrutschten wie Treibsand; als er auf der anderen Seite herunterrollte, hörte er, wie zwei Kugeln mit dumpfem Klatschen in den Haufen einschlugen. Helle Scheiben – Transputerchips – flogen durch das Dämmerlicht wie ein Piratenschatz. Weitere Schüsse, während er sich über umgestürzte Kisten vorarbeitete; er rutschte zu Boden, und die nachfolgenden Kartons begruben ihn unter sich. Hastig wand er sich heraus, selbst in der Bewegung die Waffe noch schußbereit vor sich haltend und schoß zweimal ohne zu zielen, dann sprang er auf und rannte zu dem nächstliegenden Kistenstapel.

Dort stand – Valentina, weniger überrascht als er selbst. Ihre Hände schienen sich schneller zu bewegen als die seinen, die Pistole in ihrer rechten Hand, das Megaphon in ihrer Linken – als müsse sie sich erst entscheiden, was sie zuerst einsetzen sollte ... Es lenkte sie einen Augenblick lang ab, nur einen Augenblick. Und so war es Hyde, der zuerst schoß, zweimal, und dann ein drittes Mal, wie jemand, der immer noch mit dem Knüppel auf eine Giftschlange einschlägt, obwohl sie schon längst tot ist. Der vierte Schuß war nichts als kalter Haß. Das Mädchen lag still, ihr rechtes Bein in unnatürlichem Winkel unter ihrem Körper begraben, der Rock bis zu den Schenkeln hinaufgerutscht, ihr langes Haar regennaß und glänzend.

Nun erklangen die Rufe der Meute nicht mehr so selbstbewußt, verunsichert durch die Salve, die er soeben abgegeben hatte, verunsichert durch die ausbleibenden Befehle des Mädchens. Er riß das leere Magazin heraus, schob ein neues hinein, und lud die Browning durch. Der Schweiß lief ihm in Strömen über das Gesicht. Dann entfernte er sich langsam von dem leblosen Körper des Mädchens, während von allen Seiten ihr Name gerufen wurde. Keine Befehle jedoch von Babbington oder Priabin – nur das tiefe Grollen des Dieselmotors des ersten LKWs, der auf das offene Tor zufuhr.

Hyde fing an zu rennen.

Erschieß den Fahrer, selbst wenn es sie nur für ein paar Minuten aufhält. Erschieß den Fahrer, erschieß den Fahrer …

… dachte er wieder und wieder, während er den langen Gang zwischen den Kistenstapeln hinunterrannte, ohne auf die Stimmen hinter sich zu achten. Er gab eine gute Zielscheibe ab … doch hoffte er, daß sie die Leiche des Mädchens gefunden hatten und gerade überlegten, was sie als nächstes tun sollten …

Als der Sattelschlepper eben im Begriff war, hindurchzufahren, erreichte er das offene Tor.

Er hob die Pistole und zielte durch das hochgelegene Fenster der Fahrerkabine auf den Fahrer – der ihn nicht ansah, sondern bremste und starr nach vorne blickte, wo ein Armeelaster die Durchfahrt blockierte. Davor und zu beiden Seiten des Fahrzeugs warteten Männer darauf, Gewehre und Uzis im Anschlag, was der Fahrer wohl als nächstes tun würde … und der Fahrer zog die Handbremse und hob beide Arme über den Kopf. Hyde rutschte an der Wand herunter in die Hocke, zitternd und schwitzend.

Bevor der Fahrer noch Gelegenheit hatte, dem nacheinander auf Italienisch, Englisch und Russisch gegebenen Befehl, mit erhobenen Händen aus dem Fahrzeug zu steigen, nachzukommen, beugte sich Aubrey schon über Hyde … und schüttelte den Kopf, als habe er in einer Klausur versagt und so seine aufopferungsvollen Eltern enttäuscht.

»Wer hat die *andere* Lagerhalle leergeräumt – und *wann*?« fragte Aubrey. »Patrick – sie ist *leer*. Novak hat alles weggeschafft!«

DRITTER TEIL

FRIEDEN GIBT ES NUR IN AFRIKA

Ex Africa semper aliquid novi …
(Aus Afrika kommt immer etwas Neues)

Plinius der Ältere

EINS

DER SÖLDNER

Die Morgensonne tauchte die angespannten, wachen Gesichter des Einsatzleiters und seiner Mannschaft in hartes Licht, als sich die hintere Laderampe öffnete. Das Motorengeräusch der Herkules nahm an Lautstärke zu, doch gleichzeitig hatte Hyde die Illusion einer lautlosen Windstille. Dann blähte sich der Fallschirm hinter ihm mit lautem Knall, und sein Kopf wurde gegen die Nackenstütze des Jeeps gepreßt. Die Gesichter der Crew wurden kleiner, verschwanden vor ihm in dem enger werdenden Tunnel des Flugzeugbauchs, als er in die afrikanische Morgendämmerung eintauchte. Er spürte eine Welle der Übelkeit im Sitz des Landrovers, als die schockgepolsterte Plattform, auf welcher der Wagen festgezurrt war, sich in den Sand des Kuiseb Canyon grub. Die Staubwolke, die das über dem Wüstenboden dahinrasende Flugzeug aufwirbelte, nahm ihm die Sicht, als die Plattform am Boden entlangrutschte, langsam seitwärts schlitterte und zum Stehen kam. Staub, *afrikanischer* Staub rieselte auf ihn und den Landrover hinab, während die Herkules bereits im zarten Blau des Himmels eine Schleife zog.

Von London nach Brighton in vier Minuten – Herrgott, so hatte es sich in der Tat angefühlt. Er sog tief die staubdurchtränkte Luft ein und hustete, während er nacheinander die Gurte löste, die ihn an den Sitz des Landrover gefesselt hatten.

Was tue ich nicht alles für England ….

Mit zusammengekniffenen Augen sah er nach oben, wo die Herkules im Tiefflug zum zweiten Mal das trockene Flußbett entlangraste, das man für seinen Absprung ausgesucht hatte. Nach diesem zweiten Abwurf würde die Maschine wieder entlang der namibischen Küste an Höhe gewinnen, erneut in aller Unschuld auf den Radarschirmen der Küstenwache auftauchen und Kurs auf die Falkland-Inseln nehmen. Während des Flugs über den südlichen Atlantik hatte er geschlafen. Die Herkules kehrte zurück und schwebte im Tiefflug heran. Der Pilot hielt sie leicht Steuerbord vom Kurs des ersten Anflugs.

»Ich will nicht, daß jemand von großer Höhe etwas Schweres auf mich draufschmeißt, das ist mir in letzter Zeit zu oft passiert«, hatte er dem Kommandanten bei der Besprechung mitgeteilt.

Als das Flugzeug über seinen Kopf hinwegglitt, blähte sich am Heck ein Fallschirm auf, der eine glänzende Metallkiste hinter sich herzog. Er glaubte eine zum Abschied winkende Hand aus dem dunklen Flugzeugbauch zu sehen, bevor sich die Heckklappe wieder schloß und die Herkules Kurs auf die Küste unterhalb der Enklave von Walfischbai nahm. Der Lärm der Motoren verebbte allmählich, bis ...

... sich das Schweigen der Wüste über ihn legte – eine greifbare, schwere Stille, die in seinen Ohren einen leichten Unterdruck zu erzeugen schien. Er lief durch die sich langsam auflösende Staubwolke hindurch zu der Kiste und schleifte sie zum Landrover. Dort löste er die Schnüre und verknotete den Fallschirm zu einem kleinen Bündel, das er notdürftig im Sand verscharrte, bevor er die Kiste hinten auf den Landrover hievte, ...

Erst an Weihnachten aufmachen!

... dann um den Landrover herumging und nacheinander die Gurte löste, mit denen dieser an der Plattform befestigt gewesen war. Schließlich richtete er sich auf und sah sich um. Er befand sich fünf oder sechs Kilometer von der C14 entfernt, der Straße zwischen Aruvlei und dem etwa neunzig Kilometer in nördlicher Richtung gelegenen Walfischbai. Ein winziger Fingerbreit der Morgensonne war über dem Hügelkamm des Canyon sichtbar geworden. Die Uferböschung schimmerte golden, und die vertrockneten, kahlen Hügel nahmen eine rötliche Farbe an. Hyde betrachtete das Naturschauspiel stirnrunzelnd.

Willkommen auf dem Mars.

Die Sonne erhitzte die Luft sofort – Hyde war froh, daß es Winter war. Eine Eidechse huschte durch den grobkörnigen Sand und verschwand unter einem Felsen. Als er den

Motor des Landrovers anließ, wurde das Echo von den Wänden des Canyon zurückgeworfen. Der Jeep rumpelte über den unebenen Boden. Hyde drehte sich um und warf einen Blick auf die zurückgelassene Plattform und den halb im Sand vergrabenen Fallschirm. Falls jemand diese Gegenstände zu Gesicht bekommen sollte, würde er annehmen, daß es sich um Ausrüstungsteile der südafrikanischen Streitkräfte handelte, die nach einem Manöver vergessen worden waren. Doch wer sollte sie entdecken? Diese Gegend wies schätzungsweise die gleiche Bevölkerungsdichte auf wie der Mond. Er fuhr den Landrover im Vierradantrieb die Böschung hinauf und folgte dann einem Nebenarm, der einst mit seinem Wasser den Kuiseb-Fluß gespeist hatte. Die einzige Vegetation weit und breit waren ein paar verkümmerte Akazien und Flechten. Schließlich erreichte er den Kamm des Canyon, brachte den Jeep zum Stehen und sah nach Westen auf die endlosen, erstarrten Dünen der Namib-Wüste. Er kontrollierte seine Tarnung: die kurzen, schweren Stiefel, das bereits von dunklen Schweißflecken übersäte Buschhemd mit den verwaschenen Korporalstreifen. Auf dem Kopf trug er einen breitkrempigen Buschhut. SADF. *South-African Defence Forces*. Hyde, ein beschissener Corporal der südafrikanischen Streitkräfte! Sie hätten ja auch eine *Offiziers*uniform auftreiben können ... wenn schon, denn schon. Er stellte den Motor ab. Am nördlichen Horizont hing eine gewaltige Staubwolke – möglicherweise ein großer Lastwagen oder Sattelschlepper. Wieder senkte sich die Stille auf ihn herab wie eine schwere Decke.

»Halte es um jeden Preis auf«, hatte Aubrey gesagt, ohne hinzuzufügen ... *»gleichgültig, was es dich kosten könnte«* – doch das war es, was er gemeint hatte. Anderson hatte gesagt, daß es Nervengas war, also mußte es Nervengas sein. *»Es darf auf keinen Fall Namibia verlassen. Halte es auf – tu, was du tun mußt, aber halte es auf mit, allen Mitteln.«*

Außer es in die Luft zu jagen, natürlich. Schade, daß das nicht ging. Priabin und Babbington hatten ohne weitere Umstände Venedig verlassen dürfen, und in derselben Nacht hatte jemand ein kleines Feuerchen in der Lagerhalle 14 entfacht, wobei sämtliche vorhandenen Gerätschaften zu unkenntlichen Klumpen zusammengeschmolzen wurden. Typisch, diese unvorsichtigen Italiener ... Alles war unter den Teppich gekehrt worden. Es ging nicht mehr um irgendwelche Beweise für die Operation fremder Geheimdienste, die Unterwanderung britischer Firmen und dergleichen. Das waren *Peanuts*, sozusagen. Hyde schüttelte den Kopf. Hoffentlich wußte Aubrey, was er tat. Es ging um etwas viel Wichtigeres. Hyde sollte verhindern, daß eine Lieferung Nervengas die rechtsextremen Wahnsinnigen Südafrikas erreichte. Er schüttelte den Kopf und betrachtete mit zusammengekniffenen Augen die Straße, die als schwarzer Faden über die kahlen, trostlosen Hügel des nördlichen Teils der Namib-Wüste führte. Erneut studierte er seine Karte. Dort war das MLK-Gelände, außerhalb von Walfischbai; das mußte das Ziel der Ladung gewesen sein, die den Marco-Polo-Flughafen eine halbe Stunde, bevor er und die Italiener dort angekommen waren, verlassen hatte. Das war zwei Tage her. Er mußte das Flugzeug finden, mit dem das Nervengas Venedig verlassen hatte – laut Frachtplan hätte es längst wieder in Mailand sein müssen, mit einer Ladung importierter Schrauben und Bolzen oder was auch immer der MLK herstellte. Doch es war nicht wieder aufgetaucht. Aubrey nahm an, daß es immer noch auf der Landebahn des MLK-Geländes stand. Eigentlich hatte er eine ziemlich aufwendige Methode gewählt, das herauszukriegen: eigens einen Frontagenten in einem Landrover nach Namibia zu fliegen ... Die Flugzeugmannschaft war über die Idee, ihn aus dem Heck hinauszukatapultieren, begeistert gewesen – es versprach auf alle Fälle mehr Vergnügen, als Kornsäcke über Äthiopien oder Arzneipakete über Kuwait abzuwerfen. Sie hatten ihn angestarrt, als sei er ein Museumsstück; die Rekonstruktion eines Dinosauriers in einem Naturkundemuseum – ein *Geheimagent*, was war das denn? Wie sah denn so etwas aus?

Er musterte die Landschaft, dann nickte er energisch und ließ den Motor an. Die Kühlerhaube des Landrovers senkte sich nach unten, als er den flachen Abhang zu der kahlen

Wüstenebene hinabfuhr. Dies schien wirklich die letzte Chance zu sein ... denn Aubrey hatte nicht mehr viel Kredit, wahrhaftig nicht. Longmead und dem halben Kabinett lag nur daran, möglichst kein Aufsehen zu erregen, und der Handelsminister seiner Majestät der Königin machte sich vor Angst in die Hose, daß seine blütenreine Weste auf irgendeine Weise befleckt werden könnte. Nun, Hyde würde alles auf eine Karte setzen.

Der Landrover rumpelte über das Geröll. Aubrey war wieder im Abseits – *Übereifrigkeit*, der Stolperstein seiner Karriere. Hyde grinste säuerlich. Der Alte war wirklich unglaublich naiv in seiner unerschütterlichen Überzeugung, daß alle Menschen zu jedem Zeitpunkt die *Wahrheit* hören wollten. In Richtung Norden wuchs die Staubwolke an – zweifellos die Straße. Reid-Davies würde als Sündenbock herhalten müssen. David Reids Ruf durfte nicht angekratzt werden, denn zu viele Leute hatten ihre Hoffnungen auf ihn als rechtmäßigen Erbnachfolger gesetzt; außerdem wünschte niemand eine Abkühlung der Beziehungen zu Pretoria, jetzt, wo doch de Villiers und Mandela so liebevoll miteinander umgingen.

Dann durchlief ihn ein Schauer, und seine Hände umklammerten das Steuer noch fester, bis die Knöchel weiß wurden. Es war Nervengas ...

Lieber Himmel!

... und er war der Ausputzer, der das alles in Ordnung zu bringen hatte.

»Bei alledem darf nicht der geringste Schatten eines Verdachts auf David Reid fallen, unter gar keinen Umständen«, hatte Longmead mit großem Nachdruck gesagt, wie ein Mann, der es ernst meinte – dabei mußte Reid schon lange Zeit gewußt haben, daß die Finanzspritzen, die die Reid-Gruppe vor dem Ruin bewahrt hatten, von niemand anderem als Malan, und wahrscheinlich also dem KGB, gekommen waren!

Aubrey blickte aus dem Fenster, als die 747 über einen der ordentlichen weißen Vororte Johannesburgs schwebte und den Landeanflug auf den Jan-Smuts-Flughafen begann.

Sein leerer Plastikbecher – »*Orangensaft, bitte. Nein, keinen Champagner, dafür ist es mir noch ein bißchen zu früh*« – war von der freundlichen Stewardeß abgeräumt und das kleine Tischchen vor ihm zusammengeklappt worden. Die Erste Klasse war beinahe vollbesetzt gewesen; zumeist britische Geschäftsleute, die jetzt mit reinem Gewissen ihre Geschäfte mit dem *neuen* Südafrika tätigten. Champagner? Gab es etwas zu feiern?

Man würde dem unglückseligen Michael Davies im nachhinein irgendeine erfundene Erpressung andichten, der er zum Opfer gefallen wäre. Reid-Davies wollte man, um Longmeads Ausdruck zu gebrauchen, säubern, und Malan würde ungeschoren davonkommen ...

Wir können bei der augenblicklichen politischen Lage in Südafrika unmöglich einen Skandal riskieren!

Und als er während des Flugs die Gespräche der Geschäftsleute ringsum mitangehört hatte, war ihm klargeworden, warum sich der eigens gebildete Kabinettsstab so unwillig zeigte, Malan anzuklagen: So überaus wichtige *wirtschaftliche* Gründe. Der freie Welthandel war unantastbarer als das Recht des Menschen auf Leben.

Die Boeing schwebte durch eine dünne Wolke morgendlichen Dunstes. Bald würde ein englisches Kricketteam all diesen Geschäftsmännern folgen, um in einem Freundschaftsspiel die wiederaufgenommenen Beziehungen zu festigen.

»*Man wird Malan jeglichen Kontakt zur Reid-Gruppe untersagen, das sollte Sie doch zufriedenstellen, Kenneth ...? Auch werden die Verbindungen zwischen der Reid-Gruppe und dieser französischen Firma gekappt. Und die Franzosen können vor ihrer eigenen Tür kehren, das geht uns nichts an. Wenn nötig, wird man die Reid-Gruppe eben auflösen.*«

Longmead war in erster Linie ein unverbesserlicher Opportunist. Und zutiefst *viktorianisch*. Man zog einfach die Vorhänge zu, und die Pest blieb draußen, hm? Es machte ihn wirklich wütend ... Auf einmal hörte Aubrey das Knirschen seiner Zahnprothese und warf einen schnellen Blick auf den Sitz neben sich; erleichtert stellte er fest, daß sein

Sitznachbar, ein Werkzeugfabrikant aus den Midlands, auf die Toilette gegangen war. Aubrey konnte sich einfach nicht an seine dritten Zähne gewöhnen.

»Es ist undenkbar, daß wir die Regierung de Villiers durch Aktivitäten, die auf den MLK zielen, in Bedrängnis bringen. Es gibt immer eine Grenze, die nicht überschritten werden darf, und ich fürchte, daß wir diese Grenze erreicht haben.«

Zwei Tage und Nächte lang hatte er versucht, ihnen klarzumachen, worin die moralische Verpflichtung zum Handeln bestand, doch alle seine Argumente und Vorschläge waren abgeblockt, wegdiskutiert und als unsinnig verworfen worden.

Seine Vermutung, daß Nervengas bestellt und geliefert worden wäre, hatte man als lächerlich abgetan. Daß David Reid unschuldig war, – das war so sicher wie das Amen in der Kirche. Es konnte nicht anders sein, weil es so sein mußte.

Ihm war nur noch Hyde geblieben: *Halte es auf, um jeden Preis.*

Dieser Befehl war an Hyde ergangen, und Aubrey hatte all seinen Einfluß, all das, was von seiner Macht noch übriggeblieben war, in die Waagschale werfen müssen, um Hydes Operation in Namibia zu organisieren. Es war eine verzweifelte, endgültige Entscheidung gewesen, von der sich seine Reputation, seine Karriere aller Wahrscheinlichkeit nach nie wieder erholen würden. Doch es *mußte* geschehen. Es gab keinen anderen Ausweg. Es *mußte* aufgehalten werden, denn – auch wenn die britische Regierung an der Existenz dieses Nervengases zweifelte – es war vorhanden. Eine *reale* Bedrohung. Dieses Nervengas, es war eine mörderische Waffe, die Millionen von Menschen töten oder zu Krüppeln machen konnte. Wenn es in die Hände der Rechtsextremisten gelangte, stellte es eine unmittelbare Bedrohung der politischen Zukunft Südafrikas dar. Er mußte es aufhalten. Selbst wenn das hieß, daß er nach Südafrika kommen und sich in die Höhle des Löwen begeben mußte; er war entschlossen, Malan gegenüberzutreten und *ihm seinen Willen aufzuzwingen*. Durch Erpressung.

Der Werkzeugfabrikant ließ sich mit glänzenden Wangen in einer Wolke von Aftershave wieder auf seinem Sitz nieder, als wolle er auf Aubreys eigene, unzulängliche Morgentoilette hinweisen. Er lächelte ihm kurz zu, und Aubrey erwiderte das Lächeln, bevor er wieder aus dem Fenster auf die herannahende Stadt blickte, ein flaues Gefühl im Magen.

Die *No Smoking*-Zeichen und die Aufforderung zum Anlegen der Sitzgurte leuchteten auf. Müde griff er nach seinem Gurt. Richard Anderson trieb sich da draußen herum ... er war niemandem Rechenschaft schuldig, und er war gefährlich. Er hatte ein einziges Ziel: Malan zu töten. Nur sein eigener Tod würde ihn aufhalten können. Aubrey wollte ihm zuvorkommen. Malan mußte erpreßt werden, Malan mußte benutzt werden, um eine Katastrophe zu verhindern, *bevor* Richard Anderson seiner habhaft werden konnte. Malan mußte ihm dabei helfen, die Lieferung aus Venedig zu lokalisieren und aufzuhalten – und Blantyre und alle anderen Beteiligten auszuschalten, vor allem van Vuuren.

Dann, erst dann – Aubrey nickte grimmig – hatte Richard freie Hand und konnte mit Malan und wem auch immer verfahren, wie es ihm beliebte.

Die Limousine fuhr am Fernsehturm vorbei, vorbei an den klobigen Türmen und Kuppeln des Klosters Donskoi, bog dann auf die M4, die *Lyusinovskaya ulitsa*, und anschließend auf die MS in Richtung des Domodedovos-Flughafens. Babbington starrte hartnäckig aus dem Seitenfenster der Limousine, als sähe er die trostlose Szenerie zum ersten Mal. Er hatte sich fest vorgenommen, nicht in Kapustins Richtung zu blicken, sich auf keinen Fall seine ungeheure Erleichterung anmerken zu lassen. Sie hatten Kapustin aus dem gelben KGB-Gebäude abgeholt, und jetzt waren sie schon an der Sadovaya-Umgehungsstraße vorbei und kamen gut voran. Auf dem stillen Wasser des Flusses spiegelte sich die Fassade eines weiteren Klosters; wie böse, nicht zu bändigende Geister schienen sie an allen Ecken und Enden aufzutauchen.

»... hinter uns gestanden!« grollte Kapustin, wobei er durch die gläserne Trennscheibe auf den Nacken des Chauffeurs starrte. »Wenn es wirklich um etwas Wichtiges ging, dann hielt man uns immer für *unentbehrlich*, sogar *Sie* ... Sie galten als jemand, der ihre Denkweise kennt, der einer von ihnen gewesen war ...« Er hatte nur deshalb überlebt, sollte das heißen, weil er immer noch der Engländer war, *Sir* Andrew Babbington. »Daher wurde Ihnen das Desaster in Venedig viel schneller vergeben, als ich erwartet hatte.« Zwischen den Zeilen eine Andeutung auf noch ausstehende Gefälligkeiten, die eingefordert worden waren, auf Beziehungen, die Kapustin hatte spielen lassen, um das zu erreichen.

»Ich danke Ihnen«, murmelte Babbington.

Kapustin zuckte die Schultern. »Es war notwendig. Beseitigen Sie diesen Scheißkerl Aubrey. Alles, was passiert, muß von *uns* ausgehen, verstehen Sie? Wir brauchen Malan, und wir brauchen ihn in unserer Hand. Sie haben mir versichert, daß die Briten die ganze Angelegenheit wie eine heiße Kartoffel fallen lassen, wenn Aubrey nicht mehr mitmischt. Beweisen Sie Ihre Behauptung.«

Babbington starrte auf die nutzlosen Kirchtürme – die Kirche selbst war vor langer Zeit in ein Museum verwandelt worden. Die Limousine folgte einer langen Kurve und reihte sich in den Verkehr auf der Schnellstraße ein. Die Fahrweise der Autofahrer wurde sofort – wie üblich – leichtsinniger, aggressiver. Die russischen Gerichte hatten alle Hände voll zu tun, die unzähligen Verkehrsdelikte, allen voran Alkoholmißbrauch am Steuer, zu ahnden. Der Verkehr verknotete sich, löste sich wieder auf und raste erneut dahin, bis zum nächsten Stau. Ihr Fahrer beugte sich mit verspannten Schultern nach vorne, konzentriert und jederzeit bereit, betrunkenen Autofahrern auszuweichen. Ein Auffahrunfall zwischen zwei alten Moskvas hatte, wohl nur Minuten zuvor, eine zerbeulte Kühlerhaube und einen zerfetzten Kühlergrill zur Folge gehabt und unverzüglich einen Stau auf der rechten Fahrbahn verursacht. Weniger als einen Kilometer weiter fuhren sie an einem ausgebrannten Autowrack im Straßengraben vorbei. Babbington machten diese ständigen Erinnerungen an *Unfall*, an *Totalschaden* über die Maßen nervös. »Man hat uns – *Sie* – für die unglaubliche Fehlleistung in Venedig verantwortlich gemacht, doch voraussichtlich wird auch Priabin einen Teil der Schuld auf sich nehmen müssen. *Wenn* Sie es schaffen, uns von Aubrey zu befreien.« Mit diesen Worten packte er Babbington am Arm und schüttelte ihn so grob, daß dieser gezwungen war, Kapustin ins Gesicht zu sehen. Die glühenden Augen des Russen schienen unter unzähligen Falten, die das Alter und ein Leben hinterlassen hatten, zu verschwinden. »Andrew, tun Sie Ihren Job. Malan hat uns um unsere Hilfe und unseren Rat gebeten. Erfüllen Sie ihm seine Bitte.« Er brach in kehliges Gelächter aus, und wieder schüttelte er Babbingtons Arm, doch diesmal lag etwas Entschuldigendes, fast Freundschaftliches in der Geste. »Wir sind unentbehrlich. Die können auf uns nicht verzichten. Malan wird uns dabei helfen, diesen Status aufrechtzuerhalten. Lassen Sie nicht zu, daß ihm etwas zustößt. Beseitigen Sie Aubrey!«

Es schwebte lautlos und fast graziös wie ein weißer Meeresvogel aus dem heißen, stillen Nachmittagshimmel heran. Jetzt hörte er das hohe Brummen des Motors; es schien das erste Geräusch seit dem Abflug der italienischen Frachtmaschine zu sein. Allmählich nahm das Flugzeug Gestalt an: eine Cessna, deren Tragflächen in Aufwinden schwankten, während sie die Landepiste anflog. Die Maschine landete in einer gewaltigen Staubwolke, rollte langsam aus; die Seitentür wurde aufgestoßen, noch bevor sie ganz zum Stehen gekommen war. Ein Soldat mit kahlrasiertem Schädel brachte einen Jeep neben dem Flugzeug zum Stehen, und dann, o ja …

Blantyre entstieg der Cessna, und der Mann im Jeep salutierte. Blantyre erwiderte den militärischen Gruß mit einem breiten Grinsen. Die Cessna rollte in Richtung des Hangars, während der Jeep zum Verwaltungsgebäude des MLK-Geländes fuhr. Hyde folgte ihm mit seinem Fernglas, geblendet von hellem Sand und Chrom, bis Blantyre im klimatisierten Innern des Hauptgebäudes verschwunden war. Der

Fahrer blieb im Jeep; er zündete sich eine Zigarette an, und der Rauch seines ersten Lungenzugs hing über ihm wie eine kleine Wolke. Hyde drehte sich auf dem Dünenkamm, von dem aus er das MLK-Gelände beobachtete, auf den Rücken und starrte zufrieden in den Himmel über sich. Bis gerade eben hatte er gehofft, daß noch kein Teil der Lieferung auf dem Landweg weitergeschickt worden war – und jetzt *wußte* er es. Blantyre war gekommen, um den Weitertransport zu organisieren. Die Lieferung aus Venedig befand sich in einer der flachen Lagerhallen. Das italienische Flugzeug, mit dem die Ladung angekommen war, war dasselbe gewesen, das Venedig verlassen hatte, bevor Hyde und die Italiener es verhindern konnten. Der Flugplan hatte als Ziel Walfischbai angegeben, und die Registriernummer war die gleiche gewesen. Die Ladung war angekommen, doch sie war noch nicht weitertransportiert worden … o nein, nichts bewegte sich ohne ihn, den mörderischen Oberst, und er war gerade eingetroffen.

Wundervoll.

Den Landrover hatte er einen Kilometer entfernt in einer Geröllmulde versteckt, im Schatten einiger magerer, vertrockneter Bäume. Aubrey hatte tatsächlich recht gehabt. Aubrey – er war der beste von allen …

Dann wurde sich Hyde wieder des unerbittlichen Schweigens der Wüste um ihn herum bewußt. Er stützte sich auf den Ellbogen und sah sich um. Im Süden die Dünen, im Osten der Canyon, im Norden die Steinwüste, im Westen der Ozean. Und in der Mitte er selbst, auf einer einsamen Sanddüne, nur ein paar hundert Meter von Blantyre entfernt …

Blantyre würde einen Konvoi bilden. Mindestens zwei Sattelschlepper, mit bis zu drei Fahrern in jeder Fahrerkabine, als Eskorte zwei Jeeps oder mehr mit jeweils drei oder vier Männern darin – und möglicherweise würden sie durchfahren, sich mit dem Fahren abwechseln. Hyde würde alleine folgen müssen, ohne Pause. Bis er den Konvoi dort hatte, wo er ihn haben wollte: in einer Falle in den Bergen oder in der Wüste, in der sie völlig von fremder Hilfe abgeschnitten sein würden, in der ihnen keine Hubschrauber, keine anderen Laster, keine Boote zu Hilfe kommen konnten, in der es *keinen Fluchtweg gab* ... Ein Zittern durchlief seinen Körper. So wundervoll war das ja auch nicht ... es war etwas *völlig* anderes.

Anderson war völlig ruhig. Seine Geduld war unerschöpflich, und er hatte sich so sehr an diesen Zustand gewöhnt, daß er ihn gar nicht mehr erstaunte. Die Tatsache, daß möglicherweise Wochen, ja Monate der Flucht, des Versteckspiels vor ihm lagen, war bedeutungslos. Er mußte untertauchen wie ein verwundeter Walfisch ... na und? Er hatte etwas zu erledigen, und dieses verinnerlichte Ziel war für ihn ebenso kraftspendend wie tiefe Religiosität es sein mochte. Malan hatte den Befehl, oder zumindest seine Zustimmung gegeben. Van Vuuren hatte das gesagt. *Quod erat demonstrandum* – Malan hatte Margarethe ermordet, beim Versuch, ihn selbst zu töten. Malan würde dafür büßen.

Selbst die Beschattungsarbeit machte ihm keine Probleme mehr, war eine tägliche Routine geworden, die er ohne Murren hinter sich brachte. Er parkte seinen Wagen jeden Tag in demselben mehrstöckigen Parkhaus, bis Malan aus dem MLK-Gebäude kam. Von der obersten Parkebene hatte er eine gute Sicht auf Malans Büros und auf den nahen Parkplatz für die Führungskräfte des MLK; dort stand Malans cremefarbener Mercedes samt Chauffeur bereit.

Bald würde Anderson sich einen neuen Wagen mieten müssen – eine reine Vorsichtsmaßnahme, um keine Aufmerksamkeit auf sich zu ziehen. In den Medien war er der *weiße Extremist, der für den Tod von Piet van Vuuren verantwortlich ist, des verdienten Vorstandsmitglieds des Malan-Labuschagne-Konzerns, Familienvaters* und so weiter ... blablabla. Er hatte etwas zu erledigen, und er würde es zu Ende bringen. Die Polizei fahndete nach ihm, und man hatte Fotos von ihm veröffentlicht, alte Fotos, und auch einige neueren Datums, auf denen er allerdings noch einen Bart trug. Die Reporter hatten in seiner Vergangenheit herumgewühlt und das, was sie zutage gefördert hatten, noch mit Interviews abgerundet. Interviews mit Leuten wie Bright – o ja, er war ein *gefährlicher Psychopath, voller Haß, ein Symphatisant der brutalen schwarzen Terrororganisationen*. Doch Anderson wußte, daß die Polizei ihn nicht schnappen würde, wenn er vorsichtig war. Und wenn er Geduld hatte – und die hatte er ja zur Genüge – würde sich früher oder später die Möglichkeit ergeben, Malan zu töten.

Er legte die Ellbogen auf die rauhe Betonbalustrade der Parkebene und beobachtete Malans Büro durch sein Fernglas. Durch die Jalousien konnte er den gedrungenen Schatten Malans ausmachen, hinter seinem Schreibtisch sitzend oder mit dem Telefon im Büro herumgehend; dann richtete er sein Fernglas auf den Parkplatz. Der Chauffeur wusch das Heck des Mercedes mit einem Waschlappen, so sanft und gründlich wie den weichen Rücken eines Säuglings; Straßenstaub – von der Fahrt zum *Wanderers Club* und zurück, wo Malan mit zwei Regierungsberatern und dem Direktor des *ANGLO*-Konzerns neun Löcher Golf gespielt hatte.

Er richtete das Fernglas wieder auf die Fensterfront von Malans Büro. Malan saß auf der Kante seines Schreibtischs, fuchtelte mit ein paar Papieren in seiner Hand und erteilte einem Trio seiner Untergebenen Instruktionen. Worüber sie sprachen, war ohne Belang, und es war auch ohne Belang, daß die Sicherheitsleute des Golfclubs ihn daran gehindert hatten, auch nur in die Nähe der Rasenanlagen zu gelangen. Er ließ sich Zeit; erst wollte er alles über Malans tägliche Routine herausbekommen – wohin er ging, wie er sich fortbewegte, wann er sich ausruhte und wann er alleine war. Ganz allein. Erst wenn er all diese Dinge wußte, würde es Zeit zum Handeln sein.

Einen Augenblick später saß Malan allein in seinem Büro, nachdem seine Sekretärin die Kaffeetassen abgeräumt hatte. Anderson hatte die Möglichkeit, ihn aus der Entfernung zu töten, in Erwägung gezogen, doch das Fenster könnte womöglich – sofern die Scheibe nicht ohnehin schußsicheres Panzerglas war – die Kugel ablenken oder langsamer machen, so daß sie Malan nur verwundete. Ungenügend. Irgendwo und irgendwann würde dieser verletzbare Kopf, der sich jetzt über einige Papiere auf dem Schreibtisch beugte, allein und schutzlos sein, irgendwann würden keine Leibwächter da sein, und in dieser vielleicht nur Augenblicke währenden Unachtsamkeit Malans würde er bereit sein. Hundertprozentig bereit.

Er goß sich aus seiner Thermoskanne etwas Tee in einen Plastikbecher und nahm ein paar kleine Schlucke; seine Augen blickten ruhig geradeaus, fast schien es, als meditiere er. Durch das Glasdach der Shopping Mall sah er die Menschen durcheinanderwimmeln. Der Himmel hinter dem MLK-Gebäude war hart und heiß, ein diesiger Winterhimmel. Am Horizont türmten sich die Schutthügel der alten Goldminen auf, der Grundstein des Reichtums Südafrikas. Der Anblick machte Anderson nicht wütend, wie er es einst getan hatte. Er teilte Aubreys Einschätzung, daß Malan eine Emigration des MLK vorbereitete, nicht. Niemand ließ freiwillig Gold und Diamanten zurück, was immer ihm auch im Austausch dafür versprochen wurde. Wenn man die Minen verstaatlichen wollte ... dann wäre es etwas anderes.

Hinter den rotbraunen, künstlichen Hügeln hingen noch dünne Rauchfäden in der Luft ... Soweto. In der vergangenen Nacht hatte es in dem berüchtigten Township wieder Ausschreitungen gegeben. Schwarze Rauchwolken, wie die Rauchzeichen einer wilden Indianerhorde, die das Fort des weißen Mannes bereits umzingelt hat und sich zum Sturm rüstet. Doch Anderson spürte, daß ihm das alles ebenso gleichgültig war wie irgendein Western im Fernsehen. Die Zulus und der ANC, der AWB gegen die Regierung – und MLK und ANGLO, die den Börsenwert ihrer Aktien beobachteten, die unaufhaltsame Flutwelle des Fortschritts ... all das war ihm so egal. Er trank den Becher aus und schüttete die letzten Tropfen auf den Boden, bevor er ihn wieder auf die Flasche schraubte. Dann legte er die Thermoskanne auf den Rücksitz des Wagens und wandte sich wieder der Beobachtung von Malans Büro zu.

Blantyre hatte van Vuuren getötet, oder einem seiner Männer den Befehl dazu gegeben. Daß man ihm diesen Mord in die Schuhe geschoben hatte, war zweitrangig. Van Vuuren hatte geredet. Darüber war sich Blantyre angesichts des ausgerissenen Fingernagels sicherlich im klaren gewesen. Blantyre, er war in dem Wagen gesessen, der in der hereinbrechenden Düsternis des Sandsturms vor dem Schuppen der Tankstelle gelauert hatte. Bei ihm zwei seiner Männer. Vielleicht waren die Polizisten des ersten Streifenwagens doch mißtrauisch geworden und hatten sich nur aus dem Staub gemacht, um Anderson nicht zu alarmieren; wahrscheinlich lauteten ihre Befehle, nichts zu unternehmen, sondern sofort Blantyre zu verständigen. Anderson hatte ihnen van Vuuren überlassen – sein Schicksal war ihm gleichgültig gewesen, nachdem er ihm alles erzählt hatte, was er wußte. Durch die Hintertür des Schuppens war er geflohen, war durch die peitschenden Sturmböen zur Garage gerannt, in der sein Wagen stand. Hinter dem Schuppen war er auf die Straße gefahren und in der Dunkelheit des tobenden Sandsturms verschwunden, der die Geräusche seines Motors verschluckte. Sie hatten ihn nicht verfolgt. Schließlich hatte er eine billige Pension im Stadtteil Hillbrow gefunden, in der er ein paar Tage lang untertauchen konnte. Am nächsten Morgen hatten die Schlagzeilen der Zeitungen und die Nachrichten im Fernsehen und im Radio ihn auf so übertriebene Weise als Monster dargestellt, daß es beinahe lachhaft war.

Und während der letzten beiden Tage hatte er Malan kaum aus den Augen gelassen … Jetzt saß Malan hinter seinem Schreibtisch, mit scheinbar vollkommener Konzentration über den Aktenordner gebeugt, der geöffnet vor ihm lag; durch die Ritzen der Jalousien fiel das Nachmittagslicht auf seinen Rücken, als trüge er ein Tigerfell. Dann wandte Malan den Kopf und sah zur Tür. Anderson hob sein Fernglas etwas, um Malans Blick zu folgen; die schlanken Beine seiner Sekretärin, dahinter graue Hosenbeine, dann ein graues Jackett; dann das Profil eines alten Mannes, als er sich in den von Malan angebotenen Sessel setzte. Andersons Verblüffung wich schnell einer grimmigen Amüsiertheit. Wie ein Naturforscher betrachtete er jetzt eine Szene aus einer anderen, weit entfernten Welt. Malan saß kerzengerade in seinem Sessel und starrte auf … Aubrey.

Anderson war es egal, was sie zu besprechen hatten. Er wußte ganz genau, daß Aubrey nichts von seinen Racheplänen erzählen würde. Aubrey würde ihn niemals hintergehen …

Die Sonne stand hinter Malans Kopf und brachte Aubrey in die unangenehme Situation, mit zusammengekniffenen Augen den Mann ansehen zu müssen, um seinen Gesichtsausdruck zu deuten. Durch die Jalousien fiel das Sonnenlicht in Streifen auf Malans Oberkörper und seine Schenkel. Aubrey atmete gleichmäßig. So schwer es ihm auch angesichts der besonderen Umstände seines Besuchs fiel, er mußte vollkommen ruhig wirken. Als habe *er* die besseren Karten. Er räusperte sich und fragte: »Wie geht es Ihrem Vater?«

»Nicht gut. Sie sollten ihn besuchen – um über alte Zeiten zu plaudern«, entgegnete Malan.

»Ja, das sollte ich wohl«, murmelte Aubrey.

Die Sekretärin brachte das Kaffeeservice herein und goß lächelnd eine Tasse für Aubrey ein, bevor sie das Zimmer wieder verließ. Das zerbrechliche Porzellan klapperte leise, als Aubrey die Untertasse hochhob, um zaghaft wie ein Vogel an seinem Kaffee zu nippen.

Malan fuhr sich mit der Hand durchs Haar. »Sie haben mich aus London kontaktiert und um ein Treffen gebeten. Ich habe mich einverstanden erklärt. Aber, Sir Kenneth, ich bin ein vielbeschäftigter Mann …« Sein Bemühen um Höflichkeit war halbherzig. »Was wollen Sie von mir?«

»Aus den Zeitungen und den Fernsehnachrichten in meinem Hotelzimmer habe ich entnommen, daß Sie – ähem – soeben eines der Vorstandsmitglieder Ihrer Firma verloren haben.«

Malan lachte böse auf, und in dem darauffolgenden Schweigen hörte Aubrey das tiefe Summen der Klimaanlage. Malan schüttelte den Kopf. »Damit hatten *Sie* natürlich nicht das geringste zu tun«, sagte er und beugte sich leicht nach vorn, als wolle er sich auf ihn stürzen. Dann lehnte er sich wieder zurück, schlug die Beine übereinander und verschränkte die Arme über seiner breiten Brust.

»Ich hatte tatsächlich nichts damit zu tun«, entgegnete Aubrey bestimmt. Dann setzte er seine blau-gold gemusterte Kaffeetasse mitsamt dem Unterteller ab.

»Aber Sie kennen – oder kannten – doch den Mann, der dahintersteckt, oder nicht?« insistierte Malan. »Er arbeitete für Sie, schätze ich.«

Aubrey machte eine wegwerfende Handbewegung. »Als eine Art inoffizieller Mitarbeiter sozusagen.«

Malan lächelte. Aubrey sah durch die weitgespreizten Jalusien hinter Malan ins Freie. Ein mehrstöckiges Parkhaus, dahinter nur der weite Himmel; die Hochhäuser ringsum warfen die ersten langen Schatten des späten Nachmittags.

»Ich verstehe, Sir Kenneth. Was ich *nicht* verstehe, ist der Grund Ihres Besuchs. Ich dachte, wir hätten in Venedig eine Art Unentschieden erreicht – oder nicht? Ich dachte, das Spiel wäre vorbei.« Er lächelte selbstzufrieden. Es war ein gefrorenes, unfrohes Lächeln, wie das eines blutrünstigen Diktators auf einer Marmorbüste.

»Das ist es wohl nicht, fürchte ich. Ihr Partner Andrew Babbington mag vielleicht einen Großteil des Beweismaterials vernichtet haben, doch es gab noch einige andere Spuren, die uns den Weg nach Venedig gewiesen haben – und die Sie belasten. Auf jeden Fall den MLK. Beweise für gewisse Aktivitäten, deren Publikmachung zweifellos einen beträchtlichen Skandal, eine Welle der Empörung auslösen würde. In Anbetracht des gegenwärtigen politischen Klimas, meine ich.«

»Wollen Sie, daß ich Ihnen sofort einen Scheck ausstelle?« erwiderte Malan in verächtlichem Tonfall. »Wahrscheinlich einen Blankoscheck, nicht wahr?«

»Ich bin nicht hier, um Geld von Ihnen zu erpressen, Malan.«

»Noch nicht.« Malan seufzte und verschränkte die Arme wieder über der Brust. »Fahren Sie fort. Sie sprachen von *Empörung*.«

»Wir sind im Besitz von Beweismaterial über ein geheimes, weitverzweigtes Netz von Firmen und ihren Tochtergesellschaften. Beweise für den Schmuggel britischer Produkte.«

»Ich sehe lediglich einträgliche Geschäftsverbindungen.«

»Würde solch ein *einträgliches Geschäft* unter Umständen auch den Vertrieb von Nervengas beinhalten, Malan? Ich frage nicht aus reiner Neugier, Sie verstehen.«

Malan schien aufrichtig verblüfft zu sein; seine Augenbrauen schossen in die Höhe. Dann nahm sein Gesicht den Ausdruck amüsierter Ungläubigkeit an.

»Sie sprechen in Rätseln. Bitte klären Sie mich auf.«

»Van Vuuren, Ihr verstorbener Stellvertretender Direktor, hatte parallel zu Ihrer Pipeline nach Großbritannien und Osteuropa eine Nebenlinie aufgebaut. Van Vuuren hatte – erzähle ich Ihnen da tatsächlich so viel Neues? – einige kleinere Waffenlieferungen organisiert, die dieselbe Route über Dumas Electronics und Namibia nahmen wie die Geräte, hinter denen der MLK und der KGB so verzweifelt hergewesen sind ...« Malan runzelte die Stirn, und seine Augen blickten hellwach. »Ich bin mir nicht sicher, wie viele solcher Waffenlieferungen stattgefunden haben«, fuhr Aubrey fort. »Die letzte Lieferung jedoch bestand aus einer beträchtlichen Menge Nervengas. Und dessen *bin* ich mir sicher.«

»*Nervengas* – warum?«

»Ich nehme an, daß er es an eine der weißen Extremistengruppen Südafrikas liefern wollte – zu der er wahrscheinlich selber gehörte. Zumindest hat er das mit den übrigen Waffen so gemacht. Ich bin hier, um herauszufinden, an *wen* und *wohin* die Lieferung gehen sollte.«

»Wo ist das Zeug jetzt?« fragte Malan. Dann schüttelte er den Kopf und sagte: »Nein, ich kann Ihnen nicht glauben. Es ist sehr einfach, einen toten Mann anzuschwärzen.«

»Da stimme ich mit Ihnen überein.«

»Diese Information haben Sie von Ihrem Verrückten aus dem Buschland, stimmt's?«

Die Gegensprechanlage summte. Malan drückte wütend den Knopf und gab mit barscher Stimme die Anweisung, ihn nicht mehr zu stören. Dann blickte er auf. Aubrey schüttelte den Kopf.

»Anderson ist nicht meine einzige Quelle. Van Vuuren hat es ihm gestanden ...«

»Bevor er ihn tötete.«

»Er hat mir versichert, daß van Vuuren am Leben war, als er fliehen mußte.«

»Und Robin Blantyre hat *mir* versichert, daß er tot war, als er ihn gefunden hat. Und daß er gefoltert wurde.«

»Ach, ja? Ich habe damit gerechnet, daß sich die Aussagen auf diese Weise widersprechen würden. Nun, ich glaube jenem *Verrückten*, wie Sie ihn nennen. Bleibt nur noch Blantyre – der sich im Moment wo aufhält?«

Malan machte den Mund auf, überlegte es sich dann anders und sagte: »Ich weiß, wo Blantyre ist.« Offensichtlich glaubte er Aubrey, und er schien äußerst beunruhigt. Wie ein Mann, der eine Leiche im Kofferraum des Autos entdeckt, das er soeben gestohlen hat – den Beweis für ein weitaus schlimmeres, wahrhaft unverzeihliches Verbrechen.

»Sehr gut. Ich bin froh, daß Sie es wissen. Denn ich bin der festen Überzeugung, daß Blantyre in die Sache verwikkelt ist. Allerdings muß ich mich im Hinblick darauf wieder auf das Wort des Verrückten verlassen.« Ein dünnes Lächeln umspielte Aubreys Lippen, als Malan aufstand, ein paar Schritte auf ihn zu machte und mit vor der Brust verschränkten Armen auf halbem Wege stehenblieb, bei weitem nicht mehr so selbstbewußt wirkend wie zu Beginn. »Das sind die Tatsachen – ich bin gekommen, um Ihnen ein Geschäft vorzuschlagen.«

»Ein Geschäft? Erpressung wäre das passendere Wort, nicht wahr?« Aubrey rührte lediglich schweigend mit dem silbernen Löffel in seinem Kaffee. »Ich glaube nicht, daß ich mich auf so etwas einlassen werde, Sir Kenneth.«

»Hören Sie sich an, weshalb ich hergekommen bin«, sagte Aubrey ohne aufzusehen. »Ich bin mir darüber im klaren, daß Sie mich keineswegs als ernstzunehmende Bedrohung empfinden. Sie gehen davon aus, daß meine Karriere zu

Ende ist und daß ich die Geduld meiner Regierung über die Maßen strapaziert habe. Und womöglich haben Sie damit sogar recht.« Er sah auf. »Doch ich kann Ihnen sehr schaden, wenn nicht mit Hilfe Großbritanniens, dann eben mit der Hilfe *Ihrer* Regierung und mit der Hilfe des ANC. Das kann ich Ihnen versprechen. Die Tatsache, daß meine Motive eher persönlicher Natur sind, ändert nichts an dem Resultat. Verstehen Sie, was ich Ihnen sagen will? Der unglückliche Tod meiner Nichte gehört längst der Vergangenheit an, doch ich habe nie aufgehört, Sie dafür verantwortlich zu machen, Malan.« Er räusperte sich und fuhr fort: »Ich bin ebenso verrückt wie der Mann aus dem Buschland. Vielleicht gerate ich außer Kontrolle. Es sei denn, Sie kooperieren.«

Malan sagte eine ganze Weile lang nichts, sondern starrte aus dem Fenster, als studiere er die architektonischen Feinheiten des Parkhauses und der Hochhäuser ringsum. Dann sagte er ohne sich umzuwenden: »Ja, vielleicht – *vielleicht* – könnten Sie mir gefährlich werden ...«

»Wenn es in der nächsten Zeit ein Massaker geben sollte, bei dem Nervengas verwendet wird – und wir beide wissen, daß es überall, und ganz besonders in Südafrika, Leute gibt, die skrupellos genug sind, eine solche Waffe einzusetzen – dann wird es ein Leichtes für mich sein, van Vuuren, Blantyre und den MLK als die Verantwortlichen an den Pranger zu stellen. Ich versichere Ihnen, daß ich keine Sekunde zögern würde, das zu tun.«

Malan wirbelte herum, sprang behende wie ein Boxer auf Aubrey zu und baute sich vor ihm auf; zu seiner Genugtuung zuckte Aubrey zurück.

»Verdammt, Mann, Sie müssen mich ja wirklich hassen!« rief er kopfschüttelnd und vergrub die Hände in den Hosentaschen. »Ich hatte mit dem Tod Ihrer Nichte nichts zu tun.« Dann richtete er sich ein wenig auf. »Aber darum geht es eigentlich auch gar nicht, stimmt's? Ihnen geht es um etwas ganz anderes ... Was ist es? Wollen Sie die Schlechtigkeit der Welt bekämpfen? Wollen Sie ein für allemal den Bösewichten das Handwerk legen? Sie haben sich übernommen, ist Ihnen das klar? Nehmen Sie sich ein Beispiel an Babbington – er ist in denselben elitären Verhältnissen aufgewachsen wie Sie, und doch bildet er sich nicht ein, nach moralischen Grundsätzen handeln zu müssen.«

»Ich kann die Welt nicht ändern, ich habe das eingesehen« – Aubrey lächelte –, »wenn auch mit beträchtlichem Widerwillen. Ich akzeptiere die Welt, wie sie ist. Und doch muß ich tun, was ich tun muß. Und was hier geschieht, *kann* ich nicht dulden!«

Malan hob beschwichtigend die Hände. »Schon gut, Aubrey, schon gut. Wissen Sie was? Ich hatte von all dem nicht die leiseste Ahnung. Und das ist die Wahrheit.« Er wandte sich ab und stellte sich ans Fenster. »Also gut. Was wollen Sie im Austausch für Ihr Schweigen? Sie werden ohnehin bald sterben, genau wie mein Vater, und die Luft bald nicht mehr mit ihren moralischen Blähungen verpesten.«

Aubrey zuckte die Schultern. »Da mögen Sie recht haben. Doch so sehr Sie sich auch wünschen mögen, dieses Land zu verlassen ...«

»Glauben Sie das wirklich, Mann? Ich will dieses Land keineswegs verlassen!« schnaubte Malan. »Alle meine Aktivitäten stellen lediglich eine Art Lebensversicherung dar, nicht mehr und nicht weniger. Ich mache Geschäfte mit den Russen, weil es diesem Zweck dient. Wenn die Kaffern also die Minen verstaatlichen und unsere Konten einfrieren lassen, dann werde *ich* nicht verhungern, kapiert, *Royneek*?« Er ließ sich schwer in seinen Sessel plumpsen. »Also, was wollen Sie, das ich tue?«

»Das ist ziemlich einfach. Ich will, daß Sie mir helfen, diese Ladung mit Nervengas zu stoppen, bevor sie nach Südafrika gelangt und dort verteilt wird. Ich muß wissen, wo das Zeug ankommen wird und wohin es geschickt werden soll.«

»Woher kommt es?«

Nun war es an Aubrey, mit den Schultern zu zucken. »Ich schätze, Walfischbai, doch ich bin mir nicht sicher.«

»Ich werde es nachprüfen. Wann hat die Lieferung Venedig verlassen?«

»Zum selben Zeitpunkt wie Sie und Babbington.«

»In Ordnung, und wer sollte es in Empfang nehmen?«

»Nochmal, ich bin mir nicht ganz sicher. Der AWB – auf jeden Fall Leute, die in engem Kontakt zu van Vuuren standen.«

»Piet war ein Idiot – und ein Verräter. Ich bin nicht mehr zornig darüber, daß Ihr Mann ihn getötet hat.«

»Oder Ihrer.«

Malan warf ihm einen kalten Blick zu und schrieb dann etwas auf einen Notizblock, der auf seinem Schreibtisch lag. »Geben Sie mir etwas Zeit, bis morgen. Ich werde Sie morgen anrufen«, sagte er. »In welchem Hotel sind Sie abgestiegen – im Carlton?« Aubrey nickte. »Gut.« Er stand abrupt auf. »Ich glaube, daß wir diese Sache bereinigen können. Ich tue das für Sie, Aubrey, und weil Sie imstande sind, mir zu schaden. In diesem besonderen Fall. Doch sollten Sie mir nochmal in die Quere kommen, dann werde ich Sie vernichten. Verstehen wir uns?«

»Ja, das tun wir ganz gewiß. Ich glaube, es ist unter den gegebenen Umständen nicht notwendig, daß wir uns die Hände schütteln ... Ich danke Ihnen für Ihre Zeit, Malan.«

Er nahm seinen Spazierstock und ließ es zu, daß Malan ihn zur Tür begleitete. Malans massige Gestalt beugte sich zu ihm herab.

»Halten Sie sich aus allem anderen raus, Aubrey. Kapiert?«

»Einverstanden. Man wird mich ohnehin ziemlich isolieren. Doch ich werde Sie nicht bei Ihrer Regierung anschwärzen – falls diese Angelegenheit zu meiner Zufriedenheit bereinigt wird. Auf Wiedersehen, Malan.«

Die Tür schloß sich, und er geriet aus dem Bannkreis von Malans hartem Blick. Malan war ein Killer. Und doch war es die einzige Lösung gewesen. Er hatte wirklich einen Pakt mit dem Teufel schließen müssen. Der Zweck heiligte die Mittel, in diesem Fall zumindest.

Er lächelte die Chefsekretärin, die ihm den Kaffee gebracht hatte, milde an, als er an ihrem Schreibtisch vorüberging.

Babbington rutschte neben Malan auf den Rücksitz des Mercedes, sein Jackett über dem Arm gefaltet, die Krawatte gelockert. Sie nahmen zusammen fast die gesamte Breite der Rückbank ein. Die Lichter des Flughafens glühten in der warmen Nacht. Es lag eine bittere Ironie in dem Anblick all der Jumbos, die sich auf der Rollbahn versammelten – alle großen Fluglinien der Welt waren vertreten. Jetzt, da man die Apartheid abgeschafft hatte, brachten die dicken Boeings Geschäftsleute aus allen Industrienationen der Welt nach Südafrika, selbst Geschäftsleute aus Rußland, obwohl man Babbington schwerlich dazuzählen konnte – vor allem nicht bei seiner momentanen Erscheinung, ungekämmt, müde und äußerst schlecht gelaunt.

»Guten Flug gehabt?« murmelte Malan. Beider Begrüßung hatte sich auf einen flüchtigen Händedruck beschränkt.

Babbington schien im Zwielicht des Wagens vor unterdrücktem Ärger zu kochen; seine Augen glühten, als habe er LSD genommen. »Was?« schnauzte er.

»Vergessen Sie's.«

Die Limousine glitt zum Ausgang des Flughafens und reihte sich in den Strom der Autos auf der Schnellstraße ein. Vor ihnen leuchteten die Lichter Johannesburgs, ließen das Township Alexandra, an dem sie gerade vorbeifuhren, vergleichsweise düster erscheinen. In kaum einer der billigen Pensionen entlang der Straße brannte noch Licht. Man hatte schon begonnen, die Gebäude abzureißen und an ihrer Stelle Einfamilienhäuser zu errichten. Es hieß, de Villiers sei bei seinem ersten Besuch Alexandras vor Zorn außer sich gewesen und habe seine versammelten Minister im Beisein der Kaffern zur Schnecke gemacht. Malan schüttelte den Kopf. Aubrey und sein Nervengas ... van Vuuren hatte eigentlich gar nicht so unrecht gehabt, dachte er. Zumindest konnte man die Beweggründe des Mannes verstehen.

»Er war heute nachmittag bei mir.«

»Wer? Aubrey?« Babbington zeigte die typisch britische Unfähigkeit zu akzeptieren, daß die Realität manchmal eben nicht der Wunschvorstellung entsprach, die man von ihr hatte. »Warum?«

»Er wollte mich um meine Hilfe bitten«, sagte Malan mit zynischem Grinsen.

»Um Ihre Hilfe? Bei Ihrem Selbstmord vielleicht? Hat er Ihnen einen Revolver gegeben und angeordnet, daß Sie einen ehrenhaften Abgang wählen?« Babbingtons Sarkasmus war kühl und selbstbewußt – als hätte er sich erst von einer Unsicherheit erholen müssen, die ihn als Reisender begleitet hatte.

»Das weniger. Er wollte etwas anderes. Es gibt noch eine weitere Lieferung, von der ich nichts gewußt habe, genausowenig wie Sie ... « Babbington starrte ihn mißtrauisch an. »Nervengas«, verkündete Malan. »Einer meiner Mitarbeiter hat es für ein paar Freunde von sich bestellt, so zumindest lauten Aubreys Informationen .«

»Und Sie haben davon nichts gewußt?« fragte Babbington ungläubig.

»Die Lieferung kam aus Tschechien oder so ähnlich. Van Vuuren ...«

»Was haben Sie mit ihm getan?«

»Van Vuuren ist tot.« Babbington nahm die Nachricht mit einem Kopfnicken zur Kenntnis, und Malan ging nicht auf Einzelheiten ein, sondern fuhr fort: »Aubrey will die Lieferung aufspüren. Deswegen ist er gekommen – deswegen hat er um eine Unterredung mit mir gebeten und deswegen habe ich Sie von seinem Besuch informiert.«

Babbington rieb sich über das Kinn. Seine Handfläche erzeugte ein schabendes Geräusch auf seinem Bart. »Ich sehe keinerlei Gefahr für uns im Hinblick auf diese Nervengas-Geschichte. Aber ich werde der Sache nachgehen. Einige Leute, die für mich arbeiten, müssen darin verwickelt sein. Aber es ist wirklich typisch für Aubrey, daß er dieser Geschichte bis hier ans Ende der Welt nachrennt! Die Hybris dieses Mannes ist wirklich grotesk. Als sei er dazu berufen, die Welt vom Bösen zu befreien!«

»Er ist nur ein alter Mann.«

»Man hat ihn aus diesem Grund schon des öfteren unterschätzt. Der Eindruck trügt.« Babbington machte ein grimmiges Gesicht, offenbar in Erinnerung an *seine* einstige Fehleinschätzung Aubreys.

»Er ist hier«, sagte Malan ungeduldig, »verstehen Sie? Bei uns. Ich habe ihn bis auf morgen vertröstet. Dann können wir ihm jeden Köder vor die Nase halten, den wir wollen. Deshalb sind Sie doch gekommen, oder etwa nicht?«

Babbington schien die Frage als Provokation, ja als Beleidigung zu empfinden. Dann nickte er, wobei er über sein zerknittertes Jackett strich, als sei es ein Haustier. Er nickte, als habe er plötzlich eine Idee. »Ja, das ist wahr. Die Notwendigkeit bestand schon immer. Doch jetzt ist es lebenswichtig. Es ist meine Aufgabe, uns von diesem Giftzwerg zu befreien!« Die Verachtung für Aubrey, die in seiner Stimme mitschwang, war nicht stark genug, um seinen Ärger darüber zu verbergen, daß er einen solchen *direkten Befehl* erhalten hatte. Malan konnte ihm ansehen, welche Erniedrigung es für ihn bedeutete, daß man ihn losgeschickt hatte, als sei er eine Art Frontagent. Babbingtons Zorn amüsierte ihn. Er kannte Aubreys Zimmernummer, er ließ ihn rund um die Uhr beschatten; er wußte, daß der Mann vollkommen allein war, daß er sich nicht einmal die Mühe gemacht hatte, die südafrikanische Regierung einzuschalten, obwohl dort seine Geschichte womöglich wohlwollende Zuhörer gefunden hätte. Der alte Mann schien doch tatsächlich zu glauben, daß er fremder Hilfe nicht bedurfte, daß er ihm seinen Willen aufzwingen könnte – was für ein furchtbarer Fehler! Aubrey nahm tatsächlich an, daß er mit ihm zusammenarbeiten würde, weil er ihm Angst eingejagt hatte! Nun, da hatte er sich geirrt. Pech gehabt.

Die Schnellstraße führte nun an ordentlichen Vororten und den seltsamen geometrischen Grasflächen der Golfplätze vorbei. Die Stadt vor ihnen blinkte, Lichter rankten sich an den Hochhäusern empor wie Weinreben. Malan überlegte, ob er van Vuurens Tod noch einmal erwähnen sollte, beschloß jedoch, nichts zu sagen. Der Verrückte aus dem Busch war bedeutungslos. Seine Rachegelüste mußten durch van Vuurens Tod gestillt worden sein. Auf der Gegenfahrbahn kroch der stockende Verkehr aus der Stadt heraus. Die ruhigen Vorortstraßen entlang der Schnellstraße wurden von den Scheinwerfern langsam fahrender Autos wie von Glühwürmchen illuminiert. Das Reef war in der dunklen Nacht nicht zu sehen. Ein schwaches Schimmern wie von radioaktiver Strahlung überzog den südlichen Horizont. Soweto.

»Sicherlich wünschen Sie die Unterstützung durch meine Leute. Teilen Sie mir morgen mit, was Sie benötigen«, sagte Malan. »Sie werden Ihre eigenen Leute nicht einsetzen, nehme ich an?« Babbington schüttelte den Kopf. »Sie ziehen es vor, mich in alles zu involvieren, hm?« Malan lächelte und zuckte dann die Schultern. »Mir recht, Andrew. Machen Sie es nur gründlich.«

Babbingtons rechte Hand ballte sich zur Faust, dann öffnete sie sich langsam, als wolle er einen toten Singvogel inspizieren. »Mein Londoner Beauftragter hat mich in einigen Punkten beruhigt«, sagte er dann. »Alles deutet darauf hin, daß Aubrey in London fast nichts mehr zu melden hat.« Er zupfte besorgt an seinem Bart herum, als sei er nur angeklebt. »Leute wie Longmead und andere Kabinettsmitglieder wünschen keinen Dissens mit Südafrika; doch ihre größte Angst ist, daß David Reids politische Karriere durch einen Skandal gefährdet werden könnte. Das wollen sie um jeden Preis vermeiden. Es ist ihnen sehr, sehr wichtig, weitaus wichtiger als der alte Aubrey und seine Hirngespinste. Wenn Aubrey erst tot ist, wird in Sekundenschnelle Gras über die ganze Sache wachsen, glauben Sie mir.«

Malan nickte beifällig. »Gut. In Ordnung, Mann – wir werden Sie jetzt nach Hause bringen, damit Sie sich ordentlich ausschlafen können, und dann werden wir uns überlegen, was mit Sir Kenneth geschehen soll.« Er grinste.

»Es muß wie ein Unfall aussehen.«

»Unfälle kann man ganz leicht organisieren, nicht wahr, Andrew? Ein alter Mann, völlig allein in einer fremden Stadt – ein Kinderspiel, was?« Er lachte schallend los, aufrichtig amüsiert und so herzlich, daß es fast ansteckend war.

Er wurde wach, setzte sich mit fahrigen Bewegungen die Brille auf und schaltete die Nachttischlampe ein. Die rote

Leuchtanzeige der Digitaluhr verkündete zwei Uhr früh. Der Geschmack des Whiskys, den er vor dem Schlafengehen getrunken hatte, lag noch unangenehm salzig auf seinem Gaumen. Das Telefon klingelte zum fünften oder sechsten Mal. Er setzte sich aufrecht auf den Bettrand und nahm den Hörer ab.

»Kenneth – ich bin's, Richard.«

»Richard ... was ... wo bist du, bist du immer noch *hier*? Mein Freund, ich ...«

»Kenneth, versuch nicht, mich einzuwickeln. Hör mir einfach zu.«

Aubrey schluckte und rieb sich mit der freien Hand die Augen unter seiner Brille, fuhr dann durch sein wirres Haar. Er runzelte die Augenbrauen. Das Zimmer rings um den einsamen Lichtkegel der Nachttischlampe war schweigsam und dunkel.

»Ja, Richard – doch wir *müssen* miteinander reden, wir müssen uns treffen.«

»Nein, Kenneth. Du wirst versuchen, mich von meinem Vorhaben abzubringen. Du wirst mir einreden wollen, daß ich aus der Höhle des Löwen verschwinden soll. Dabei bist du selbst völlig allein hierhergekommen.«

Anderson klang müde, doch auch distanziert, als er antwortete: »Richard, ich will nur versuchen, es zu verstehen, nicht es mißbilligen. Ich bin um deine Sicherheit besorgt.« Er beugte sich über den Hörer, als wolle er etwas hineinflüstern. »Ich habe eine Vereinbarung mit Malan getroffen, weil ich verhindern muß, daß diese Lieferung die Republik erreicht, Richard. Deine Hilfe war unschätzbar wertvoll ...«

»Du willst nicht, daß Malan etwas zustößt, bis er dir geholfen hat, die Angelegenheit zu bereinigen, hm?«

»Nein, das ist es nicht allein. Es ist nur so, daß es auch noch eine andere Möglichkeit gibt!«

»Glaubst du das wirklich? Hör zu, Kenneth, ich habe eigentlich nur deswegen angerufen, weil ich dich warnen will. Ich bin Malans Wagen zum Flughafen gefolgt. Heute abend, um Mitternacht, um genau zu sein. Gerade eben bin ich zurückgekommen. Er hat jemanden abgeholt und auf seinen Landsitz gebracht, – rate mal, wen? Andrew Babbington. Ich habe ihn erkannt.«

»Was?« flüsterte Aubrey.

»Andrew Babbington ist hier in Johannesburg. Als Malans Gast. Ich würde sagen, daß es für deinen Plan nicht besonders gut aussieht, was meinst du, Kenneth? Und du – du bist alleine! Sei vorsichtig, Kenneth. Du weißt doch, mit wem du es hier zu tun hast. Es tut mir leid, daß ich dir nicht helfen kann, aber ich habe meine eigenen Prioritäten. Gute Nacht, Kenneth.«

Das Geräusch, was auch immer es war, weckte ihn, ließ ihn unter der Filzdecke, die er zum Schutz gegen die Kälte um sich gewickelt hatte, mit den Armen um sich schlagen. Es war noch Nacht, am Horizont war lediglich ein bleistiftdünner Lichtstreifen zu sehen, der die entfernten Hügel skizzierte. Er kämpfte sich leise fluchend aus der Decke und klopfte sich den Sand von seinen feuchten Handflächen. Er war *eingeschlafen*, verdammte Scheiße!

Auf dem Kamm der Düne rollte er sich auf den Bauch und zog das Fernglas aus den Falten der Decke. Er zitterte. Nachts wurde es verdammt kalt, und dabei war er doch in *Afrika*, oder etwa nicht? Der Wendekreis des Steinbocks war genau über ihm …

Durch das Infrarotfernglas beobachtete er die Bewegungen der grauen Schemen auf dem eingezäunten Gelände. Selbst die Auspuffwolken der Lastwagen sahen grau aus, wie vom Wind geblähte Vorhänge. Zwei Sattelschlepper, ein *bakkie* – ein Pickup-Kleinlaster – und ein Jeep. Er zählte die Männer. Zwei in jeder Fahrerkabine – Gott sei Dank, das hieß, daß sie wenigstens ein paarmal anhalten würden. Vier Männer im Pickup – der sicher für den Transport der Ausrüstung und des Proviants gedacht war – und zwei Männer im Jeep. Insgesamt zehn. Dann sah er, wie zwei weitere Männer mit geschulterten Gewehren in den Pickup stiegen. Alle trugen Buschhemden und Shorts oder Khakihosen, und breitkrempige Buschhüte. Zwölf Experten, zwölf gute Männer.

Viel Feind, viel Ehr …

Das Tor des MLK-Geländes wurde geöffnet, und der Jeep – das mußte Blantyre auf dem Beifahrersitz sein, er erkannte ihn an seiner Körperhaltung – fuhr hindurch und auf die Schotterstraße. Die Scheinwerfer schwenkten nach … *Osten.* Der *bakkie* folgte, und dann der erste der beiden Sattelschlepper.

Hyde kam auf die Beine, die Decke unter einen Arm geklemmt, das Nachtsichtgerät um den Hals und das automatische Gewehr in seiner rechten Hand. Er hüpfte mit großen Sprüngen den sandigen Abhang der Düne hinab, bis er sich auf ebener Erde befand. Mit allergrößter Vorsicht hatte er den Landrover näher an das Gelände herangefahren, während der kleinen *rush hour* auf dem Firmenparkplatz kurz vor der Abenddämmerung. Jetzt rannte er auf seinen Jeep zu, wobei er den kleinen Felsbrocken und Steinen auswich, die überall in dem körnigen Sand verteilt waren. Gleich darauf fand er die flache Mulde, in der er den Jeep versteckt hatte, dessen Schnauze daraus hervorragte, als habe er sich schon gefragt, wo er denn bliebe. Er warf die Decke auf den Rücksitz und lauschte auf das Geräusch der sich entfernenden Fahrzeuge. Das Grollen der Laster hörte sich an wie ein entferntes Sturmgewitter.

Zwölf Mann – Verdammt noch mal!

Er ließ den Motor an, schaltete auf Vierradantrieb und schoß aus dem Erdloch heraus, daß der Sand unter den Reifen hervorspritzte. Vorsichtig beschleunigte er und näherte sich ohne Scheinwerfer der Schotterstraße. Die Hügelkette am Horizont schimmerte an den Rändern rötlich-golden und der Dünenkamm war schon in ockerfarbenes Licht getaucht. Ein silbrig glänzender Funkturm erhob sich über dem MLK-Gelände.

Er rollte auf die holprige Straße und bog in Richtung Osten ab. Die Staubwolke, die der Konvoi hinter sich herzog, hing vor ihm auf der Straße wie eine Nebelbank. Er warf einen Blick auf die Uhr im Armaturenbrett. Sechs Uhr zehn. Sie würden – falls sie regelmäßig Rast machten, hoffentlich! – zwei Tage brauchen, bis sie die Grenze zu Südafrika erreicht hätten, welche Route sie auch immer einschlugen. Einmal über der Grenze, wäre jeder Angriff purer Selbstmord. Es mußte in den nächsten zwei Tagen geschehen, in Namibia, in der Stille und Leere der Wüste. Zwölf Mann gegen den so mächtigen, gefährlichen … *Hyde*. Verdammt noch mal …

ZWEI

Die Jagd beginnt

Am frühen Vormittag waren sie bereits durch einen Ort gefahren, der Solitaire hieß und wenig mehr war als eine Straße mit ein paar armseligen Läden, einem Hotel und einer Bar. Die Handvoll Menschen, die man auf der Straße sah, trugen Arbeitskleidung oder Baumwolltücher und liefen zwischen den alten Autos herum. Mehr schwarze als weiße Gesichter. Dann war der trostlose Ort wieder im Staub hinter seinem Jeep verschwunden, nur die Spitze des deutschen Kirchturms hatte er noch längere Zeit im Rückspiegel gesehen. Solitaire. Dies war Blantyres Revier, und er fühlte sich, als führe er im Kielwasser dieses Mannes einen immer enger und enger werdenden Kanal hinauf.

Dann, gegen ein Uhr mittags, bemerkte er plötzlich, daß der Konvoi nicht mehr vor ihm herfuhr, und mußte schleunigst auf eine unausgebaute Feldstraße abbiegen, die den Ort Maltahöhe umging. Die beiden Sattelschlepper und ihre Eskorte hatten bei einer Tankstelle Halt gemacht. Er verlor sie aus den Augen, als er an einer Reihe niedriger Häuser vorbeiholperte. Ein schwarzer Gärtner sah überrascht von seiner Arbeit auf, und ein paar Hühner gackerten ängstlich.

Morsche Ziegeldächer blitzten in der Sonne. Vorbei an weißgestrichenen Häusern mit roten Dächern, einer hölzernen deutschen Kirche, angepflockten Ziegen. Schließlich parkte er den Wagen im Schatten einer weitausladenden Akazie, deren Stamm zum Schutz vor grasenden Ziegen mit einem niedrigen, verrosteten Eisengeländer umzäunt worden war. Der kleine Platz lag völlig still da; das Dorfzentrum befand sich ein paar hundert Meter weiter auf einem etwas größeren Platz – eine Tankstelle, ein kleiner Supermarkt, ein paar Läden und ein neuerrichtetes, flaches Hotel.

Staub rieselte von seiner Kleidung herab. Eine Bar zwinkerte ihm von der Ecke des vergessenen Platzes zu, erinnerte ihn an seine trockene Kehle. Vor den Läden sah er ein paar Menschen vorbeigehen, unterschiedlicher Hautfarbe.

Ein weißer Mann unterhielt sich mit zwei Schwarzen, und im Schatten eines Hauseingangs stand ein schlankes schwarzes Mädchen. Die Schaufensterpuppen eines Kleidergeschäfts wirkten ebenso unaufgeregt und entspannt wie die Menschen auf den Straßen. An einem Fenster wurden Gardinen zurückgeschoben, und eine Frau starrte ihn an, als er aus einer Plastikflasche einen Schluck Wasser nahm und sich mit dem Handrücken über seine trockenen Lippen fuhr. Den ganzen Morgen, während er hinter ihrer Staubwolke hergefahren war, hatte er nach einer Stelle Ausschau gehalten, an der er ihr Vorwärtskommen behindern könnte. Entlang der sanft ansteigenden Hügel und auf der Hochebene war alles flach und weit und offen. Keine Möglichkeit für einen Hinterhalt, genausowenig wie hier in Maltahöhe, das in der Mitte der Ebene hockte, als sei es eines Morgens vergessen worden – nachdem sich der Wagentreck weiter gen Süden bewegt hatte.

Er sah sich um. Das weiße Gesicht der Alten war verschwunden, und die Gardinen im Fenster des niedrigen Bungalows waren wieder zugezogen. Ein Hund erleichterte sich am linken Hinterreifen des Landrovers. Die Hitze legte sich schwer über ihn wie eine Decke. Mit zitternder Hand entfaltete er eine Straßenkarte auf seinem Schoß; das Zittern rührte vom stundenlangen Umklammern des Lenkrads … doch das allein war es nicht. Es war auch der Gedanke an Blantyre. Als sei der Mann während der gesamten Fahrt auf dem Beifahrersitz neben ihm gesessen, statt sich kilometerweit entfernt und unsichtbar in einer Staubwolke aufzuhalten. Er war in seinem Kopf gewesen – jede Einzelheit, an die sich Hyde aus ihrer gemeinsamen Vergangenheit erinnern konnte. Blantyre in Hereford, den Brecon Beacons, in Oman … Blantyre, der während ihrer Ausbildung immer der bessere Rekrut gewesen war, kompetenter, skrupelloser – das größere Schwein … vielleicht nur deshalb, weil er nicht zwei alternde Tanten in East End gehabt hatte, die über die Veränderungen klagten, die das Training des britischen *Special Air Service*, der Spezialeinheit der britischen Armee, bei ihrem Neffen bewirkte. Hyde war nach einer absolut mittelmäßigen Schullaufbahn an einer absolut mittelmäßigen staatlichen Schule zum SAS gegangen. Blantyre hatte die beste Schule Salisburys besucht, der Hauptstadt des ehemaligen Rhodesien, bevor er nach Großbritannien gekommen war. Nach Rhodesien war Blantyre schließlich auch zurückgekehrt, um den *Selous Scouts* beizutreten. Und als Rhodesien zu Simbabwe wurde, zog er weiter nach Namibia. Hyde starrte auf seine weißen Fingerknöchel, während er das Steuer umklammerte. Blantyre war der gefährlichste Mann, dem er jemals begegnet war – und er war skrupellos. In der Armee war er schließlich sein Vorgesetzter gewesen, sein Folterer. Und nichts hatte ihn so rasend gemacht wie die Gleichgültigkeit, die Hyde ihm gegenüber stets an den Tag gelegt hatte. Hyde hatte keine Angst vor ihm gehabt.

Und jetzt …?

Er sah die Karte auf seiner staubigen Hose an und öffnete die säuberlich beschriftete Fotomappe, die auf dem Beifahrersitz lag. Vergrößerte Aufklärungsfotos der *Royal Air Force*, Urlaubsfotos, Farbkopien aus Kinderatlanten, alles in größter Eile zusammengeheftet. Er hatte erst an Bord der Herkules einen Blick darauf werfen können. Sein Zeigefinger fuhr die Straße entlang, die sie am Vormittag befahren hatten, die C14. Sollte Blantyre sich dazu entschließen, auf der C14 zu bleiben, und dann der C13 zu folgen, würde er durch die Schwarzrandhügel und durch das Rooirand auf direktem Weg nach Süden kommen. Hyde blätterte weiter. Es gab einen Flughafen in der Ortschaft Aus, was bedeutete, daß dort eventuell eine Ablösung und zusätzlicher Proviant eingeflogen werden konnte. Doch hinter Aus öffnete sich wieder die Namib-Wüste, erstreckte sich bis zu den Diamantminen an der Küste bei Lüderitz, wo der MLK seine Ableger hatte und Blantyre Verstärkung holen könnte. Die Wüste war für einen Hinterhalt absolut ungeeignet.

Sein Finger folgte nun der Hauptstraße, der B1, in östlicher Richtung. Dort kam man besser vorwärts. Mehr Flughäfen. Die äußeren Bedingungen wären nach Blantyres Geschmack, und außerdem hockte überall in Namibia der

MLK, nie weiter als einen Funkruf und eine Flugstunde entfernt.

Er rieb sich die Arme. *»Halte ihn auf«*, hatte Aubrey gesagt, als müsse er nur einen Baumstamm über die Straße legen, und damit hatte es sich. *»Vielleicht könntest du die Straße unbefahrbar machen ...? Ich überlasse es dir, Patrick.«* Nur deshalb, weil er selber keine Ahnung hatte, wie man es anstellen könnte! Und nun verplemperte Aubrey seine Zeit in Johannesburg, während er hier in der Wüste hockte. Seine letzten Worte – *»Viel Glück!«* – und sein nervöser Händedruck waren irgendwie flüchtig, unzureichend gewesen ... Er hatte sich wirklich merkwürdig verhalten. Als sähe er die ganze Zeit an Hydes Gesicht vorbei und über Hydes Schulter, als hielte er nach etwas oder jemand anderem Ausschau. Wenn Aubrey nicht auf sich aufpaßte, dann erging es ihm sicherlich bald genauso dreckig wie ihm selbst! Das weiße Gesicht drückte sich wieder an die Fensterscheibe wie ein verrunzelter Mond. Die Gardine wurde nach oben geschoben wie ein weiter viktorianischer Ballrock. Hyde lächelte breit, winkte, und das Gesicht verschwand. *Du solltest sowieso nicht mitansehen, wie das hier weitergeht, meine Liebe ...*

Es blieb ihm nichts übrig, als vor ihnen herzufahren, um das Terrain zu erkunden – sobald er sicher war, welche Route sie einschlugen. Er rieb sich das stoppelige Kinn und zog seinen Buschhut tiefer über die Augen. Alles was er tun mußte, war, auf den siebenhundert Kilometern bis zur südafrikanischen Grenze einen einzigen geeigneten Ort für einen Hinterhalt auszukundschaften. Er blätterte durch die Mappe, verglich kopfschüttelnd die Orte auf der Karte mit den Fotografien – dann sah er auf, als er das Geräusch eines Flugzeugmotors über sich hörte; eine kleine, rot und weiß lackierte Cessna, die die kurze Landepiste vor Maltahöhe anflog.

Als er die Augen von dem Flugzeug abwandte, sah er in einiger Entfernung Blantyres Jeep, der an der Spitze des Konvois über den Platz in der Dorfmitte fuhr. In *östliche* Richtung, nach Marienthal. Er ließ den Motor an; das Gesicht der alten Frau erschien erneut am Fenster, und Hyde winkte ihr nochmals zu. Einen Augenblick lang, bevor das Gesicht wieder verschwand, schien es so, als wolle sie aus ihrem gewohnten Trott ausbrechen und ihm zurückwinken. Er hob den Fuß langsam von der Kupplung, und der Jeep setzte sich in Bewegung. Die Staubwolke der Wagenkolonne hatte sich noch nicht verzogen, als er den Platz erreichte. Ein paar Kilometer weiter vorne gab es eine Schotterstraße, die die Sattelschlepper nicht benutzen konnten. Die unausgebaute Straße war eine Abkürzung; sie zog sich wie eine Hypothenuse über die flachen Hügel und stieß siebzig Meilen südlich von Marienthal wieder auf die B1. Er könnte die Strecke bis Keetmanshoop auskundschaften, wenn er sich beeilte.

Kurzentschlossen bog er auf dem Platz links ab; am Horizont vor ihm türmte sich die Staubwolke des Konvois über der Steppe auf.

Es war ein trostloser, harter Ort, über den sich jetzt mit der üblichen beunruhigenden Raschheit die Abenddämmerung senkte; auf dem kargen Gelände waren die einzigen Fluchtpunkte einige verstreute Schafe und magere Zäune. Seine Haut war trocken, in den Falten hatte sich der Sand eingegraben, und seine Lippen waren staubig und aufgeplatzt. Er kochte innerlich vor Frustration und Zorn. Es gab keinen einzigen Ort – *nirgendwo* … nicht einmal ein Leopard hätte hier seiner Beute auflauern können. Er war der Straße in Richtung Süden durch Namaland gefolgt; den Großteil der Reise hatte sich die offene Weite dieser desolaten Landschaft in alle Himmelsrichtungen erstreckt; nur hin und wieder war die Ödnis durch ein winziges Dorf unterbrochen worden. Überall Schafe, gelegentlich ein Hirte mit einem Wollhut, ganz selten ein Auto. Die Straße suchte sich den einfachsten Weg über die Hügel, und die Eisenbahnlinie verlief meistens parallel dazu. So war er bis Keetmanshoop durchgefahren, mit einem immer stärker werdenden, bohrenden Gefühl der Enttäuschung.

Er überblickte die Hauptstraße nun von einem felsigen

Hügel, während die Sonne als feuerrote Scheibe hinter dem Horizont versank. Die umliegende Steppe lag bereits im Zwielicht der Dämmerung. Die Schafe wanderten gemächlich in Richtung ihrer Ställe, und der erste Schakal erschien, bahnte sich nur einen Steinwurf von Hyde entfernt seinen Weg durch das Gebüsch. Am Horizont machte er einen schwachen Schatten aus – eine Staubwolke? Wenn Blantyre sein Tempo des Vormittags durchgehalten hatte, dann war es der Konvoi. Die Felsen ringsum leuchteten noch einmal rot auf, bevor die Sonne endgültig versank und die Dunkelheit sich wie ein schweres Tuch über das Land legte. Jetzt konnte er die nadelfeinen Scheinwerferlichter erkennen, die den Windungen der Straße folgten. Seine Kehle war völlig ausgetrocknet ... sie hatten an einem einzigen Tag mehr als siebenhundert Kilometer hinter sich gebracht. Am Himmel erschienen allmählich die ersten weich flimmernden Sterne und die dünne Sichel des Mondes.

Die Fahrzeuge waren bereits größer als Spielzeugautos, als der Wind etwas auffrischte. Die Scheinwerfer blinkten verschwommen in der Staubwolke, die der Konvoi aufwirbelte. Sie würden ihren Übernachtstop ...

Bitte, lieber Gott!

... hoffentlich in Keetmanshoop oder der unmittelbaren Umgebung machen. Falls sie weiterfuhren, müßte er wohl ein paar Tabletten nehmen, um wachzubleiben.

Er zog sich den Trageriemen seines Nachtsichtgeräts über den Kopf. Es paßte sich der Kopfform an wie eine Tauchermaske, doch es war schwer. Die Nackenmuskeln ermüdeten von der Anstrengung, das längliche Objektiv zu tragen, das wie ein Horn hervorstand. Er schaltete es an, und unverzüglich schien sich die Dunstwolke zu lichten, er konnte jetzt die winzigen, geisterhaften Gestalten im ersten Jeep und hinter den Windschutzscheiben des voranfahrenden Sattelschleppers ausmachen. Sogar im letzten Fahrzeug konnte er die stecknadelgroßen Köpfe der Insassen erkennen. Zwölf gute Männer. Viel Feind, viel Ehr. Er nahm das Nachtsichtgerät ab und legte es auf den Beifahrersitz, dann ließ er den Motor an. In der Nähe der Straße sah er den grauen, flüchtigen Schatten eines Schakals. Er legte den Gang ein, und der Landrover hoppelte den Abhang hinunter – nach wenigen Metern bremste Hyde, fluchte und setzte das Nachtsichtgerät wieder auf ... ja, er wurde langsam müde, begann, bei Kleinigkeiten unachtsam zu werden. Der Landrover fuhr zwischen Grasbüscheln, ausgedörrten Sträuchern, Dornbüschen und krummen Aloebäumen hindurch. Ein weißer Raubvogel kreuzte seinen Weg und verschwand in der Dunkelheit. Dann holperte der Jeep auf die Straße und bog in Richtung Keetmanshoop ab, dem Konvoi auf den Fersen.

Heute nacht mußte er etwas unternehmen, ob sie nun anhielten oder nicht. Und wenn er es nicht schaffte, es wie einen Unfall aussehen zu lassen, dann würde Blantyre wissen, daß er hier war. Ein Unfall ... vielleicht könnte er eines der Fahrzeuge lahmlegen?

Er fuhr unter verkümmerten Akazien hindurch, die zu beiden Seiten der Straße standen. Die Scheinwerfer des Konvois hoben sich hell vom schwarzen Nachthimmel über Keetmanshoop ab. Neben sich auf der Straße entdeckte er einen Schatten, ein kurzes Aufblitzen gelber Augen, dann nichts mehr. Ein Leopard ...? Dann sah er mehr und mehr Aloen zwischen den Akazien, seltsame, gedrungene Aloen mit einer Rinde, die wie eine Ananasfrucht gerastert war. Die Blätter dieser seltsamen Bäume glichen Seesternen. Auf einmal merkte er, daß er zu nahe an den letzten Wagen des Konvois herangekommen war, und verlangsamte das Tempo. Die Aloen wurden immer dichter, drängten sich bedrohlich zusammen, als er an einer kleinen Schotterstraße anhielt, auf die der Konvoi abgebogen war. Es mußte der Weg zu ihrem Nachtlager sein, denn der Karte zufolge befanden sich in dieser Richtung lediglich ein paar Bauernhöfe. Blantyre mied die Stadt; er ging kein Risiko ein, wollte wohl vermeiden, daß seine Männer sich betranken und möglicherweise irgendwelchen Fremden erzählten, was für eine Ladung sich in den Containern der Sattelschlepper befand.

Hyde wartete ab, bis die Lichter der Scheinwerfer kleiner

und kleiner wurden. Er konnte gezackte Felsen sehen, aus denen Akazien aufragten wie Säulen aus den Ruinen eines zerstörten griechischen Tempels. Abseits der Straße würde das Vorwärtskommen selbst mit dem Landrover fast unmöglich sein.

Dann kamen die Lichter zum Stehen und schienen sich aneinanderzudrängen. Sie mußten eine Lichtung gefunden haben, auf der sie das Nachtlager errichten konnten. Er gab Gas und fuhr langsam die Hauptstraße entlang, hielt Ausschau nach einem ausgetrockneten Bachbett, das von der Straße wegführte, und fand gleich darauf eine solche Schneise zwischen den Bäumen. Er lenkte den Landrover von der Asphaltstraße hinunter, schaltete die Scheinwerfer ein und holperte vehement über Felsbrocken und Löcher, denen er nicht ausweichen konnte, bevor sich wieder eine Wand aus Aloe-Bäumen vor ihm auftat. Kurz davor brachte er den Jeep zum Stehen, zog die Handbremse an und schaltete den Motor ab. Die Stille ringsum brandete wie die Druckwelle einer Explosion in seinen Ohren. Dann hörte er im Dunkeln, nur einen Steinwurf von ihm entfernt, das überraschte Schnauben eines Tiers, das im Fauchen einer großen Katze unterging. Vielleicht der Leopard, den er am Straßenrand gesehen hatte. Ein Schauern durchlief ihn, und er starrte nach oben. Der Himmel glich einem perlgrauen Seidentuch, in dem die Sterne matt schimmerten wie Diamanten. Seine Augen schmerzten vom Druck des Nachtsichtgeräts, und seine Nackenmuskeln fühlten sich verspannt an.

Es kann dir das Leben retten …

Wer hatte das gleich wieder gesagt? Aubrey, oder der Leiter der Waffenkammer? Er stieg aus dem Landrover und stellte sich auf einen Fels, der rund und warm war wie ein schlafendes Flußpferd. Er sah keine Lichter aus der Richtung von Blantyres Camp. Die Bäume standen zu nahe beieinander, oder vielleicht behinderte ein Hügel die Sicht.

Also ein Unfall …

Du mußt schon verdammtes Glück haben, mein Lieber, wenn Blantyre darauf reinfällt.

Er sprang von dem Felsen herunter. Die Aloen waren nicht höher als sieben oder acht Meter, und ihre Rinde fühlte sich rauh unter seinen Handflächen an. An einen Stamm gelehnt überlegte er. Bis sie das Camp errichtet hatten, zu Abend gegessen hatten und sich schlafen legten, würden ungefähr zwei Stunden vergehen. Er holte die Wasserflasche vom Beifahrersitz des Landrover und trank einen Schluck. Dann nahm er eine Tafel Schokolade aus seiner Tasche auf der Rückbank. Später würde er kalte Bohnen essen und etwas Käse mit Crackers. Für ein Feuer hatte er keine Zeit, und außerdem war es zu riskant.

Er aß die Schokolade auf, dann kletterte er in den Jeep, holte einen zweiten Pullover aus einer seiner Taschen und streifte ihn unbeholfen über seinen Kopf, ohne das Nachtsichtgerät abzunehmen. Dann streifte er es doch ab, weil sein Gewicht und sein Druck anfingen, ihm auf die Nerven zu gehen. Der Hersteller pries die Dinger in höchsten Tönen, doch die meisten Soldaten mochten sie nicht. Ziemlich viele hatte es schon erwischt, weil sie die unbequemen Geräte abgesetzt und sich lieber auf ihre eigene Nachtsicht verlassen hatten. Er rieb sich die Augen. Die afrikanische Nacht drängte sich bedrohlich um ihn, und er mußte an den Leoparden denken. Sicher, jetzt gerade war er wohl beim Fressen, doch es war schwierig, ihn einfach zu vergessen. Zwei Stunden. Er würde versuchen, ein wenig zu schlafen …

In der Ferne ein Schuß. Die Jäger, die ausgesandt worden waren, ein Wild zu erlegen, hatten wohl Glück gehabt. Also sich kurz ausstrecken, schlafen …

Er wachte ruckartig auf, sah sofort auf seine Armbanduhr und lauschte auf das nächtliche Schweigen ringsum. Mehr als zwei Stunden waren vergangen; er hatte gedöst, und für eine Weile sogar tief geschlafen. Heftig rieb er sich die kalten Gliedmaßen, gähnte und streckte sich. Dann kletterte er aus dem Landrover und zog das Heckler&Koch aus dem Laderaum. Er wog das automatische Gewehr einen Augenblick anerkennend in seinen Händen. Viele Einzelteile waren aus Plastik, das war gut, denn so machte die Waffe wenig Lärm, wenn man sie irgendwo hinlegen mußte oder wenn sie zu

Boden fiel. Dann überprüfte er seine Pistole und steckte sie hinten in seinen Hosenbund. Auch die VP-70 bestand fast zur Hälfte aus Plastik – clevere Burschen, diese *Krauts*. Er hängte sich das Gewehr vor die Brust, nachdem er den Kolben unter den Gewehrlauf geklappt hatte, schulterte seinen kleinen Rucksack und hüpfte ein wenig, damit er auf seinem Rücken weiter nach unten rutschte.

Mit langen Schritten begann er auf Blantyres Lager zuzugehen. Die Sterne sahen in der Dunkelheit aus wie große, feuchte graue Augen. Etwas Kleines – eine Maus? – huschte zu seinen Füßen durch das Gras.

Das Camp befand sich auf einer kleinen Lichtung, so wie er es vermutet hatte. Als erstes hatte er die unbekümmerten Stimmen der Soldaten gehört. Dann war er den Lichtern der Laternen gefolgt, hatte das Lager umrundet, bis er sich auf der dem Wind abgewandten Seite befand, und hatte einen großen Felsen bestiegen, von dem aus er Blantyres Camp überblicken konnte.

Ein Mann beugte sich über den Motorraum des Pickup, und Hyde hörte das metallische Hämmern von Werkzeugen; der Mann pfiff während der Arbeit vor sich hin und wirkte ganz und gar nicht besorgt – als zweifele er keinen Augenblick daran, daß das Fahrzeug morgen früh seine Fahrt würde fortsetzen können. Hyde zog sich erneut das Nachtsichtgerät über den Kopf, und die Lichter der Lampen und der Widerschein des Feuers nahmen die gewohnte geisterhaft graue Farbe an. Die beiden Sattelschlepper standen einander zugewandt beim Feuer wie zwei schlafende Nashornbullen. Neben dem Jeep sah er eine Gruppe von vier Männern, unter ihnen auch Blantyre, der alle anderen überragte. Auf der Kühlerhaube des Jeeps war eine Landkarte ausgebreitet wie ein Tischtuch. Am anderen Ende der Lichtung stand ein Mann Wache und warf sehnsüchtige Blicke auf das Feuer, über dem ein Springbock am Spieß röstete, dessen Geruch Hyde in die Nase stieg.

Er schwenkte seinen Kopf, an dem das schwere Nachtsichtgerät hing, bedächtig herum wie ein Elefant und faßte Blantyre wieder ins Auge, hoffte, einen Blick auf die Landkarte zu erhaschen, auf die Blantyre so energisch mit dem Zeigefinger einhieb. Sie gestikulierten und diskutierten … und einigten sich offenbar. Auf die Route für den nächsten Tag, auf den Weg nach Südafrika. Welche Route, welche Straßen würden sie nehmen?

Wenn er nur einen einzigen Blick auf die Karte werfen könnte …

Der Geruch nach gebratenem Springbock ließ ihm das Wasser im Mund zusammenlaufen. Die sorglosen Geräusche aus dem Camp verunsicherten ihn. Wenn er nur die Karte hätte einsehen können – die Blantyre jetzt zusammenfaltete, während er von seinem Korporal eine Flasche Bier in Empfang nahm und grinste. Der Koch säbelte mit einem langen Messer an dem Springbock am Bratspieß herum, und alles schien ungeduldig darauf zu warten, daß zu Tisch gerufen wurde. Der Mechaniker war mit einem fröhlichen Ausruf wieder unter der Motorhaube des Pickups aufgetaucht. Der Ort schien uneinnehmbar wie eine Festung. Vielleicht könnte er versuchen, den Jeep fahruntüchtig zu machen? Oder zumindest einen Blick auf die Karte zu werfen, auf der vielleicht die Route eingezeichnet war … Er beobachtete, wie sich die Atmosphäre im Camp mehr und mehr entspannte, wie sich alle auf ein gutes Nachtmahl und den Schlaf einstellten. Sich ein wenig auf die Seite rollend, suchte er eine bequemere Stellung. Seine linke Hand ruhte auf dem Nachtsichtgerät, seine rechte auf dem Gewehr; in seinem Kreuz spürte er den vertrauten Druck der Pistole. Der Wachtposten wurde nun auch zu dem hellen Feuer gewunken, und der Koch bearbeitete erneut den bereits sehr reduzierten Springbock, der langsam über dem Feuer röstete. Die Motorhaube des Pickups wurde zugeschlagen, und der Mechaniker wischte sich die Hände ab, bevor er sich zu den anderen ans Feuer setzte.

O verdammt …

Zwei Männer stellten an allen vier Ecken eines gedachten Rechtecks des Lagers metallene Stäbe auf, die aussahen wie Kamerastative. Aus einem der Zelte führten Drahte zu allen vier Stäben hin. Blantyre sah gelangweilt zu, während die beiden Männer einen Mikrowellenzaun errichteten. Britischer Bauart, Hyde erkannte es. Der unsichtbare Zaun zwischen den verteilten Stativen würde zweieinhalb Meter hoch und ebenso breit sein. Die Drähte würden im Zelt zusammenlaufen und akustischen Alarm auslösen, falls jemand die Mikrowellensignale unterbrach. Hyde sah von einem Stativ zum anderen. Absolut wasserdicht – undurchdringbar. Auf einmal schien die friedliche Szene um das Lagerfeuer herum sich hinter einer Glaswand abzuspielen; unerreichbar, als sei sie von einem magischen Kreis umgeben. Der Jeep, der Pickup und die beiden Sattelschlepper wurden von verdammten Waldgeistern beschützt! Hyde schüttelte wütend den Kopf, noch heftiger, als er Blantyres dröhnendes Gelächter hörte.

Verdammte Scheiße.

Shorrock's GmbH. So hieß die Firma, die dieses verdammte Ding herstellte. Er selbst hatte es unzählige Male benutzt. Es war leicht, tragbar und effizient. Zu Hause hatte er sogar ein Shorrock's bei sich und Ros als Alarmanlage installiert, hatte diesen Schweinen teures Geld bezahlt – und nun verkauften sie ihr Produkt an Schlächter wie Blantyre! Er nahm das Nachtsichtgerät ab und fuhr sich mit der Hand über sein verschwitztes Gesicht, um sich zu beruhigen. Man mußte ein verdammter Stabhochspringer sein, um da hinüberzukommen. Zweieinhalb Meter hoch und zweieinhalb Meter breit. Und unsichtbar. Doch er mußte diese verdammte Karte in die Finger bekommen ... Die Unterhaltung der Männer ums Feuer wurde angeregter, löste sich häufiger in Gelächter auf. Hinter ihm in den Bäumen kroch etwas verstohlen einen Ast entlang. Er hörte ein trockenes Rascheln, als das Raubtier vom Ast sprang, dann die Geräusche einer Verfolgung im Gebüsch. Einer der Männer beim Feuer hörte es auch, sah kurz auf und wandte sich dann kopfschüttelnd wieder seinem Essen zu.

Eine schlanke, gekrümmte Aloe wuchs am Rande der Lichtung unter dem Felsen, auf dem er lag, schief über die Lichtung hinweg; einer ihrer Äste befand sich auf gleicher

Höhe mit dem unsichtbaren Zaun. *Man müßte ein Stabhochspringer sein* ... wiederholte er in Gedanken – würde dieser Ast sein Gewicht tragen können? Er schätzte die Entfernungen, die Krümmung des Baumstamms und die Festigkeit des Asts. Es war die einzige Möglichkeit. Doch wie wieder herauskommen? Nun, dann würden sie ihn wahrscheinlich ohnehin schon bemerkt haben, oder etwa nicht? *Danach* wäre es ja egal. Er rollte sich lautlos auf den Rücken und starrte den gekrümmten Baumstamm an. Zwinkerte ihm zu.

Du bist alles, was ich habe ...

Unter ihm waren die Gespräche und das Gelächter genauso sorglos wie vorher. Er mußte warten, geduldig warten, vielleicht noch ein wenig dösen ...

Stunden später schreckte er aus seinem Schlummer, erinnerte sich sogleich daran, daß er keinen Lärm machen durfte und sah verstohlen auf seine Armbanduhr, indem er sie ganz nah vor seine Augen hielt. Kurz nach zwei.

Mit steifen Gliedern rollte er sich auf den Bauch, streifte das Nachtsichtgerät über den Kopf und beobachtete das grau schimmernde Zwielicht des Camps. Graue Asche, wo das Feuer gebrannt hatte, graue Zelte, zwei graue, formlose Klumpen – Männer, die in Schlafsäcken in der Nähe der beiden Lastwagen lagen. Und diese verdammten grauen Ständer des Mikrowellenzauns, die unscheinbar um das Lager herumstanden wie Gerümpel, das man vergessen hatte wegzuwerfen! Er rieb sich die Oberarme, die Kälte der Nacht war ihm in die Glieder gekrochen, saß aufrecht da und starrte auf die Lichtung, während seine Hände und Füße langsam wieder warm wurden. Dann besah er sich die gekrümmte Aloe, betrachtete den grauen, mit Fußabdrükken übersäten Sandstreifen, auf dem er landen würde – hoffentlich geräuschlos. Blantyre schlief im Zelt, in dem sich der Alarm des Mikrowellenzauns befand; der Rest der Truppe lag in zwei weiteren Zelten oder unter freiem Himmel. Er hörte ein Plätschern, dann schlurfte einer der Männer verschlafen aus dem Gebüsch, wobei er sich seinen Reißverschluß zumachte. Hyde folgte ihm mit seinen Blikken, bis er wieder in seinem Zelt verschwand. Fast unmittelbar darauf ertönte rhythmisches Schnarchen. Sie würden bald frühstücken und schon im Morgengrauen beginnen, das Lager abzubauen.

Er nahm das Gewehr und hängte es über seine Schulter. Der Gewehrlauf schmiegte sich an seine Brust. Sorgfältig überprüfte er das Ersatzmagazin, dann die Pistole und schließlich den Rucksack, dessen Tragegurte er enger zog. Dann näherte er sich lautlos der krummen Aloe und griff mit beiden Händen nach dem Baumstamm. Seine Stiefel machten kein Geräusch auf dem glatten Fels. Nachdem er einmal kräftig an dem schlanken Stamm gerüttelt hatte, begann er vorsichtig hinaufzuklettern. Der Baum erzitterte unter seinem Gewicht und bog sich ganz sanft und allmählich nach unten. Der Schweiß lief ihm in Strömen über das Gesicht, juckte in seinen Augen. Hyde blinzelte, kletterte weiter den Baumstamm hoch, schwang sich rittlings auf den Ast und rutschte über die knollige Rinde nach vorn. Seine Augen hinter dem Nachtsichtgerät wanderten an den unsichtbaren Strahlen des Mikrowellenzauns entlang. Der zweite Pfeiler stand in fast fünfzig Metern Entfernung, und der Ast gab immer weiter nach, so daß die Zweige wie ein Besen nur einen Meter über den verdammten Zaun hinwegstrichen ...! Seine Hände auf der trockenen Rinde waren schweißfeucht und seine Knie zitterten, als er sich auf dem schwankenden Ast wie ein Affe auf alle viere hockte ... schwankte stärker, die unteren Zweige konnten jeden Augenblick zu weit herunterreichen, und Hyde spannte alle Muskeln an ...

... und sprang, wobei ihn der zurückfedernde Ast wie ein Sprungbrett noch zusätzlich in die Luft katapultierte. Er drehte sich in der Luft und schaffte es, auf den Füßen zu landen. In der Hocke verharrend wartet er auf das Losheulen der Alarmsirene, saß reglos, gespannt – wandte sich dann um und sah auf die beiden Eckpfeiler *hinter* sich, er war ...

... *drinnen.* Sein Herz klopfte ihm bis zum Hals, während er nach oben auf den immer noch auf und ab federnden Ast sah. Er grinste. Adrenalin durchströmte seinen Körper, als er aus einem Zelt das leise Quietschen eines Feldbetts hörte, in dem sich ein Schläfer herumwälzte. Doch die Zelte blieben dunkel, nichts rührte sich. Die beiden Männer in den Schlafsäcken in der Nähe der Lastwagen bewegten sich nicht. Die Sterne und das schwache Leuchten der Mondsichel tauchten den Lagerplatz in trübes Licht. Hyde krabbelte auf allen vieren wie ein Elefantenbaby zu dem Jeep. Zuerst die Karte holen, dann, wenn Zeit blieb und er es unentdeckt tun konnte, die Fahrzeuge sabotieren.

Er huschte über den aufgewühlten Sand, wobei er alle ein, zwei Meter stehenblieb, sich in der Hocke auf den Absätzen nach allen Seiten umdrehte, die Männer in ihren Schlafsäcken, die Zelte, die Fahrzeuge kontrollierte und gleichzeitig seine Spuren verwischte. Irgendwo in den Bäumen grollte ein Affe im Schlaf.

Dann das weiter entfernte trockene Bellen eines Wildhundes oder Schakals. Er erreichte den Jeep. Blantyre hatte die Karte ins Handschuhfach gelegt. Hyde legte behutsam eine Hand auf den Türgriff und zögerte einen Augenblick lang, bevor er die Beifahrertür öffnete.

Durch sein Nachtsichtgerät sah die Karte, als er sie lautlos entfaltete, zunächst weit entfernt und unleserlich aus. Dann erkannte er die mit Filzstift eingezeichnete Schnekkenspur, die von Keetmanshoop erst in südliche Richtung, dann nach Südwesten verlief: Die Route für den morgigen Tag. Er hielt den Atem an. Es war genau die Strecke, von der er gehofft hatte, daß sie sie nehmen würden. Sie führte durch eine Bergwüste, ein Gelände, in dem ein Hinterhalt möglich war. Erleichtert aufseufzend steckte er die Karte in sein Hemd. Jetzt mußte er den Jeep in Brand setzen, damit das Verschwinden der Karte nicht auffiel …

Hyde hörte das leise Geräusch eines einrastenden Magazins, wirbelte herum und sah den Mann, hinter ihm ein geöffneter Schlafsack. Er hielt ein R5-Gewehr auf Hüfthöhe im Anschlag und grinste, als fände er Hydes froschartiges Nachtsichtgerät urkomisch. Hyde feuerte sofort, die Pistole in seiner Rechten, die Karte immer noch in seiner linken Hand. Der Schalldämpfer verschluckte das Krachen der

Schüsse. Er rannte auf den langsam nach vorne sinkenden Mann zu, fing sein Gewicht auf und klemmte das R5-Gewehr in seiner Armbeuge fest; die Schußrichtung stimmte, und er drückte auf den Abzug des Gewehrs. Das Magazin entleerte sich mit ohrenbetäubendem Lärm. Die Linse des Nachtsichtgerätes beschlug, und der Gewehrlauf fühlte sich heiß unter seiner Achsel an. Dann ließ er den Körper fallen und rannte, bis ihn die Druckwelle der Explosion hinter sich vorwärtsschleuderte. Er spürte die Hitze des explodierenden Benzintanks des Jeeps auf Schultern und Rücken.

Als er durch den unsichtbaren Zaun rannte, hörte er noch das Schrillen des Alarms und die Schreie der überraschten Soldaten, die das Prasseln der Flammen übertönten.

Malan fauchte wütend: »Er glaubt mir, weil ich ihm die *Wahrheit* erzählt habe! Diese Schweine auf diesem Müllplatz warten auf Blantyre und seine Fracht.« Seine Aussage kam einem Geständnis gleich: Malan gab zu, daß Blantyre *auf eigene Faust* das Geschäft mit dem tschechischen Nervengas geplant und abgewickelt hatte. Und dieses Geständnis machte er ausgerechnet Babbington! »Man hat ihnen Nervengas versprochen«, fuhr er mühsam beherrscht fort. »Und sie sind bereit, einen sehr, sehr hohen Preis dafür zu bezahlen. Ich habe das herausgefunden und habe es Aubrey genau so geschildert, weil er sicherlich nichts anderes akzeptiert hätte als die Wahrheit.« Er schüttelte grimmig den Kopf und fuhr dann fort: »Aubreys Liquidation zu diesem Zeitpunkt – und *hier*!– wird einigen Wirbel verursachen.«

Babbington breitete seine Hände in einer spöttischen Geste der Ohnmacht aus.

»Es führt leider kein Weg daran vorbei, Paulus«, murmelte er. »Wir sind an einem Punkt angekommen, an dem wir nicht mehr umkehren können.« Er nahm einen Schluck Whisky.

»Aubrey ist nicht irgendein namenloser Schwarzer aus Alexandra. Wenn er hier getötet wird, werden einige Leute aufhorchen. Meine Regierung« – Malan schnaubte verächtlich – »wird aufhorchen!« Er sah einen Moment lang weg, weil er den selbstzufriedenen Ausdruck in Babbingtons Gesicht nicht länger ertragen konnte, dann sagte er wütend: »Ihre Vorgesetzten wollen seinen Kopf – oder besser: die Eier des Stiers auf einem Silbertablett, nicht wahr? Warum warten wir nicht ab, was geschieht? Vielleicht verliert er ja das Interesse oder wird nach Großbritannien zurückbeordert – wer weiß?«

»Nein, Paulus. Ich fürchte, es wird sich nicht umgehen lassen. Unsere momentane Sicherheit hängt von Aubreys lang überfälligem Dahinscheiden ab. Es muß getan werden, und zwar schleunigst. Morgen nacht, das ist beschlossene Sache.«

Malan, der vor der Hausbar am anderen Ende des holzgetäfelten, diskret beleuchteten Zimmers stand und die Whiskyflaschen begutachtete, wandte sich um, nur um wieder in jene selbstbewußten, siegessicheren Augen zu sehen, die keinen Widerspruch dulden würden. Und auch der Haß auf Aubrey flackerte in seinem Blick, die Gier, ihn tot zu sehen. Malan empfand es als fast unerträglich, diesem verräterischen *Engländer* gehorchen zu müssen.

»Ich arbeite nicht für den KGB!« stieß er hervor.

»Aubreys Tod dient Ihren Interessen ebenso wie meinen – und denen der Leute, für die ich arbeite. Also hören Sie schon auf, sich zu winden, und fügen Sie sich ins Unvermeidliche, Paulus«, sagte Babbington mit herablassendem Grinsen.

Malan ließ sich schwer in einen Sessel fallen. In seinem Gesicht arbeitete es; dann glätteten sich seine Zornesfalten, und er sagte: »Also gut, Andrew. *Einverstanden.*«

Warum spürte er diesen Widerwillen in sich? Es war ihm doch sonnenklar, daß Aubreys Tod notwendig war. Er würde es als ebenso genugtuend empfinden wie Babbington, obwohl er keine persönlichen Motive hatte … oder etwa doch?

Eigentlich war die ganze Angelegenheit ebenso primitiv wie ein Familienzwist unter Zulus … Aubreys Nichte, sein eigener Vater, die Verbindungen zwischen Aubrey und ihm selbst – es war alles irgendwie völlig verfahren, als ob ein katastrophaler Ausgang des Geschehens unvermeidlich sei.

Er fühlte Babbingtons neugierigen, durchdringenden Blick auf sich ruhen.

Scheiß auf dich, Babbington.

Auf das *business* mit dem KGB konnte er getrost verzichten. In einem Jahr würden sie auf Knien angekrochen kommen, um ihre Säcke voller Diamanten wieder gegen harte Devisen einzutauschen. Er hatte keine Eile, konnte es sich leisten, zu warten ... und konnte es eigentlich auch nicht. Aubrey war ihm auf den Fersen. Malan sah auf und blickte direkt in die Augen des Engländers, der ihn immer noch musterte. Und dann lächelte.

»Ich will es hinter mich bringen«, sagte Babbington und betrachtete sein leeres Glas. »Ich will diesen fürchterlichen alten Mann tot sehen – und ich will dabei sein, wenn es geschieht.« Er lächelte, doch seine Augen lächelten nicht mit; dann sagte er gähnend: »Schon weit über meine übliche Schlafenszeit hinaus, fürchte ich. Wahrscheinlich werde ich kein Auge zutun können, aber ich sollte es zumindest versuchen!« Er stand auf und streckte sich. »Sie werden sich morgen früh als allererstes mit diesen Leuten treffen, nur um sicherzugehen. In Ordnung, Paulus?«

Malan sah wütend auf, aber dann murmelte er nur: »Ja, ich werde alles überwachen. Als Regisseur des letzten Akts dieser überlangen Tragödie, Andrew.«

»Danke, Paulus, vielen Dank.« Er seufzte befriedigt, und Malan sah ihn kalt an. »Gute Nacht also.«

Nachdem er ihn zur Tür gebracht hatte, ging Malan im Zimmer auf und ab; er konnte sich nicht beruhigen, der ohnmächtige Haß schnürte ihm die Kehle zu, so daß er seinen Wkisky kaum hinunterbrachte.

Das Schlimme war, Babbington *untergeordnet* zu sein, ihm gehorchen zu müssen; seine Prioritäten akzeptieren zu müssen. Selbst wenn es unvermeidlich war, und auch durchaus wünschenswert, daß Aubrey morgen abend starb ...

Kurz vor den Ausläufern Alexandras brachte er den Wagen zum Stehen. Vor dem Panorama der Schuttberge der Goldminen befand sich das ehemalige Township, dessen gewalttätige Geschichte immer noch die Atmosphäre dieses Orts bestimmte. Auf der anderen Seite der Straße lag ein Schrottplatz mit Türmen aufeinandergestapelter Autowracks. Vor ein paar Augenblicken war Malans roter Porsche durch die rostigen Gittertore dort hineingefahren.

Anderson rieb sich die Augen und gähnte. Ein schwaches Leuchten überzog den Himmel über dem Township. Er war aus seinem Schlummer erwacht, als Malans Wagen durch das Elektrotor seines Anwesens gefahren war. Es war ziemlich leicht gewesen, den roten Sportwagen im Auge zu behalten. Dann war Malan von der Schnellstraße abgebogen, durch einen schäbigen Vorort gebraust und dann auf diesen Schrottplatz abgebogen, vor dem Anderson überrascht gehalten hatte. An den rostigen Toren hing ein Schild, auf dem *De Vries* zu lesen war. Der Name sagte Anderson nichts.

Er fuhr noch etwa dreihundert Meter weiter die Straße entlang, bis er auf einen leeren, moosüberwachsenen Parkplatz stieß. Ein altes Schild stand vor der Einfahrt zu dem dahinterliegenden Motel. Die Aufschrift lautete: *Nur für Weiße.* Die Leute hier unten schienen sich nicht allzugut auf die wechselnden Verhältnisse einstellen zu können. Waren wohl nicht so flexibel ... Anderson öffnete die Wagentür und stieg aus. Die Luft des frühen Morgens war klar und frisch; er holte tief Atem und spürte, wie sich in ihm die Neugier regte wie im Magen eines Löwen plötzlicher Hunger. Eine leichte Brise trug ihm den Geruch gebratenen Specks zu. Die Schornsteine der umliegenden Fabriken und die Minen, der Ernährer Südafrikas, spuckten Rauch und Staub in die Luft. Er öffnete den Kofferraum und nahm die Pistole und das Richtmikrophon heraus. Schwarze Männer trotteten wie erschöpfte Athleten die Straße entlang. Die meisten befanden sich auf dem Nachhauseweg von der Nachtschicht in den Minen.

Dieser Ort hatte etwas Trostloses, Gottverlassenes, und

der riesige Schrottplatz mit seinen Türmen wertlosen Autoblechs bildete den passenden Hintergrund. Er ging über die Straße und spähte durch die Gittertore. Malans Porsche war nirgends in Sicht. Er öffnete das Tor einen Meter weit und ging hindurch; Adrenalin kribbelte in seinen Händen. Seine Glieder waren noch steif von der im Wagen verbrachten Nacht. Gleich beim Tor standen Bagger, Dampfwalzen und große Schaufelkräne – die ihn an die kleinen Kräne in den Vergnügungsparks der Seebäder an der britischen Atlantikküste erinnerten: In gläsernen Würfeln konnte man mit diesen Spielzeugkränen nach Schokoladenriegeln und Glasschmuck fischen. Das Geld in den Schlitz stecken und den Kran eilig umherschwenken, bevor die Groschen zu Ende gingen ... und jetzt waren es ausrangierte Autos, über denen die Greifklauen der Kräne lauerten, bereit, zuzupacken und sie in die Müllpresse zu werfen. Auch Malan würde bald am Haken zappeln ... Er ging lautlos zwischen den umherliegenden Schrotteilen durch, wobei er das Richtmikrophon an einem Stativ vor sich hertrug wie eine überdimensionale Gartenschere.

Dann, nachdem er den paar schwarzen Arbeitern und ein oder zwei Weißen ausgewichen war, hatte er Malan gefunden. Er stand in Begleitung zweier weißer Männer auf den Stufen eines ausgedienten Zirkuswagens. Neben dem Caravan befand sich ein fahrbares Toilettenhäuschen, dessen beißender Geruch Anderson in die Nase stieg. Die beiden Afrikaner sahen aus, als seien sie einer Zeitungskarikatur entsprungen: Bartschatten, Bierbauch, Stiernacken. Anderson stützte sich mit den Ellbogen auf den eingedellten Kotflügel eines roten, verrosteten Fords und stellte die Schärfe des schweren Objektivs ein, das er auf seine Fotokamera aufgesetzt hatte. Malan und die beiden Männer tauchten plötzlich vergrößert in der Kameralinse auf. Er begann, seine Fotos zu schießen, wobei er sich hauptsächlich auf die beiden Unbekannten konzentrierte, aber immer achtgab, daß auch Malans Profil mit im Bild war.

Warum ihn nicht jetzt schon töten? Aber er wußte genau, warum: Er hatte keinen sicheren Fluchtweg. Denn er wollte

– und fast schämte er sich dessen – *überleben*. Trotz Margarethe, trotz seiner Trauer, er wollte es im tiefsten Inneren nicht, daß er bei der Liquidierung Malans selber umkam.

Malan gestikulierte wütend, und Anderson schob sein Richtmikrophon auf die Kühlerhaube des Ford und hielt es in Richtung des Caravans. Er steckte den Ohrstöpsel des Mikrophons in sein rechtes Ohr und hörte: »Ich bringe den Engländer heute nacht hierher ... und ich will, daß es dann zu Ende gebracht wird. Meine Leute werden sich der Sache annehmen.« Malans Hand schnitt durch die Luft. »... kein Problem.« Die gemurmelte Antwort von einem der beiden Afrikaaner war unverständlich, aber der Tonfall war – wahrscheinlich durch die Aussicht auf Belohnung – eifrig und zuvorkommend. Dann winkte er Malan, ihm in den Caravan zu folgen, und alle drei gingen hinein und schlossen die Tür hinter sich.

Anderson fluchte verhalten und beobachtete durch die Fenster des Caravans, wie sie aufgeregt hin und her gingen, hörte sogar ihre Stimmen durch die dünnen Wände, bevor ihre Worte im Dröhnen eines startenden Krans untergingen. Die Greifer des Krans packten das erste Autowrack des Tages und ließen es in den Schlund der Preßmaschine fallen, deren ohrenzerfetzende metallische Mahlgeräusche ihn sein Richtmikrophon abschalten ließen. Die Unterhaltung im Caravan mußte sich wohl um Aubrey drehen. Malan erschien in einem der Fenster, lächelnd, gestikulierend, entscheidend. Es war eine Falle. Sie wollten Aubrey töten, Malan und Babbington. Eine Liquidation. Aubreys Leiche würde in der Müllpresse oder anderswo auf dem Gelände des Schrottplatzes verschwinden. Anderson sah sich um. Ringsum stapelten sich ausgebrannte verrostete Autos, alte Reifen und sonstiger Zivilisationsmüll.

Malan kam aus dem Caravan und blieb als Zielscheibe auf der obersten Stufe des Treppchens stehen. Anderson sah ihn wie in einem Fadenkreuz vor sich. Hier konnte es geschehen, erkannte er plötzlich. Hier würde es möglich sein, Malan zu töten und zu entkommen.

Doch ließ er es zu, daß Malan die Stufen hinunter und zu

seinem Wagen ging – er war sich seiner Sache sicher. Er wußte, wo und wie er Malan erwischen konnte, und das war alles, worauf es ankam. Das Blech um ihn herum begann, sich in den frühen Sonnenstrahlen aufzuwärmen, und der morgendliche Dunst löste sich allmählich auf. Dies war der erste gute Morgen seit Margarethes Tod. Malans Porsche entfernte sich von dem schäbigen Caravan und rollte zwischen den aufgetürmten Autowracks auf den Ausgang zu. Eine weitere Blechkarosserie hing am Haken des Krans über dem gefräßigen Maul der Müllpresse. Anderson erschauerte beim Gedanken daran, daß jemand in dem völlig zerstörten Auto den Tod gefunden haben mußte. Dann dachte er an Malan – und daß Malan ihm in die Falle laufen würde. Nicht Aubrey ging in die Falle, sondern Malan. Wenn Aubrey der Köder sein mußte, dann war es eben so. Er schuldete Aubrey fast nichts. Wenn ihm nicht Aubrey eingefallen wäre, als er das Wrack der Dakota entdeckt hatte, dann würde Margarethe noch leben.

Vorsichtig ging er zwischen den Blechpyramiden hindurch, das Richtmikrophon in einer Hand, die Kamera um seinen Hals gehängt. Ein Schwarzer hielt sich in der Nähe des Ausgangstores auf, doch er war gerade dabei, ein Auto auszuschlachten und beachtete Anderson nicht, als er durch das Tor ging und über die Straße seinem Auto zustrebte. Der Himmel über ihm war zartblau. Die von Malans Porsche aufgewirbelte Staubwolke löste sich bereits auf. Anderson legte Kamera und Mikrophon achtlos in den Kofferraum. Eigentlich brauchte er Malan gar nicht mehr zu folgen, denn was zwischen jetzt und heute nacht geschah, war ohne Belang. Er ließ den Motor an und wendete den Wagen. Er würde zu seiner schmuddeligen Pension zurückfahren und sich schlafen legen. Seinen Reisewecker stellen, als müßte er rechtzeitig aufwachen, um pünktlich zur Arbeit zu kommen ... und das war es auch. Arbeit. Sein letzter Job.

Auf der Straße herrschte reger Verkehr, zumeist Pendler, die zur Arbeit in die Stadt fuhren. Er kam an einem Unfall vorbei, ein PKW, der von einem Laster zerquetscht worden war, doch er sah kaum hin. Zwei weitere Wracks für den

Schrottplatz, auf dem er heute nacht Malan erwischen würde, auf dem Malan mit einem kleinen Loch in der Stirn seinen Mund überrascht öffnen, umfallen und seinen letzten Atem aushauchen würde. Vergeltung.

Die Häuser zu beiden Seiten der Straße standen dichter beieinander, je mehr er sich der Stadt näherte; nicht die Häuser reicher Leute, nur Apartmenthäuser und alte, heruntergekommene Villen. Die Golfplätze und weißen Stuckvillen, die nun vor dem Zentrum Johannesburgs auftauchten, waren zum Teil hinter ganzen Straßenzügen schäbiger Häuser versteckt. Dann kam der Stadtteil Hillbrow; trostlose Straßen, billige Pensionen, die Rucksacktouristen und Gelegenheitsarbeitern als Absteige dienten.

Er bog in eine schäbige Seitenstraße, in der alte Autos schief am Bordstein parkten und wo der Bürgersteig von Unrat übersät war. Die Häuser sahen mager und verkümmert aus, als bekämen sie nicht genug Sonnenlicht ab. Die Pension, in der er unter falschen Namen wohnte, war auf der linken Seite; er suchte einen freien Parkplatz …

… und sah die Streifenwagen, die Polizisten auf der Straße und dem Gehsteig. Die Blaulichter auf den Wagendächern drehten sich langsam und hypnotisch. Vor *seiner* Pension. Die Geschäfte, Schnellrestaurants und billigen Hotels ringsum schienen schadenfroh zu grinsen, als hätten sie die Überraschung geplant.

Malans langer Arm. Sie hatten ihn gefunden.

Hyde mußte bei Holoog warten, um sicherzugehen, daß sie sich an die auf der gestohlenen Karte eingezeichnete Route hielten. Als der Konvoi die schmale, steil ansteigende Straße zum Fish River Canyon hinauffuhr, hatte er sich eilig in den Land Rover gesetzt und war ihnen vorausgefahren. Ihm blieb nicht mehr viel Zeit, bis die Laster und der jetzt vollbesetzte Pickup an dieser Stelle ankommen würden, genau *hier* …

Die Sonne des Winternachmittags verbrannte seine Schultern, und sein schweißfeuchtes Hemd klebte an seinem Rücken. Er hatte den Landrover ungefähr eineinhalb

Kilometer von der Schlucht entfernt versteckt, am Ende einer steilen Schotterstraße. Die Paßstraße schlängelte sich in südlicher Richtung weiter in die Berge und Hügel hinein. Dann war er zurückgelaufen, bis zu der Stelle, die er für den Hinterhalt ausgewählt hatte. Er würde einen Bergrutsch verursachen, würde sie einkesseln, so daß sie nur zu Fuß entkommen konnten.

Er sah hinunter zum Flußbett des Fish River Canyon. Hie und da ein paar zusammengeschrumpfte Wasserlöcher, das war alles, was der Fluß in der Trockenzeit zu bieten hatte. Nur während der Regenzeit wurde der Fish River zu einem Fluß – falls es wirklich regnete. Am Rand eines Wasserlochs sah er ein paar Antilopen, Zebras und einige Affen. Der Canyon wand sich in beiden Richtungen meilenweit durch bergiges, unwegsames Gelände. Hyde sah sich um. Ringsum flimmerten die Hochebenen und Hügel in der heißen Luft. Die Wüstenlandschaft war, soweit das Auge reichte, von Canyons durchpflügt; eine trokkene, leere, sonnenverbrannte Ödnis. Bis zur Grenze zu Südafrika waren es nur noch siebzig Kilometer. Hier war seine letzte Chance, sie aufzuhalten. Hier, auf dieser kurvigen Straße innerhalb des Canyons.

Die Straße fiel hier für einige Kilometer ab, wand sich tief in die Schlucht hinein, bevor sie wieder emporstieg und weiter über die Ebene führte. Hier gab es Felsüberhänge – Felsen, die man wegsprengen konnte, damit sie auf die Straße fielen. Ein Erdrutsch.

Die beiden Felsüberhänge, die er ausgewählt hatte, waren durch eine scharfe Biegung der Straße voneinander getrennt. Er würde irgendwo in der Mitte warten, vielleicht nur notdürftig hinter einem Busch verborgen, und dann mußte er schnell sein – und treffen. Er sah auf seine Uhr. Sie würden auf der Straße durch den Canyon – die letzten fünfzehn Kilometer etwa – nicht schneller als vierzig Stundenkilometer fahren können … er hatte drei, vielleicht vier Minuten. Er achtete auf den Boden unter seinen Sohlen – noch bebte nichts, noch kündigte nichts das Herandonnern der beiden Sattelschlepper an.

Und sobald er die Aktion begonnen hatte, würden sie versuchen, rückwärts herauszufahren, zu …

… mir! Und ich werde in der Mitte der Straße auf sie warten …

Er sah die Straße hinunter in die Richtung, aus der sie kommen mußten, doch zu viele Kurven versperrten die Sicht. Eine Staubwolke war auf jeden Fall noch nicht zu sehen. Noch nicht.

Viel Feind, viel Ehr.

Seine Körpertemperatur stieg plötzlich an, als hätte man ihm eine Spritze gegeben, und er fuhr sich mit beiden Händen durchs Haar. Er ging über die Straße und beugte sich über die beiden Metallkisten, die er aus dem Landrover mitgenommen hatte. Sie wogen zusammen über fünfundzwanzig Kilo; seine Arme schmerzten noch von der Anstrengung, die es ihn gekostet hatte, sie im Laufschritt bis hierher zu tragen. Der Boden unter seinen Füßen erzitterte leicht, als wolle er ihn vor einem drohenden Erdbeben warnen. Das war der Konvoi.

Er öffnete eine der Kisten, nahm ein kurzes Metallrohr heraus und legte es neben sich auf den Boden. Der Sand bebte unter seinen Fingerspitzen, und ihm brach der Schweiß aus. Er nahm ein zweites Rohr heraus und legte es neben das erste, dann öffnete er die zweite Kiste und entnahm ihr noch zwei weitere Rohre. Vier Raketen mit ihren kurzen Finnen legte er daneben. Hyde arbeitete nun in fieberhafter Eile, lud jedes Rohr mit einer Rakete und ließ das innere Metallrohr jedes Raketenwerfers einzeln einrasten: Gerade hörte er das Geräusch des Einrastens bei dem vierten Raketenwerfer, als der Lärm der schweren Laster, die mit quietschenden Bremsen die abfallende Straße hinunterdonnerten, alles andere übertönte. Er überprüfte das Visier des ersten Raketenwerfers und warf sich dann flach auf den Bauch hinter einen dornigen Busch und ein paar Felsbrokken. Der Lärm der beiden Sattelschlepper war ohrenbetäubend, und der Boden unter ihm erzitterte. Er legte seine Hände über seine Ohren und preßte seinen Mund an seinen Oberarm, doch dann glitt ein unerwartet kleiner Schatten über ihn hinweg. Er blickte schnell auf und sah …

... einen altersschwachen grünen Jeep, der vor dem ersten Laster herfuhr. Ein weißhaariger alter Mann saß am Steuer, neben ihm auf dem Beifahrersitz seine ebenfalls weißhaarige Frau; sie fuhren langsam, bestaunten mit offenen Mündern die Landschaft und den Abgrund zu ihrer Rechten. Dann donnerten die beiden Sattelschlepper vorbei, dann der Pickup, und Hyde sprang auf die Füße und rannte im umherwirbelnden Staub des Konvoi auf die Mitte der Straße.

Verdammte Scheiße, warum müssen diese närrischen Alten ausgerechnet jetzt dort lang fahren?

Er hatte keine Wahl, er mußte es in Kauf nehmen, daß sie vom Bergrutsch begraben wurden ... er hatte keine Wahl. Er mußte im genau richtigen Moment feuern.

Der Staub legte sich, und Hyde fühlte sich schutzlos, ohne Deckung mitten auf der Straße. Er hob den Raketenwerfer, brachte das primitive, aber wirkungsvolle Zielfernrohr an sein Auge und sah einen Moment lang nichts als Staub; dann umschlossen die Entfernungsmarkierungen und das Zielkreuz den Pickup. Er hob das Rohr leicht an, eine Hand am Abzugsgriff, entsicherte es mit der anderen Hand. Der grüne Wagen tauchte kurz in der Optik auf, dann nahm Hyde den Felsüberhang ins Visier. Entfernung zweihundertundfünfzig Meter, Zielobjekt unbeweglich.

Er drückte ab. Es gab nur einen ganz leichten Rückstoß, doch er wandte sein Gesicht von der Stichflamme des Projektils ab, das aus dem Metallrohr schoß. Nur Bruchteile von Sekunden, und dann zerbarst der Felsüberhang mit ohrenbetäubendem Krachen; eine Fontäne von Stein und Erde wurde in die Luft geschleudert. Hyde ließ den Raketenwerfer fallen und hob den zweiten auf, entsicherte ihn und visierte sein Ziel an. Felsbrocken flogen aus der dichten Explosionswolke heraus, und die Felswand sackte langsam in sich zusammen; wie eine Zeitlupenaufnahme von der Sprengung eines Hochhauses. So stark war dieses Bild, daß er fast erwartete, ins entblößte Innere von Wohnungen zu sehen statt auf nackten Fels. Er feuerte die zweite Rakete auf den Überhang. *Der grüne Wagen, Himmelherrgott, diese armen Teufel ...*

Jetzt hörte er das Quietschen von Vollbremsungen, hörte sogar Schreie aus dem Inneren des Pickups, und das langsame Grollen des Erdrutsches. Dann schlug die zweite Rakete ein, und alles wurde erneut in Staub gehüllt; das Donnern der Explosion rollte an den Wänden der Schlucht entlang. Die Staubwolke wälzte sich wie ein landwärts wandernder Ozeannebel auf ihn zu. Vielleicht hatten es die beiden Alten in dem grünen Wagen ja geschafft …

Er lief zum Straßenrand und holte die beiden anderen Raketenwerfer. Das Echo der Explosionen rollte wie ferner Donner über die Berge ringsum. Dann hüllte ihn die Staubwolke ein, und gleichzeitig hörte er das Quietschen der Reifen, als die Fahrzeuge hastig gewendet wurden. Er rannte die Straße zurück in Richtung des zweiten Überhangs. Möglich, daß seine Explosionskraft der Raketengeschosse nicht ausreichen würde. Wieviel Fels und Geröll wirklich herunterkommen, wieviel davon auf der Straße liegenbleiben würde, bevor es in die Schlucht fiel, war schwer zu sagen. Er rannte um die Kurve, aus der Staubwolke heraus, und das Sonnenlicht blendete ihn. Hinter sich hörte er Schreie und die Geräusche durchdrehender Reifen. Er lief unter dem Felsüberhang durch, rannte etwas weiter, dann blieb er stehen und wandte sich um. Seine Kehle war voller Staub und sein Atem rasselte. Er hob den Raketenwerfer auf seine Schulter, zielte und feuerte. Stichflamme, die Rakete schoß aus dem Rohr und schnurgerade auf ihr Ziel zu. Explosion. Felsen grollten, kreischten protestierend und polterten herab. Der Pickup fauchte im Rückwärtsgang aus der Kurve auf, und er sah durch die Staubwolke die angespannten Gesichter der Insassen, die Augen panisch auf den Abgrund gerichtet, der sich neben der Straße auftat … und dann entdeckten sie ihn. Sofort wurden Befehle geschrien, und Hyde sah schwarze Gewehrläufe, die sich hoben.

Er stützte sich auf ein Knie und feuerte nochmals in das Chaos aus herunterrollenden Felsen und Geröll. Die Stichflamme der Explosion sah er nicht, doch er hörte die Detonation. Die gesamte Felswand löste sich und glitt langsam wie eine Schlammlawine auf die Straße zwischen ihm und dem Pickup.

Hyde hörte Schreie und das Röhren des Dieselmotors – der Pickup, der sich in wilder Panik vor dem zweiten Erdrutsch in Sicherheit brachte. Dann wandte er sich um und rannte vor der sich auf ihn zuwälzenden Staubwolke davon die Straße entlang, bis er den schmalen Spalt erreichte, der durch die gezackten Felsen hindurch nach oben führte.

Klettere hoch, sieh dir an, was du angerichtet hast.

Zwei alte Leute in einem grünen Wagen ...

Er fing an zu klettern, während ihm der Schweiß in Strömen über den Körper lief und der Staub in seinem Hals ihm das Atmen fast unmöglich machte. Das Gewehr in seiner Hand schabte über die Felsen. Der Kampf hatte begonnen, mit einem Paukenschlag ...

... aber nicht mit dem Tod zweier Zivilisten, bitte, lieber Gott ...

Doch jetzt gab es kein Zurück mehr. Der Canyon war eine tiefe, gezackte Wunde in der menschenleeren Ödnis, die heiß und feindselig in der Nachmittagssonne flimmerte.

Er machte einen weiteren Klimmzug an einem schmalen Felsvorsprung, und seine Muskeln zitterten vor Anstrengung.

Der grüne Wagen. Diese armen Schweine.

DREI

Wage es, mir in die Wüste zu folgen

Der Fahrstuhl erklomm langsam und beschwerlich wie ein asthmatischer Greis die höchste Ebene des Parkhauses. Auf den Metallwänden im Inneren der Kabine schrien ihm Graffitiparolen Obszönitäten ins Gesicht. Anderson blickte auf seinen Aktenkoffer hinunter, in dem sich das auseinandergeschraubte Gewehr, das Nachtsichtgerät, die Ersatzmunition und Kleidung befanden; beruhigend. Es war leicht gewesen, aus der Situation in Hillbrow zu entkommen: an der Pension vorbeizufahren, die Polizisten und die kleine Menge der Schaulustigen mit einem gelangweilten Blick zu bedenken ... genauso leicht war es gewesen, den Mietwagen zurückzugeben und in einem Restaurant zu frühstücken ... Doch als es Mittag wurde, begann die ständige Nervenanspannung an ihm zu zehren. In den Mittagsausgaben der Abendzeitungen war überall sein Foto abgedruckt. Er sah ständig über seine Schulter, mußte sich wieder und wieder vergewissern, daß ihm niemand folgte.

Der Aufzug rumpelte, und Andersons Temperatur stieg plötzlich an, die Konzentration zehrte an ihm wie ein Fieber. Bald würde es zu Ende sein, so oder so ... Malan hatte Aubrey im Carlton-Hotel besucht, zweifellos um mit ihm noch einmal das Treffen in dem Vorort Johannesburgs zu besprechen – sicherlich hatte er vergessen zu erwähnen, daß Aubrey dieses Rendezvous nicht überleben sollte. Noch in dieser Nacht planten sie, den Alten umzubringen. Er rieb sich mit seiner freien Hand den Oberarm. Der Lift kam zum Stehen, und die Türen öffneten sich. Er betrat die weiträumige, schattige Parkebene.

Er mußte Aubrey benutzen – der alte Mann war schließlich aus eigenem Antrieb hier, nur seine eigene Naivität hatte ihn in diese Lage gebracht. Und er hatte ihn bereits gewarnt. Andersons Schritte hallten von den Betonwänden wider, lauter als der Straßenverkehr unter ihm. Die heiße afrikanische Sonne war in der schattigen Kühle kaum zu spüren. Er fühlte sich nicht allzu wohl dabei, doch solch eine Gelegenheit, sich an Malan zu rächen, würde sich vielleicht nie wieder bieten, und die Fahndung nach ihm selbst lief auf Höchsttouren; es war nur eine Frage der Zeit …

Auf dem Betonboden, im weicher werdenden Licht des späten Nachmittags, schimmerten Öl- und Benzinpfützen in den Farben des Regenbogens. Einige Stockwerke unter sich hörte er das Quietschen von Autoreifen eines ungeduldigen Fahrers, der die engen Kurven zwischen den Parkebenen erklomm. Anderson würde hierbleiben und Malans Büro beobachten, bis dieser zum Carlton fuhr, um Aubrey abzuholen.

Aubrey. Das erste, was ihm zu dem Mann einfiel, war seine unerschütterliche Moral, seine Geradlinigkeit – die einst sein Leben gerettet hatte. Die plötzliche Erinnerung an die gemeinsame Vergangenheit verunsicherte ihn. Doch er gewann das Gleichgewicht wieder und schüttelte den Kopf. Was damals gewesen war, zählte nicht, es zählte nur das, was jetzt, *heute*, wichtig war, sagte er sich. Er sah das Heck seines Wagens aus einer Reihe geparkter Autos herausragen und strebte eilig darauf zu.

Anderson öffnete den Kofferraum, legte die Aktentasche hinein und nahm das Fernglas heraus. Eine Tasche mit dem Präzisionsgewehr, ein Nachtsichtgerät – mehr brauchte er nicht. Die Sonne stand jetzt so tief, daß sie schräg über die Autodächer hinwegschien, orangefarbenes Licht auf die Kofferraumhaube warf, die Staubschicht auf dem Blech …

Andersons Hand lag auf der Haube, bereit, sie zuzuschlagen; er hinterließ einen Abdruck im Staub … und warf einen schnellen Blick nach vorne, als er sich an etwas erinnerte, was ihm eben aufgefallen war, ohne wirklich in sein Bewußtsein zu dringen. Dort hatte eine *andere* Hand dieselben Spuren am Rand der Motorhaube hinterlassen, und daneben befand sich ein weiterer verwischter Abdruck, als hätten zwei Hände die Motorhaube vorsichtig zugedrückt. Die Sonne brachte es ans Licht. Seine Hand bebte auf dem Kofferraumdeckel, er hielt ihn immer noch mit feuchten Fingerspitzen offen, und der erste Schweißtropfen verfing sich in seiner Augenbraue. Es roch stark nach Benzin, wie die Auspuffgase eines Autos an einem kalten Wintermorgen. Sein Magen flatterte bei der Vorstellung, daß sich die Motorhaube aufblähen könne wie ein Frosch, dann explodierte …

Unter Aufbietung all seiner Willenskraft ließ er ganz allmählich den Kofferraumdeckel herabsinken, bis das Blech die Knöchel seiner anderen Hand berührte. Er ließ den Deckel in der Schwebe, ohne ihn ganz zu schließen, und bewegte sich vorsichtig um den Wagen herum. Nirgendwo Spuren, bis er sich hinunterbückte – *Bingo*. Die Abdrücke zweier behandschuhter Hände, die die Kühlerhaube geschlossen hatten, nachdem sie …

Er kniete auf dem fleckigen Betonboden, die Sporttasche um die Schulter geschlungen, und spähte unter den Wagen. Ölwanne, Motorboden, Auspuff … und ein krebsartiger Tumor, aus dem Drähte ragten. Wahrscheinlich mit dem Anlasser des Wagens verbunden. Oder der Auslöser der Bombe reagierte auf Erschütterung … *oder auf das Radiosignal einer Fernbedienung*. Er richtete sich auf und warf wilde Blicke in alle Richtungen. Niemand zu sehen. Wirklich? Wieder schweifte sein Blick mit höchster Konzentration über die Parkebene. Niemand. Der Schweiß lief ihm in Strömen über den Körper. Er fuhr sich mit seinen Händen hastig über das Gesicht, zitternd vor Anspannung.

Vorsichtig hob er die Kofferraumhaube an und nahm seine Aktentasche heraus, als die erste lautlose Kugel mit wütendem Pfeifen vom Blech seines Wagens abprallte. *Pistole, kleines Kaliber, Schalldämpfer* registrierte sein Hirn. Er starrte auf die Delle, die die Kugel im Blech hinterlassen hatte. Dann duckte er sich hinter den Wagen, und selbst in der reflexhaften Suche nach Deckung vergaß er nicht, die Kofferraumhaube angelehnt zu lassen. Er kauerte neben dem Hinterreifen, ein Knie in einer Ölpfütze. Ein zweiter Schuß ließ die Heckscheibe zerbersten, und es regnete feine Scherben auf ihn herab. Siedend heiß wurde ihm klar, daß er sich auf der gleichen Ebene wie die Bombe befand und daß jeder Schuß sie hochgehen lassen konnte.

Verdammte Scheiße …

Ein dritter Schuß. Von woher? *Woher?* Die Pistole mit Schalldämpfer war nicht durch eine Mündungsflamme zu orten. Die vierte Kugel bohrte sich in den neben ihm parkenden Wagen, zerschlug die Windschutzscheibe und das Seitenfenster. Wie viele waren es? Er beugte sich vor und zog den Aktenkoffer zu sich heran, eine Kugel fetzte an seiner Hand vorbei über den Zement. Ein einzelner Schütze? Die Kugeln schienen alle aus derselben Richtung zu kommen. Außer dem entfernten Reifenquietschen einige Ebenen unter ihm, dem Summen des Verkehrs und dem gelegentlichen Hupen von der Hauptstraße konnte er nichts hören. Stille.

Er kroch in die Richtung, aus der die Schüsse gekommen waren; glitt hinter den Wagen neben sich, zwängte sich zwischen der hinteren Stoßstange des Wagens und der Zementwand der Parkebene hindurch. An einem zweiten Wagen vorbei, dann an einem dritten – zuckte zusammen, als ein Schuß über das Dach seines Mietwagens pfiff. Den Aktenkoffer an die Brust gedrückt, kroch er an einem Volvo vorbei – das Markenzeichen auf dem Kühlergrill in Augenhöhe. Die Pistole steckte hinten in seinem Hosenbund, und der Griff schabte leise an der Betonwand hinter ihm entlang, das Geräusch übertönt vom Verkehrslärm Johannesburgs. Sein Handrücken fuhr über die Augenbrauen …

… Schritte, verstohlen wie das Trappeln einer Ratte auf dem Dachboden. Er hob den Kopf über das Dach eines BMW und sah eine Gestalt im Gegenlicht, in einer Hand einen stumpfen Gegenstand und mit der anderen Hand etwas ans Ohr gepreßt. Der Schütze forderte wohl Verstärkung an. Ohne nachzudenken riß Anderson die Pistole aus seinem Hosenbund und entsicherte sie … der Mann war im Augenblick von einer amerikanischen Limousine verdeckt, dann war er wieder da, deutlicher zu sehen als zuvor über dem geschwungenen Dach eines Cadillac. Andersons Ellbogen stützten sich aufs Dach des BMW, die Pistole in beiden Händen, beide Arme ausgestreckt, feuerte er zweimal. Die Pistole ruckte in Andersons Händen, als Kopf und Brust des

Mannes nach hinten geschleudert wurden und seine Waffe scheppernd über den Beton schlitterte. Das Kreischen von durchdrehenden Reifen, als ein Wagen die Rampe hinaufraste, übertönte alle anderen Geräusche, selbst seinen keuchenden Atem, während er zum Ausgang sprintete.

Oben angekommen, warf Hyde sich sofort auf den Bauch und setzte sein Fernglas an die Augen. Die Sicht war verschwommen, und er stellte es schärfer. Ein grüner Farbfleck erregte seine Aufmerksamkeit, und er seufzte erleichtert, als er die beiden Alten aus ihrem Jeep heraustaumeln und erschrocken auf den Erdrutsch starren sah, der hinter ihnen niedergegangen war.

Sie haben's geschafft. Gottseidank!

Der Mann und die Frau stützten einander, als stünden sie vor den rauchenden Überresten ihres abgebrannten Zuhauses. Seine dünne, zitternde Hand tätschelte fortwährend beruhigend ihre Schultern und Wangen. Es war seltsam berührend, das mitanzusehen, und Hyde ließ seinen Blick weiterschweifen …

… zu Blantyre hinüber, der mit den Armen fuchtelte und auf etwas zeigte. Hydes schweißnasses Hemd fing an, unbehaglich an seinem Rücken zu kleben. Die Fahrerkabine des ersten Lastwagens war wie eine Bierdose von einer wütenden Hand zusammengedrückt worden, doch der Container selbst war zum Glück intakt geblieben, nur ein wenig eingedellt von den Gesteinsbrocken, die auf ihn herabgestürzt waren. Zwei Männer versuchten die Tür zur Fahrerkabine zu öffnen, zögernd und voll Furcht vor einem eventuellen Leck im Container, doch von Blantyres gebrüllten Befehlen vorangetrieben. Die Tür ließ sich nicht mehr öffnen. Hydes Herz hämmerte gegen den Fels, auf dem er lag. Die Straße unter ihm war vollkommen unter einem Erdrutsch von vielen Tonnen Fels und Geröll begraben; die Staubwolke schien sich nur widerwillig zu verziehen. Zögernd ließ er seinem Blick durchs Fernglas an der wütenden, massigen Gestalt Blantyres vorbeigleiten und zu dem zweiten Sattelschlepper hinschweifen. Einer der Männer schien sich am Arm verletzt zu haben. Dann richtete Hyde sein Fernglas zur anderen Seite; von dem zweiten Erdrutsch war viel Geröll in das trockene Flußbett im Canyon gestürzt, doch es reichte aus: In der Mitte der Straße lag ein Geröllhaufen, der vielleicht sechs bis sieben Meter hoch war und absolut unüberwindbar – außer zu Fuß. Sie saßen in der Falle.

Blantyre hatte ein Fernglas gehoben und suchte methodisch die umliegende Umgebung ab. Er mußte den Sprengstoff selbst in der staubdurchtränkten Luft noch riechen können. Natürlich würde er wissen, was geschehen war – und wer dahintersteckte. Selbst wenn er tatsächlich geglaubt hatte, die ermordete Wache und der zerstörte Jeep seien das Werk von SWAPO-Guerilleros oder Banditen – nach diesem neuerlichen Überfall müßte er blind sein, um nicht zu sehen, daß nur Hyde dahinterstecken konnte; bald würde er in Aktion treten.

Er zeigte mit dem Arm in die Richtung von Hydes Versteck und schrie etwas. Hyde zuckte zusammen, als sei er entdeckt worden, und duckte sich. Einer der Soldaten, wohl der Fahrer des zweiten Lasters, schüttelte furchtsam den Kopf. Blantyre ging wutentbrannt auf und ab, doch dann beruhigte er sich, und sein Kopf begann zu nicken, während der Fahrer auf den Erdrutsch zeigte, der ihren Weg blokkierte.

Blantyre rief die gesamte Truppe zu sich und zeigte auf den Erdrutsch; dann eilte er darauf zu. Hyde schwenkte das Fernglas herum und sah wieder den grünen Fleck auf der anderen Seite der Barrikade aus Erde und Fels, das Auto der beiden Alten. Sie hielt die abschraubbare Tasse einer Thermosflasche in beiden Händen, aus der eine heiße Flüssigkeit dampfte, und nippte daran, während er ihre bloßen Arme streichelte und mit beruhigenden Gesten auf sie einsprach …

O mein Gott.

Sie waren Zeugen. Blantyre kletterte über die Felsbrokken weg, in eine Staubwolke gehüllt. Zwei Männer, die kurze, stumpfe Waffen – Uzis wahrscheinlich – von ihren

Schultern hängen hatten, kletterten ihm hinterher. Die alte Frau fuhr fort, kleine Schlückchen aus der Tasse zu nehmen. Das heiße Getränk schien sie zu beruhigen ... Blantyre war auf dem Kamm des Schutthaufens angelangt und hielt inne. Die zwei Männer holten ihn ein, und alle drei sahen auf die beiden Alten und den grünen Jeep hinunter. Sie waren Augenzeugen, die beiseite geschafft werden mußten. In den Gesichtern der beiden alten Leute las Hyde nun wachsende Sorge, was denn wohl mit dem Konvoi passiert wäre, der hinter ihnen gewesen war, als sich der Felsüberhang gelöst hatte ... Beide wandten sich gleichzeitig um. Und entdeckten Blantyre. Sie sahen erleichtert aus, fingen an, auf ihn zuzugehen, ohne die beiden Männer zu bemerken, die von der Seite mit ihren Maschinenpistolen im Anschlag auf sie zukamen.

Oh, du verdammtes Schwein ...!

Es hatte keinen Sinn, sie zu warnen. Ihre Exekution war unvermeidlich. Hyde biß sich auf die Unterlippe, als er das Knattern hörte; die Körper der alten Leute sackten langsam zusammen, so weit voneinander entfernt, wie sie es niemals gewünscht hätten. Blantyre kletterte den Geröllhaufen hinab und geriet kurzzeitig außer Sichtweite. Hydes Reaktion war instinktiv, sogar dumm. Er hob das Gewehr, klappte den Kolben zurück, drückte ihn an seine Schulter und entsicherte. Hastig stellte er das Zielfernrohr scharf. Ein schweißüberströmter Hemdrücken wurde sichtbar – und er feuerte. Dann nahm er den zweiten Mann ins Visier. Hyde schoß ein zweitesmal, dann ein drittesmal, denn sein Finger hatte zu hart auf den Abzug gedrückt, statt daran zu ziehen. Der zweite Mann, auch er trug ein verschwitztes Buschhemd, fiel gegen die Felsen, als wolle er sich ausruhen. Zwei tot, als Rache für die beiden Alten.

Blantyre war bereits hinter ein paar Felsen in Deckung gegangen. Er würde die beiden Leichen so liegen lassen, wie sie waren. Der Rock der alten Frau war nach oben über ihre dünnen Schenkel gerutscht, als sie fiel. Welch herzzerreißender Gedanke, daß sich die ausgestreckten Hände der beiden nie wieder finden würden.

Auf der anderen Seite des Erdrutsches rannten die Männer wie aufgeregte Ameisen hin und her, um sich in Sicherheit zu bringen. Jemand war in ihren Bau eingedrungen ... Er feuerte dreimal, jedesmal flog eine leere Patronenhülse aus der rechten Seite des Gewehrs, dann Stille. Niemand bewegte sich. Sie waren alle in Deckung gegangen.

Es hatte begonnen. Er mußte sie dort unten halten, koste es, was es wolle. Das Schweigen lastete auf ihm. Die beiden Leichen auf der Straße, die Leichen auf der Spitze des Geröllhaufens ... wie schmutzige Wäsche, die in der Sonne trocknete.

Er mußte sie *alle* da unten festhalten.

Sein Regenwald war abgeholzt, sein natürlicher Lebensraum vernichtet worden. Auf den Titelseiten sämtlicher Zeitungen der Republik prangte sein Foto, während Schlagzeilen seine angeblichen Verbrechen hinausschrieen. Zu einem Zeitpunkt, da in einem ohnehin schon paranoiden Land der Verfolgungswahn seinen Höhepunkt erreicht hatte, war aus ihm eine Art Monster geworden, ein rechtsradikaler Terrorist, der die Regierung stürzen und den friedlichen Reformprozeß sabotieren wollte. Er hatte einen unbewaffneten Polizeibeamten ermordet, der seinen Wagen gefunden hatte. Es sollte sogar ein Untersuchungsausschuß gebildet werden, um der Frage nachzugehen, warum unbewaffnete Polizisten dazu gezwungen wurden, ihr Leben bei der Jagd auf einen so wilden, skrupellosen Mann zu riskieren. Sein Gesicht war allgegenwärtig. Er konnte es nicht riskieren, daß irgend jemand einen genauen Blick darauf warf, weder Angestellte von Mietwagenfirmen, noch Rezeptionisten in billigen Pensionen, noch Kellnerinnen in schäbigen Restaurants ... Er war der letzte Löwe auf einem abbrennenden *Veldt*, und man jagte ihn erbarmungslos.

Anderson lehnte in einer dunklen Gasse an den warmen Ziegeln einer Hauswand. Gelegentlich streiften ihn die Autoscheinwerfer der nahegelegenen Schnellstraße und das Blaulicht von Polizeiwagen und Ambulanzen. Ein paar Meter neben ihm saß ein betrunkener Schwarzer und schnarchte, die leere Flasche neben sich auf dem Asphalt. Immer wieder wurde die Stille des düsteren Sträßchens von einem scheppernden Radio unterbrochen, von einem Streit in einer der Wohnungen im Erdgeschoß oder trunkenem Gelächter. Vor dem Hinterausgang des Restaurants an der Ecke suchten Katzen in den Mülltonnen nach Essensresten. Er zuckte zusammen, als ein Tonnendeckel mit lautem Scheppern zu Boden fiel und über den Asphalt rollte wie eine Tellermine. Mit beiden Händen fuhr er über sein schweißgebadetes Gesicht, spürte das Zittern seiner Fingerkuppen an seiner Stirn.

Verdammt ... Verdammt ...!

Die Sporttasche stand zu seinen Füßen, und die Pistole in seinem Hosenbund drückte sich schmerzhaft in sein Kreuz. Er sah keine Möglichkeit, diesen Zustand durchzustehen, und auch keine Möglichkeit zur Flucht. Seine Hände im flüchtigen Licht eines vorbeifahrenden Wagens anstarrend, wußte er, daß er nichts tun konnte, nicht zu diesem Zeitpunkt. Jetzt war es undenkbar, Malan zu liquidieren und zu überleben. Er könnte von Glück reden, wenn er überhaupt aus Johannesburg noch lebend herauskam.

Du bist ausgebrannt, alter Knabe.

Sein Mut, seine Entschlossenheit – was auch immer es gewesen war, was ihn angetrieben hatte, es war erloschen. Er konnte seine Rachsucht nicht mehr spüren, nicht einmal mehr Haß. Ihre Überlegenheit war zu eindeutig; er hatte sie jedesmal zu spüren bekommen, wenn er einen Zeitungsstand oder ein Straßencafé umgehen mußte. Beim Anblick von Streifenpolizisten duckte er sich hastig in irgendeine Hauseinfahrt oder drehte sich abrupt um und ging in die andere Richtung. Schließlich hatte ihn ein vorbeifahrender Streifenwagen in diese stinkende, von Katzen und Betrunkenen bewohnte Gasse gescheucht, und dort hatte er sich nicht mehr beherrschen können, hatte den Spasmen seines Körpers nachgegeben und sich vor nackter Angst erbrochen. Und der Geruch seines eigenen Erbrochenen stieg ihm inmitten all der anderen unangenehmen Gerüche immer wieder in die Nase.

Alles was er jetzt noch tun konnte – falls ihm genug Willenskraft blieb, überhaupt etwas zu unternehmen – war, Aubrey anzurufen. Nur das noch. Aubrey warnen, daß Malan ihn in eine Falle locken wollte. Und mit dieser kleinen Geste würde er abdanken und sich davonmachen. Er hielt sich seine Armbanduhr vor die Augen. Ungefähr zwanzig nach neun. Die Ungewißheit und seine Furcht waren unerträglich.

Es war bereits zwanzig vor zehn, als er das Ende der Gasse erreicht hatte. Mit klopfendem Herzen war er an der Wand entlanggeschlichen, die lauten Stimmen einiger Passanten hatten ihm Adrenalinstöße versetzt. Ein Streifenwagen, der zufällig vorbeifuhr, hatte ihn gezwungen, lange Minuten in der Hocke auszuharren. Schließlich hatte er sich aufgerichtet und lehnte nun mit dem Rücken an der Wand, beide Handflächen an warmen Beton gepreßt. Er konnte nicht warten, bis sich die Straßen leerten – bis dahin würde Aubrey mit Sicherheit bereits tot sein.

Die Telefonzelle befand sich in vielleicht fünfzig Metern Entfernung an einer Kreuzung der geschäftigen, gutbeleuchteten Straße. Viele Passanten. Neun Uhr fünfundvierzig. Ein bewaffneter Polizist stand in etwa fünf Metern Entfernung zur Telefonzelle breitbeinig da, den Rücken ihm zugewandt, die Hände in die Hüften gestemmt. Die Telefonzelle war leer. Seine Fingerspitzen fühlten sich taub an, als er die Tasche in die Hand nahm und sich den Schweiß aus dem Gesicht wischte; dann trat er aus dem Schatten des Gäßchens auf den belebten Bürgersteig und tauchte in die Menge ein, ließ es zu, daß er gedrängelt und geschubst wurde und langsam auf die Telefonzelle und den unaufmerksamen Polizisten zutrieb. Noch dreißig Meter. Noch zwanzig. Er umklammerte die Tasche. Höchstens eine Minute würde er sich geben, genug, um Aubrey zu sagen: *Sie wollen dich umbringen – geh mit Malan* nirgendwo *hin* … Und wenn das erledigt war, konnte er fliehen; das Land verlassen über irgendeinen einsamen Grenzübergang zu Botswana oder sogar Namibia.

Ein Schwarzer nahm den Hörer von der Gabel und wählte

eine Nummer. Anderson blieb stehen, und die Menge bahnte sich murrend einen Weg um ihn herum. Der Blick des Streifenpolizisten wanderte über die Menge und die Telefonzelle hinweg; Anderson wandte sich hastig um und starrte blind auf die glitzernden Auslagen eines Juweliergeschäfts im eisenvergitterten Schaufenster. Er warf einen verstohlenen Blick auf die Telefonzelle. Der Schwarze gestikulierte, stritt sich mit der Person am anderen Ende, wer immer das auch war. Die Zeit schien unendlich langsam zu vergehen, so langsam wie die Schweißtropfen, die Andersons Hüften entlangkrochen. Der Schwarze fuhr fort, tonlos in den Hörer zu brüllen. Ein Streifenwagen fuhr vorbei, bremste ab und rollte über die Straße auf den Streifenpolizisten zu, der hinter der Telefonzelle stand; kam am Bürgersteig zum Stehen, ohne die Scheinwerfer abzuschalten, als hielte er direkt nach Anderson Ausschau. Der Schwarze stürmte wütend aus der Zelle und warf eine Zigarettenkippe zu Boden, bevor er in der Menge untertauchte. Der Polizist hatte seinen Kopf durch das offene Fenster des Streifenwagens gesteckt, zog ihn jetzt wieder heraus und nickte grinsend. Der Geruch gebratener Zwiebeln stieg Anderson in die Nase. Der Polizist reihte sich in die Schlange vor dem Imbißstand ein; gleich darauf kehrte er mit einem Pappbecher und zwei schlaffen Brötchen, in denen fettige Würstchen steckten, zum Streifenwagen zurück und reichte alles durch das Seitenfenster ins Innere. Wenig später ordnete sich der Streifenwagen gemächlich wieder in den Verkehr ein. Anderson ging hastig zur Telefonzelle und rief das Carlton-Hotel an. Der Polizist stand erneut in der Schlange vor dem Hotdog-Stand.

»Sir Kenneth Aubrey«, sagte er atemlos. «Schnell!« Ihm wurde auf einmal sehr warm, er spürte die Hitze an Gesicht und Schläfen und warf einen Blick auf den Polizisten, der gerade in ein Hotdog hineinbiß. Der Zwiebelgeruch, der von der Imbißbude herüberwehte, war übelerregend. Er schlug mit der Faust auf das Telefonbuch, das an einer Kette herabhing.

Mach schon …

»Ja?« Aubreys Stimme klang angespannt.

»Kenneth – ich bin's, Richard.«

»Richard, bitte hör mir zu. Ich habe die Nachrichten gesehen, du darfst auf *gar keinen Fall* …«

»… *was* tun? Deine Pläne durcheinanderbringen, Kenneth?« Herrgott, seine Sticheleien kosteten Zeit. Schluß damit. »Weißt du, daß Malan deine Liquidation vorbereitet?« Er hörte seinen eigenen keuchenden Atem; der Geruch nach Zwiebeln und Auspuffgasen stieg ihm zu Kopf. Ihm war übel.

»Richard, du mußt sehr auf dich aufpassen, du befindest dich in größter …«

»Herrgott nochmal, das weiß ich selbst, Kenneth.« Ein kleiner BMW hielt am Randstein; der Fahrer stieg aus und schlenderte an dem mampfenden Polizisten vorbei in Richtung der Hotdog-Bude. »Ich befinde mich *gerade jetzt* in Gefahr! Hör zu, du kannst nicht mit Malan …«

»Ich muß, Richard. Ich weiß noch nicht genug. Trotzdem danke ich dir.«

Die Wagenschlüssel steckten im Zündschloß des BMW. Der Polizist wurde gerade nach dem Weg gefragt. Der Fahrer des BMW wartete immer noch vor dem Imbißstand, bis er an die Reihe kam, und paffte dabei lässig eine Zigarette.

Anderson legte auf und nahm die Sporttasche in die Hand. Es war ein Zeichen, ein Geschenk des Himmels. Bevor das Kennzeichen an alle Streifen durchgegeben war, würde er sich bereits außerhalb der Stadtgrenzen befinden. Auf einer Ausfallstraße, nachts, die ins Landesinnere führte, in die Wüste. Er öffnete die hintere Tür, schleuderte die Tasche auf den Rücksitz des BMW und warf einen Blick auf den Fahrer, der gerade zwei jungen Frauen hinterhersah. Anderson sprang auf den Fahrersitz, ließ den Motor an, legte den Gang ein und reihte sich mit quietschenden Reifen in den Straßenverkehr ein. Im Rückspiegel sah er den Besitzer des BMW, der sich nur langsam darüber klar wurde, was geschehen war. Er bog in nördlicher Richtung auf eine weniger dicht befahrene Nebenstraße ab, die ihn zur Autobahn führen würde.

Er verschwand.

Aubrey legte langsam den schwach tutenden Hörer zurück auf die Gabel, setzte sich aufrecht hin und seufzte. Ein Zittern durchlief ihn, als sei ein kalter Luftzug durch das Zimmer geweht, das ihm auf einmal viel kleiner und enger schien – als stünde er draußen und betrachtete es durch das verkehrte Ende eines Fernrohrs. Er seufzte erneut, und seine Fingerkuppen gruben sich in seine Oberschenkel. Die Sorge um Anderson durchfuhr ihn wie ein plötzlicher, stechender Schmerz. Er bedauerte es sehr, daß man die Dinge nicht auf die Art und Weise regeln konnte, wie es Anderson sich gewünscht hatte, mit einer schnellen Exekution. Doch Aubrey wußte, daß das das Falsche war. Zu kurzsichtig. Er *mußte* wissen, was Malan wußte, bevor er ihn in seinen Untergang schickte – das war wichtiger als alles andere. Malan würde Aubreys Schweigen dadurch zu kaufen versuchen, daß er ihm tatsächliche Namen von tatsächlich existierenden Verschwörern gab …

Langsam atmete er aus, stand dann auf, schenkte sich ein kleines Glas Whisky ein und setzte sich mit dem Glas in der Hand auf das breite Sofa seiner Suite. Zehn Uhr. Malan hatte vor einer Stunde angerufen und mit ihm vereinbart, ihn um Mitternacht abzuholen. Er war sehr vorsichtig vorgegangen, doch er hatte es tatsächlich geschafft, den Bestimmungsort von Blantyres Lieferung ausfindig zu machen was immer er auch sonst ausgeheckt haben mochte. Malan selbst wollte die Verantwortlichen bestrafen …

Er nahm einen Schluck Whisky, wobei seine Zahnprothese gegen den Rand des Glases schlug. Mit den Fingern rückte er sein Gebiß zurecht und ertappte sich dabei im Spiegel, der an der gegenüberliegenden Wand hing. Warum nicht einfach nach Hause gehen? Er konnte es nicht. Er dachte an die Premierministerin, der er solange gedient hatte, an ihren Rückzug, ihren *Opfergang*; an ihren aufrichtigen Zorn über ihr Schicksal. Ihr Nachfolger war *nicht einmal zur Hälfte der Mann, der sie gewesen war* – so hatte es eine Regenbogenzeitschrift ausgedrückt. Und Aubrey war derselben Ansicht, trotz des unerschütterlichen Mißtrauens, das sie ihm gegenüber stets an den Tag gelegt hatte. Und sein eigener, gerechter Zorn war ähnlich wie der ihre. Er mußte dafür sorgen, daß diese Aktivitäten gestoppt wurden. Dort, in der Schublade des Schreibtischs, lag seine Pistole. Er wußte kaum, wie die Waffe zu bedienen war. Malan hatte so viele Menschenleben auf dem Gewissen – seine Nichte, die vor vielen Monaten in Kalifornien gestorben war, Michael Davies, dessen Firma Malan als Umschlagplatz für seinen Technologie-Schmuggel mißbraucht hatte, Terry Chambers, den man in einer stillen Nebenstraße in den Midlands erstochen hatte. Es war gerecht, daß Malan nun dafür sterben mußte.

Er rieb sich mit der Handfläche über seine gerunzelte Stirn und starrte in sein Whiskyglas. Das Problem war, daß diese Gedanken ihm mittlerweile keine Kraft mehr gaben, sondern ihn ermüdeten, ihn auszuhöhlen schienen. Wenn Paulus Malan später bei ihm vorbeikommen würde, dann wollte Aubrey in seinem gerechten Zorn seinen eigenen Opfergang antreten …

Entschieden nickend, um seinem Entschluß Nachdruck zu verleihen, erhob er sich, um sein Glas nachzufüllen. Er hob die Flasche mit Malt-Whisky und goß die goldene Flüssigkeit ins Glas. Der Flaschenhals schlug sachte an den Glasrand. Er wußte, daß Babbingtons Mission zum Tod von einem von ihnen oder ihnen beiden führen mußte. Ob es hier geschah oder in London, oder in seinem Landhaus in Oxfordshire, selbst in einem Wald oder auf offener Straße – Babbington würde versuchen, ihn zu liquidieren. Er behielt den Schluck Whisky auf dem Gaumen, ließ ihn dann allmählich die Kehle hinunterrinnen. Es war ziemlich wahrscheinlich, daß es hier, in Johannesburg, geschehen würde – heute nacht.

Er öffnete die Schreibtischschublade und betrachtete die Pistole.

Verrecke, Babbington – und auch du, Paulus Malan!

Sein Glas war leer. Konnte der Alkohol in seinem Blut seine Zielgenauigkeit beeinflussen? Obschon er vorhatte, den Mann aus nächster Nähe zu töten … Er schüttelte den Kopf. Besser wäre es, kein Glas mehr zu trinken. Er wollte nichts riskieren.

Wäre er noch ein Kind, hätten sie alle wie Indianer kriegerische Kampfrufe ausgestoßen, wären entweder Komantschen oder Apatschen gewesen, während sie zwischen den Felsen und den trockenen Sträuchern umherkrochen. Er und seine Freunde aus den anderen staubigen Holzhäusern des trostlosen Vororts, in dem er bis zum Tod seiner Mutter gelebt hatte. Hyde zuckte mit den Schultern. Dies war kein Kriegsspiel an einem dieser endlos langen Nachmittage, *dies war der Krieg*. Das alte Spiel, mit dem er einen Großteil seines Lebens als Erwachsener zugebracht hatte.

Nach seiner letzten Schätzung waren es sechs Männer, mit denen er es zu tun hatte. Er konnte sich natürlich nicht absolut darauf verlassen, denn sie hatten sich zur Jagd auf ihn überall in dem felsigen Gelände verteilt. Doch vier waren tot oder verwundet – der Kerl, den er bei seinem nächtlichen Einbruch ins Lager getötet hatte, die beiden auf dem Erdrutsch, denen das alte Pärchen zum Opfer gefallen war, und mindestens ein Verletzter, als ein Felsbrocken die Fahrerkabine des ersten Sattelschleppers zertrümmert hatte. Also waren es insgesamt noch acht einsatzfähige Männer, und zwei davon waren zurückgeblieben, um die Fahrzeuge zu bewachen. Sie waren zu sechst – und sie suchten nun nach ihm, nachdem sie ihn durch ihr gezieltes Feuer und den Versuch, ihn von den Flanken her einzukreisen, gezwungen hatten, sich in das bergige Hinterland südöstlich des Canyons zurückzuziehen.

Doch die Zeit war auf ihrer Seite, und mittlerweile hätten selbst zwei Männer eine schier unüberwindliche Übermacht dargestellt, wenn sie sich in Deckung hielten – und falls er keine Verstärkung bekam. Sie hatten bemerkt, daß er begonnen hatte, seine Munition zu sparen, und daß ihnen keine Gefahr drohte, solange sie in Deckung blieben. Noch weniger Gefahr drohte ihnen jetzt, nachdem es dunkel geworden war. Sie hatten sich nur sporadisch, durch Zurufe oder einzelne Schüsse bemerkbar gemacht. Hyde hatte sich ständig weiter aus dem Canyon zurückgezogen, entlang trockener Bachläufe, durch Felsspalten in steilen Abhängen, über Hochebenen – und sie waren ihm immer auf den Fersen geblieben. Jetzt war es bereits elf Uhr nachts, und der Mond hing als nadeldünne Sichel über dem schweigenden Horizont. Unter ihm erstreckte sich ein wild zerklüftetes Chaos aus Schluchten und Abgründen; noch war es ihm nicht gelungen, sie abzuhängen oder einen von ihnen zu töten.

Er horchte gespannt, ohne die Rufe der Raubtiere zu beachten, deren aktivste Zeit jetzt begann. Irgend jemand kletterte durch die steile Felsenrinne, durch die Hyde vor einer halben Stunde selbst geklettert war, um auf den Hügelkamm zu gelangen, auf dem er jetzt saß. Es war einer von ihnen. Nur ein Mensch würde so lange brauchen und soviel Lärm machen. Hyde lauschte, hörte keuchende Atemzüge und das Scheuern von Metall auf nacktem Fels. Er beugte sich über den Rand des Abhangs und sah hinab, konnte aber nichts erkennen. Der Mann war höchstens zehn Meter entfernt und kam näher.

Sein Landrover befand sich immer noch in seinem Versteck. Bei seinem Rückzug hatte er sie nach und nach weiter davon weggeführt. Proviant und Wasser würden ausreichen, und einen Verbandskasten hatte er auch dabei. Und es würde nicht lang dauern, bis diese Schlacht entschieden wurde, es sei denn, es gelang ihm, sie voneinander zu isolieren und von der Straße fernzuhalten. Wenn sie ihn erst getötet hatten, würden sie unverzüglich zu ihren Fahrzeugen zurückkehren und Verstärkung herbeirufen, um das Nervengas wegzuschaffen.

Wieder kratzte etwas Metallisches über den Fels unter ihm, und er berührte sein Gewehr, als sei es ein Talisman. Dann hörte er einen unterdrückten Fluch. Der Kletterer wußte nicht, daß er hier war. Hyde bleckte die Zähne.

Bald wirst du eine Überraschung erleben …

Er wußte, daß sie ihn heute nacht töten *mußten*. Blantyre würde es niemals riskieren, bis zum Morgen zu warten; der Erdrutsch könnte bemerkt werden, und man würde beginnen, sich für die Laster und ihre Fracht zu interessieren.

Das Nachtsichtgerät hing unbenutzt um seinen Hals. Von Zeit zu Zeit hatte er einen von ihnen gesehen; doch es war lediglich ein geisterhafter Schatten, der sofort wieder in Deckung ging, bevor er anlegen und schießen konnte. Blantyre hatte er noch kein einziges Mal zu Gesicht bekommen. Er hatte nur seine Stimme in der Dunkelheit gehört, die ihn verhöhnte.

Er lauschte angespannt. Ein vorsichtiger Schritt, das Schaben von Fingerkuppen, die auf sandigem Fels Halt suchten, das Ächzen, als sich der Körper ein Stückchen höher hinaufzog. Hyde zog das Messer aus dem Futteral, das er unter seine Achsel geschnallt hatte. Die Klinge war geschwärzt. Er richtete sich langsam in die Hocke auf und war sprungbereit. Jeder Atemzug des Mannes war nun deutlich zu hören, während er sich – ohne zu wissen, was ihn oben erwartete – die letzten Meter des Abhangs hinaufarbeitete.

»Komm schon, Hyde!« bellte das Megaphon. Blantyres Stimme klang entstellt. »Du kannst es unmöglich mit uns allen aufnehmen! Du hast keine Chance, Mann!«

Blantyres Stimme dröhnte durch das drückende Schweigen der Nacht, in vielleicht hundertfünfzig Metern Entfernung irgendwo zu seiner Linken. Hyde beugte sich weiter nach vorn, doch er konnte immer noch nichts hören oder sehen, bis Blantyres haßerfüllte Stimme wieder die Stille zerriß, wie ein weiterer Ozeanbrecher, nachdem das Echo des ersten Rufs kaum verhallt war. »Du Wahnsinniger – du kannst es nicht aufhalten, Hyde! Du warst *niemals* gut genug!«

Hydes Finger zuckten nervös, schlossen sich enger um sein Messer. Wo war der Kerl, der auf ihn zugeklettert war? Er konnte *überhaupt nichts* mehr hören.

»Noch vor Mitternacht, Hyde – noch vor Mitternacht wirst du von irgendeinem Felsen stürzen. Wir werden am Morgen nach deiner Leiche suchen ...!«

Hyde öffnete seinen Mund, als wolle er etwas zurückschreien. *Wo war der ...?*

Ein Arm legte sich um seine Gurgel, Ober- und Unterarm schnappten zusammen wie die Kiefer eines Raubtiers, und sein Kopf wurde nach hinten gezogen. Eine breite Hand packte sein Handgelenk im selben Augenblick, als er das

Messer heben wollte. Der Arm um seine Gurgel zog sich noch fester zusammen, und Hyde sah plötzlich Lichter vor seinen Augen tanzen. Er konnte nicht atmen.

»Schnell, Dirk – *hier*, Mann!« schnaufte sein Angreifer wie ein großes Tier.

Wie eine verschreckte Bergziege kletterte der Mann geräuschvoll die letzten Meter der Felsenrinne empor. Auf einmal schien alles um sie herum zu schweigen, als lauschten die Lebewesen der Nacht auf die erstickten Geräusche des Kampfes. Als der Mann sein ganzes Gewicht in seinen Griff legte, ging Hyde in die Knie und rutschte langsam nach hinten. Die Hand, die das Messer hielt, wurde im eisernen Griff seines Angreifers langsam taub. Seine linke Hand kratzte über das Hemd des Mannes, sein Gesicht, seine Schultern, ohne ihn zu verletzen. Eine Taschenlampe blitzte auf, und der Kletterer schwang sich über den Rand des Abhangs und machte Anstalten, sich auf Hyde zu stürzen.

Nach einem verzweifelten Versuch, sich aus dem Würgegriff des Mannes hinter ihm zu befreien, erschlaffte Hyde plötzlich. Überrascht zögerte der Kletterer einen Augenblick. Hyde ließ es zu, daß seine Hand schlaff wurde. Weiße Zähne blitzten im geschwärzten Gesicht des Mannes vor ihm auf. Hydes linker Arm sank schwach neben ihm auf die Erde. Er spürte einen Felsbrocken unter seiner linken Hand. Der Arm um seine Kehle ließ einen Augenblick lang locker, zog dann aber um so fester wieder an. Hyde mußte alle Willenskraft aufbringen, ganz ruhig zu bleiben und sich nicht mehr zu wehren. Der Kletterer zog langsam sein Messer, ergötzte sich daran, wie Hyde langsam erwürgt wurde. Er war offensichtlich stolz auf die Kraft seines Partners, auf die Leichtigkeit, mit der dieser Hyde tötete. Der Felsbrocken lag in seiner Hand, doch sein Adamsapfel wurde langsam zerquetscht, und er spürte, daß er sehr bald ohnmächtig sein würde. Der Mann hinter ihm schnaufte wütend, heißer Atem wehte gegen Hydes Schläfe und seine Wangen. Wo war sein Kopf … *dort*?

Hyde nahm den Kletterer vor sich nur noch verschwommen wahr, den Schmerz in seiner Kehle empfand er lediglich als sanfte Taubheit; auch seine Hand war taub, unmöglich zu sagen, ob sie noch das Messer hielt. Der gezackte Stein lag in seiner linken Hand – wo war der Kopf des anderen? Er konnte seine Beine nicht mehr spüren noch die warmen Sterne sehen, als seien sie von derselben Schwärze verschluckt worden wie er selbst.

Langsam bewegte er seinen linken Arm, als strecke er sich bereits im Todeskampf – dann nahm er alle Kraft zusammen, die noch in ihm steckte, und schlug den Stein an den Ellbogen seines Angreifers hinter ihm. Ein Schmerzensschrei, langgezogen wie von einer elektronisch erzeugten menschlichen Stimme. Der Griff um seine Gurgel lockerte sich, und sofort verschwand die Taubheit, die bereits in sein Gesicht gekrochen war. Der Mann vor ihm trat überrascht einen halben Schritt zurück. Hydes Hand packte erneut den Stein, mit einem noch besseren Griff, und hieb ihn mit aller Kraft an seinem Ohr vorbei hinter sich, an die Stelle, wo er den Kopf seines Gegners vermutete. Mit einem dumpfen Klatschen traf der Stein sein Ziel, und der Mann sackte zusammen. Hyde fiel mit dem Rücken auf ihn. Sein rechter Arm fühlte sich immer noch taub an, als der Kletterer sich fluchend auf ihn stürzte. Hydes Messer drang in seine Brust, eine Blutfontäne ergoß sich über ihn, und dann mußte Hyde das Messer loslassen, denn er hatte nicht genug Kraft, um das Gewicht des Mannes zu halten. Der Kletterer glitt tot von ihm herab, und Hyde rollte von dem schwach um sich schlagenden Mann unter ihm herunter. Mit seiner linken Hand schlug er den Stein zweimal in das Gesicht des Mannes, der ihn gewürgt hatte. Er rührte sich nicht mehr.

Den Stein fallenlassen, das Messer herausziehen und es am Hemd des Toten abwischen ... Hyde bewegte sich mechanisch wie ein Roboter. Er stützte sich auf ein Knie und holte keuchend Luft, als sei er selbst verwundet.

Aus einiger Entfernung hörte er Blantyres Brüllen, das nach Aufklärung verlangte. Er legte die Hände an seinen Adamsapfel, massierte ihn vorsichtig und schluckte flach; es fühlte sich an, als habe er Tausende feiner Glassplitter eingeatmet. Der Mann, der die Felsrinne heraufgeklettert war, war tot, der andere zumindest kampfunfähig. Blantyre verlangte weiterhin übers Megaphon nach Meldung, diesmal noch dringlicher. Seine Männer antworteten voll wütender Erregung wie ein aufgestacheltes Wolfspack. Hyde hob den Kopf und sah sich um. Die entfernten Lichtpunkte von Taschenlampen bewegten sich von überall her auf ihn zu.

Durch den Nebel in seinem Kopf drang plötzlich das Krächzen eines Walkie-Talkies, und er geriet beinahe in Panik, bis er realisierte, daß das Geräusch aus einer der Taschen der beiden Männer kommen mußte.

Hyde steckte das Messer zurück in das Futteral und vergewisserte sich, daß sowohl die Pistole als auch das Gewehr funktionsfähig waren; dann stand er auf und lehnte sich benommen an einen Felsen. Die dünnen Strahlen ihrer Taschenlampen kamen eilig näher, und er konnte schon ihre Schritte hören, die sich aus verschiedenen Richtungen näherten. Höchste Zeit, zu verschwinden. Er trat einen Schritt nach vorne und blickte über den Rand des Abhangs in die Schlucht hinab. Dort war niemand. Er hüpfte auf und ab, bis sein Rucksack einigermaßen bequem auf seinem Rücken auflag, schüttelte den Kopf, um wieder klar zu sehen, und begann, die Felsrinne hinabzusteigen.

Hyde arbeitete sich langsam das trockene Bachbett entlang, wobei er um die starren, dornigen Sträucher und verdorrten Bäume herumging, die aus dem sandigen Boden emporwuchsen. Blantyres Leute schienen sich ziemlich weit hinter ihm zu befinden – die Entdeckung eines weiteren Toten und eines Verwundeten hatte sie geschockt und ihren Vorwärtsdrang verlangsamt. Die dünne Sichel des Mondes war höher in den schwarzen Himmel hinaufgeklettert, als sei er neugierig auf den Ausgang der Schlacht. Es war kälter geworden, doch die Anstrengung und die ständige Bemühung, keinen Lärm zu machen, hielten Hydes Körper warm. Es war kurz nach Mitternacht, und er war immer noch am Leben. Blantyre hatte damit aufgehört, in sein Megaphon zu brüllen. Hyde brauchte Verpflegung und Munition. Er hatte die feste Absicht, zu überleben.

Irgendein großes Insekt, wahrscheinlich ein Skorpion, krabbelte über einen flachen Stein zu seinen Füßen und verschwand im Gebüsch. Hyde setzte seinen Weg fort, duckte sich unter den verkümmerten langen Ästen eines krummen Baumes hindurch, der aus der Böschung des ausgetrockneten Flußlaufs wuchs. Er war noch etwa zwei Kilometer vom Canyon entfernt. Und er hielt sie auf. Blantyre und seine Leute ... wie viele waren es? Noch vier kampfbereite Gegner ... Er mußte sie alle so lange aufhalten, bis Aubrey ihm zu Hilfe kommen konnte.

In einer flachen Mulde in der Mitte des Flußbetts erkannte er nun den schwarzen Schatten des Landrovers unter einem überhängenden Baum. Er kauerte sich hinter einen Felsen, wartete, lauschte. Aubrey mußte erst Malan kleinkriegen und dann Verstärkung organisieren. Gespannt horchte er auf die Geräusche der Nacht. Die Stimmen der Tiere, Jäger und Beute. Plötzliches Schaben auf felsigem Boden, das Rascheln großer Insekten. In der vom Mondlicht nur spärlich erhellten Finsternis hockte er reglos da, das Gewehr zwischen den Knien, den Rucksack am Boden abstützend, die Pistole im Hosenbund über seinem Kreuz. Hyde wartete noch eine Minute, um sicherzugehen, dann lief er gebückt auf den Landrover zu. Seine Handfläche berührte das kühle Blech; er richtete sich ein wenig auf und streckte den Arm über die Tür, tastete auf dem Rücksitz nach Schokolade, nach Ersatzmunition; seine Hände bewegten sich in der Dunkelheit geschmeidig und zielsicher wie die eines Pianisten, öffneten Päckchen und Taschen mit Reißverschlüssen – jedesmal, wenn er das trockene Raspeln eines Reißverschlusses in der schweigenden Nacht hörte, verzog er sein Gesicht, als bereite ihm das überlaute Geräusch körperliche Schmerzen. Seine Hände wühlten hastig in der Provianttasche wie zwei gierige Eichhörnchen ...

Die Windschutzscheibe ächzte, und nur Zentimeter von seiner Hand entstand auf einmal eine Delle. Hyde ließ sich zu Boden fallen, und eine weitere lautlose Kugel aus einem schallgedämpften Gewehr schrammte über die Kühlerhaube des Landrovers.

Er hörte eine Stimme, die alle anderen über Funk zu sich rief. Eilig zwängte er seine Arme durch die Tragegurte des Rucksacks und atmete hart ein und aus, um für die kommende Kraftanstrengung Sauerstoff zu schöpfen. Ein weiterer Schuß ließ den Wagen erzittern wie ein dumpfer Schlag; die Kugel bohrte sich in das Sitzpolster des Fahrersitzes. Dann legte sich eine unheilschwangere Stille über die Szenerie, und Hyde war sofort auf den Beinen, stieß sich vom Landrover ab und rannte das ausgetrocknete Flußbett entlang. Er hörte ein Zischen – Rakete? –, da erfaßte ihn von hinten bereits die erste lautlose Druckwelle, dann hob sie ihn empor, und im Krachen der Explosion flog er kopfüber durch die Luft. Seine Hände legten sich schützend um seine Ohren, während der grell erleuchtete sandige Boden auf ihn zuraste. Als sein Körper auf dem Erdboden aufprallte und er sich abrollte, hörte er die zweite Explosion, die des Benzintanks. Rot erleuchtete Felsbrocken flogen durch die Luft, und die Erde unter ihm erzitterte – dann krabbelte er aus dem Licht, einen gekrümmten Schatten werfend wie ein Buckliger. Kugeln pfiffen über ihn hinweg, das trockene Krachen des Gewehrs, dessen Schalldämpfer offenbar abgenommen worden war, verfolgte ihn.

Hyde ließ sich atemlos hinter einen Felsen fallen und vernahm das verfrühte Jubeln seiner Gegner, das bald in enttäuschtes Fluchen umschlug. Sein Herz hämmerte in seinen Ohren und übertönte alles andere. Sie würden mit Sicherheit Nachtsichtgeräte einsetzen. Er mußte weiter, bevor sie ihn umzingeln konnten. Gebückt lief er das Flußbett entlang, in die Richtung, aus der er vor einigen Stunden im Jeep gekommen war. Der Landrover hinter ihm war mittlerweile beinahe ausgebrannt, und die Nacht wurde wieder kalt und schwarz.

Nach einiger Zeit richtete er sich mit schmerzendem Rücken auf, und sein Rucksack, der ihm in den Nacken gerutscht war, glitt wieder in die richtige Position. Er kletterte die Böschung empor und einen kleinen Hügel hinauf, der nur ein Vorbote für eine endlose Reihe zerklüfteter Berge zu sein schien, die sich über den gesamten Horizont erstreckten. Der Canyon lag ... *dort*. Ein Licht glomm in hundert Metern Entfernung auf, verschwand dann auf einen wütenden Befehl hin. Er konnte die Umrisse seiner Verfolger im fahlen Licht der Sterne und des dünnen Mondes nicht ausmachen. Lautlos krabbelte er über den Hügelkamm, bis er am Rand eines steilen Geröllhangs kauerte. Sanft, als stiege er in ein zu heiß eingelassenes Bad, ließ er die Beine über den Rand gleiten und prüfte mit seinen Stiefeln die Nachgiebigkeit des Untergrunds, dann begann er – *sachte* – hinunterzugleiten, rutschte auf dem Gesäß langsam den steilen Hang hinab.

Er glitt in den schwarzen Schatten der Schlucht, und seine Stiefel stießen auf felsigen Boden. Jetzt befand er sich in einer engen Felsklamm, die sich in Richtung des Canyon hinzog. Wenn er dem Lauf des Canyon folgte, würde er wahrscheinlich auf jenen schmalen Pfad stoßen, der zur Straße zurückführte. Der Fish River Canyon schien ihm in seiner jetzigen Lage der sicherste Ort. Dort, inmitten der dichten Büsche und der vielen Felsen, würde er viel bessere Deckung finden als hier. Er klopfte mit der flachen Hand prüfend auf seine Ausrüstung. Rucksack, Gewehr, Pistole – die er tiefer in seinen Hosenbund schob, da sie herauszufallen drohte – und das Messer. Das Nachtsichtgerät ...

O nein.

Er mußte es irgendwo verloren haben ... beim Herunterrutschen vielleicht. Er warf einen schnellen Blick den Hang hinauf. Nein, er hatte es nicht bei sich gehabt, als der Landrover explodiert war, hatte schlichtweg vergessen, es mitzunehmen ...

Scheiß drauf.

Er zog die Trageriemen seines Rucksacks an und begann, die enge Felsrinne in Richtung des Canyons hinabzusteigen. Die entfernten Stimmen seiner Verfolger drangen an sein Ohr.

Sie verständigten sich mit Schreien, Befehle wurden gebrüllt und bestätigt. In seiner Hast stolperte er, scheuerte sich die Hände und Knöchel an beiden Seiten des schroffen Felsspalts auf, schlitterte über loses Geröll; mit beiden Händen suchte er nach einem Felsbrocken, der nicht unter seinem Gewicht nachgab. Seine Fingerkuppen waren aufgeschürft, und Erde schob sich unter seine Nägel.

Dann gelang es ihm, sein Hinunterrutschen zu stoppen. Sein Kopf zeigte nach unten, er lag atemlos da und klammerte sich an den Fels, während das Geröll zu beiden Seiten seines Kopfes vorbeipolterte und in die Schlucht fiel. Die Sterne tanzten vor seinen Augen, und die dünne Mondsichel taumelte wie ein Betrunkener. Sein Atem kam rasselnd und mühsam …

… und übertönte fast ein leises Geräusch, zu leise, als daß es ein Stein hätte sein können, den er durch seinen Fall losgetreten hatte. Den Gewehrkolben hielt er mit der rechten Hand umklammert, seine Linke hatte sich in eine Felsenritze gekrallt und hinderte ihn daran, weiter abzurutschen. Er hob den Gewehrkolben …

… doch der giftige Skorpion war zu schnell. Hyde hatte ihn aufgescheucht und zornig gemacht. Im matten Mondlicht sah er überdeutlich die Zwillingsstacheln, die aus der Knospe am Ende seines gekrümmten Schwanzes hervorstanden. Die Gliederfüße des Insekts hörten auf, über den nackten Fels zu rascheln, als er sich krümmte und sein Gewicht verlagerte, um zuzustoßen. Während Hyde reagierte, stieß der Skorpion zu, bohrte seinen Stachel in Hydes linken Unterarm. Der Gewehrkolben zerquetschte ihn eine Hundertstelsekunde darauf, doch Hydes linker Arm schien bereits in Flammen zu stehen.

Aubrey warf zum wiederholten Male einen Blick auf seine Uhr. Die Straßenlichter der Schnellstraße, die nach Norden in die Vororte Johannesburgs führte, spiegelten sich im Uhrglas. Es war eine halbe Stunde nach Mitternacht. Er ließ seinen Arm kraftlos hinabsinken; sein Handgelenk ruhte auf dem cremefarbenen Lederbezug der Rückbank des Mercedes. Malans Präsenz neben ihm war körperlich spürbar, der massige Körper des Südafrikaners bedrohlich nahe.

Malan blickte scheinbar gleichmütig aus seinem Fenster. Hals und Nacken des Chauffeurs, nur eine Armeslänge von Aubrey entfernt, waren geschmeidig und glattrasiert. Beide wirkten über die Maßen gelassen, ja desinteressiert, als transportierten sie lediglich ein Mastvieh zu irgendeinem Schlachthof.

Aubrey unterdrückte das nervöse Trommeln seiner Finger auf dem kühlen Leder. Ein Teil seiner Mission war erfolgreich gewesen, Malan hatte tatsächlich die Rechtsextremisten ausfindig gemacht, die im Auftrag von van Vuuren und Blantyre das Nervengas in Empfang nehmen sollten. Das hatte er sicherlich auch in eigenem Interesse getan – er konnte unmöglich zulassen, daß etwas hinter seinem Rücken geschah; er hatte beweisen müssen, daß ihm nichts entging. Diese Männer hatten zweifellos eine ernste Bedrohung für ihn und das Ansehen des MLK dargestellt. Sie hätten ihn in den Augen der Regierung de Villiers kompromittieren können. Und jetzt hatte er die Möglichkeit, sie mit einer patriotischen Geste zu opfern. Auf keinen Fall aber würde er es zulassen, daß Aubrey sie öffentlich anklagte. Sie fuhren durch ordentliche, saubere Vororte, vorbei an Golfplätzen und Parkanlagen. Vor ihnen, jenseits der Straßenlichter, erstreckte sich die Dunkelheit. Aubrey fühlte sich – was angesichts der Umstände überraschend war – ruhig und ohne Angst. Nun ließen sie die Fassaden der weißgetünchten Einfamilienhäuser hinter sich, und die Schwärze der Nacht umfing den Wagen. Dann, nur einige Minuten später, bog der Mercedes elegant und geräuschlos auf eine holprige Nebenstraße ab und ließ die relative Sicherheit der Schnellstraße hinter sich. Sie fuhren durch eine spärlich beleuchtete Straße, an der zu beiden Seiten triste Fabrikgebäude aufragten. Nur wenige Autos kamen ihnen entgegen, und nirgends sah man Menschen. Ein Schauer durchlief Aubrey.

»Diese Leute … «, begann er und mußte sich räuspern. Malans Kopf drehte sich ihm ruckartig zu, die Augen funkelten. »Malan, werden diese Leute meiner Tarnung Glauben schenken?«

Malan nickte grinsend. »Sie machen sich zu viele Sorgen.

Diese Typen sind nicht sehr klug. Sie werden glauben, daß sie der Geldgeber sind. Sie sehen ja auch tatsächlich aus wie ein Buchhalter!« Sein Grinsen wurde noch eine Spur breiter.

»Und danach?« fuhr Aubrey unbeirrt fort. »Nachdem wir uns *ihrer* sicher sind?«

»Dann fahren wir einfach wieder nach Hause, und Sie können es meinetwegen erzählen, wem sie wollen.«

Die Straßen ringsum wurden immer dunkler und schäbiger; in den Schatten zwischen den Häusern standen oder lagen Obdachlose. Malan wandte seinen breiten Kopf und sagte: »Ich habe Ihnen die Namen zweier Beteiligter gegeben. Diese Typen werden Ihnen aufmerksam zuhören und begreifen. Es wird keinerlei Probleme geben.« Er seufzte. »Zufrieden?« Dann schien er sich wie ein gelangweilter Schauspieler an seinen Text zu erinnern und fügte hinzu: »Anschließend bin ich Ihnen nichts mehr schuldig. Wir sind quitt – oder?«

Aubrey nickte. »Einverstanden. Das wäre dann alles, was ich tun kann und will. Bis zu diesem Punkt fühle ich mich verantwortlich – danach nicht mehr.« Seine Hand klopfte fahrig auf das Sitzpolster, wie die Hand eines Kranken auf das Bettlaken eines Hospitalbetts. »Ich werde Sie in Ruhe lassen, wenn Sie mir diese Leute ausliefern.«

»Es könnte für Ihren Mann schwierig werden, mit Robin Blantyre fertig zu werden. Unmöglich, würde ich sagen. Blantyre ist ein harter Brocken.«

»Was?« fragte Aubrey zerstreut.

Malan lehnte sich grinsend in seinem Sitz zurück. »Oh, ich weiß sehr wohl, wo Blantyre sich gerade aufhält – dort haben Sie doch Ihren Gorilla, Hyde, hingeschickt. Sonst wäre er hier, um Sie zu beschützen, oder? Nach dem, was in Venedig passiert ist? Er hat das Mädchen, Valentina, getötet, nicht wahr?«

»Das ... stimmt – ja«, erwiderte Aubrey und massierte sein Kinn. »Ja. *Ich* werde Blantyre stoppen. Vorausgesetzt, Sie helfen mir.« Er lächelte. »Auch wenn Sie es wünschen, daß Sie als Helfer unerkannt bleiben, wie alle wirklich wohltätigen Menschen.«

Malan wandte sich ab und sah aus dem Fenster. Auch Aubrey widmete sich wieder der dunklen Szenerie, die hinter den getönten Scheiben an ihm vorbeiglitt. Am Himmel sah er nur eine Handvoll Sterne.

Es war sinnlos, erkannte Aubrey, sich Mut zu machen. Er hatte sich in diese Situation begeben und er hatte gehört, wie hinter ihm die Tür ins Schloß fiel und der Schlüssel herumgedreht wurde. Es gab kein Zurück mehr. Alles, was er tun konnte, war, die Nerven zu bewahren. Wie er fliehen sollte, das wußte er nicht – doch immerhin hatte er die Pistole. Malan hatte sie nicht entdeckt. Der Wagen fuhr an einer Telefonzelle vorbei. Er könnte als letzten Ausweg immer noch telefonieren. Bis jetzt hatte er weder die britische Botschaft noch die Leute im südafrikanischen Geheimdienst angerufen, die er flüchtig kannte. Jede Kontaktaufnahme hätte alles nur unnötig verzögert, er hätte erklären, Beweise vorlegen müssen – für all das war keine Zeit geblieben. Wenn es nötig wurde, durfte er nicht zögern, mußte Malan als Geisel nehmen, um unbeschadet der Falle zu entkommen.

Natürlich hatte Malan recht. Es war möglich, daß Patrick seine Mission nicht überleben würde; es war möglich, daß er nicht verhindern konnte, daß das bestellte Nervengas Johannesburg erreichte. Malan hatte ihm versichert, daß es bis jetzt noch nicht angekommen war, und in diesem Punkt glaubte er ihm. Malan und der MLK wären ruiniert, wenn es herauskommen sollte, daß Mitarbeiter des Konzerns in den Schmuggel von Nervengas involviert waren. Nein, es war noch nicht zu spät – wenn nur Hyde, doch in erster Linie er selbst, es schafften, am Leben zu bleiben.

Der Mercedes glitt eine spärlich beleuchtete Straße entlang die von schäbigen Häusern, leeren Grundstücken und Fabrikgebäuden gesäumt war, bremste und bog ab.

Mißtrauisch blickte Aubrey auf das verrostete Blech der Autowracks im Scheinwerferlicht des Wagens. Stoßstangen, Kühlerhauben, Felgen, Wagentüren. Weggeworfene Autos waren zu Hunderten übereinandergeschichtet, eine Orgie aus Blech und Metall. Aubrey sah sich unbehaglich um, und Malan lachte unfreundlich. Der Mercedes kam zum Stehen. Malan öffnete seine Tür. Auch Aubrey stieg aus. Die Nacht war kühl und windstill, und am Himmel schimmerten Sterne. Aubrey erschauerte. Die Vorstellung drängte sich ihm auf, daß in vielen dieser zu zusammengepreßten Karosserien noch die Leichen ermordeter Menschen lagen, die man niemals finden würde.

»Da lang, bitte«, verkündete Malan und ging voraus.

Vor ihnen stand etwas im trüben Licht des Schrottplatzes, das Aubrey erst bei näherem Hinsehen als das erkannte, was es war: Ein Zirkuswagen, eine Art Caravan.

»Ja«, murmelte er gedankenverloren. »Das ist es also.«

Der Fahrer blieb neben der Limousine stehen, die Mütze in den Nacken geschoben. Ringsum herrschte Stille. Ein Kran beugte sich nachdenklich über die übereinandergestapelten Wracks wie eine versteinerte Gottesanbeterin. Aubrey räusperte sich, und seine Hand umklammerte unwillkürlich den Pistolengriff in der Innentasche seines Mantels.

Wie viele würden es sein?

Wahrscheinlich zu viele für einen einsamen alten Mann, dachte Aubrey.

VIER

IM SCHUTZ DER DUNKELHEIT

Anderson erhob sich aus der unbequemen Hocke, in der er die letzte Stunde zugebracht hatte, legte seine Hände auf das Fensterbrett und spähte in das Halbdunkel des Caravans. Auf einem fleckigen Teppichboden stand ein wackeliger Tisch, auf einem zerschlissenen Sofa lagen einige schmutzige Kissen. Dreckiges Geschirr stand neben einem Metallwaschbecken am hinteren Ende des Caravans.

Warum in Gottes Namen war er denn *hierher* zurückgekommen? Der Himmel hatte ihm kein Zeichen gegeben, kein energischer Finger Gottes war aus den Wolken gefahren und hatte ihm den Weg gewiesen; niemand hatte ihm verboten, Aubrey einfach seinem Schicksal zu überlassen – schließlich hatte er den alten Mann ja gewarnt. Doch die Erinnerung an Aubreys altes, ruhiges Gesicht ließ ihn nicht los. Irgendwann, als er schon ein beträchtliches Stück der Straße nach Norden hinter sich gebracht hatte, war er umgekehrt und zurückgefahren, gegen jede Vernunft …

Ihr Gesicht war auf einmal vor seinem geistigen Auge aufgetaucht, viel klarer, viel fordernder als das Gesicht Aubreys. Margarethe … er hatte den BMW mit quietschenden Reifen zum Stehen gebracht, in einer Vollbremsung, als sei auf einmal ein Kind im Lichtkegel der Scheinwerfer aufgetaucht. Lange Zeit war er einfach sitzengeblieben, das Gesicht in seine Hande gelegt, am ganzen Körper zitternd, sich weigernd, das Unausweichliche zu akzeptieren. Unfähig, sich einzugestehen, daß er es tun *mußte*. Und schließlich hatte er all seinen Mut zusammengenommen, den Motor angelassen, den BMW gewendet und war in entgegengesetzter Richtung nach Johannesburg zurückgefahren.

Als sein Blick über das schäbige Mobiliar des Caravans schweifte, bemerkte er plötzlich, daß hinter einem abgewetzten Sessel in der Nähe des Tisches ein Schuh hervorsah. Das andere Bein streckte sich in Richtung der eisernen Küchenspüle. Der Rest des Körpers war hinter dem Sessel verborgen. Anderson konnte keinen zweiten Mann entdekken. Die Empfänger des Nervengases, die hier auf das Treffen mit Malans Leuten gewartet hatten, waren längst tot. Ihre Leichen lagen vermutlich in einem der Autowracks und würden bald in der großen Schrottpresse landen. Auf einmal ging im Caravan das Licht an, und Anderson duckte sich unter das Fensterbrett.

Malans Leute warteten auf Aubrey – und einer von ihnen befand sich bereits im Caravan. Sie hatten zwei Menschen getötet und waren sicherlich auch vor ihm gewarnt worden. Scheinwerfer tauchten auf der staubigen Straße vor dem Gittertor des Schrottplatzes auf, blendeten ihn. In dem Wagen mußte Aubrey sitzen, der sich von Malan zur Schlachtbank führen ließ. Er hörte, wie der kraftvolle Motor des Mercedes in zwanzig oder dreißig Metern Entfernung abgestellt wurde und kauerte sich noch enger an die Holzwand des Caravans, von der die Farbe abblätterte, seine Arme um seine Knie geschlungen, das Gewehr in seinem Schoß. Dann Stille …

… und in der Stille das Zuschlagen der Wagentüren, gemurmelte Stimmen und Schritte. Er holte das Nachtsichtgerät aus der Innentasche seiner Windjacke, kroch lautlos bis ans Ende des Caravans, spähte um die Ecke und stellte die Infrarotlinsen scharf. Zwei Gestalten tauchten in der Optik des Fernglases auf, eine davon energisch und gedrungen, die andere mit zögernden, vorsichtigen Bewegungen, einen Spazierstock in der Rechten haltend. Sie gingen nebeneinander her durch einen Gang zwischen aufeinandergestapelten Autowracks. Aubreys Atem dampfte. Anderson ließ den Blick durch das Nachtsichtgerät eilig nach oben schweifen, über die Säulen der Wracks zu beiden Seiten …

Dort. Einer von ihnen, das Gesicht mit Schuhcreme geschwärzt. Seine Hand umklammerte den Lauf eines Gewehrs, als beabsichtige er, es als Keule zu gebrauchen. Anderson spürte den altvertrauten, mächtigen Ansturm des Adrenalins in seinem Blut. Der trostlose Autofriedhof wurde auf einmal real – sein Jagdgebiet, das zukünftige Schlachtfeld. Und … *dort*. Ein zweiter Mann, zur Verstärkung des ersten, der sich mit äußerster Konzentration zu einem Versteck hin bewegte, von dem aus er die Längsseite des Caravans unter Beschuß nehmen konnte. Keiner der beiden schien aktionsbereit. Offensichtlich wollte Malan den alten Mann erst einmal in Sicherheit wiegen, ihn mit dem Kerl konfrontieren, der soeben das Licht im Caravan angemacht hatte. Erst dann sollte er getötet werden. Anderson hörte das Zischen der Propangaskartusche unter dem Caravan, die Schritte der Männer. Vorsichtig schob er Patronen in das Magazin seines Präzisionsgewehrs und klappte den Schaft heraus, der sich an seine Schulter schmiegte wie ein treuer Freund. Er stellte die Schärfe des Infrarot-Zielfernrohrs ein und richtete das Fadenkreuz auf den ersten Scharfschützen, dessen Kopf hinter dem eingedellten Kühlergrill eines japanischen Wagens hervorsah. Einen Augenblick lang verschwamm das Bild vor seinen Augen, dann zwang er sich, ruhig auszuatmen, um seine Erregung zu kontrollieren, und die Optik wurde wieder klar. Er ließ das Fadenkreuz zu Aubreys Gesicht wandern, stellte die Schärfe angesichts der grimmigen Züge des Alten erneut ein. Malan ging mit ausdrucksloser Miene neben ihm her. Andersons Finger krümmte sich unwillkürlich um den Abzug des Gewehrs, jetzt, *jetzt*!

Mit großer Willensanstrengung zwang er sich, den Abzug loszulassen und seinen Griff um den Gewehrschaft zu lockern.

Noch nicht, noch nicht – erst wenn du deinen Fluchtweg, und *den von Kenneth abgesichert hast … Sinnlos, selber dabei zu sterben.*

Seine Hände zitterten. Aubrey und Malan sprachen leise miteinander, als sie am Caravan angelangt waren, und …

Margarethe!

Ihr Gesicht tauchte plötzlich auf, doch sie war weit entfernt und leblos und hatte hier nichts zu suchen, nicht bei dem, was er hier zu erledigen hatte. Später, später …

Unerwartete Tränen tropften auf seinen staubigen Handrücken.

Nicht jetzt …!

Im Inneren des Caravans hörte er auf einmal Geräusche, als sich der Mann auf Aubrey vorbereitete. Er sprang auf, lief gebückt die Längsseite des Caravans entlang, spähte durch das Fenster und erkannte das bärtige Profil, sah die Pistole in der Hand des Mannes. Herrgott, sie hatten keineswegs vor, Aubreys Hinrichtung langsam und genüßlich vorzunehmen, sie wollten es *jetzt gleich* hinter sich bringen! Der Pistolenlauf in der Hand des bärtigen Mannes hob sich langsam, bis er auf die Tür des Caravan gerichtet war.

Malan nahm seinen Ellbogen, als sei Aubrey ein alter Mann, dem man über eine vielbefahrene Kreuzung helfen mußte, und Aubrey spürte die Anspannung in Malans Griff. Dampfend atmete er ein und aus wie eine ungeduldige Lokomotive, spürte das erwartungsvolle Zittern der Hand an seinem Ellbogen.

»Was ist los?« murmelte er.

»Ich glaube, ich habe etwas gehört, bleiben Sie stehen.«

Aubrey hatte die Silhouette eines Mannes in einem der Fenster des Caravans gesehen, bevor das Licht darin angegangen war. Er unterdrückte ein nervöses Zittern. Die Nacht war windstill, doch die Autowracks ringsum knarrten und ächzten wie die Boote eines Yachthafens, die ängstlich auf das Näherkommen eines Sturms warteten.

»Was ist denn, Malan?« wiederholte er mit den ersten Anzeichen von Ungeduld.

»Ich bin nur um Ihr Wohlergehen besorgt, Sir Kenneth.« Malans Stimme klang nun wieder selbstsicher, als hätte er sich lediglich vergewissert, daß die Falle planmäßig aufgebaut und zum Zuschnappen bereit war.

»Sollen wir hineingehen?« fragte Malan. »Wir werden erwartet.« Aubrey zögerte, als Malan seine Hand wegnahm. Plötzlich überfiel ihn die Gewißheit, daß niemand anderes als Babbington, sein ärgster Feind, ihn in diesem grotesken Zirkuswagen erwarten würde. Sir Andrew Babbington, sein persönlicher Erzfeind, der seit seiner Enttarnung durch Aubrey auf diesen Moment gewartet haben mußte. Den Moment, da er es ihm endlich heimzahlen konnte. Aubreys Hand schloß sich um den Griff der Pistole in seiner Manteltasche. Weder Babbington noch Malan erwarteten irgendeine Gegenwehr von ihm. Er war ja nur ein alter Mann. Babbington würde dort drinnen mit gezückter Pistole auf ihn warten, doch er würde sich bestimmt nicht die Gelegenheit entgehen lassen, ihn um Gnade winseln zu hören, oder zumindest die Furcht in seinen Augen zu sehen. Vielleicht gab ihm das die Gelegenheit, zuerst zu schießen. Und dann ... Malan und seine Leute, die sich bestimmt in der Nähe aufhielten. Er hatte eigentlich keine Chance ...

»Ja«, murmelte er.

Ein Scharren am Boden – wahrscheinlich eine Ratte.

»Dann gehen wir hinein.«

Aubrey spannte die Schultern und betrat die quietschenden Holzstufen des Treppchens, das zur Tür des Caravans führte. Auf einmal zerriß das Klirren berstenden Glases die Stille, und er hielt inne, die Hand bereits auf der Türklinke. Eine Stimme, die er als die Andersons erkannte, brüllte: »Kenneth, es ist eine Falle! Paß auf!« Dann: »Babbington, bleiben Sie, wo Sie sind, oder ich erschieße Sie!« Und dann, noch lauter als zuvor: »Wenn ihr auf den Alten schießt, stirbt Malan! Babbington, *bleiben Sie, wo Sie sind ...!*«

Man kann nicht an einem Skorpionstich sterben, so stand es doch im Handbuch, verdammt nochmal! Doch die Schmerzen waren unfaßbar.

Vielleicht war das ein bisher unbekannter Skorpion, dessen Stich tödlich war ... würde mich nicht wundern, bei meinem Glück bisher!

Hyde tauchte seinen Arm erneut in die kleine Wasserpfütze. Er hatte sich wie ein verwundeter Bär in einer Höhle verkrochen. Das Echo der Wassertropfen, die von der Höhlendecke in die Pfütze fielen, neben der er sich ausgestreckte hatte, ließ die Höhle geräumiger erscheinen, als sie in Wirklichkeit war. Die Kühle der Nacht hatte seinem brennenden Arm keine Linderung verschafft, genausowenig wie die lächerliche Aspirintablette, die er geschluckt hatte. Er hatte kein Gegenserum, weil ...

… irgendein Arschloch vergessen hat, es in mein Marschgepäck zu tun!

Man stirbt doch nicht an einem Skorpionstich, es sei denn, man ist ein kleines Kind oder ein Dreihundertjähriger mit Herzbeschwerden …

Und so fühlte er sich auch: wie ein Dreihundertjähriger mit Herzbeschwerden.

Versuchen Sie, die betroffene Körperstelle ruhigzustellen, so oder ähnlich lautete der Ratschlag des Handbuchs, das er auf dem Flug gelesen hatte. Hyde hatte einen Druckverband um seinen Arm gewickelt, um die Ausbreitung des Gifts einzudämmen, und den Arm in kaltes Wasser gelegt. Sonst gab es nichts, was er tun konnte. Er schaltete die Taschenlampe ein und fast sofort wieder aus. Es war besser, wenn er seinen geschwollenen Arm nicht zu Gesicht bekam. Ihm war übel, und er fühlte sich fiebrig. Auf dem Rükken liegend, starrte er in der Dunkelheit auf die unsichtbare Höhlendecke. Der Skorpion war zwar wie ein rohes Ei geplatzt, als er ihn mit dem Gewehrkolben erwischt hatte, doch das war jetzt auch kein Trost.

Verdammter Scheiß-Skorpion!

Irgend etwas, wahrscheinlich eine Fledermaus, flatterte durch die undurchdringliche Dunkelheit über ihm.

Er hätte es gar nicht erst versuchen sollen, die Straße zu erreichen, hätte nicht auf den Grund des Fish River Canyon klettern sollen …

Trotzdem hatte er sich abgeseilt, wobei er sein Gewicht einzig an seinem gesunden Arm gehalten und sich fortwährend wie ein Kreisel um die eigene Achse gedreht hatte; vor Schmerz und Erschöpfung hätte er brüllen mögen, und das Gift hatte sich infolge der Anstrengung in seinem ganzen Körper verteilt. Doch die einzige Alternative war gewesen, oben, ohne ausreichende Deckung, auf Blantyre und seine Leute zu warten – und die waren tödlicher als Skorpiongift.

Er war – ganz gleich in welcher Verfassung er sich auch befand – am Leben. Er war immer noch am Leben. Mühsam unterdrückte er ein Stöhnen, als er versuchte, seinen Arm zu bewegen. Dann lehnte er sich wieder zurück und ließ seinen Arm in dem kalten Höhlenwasser ruhen, das er kaum spürte. Das Wasser war salzig und roch nach Fäulnis. Er konnte es nicht trinken, doch anfangs hatte es ihm Linderung verschafft, seine Stirn und sein Gesicht damit zu befeuchten. Und einige Minuten lang hatte es auch seinen entzündeten Arm gekühlt ... der jetzt wieder schmerzte, als stünde er in Flammen. Er zitterte am ganzen Körper.

Im trüben Licht der Taschenlampe sah er auf seine Armbanduhr. Fast ein Uhr früh. Er schaltete die Taschenlampe wieder aus, und die Fledermaus flatterte an ihren Platz direkt über seinem Kopf zurück. Er wußte, daß er bald weitergehen mußte. Wie hatte er es nur geschafft, überhaupt diesen Schlupfwinkel zu finden?

Als hätte ihn der Skorpionstich wie ein elektrischer Schlag in hektische Aktivität versetzt, war er weiter den Abhang hinuntergestolpert, hinter sich ihre überraschten Schreie in der windstillen Nacht. Er hatte sich durch das unwegsame Gelände gekämpft, bis er auf einen Pfad gestoßen war, auf dem er schneller vorankam, bis er schließlich auf die Straße gestoßen war, in etwa einem Kilometer Entfernung zu dem Erdrutsch. Dann hatte er sich abgeseilt. Der Abstieg war langwierig und schwindelerregend gewesen.

Seine geschwollene Hand hatte er lediglich dazu benutzen können, um das Seil durch seine steifen Finger zu seiner gesunden Hand gleiten zu lassen. Seine rechte Hand hatte sein gesamtes Gewicht tragen müssen, während er langsam die Felswand hinabgeglitten war.

Schließlich hatte er völlig erschöpft den steinigen Grund des Canyons erreicht, und das Seil war um ihn herabgefallen wie die losen Schlingen einer toten Schlange. Einige Minuten war er einfach dagesessen, unfähig, sich zu bewegen, dann hatte er sich aufgerafft. Oben auf der Straße, bei den beiden Sattelschleppern, hatte er das matte Leuchten eines Lagerfeuers gesehen.

Er war die Schlucht entlanggewandert, bis er gemerkt hatte, daß er sich entweder ausruhen mußte oder zusammenbrechen würde. In dieser feuchten, dunklen Fledermaushöhle hatte er sich schließlich verkrochen.

Er zwang sich dazu, seinen Kopf zu heben. Ihm war schwindlig, und Sterne tanzten vor seinen Augen wie Glühwürmchen. Er legte seine rechte Hand auf seine Stirn und tauchte seinen Arm erneut ins Wasser.

Es wird garantiert nicht besser werden, mein Lieber, also gewöhn dich einfach daran!

Blantyre verfügte natürlich über das wirksamste Gegengift – eine Kugel in den Kopf –, doch das war leider unannehmbar. Mühsam richtete er sich auf und hörte über sich die Fledermäuse herumflattern wie sich öffnende Regenschirme. Er benützte das Gewehr als Krückstock und humpelte auf das matte Sternenlicht zu, das in einer Pfütze vor dem Höhleneingang schimmerte. Irgend etwas krabbelte über nackten Stein, dann mit gedämpften Geräuschen weiter über den Sand.

Skorpione und Blitze schlagen niemals zweimal zu. Steht nicht im Handbuch …

Mühsam taumelte er zum Höhlenausgang. Der Rucksack erschien ihm zentnerschwer, und der linke Trageriemen drang schmerzhaft in das geschwollene Fleisch seiner Schulter. Das Gewehr hängte er wie eine Maschinenpistole auf Hüfthöhe an seine rechte Schulter. Auf der anderen Seite des Canyons, etwa hundert Meter entfernt, sah er die Lichtkegel von Taschenlampen die Felswand hinunterwandern. Sie sahen winzig und harmlos aus. Entweder hatten sie die Spuren seines Abstiegs entdeckt, oder aber sie vermuteten, daß er nirgendwo sonst sein konnte als hier unten.

Er zählte sechs Lichter in der Wand. Aha, die beiden zur Bewachung der Fahrzeuge abkommandierten Soldaten waren dazugestoßen … Über ihnen leuchteten die Scheinwerfer eines der Sattelschlepper über den Rand des Abhangs. Hyde lehnte sich schwer an den gekrümmten Fels neben dem Höhleneingang, wobei sein Arm waagrecht abstand, als trüge er einen Gips. Das Gewehr umklammerte er mit seiner rechten Hand wie einen nutzlosen Spazierstock, und sein Rucksack fühlte sich schwerer an als je zuvor.

Das Problem war nicht, daß er nicht kämpfen konnte. Er war willens zu kämpfen. Er wußte, er konnte in seinem Inneren selbst zu einem Fels werden, an den sich anzulehnen möglich war ... Hyde stöhnte. Er schüttelte vorsichtig den Kopf, konnte jedoch die Übelkeitswelle nicht verhindern, und zitterte unkontrolliert. Auch das war kein Problem – er konnte das Zittern lang genug unterdrücken, bis er einen oder zwei von ihnen getötet hatte. Das Problem war ... *den ersten Schritt zu tun*. Wenn ein Frontagent die entscheidende Phase einer Operation wie dieser begann, sollte er bei Kräften sein, nicht verwundet und am Ende seiner Kräfte. *Nicht* von einem Skorpion vergiftet. Der ausgehungerte Mond wanderte über die schwarze Oberfläche des Wasserlochs, zu dem bald, in der Morgendämmerung, die großen Katzen und ihre Beutetiere kommen würden. Der Morgen würde auch Autos bringen, Touristen, oder namibische Polizei; man würde Fragen stellen, Unterstützung herbeiholen ...

... doch nicht für dich, mein Freund.

Blantyre hatte alle Trümpfe in der Hand, doch Blantyre mußte ihn erwischen, sonst war er selbst geliefert. Hyde schwitzte. Die kleinen Lichter auf der gegenüberliegenden Felswand tanzten manchmal verschwommen, manchmal klar umrissen vor seinen Augen. Der erste Mann hatte den Grund des Canyons erreicht und schaltete seine Taschenlampe aus. Blantyre würde als zweiter oder dritter hinabsteigen, nur für den Fall, daß Hyde noch kampffähig war. Sechs gegen einen. Er starrte wütend auf seinen geschwollenen, unbrauchbaren Arm. Ihm graute davor; es zu beginnen: das *Finale*. Sobald er durch einen Gewehrschuß signalisiert hatte, daß er noch stark genug war, seine Gegner zu töten oder zu verwunden, würde es nicht aufhören, bis sie ihn gefangen und erledigt hatten – oder bis er *alle sechs* getötet hatte. Die Aussicht machte ihn müde, und er ließ seinen Kopf hängen, während der Boden unter seinen Füßen sich zu drehen begann. Dann schüttelte er den Kopf und zog geräuschvoll die Nase hoch; sein Schniefen schien in der gesamten Umgebung hörbar zu sein.

Tu es.

Er hob das Gewehr und überprüfte das Infrarot-Zielfernrohr. Der Gewehrlauf schabte trocken über den Fels, als er den Kolben auseinanderklappte. Dann hob er mit der rechten Hand seinen linken Arm in die erforderliche Position, wobei sofort der Schweiß auf seiner Stirn ausbrach. Einen Schmerzensschrei unterdrückend, als er das Gewicht der Waffe auf seine entzündete Hand verlagerte, beobachtete er, wie sich seine linke Hand um den Gewehrlauf schloß, so langsam wie ein Seestern, der eine bewegungsunfähige Beute umschließt. Er stellte die Schärfe des Zielfernrohrs ein. Graue Schemen erschienen im Fadenkreuz. Inmitten des trüben Lichts sah er eine Gestalt, die sich an der Felswand mit kleinen Sprüngen abseilte. Schweiß rann ihm ins Auge, und er blinzelte hastig. Sein Arm brannte, und die Finger seiner linken Hand waren völlig gefühllos. Dann zog er den Abzug durch, und es schien so, als täte er es nur deshalb, um endlich seinen unerträglich schmerzenden linken Arm zu entlasten. Sofort schien die Gestalt in der Felswand zu erzittern, dann wurde sie schlaff und glitt langsam wie in einem Traum die Schluchtwand hinab.

Es hatte begonnen. Er hörte ihre Warnrufe und Kommandos, die mit energischen Rufen bestätigt wurden, und duckte sich in den Schatten eines Felsens.

Babbington war in der Mitte des Caravan herumgewirbelt und hatte außer sich vor Zorn in Richtung der zerbrochenen Fensterscheibe gestarrt, durch die Anderson seine Befehle gebrüllt hatte. Doch irgend etwas hatte ihn zögern lassen, so daß der Moment verstrich, in dem er hätte reagieren können. Dann ertönte von draußen Aubreys Stimme, und Babbington zuckte zusammen, als habe man ihn angespuckt.

»Richard? *Richard!*« Ein Stoßseufzer der Erleichtetung.

»Babbington!« hörte er Malans rauhe Stimme schreien, dann ein unterdrückter Fluch. Er mußte unbedingt auf die andere Seite des Caravans gelangen – doch dort würde er eine perfekte Zielscheibe abgeben …

»Kenneth – es sind zwei Scharfschützen auf dem Gelände!« schrie Anderson. »Sei vorsichtig!«

Babbington starrte in die Mündung des Gewehrlaufs, der sich durch das Loch im Fenster schob, als hätte er

Schwierigkeiten, ihn zu erkennen. Er hatte seine Hände in die Taschen geschoben, wo sie sich nervös bewegten wie zwei Handpuppen. Dann die Stimme Aubreys. »Mir geht es gut, Richard – warnen Sie Ihre Leute, Malan, warnen Sie sie!«

Babbington schlurfte scheinbar geistesabwesend in Richtung des Fensters, durch das Anderson das Gewehr auf ihn richtete; sein Atem dampfte in der Zugluft, die auf einmal das Wageninnere erfnllte. Anderson machte eine drohende Geste mit dem Gewehr.

»Bleiben Sie, wo Sie sind!« fauchte er. »Genau dort – und jetzt drehen Sie sich um, Gesicht zum Fenster!«

Babbington sah aus wie ein zorniges Kleinkind. Sein Gesicht war eine Maske ohnmächtiger Wut. Dann kehrte er widerstrebend Anderson den Rücken zu.

Aubreys Stimme klang ängstlich und verwirrt, als er rief: »Richard, was jetzt?«

Anderson zog eine Grimasse. »Ich habe Babbington im Visier, Kenneth. Du und Malan, ihr kommt jetzt rein. Aber sei vorsichtig.«

Andersons Hand tastete sich an der rostigen Außenwand des Caravan entlang, bis er die Klinke der Hintertür gefunden hatte. Das Gewehr hielt er noch auf Babbington gerichtet. Er wartete, bis die vordere Tür mit einem Klikken aufging und Malans massige Gestalt hereinkam, während Babbington vorsichtig einen Schritt zurücktrat ... er wartete, bis auch Aubrey drin war und der Caravan plötzlich überfüllt schien, bevor er die Tür aufriß, ins Innere des Wagens sprang und die Tür scheppernd hinter sich zuschlug.

Babbingtons Gesicht leuchtete wie ein verärgerter Mond. Malan starrte ihn neugierig an – er schien sich nicht zu fürchten. Anderson horchte. Die Scharfschützen hatten es nicht gewagt, auch nur einen einzigen Schuß abzugeben. Eine Kugel konnte mit Leichtigkeit die dünne Blechwand des Caravan durchschlagen und verwunden oder töten – doch womöglich auch denjenigen, der für ihren Lohn bürgte. Kein gutes Geschäft ... Draußen riefen sie sich etwas zu, doch er konnte nicht verstehen, was sie sagten. Was er hörte, war das Rauschen seines eigenen Blutes, das Hämmern seines Herzens. Die Spannung im Innern des Caravan war greifbar.

Er senkte das Gewehr und zielte damit auf Malans Bauch. Er würde soundso der erste beim Sterben sein – selbst wenn es ihm nicht gelingen sollte, einen zweiten Schuß abzufeuern. Die Scharfschützen draußen würden früher oder später einen Weg finden, ihn zu erschießen – also mußte er absolut sicher sein, daß Malan den Tod fand. Soviel war klar.

»Hallo, Kenneth.« Dann sagte er mit einem spöttischen Blick auf Babbington und Malan: »Wollen wir uns nicht setzen, meine Herren?«

Er stand zwischen zwei Schlafkojen, während sie wie eine Gruppe schuldbewußter Schulbuben um den kleinen Tisch herumstanden.

»Kenneth, bitte komm auf meine Seite«, ordnete er an. »Aus der Schußlinie.«

Vorsichtig ging Aubrey zu Anderson hinüber und setzte sich nach einem Kopfnicken Andersons auf eine Koje. »Babbington – Sie setzen sich auf den Stuhl dort.«

Babbington ließ sich widerstrebend auf einem Küchenstuhl neben dem Tisch nieder, wobei er einen verächtlichen Blick auf das zahnlose, dankbare Lächeln Aubreys warf.

»Gut«, sagte Anderson und schaltete das Licht im Caravan aus. Sofort hörte er von draußen die Rufe der Scharfschützen. Anderson horchte nun auf die Atemzüge der im Caravan versammelten Männer; es klang wie das neugierige, noch zögernde Schnaufen von Wölfen. Doch hungrig waren sie, das stand fest. Er hörte das Scharren von Babbingtons Stuhl und sagte: »Ich kann Sie beide sehen. Sie nehmen mir nur die Entscheidung ab, wann ich sie töten soll.« Seine Ruhe inmitten der klaustrophobischen Situation war beängstigend.

Aubrey murmelte: »Ich danke dir, Richard.«

»Nicht deinetwegen«, sagte Anderson, so daß Malan zu

verstehen begann, worauf er hinauswollte. »Ich bin wegen Malan zurückgekommen. Er ist es, den ich will.«

Im Caravan schien es langsam heller zu werden, als sich seine Augen an die Dunkelheit gewöhnten. Malan, gerissen und gefährlich, hatte sich auf dem Sessel breitgemacht und beobachtete aus schmalen Augen, wie Anderson sich gegenüber von Aubrey auf die andere Koje setzte, so daß sich ihre Knie beinahe berührten. Er legte begütigend die Hand auf Aubreys rechten Arm, während er das Gewehr auf Malan gerichtet hielt. Dann zielte er auf Babbington; dieser Mann war ein Charakter aus Aubreys persönlichem Drama, und es mochte sich als tödlich erweisen, ihn zu unterschätzen. Mit ruhiger Stimme sigte er: »Ich weiß, daß Sie bewaffnet sind, Babbington. Legen Sie die Pistole auf den Boden, und zwar jetzt gleich!«

Babbington knurrte wütend, zog dann jedoch eine Pistole am Lauf aus seiner Manteltasche, legte sie vor seine Füße und kickte sie zur Seite, ehe Anderson ihm den Befehl dazu gab.

Wir alle kennen die Spielregeln, dachte Anderson.

Draußen herrschte absolute Stille. Was unternahmen Malans Scharfschützen? Wie konnte er es zu Ende bringen, – und vielleicht überleben? Malan *mußte* getötet werden – es gab keine Alternative dazu. Aubrey atmete flach neben ihm. Draußen lagen zwei Scharfschützen mit Nachtsichtgeräten und Präzisionsgewehren auf der Lauer. Doch selbst mit Infrarotfernrohren konnten sie nicht ins Innere des Caravan sehen. Alles was sie durch das zerbrochene Fenster erkennen konnten war Malan … und er hoffte, daß sie einige Zeit brauchen würden, um absolut sicherzugehen, daß er und Aubrey sich wirklich am anderen Ende des Caravans befanden. Wenn sie das wußten, würden sie einfach das Feuer eröffnen, und dann *Lebwohl, mein Liebling …*

Malan unterbrach seine Gedanken. »Das ist wirklich gemütlich hier drinnen«, sagte er mit beißendem Sarkasmus, »doch was geschieht als nächstes?«

Seine Worte schienen Babbington, der Anderson wütend anstarrte, das Stichwort zu geben, seinem Zorn Luft zu machen. »Was zum Teufel ist schiefgelaufen?« Der Stuhl ächzte, als er sich nach vorn beugte, und Andersons Körper spannte sich.

»Nichts«, erwiderte Malan verdrossen. Dann sah er Anderson an. »Ein Zufall, nichts weiter. Das Unerwartete ist eingetroffen.«

Babbington streckte den Arm aus und schütteltet wütend seinen Zeigefinger in Andersons Richtung. »Er hätte schon vor Tagen geschnappt und ausgeschaltet werden sollen! Ich habe Sie doch gewarnt, oder nicht? Habe Ihnen doch erzählt, was für eine Vergangenheit dieser Kerl hat – zu was er fähig ist, verdammt nochmal!«

»Ich weiß – und er ist nicht erledigt worden. Das ist alles.«

Babbington starrte ihn und Aubrey an, und Anderson spürte die zitternde Hand Aubreys auf seinem Unterarm. Plötzlich fühlte er sich wie ein Enkel, dem die Pflege eines alterschwachen Großvaters zugefallen ist.

»Und, Anderson«, knurrte Malan, »was haben Sie jetzt vor?«

»Man nennt so etwas eine Patt-Situation. Das Problem ist denkbar einfach: Wie kann ich Malan töten und gleichzeitig lebendig hier wieder herauskommen?" Malans Gesicht blieb ausdruckslos.

»Unmöglich.« Babbington legte seine Hände nebeneinander auf das fleckige karierte Tischtuch, als decke er Pokerkarten auf. »Malans Auto ist zu weit weg, als daß es einer von Ihnen beiden lebend bis dahin schaffen könnte, Anderson.«

»Vielleicht kann man den Fahrer über Funk herholen?«

»Selbst dann stünden Ihre Überlebenschancen sehr schlecht.«

Babbington starrte ihn ausdruckslos an. Sein Körper wirkte seltsam steif, als unterdrücke er eine ohnmächtige Wut. Die Haare auf Anderson Armen und im Nacken prikkelten. Malans Zorn war offensichtlicher, wie der eines wilden Tieres hinter Gittern.

»Also, womit sollen wir jetzt die Zeit totschlagen?« fragte Babbington spöttisch.

»Jetzt, wo Sie Ihre Chance verpaßt haben, Aubrey zu ermorden?« fragte Anderson.

»Ich wäre mir nicht so sicher, daß ich die Chance wirklich verpaßt habe.«

Der arrogante Tonfall Babbingtons machte Anderson wütend; es erinnerte ihn an all die Standpauken, die er in seiner Agentenzeit von seinen Vorgesetzten über sich hatte ergehen lassen müssen. Gleichzeitig dachte er an die Scharfschützen draußen, die sicherlich aufgeregt und zornig debattierten, wie sie eingreifen könnten; sicherlich sahen sie immer wieder Malans oder Babbingtons Schatten durch das Fenster am vorderen Teil des Caravans und würden früher oder später einfach entscheiden, daß er und Aubrey sich beide weiter hinten im Caravan befinden mußten. Er warf einen schnellen Blick auf Aubrey.

Der Alte schien Babbington mit der Geduld eine Katze zu beäugen, fast als mache er sich Sorgen um ihn. Er schien keine Angst zu haben, saß reglos da, als sei er eine Eidechse, die sich erst in der Sonne wärmen muß. Dann blinzelten seine alten Augen langsam wie die eines Fisches.

Malan wand sich erneut in seinem Stuhl, ungeduldig und rastlos wie ein eingesperrtes Raubtier. »Na gut, Anderson – was wollen Sie? Was mit Ihrem Mädchen geschehen ist, das tut mir leid, wirklich … Also – wieviel?«

»Ihre Entschuldigung genügt mir *nicht*«, erwiderte Anderson mit zusammengebissenen Zähnen. »Außerdem war es meine *Frau*.«

Malan schwieg, doch all seine Sinne waren geschärft für eine Aktion seiner Männer draußen. Babbington schien die Ruhe selbst, als sei Andersons Auftauchen lediglich eine minimale Verzögerung in seinem Zeitplan, ein unerhebliches Hindernis, das bald aus dem Weg geräumt werden würde. Sein Blick traf immer wieder Aubrey, den Verantwortlichen für all sein Mißgeschick. Bei der nächsten sich bietenden Gelegenheit würde er sicherlich versuchen, den Alten zu töten.

Anderson lehnte sich zu Aubrey hinüber und flüsterte: »Bist du bewaffnet?« Aubrey nickte. »Du kannst alle beide töten, falls es nötig sein sollte?« Nach einer Pause ein weiteres Kopfnicken. »Gut. Vielleicht wirst du es tun müssen. Babbington wird dich nicht gehen lassen, ohne es zumindest zu versuchen.«

»Ich weiß, Richard. Er und ich, wir verstehen uns vollkommen.« Dann räusperte er sich und sagte mit erhobener Stimme: »Malan, gehe ich richtig in der Annahme, daß die Männer, die die Lieferung hier in Empfang nehmen sollten, inzwischen tot sind?«

»Was? Ja, das ist richtig. Sie sind alle frühzeitig verstorben. Ihre Leichen sind bereits durch die Müllpresse gewandert. Aber es gab sie tatsächlich. Sonst wären Sie ja wohl keinesfalls mit mir hierhergekommen.« Er grinste.

»Dann haben Sie Ihren Teil unserer Abmachung zur vollsten Zufriedenheit erledigt und Ihrer Regierung Geld und Probleme erspart. Ich danke Ihnen.«

»Es war mir ein Vergnügen, Mann.«

Aubrey lehnte sich zu Anderson hinüber und flüsterte: »Richard, ich brauche Malan *lebend*.«

»Nein«, erwiderte Anderson und schüttelte den Kopf.

Aubrey lehnte sich zurück und musterte Anderson – Anderson, der der eigentliche Grund dafür war, daß sie alle hier zusammengepfercht saßen. Er kam zu dem Schluß, daß Anderson ohne weiteres sein eigenes Leben opfern würde, um Malan zu töten. Die Enge, die klaustrophobische Beklemmung zehrte sichtlich an seinen Nerven. Es wäre einfacher, wenn Babbington eine verdächtige Bewegung machen würde und man ihn einfach erschießen könnte. Und Babbington war mittlerweile am gleichen Punkt angelangt wie Anderson. Die Pistole lag auf dem Boden, näher bei Aubrey als bei ihm selbst, doch die Entfernung bot keinerlei Sicherheit. Babbington würde alles aufs Spiel setzen, um seinen Erzfeind zu töten. Selbst sein eigenes Leben.

Aubrey erkannte, daß er weder Anderson noch Babbington mit Vernunft von ihren Racheplänen abbringen konnte. Doch er mußte irgend etwas unternehmen, was ihm erlaubte, sich aus dieser Situation zurückzuziehen und Hyde die nötige Verstärkung zu beschaffen. Er war der einzige Mann im Caravan, der klar denken konnte, schien es ihm. Schließlich empfand er keinen Haß auf Babbington, er verachtete ihn nur. Er legte keinen Wert darauf, daß Malan oder Babbington, oder alle beide, starben. Doch wie sollte er das kommende Blutbad verhindern, wie sollte er …

… und während er diesen Gedanke zu Ende dachte, spürte er, daß es bereits begonnen hatte. Dann identifizierten seine Ohren ein Scharren außerhalb des Caravans, als seien Ratten am Werk. Anderson hörte es auch, noch vor den anderen beiden. Aubrey erkannte, daß er nichts mehr tun konnte, als er Andersons Reaktion beobachtete. Malan richtete sich hoffnungsvoll auf; Anderson zögerte nur den Bruchteil einer Sekunde, dann richtete er sein Gewehr auf das Fenster, hinter dem er einen Schatten gesehen hatte, und feuerte. Im selben Augenblick war Malan auf den Beinen und stürmte wie ein Stier zur Tür und hindurch, während Aubrey noch mit bittend erhobenen Händen das Unvermeidliche aufzuhalten versuchte, wie ein Kind, das seine Sandburg vor den herannahenden Ozeanbrechern retten will.

Babbington stürzte sich auf die Pistole, währernd Anderson sein Gewehr auf den fliehenden Rücken Malans richtete, der wild seinen Namen in die Nacht brüllte, damit ihn seine eigenen Leute nicht erschossen; Andersons Gewehr krachte erneut, und der Lärm war in der Enge des Caravans ohrenbetäubend. Aubrey erwartete, daß Malans massige Gestalt umfallen würde, doch das tat sie nicht, und er erkannte, daß Anderson nicht auf Malan geschossen hatte. Die Mündungsflamme hatte ihn geblendet, und als er wieder klare Sicht hatte, sah er Babbington vor sich auf dem Boden kriechen, die Hand nach der Pistole ausgestreckt, langsam wie eine Raupe, dann bäumte er sich auf, und dann lag er still; wie ein Sportler, der nach hartem Training in erschöpften Schlaf versinkt.

Das schwarze Rechteck der Tür war nun leer, und Aubrey hörte, nachdem das Echo eines dritten Schusses verhallt war, Malans Brüllen: »Tötet ihn, tötet ihn!«

Anderson warf nur einen flüchtigen Blick auf den reglosen Körper am Boden des Caravans und stürzte durch die offene Tür nach draußen. Aubrey hörte zwei Schüsse. Er glitt vom Bett in eine sitzende Position am Fenster, wobei er die Matratze als notdürftigen Kugelfang mitschleifte. Ein weitaus wirksamerer Schutz war die Tatsache, daß Anderson sich draußen befand und daß die beiden Scharfschützen sich zweifellos auf ihn konzentrieren würden. Er hörte weitere Schüsse, das Geräusch laufender Schritte. Vorsichtig streckte er die Hand aus, als läge dort ein wildes Tier, und legte die Hand an Babbingtons Hals. Sein Puls war schwach. Aubrey rutschte auf den Knien näher und drehte Babbingtons schweren Körper herum, so daß das schmerzverzerrte Gesicht an die niedrige, schäbige Decke des Caravans starrte. Dann kroch Aubrey schweratmend zur immer noch offenstehenden Tür des Caravan und spähte in die frostige Nacht hinaus.

Im Licht der aufgeblendeten Scheinwerfer des Mercedes sah er einen überproportionierten Schatten – Malan –, der in Richtung des Wagens rannte. Auf der Flucht. Er rannte plump und irgendwie unkoordiniert, als habe er eine Verletzung erlitten. Ein Körper, zu klein, als daß es der Andersons hätte sein können, lag in etwa fünfzig Metern Entfernung reglos auf dem Boden. Die Türen des Mercedes waren geöffnet, und der Fahrer war hinter einer davon in Deckung gegangen, wahrscheinlich mit einer Waffe im Anschlag. Von Richard war nichts zu sehen.

Malan erreichte den Wagen und ließ sich in panischer Hast auf den Rücksitz fallen. Der Fahrer war bereits eingestiegen, ließ den Motor an, legte den Rückwärtsgang ein und raste rückwärts in einer Staubwolke auf das Eingangstor des Schrottplatzes zu. Die Limousine schlitterte durch das Tor und beschleunigte unverzüglich Richtung Stadt.

Fast unmittelbar darauf bog ein kleinerer Wagen mit quietschenden Reifen um die Ecke und folgte Malans Mercedes. Aubrey hörte Schüsse, die vom Motorenlärm des Mercedes gedämpft wurden, und kniff die Augen zusammen, um besser sehen zu können. Eine menschliche Gestalt lag nun in der Nähe des Tores am Boden, die vorher vergeblich versucht hatte, sich an dem Wagen festzuhalten. Der Mann rührte sich nicht.

Da wußte Aubrey, daß Malan erledigt war. Anderson hatte beide Scharfschützen getötet, und nun würde er nicht mehr lockerlassen. Der Hai hatte Blut geschmeckt, und jetzt wollte er töten. Vielleicht würde es Stunden dauern, vielleicht noch ein paar Tage – doch nur wenige Tage, auf keinen Fall länger ... Aubrey wußte mit absoluter Sicherheit, daß Anderson den Tod Malans beschlossen hatte. Und damit ihrer *beider* Rechnungen begleichen wollte. Nichts, absolut nichts, nicht einmal die Tatsache, daß Babbington starb, war sicherer.

Und das bedeutete, erkannte Aubrey mit schwindelerregender Erleichterung, daß ihm keine Gefahr mehr drohte. Er hatte zwar keine Beweise, aber er war am Leben.

Seufzend sah er zu Boden, dann kroch er zurück zu Babbington, der mit rasselnder Brust dalag. Sein Gesicht war angstverzerrt im Wissen, eine tödliche Verletzung erlitten zu haben; ein Projektil aus einem Hochgeschwindigkeitsgewehr aus nächster Nähe. Es war ein Bauchschuß. Der Körper hatte bereits den Kampf aufgegeben, lange bevor das Herz und der Verstand Babbingtons sich in die Unabwendbarkeit des Todes fügen wollten. Aubrey setzte sich neben ihm auf den Boden.

Speichel glänzte auf Babbingtons Bart, heller als Tränen. Blut glitzerte auf seinem Mantel und seinem Hemd. Er war am Verbluten, und jeder Versuch, die Blutung zu stoppen, war sinnlos. Babbington war nicht mehr zu retten. Es wäre nichts als eine nutzlose Geste, und Aubrey hatte auch nicht die Absicht, etwas zu tun. Er schien ebenso erschöpft zu sein wie der Sterbende.

Sie beiden waren die einzigen lebenden Menschen auf dem riesigen, trostlosen Gelände des Schrottplatzes. Dann entrang sich ein Stöhnen Babbingtons Brust, und es klang wie ein berechtigter Protest, weniger gegen seinen eigenen Tod, als vielmehr gegen das Scheitern seiner Mission, das Unerledigtlassen all seiner Aufgaben. Aubrey hob den Kopf und starrte an die Decke, als sei er peinlich berührt.

Babbingtons Atem rasselte, die Lungen füllten sich mit Blut.

Consummatum est – es war das Ende.

Aubrey horchte auf die unheimlichen Geräusche von den Autohalden, dem toten Blech, das im Wind ächzte. Sein Atem dampfte in der Kälte, die er nicht wahrnahm. Die Nebel, die immer wieder aus Babbingtons Mund aufstiegen, waren nichts als letzte Seufzer eines Mannes, der kopfüber in die Dunkelheit stürzte. Die Geräusche der Verfolgungsjagd auf der staubigen Landstraße in Richtung Stadt waren längst verklungen, ebenso wie die Schmerzen einer Vergangenheit, die beide Männer nun hinter sich gelassen hatten.

Dann wurde das häßliche, schmerzvolle Gurgeln von Babbingtons Kehle verzweifelter, dringlicher, und Aubrey sah auf ihn hinab, sah in Babbingtons Augen, die glühten wie die eines wütenden Scheintoten. Eine Leiche, die sich gegen die Kälte aufbäumte. Seine Lippen arbeiteten stumm, seine Kehle gab seltsame Geräusche von sich wie ein Motor, der nicht starten wollte. Dann, als gäbe sich Babbington schließlich seinem Schicksal hin, hob er eine blutverschmierte Hand und packte Aubreys Ärmel. Aubreys Augen folgten der Hand, die über den Stoff seines Mantels wanderte und sich zu seiner Hand vortastete. Er streckte die Finger und nahm Babbingtons Hand in die seine. Es war nicht zuviel, das zu tun. Es hatte nichts von Vergebung oder Versöhnung an sich, es war lediglich menschlicher Beistand in den letzten Minuten eines Sterbenden. Aubrey schüttelte den Kopf beim Gedanken an die Dunkelheit, die Babbington so bald umfangen würde.

Babbingtons Gesichtszüge verloren allmählich den Ausdruck schmerzverzerrten Grauens und entspannten sich; nicht friedlich oder besiegt, lediglich *vertraut*. Ein Mensch. Was fur ein seltsames Ende, dachte Aubrey, was für ein seltsames Wiedersehen nach all den Jahren. Ihre Feindschaft, der Krieg, den sie so bedingungslos ausgefochten hatten, war zu Ende, zumindest für sie beide. Aubrey sah auf das bärtige, geisterhaft bleiche Gesicht hinab. Eigentlich hatte er Wilfred Owens Gedichte nie besonders gemocht, und dennoch fiel ihm in diesem Augenblick eine Zeile dieses Dichters ein: *Ich besaß die Weisheit, und auch die Meisterschaft* ... Er hatte es wohl einst auswendiglernen müssen, eine Strafarbeit, mit der er von einem Aufsichtsschüler schikaniert worden war; einem jener jungen Präfekten, Tyrannen des britischen Schulsystems, mit denen es oft ein furchtbares Ende genommen hatte. Babbington war sicherlich ein solch sadistischer Oberschüler gewesen ... *Ich bin der Feind, den du erschlugst* ... Nein, er empfand nichts für diesen Mann, weder Mitleid noch Erbarmen.

Seine Finger umfaßten Babbingtons Hand nun mit festerem Griff, als sich die Brust des Mannes krampfhaft hob und senkte im vergeblichen Versuch, Sauerstoff einzusaugen – es würde nun höchstens noch ein paar Minuten dauern. Er fühlte keine Verwandtschaft zwischen sich und dem Sterbenden, es war *nicht* so, als hielte er seinem *alter ego* die Hand – nein, er leistete einem Menschen in den letzten Augenblicken seines Lebens den Beistand, den jeder Mensch verdiente, nichts weiter; einem Mann, dessen Leben genau wie das seine hätte verlaufen können, wäre er nicht unglücklich und eitel gewesen – und verräterisch.

Aubrey fühlte sich sehr müde, doch er hörte nicht auf, Babbingtons Hand zu halten. Bis zum Ende. *Laß uns jetzt schlafen* ... Endlich spürte er, wie Babbingtons Muskeln sich entspannten; seine Hand wurde schwerer. Doch Aubrey ließ ihn noch nicht los, sondern horchte selbstvergessen auf die Geräusche von draußen; er erkannte, daß ein Abschnitt seines Lebens unwiderruflich zu Ende gegangen war. Und fühlte eine seltsame Ruhe in sich.

Hyde saß im Schneidersitz zwischen den steifen, stacheligen Sträuchern, die ein Wasserloch umgaben; sein entzündeter Arm ruhte in seinem Schoß. Sie waren bereits sehr nahe an ihn herangekommen, folgten ihm mit der Sicherheit von Fischern, die ein großes Netz ausgeworfen hatten, und wußten, daß ihnen ihre Beute nicht entkommen konnte. Auf ihrem Vormarsch durchsuchten sie jede Höhle, jeden Busch, ließen keinen Quadratmeter der Schlucht aus –

mit absoluter Gewißheit wußten sie, daß sie ihn finden würden. Blantyre hatte bestimmt seine häufigen Pausen, sein fortwährendes Niederfallen und Wiederaufstehen registriert; er wußte zweifellos, daß Hyde verwundet war.

Bald, noch vor dem Morgengrauen, würden sie ihn einholen ... Wie spät war es überhaupt? Hyde ließ den Kopf hängen. Es war sinnlos seine Augen zu strapazieren, um im Zwielicht die Uhrzeit zu erkennen. Sie würden ihn schnappen, bevor es hell wurde – das wußte er auch, ohne auf die Uhr zu sehen.

Er zuckte zusammen, als fünfhundert Meter entfernt etwas detonierte, drehte sich um, sah das verspätete Leuchten der Explosion und hörte das Prasseln zu Boden fallender Steine. Sie hatten eine Rakete in eine der verlassenen Höhlen gefeuert. Im schwachen Sternenlicht stieg eine Rauchwolke auf.

Wenn er sich noch richtig an die Landkarte erinnerte, dann wand sich der Canyon in immer enger werdenden Kurven vor ihm wie eine verletzte Schlange; die Schlucht wurde immer enger, bis sie schließlich nur noch eine klaffende Spalte im Fels war. Dort war Endstation. Doch vermutlich würde er es ohnehin nicht bis dorthin schaffen. Er konnte nicht herausklettern, nicht mit seinem unbrauchbaren Arm, nicht in dem Zustand totaler Erschöpfung, in dem er sich befand. Es gab einen schmalen Pfad durch die Felsen, doch müßte er unwahrscheinliches Glück haben, um in der Dunkelheit auf ihn zu stoßen. Es blieb ihm nichts übrig, als weiterhin so viel Abstand wie möglich zwischen sich und seinen Verfolgern zu halten.

Am Morgen würden sicherlich ein oder zwei Helikopter auftauchen. Blantyre würde Leute anheuern, denen er vertraute, die er aus Oranjemund oder von irgendeinem anderen Ort in Südafrika einfliegen lassen konnte, und Malan mochte es für ratsam halten, die ganze Angelegenheit zu vertuschen – schließlich mußte er lediglich einen verwundeten Soldaten und einen neugierigen alten Mann ausschalten, und niemand würde je davon erfahren. Es sei denn, Aubrey hatte Malan auf irgendeine Weise erpressen können.

Er fuhr sich mit der gesunden Hand über sein Gesicht. Die nächste Windung des Canyon würde ihn für eine Weile von ihren Infrarotgeräten schützen. Obwohl sein Körper sich mit Übelkeit und Schwindel dagegen wehrte, entschied Hyde, daß seine einzige Überlebenschance in einem Gegenangriff lag. Er berührte seinen Arm.

Nie im Leben, mein Freund, niemals …

Mühsam rappelte er sich auf, wobei er das Gewehr zu Hilfe nehmen mußte. Sie waren zu fünft, alle in bester Verfassung, und Blantyre trieb sie unermüdlich an. Hyde hinkte rasch davon, ein Quasimodo, der sich bucklig durch die Nacht stahl.

Er folgte der Windung des ausgetrockneten Flußbetts, und die Felsen über ihm schienen sich aneinanderzudrängen, um ihn zu verspotten. Ihm wurde schwindlig, und er mußte stehenbleiben. Er drückte den Lauf des Gewehrs an seine Wange, um sie abzukühlen, doch das Metall war noch warm von seinem fiebrigen Griff. Allmählich ließ das Schwindelgefühl nach, die Sterne umkreisten ihn immer langsamer und langsamer und blieben schließlich ruhig am Himmel stehen, seine Atemzüge wurden gleichmäßiger. Die Wasserlöcher im Flußbett schimmerten schwarz; jedes war mit einem Kranz dornigen Gestrüpps umgeben. Der Rest der Landschaft im trüben Licht der Sterne bestand aus Felsen, Geröll und Schatten.

Dort, in einer dieser Höhlen entlang der Schlucht, vermuteten sie ihn, und hatten deshalb bereits in drei von ihnen Raketengeschosse gejagt. Wann immer er an einer vorbeigegangen war, hatte er das Verlangen gespürt, sich dort zu verstecken, sich zusammenzukauern … aber *so* verrückt war er noch nicht. Sie jagten jede Höhle in die Luft, an der sie vorbeikamen. Offensichtlich genossen sie das Feuerwerk; vielleicht half es ihnen, sich abzureagieren.

Langsam stieg er die Felsen hinauf, erklomm einen Geröllhang, bis er sich sieben oder acht Meter über dem Grund des Canyon befand. Das Wasser erreichte wahrscheinlich nur einmal alle hundert Jahre während einer Flutkatastrophe diese Felsen, hinter denen er jetzt Deckung suchte. Die

Schlucht kam ihm immer unwirklicher vor, so öde und trostlos wie eine Mondlandschaft.

Blantyre liebte es, anderen Menschen Schmerz zuzufügen. Es hatte immer ein paar von seiner Sorte im britischen SAS gegeben; noch mehr hatten sich bei den Selous Scouts oder den SAS-ähnlichen Eliteeinheiten Rhodesiens gemeldet. Und bei der südafrikanischen Armee, natürlich. Blantyre war unbeirrbar seinen Weg gegangen, ein Handlungsreisender des Todes, immer von einem Aufstand oder Putsch zum nächsten; stets war er dort zur Stelle gewesen, wo diese *Kaffern*, die er so haßte, wieder einmal geglaubt hatten, sie könnten sich ihre Menschenrechte erkämpfen, nur weil sie vom Warschauer Pakt ein paar Panzer und Gewehre erhalten hatten … Herrgott, er mußte sicherlich durch die Hölle gegangen sein, seit er beim MLK war; mitansehen zu müssen, wie Menschen wie Mandela sein Lebenswerk zugrunde richteten!

Hyde schüttelte wütend den Kopf. Blantyre war ein Haufen *Scheiße*. Sein Zorn half ihm, seine Schwäche und Müdigkeit zu vertreiben. Er fühlte sich wieder stark genug, durch das Infrarot-Zielfernrohr seines Gewehrs zu blicken, ohne daß ihm schwindlig wurde. Noch war nichts zu sehen. Er schraubte den Verschluß seiner Feldflasche auf, nahm einen Schluck Wasser und ließ die lauwarme Flüssigkeit zwischen seinen Zähnen hin und herschwappen.

Niemals aus den Wasserlöchern trinken, bevor es unumgänglich ist.

Gab es im Handbuch auch ein Kapitel über: *Wie man eine fünffache Übermacht besiegt, wenn man verwundet ist und kaum mehr Munition hat …?* Er schraubte die Wasserflasche wieder zu. Hier war die Schlucht bereits nur noch zwei bis drei Meter breit, ein schmaler Korridor zwischen steilen Felswänden. Ja, Blantyre war seinen Weg gegangen, von Hereford und den Brecon Beacons bis zu den Schlachtfeldern Omans, bis …

… hierher. *Hallo*. Eine graue Gestalt erschien in der Optik des Zielfernrohrs, lief gebückt, hielt inne, kroch weiter mit der Schnelligkeit und Umsicht eines professionellen Guerilleros. Ihr folgte eine eine zweite Gestalt, die hinter einem grau schimmernden Busch hervorsprang, etwas weniger vorsichtig als der erste Mann.

Hyde drückte ab. Ein helleres Leuchten, als der Soldat die Arme hochwarf, nach hinten fiel und in einer grauen Staubwolke den Abhang hinunterrollte. Er hörte ihre Stimmen, warnend und empört, und wußte, daß er wieder einen schlimmen Fehler gemacht hatte, als die erste Rakete – Sekunden nachdem er den Abschußblitz aus dem Gebüsch unter sich gesehen hatte – hinter ihm einschlug. Das rohrähnliche Gebilde über der Schulter des ersten Mannes hatte er nicht sofort als Raketenwerfer identifiziert – Leider. Steine und Felsbrocken prasselten um ihn herum zu Boden, sausten knapp über seinem Kopf hinweg in die Nacht. Er duckte sich tiefer, ein Schmerzenschrei entrang sich seiner Kehle, als er sich in der Eile auf die entzündete Hand stützte.

Das Sternenlicht wurde von den umherfliegenden Steinsplittern verdeckt. Der Staub drang in seine Kehle, und er würgte und hustete. Sie würden jetzt keine Zeit verlieren und ihn schnell und gierig einkreisen wie ein hungriges Wolfsrudel. Gebückt lief er an der Felsformation entlang, hinter der er Deckung gesucht hatte. Die Staubwolke löste sich langsam auf. In Nachtsichtgeräten der Scharfschützen waren bewegliche Objekte besser zu sehen als unbewegliche. Jetzt waren es noch *vier*. Der Gewehrlauf in seiner geschwollenen Hand fühlte sich an wie ein glühendheißes Metallrohr, als er das Gewehr an die Hüfte hob, um schnell feuern zu können, während er gebückt weiterlief und schließlich hinter einem Felsen in Deckung ging, keuchend, Staub und Sand schluckend.

Jetzt warte auf sie.

»Wo ist er? Kannst du ihn sehen, Pik? *Danie*?«

»Das Schwein hat Danie erwischt!« schrie jemand als Antwort.

»Haltet das Maul, ihr Idioten!« brüllte Blantyre. Sie würden jetzt keine Funkgeräte mehr benutzen.

Hydes linker Arm protestierte gegen das unerträgliche Gewicht des Gewehrs. Er biß die Zähne zusammen, um dem Schmerz standzuhalten und zwang sich, seinen geschwollenen Arm zu heben, bis das Gewehr auf dem Fels lag und er sich in eine halbwegs normale Schußposition begeben konnte. Wenn er Glück hatte, würde sein Kopf in ihren Infrarotgeräten wie ein Zacken an dem Fels aussehen, hinter dem er sich versteckte. Bis er feuerte, auf jeden Fall. Er spähte durch sein Zielfernrohr.

»Jagt dem Schwein noch eine hinüber!« schrie Blantyre, und fast unmittelbar darauf zuckte eine Stichflamme aus dem Gestrüpp unter ihm, und dreißig Meter zu seiner Linken zerbarst der Fels mit ohrenbetäubendem Krach. Entsetzt sah er, wie ein großer Felsbrocken durch die Luft direkt auf ihn zuwirbelte, kurz vor seinem Versteck aufprallte und knapp über seinem Kopf hinweg in die Schlucht flog, um dort die Tiere beim Wasserloch aufzuscheuchen. Die Staubwolke wälzte sich den Abhang hinab, und das Echo der Explosion hallte von den Wänden der Schlucht wieder.

Er feuerte zweimal in das Gebüsch, hinter dem er die Stichflamme des Raketenwerfers gesehen hatte. Ein Schmerzensschrei, dann sah er ein ausgestrecktes Bein aus dem Gebüsch hervorragen. Verwundet, nicht tot.

»Pik?«

»Das Schwein hat mich angeschossen ...!«

»Schrei nicht so rum, oder er schießt dir das nächste Mal den Kopf ab!«

Das kam aus der Richtung des Felsens dort drüben ... Hatte er da nicht eben eine Schulter gesehen, und einen Kopf? Hyde drückte ab und sah Steinsplitter durch die Luft fliegen, dann jemand hastig in Deckung. Drei Männer aktiv, einer verwundet. Er feuerte noch zweimal, drehte sich dann mit schmerzverzerrtem Gesicht um und musterte das Terrain. Es gab genug Felsen und Gebüsch, die ihm als Dekkung hätten dienen können, wenn er im Vollbesitz seiner Kräfte gewesen wäre. Er schlang sich das Gewehr am Trageriemen um den Hals und hielt es mit seinem verwundeten linken Arm an seine Brust gedrückt. Der Schmerz war fast unerträglich. Wild den Kopf schüttelnd, rannte er zum nächstgelegenen Felsblock, hielt kurz inne, und hastete dann weiter. Kugeln pfiffen um seinen Kopf, nadelscharfe Felssplitter zerkratzten seine Waden – *Deckung*! Er stolperte mehr, als daß er sich fallen ließ, lag gleich darauf flach auf dem Bauch hinter einem großen Felsbrocken; seine Brust hob und senkte sich kramphaft, sein Arm schien in Flammen zu stehen.

»Hast du das Schwein erwischt?«

»Hab' ihn glaube ich getroffen, Oberst.«

Einen Scheiß hast du …

»Das reicht nicht!« schrie Blantyre. »Geh hin und sieh nach!«

»Verdammt, sehen Sie selbst nach – Sir!«

»Vermaak, du gehst jetzt da rauf, oder *ich* werde dich erledigen!«

Komm schon, Vermaak. Komm her und sieh nach. Das ist doch ein Leichtes für dich; nur vierzig Meter über offenes Gelände, und der Gegner ist ohnehin verwundet – komm schon …

Blantyres Stimme hatte seltsam gepreßt und außer Atem geklungen – war das ein Resultat seines Zorns, oder hatte er Schmerzen? Das wäre tatsächlich zu schön, um wahr zu sein, falls er das Schwein verwundet haben sollte. Hyde schüttelte grimmig den Kopf. Schweine wie Blantyre waren nicht so leicht totzukriegen. Es gab eine ganze Menge Leute, die es versucht hatten – genug, um einen Friedhof mit ihren Gräbern zu füllen.

Komm schon, Vermaak, trau dich und schau nach … Folge dem Befehl deines Kommandanten – hallo, da bist du ja!

Er gab einen Feuerstoß von zehn Schuß ab, dann stellte er das Gewehr wieder auf Einzelfeuer. Mühsam fummelte er sein letztes zwanzigschüssiges Magazin aus der Jackentasche, schob es in den Gewehrschaft, ließ es einrasten und wartete. Er wußte nicht, ob er Vermaak erwischt hatte.

»Vermaak?«

»Ja, Oberst – schauen Sie verdammt nochmal selbst nach!«

Vorbei. Mist.

Blantyre schnellte plötzlich aus seiner Deckung und sprintete auf das Gebüsch zu, hinter dem sich der Soldat mit dem Raketenwerfer befand. Hyde gab einen Schuß ab, dann zwang ihn das Gegenfeuer, sich wieder hinter seinen Felsen zu ducken. Bildete er sich das ein, oder hatte Blantyre tatsächlich eine Schulter seltsam verdreht hochgezogen? War er verletzt? Er konnte es nicht mit Sicherheit sagen. Hyde hob vorsichtig den Kopf und spähte durch das Nachtsichtgerät. Im Gebüsch ging etwas vor sich, er sah schemenhaft die Körper von Pik und Blantyre leuchten, konnte sie jedoch nicht klar genug ausmachen, um gezielte Einzelschüsse abzugeben – noch konnte er jetzt sein letztes Magazin für eine Dauerfeuergarbe opfern. Zwei Kugeln schabten über den nackten Fels neben seinem Gesicht, und er duckte sich erneut.

Sich halbaufrichtend gab er einen einzelnen Schuß in die Richtung der Sträucher ab und ließ sich wieder hinter seine Deckung fallen. Mehrere Kugeln schlugen in den Fels hinter ihm ein.

Jetzt haben sie dich in der Zange. Position wechseln!

Gebückt hastete er nach rechts, auf einige Felsen zu, hinter denen er Schutz finden konnte – doch auch *sie* würden es erwarten, daß er dort hinginge, er hatte sich immer von Felsgruppe zu Felsengruppe zurückgezogen.

... Nach links, du verdammter Idiot, links!

Er lief zurück zu dem Felsen, hinter dem er zuvor in Deckung gegangen war, dann sofort weiter seitwärts durch das Geröll. Sein ganzer Körper war schweißnaß, und sein geschwollener Arm pochte wie wild. Dann die Explosion, und als er sich im Laufen halb umdrehte, sah er, wie die Felsgruppe, hinter der er ursprünglich hatte in Deckung gehen wollen, in einer gewaltigen gewaltigen Explosion zertrümmert wurde.

Blantyre, du verdammtes Schwein. Hast fast *recht gehabt.*

Er lief gebückt weiter, im Zickzack durch die frisch gefallenen Felstrümmer, wobei er alle paar Meter in Deckung ging. Die Staubwolke der Explosion würde ihn für ein paar Augenblicke verbergen. Bestimmt dachten sie, daß er untereiner Tonne Stein begraben wäre und daß sie sich jetzt Zeit lassen könnten. Stille. Hyde tappte auf Zehenspitzen weiter.

Sein Gewehr klapperte auf blankem Fels, als er kurz das Gleichgewicht verlor, und sofort wurde geschossen; Hyde erwiderte das Feuer, statt in Deckung zu gehen, denn er hatte hinter dem Mündungsblitz des Gewehrs eine Silhouette ausgemacht, die zu deutlich umrissen war, als daß er hätte vorbeischießen können. Dann rannte er wieder und hörte fast nichts außer dem Hämmern seines Herzens und seinen keuchenden Atemzügen. Sein Arm schien nicht mehr zu seinem Körper zu gehören, als sei er ein geschwollenes, pumpendes Etwas, das man an ihm festgeklebt hatte. Er rannte einen Geröllhang hinab in Richtung des Flußbetts, wobei er immer kurz davor war, das Gleichgewicht zu verlieren und kopfüber abzustürzen. In großen, unkoordinierten Sätzen stolperte er abwärts, mit wedelnden Armen, während seine Stiefel auf dem knirschenden Kies alles andere übertönten. Jeden Moment erwartete er die tödliche Kugel … dann drehte er sich abrupt um, unfähig, die Spannung noch eine Sekunde länger zu ertragen.

Mit dem Daumen schaltete er auf Dauerfeuer und leerte das gesamte Magazin in einer einzigen Garbe. Der Lärm war ohrenbetäubend; das Gewehr, mit dem er auf die im matten Sternenlicht schwach sichtbaren Umrisse seiner Verfolger zielte, spuckte Feuer und Blei und schlug gegen seinen geschwollenen Arm. Dann ließ er die Waffe fallen und rannte hakenschlagend den Abhang hinunter, als sei er eine Flipperkugel in einem außer Kontrolle geratenen Automaten. Hinter sich hörte er nichts, doch seine Haut spannte sich wie Leder, die Muskeln seiner Schultern und des Rükkens verkrampften sich in Erwartung ihres Gegenfeuers. Er hastete weiter, wobei seine Beine immer wieder einknickten wie die eines Kleinkinds, das die ersten Gehversuche unternimmt; den entzündeten linken Arm hielt er mit der Rechten an die Brust gedrückt, als sei er sein Baby, das er nicht fallen lassen dürfe.

Hinter ihm war nur Stille. Dann kam es ihm vor, als höre er eine Rakete durch die Luft sausen, die weit hinter ihm zu detonieren schien, doch war er sich nicht mehr sicher, ob das nur Einbildung gewesen war. Hatte er alle getötet? Er fiel zu Boden, als sei er getroffen, wobei der ausgestreckte linke Arm auf etwas Weiches, Kühles stieß, das nachgab und ihm naß auf Gesicht und Haare klatschte. Etwas kratzte ihm über die Stirn. Schilf. Wasser. Er kroch durch das hohe Schilfgras, das hilfsbereit nachgab und ihn versteckte. Benommen erkannte er, daß sein linker Arm im kühlen Wasser lag, während sein Kopf im Ufersand des Wasserlochs ruhte. Wasser, dachte er, bevor seine Adrenalinzufuhr stockte, als hätte jemand einen Hahn abgedreht, und er ohnmächtig wurde.

Hinter dir, sie sind doch immer noch hinter dir her, sie sind doch noch da.

Dieser Gedanke war nicht dringlich genug, um ihn wachzuhalten. Wie in einem Traum spürte er aus weiter Ferne, daß er sich zusammenrollte, seinen ganzen Körper um seinen pochenden Arm rollte und sich in eine willkommene Dunkelheit sinken ließ. Schlafen. Viel besser als kämpfen ...

Erst als er die Augen öffnete, erkannte er, daß er sich wie ein Embryo zusammengerollt hatte. Er konnte sich noch undeutlich daran erinnern, daß er in dieser Position eingeschlafen war. Dann sah er den Leopard. Es war ein großer, männlicher Leopard, der in weniger als fünf Metern Entfernung vor ihm im Schilf kauerte, die Vordertatzen aneinandergelegt wie eine Hauskatze. Hyde sah aus den Augenwinkeln den aufgewühlten Sand unmittelbar vor seinem Gesicht und unterdrückte ein Zittern. Das Tier mußte ihn beschnüffelt haben, während er ohnmächtig gewesen war. Nun starrte es ihn unverwandt mit einem seltsam wissenden Ausdruck an. Es war sehr groß ... bestimmt wog es mehr als fünfzig Kilo. Er merkte, daß die Dämmerung schon angebrochen war, denn die Landschaft schimmerte grau, und am Himmel hatten matt rosa leuchtende Wolken die Sterne verdrängt. Mit seiner ganzen Willenskraft versuchte er, bewegungslos liegen zu bleiben.

Lieber Gott, hat dieses verdammte Biest schon Beute gemacht? Ist es satt?

Er wußte, daß es nicht so sein konnte. Leoparden jagten nachts. Wenn der hier bereits etwas erlegt hätte, dann hätte er es gewiß schon in seine Höhle oder auf einen Baum geschleppt – oder wo auch immer seine Beute er hinbrachte – und wäre gerade beim Fressen ... Nein, dieser Leopard war nicht satt.

Verdammt.

Die gelben Augen musterten ihn gleichgültig. Der große Leopard wartete auf die erste Gazelle, den ersten Büffel, der zum Wasserloch kommen würde. Auf irgend etwas, das sich bewegte, das seinen Jagdtrieb weckte. Wäre er ausgehungert gewesen, hätte er Hyde wahrscheinlich angefressen, während er schlief.

Beweg dich nicht! Denk an nichts, was dich zittern läßt, verdammt nochmal!

Möglicherweise war es seine embryonale Schlafposition gewesen, die den Leopard daran gehindert hatte, ihn zu töten. Hyde lag immer noch genauso da, vor Angst wie versteinert.

Er mußte schlucken, und er tat es langsam, mit der größten Achtsamkeit. Die gelben Augen des Leoparden unergründlich und tödlich. Jede Bewegung könnte seine letzte sein.

Die Pistole steckte immer noch hinten im Hosenbund. Sollte er versuchen den Leopard zu erschießen: Wenn er schnell genug war. Ein einziger Schuß, zu mehr würde keine Zeit sein. Er fühlte sich nicht dazu fähig, noch nicht. Momentan war es einfacher, reglos auf der Erde zu liegen, flach zu atmen und sich an die Nähe der Raubkatze zu gewöhnen.

Die Kugel aus seiner Pistole müßte den Leopard ins Auge treffen, oder direkt ins Herz, sonst würde er sich durch eine einzelne Kugel niemals aufhalten lassen, sondern weiter angreifen, als hätte ihn nur eine Wespe gestochen ...

Das Ohr des Raubtiers zuckte, nicht wegen der Fliegen – der ersten an diesem Morgen –, sondern weil irgend etwas seine Aufmerksamkeit erregt hatte.

Niemand in solch einer erbärmlichen Verfassung kann auch nur im Traum daran denken, es mit einem großen männlichen Leopard aufzunehmen, auf nur fünf Meter Entfernung.

Wieder zuckten die Ohren der großen Katze. Zebra, Gazelle oder Büffel – irgend etwas kam zum Wasserloch. Hyde konnte nichts hören. Der Leopard versuchte, die Quelle der Geräusche genau zu orten. Hyde hielt sich ganz ruhig, seine Arme zwischen seine Beine gepreßt. Bald würde das Raubtier seine Angst riechen können. Der Geruch würde den Leoparden von dem Tier, das sich näherte, ablenken – und wenn es sich dann auf *ihn* konzentrierte ...

Dann mußte er schnell und sicher sein, um das Tier mit einem einzigen Schuß zu stoppen. Er mußte hinter sich greifen, die Pistole herauszureißen, entsichern, sich aufrichten, zielen und schießen – Herrgott, er konnte es einfach nicht schaffen, zumindest nicht einhändig.

Jetzt stieg ihm der Geruch seiner Angst in die Nase, ein säuerlicher, unangenehmer Geruch. Der Leopard starrte ihn an, während seine Ohren immer noch auf die näherkommenden Geräusche horchten, auf die seiner *anderen* Beute.

Oh, du lieber Himmel ...!

Falls einer von seinen Gegnern überlebt hatte, würden sie nach ihm suchen, und sie würden lediglich eine Blutlache vorfinden, und Spuren, die darauf hindeuteten, daß er über den sandigen Boden geschleift worden war ...

Jetzt hörte er es auch, die Geräusche eines großen Tieres, das sich ohne jede Vorsicht krachend einen Weg durch das Schilf bahnte. Der Leopard spannte sich zum Sprung, Hyde erkannte es an einer minimalen Verschiebung seines großen Körpers und einem neuen Glanz in den schrägen, gelben, tödlichen Augen. Hyde beruhigte sich ein wenig – und verkrampfte sich sofort darauf wieder. Das Biest würde seinen Herzschlag hören können, wenn er noch ein wenig lauter wurde! Falls er *ihn* angriff ...

... dann mußt du den besten Schuß deines Lebens abgeben, mein Alter, den allerbesten ...

Ein Mann taumelte durch das Schilfgras und blieb am Wasser stehen. Blantyre grinste in schmerzverzerrtem Triumph, als er Hyde zusammengerollt am Boden liegen sah. Langsam zog er seine Pistole aus dem Halfter an seiner Hüfte und zielte mit ausgestrecktem Arm auf ihn. Hyde sah einen großen, dunklen Blutfleck auf seinem Buschhemd – das Hemd war fast zur Gänze durchnäßt. Die Pistole zitterte in Blantyres Hand, und er schien sein Gleichgewicht zu verlieren, taumelte ein wenig …

… bevor ihn der Leopard ansprang und umwarf. Im Fallen löste sich ein Schuß, und dann schrie Blantyre gellend auf wie ein Tier, das in eine Falle geraten ist. Doch seine Schreie wurden vom tiefen Fauchen der Raubkatze erstickt. Das Schilfgras wogte wild hin und her und nahm Hyde die Sicht. Es war ein ungleicher Kampf, obwohl Blantyre doppelt so schwer und groß war.

Hyde richtete sich mühsam auf; Blantyres Schreie erstarben. Er blieb kurz stehen und warf einen Blick zurück. Blantyres Körper, halb vom Schilfgras verdeckt, war blutüberströmt. Tot. Der Leopard stieß ein tiefes Grollen aus und begann zu fressen – er fing in der Bauchgegend an; die Beute, die ihm heute morgen untergekommen war, hatte kein Fell, das er erst mühselig wegreißen mußte. Die große Katze beachtete Hyde nicht; ihr Kopf war bis über beide Ohren von Blantyres Blut beschmiert.

Hyde entfernte sich mit vorsichtigen Schritten von dem Wasserloch, wobei er den Arm an die Brust preßte und die Pistole in der rechten Hand hielt. Niemand lauerte ihm auf. Die anderen mußten tot sein, oder verwundet. Nur Blantyre hatte ihn noch gejagt, fest entschlossen, ihn zu erledigen. Der Leopard würde Stunden damit verbringen, Blantyre, oder vielmehr das, was von ihm noch übrig war, in seine Höhle zu schleifen, oder auf einen Baum.

Gott im Himmel … !

Hyde erbrach sich, doch er hatte fast nichts im Magen, also würgte er nur einige Male und schlurfte dann weiter. Sein Adamsapfel tat weh, und sein Arm pochte, als stünde er unter Strom, war geschwollen und steif wie ein Stück Holz. Jetzt mußte er nur noch einen Klettersteig finden, der zur Straße hinaufführte, und dort warten. Er blieb stehen, und hob die rechte Hand vor die Augen, um sie vor den ersten grellen Sonnenstrahlen zu schützen. In der rötlichen Felswand entdeckte er einen gewundenen Pfad wie ein Scheitel in einem roten Haarschopf. Es war vollkommen still in der Schlucht. Ein einzelner Geier zog im ersten Thermalwind des Morgens seine Kreise.

An der Stelle, an der der Pfad auf die Straße stieß, sah er einen Jeep. Ein Sonnenstrahl ließ das Blech aufblitzen. Zwei Menschen saßen in dem Wagen, klein wie Spielzeugpuppen. Die kleinere der beiden Gestalten – eine Frau? – zeigte auf ihn; Hyde sah, wie sie ihren winzigen Streichholzarm ausstreckte, um ihm zuzuwinken. Er winkte kraftlos zurück. *Zivilisten*. Urlauber. Er winkte nochmals. Jetzt hatte er keine Eile mehr.

Langsam ließ sich Hyde auf einen Felsen sinken, während die gegenüberliegende Seite des Canyons von klarem goldenem Licht überzogen wurde. Ein guter Morgen.

EPILOG

Da er eine Tür sucht, wird er eine Tür finden,
doch wird fahrig und kraftlos
seine Hand weitab von der Klinke ins Leere greifen
und für alle wird es so aussehen, als käme er reichlich spät.
Robert Frost: *Wilful Homing.*

Sehr geehrter Premierminister,

mit dem größten Bedauern erkläre ich hiermit meinen Rücktritt als Vorsitzender des Geheimdienstkomitees. Die ungewissen Zeiten werden unser Land vor schwierige Aufgaben stellen, und ich habe widerstrebend erkennen müssen, daß es an der Zeit ist, meinen jüngeren und kräftigeren Nachfolgern Platz zu machen.

Für Ihr Vertrauen und Ihre Unterstützung während unserer bedauerlicherweise sehr kurzen Bekanntschaft möchte ich Ihnen von ganzem Herzen danken.

Mit vorzüglicher Hochachtung,

Kenneth Aubrey

John Grisham

»Warum er so viel besser ist
als die anderen,
bleibt sein Geheimnis.«
Süddeutsche Zeitung

»Hochspannung pur.«
FOCUS

01/13120

Die Jury
01/8615

Die Firma
01/8822

Die Akte
01/9114

Der Klient
01/9590

Die Kammer
01/9900

Der Regenmacher
01/10300

Das Urteil
01/10600

Der Partner
01/10877
Auch im Heyne-Hörbuch
als MC oder CD lieferbar

Der Verrat
01/13120
Auch im Heyne-Hörbuch
als MC oder CD lieferbar

Das Testament
01/13300
Auch im Heyne-Hörbuch
als MC oder CD lieferbar

HEYNE-TASCHENBÜCHER